毛泽东时代的中国

毛泽东时代的中国

何蓬 著

纪念毛泽东诞辰110周年重点图书

第二卷

北京出版社
中共党史出版社

第二卷目录

1956—1966

1956—1966

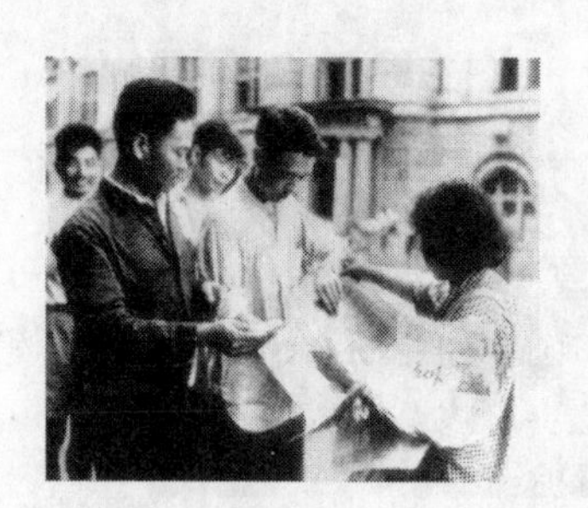

1956—1966

庆祝
1070万
吨钢

MAOZEDONGSHIDAIDEZHONGGUO

第一章

走自己的路

第一章
走自己的路

一、序幕即将拉开

1956年1月15日，距农历春节差不多还有一个月，天安门广场却显得比春节还要热闹。首都数十万人举行集会，庆祝北京率先进入社会主义社会。随即，全国各大中城市也相继举行同样的集会，宣告进入社会主义社会。

这件事情意味着，在中国大陆，大规模地全面建设社会主义的序幕即将拉开。

中国全面的大规模社会主义建设，是在国内外形势发生一系列重大变化的背景下开始的。在国内，经过生产资料私有制的社会主义改造，社会主义制度在中国已经建立起来，中国已经进入社会主义社会。但是，中国进入社会主义社会时的物质基础还相当薄弱，经济、文化状况十分落后。中华人民共和国成立以后的头七年，经济、科学、教育、文化等各项事业同旧中国相比有了巨大发展，但是上述的落后状况并没有根本改变，因此社会主义建设的任务异常迫切而又艰巨。然而，中华人民共和国成立以来所进行的各项建设，为即将开始的大规模全面建设打下了一定的底子，为人们提供了可资借鉴的正反两方面的重要经验；而中国发生的翻天覆地的变化，使国人凝聚起更大的向心力并焕发出极大的建设热情，执政党和新政府的威望如日中天。这些又是进行社会主义建设的有利条件。

在国际上，到20世纪50年代中期，世界形势的发展也出现了新的重大特点。首先是国际局势由紧张开始趋向和缓。随着朝鲜战争的结束和印度支那战争的停火，国际关系的氛围已经有了显著的改变，越来越多的国家赞同和支持和平共处的原则。另一个大的特点是，世界范围内经济和科学技术的进步进入了一个新的发展阶段，尤其是出现了以原子能、电子和空间技术为中心的科学技术革命。以原子能的开发和利用为标志，人类开始了利用核能的新时代。新的科学技术广泛应用于经济和社会生活的其他方面，提高了劳动生产率，从而推动了社会生产力的发展。战后各国在完成经济恢复任务的基础上，调整产业结构，逐步建立起新的国际金融和贸易体系。这些变化，有利于中国的国内建设，为中国的发展提供了难得的历史机遇。

与此同时，国际共产主义运动也发生了一些重大事件。1956年2月苏联共产党举行第二十次代表大会，尖锐地揭露了斯大林在领导苏联社会主义建设中的严重错误以及对他的个人崇拜所造成的严重后果。这在苏联国内和国际上都引起极大的震动。西方世界对共产党执政的国家和社会主义的体制及政策，给予了强烈指责。各国共产党、工人党内部，特别是共产党、工人党执政的国家内部，党员、干部和人民思想上的震荡更加强烈，国际共产主义运动一时面临巨大困难。

◆ 1956年1月15日，首都各界在天安门广场举行庆祝社会主义改造胜利联欢大会。图为毛泽东在天安门城楼上接受喜报。

中共中央政治局、书记处从3月到4月召开了一系列会议，讨论苏共二十大及其影响。4月4日，毛泽东在中央书记处会议上讲了一番话，认为对于苏共二十大的讨论，问题在于我们自己从中得到什么教益。他认为最重要的是要独立思考，把马列主义的基本原理同中国革命和建设的具体实际相结合。民主革命时期我们在吃了大亏之后才成功地实现了这种结合，取得了中国新民主主义革命的胜利。现在是社会主义革命和建设时期，我们要进行第二次结合，找出在中国怎样建设社会主义的道路。毛泽东说这个问题他几年前就开始考虑，现在感谢赫鲁晓夫揭开了盖子，我们应从各方面考虑如何按照中国的情况办事，不要再像过去那样迷信了。其实，过去我们也不是完全迷信，有自己的独创。现在更要努力找到中国建设社会主义的具体道路。①

1956年4月5日，《人民日报》发表经毛泽东审阅修改，并经中央政治局扩大会议讨论通过的编辑部文章《关于无产阶级专政的历史经验》。文章对斯大林的功劳作了充分肯定，对斯大林后期的错误进行了具体分析，对苏共二十大反对个人崇拜给予积极评价，同时指出应当用历史的观

①吴冷西著：《忆毛主席——我亲自经历的若干重大历史事件片断》，新华出版社，1995年版，第9～10页。

点看待斯大林，从而吸取有益的教训。这就把对苏共二十大和斯大林的评价与中国社会主义建设的实际结合起来了，成为探索中国自己的建设道路的一个契机。

在国内外的形势发生重大变化的情况下，刚刚进入社会主义的中国人民面临的最大课题，就是如何把握好这样的历史机遇，寻找一条适合自己国情的建设道路，尽快地把中国建设成为一个强大的社会主义国家。

二、向现代科学进军

面对国内外的新形势和国家建设的新任务，1956年1月，中共中央召开知识分子问题会议，制定科学技术发展的长远规划，发出了“向现代科学进军”的号召。

中华人民共和国建立初期，主要是进行国民经济的恢复和各项社会改革，发展科学技术问题和知识分子问题，还没有来得及摆到执政党和新政府工作的突出位置，但中共中央对于科学技术工作和知识分子问题却非常重视。中共中央和毛泽东曾明确指出：革命需要知识分子，建设尤其需要知识分子；我们必须善于充分地利用旧社会培养的知识分子，使他们为新中国的建设事业服务，并继续培养出一批又一批的新的优秀科技干部，否则就很难完成繁重的经济建设任务。在这个思想的指导下，中国的知识分子队伍逐渐壮大。据统计，从1949年到1955年，中国各条战线的高级知识分子从六万多人增加到十万多人。其中，地质、重工业、石油、煤炭等行业的科技干部增加得相当快。他们各尽其责，发挥特长，为国家的各项建设作出了积极的贡献。但是科技人才在数量上、质量上远不能满足大规模经济建设迅速发展的需要。这就要求一方面尽快培养国家建设所需要的知识分子，另一方面尽可能地发挥现有知识分子队伍的作用。但是当时党的一些干部对于科学技术和科技人员的重要性缺乏认识，甚至存在不尊重知识分子的严重的宗派

◆ 1956年1月14日至20日，中共中央在北京中南海怀仁堂召开关于知识分子问题会议，讨论加强对知识分子和整个科学文化工作的领导问题。图为毛泽东等中央领导人同与会者合影。

主义倾向。毛泽东已经意识到这个方面的问题。他在1955年初指出：过去几年，其他事情很多，还来不及抓这件事。这件事总是要抓的。现在到时候了，该抓了。这年3月中共召开全国代表会议，他进一步指出："我们进入了这样一个时期，就是我们现在所从事的、所思考的、所钻研的，是钻社会主义工业化，钻社会主义改造，钻现代化的国防，并且开始要钻原子能这样的历史的新时期。……因为我们现在面临的是新问题：社会主义工业化、社会主义改造、新的国防、其他各方面的新的工作。适合这种新的情况钻进去，成为内行，这是我们的任务。"[①]

1955年11月22日，周恩来向毛泽东汇报有关知识分子问题。第二天，毛泽东召集中共中央书记处和中央有关方面负责人会议，商定召开全面解决知识分子问题的会议，成立由周恩来负总责，彭真、陈毅、李维汉、周扬、胡乔木等参加的十人小组，进行会议的筹备工作。十人小组和各部门、各地区党委，对知识分子的状况进行了大量的调查研究，为会议的召开作了充分的准备。

1956年1月14日到20日，中共中央在北京召开关于知识分子问题的会议。会议由周恩来主持，在京的中共中央委员、候补委员，中央各部门和各省市自治区党委主要负责人，重要的科教文单位的中共党员负责干部共1279人参加。会议着重研究了加强党对知识分子和科学文化工作的领导以及妥善解决有关知识分子的工作安排和生活待遇等问题。周恩来代表中共中央作《关于知识分子问题的报告》。报告从党面临的任务说起，对整个知识分子队伍的现状包括他们的成长过程和政治思想、工作状态作了详细的分析。周恩来在报告中宣布：经过建国后六年来贯彻执行党对知识分子的团结、教育、改造的政策，我国知识界的面貌已经发生了根本变化，"他们中间的绝大部分已经成为国家工作人员，已经为社会主义服务，已经是工人阶级的一部分。"[②]这就在新的历史条件下规定了知识分子的阶级属性。对于知识分子问题同加速社会主义建设任务的关系，周恩来作了一段精辟的论述："我们所以要建设社会主义经济，归根结底，是为了最大限度地满足整个社会经常增长的物质和文化的需要，而为了达到这个目的，就必须不断地发展社会生产力，不断地提高劳动生产率，就必须在高度技术的基础上，使社会主义生产不断地增长，不断地改善。因此，在社会主义时代，比以前任何时代都更加需要充分地提高生产技术，更加需要充分地发展科学和利用科学知识。因此，我们要又多、又快、又好、又省地发展社会主义建设，除了必须依靠工人阶级和广大农民的积极劳动以外，还必须依靠知识分子的积极劳动，也就是说，必须依靠体力劳动和脑力劳动的密切合作，依靠工人、农民、知识分子的兄弟联盟。"[③]

这个对知识分子阶级属性和社会作用的估计和判断，奠定了社会主义时期党对知识分子的正确政策的基础。报告还指出：目前在知识分子问题上的主要倾向是宗派主义，低估了知识界在政治上和业务上的巨大进步，低估了他们在我国社会主义事业中的重大作用。怎样才能最充分地动员和发挥知识分子的力量呢？周恩来中肯地提出三条指导原则："第一，应该改善对于他们的使用和安排，使他们能够发挥他们对于国家有益的专长。""第二，应该对于所使用的知识分子

①《毛泽东文集》第六卷，人民出版社，1999年版，第395页。
②《周恩来选集》下卷，人民出版社，1984年版，第162页。
③《周恩来选集》下卷，人民出版社，1984年版，第159～160页。

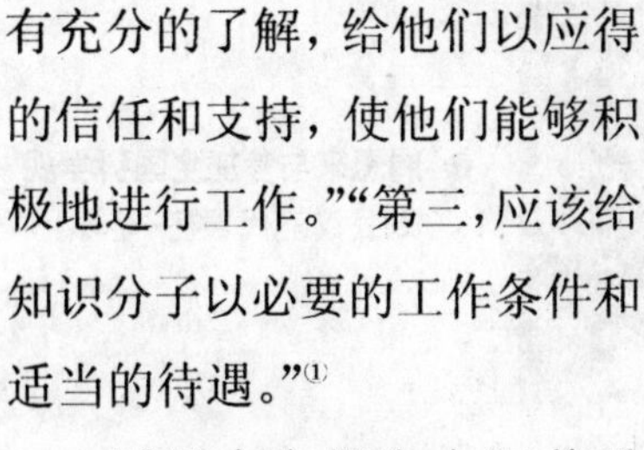

有充分的了解，给他们以应得的信任和支持，使他们能够积极地进行工作。”“第三，应该给知识分子以必要的工作条件和适当的待遇。”[1]

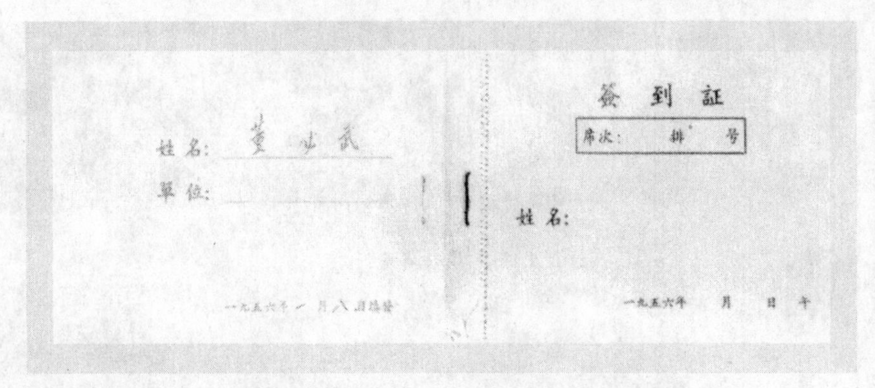
簽到証
席次： 排 号
姓名： 董必武
單位：
姓名：
一九五六年 月 日 午

◆ 董必武参加知识分子问题会议的签到证。

周恩来在报告中还着重谈了“向现代科学进军”的问题。他说：“我想在这里稍微多说一点科学方面的事情，这不但因为科学是关系我们的国防、经济和文化各方面的有决定性的因素，而且因为世界科学在最近二三十年中，有了特别巨大和迅速的进步，这些进步把我们抛在科学发展的后面很远。现代科学技术正在一日千里地突飞猛进。……这些最新的成就，使人类面临着一个新的科学技术和工业革命的前夕。……我们必须赶上这个世界先进科学水平。我们要记住，当我们向前赶的时候，别人也在继续迅速地前进。因此我们必须在这个方面付出最紧张的劳动。”[2]

报告提议由国家计划委员会负责，会同有关部门制订 1956 ～ 1967 年科学技术发展的远景规划。

毛泽东在会议结束那天到会讲话，提出要搞技术革命、文化革命，革技术的命，革没有文化、愚昧无知的命。他说，搞技术革命，没有科技人员不行，不能单靠我们这些大老粗，这一点要认识清楚，要向全体党员进行深入的教育。还说，中国国家大，人口多，资源丰富，地理位置好，应该建设成为世界上一个科学、文化、技术、工业各方面更好的国家；要培养大批知识分子，要有计划地在科学技术上赶超世界水平。[3]

这次会议开得非常成功。会后不久，中共中央政治局在 2 月 24 日举行会议，按照周恩来的报告和毛泽东的讲话，作出《中共中央关于知识分子问题的指示》。会议的召开和会议精神的传达在知识分子中引起很大的反响，给他们以极大的宽慰和鼓励，对党的干部是一次深刻的教育。北京师范大学校长、著名历史学家陈垣教授说：周总理的报告说出了许多知识分子的心里话，指出了他们今后应当遵循的方向。广大知识分子今后要更加严格地要求自己，加强自我改造，积极进行科学技术和理论研究，为社会主义建设贡献最大的力量。[4]知识分子问题会议，作为中国共产党执政后召开的解决知识分

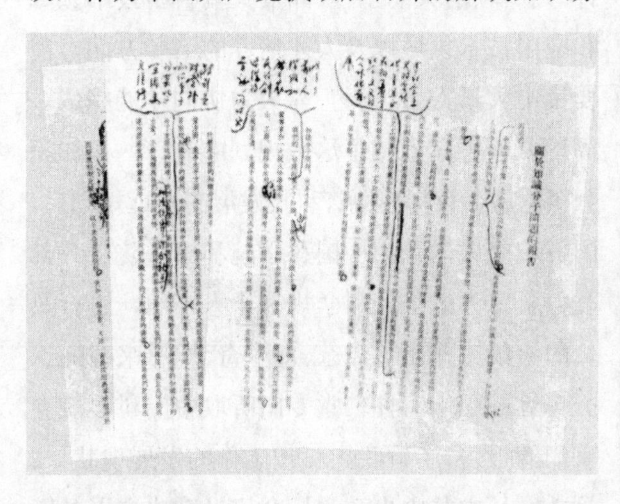

◆ 1 月 14 日，周恩来代表中共中央作《关于知识分子问题的报告》。图为报告原稿。

①《周恩来选集》下卷，人民出版社，1984 年版，第 168、169、170 页。
②《周恩来选集》下卷，人民出版社，1984 年版，第 181 ～ 182 页。
③薄一波：《若干重大决策与事件的回顾》上卷，中共中央党校出版社，1991 年版，第 507 页。
④薄一波：《若干重大决策与事件的回顾》上卷，中共中央党校出版社，1991 年版，第 505 页。

◆ 周恩来与参加全国科学规划会议的代表在一起。

子问题和发展科学技术的一次历史性会议载入史册。它表明我国的知识分子工作有了良好的开端，它的重要作用和积极影响在以后的各项建设中逐步地显现出来。

知识分子问题会议以后，广大干部和知识分子积极投入科学技术、文化教育的本职工作中。就党和政府这方面的工作来说，最重要的就是十二年科学技术发展远景规划的制订。1956年至1967年科学技术发展远景规划的制订，是一项浩大的工程，涉及尖端科学技术领域和应用技术领域以及人才培养的诸多方面，需要集中大量人力、物力，靠大力协同才能完成。周恩来领导和主持了这个规划的制订。在知识分子问题会议提出制订科技发展的长远规划后，国务院就成立了由中国科学院和国务院有关部委办负责人组成的科学规划十人小组，进行具体的组织工作。毛泽东、刘少奇、周恩来、陈云、彭真等在中南海怀仁堂专门听取中国科学院专家们的报告，了解我国科技工作的发展现状。2月24日，中共中央政治局会议批准成立国务院科学规划委员会，决定陈毅任主任，李富春、薄一波、郭沫若、李四光任副主任，张劲夫任秘书长。为此，中央调集了六百多名各个门类和学科的科学家，并请了近百名苏联专家参加规划编制的具体工作。在规划制订过程中，周恩来代表中共中央提出“迎头赶上、重点发展”的指导方针，也就是既要瞄准世界的先进技术，又要从中国的实际出发，保证重点。科学规划委员会多次举行不同类别的会议，充分听取各方面专家和有关部门的意见，对规划制订中的重大问题统一认识。

5月24日，周恩来在中南海怀仁堂举行盛大酒会，招待参加全国科学规划工作的三百多名科学家，勉励大家努力开展科学研究，学习苏联和其他一切国家的科学技术，争取在十二年内使我国重要的和急需的科学技术部门接近和赶上世界先进水平。他对曾留学西方的科学家说：“我们反对资本主义国家的政治和社会制度，但对资本主义国家的先进科学应该虚心学习。”[1]

这年11月，因陈毅调外交战线工作，中共中央任命聂荣臻为科学规划委员会主任。在周恩来的直接领导下，由科学规划委员会负责人陈

①1956年5月27日《人民日报》。

毅、聂荣臻、李富春等具体组织，经过各方半年时间的共同努力，反复论证，12 月编写出了《一九五六——一九六七年科技发展远景规划的纲要（修正草案）》。这个规划共确定了 13 个方面、57 项国家重要科学技术任务和 616 个研究课题。在此基础上大家讨论确定了带有全局意义的 12 个重点项目，在人力、物力上予以优先保证。对某些特别重要而在我国却比较薄弱的环节，如计算机技术、半导体技术、无线电电子学、自动化和远距离操纵技术等四项，加上不便于在当时公开的发展导弹和原子弹研究两项，采取紧急措施。

实践证明，这个规划是宏伟的，也是切实可行的，它成为全国人民向科学进军的行动纲领。知识分子问题会议和十二年科学规划的制订，使广大知识分子备感鼓舞，一个“向现代科学进军”的热潮在全国兴盛起来。在规划的指导下，广大科学工作者坚定了自力更生、艰苦奋斗发展我国科技事业的信心和决心，积极努力地开展工作，取得了可喜的成绩。科研人员的工作和生活条件得到改善，科研经费有了增长。许多高科技如原子能、喷气技术、电子计算机、半导体和无线电技术等，从无到有，从小到大，迅速发展起来；一批新兴工业在中国成长起来，传统的科技领域有了进一步发展。到 1962 年，规划中的绝大多数科研项目都已完成，并运用于生产，7 年时间基本完成了 12 年的工作量，解决了国家发展需要的科学技术难题，缩小了我国科学技术与世界先进国家的差距，促进了生产的发展和文化的繁荣。到 1962 年，全国科研机构由 381 所发展到 1296 所，专业科技人员由 18000 余人增加到 86000 余人[1]，初步改善了原来科技力量薄弱的状况，为以后我国科学技术和国家各项事业的继续发展奠定了良好的基础。

三、苏联的弯路，你还想走？

中国共产党对中国自己建设道路的探索，实际上从苏共二十大之前就已经开始了。1955 年 12 月至 1956 年春夏，为准备中国共产党第八次全国代表大会的召开，毛泽东、刘少奇等中共中央领导人进行了执政以来的第一次大型调查研究工作。先是刘少奇为准备中共八大的政治报告，从 1955 年 12 月到 1956 年 3 月，分别听取中央三十几个部门的汇报。接着，毛泽东从 1956 年 2 月中旬至 4 月下旬，也分别听取国务院三十四个部委关于工业生产和整个经济工作的汇报。4 月 25 日，根据这些调查，毛泽东在中共中央政治局扩大会议上作了《论十大关系》的报告；得到中央政治局的赞同后，5 月 2 日又向最高国务会议作了报告，对“十大关系”作进一步的阐述。

《论十大关系》的报告确定了一个基本方针，就是把国内外的一切积极因素调动起来，为社会主义服务。报告所论述的十大关系，一方面是从总结我国经验、研究我国建设发展的问

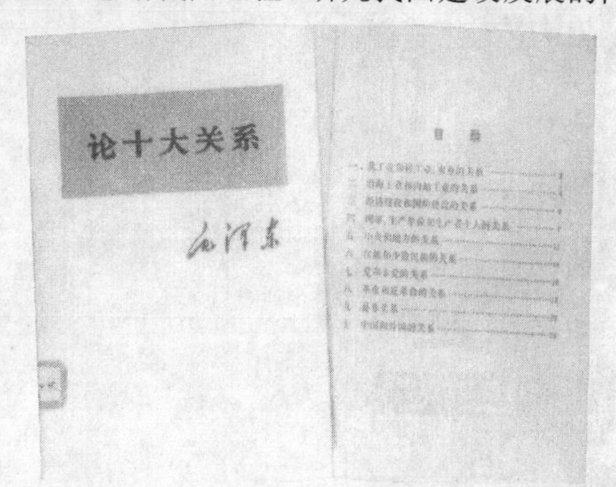

◆ 1976 年 12 月公开出版的《论十大关系》。

①《周恩来传》(三)，中央文献出版社，1998 年版，第 1212 ~ 1213 页。

题中提出来的，另一方面也是以苏联经验为鉴戒提出来的。报告强调：对于外国的经验，既不能不加分析地一概排斥，也不能不加分析地一概照搬，“要打破迷信，不管中国迷信还是外国迷信。我们的后代也要打破对我们的迷信”①。

在报告中毛泽东明确指出：“特别值得注意的是，最近苏联方面暴露了他们在建设社会主义过程中的一些缺点和错误，他们走过的弯路，你还想走？过去我们就是鉴于他们的经验教训，少走了一些弯路，现在当然更要引以为戒。”②

“十大关系”主要讨论经济问题。这反映了在新的形势下，党的领导人在分析国内社会矛盾全局的时候，已经把经济建设中的矛盾摆在首要的中心的地位。从这一指导思想出发，毛泽东提出正确处理十个方面的关系。

关于重工业和轻工业、农业的关系。报告首先肯定，过去在处理这方面关系上，没有犯多大的错误，比苏联和一些东欧国家做得好些。同时强调，我们现在的问题，就是还要适当地调整重工业和农业、轻工业的投资比例，更多地发展农业、轻工业。这样，一可以更好地供给人民生活的需要，二可以更快地增加资金的积累，因而可以更多更好地发展重工业。报告说，发展重工业有两种办法，一种是少发展一些农业轻工业，一种是多发展一些农业轻工业。从长远观点来看，前一种办法会使重工业发展得少些和慢些，至少基础不那么稳固；后一种办法会使重工业发展得多些和快些，会使它的基础更加稳固。

关于沿海工业和内地工业的关系。报告指出，为了平衡工业发展的布局，内地工业必须大力发展。在这两者的关系问题上，我们也没有犯大的错误，只是最近几年，对于沿海工业有些估计不足，对它的发展不那么十分注重了。过去朝鲜在打仗，国际形势还很紧张，不能不影响我们对沿海工业的看法。现在可能有十年或者更长一点的和平时期。好好地利用和发展沿海的工业，可以使我们更有力量来支持和发展内地工业。

关于经济建设和国防建设的关系。报告说，经过抗美援朝战争和几年的整训，我们的军队加强了，装备也有所改进。今后如何发展？可靠的办法就是把军政费用降到一个适当的比例，增加经济建设费用。只有经济建设发展得更快，国防建设才能有更

◆ 1956年5月2日，毛泽东在最高国务会议上作《论十大关系》的讲话。

①薄一波：《若干重大决策与历史事件的回顾》上卷，中共中央党校出版社，1991年版，第484页。
②《毛泽东著作选读》下册，人民出版社，1986年版，第720～721页。

大的发展。

关于国家、生产单位和生产者个人的关系。报告提出，国家和工厂、合作社的关系，工厂、合作社和生产者个人的关系，这两种关系都要处理好。国家和工厂，国家和工人，工厂和工人，国家和合作社，国家和农民，合作社和农民，都必须兼顾，不能只顾一头。无论只顾哪一头，都是不利于社会主义，不利于无产阶级专政的。报告还提出了工厂在统一领导下的独立性问题，指出把什么东西统统都集中在中央或省市，不给工厂一点权力，一点机动的余地，一点利益，恐怕不妥。各个生产单位都要有一个与统一性相联系的独立性，才会发展得更加活泼。

关于中央和地方的关系。报告指出，中央和地方的关系也是一个矛盾。解决这个矛盾，目前要注意的是，应当在巩固中央统一领导的前提下，扩大一点地方的权力，给地方更多的独立性，让地方办更多的事情。我们的国家这样大，人口这样多，情况这样复杂，有中央和地方两个积极性，比只有一个积极性好得多。要发展社会主义建设，就必须发挥地方的积极性。中央要巩固，就要注意地方的利益。报告还说，还有一个地方和地方的关系，中央要注意发挥省市的积极性，省市也要注意发挥地、县、区、乡的积极性，都不能框得太死。

除了上面这五个方面的关系，报告还讲了汉族和少数民族的关系、党和非党的关系、革命和反革命的关系、是非关系、中国和外国的关系。这些是属于政治生活和思想文化生活方面的问题。

关于汉族和少数民族的关系，报告指出，鉴于苏联在处理俄罗斯民族与其他民族关系上的教训，我们应该着重反对大汉族主义，也要反对地方民族主义，积极帮助少数民族发展经济建设和文化建设，巩固各民族的团结。对党和非党的关系，提出了共产党和其他民主党派“长期共存，互相监督”的方针。关于对待反革命分子，报告在肯定过去搞镇反、肃反的必要性的前提下，估计现在“还有反革命，但是已经大为减少”，提出今后社会上的镇反要少捉少杀和机关内部清查反革命分子要坚持“一个不杀，大部不捉”的方针。这年7月，周恩来在中共上海市代表大会上强调：“现在我们的人民民主专政应该是：专政要继续，民主要扩大。”[①]关于处理党内矛盾，报告重申延安以来实行的“惩前毖后，治病救人”的方针，不赞成“残酷斗争，无情打击”。关于中国和外国的关系，报告指出：我们的方针是，一切民族、一切国家的长处都要学，政治、经济、科学、技术、文学、艺术的一切真正好的东西都要学，包括学习资本主义国家的先进的科学技术和企业管理方法中合乎科学的方面；但是，必须有分析有批判地学，不能盲目地学，不能一切照抄，机械搬运。不久以后，周恩来也指出：“资本主义国家的制度我们不能学，那是剥削阶级专政的制度，但是，西方议会的某些形式和方法还是可以学的，这能够使我们从不同方面来发现问题。”[②]

在中共中央政治局扩大会议的总结讲话中，毛泽东还提出在科学文化工作中实行“百花齐放，百家争鸣”的方针。他说：“艺术问题上的百花齐放，学术问题上的百家争鸣，我看应该成为我们的方针。”随即，毛泽东在最高国务会议上宣布了这一方针。5月26日，中共中央宣传部部长陆定一作《百花齐放，百家争鸣》的报告，代表中共中央向知识界、文化界、科学界阐明了这个

①《周恩来选集》下卷，人民出版社，1984年版，第207页。
②《周恩来选集》下卷，人民出版社，1984年版，第208页。

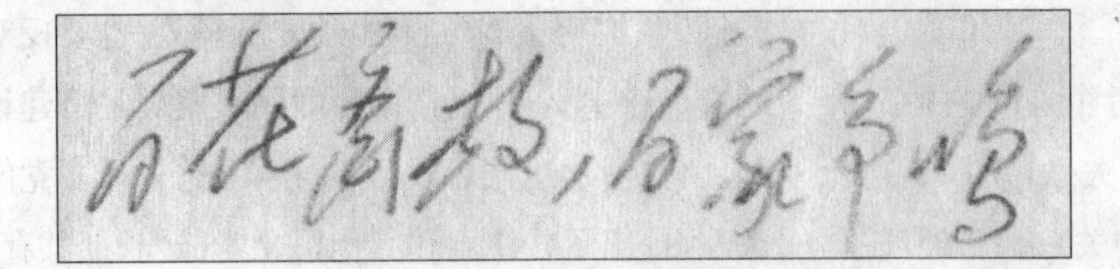

◆ 毛泽东关于“双百”方针的手迹。

◆ 1956年5月26日，陆定一在中共中央宣传部举行的报告会上，作题为《百花齐放、百家争鸣》的讲话。

人民日报

百花齐放，百家争鸣

——一九五六年五月二十六日在怀仁堂的讲话

陆定一

一、为什么提出这样的政策；为什么现在才着重提出这样的政策

◆ 1956年4月28日，毛泽东在中共中央政治局扩大会议上提出，百花齐放、百家争鸣应该成为我国发展科学、繁荣文学艺术的方针。图为5月26日中共中央宣传部长陆定一在中央宣传部举行的报告会上作的报告《百花齐放、百家争鸣》发表在《人民日报》上。

方针，指出"百花齐放，百家争鸣"，就是提倡在文学艺术工作和科学研究工作中有独立思考的自由，有辩论的自由，有创作和批评的自由，有发表自己的意见、坚持自己的意见和保留自己的意见的自由。这是人民内部的自由，在文艺工作和科学工作领域中的表现。[①]

这年6月，中国共产党还提出争取用和平方式解放台湾，实现祖国完全统一。6月28日，周恩来在一届全国人大三次会议上的报告中指出："中国人民解放台湾有两种可能的方式，即战争的方式和和平的方式；中国人民愿意在可能的条件下，争取用和平的方式解放台湾。"周恩来还指出："为了我们伟大祖国和人民的利益，中国共产党人和国民党人曾经两度并肩作战，反对帝国主义。……尽管这些年来，由于美国的武装干涉，我们和台湾的国民党军政人员走上了不同的道路，但是，只要大家以民族和祖国的利益为重，我们仍然可以重新携手团结起来。"[②]这就发出了中国共产党和国民党进行第三次合作的倡议。中国共产党和中央政府正式表示：愿意同台湾当局协商和平解放台湾的具体步骤和条件，并希望台湾当局派遣代表到北京或其他适当的地点，同中国共产党和中央政府开始这种商谈。中国共产党还宣布"爱国一家"、"爱国不分先后"，希望台湾的国民党军政人员和海外的广大爱国侨胞积极促成台湾的和平解放，在这个事业中发挥积极的作用。

所有这些都表明，在中国刚刚进入社会主义社会时，中国共产党和中国人民就开始了对适合本国情况的建设社会主义道路的多方面的探索，并且取得了初步成果。后来毛泽东回顾这段历史时这样说过："前八年照抄外国的经验。但从1956年提出十大关系起，开始找到自己的一条适合中国的路线。"

四、反冒进与反"右倾保守"

1956年，中国共产党还在纠正经济工作中的冒进情绪过程中，为探索适合本国情况的经济建设方针作了努力。

经济工作中的冒进情绪，是从1955年下半年开始出现的。到1955年夏，第一个五年计划的执行比较顺利。从这时起，中共中央开始考虑制定第二个五年国民经济计划和十五年远景规划。这年8月，国家计委开始编制"二五"计划，不久就提出了控制数字。这个控制数字要求，到1962年，工农业总产值达到2007亿元，粮食产量达到4600亿斤，棉花产量达到4300万担，也就是说，按照1957年的预计数，每年分别以9.9%、3.6%、5.6%的速度增长。从后来1957年"一五"计划结束时的结果看，上述的增长速度大体上是适度的。

但是，就在这年夏季，党内在农业合作化的速度问题上发生了一场严重争论。7月31日，中共中央召开各省、市、自治区党委书记会议，毛泽东作了《关于农业合作化问题》的报告。毛泽东把党内在农业合作化速度、步骤问题上的不同意见当作右倾思想批判，认为目前农业合作化的高潮已经或即将到来，领导却赶不上运动，"像一个小脚女人，东摇西摆地在那里走路"，甚至说他们是"从资产阶级、富农、或者具有资本主义自发倾向的富裕中农的立场出发"，还说"在发展的问题上，目前不是批评冒进的问题"[③]。10月，中共七届六中全会通过《关于农业合作化问题的决

①《陆定一文集》，人民出版社，1992年版，第501～504页。
②《周恩来选集》下卷，人民出版社，1984年版，第202页。
③《毛泽东选集》第五卷，人民出版社，1977年版，第168、186、179页。

议》。《决议》把在农业合作化速度问题上的不同意见，定性为“右倾机会主义”，认为“只有彻底地批判了这种右倾机会主义，才能促进党的农村工作的根本转变”，并且指出：“面临着农村合作化运动日益高涨的形势，党的任务就是要大胆地和有计划地领导运动前进，而不应该缩手缩脚。”[①]

批判“右倾保守”的结果，推动了农业合作化运动以超高速度发展的猛烈势头。合作化的浪潮席卷全国农村，几个月工夫就在全国范围内实现了农业合作化。由于农业合作化的急速推进，资本主义工商业的全行业公私合营也风高浪急。到1956年1月底，全国50多个资本主义工商业比较集中的城市，都相继宣布实现全行业的公私合营，大大突破了原定用三个五年时间完成的计划。手工业合作化也是如此，改变了过去按行业、分批分片改造的办法，大大加快了步伐。

农业、手工业和资本主义工商业改造的加速进行和急促完成，并不是主客观条件使然，相反是超越了主客观条件的结果。但是，在毛泽东看来，农业合作化运动的加快，完全是在一种健康状态中进行的。这样，国内经济建设中出现了一种不顾客观实际层层抬高数量指标和忽视综合平衡的冒进势头。1955年12月5日，中共中央召开座谈会，刘少奇向在京中央委员、候补委员以及中央党政军各部门负责人传达了毛泽东关于批判右倾保守思想，争取提前完成过渡时期总任务的指示。刘少奇说：“关于八大的准备工作，毛主席提出，‘中心思想是要讲反对右倾思想，反对保守主义，提早完成我国的社会主义工业化和社会主义改造。保证十五年、同

◆ 1956年，北京街头庆祝行业公私合营的报喜队。

①《建国以来重要文献选编》第七册，中央文献出版社，1993年版，第286、285页。

时争取十年以前超额完成。'‘我们要利用目前国际休战的时间，利用这个国际和平的时期，再加上我们的努力，就可能加快我们的发展。'‘可以设想，如果不加快建设，农业未合作化，私营工商业未改造，工业未发展，将来一旦打起来，我们的困难就更多。如果完成了就好办。因此必须加大速度，在我们的一切工作都要反对保守主义，要求在较短的时间内，获得更大的成绩。'‘这不是急躁冒进，而是实际与可能的要求，是稳步前进。'‘现在搞工业的同志不要骄傲，要加油，否则就有出现两翼走在前面而主体跟不上的可能。'要以此为中心，‘迎接八大，使八大开好'。"[①]

毛泽东的意图是批判右倾保守思想，范围涉及经济建设的各个领域。这主要是因为他感到国务院有些部门设想的长期计划指标偏低，同时又对 1955 年的国民经济计划执行情况不太满意。1955 年 11 月中旬，毛泽东先后在杭州和天津召集华东、中南、东北和华北 15 个省、市、自治区党委书记开会，展望农业合作化和农业生产发展的远景，归纳成"农业十七条"，确定粮食产量到 1967 年达到 10632.8 亿斤，棉花产量 1.2 亿担，分别超出这年夏天国务院在北戴河开会时设想的指标近 80%和一倍多。

年底，毛泽东为他亲自编辑的《中国农村的社会主义高潮》一书写了序言。他认为现在的问题，已经不是农业、手工业和资本主义工商业改造速度问题了，这些问题都已经解决了，问题在于"农业的生产，工业（包括国营、公私合营和合作社营）和手工业的生产，工业和交通运输的基本建设的规模和速度，商业和其他经济部门的配合，科学、文化、教育、卫生等项工作同各种经济事业的配合等等方面。在这些方面，都是存在着对于情况估计不足的缺点的，都应当加以批判和克服，使之适应整个情况的发展"[②]。他说："中国的工业化的规模和速度，科学、文化、教育、卫生等项事业的发展的规模和速度，已经不能完全按照原来所想的那个样子去做了，这些都应当适当地扩大和加快。"[③]

为此，毛泽东还提出"促进派"的说法，让大家都应当做促进派，不做促退派。对毛泽东的这些意见，刘少奇、周恩来、陈云等人也都接受了。在中国这样一个经济文化落后的国家迅速实现工业化，这是国民的普遍愿望，也是全党的共识，上下都有一股热情和干劲。在这样的气氛下，许多人看有利条件多，看不利条件少。因此，对于反对右倾保守，当时中共党内的意见是比较一致的。这样，生产关系变革方面的急促之风，很快就蔓延到经济及其他领域。

1956 年 1 月 1 日，《人民日报》发表元旦社论《为全面地提早完成和超额完成五年计划而奋斗》。社论说："现在，在我国，农业不是拉住工业的后腿，恰恰相反，农业生产的迅速发展将要起极大的推动作用，要求工业提高自己的发展速度。同时，农业生产的大发展，又给工业的发展准备了空前未有的有利条件。"社论明确提出了又多、又快、又好、又省的要求。"多、快、好、省"的提出有一个过程。时任国家经委主任的薄一波后来回忆说："据我了解，'多快好省'的提出过程是这样的：1955 年 12 月 5 日以前，周总理和我提出了'多'、'快'、'好'三字，毛主席完全同意，便接过去提出'要快，要好，要多'。李富春同志后来补充了一个'省'字。随后，在中华全国总工会发出的一个文件中，出现了'快、多、好、省'

①《周恩来传》(三)，中央文献出版社，1998 年版，第 1216 页。
②《建国以来重要文献选编》第七册，中央文献出版社，1993 年版，第 435 ~ 436 页。
③《建国以来重要文献选编》第七册，中央文献出版社，1993 年版，第 434 ~ 435 页。

的提法。《人民日报》社论是在经过文字调整之后，又以'多、快、好、省'的次序发表出来。"[①]

李富春1958年也曾说过："一九五六年春季，毛主席提出了多快好省，当时我在口头上是赞成、是拥护的；并且在毛主席开始提出'多、快、好'的时候，我还加了个'省'字，毛主席也同意了。"[②]

"多、快、好、省"是对建设的一种理想要求，即希望以较快的速度、较高的质量、较少的成本来取得较多的成果。就其本意来讲，无可非议。最早提出时，人们也是从四个方面统一考虑的。但是，正式提出这个方针后，它原本的意义却被片面理解了，人们注重"多、快"而忽视"好、省"，只讲数量、速度而不大讲质量、成本。这种情况愈到后来愈加严重。

1月初，经各省、市、自治区党委书记会议的补充修改，中共中央将"农业十七条"修改成《1956年到1967年全国农业发展纲要(草案)》，把增加指标的内容扩展到农村的各项工作中，要求也更高。1月26日，《人民日报》公布了这个文件。"农业四十条纲要"公布以后，工业、交通、文教各部门迅速反应，纷纷修改1955年夏季在北戴河开会时原已确定的各项指标，准备提前三至五年完成原定1967年达到的指标。

各地区、各部门批判"右倾保守"，使得经济建设上的盲目冒进初现端倪。1956年初，各个部门召开会议，在批判"右倾保守"、"提前实现工业化"的口号激励下，纷纷要求把15年远景规划规定12年完成的任务，提前在五年甚至三年内完成。既要尽量往前赶，就得准备生产能力，早上多上基本建设项目。各个部门不顾客观条件大上基本建设项目，到1956年4月，形成争先恐后、各条战线加快发展的势头，造成资金供应紧张、生产资料严重不足、生产秩序混乱的紧张局面。

据薄一波回忆："1955年10月，中央批准国家计委提出的1956年国民经济计划控制数字：1956年基本建设投资112.7亿元，比1955年的预计完成数增长30.4%，比'一五'计划中规定的1956年投资多12.4%，但是，据计委1956年1月5日报告，各省市、部门要求的投资已达153亿元，后又增加到180多亿、200多亿元，比1955年预计完成数增加1倍多，而全年财政收入只增长9.29%。第一个五年计划规定，5年内限额以上基本建设项目694个，建成的455个；1956年初召开的第一次全国基建会议将建设项目追加到745个，建成的追加到477个；几个月以后，又将建设项目追加到800个，建成项目追加到500多个。正像周总理说的：'各方面千军万马，奔腾而来'，'基本建设一多，就乱了，各方面紧张。'"[③]

国家计委受到形势的逼使，按照反"右倾保守"的精神，对"二五"计划和15年远景规划的控制数字进行了修改。修改后的计划，扩大了建设规模，提高了生产指标。修改后初步提出的指标，到"二五"计划期末的1962年，钢达到1200万吨，煤达到2.4亿吨，原油达到800万吨，发电量达到500亿度，化肥达到450万吨。15年远景规划的指标是，到1967年，钢达到2400万吨，煤达到3.3亿吨，原油达到2000万吨，发电量达到1100亿度，化肥达到1000万吨。[④]到1956年4月，上述指标再一次被提高，要求到1962年，钢达到1400万吨，煤达到2.45亿吨，发电量达到550亿度，化肥达到600万吨；到

①薄一波：《若干重大决策与事件的回顾》上卷，中共中央党校出版社，1991年版，第526页。
②《李富春传》，中央文献出版社，2001年版，第477页。
③薄一波：《若干重大决策与事件的回顾》上卷，中共中央党校出版社，1991年版，第531～532页。
④《李富春传》，中央文献出版社，2001年版，第479～480页。

1967年，钢达到2500万吨，煤达到4亿吨，发电量达到1200亿度，化肥达到1200万吨。工业总产值，1962年要求达到1960.5亿元，比1952年增长4.7倍；1967年达到3756.8亿元，比1952年增长9.9倍。按照这个要求，15年内的年平均增长速度要达到17.3%。[①]

1956年春天，经济建设中的急躁冒进，在实际工作中带来了严重后果。正如周恩来当时所说："不但财政上比较紧张，而且引起了钢材、水泥、木材等各种建筑材料严重不足的现象，从而过多地动用了国家的物资储备，并且造成国民经济各方面相当紧张的局面。"[②]但是，各方面紧张的状况并没有减弱人们盲目要求上项目、争投资的势头。

中共中央和国务院负责经济工作的领导人，1956年初就已经发现急躁冒进的倾向，并试图进行纠正。周恩来意识到当务之急是防止冒进，1956年1月20日，周恩来在知识分子问题会议上作结论时，就提醒大家说：在经济建设中，不要做那些不切实际的事情，要使我们的计划成为切实可行的、实事求是的，不是盲目冒进的计划。1月30日，他在全国政协二届二次会议上作政治报告时又提出："我们应该努力去做那些客观上经过努力可以做到的事情，不这样做，就要犯右倾保守的错误；我们也应该注意避免超越现实条件所许可的范围，不勉强去做那些客观上做不到的事情，否则就要犯盲目冒进的错误。"[③]

2月6日，在同国家计委主任李富春、财政部部长李先念研究如何在计划会议和财政会议上压缩指标时，周恩来指出：既然已经存在不小心谨慎办事的冒进急躁现象，计委、财政部就要压一压。2月8日，他在国务院全体会议上语重心长地说："不要光看到热火朝天的一面。热火朝天很好，但应小心谨慎。要多和快，还要好和省，要有利于提高劳动效率。现在有点急躁的苗头，这需要注意。社会主义积极性不可损害，但超过现实可能和没有根据的事，不要乱提，不要乱加快，否则就很危险。绝不要提出提早完成工业化的口号。冷静地算一算，确实不能提。工业建设可以加快，但不能说工业化提早完成。晚一点宣布建成社会主义社会有什么不好，这还能鞭策我们更好地努力。

"各部门订计划，不管是十二年远景计划，还是今明两年的年度计划，都要实事求是。……对群众的积极性不能泼冷水，但领导者的头脑发热了的，用冷水洗洗，可能会清醒些。各部专业会议提的计划数字都很大，请大家注意实事求是。"[④]

经过周恩来的努力，在计划和财政会议上，1956年度基本建设投资从170亿元压缩到147亿元，双轮双铧犁由500万部压缩到350万部。但由于种种条件的限制，一些主要指标仍然偏高。到4月上旬，经济建设中急于求成的严重后果相当突出地表现出来。4月10日，周恩来主持召开国务院常务会议，研究缓解经济形势紧张的应急措施。会议根据周恩来、陈云、薄一波的意见，决定多方面开源节流，缓解供需矛盾。

可这些情况并没有引起多数人的注意，一些部门在反右倾保守思想影响下，还在盲目地要求追加投资。更重要的是，中央领导层的认识并不一致。在4月下旬召开的一次中央政治局会议上，毛泽东主张再追加20亿元的基本建设投资，与会大多数人不赞成。胡乔木回忆说："4月下旬，毛主席在颐年堂政治局会议上提出

①《李富春传》，中央文献出版社，2001年版，第480页。
②《周恩来选集》下卷，人民出版社，1984年版，第219页。
③《周恩来传》(三)，中央文献出版社，1998年版，第1220页。
④《周恩来选集》下卷，人民出版社，1984年版，第190～191页。

追加1956年的基建预算，受到与会同志的反对。”“会上尤以恩来同志发言最多，认为追加预算将造成物资供应紧张，增加城市人口，更会带来一系列困难等等。毛泽东最后仍坚持自己的意见，就宣布散会。会后，恩来同志又亲自去找毛主席，说我作为总理，从良心上不能同意这个决定。这句话使毛主席非常生气。不久，毛主席就离开了北京。”①

这时，确立一个正确的经济建设方针已经是刻不容缓。5月11日，周恩来在国务院第28次会议上提出，反保守、右倾从去年8月开始，已经反了八九个月，不能一直反下去了！5月中旬，在刘少奇主持的有中央负责人参加的会议上，与会者反映冒进情况，认为应该大力控制，1957年的计划也应该压下来。会议提出我国经济发展要实行既反保守又反冒进、坚持在综合平衡中稳步前进的方针。同时，大家主张《人民日报》写一篇社论，反一下急躁冒进。刘少奇要求中共中央宣传部代为起草。会后，财政部向中共中央政治局提交1956年预算报告初稿，根据5月中央会议的要求，写上“必须全面执行多快好省和安全的方针”，“在反对保守主义的时候，必须同时反对急躁冒进的倾向”，“急躁冒进的结果并不能帮助社会主义事业的发展，而只能招致损失”②。

6月10日，刘少奇主持召开中央政治局会议，基本通过预算报告初稿，经过中央政治局讨论的修改稿进一步强调反对急躁冒进。12日，周恩来在国务院全体会议上说：“去年12月以后冒进就冒了头，因此，现在的情况和去年不同了，已经不是预防而是需要反对冒进了！如果冒进继续下去，又会脱离实际，脱离群众，脱离今天的需要和可能。不能向群众泼冷水，但也不能把少数积极分子的要求当成群众的要求。”③

6月15日，一届全国人大三次会议审议和批准了李先念代表国务院所作的《关于一九五五年国家决算和一九五六年国家预算的报告》并指出：必须全面地注意多快好省和安全，在反对保守主义的时候，同时反对急躁冒进。这是一个总方针。6月20日《人民日报》发表宣传中央政治局会议精神的题为《要反对保守主义，也要反对急躁情绪》的社论。这样，经过几个月的努力，一股来势猛烈的盲目冒进势头初步得到遏制。

全国人大会议通过1956年的预算后，编制一个符合实际、稳妥可靠的“二五”计划成为当务之急。这年召开的中共八大将要讨论关于这个计划的建议。受反右倾保守思想的影响，最初设想的“二五”计划指标过高。中共八大开幕在即，而6月全国人代会提出的经济发展的方针却不能在“二五”计划草案中得到体现，周恩来等人很是着急。他认为：确定经济建设速度，必须根据可能，建立在稳妥可靠的基础上。计算生产潜力，除人力条件外，还必须考虑到物资等其他条件。7月3日到5日，周恩来连续三天召开国务院常务会议，讨论国家计委报送的两个“二五”计划草案。周恩来指出：“第一个方案冒进了”，第二个方案确定粮食产量到1962年达到5500亿斤也是“不可靠的”，“危险的”。经过认真讨论，大家一致同意精打细算，按五年财政收支2350亿元至2400亿元来安排，在稳妥可靠的基础上搞一个比较可行的方案，作为向八大提出的“二五”计划的建议。会后，国家计委又一次调整“二五”计划方案，在7月下旬编出一个新方案。8月3日到16日，周恩来、陈云又召开国务院常务会议，对国家计委调整后的方案加以审查。再次反

①《周恩来传》(三)，中央文献出版社，1998年版，第1227页。
②《周恩来传》(三)，中央文献出版社，1998年版，第1230页。
③《周恩来经济文选》，中央文献出版社，1993年版，第264页。

复推敲后，国务院最后提交给中央的"二五"计划的方案，1962年的粮食产量为5000亿斤，棉花产量4800万担。与1955年国务院在北戴河开会时提出的指标相比，粮食产量只增加400亿斤，棉花只增加500万担。经过紧张的工作，终于形成了准备提交八大讨论的《关于发展国民经济的第二个五年计划(1958～1962)的建议(草案)》和《关于发展国民经济的第二个计划的建议的报告》。

五、里程碑式的八大

在前一阶段初步探索基础上，1956年9月中国共产党召开了第八次全国代表大会。

召开八大是中共中央在1955年确定下来的。1955年10月11日，中共七届六中全会通过《关于召开党的第八次全国代表大会的决议》。毛泽东的《论十大关系》成为召开中共八大的指导思想。1956年8月22日、9月8日、9月13日，中共召开了七届七中全会。全会通过了准备向中共八大提交的各项文件，明确提出八大议程应突出建设的主题。毛泽东在全会的讲话中说：这一次重点是建设。有国内外形势，有社会主义改造，有建设，有人民民主专政，有党。但是重点是两个，一个是社会主义改造，一个是经济建设。这两个重点主要的还是在建设。[①]关于新一届中央委员会和中央领导机构的设置和人选，毛泽东说，中央准备设四位副主席，还准备设书记处，对于我们这样的大党，这样的大国，为了国家的安全、党的安全，恐怕还是多几个人好。[②]

8月30日至9月12日，中共八大举行预备会议，对准备提交大会的各项报告和文件进行讨论并提出修改意见。毛泽东在8月30日的第一次全体会议讲话，提出大会的目的和宗旨：总结七大以来的经验，团结全党，团结国内外一切可以团结的力量，为建设伟大的社会主义中国而奋斗。

9月10日，毛泽东在预备会议第二次全体会议上指出："现在是搞建设，搞建设对于我们是比较新的事情。早几年在中央范围内就谈过，我们希望建设中所犯的错误，不要像革命中所犯的错误那么多、时间那么长。我们搞建设，是不是还要经过十四年的曲折，也要栽那么多筋斗呢？我说可以避免栽那么多筋斗。因为过去栽筋斗主要是个思想问题，是不认识、不觉悟的问题。

"搞经济，我们也有了一些经验，现在搞这些新的科学技术我们还没有经验。安排经济，对

◆ 1956年9月15日，中共八大在北京全国政协礼堂举行。图为代表们步入会场。

①石仲泉等主编:《中共八大史》,人民出版社,1998年版,第123页。
②《毛泽东文集》第七卷,人民出版社,1999年版,第110页。

人、对资本家、对民主党派、对知识分子的工作，我们比较学会了，我们有22年根据地的经验。世界上新的工业技术、农业技术我们还没有学会，虽然我们已经有了六年的经验，学会了许多东西，但是从根本上说，我们还要做很大的努力，主要靠第二个五年计划和第三个五年计划来学会更多的知识。

"我们要造就知识分子。现在我们只有很少的知识分子。旧中国留下来的高级知识分子只有10万，我们计划在三个五年计划之内造就100万到150万高级知识分子（包括大学毕业生和专科毕业生）。到那个时候，我们在这个方面就有了18年的工作经验，有了很多的科学家和很多的工程师。那时党的中央委员会的成分也会改变，中央委员会中应该有许多工程师，许多科学家。现在的中央委员会，我看还是一个政治中央委员会，还不是一个科学中央委员会。……现在我们这个中央的确有这个缺点，没有多少科学家，没有多少专家。"[①]

在经过充分的准备后，9月15日到27日，中国共产党第八次全国代表大会在北京全国政协礼堂举行。出席大会的代表共1026人，代表1037万党员。50多个国家的共产党、工人党、劳动党和人民革命党的代表团以及国内各民主党派和无党派民主人士的代表应邀列席会议。毛泽东致开幕词，刘少奇代表第七届中央委员会作政治报告，邓小平作关于修改党章的报告，周恩来作关于发展国民经济的第二个五年计划的建议的报告。朱德、陈云、董必武、彭德怀、李富春、薄一波等68位代表作大会发言，45位代表作书面发言。

这次大会的基本任务是：总结党的第七次全国代表大会以来的经验，团结全党，团结国内外一切积极的力量，为了建设一个伟大的社会主义国家而奋斗。大会分析了国内形势和国内社会主要矛盾的变化，提出了党在今后的根本任务。大会指出：我们党已经领导人民取得了对农业、手工业和资本主义工商业的社会主义改造的全面的决定性的胜利。我国的无产阶级同资产阶

◆ 毛泽东在会上致开幕词，指出这次大会的任务是："总结从七大以来的经验，团结全党，团结国内外一切可以团结的力量，为建设伟大的社会主义中国而奋斗。"

①《毛泽东文集》第七卷，人民出版社，1999年版，第101～102页。

◆ 9月15日，刘少奇代表中央委员会向大会作《政治报告》。报告总结了中共七大以来的历史经验，着重总结了建国后社会主义改造和建设的经验，分析了社会主义改造基本完成以后国内阶级关系的变化，提出了新的生产关系下面保护和发展生产力的根本任务。

级之间的矛盾已经基本上解决。国内的主要矛盾，已经是人民对于建立先进的工业国的要求同落后的农业国的现实之间的矛盾，已经是人民对于经济文化迅速发展的需要同当前经济文化不能满足人民需要的状况之间的矛盾。党和全国人民当前的主要任务，就是集中力量来解决这个矛盾，把我国尽快地从落后的农业国变为先进的工业国。大会确定了社会主义建设的目标，即“尽可能迅速地实现国家工业化，有系统、有步骤地进行国民经济的技术改造，使中国具有强大的现代化的工业、现代化的农业、现代化的交通运输业和现代化的国防”①。毛泽东在八大期间也曾表示，中国那么一块大地方，资源那么丰富，又搞了社会主义，要使中国变成富强的国家。15年建成一个基本上完整的工业体系，50年到100年建成一个富强的社会主义工业化国家。

大会坚持既反保守又反冒进，即在综合平衡中稳步前进的经济建设方针。大会指出：应该根

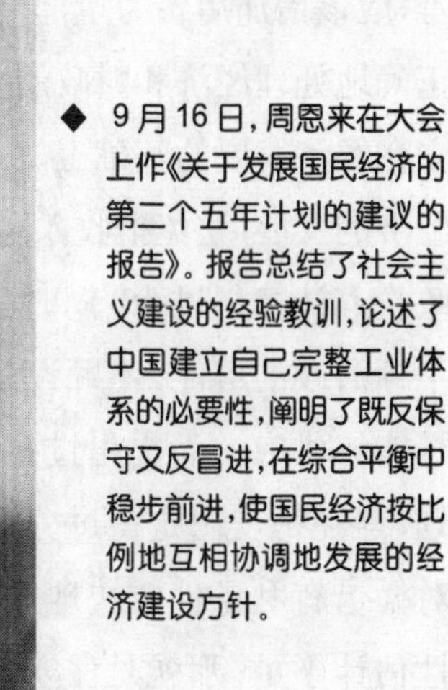

◆ 9月16日，周恩来在大会上作《关于发展国民经济的第二个五年计划的建议的报告》。报告总结了社会主义建设的经验教训，论述了中国建立自己完整工业体系的必要性，阐明了既反保守又反冒进，在综合平衡中稳步前进，使国民经济按比例地互相协调地发展的经济建设方针。

①《建国以来重要文献选编》第九册，中央文献出版社，1994年版，第315～316页。

◆ 9月16日，邓小平在大会上作《关于修改党的章程的报告》。报告着重论述了执政党的建设问题，强调坚持民主集中制和集体领导制度，反对个人崇拜，发展党内民主，加强党和群众的联系。

据需要和可能，合理地规定国民经济的发展速度，把计划放在既积极又稳妥可靠的基础上，以保证国民经济比较均衡地发展；应该使重点建设和全面安排相结合，以便国民经济各部门能够按比例地发展；为保证国民经济的均衡发展和年度计划的顺利执行，并且应付可能遇到的意外困难，应该增加后备力量，健全物资储备制度；应该正确地处理经济和财政的关系，财政收入必须建立在经济发展的基础上，财政支出必须首先保证经济的发展，避免把收入定得过分紧张或者把财政收入计算得过少，同时防止只顾建设的要求，不顾财政的可能，不顾设备、器材和技术力量是否能够供应，而提出过高过大的拨款和投资计划，避免把支出定得过分紧张。大会指出，如果对凭借有利条件较快地发展我国生产力的可能性估计不足，那就是保守主义的错误；如果不估计到各种客观限制而规定一种过高的速度，那就是冒险主义的错误。党必须注意随时防止和纠正这两种错误倾向。大会提出在三个五年计划或者再多一点时间内，在我国建成一个基本上完整的工业体系的战略设想。大会通过的《关于发展国民经济的第二个五年计划（1958～1962年）的建议》，要求到1962年，工农业总产值比1957年的计划增长75%左右，其中工业总产值增长一倍左右，农业总产值增长35%左右；钢产量达到1050～1200万吨，粮产量达到5000亿斤左右；国民收入增长50%左右。陈云在大会的发言中提出“三个主体、三个补充”的思想，即我们社会主义经济的情况将是这样：在工商业生产经营方面，国家经营和集体经营是主体，附有一定数量的个体经营作为补充；在生产的计划性方面，计划生产是工农业生产的主体，按照市场变化而在

◆ 50多个国家的共产党、工人党、劳动党和人民革命党的代表团应邀列席了中共八大。图为各国代表团在大会上。

国家计划许可范围内的自由生产作为补充;在社会主义的统一市场里,国家市场是主体,附有一定范围内国家领导的自由市场作为补充。陈云的意见受到大会重视,为大会所采纳。

在国家工作方面,大会要求继续加强我国的人民民主专政,进一步扩大国家的民主生活,开展反对官僚主义的斗争; 加强国内各民族的团结;继续巩固人民民主统一战线;逐步制定完备的法律,建立健全的法制,使党和政府的活动"有法可依"、"有法必依"。刘少奇在报告中对此作了具体的阐述。他指出:我国的人民民主专政的国家制度已经表现了它的优越性,但是它还不健全、不完备,在许多国家机关中还存在着官僚主义。因此,进一步扩大社会主义民主,开展反对官僚主义的斗争,是改进国家工作的重要任务。为此,必须有系统地改善国家机关,从各方面加强对于国家工作的监督。他还提出:为了巩固人民民主专政、保卫社会主义建设的秩序和保障人

◆ 李济深代表民主党派和无党派民主人士向大会献礼,大会执行主席邓颖超代表大会受礼。左起:郭沫若、黄炎培。

◆ 中国共产党第八届中央委员会主席毛泽东

◆ 中国共产党第八届中央委员会副主席刘少奇

◆ 中国共产党第八届中央委员会副主席周恩来

◆ 中国共产党第八届中央委员会副主席朱德

◆ 中国共产党第八届中央委员会副主席陈云

◆ 中国共产党第八届中央委员会总书记邓小平

民的民主权利，应着手系统地制定比较完备的法律，健全我们国家的法制。

大会提出加强执政党建设的问题。大会强调提高全党的马列主义水平，坚持理论联系实际、实事求是的原则，把马克思主义的基本原理与中国革命的具体实践密切结合，反对主观主义、官僚主义、宗派主义。鉴于苏联等社会主义国家共产党的教训和中国共产党工作中存在的问题，大会把坚持党的集体领导原则，健全民主集中制，反对个人崇拜等问题，提到重要地位。大会指出：对于领袖的爱护，本质上是表现对于党的利益、阶级的利益、人民的利益的爱护，而不是对于个人的神化。个人崇拜是一种有长远历史的社会现象，这种现象，也不会不在我们党的生活和社会生活中，有它的某些反映。我们的任务是，继续坚决地执行中央反对把个人突出、反对对个人歌功颂德的方针，真正巩固领导者同群众的联系，使党的民主原则和群众路线，在一切方面都得到贯彻执行。

代表们围绕大会政治报告以及其他大会文件，对党的各方面工作进行总结，交流经验。在准备八大的过程中，毛泽东就多次说过，大会发言对工作要有批评，要有自我批评。如果我们开一次会议没有批评，净讲一套歌功颂德，那就没有生气，那无非是一个“好”字就行了，还要多讲干什么？[①]本着这个精神，大会代表解放思想，畅所欲言，对党的工作提出许多富有建设性的建议。

大会通过了各项报告和经过修改的《中国共产党章程》，在充分发扬民主的基础上，选举出97名中央委员和73名候补委员组成的第八届中央委员会。9月28日，中国共产党第八届中央委员会举行第一次全体会议，选举出新的中央领导机构。毛泽东、刘少奇、周恩来、朱德、陈云、邓小平当选为中央政治局常委；毛泽东当选为中央委员会主席；刘少奇、周恩来、朱德、陈云当选为副主席；邓小平当选为中央委员会总书记，董必武当选为中央监察委员会书记。和中共七大时相比，新产生的八届中央政治局常委增加了比较年轻的两人。毛泽东在七届七中全会上对他们作过中肯的介绍：“我看邓小平这个人比较公道，他跟我一样，不是没有缺点，但是比较公道。他比较有才干，比较能办事。……他比较周到，比较公道，是个厚道人，使人不那么怕。我今天给他宣传几句。他说他不行，我看行。……你说邓小平没有得罪过人？我不相信，但大体说来，这个人比较顾全大局，比较厚道，处理问题比较公正，他犯了错误对自己很严格。他说他有点诚惶诚恐，他是在党内经过斗争的。

“至于陈云同志，他也无非是说不行，不顺。我看他这个人是个好人，他比较公道、能干、比较稳当，他看问题有眼光。我过去还有些不了解他，进北京以后这几年我跟他共事，我更了解他了。不要看他和平得很，但他看问题尖锐，能抓住要点。所以，我看陈云同志行。”[②]

大会开幕的当天，《人民日报》发表社论说：“如果说，11年以前党的第七次全国代表大会曾经在思想上、政治上、组织上准备了中国革命的胜利，那么，现在开幕的第八次全国代表大会就将在思想上、政治上、组织上准备我国社会主义建设的胜利。这次大会无疑地将成为我们在建设社会主义的伟大历史道路上的一个光辉的里程碑。”[③]

①石仲泉等主编：《中共八大史》，人民出版社，1998年版，第123页。
②《毛泽东文集》第七卷，人民出版社，1999年版，第111～112页。
③ 1956年9月15日《人民日报》。

中共八大的召开，引起了当时国际政坛和舆论界高度评价和关注。苏联共产党代表团团长米高扬在致辞中说："中国共产党第八次全国代表大会，是中国革命胜利后的第一次代表大会，它不仅是党的生活的一个极重要的里程碑，而且实质上是中国数千年历史发展的总结。人民中国的光辉成就，说明共产党的政策是正确的，说明胜利了的工人阶级、农民和全中国人民具有极高的劳动热情。"[①]

美国《基督教箴言报》9月15日电讯说：中国共产党是世界上最大的全国性共产主义组织，这个党在35年中走过了很长的路程。目前举行的第八次全国代表大会反映了"巨大的权力和极大的信心"。"这个党正在缓慢地、但却是相当有把握地领导着把农业的中国推向工业化。""不管承认与否，中国共产党已经使中国成为世界一大强国"[②]。

英国的《星期日泰晤士报》的评论也认为，北京正在举行的中共八大的气氛"是充满了信心、喜悦、乐观和团结的。这是能够理解的，任何不抱偏见的观察家都将承认这一点"[③]。

从《论十大关系》的提出到中共八大的召开，中国共产党制定了稳健的路线和政策。可惜的是，由于实践的时间还很短，理论上和思想上不可能很成熟，许多新的观念和方法还没有牢固地确立并取得深刻地认识，许多新设想还没有来得及付诸实施，就遇到了未曾料到的复杂情况，被一个又一个政治运动的风波所冲击，使得八大的路线及探索被打断。邓小平在回顾这段历史时指出："1956年召开的党的第八次全国代表大会，分析了生产资料私有制的社会主义改造基本完成以后的形势，提出了全面开展社会主义建设的任务。八大的路线是正确的。但是，由于当时党对于全面建设社会主义的思想准备不足，八大提出的路线和许多正确意见没有能够在实践中坚持下去。八大以后，我们取得了社会主义建设的许多成就，同时也遭到了严重挫折。"[④]

六、"新经济政策"

在一系列探索新方针的指导下，中国开始在各个方面特别是经济计划和经济体制方面进行初步调整和改进。

中国在开始有计划地进行建设的时候，主要是学习苏联，第一个五年计划的建设就是根据苏联的经验和模式来展开的。这有其历史的必要性，并且有收到积极成果的一面。但是苏联经验并不都是成功的，苏联成功的经验也并不都适合中国的情况。况且，中国按照苏联的经验和模式所实施的经济计划和形成的经济体制，随着实践的发展逐渐显露出产业结构上偏重于重工业而忽略了轻工业和农业、所有制结构单一而否定其他成分、管理体制上过于集中而影响了地方和企业的积极性和创造精神的发挥等一些弊端。中国自身在经济建设中也发生了一些问题。1956年初，由于想利用国际趋向和缓的有利时机抓紧加快中国的经济建设，由于对经济建设的规律了解和尊重不够，对农业生产和其他方面建设的发展规模和发展速度要求过大过高，出现了急躁冒进的情况。当年夏天，中共中央和国务院经过反冒进的努力，急躁冒进的势头初步得到遏制。

按照中共八大确定的"三个主体、三个补充"的方针调整经济关系，在八大以后有了初步进展

①中共中央办公厅编：《中国共产党第八次全国代表大会文献》，人民出版社，1957年版，第885页。
②石仲泉等主编：《中共八大史》，人民出版社，1998年版，第340页。
③1956年9月28日《人民日报》。
④《邓小平文选》第三卷，人民出版社，1993年版，第2页。

和新思路的探索。还在资本主义工商业和个体手工业全面改造之后不久，党和政府就一再强调，同人民生活密切相关的个体手工业、小商店、小摊贩、小挑贩，要长期保持单独经营，并且已经提出要克服统购包销中的弊病，放宽市场管理，允许企业实行一定程度的自由选购和自由推销，允许完成统购和订购任务以后的一部分农产品进入自由市场等主张。中共八大以后，自由市场明显活跃，个体工商户明显增长。以上海为例，1956年9月份有个体手工业户1661户，10月份即增长到2885户，到年底更增长到4236户。针对那种认为个体户增长违背合作化方向的思想，《人民日报》发表社论指出，手工业个体户的发展，一方面满足人民的需要，增加市场的商品供应，另一方面又扩大城市的就业人数，对国家有利无害。在个体户增加的背景下，出现了自发经营的较大手工业个体户和手工工场，人们称它为"地下工厂"，还出现了"地下商店"。

社会主义改造以后出现的这类事物，引起原工商业者和社会的注意。1956年12月毛泽东就这些问题，同工商联负责人和中共中央统战部负责人多次谈话、讨论，提出这样的意见：地下工厂，因为社会有需要，就发展起来。要使它成为地上，合法化，可以雇工。还可以考虑，只要社会需要，地下工厂还可以增加。可以开私营大厂，订个协议，10年、20年不没收。华侨投资的，20年、100年不要没收。可以开投资公司，还本付息。可以搞国营，也可以搞私营。可以消灭了资本主义，又搞资本主义。只要有原料，有销路，就可以搞。现在国营、合营企业不能满足社会需要，如果有原料，国家投资又有困难，社会有需要，私人可以开厂。[①]毛泽东把这称作"新经济政策"。年底，刘少奇在全国人大常委会会议上也讲到："我们国家有百分之九十几的社会主义，搞百分之几资本主义，我看也不怕。""有这么一点资本主义，一条是它可以作为社会主义经济的补充，另一条是它可以在某些方面同社会主义经济作比较。"[②]不久以后，1957年4月，周恩来也在国务院全体会议上指出：一切东西都靠国家生产不行，各方面都应该有百分之几的自由活动，太死了不行。不仅商业方面如此，工业方面也可以如此；还说，主流是社会主义，小的给些自由，这样可以帮助社会主义的发展。工业、农业、手工业都可以采取这个办法。大概工、农、商、学、兵除了兵以外，每一行都可以来一点自由，搞一点私营的。文化也可以搞一点私营的。这样才好百家争鸣嘛！在社会主义建设中，搞一点私营的，活一点有好处。[③]

这些搞活经济的新思路，是八大确认的以国家经营和集体经营为主体、以一定数量的个体经营为补充的政策的新发展，即进一步考虑：一定限度的资本主义私人经营在国家领导下，也可以作为社会主义经济主体的补充。毛泽东在同工商界人士的谈话中，还表示赞成把大批同资本家一起进入全行业公私合营的小业主和工商业独立劳动者从"资本家"队伍中划分出来，取消给他们的定息(这些人的定息数量微不足道)，让他们加入工会的设想。这些考虑和设想虽然后来长时期被搁置起来，但是的确应该看作是根据中国国情探索自己道路的过程中出现的可贵的思想。

对农业集体经济内部的关系也作了一些调整和改进。中共八大就已指出，一部分合作社成立比较急促，需要处理许多遗留问题，调整现有组织，纠正过分强调集体利益和集体经营而忽视

①《毛泽东文集》第七卷，人民出版社，1999年版，第170页。
②《刘少奇传》下册，中央文献出版社，1998年版，第809页。
③《建国以来重要文献选编》第十册，中央文献出版社，1994年版，第164、165页。

社员个人利益、个人自由和家庭副业的倾向，要求合作社在产品分配方面实行“少扣多分”，在生产经营方面实行“大的集中，小的分散”，实行“主要公有，次要私有”，强调必须勤俭办社和民主办社。1956年至1957年，中共中央和国务院先后作出一系列指示，如关于整顿农业生产合作社的指示、关于做好农业生产合作社生产管理工作的指示、关于在农业合作社内部贯彻执行互利政策的指示等，以调整和整顿农业生产合作社。

在生产组织规模方面，根据有利于生产、有利于团结、适合当前的管理水平、便于联系社员的原则，调整社队的规模。一般实行一村一社，以百多户为宜。生产队一般以20户左右为宜。规模过大而又没有办好的社，应根据社员要求，适当分小。

在生产经营管理方面，建立“统一经营，分级管理”的制度。在社队之间，普遍推行“包工、包产、包财务”的“三包”制度，并实行超产提成奖励、减产扣分的办法。在生产队内，实行“工包到组”、“田间零活包到户”的办法，做到每块耕地、每件农活都有生产小组和专人负责。对社员的工作，要切实执行统筹兼顾、逐户安排的方针，根据每个社员的特点和特长，做到“用其所长，各得其所”。

在生产资料处理方面，正确执行互利政策。对林木、果园、耕畜、农具等入社时没有作价或作价过低的，应按一般市价作价或者作适当调整。对于入社的生产资料的折价款和社员的投资，应该按期归还，并应付给应得的利息。某些特殊生产资料，如鱼塘、苇地、果园、桑园等，如属于成片的，一般应统一经营，但它是多年的劳动成果，现在收益较大，可按比例分红；如属于小量的，可以暂不入社，归原主经营；或者入社后，仍然包给原主经营，实行比例分益。

改变原来关于社员自留地的限制规定，适当扩大自留地，将原来规定的社员自留地不能超过当地每人平均土地数的5%，增加到不能超过10%。

在产品分配方面，强调按劳取酬、多劳多得，提倡实行定额管理、按件计酬，以克服社员与社员之间在分配问题上的平均主义。

根据中共中央、国务院的指示和要求，各地农业生产合作社相继进行整顿。上述这些措施的实施，对于消除当时的混乱状态，稳定局势，起了重要作用，并在一定程度上调动了农民的生产积极性。但是，它们还不可能完全解决农业体制中存在的各种问题。

与此同时，刚刚走上合作化道路的农民也结合各地合作社发展的不同特点，在实践中创造了丰富多样的生产责任制形式。开始，各地的形式和做法究竟对不对，人们心中没有底。特别是将农户作为包工包产的单位，更无文件依据。1956年4月29日的《人民日报》在头版发表了署名何成的文章《生产组和社员都应该“包工包产”》，文章在概括了安徽芜湖和四川江津等地的经验后，以肯定的语气说：把一定产量的任务给生产组和每个社员，是完全对的。有些农业生产合作社（主要是高级社）只有生产队包工包产，生产组和社员不包工包产，这就产生了问题，就是社员只顾赚工分，不关心社里的生产。这是目前许多农业生产合作社，实行了包工包产，生产仍然混乱的一个重要原因。

文章认为，调动个人积极性和发挥集体劳动

优越性同等重要；关心个人物质利益与加强集体主义教育不可偏废，同时也要谨防实行责任制后出现“各人自扫门前雪，不管人家瓦上霜”的倾向。由于文章是在中央开始重视合作社的经营管理和倡导包工包产责任制的情况下发表的，又是在中央机关报的头版开宗明义肯定“包工包产”，这就解除了基层干部和农民群众心中的疑惑，给不少人吃了定心丸，在农村探索新的经济组织形式便蔚然成风。

1957年秋天，中共中央和国务院还提出了关于改进工业、商业、财政管理体制的三个规定草案，按照中共八大的要求，改变权力过分集中的状况，适当向地方和企业下放一部分权力。

还在中共八大之前，国务院于1956年5月到8月召开了全国体制会议，对于当时存在着的中央集权过多的现象作了检查，对如何改进体制问题进行了讨论，并制定了《关于改进国家行政体制的决议（草案）》。会后，将这个“决议”草案发到各地，广泛地征求各方面的意见。1957年9月召开的中共八届三中全会，讨论了改进国家行政和经济管理体制问题，通过了由陈云主持起草的《关于改进工业管理体制的规定（草案）》、《关于改进商业管理体制的规定（草案）》和《关于改进财政管理体制的规定（草案）》。这三个规定草案，于11月在国务院通过后，经全国人民代表大会常务委员会批准，由国务院公布施行。

三个规定草案的总的精神，是把一部分工业管理、商业管理和财政管理的权力，下放给地方和企业，以便进一步发挥它们的主动性和积极性，因地制宜地完成国家的统一计划。尽管当时这些规定的着眼点，主要还是放在调整中央与地方的关系方面，对于如何正确处理国家与企业的关系问题还没有提到应有的位置上来，但它终究是我国体制改革的初步尝试，基本方向还是正确的。可惜的是，这些改革不久就偏离了原定的方向，被纳入了“大跃进”的格局。

在进行管理体制改革的同时，中共中央和国务院根据既反保守又反冒进的经济建设方针和1956年的经济发展状况，对1957年的国民经济计划进行了调整。

中共八大通过了关于“二五”计划的建议，会后国家计委按照这个建议，继续着力进行“二五”计划的编制。国家计委集中负责长期计划，是从1956年5月开始的。这一年，中共中央提议，将国家的长期计划和年度计划分由两个机构来管理，国家计划委员会负责长期计划，国家经济委员会负责年度计划。5月12日，全国人大常委会第四十次会议通过《关于调整国务院所属组织机构的决议》，决定正式设立国家经济委员会，承担年度计划的工作。

1956年年末，经济建设中急躁冒进导致的问题，暴露得更清楚了。到年终决算，出现了自1953年以来的第一个财政赤字年度。由于急于求成的思想问题没有完全解决，在编制1957年计划时，从各地区、各部门汇总起来的指标仍然大大高于实际可能。周恩来和许多人都主张宁可慢一点，稳当一点。

1956年11月召开的中共八届二中全会，以这年发生的波兰和匈牙利事件为借鉴，强调要兼顾国家建设和人民生活，“又要重工业，又要人民”，注意发展好同人民生活密切相关的农业和轻工业；同时整顿作风，反对官僚主义、主观主义和宗派主义，警惕和防止干部特殊化和脱离群众。周恩来在全会上作了《关于1957年度国民

经济发展计划和财政预算控制数字的报告》，明确提出：1957年的计划应当在继续前进的前提下，对基本建设作适当的压缩，要合理调整各经济部门之间的比例关系，以适应国家财力和物力的可能性。这次全会同意周恩来的报告，决定按照“保证重点，适当压缩”的方针，安排1957年的国民经济计划。1957年1月，陈云在中共中央召开的各省、自治区、直辖市党委书记会议上的讲话中，总结了1956年经济建设工作的经验教训，强调指出：建设规模必须同国力相适应，制定计划必须做到物资供应平衡、财政收支平衡和银行信贷平衡。这些观点，对于克服盲目冒进倾向、稳健地制定1957年的国民经济计划起了重要作用，对于中国社会主义建设具有重要的指导意义。

按照上述方针和主张，国家计委从1957年1月开始，初步总结“一五”计划的经验，并研究“二五”计划的有关重大问题。国家计委组成了由计委和有关部门人员参加的三个组，第一组研究国民收入的分配，即积累和消费的比例关系、分配制度以及计划、统计体制和方法问题；第二组研究国民经济各部门之间首先是工农业之间，以及工业、农业内部的比例关系；第三组研究财政金融、内外贸易、轻工业以及人民购买力、利润、税收、物价、成本等问题。从6月开始，在前一阶段总结经验、研究“二五”计划重大问题的基础上，国家计委负责人分别先后同各部委负责人研究各系统“二五”计划。8月，国家计委综合各部、各办的研究结果，提出了关于“二五”计划控制数字的初步轮廓。

与此同时，1957年国民经济计划的编制工作，也在按照前述精神进行。1957年2月召开了第四次全国计划会议，根据统筹兼顾、全面安排的方针，调整了国民经济计划草案。这次会议对基本建设、行政费、军费、社会购买力、劳动计划和文教等方面的支出都作了压缩。如基本建设投资总额定为111亿元，比上年实际完成额减少了20%，军费减少近10%。这样，就同国家的财力、物力基本上取得平衡，使商品物资供应的紧张状况有所缓和。7月，一届全国人大四次会议，通过了1957年国民经济计划的主要指标。

为了克服经济生活和财政方面的困难，争取圆满完成1957年的计划，2月，中共中央发出《关于1957年开展增产节约运动的指示》。“指示”要求认真地吸取1956年经济工作中的教训，坚决地纠正铺张浪费现象，在一切部门中，要想尽一切办法，广泛地开展增产节约运动。

经过全党和全国人民五年的艰苦奋斗，特别是在毛泽东《论十大关系》中提出的正确处理各种经济关系的方针和党的八大确定的既反保守又反冒进的经济建设方针的指引下，到1957年底，第一个五年计划的各项指标都大幅度地超额完成，取得了显著成就。

五年间，国家基本建设投资共计493亿元，超过原定计划15.3%，加上企业和地方自筹资金，全国实际完成基本建设投资总额588.47亿元。施工的限额以上的工矿建设项目921个，到1957年底全部投入生产的428个，部分投入生产的109个，新增固定资产492亿元，相当于1952年全国拥有的固定资产原值的1.9倍。

工农业较大幅度的增长，初步改变了我国工农业总产值中以农业为主的局面。1957年工农业总产值达到1241亿元，比1952年增长67.8%。其中，农业总产值537亿元，增长24.8%，所占比

重由 1952 年的 56.9%下降为 43.3%；工业总产值 704 亿元，增长 128.6%，所占比重由 1952 年的 43.1%上升到 56.8%。从工业总产值的构成来看，在轻重工业都有较大幅度增长的情况下，开始改变了工业总产值中以轻工业为主的局面。1957 年轻工业在工业总产值中所占比重由 1952 年的64.5%下降为 55%；重工业产值所占比重由 1952 年的 35.5%上升到 45%。

重工业主要产品的产量大幅度增长，使中国重工业十分落后的局面有所改变。1957 年，钢产量达到 535 万吨，比 1952 年增长 296%，为 1949 年前最高年产量的 5.8 倍。原煤产量达到 1.31 亿吨，比 1952 年增长 96%，为 1949 年前最高年产量的 2.1 倍。发电量达到 193.4 亿度，比 1952 年增长 166%，为 1949 年前最高年发电量的 3.2 倍。机床 2.8 万台，比 1952 年增长 1.04 倍，为 1949 年前最高年产量的 5.2 倍。一大批中国过去没有的基础工业部门，开始一个个建立起来，如飞机、汽车、发电设备、重型机器、新式机床、精密仪表、电解铝、无缝钢管、合金钢、塑料、无线电和有线电的制造工厂等。这些新兴工业的建立，初步改变了我国工业门类残缺不全的面貌，为我国建立独立完整的工业体系和实现国民经济的技术改造奠定了初步基础。由于基本建设投资半数以上投放内地，一大批工矿企业在内地兴办，使中国工业过分偏于沿海的不合理布局初步得到改进。

重工业产品产量的大幅度增长，促进了农业和轻工业的发展。

1957 年，农业总产值达 604 亿元(按 1952 年不变价格计算)，完成原定计划的 101%，比 1952 年增长 25%；粮食产量达 19505 万吨，比 1952 年增长 19%；棉花产量达 164 万吨，比 1952 年增长 26%。农业的发展，跟世界农业的发展相比速度不低，但是跟同一时期我国工业增长速度相比，就相对落后了。粮棉增产的速度没有达到人们

◆ 1957 我国机械设备自给率达 60%以上，图为哈尔滨电机厂生产的情景。

◆ 1956年7月，长春第一汽车制造厂制造出第一批国产解放牌汽车。

◆ 1956 年元旦，宝(鸡)成(都)铁路广元至略阳段提前通车。图为火车通过该线的大巴口大桥。

◆ 1957 年，全国铁路通车里程达 2.99 万公里。

◆ 1957 年 10 月，横跨长江的第一座铁路公路两用桥武汉长江大桥建成通车。

乐观的期望，紧张局势一直未能显著缓解，要求农业增产的压力仍然很大。

在“一五”期间，轻工业生产主要以农产品为原料的局面虽然没有多大改变，但以工业品为原料的比重有所增加，产量大幅度增长。1957 年比 1952 年，以农产品为原料的棉纱、棉布的产量增长 30%左右，毛线增长 1.9 倍，呢绒增长 3.3 倍；以工业品为原料的产品增长幅度更大，当时属于高档耐用消费品的“三大件”：自行车增长 9 倍，缝纫机增长 3.2 倍，收音机增长 19.7 倍。其他日用工业品的产量也都有成倍增长。

交通运输邮电业发展也很快。到 1957 年底，全国铁路营业里程达到 2.67 万公里，比 1952 年增加 17%。宝（鸡）成（都）铁路、鹰（潭）厦（门）铁路、武汉长江大桥都在这个时期先后建成。1957 年底，全国公路通车里程达到 25.5 万公里，比 1952 年增加一倍，通向世界屋脊的康藏、青藏、新藏公路建成通车。

教育和科学获得较快发展。1957 年高等学校发展到 229 所，比 1952 年增长 81.7%；在校学生 44.1 万人，比 1952 年增长 1.3 倍；中等专业学校在校学生 77.8 万人，比 1952 年增长 22.3%；普通中学在校学生 628.1 万人，比 1952 年增长 1.5 倍；小学在校学生 6428 万人，比 1952 年增长 25.7%。1957 年全国科研机构共有 580 多个，研究人员 2.8 万人，比 1952 年增长两倍多。

在国家财政和人民生活方面，五年间，全国物价基本稳定，国家财政除 1956 年有赤字外，其余各年都收支平衡，略有结余。经济发展了，人民生活水平也逐步有所提高。1957 年全国居民的平均消费水平达到 102 元，比 1952 年的 76 元提高 34.2%，其中非农业居民为 205 元，比 1952 年提高 38.5%；农民为 79 元，比 1952 年提高 27.4%。五年中安置了 1949 年前遗留下来的 1300 多万失业者。到 1957 年底，职工人数为 3101 万人，比 1952 年增长 93%。1957 年全民所有制职工的年平均工资达到 637 元，比 1952 年增长 42.8%。在农业生产发展的基础上，农民的生活也有较大改善。由于农业税率一直稳定在 1953 年的水平和农产品收购价格的提高，五年中全国农民的收入增加 30%。

第一个五年计划时期我国经济建设取得的成就，为社会主义工业化奠定了初步的基础，为社会主义建设积累了不少宝贵经验。

第二章 从和风细雨到暴风骤雨

第二章
从和风细雨到暴风骤雨

一、多事之秋

1957年，中国共产党进行了一场党内整风运动。在整风运动中，中国共产党又发动了一场党外和党内的反右派斗争。这场反右派斗争持续了一年左右，在中国当代历史上产生了至深且巨的影响。

整风运动是1957年4月正式开始的，但它的酝酿，却早在1956年下半年就开始了。

1956年，用毛泽东的话说是"多事之秋"[1]。2月，苏联共产党举行第二十次代表大会，苏共中央第一书记尼基塔·赫鲁晓夫作了关于个人崇拜及其严重后果的秘密报告，第一次对斯大林晚年的错误给予严厉批评。报告不仅引起西方国家舆论哗然，而且导致国际共产主义运动阵营内部的强烈震动。6月和10月，先是在波兰、继而在匈牙利，由于不满苏联同这些国家的不平等关系，不满执政党制定的国内政策，先后发生大规模群众示威和游行，甚至升级为骚乱和武装冲突。波匈事件虽然最后以不同方式和手段得到了平息，但是在国际共运阵营内部产生的震动，丝毫不亚于苏共二十大。前述一系列事件的发生，尽管各有不同的具体背景，但归根结底，都是现行经济政治体制的严重弊端和对内对外政策的严重失误导致的。在国际共运阵营内部，斯大林的社会主义模式长期被奉为圭臬，这个模式在经济上形成了单一公有制结构和高度集中的计划体制；在政治上形成了横向权力集中于执政党、纵向权力集中于执政党高层、执政党高层权力集中于执政党个别领导人而又缺乏监督制约机制的结构；在对外关系上，苏联长期对国际共运阵营内部其他国家的内政实施干预，形成了苏联大国同这些国家的不平等关系。在这种模式下，这些国家的执政党制定的政策严重失误，经济上以挤压农业和轻工业、牺牲人民生活为代价，实行向重工业倾斜的发展战略；政治上缺乏民主，实行舆论高度一律的思想禁锢。所有这些，窒息了一个社会的生机和活力，制约了经济和社会的发展，使得战后这些国家的发展严重滞后。这种现状自然引起人民日益增长不满，并最终爆发出来。而这种爆发，从某种角度说，是国际共运阵营内某些国家改革呼声的反映。

就在国际共运阵营内部风波迭起的时候，中国国内也不平静。这年下半年，由于升学、就业和安置问题得不到妥善解决，一些地方工人罢工、学生罢课和群众性游行示威显著增加。一些地方的农村，由于入社以后收入减少、劳动力不足而生活困难、从事家庭副业受到较多限制，一些社员在夏收之后发生闹社、退社的风潮，上访告状，私分粮食、种子、油料、饲料和农具，甚至殴打社乡和工作组干部。知识界则由于思想较为活跃，对国际和国内时局发表不少看法，对国内政治、经济、文化政策提出许多意见，有些意见还

[1]《毛泽东选集》第五卷，人民出版社，1977年版，第337页。

比较尖锐。国内上述局面的出现,表面看来各有不同的具体原因,但是从深层说有同波匈事件相同的根本原因。中国在异常落后的经济文化条件下搞了社会主义改造,改造所建立的社会主义模式又基本上照搬于苏联,以单一的公有制作为唯一的经济基础,形成无所不包的计划经济体制,农业、手工业集体组织以集中管理的形式限制了它的成员的生产自由。"一五"计划优先发展重工业,积累过高,农业、轻工业被挤占,人民生活受到很大影响。所有这些,同样引发了社会的不满情绪。当然,由于种种原因,特别是由于斯大林模式在中国还刚刚建立,不像在苏联和东欧国家那样已经有较长的历史积淀,其弊端的表现在中国不如苏联和东欧那么严重。

中共中央对国际国内的一系列事件给予了高度关注。中共中央和毛泽东一方面肯定它揭开了盖子,另一方面也批评它捅了娄子。所谓"捅娄子",是指赫鲁晓夫的秘密报告在内容或方法上都有严重错误,对斯大林否定过多,引起了一股反斯大林主义的风潮。波匈事件特别是匈牙利事件发生后,中共中央和毛泽东虽然也还承认苏共二十大在破除关于斯大林的迷信、揭露斯大林错误的严重性的决心和勇气,但是更侧重于批评苏共二十大全盘否认斯大林的错误。毛泽东认为,苏共二十大丢掉了斯大林这把"刀子",也丢掉了列宁这把"刀子"。对于东欧国家出现的问题,毛泽东则认为基本是阶级斗争没有搞好,那么多反革命没有搞掉,没有在阶级斗争中训练无产阶级,分清是非,分清敌我。[①]

对于国内出现的问题,中共中央和毛泽东一个根本的观点,就是把它看作是生产关系和生产力、上层建筑和经济基础之间矛盾的反映,这种矛盾在阶级斗争时代存在,在阶级消灭之后也还会有先进和落后的矛盾,人们之间还会有斗争,还会有打架的,还可能出各种乱子。[②]具体分析起来,中共中央和毛泽东是从两个视角观察国内时局的,一个是阶级斗争的视角,另一个是人民内部矛盾的视角。

所谓阶级斗争的视角,就是把国内少数人闹事同阶级斗争联系起来,将其看作是阶级斗争的表现。毛泽东对知识界的议论最为关注,一些知识分子提出搞"大民主",他认为所谓"大民主"就是采用西方资产阶级的国会制度,是学西方的"议会民主"、"新闻自由"、"言论自由"那一套。他甚至说,现在民主党派、资产阶级反对无产阶级大民主,而要搞资产阶级大民主。[③]按照他说话的逻辑,民主党派、知识界显然被划到了资产阶级一边,他们对时局、对政策的看法也被归为"资产阶级大民主"的范畴。

所谓人民内部矛盾的视角,就是把国内出现的问题同党内存在官僚主义、主观主义相联系,将官僚主义、主观主义导致的政策失误、工作失误作为少数人闹事的原因。毛泽东说:"县委以上的干部有几十万,国家的命运就掌握在他们手里。如果不搞好,脱离群众,不是艰苦奋斗,那末,工人、农民、学生就有理由不赞成他们。""有些人如果活得不耐烦了,搞官僚主义,见了群众一句好话没有,就是骂人,群众有问题不去解决,那就一定要被打倒。现在,这个危险是存在的。如果脱离群众,不去解决群众的问题,农民就要打扁担,工人就要上街示威,学生就要闹事。"[④]脱离群众、敷衍群众,是干部作风问题,当然不属于阶级斗争范围,按当时的说法,叫人民内部矛盾。

①《毛泽东选集》第五卷,人民出版社,1977年版,第321～322页。
②《毛泽东选集》第五卷,人民出版社,1977年版,第318、319页。
③《毛泽东选集》第五卷,人民出版社,1977年版,第323、326页。
④《毛泽东选集》第五卷,人民出版社,1977年版,第324～326页。

起初，中共中央和毛泽东看待国内时局的两个视角是平行的，但是对两个方面问题的处理却有侧重，即侧重于解决人民内部矛盾方面的问题，也就是解决党内的官僚主义、主观主义问题。解决的方法是整顿党的作风。毛泽东说："整风是在我们历史上行之有效的方法。以后凡是人民内部的事情，党内的事情，都要用整风的方法，用批评和自我批评的方法来解决，而不是用武力来解决。"[①]这年11月，中共举行八届二中全会，决定在全党展开整风运动。毛泽东在会上宣布，准备在明年开展整风运动。整顿三风：一整主观主义，二整宗派主义，三整官僚主义。[②]

中国共产党进行党内整风，是上个世纪40年代形成的传统。40年代的整风，主要是整顿当时党内存在的主观主义的学风、宗派主义的党风和党八股的文风，最主要的是整顿主观主义。50年代这次整风，整顿的是主观主义、官僚主义和宗派主义。从字眼上看，似乎没有太多区别，只是去掉了"党八股"，换成了"官僚主义"。实际上，这次同上次已经大不相同。除了"官僚主义"取代"党八股"外，"主观主义"、"宗派主义"的内容同40年代也不一样。"主观主义"是指认识和实际相脱离，但40年代的"主观主义"主要是指王明为代表的教条主义，而50年代的"主观主义"则包括了教条主义和经验主义，教条主义又主要是指对苏联经验的迷信，经验主义则是指对战争年代经验的沿袭。"宗派主义"在40年代是指王明等教条主义者对反对者的排斥和打击以及党内的山头主义、小团体主义等倾向，到了50年代除了指党内的山头主义、小团体主义以外，主要还是指党内对共产党以外的民主党派和无党派人士的轻视和排斥等倾向。

人民日報

再論無产阶級專政的历史經驗

◆ 1956年12月29日，《人民日报》发表《再论无产阶级专政的历史经验》一文，公开提出了毛泽东关于社会主义社会两类社会矛盾的思想。

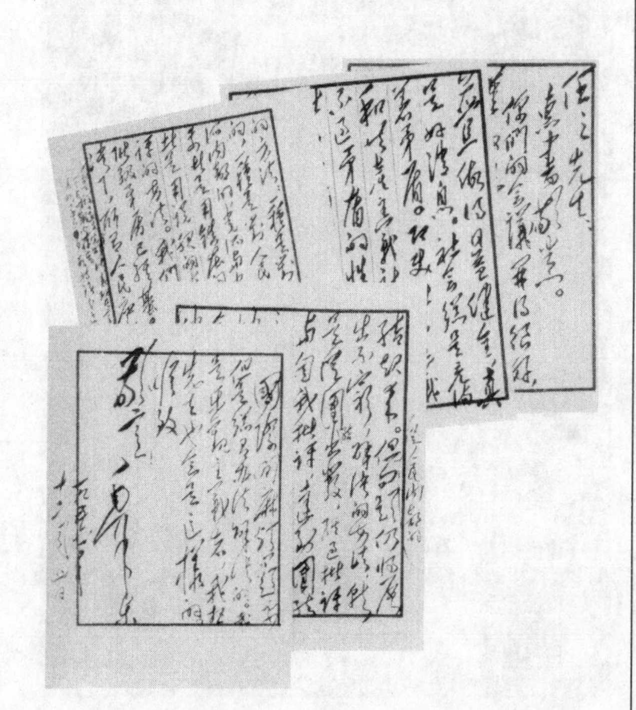

◆ 1956年12月4日，毛泽东给民主建国会主任委员黄炎培（任之）的信。毛泽东在信中第一次提到社会主义社会中有两类不同性质的矛盾。

①《毛泽东选集》第五卷，人民出版社，1977年版，第328页。
②《毛泽东选集》第五卷，人民出版社，1977年版，第327页。

二、整风的动员

最初，中共中央关于整风运动的部署，是1957年1月先由中共中央作出关于整风运动的指示，确定整风运动的内容，动员全党做好准备，从7月才开始正式进行。事实上中共中央并没有在1957年1月作出整风运动的指示，而整风运动的准备一直在进行。所谓准备，主要是思想动员。

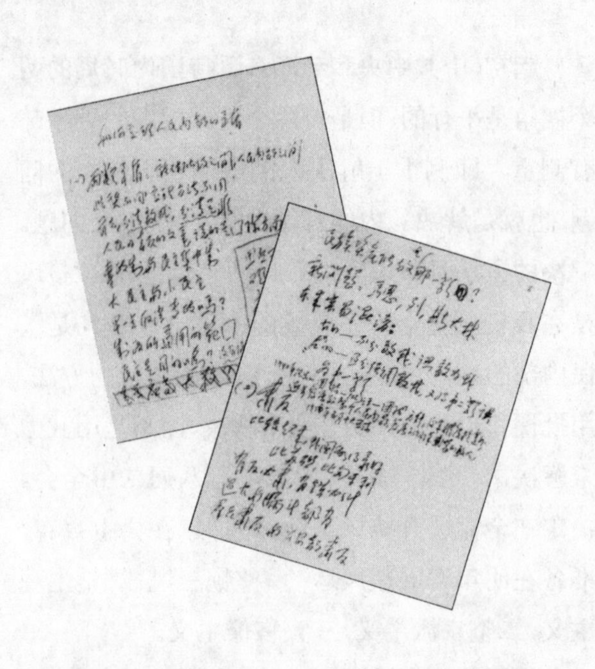

◆ 毛泽东《关于正确处理人民内部矛盾的问题》讲话提纲的手迹。

思想动员最重要的一件事，就是毛泽东在1957年2月27日在最高国务会议第十一次(扩大)会议上，作《关于正确处理人民内部矛盾的问题》的讲话。毛泽东在讲话中提出了一个两类矛盾的思想，即认为生产资料私有制的社会主义改造完成后，国内还存在敌我矛盾和人民内部矛盾，前者属于对抗性矛盾，后者属于非对抗性矛盾；矛盾性质不同，解决的方法也就不同，解决敌我矛盾用专政的方法，解决人民内部矛盾不能用专政的方法，也不能用行政命令的方法，而应当用民主的方法。毛泽东还提出了民主方法的公式，即“团结——批评——团结”。这个在20世纪40年代整风运动中产生的公式，毛泽东认为依然有效。用“团结——批评——团结”的方法，解决党内教条主义、官僚主义同人民群众的矛盾，还要推广这个方法，发展到整个人民中间，学校、工厂、合作社、商店，全国六亿人口都可以用这个方法。[①] 3月12日，毛泽东又在全国宣传工作会议上讲话。这篇讲话重申了有关两类矛盾的思想，特别讲到了整风问题。不过这次讲话对整风运动的部署又有变化，1957年作准备，1958年才普遍展开。4月份，中共中央写出关于整风

◆ 1957年2月27日，在最高国务会议第十一次(扩大)会议上，毛泽东作了《关于正确处理人民内部矛盾的问题》的讲话，第一次系统地阐述了关于社会主义社会两类矛盾的学说。

①《毛泽东著作选读》下册，人民出版社，1986年版，第757～759、762～764页。

运动的决定草案，就是按照这个部署来安排的：1957年进行准备工作，并在适当范围内试行；1958年全面展开，大约在两三年时间内完成。这个决定草案原准备下发讨论，然后在中共八届三中全会通过，再正式下发。不知什么原因，这个草案没有下发。不过，中共中央最高层领导人毛泽东、刘少奇、周恩来、邓小平，在1957年春天分头视察各地，进一步向党内外干部阐述关于处理人民内部矛盾的思想，实际上也是进一步作整风运动的动员。

毛泽东2月和3月的两次讲话当时都没有公开见诸报端，但是在党内外作了传达。中共中央高层领导人到各地视察、讲话，更加直接地宣传了毛泽东两次讲话的精神。由于毛泽东强调不能用武力的方法、行政命令的方法解决人民内部的问题，由于毛泽东提出要解决党内的官僚主义、主观主义和宗派主义问题，这两次讲话在党内外都产生了很大反响。据记者报道，毛泽东的讲话在上海传达后，“形成了上海知识界思想生活中的一件大事，给初春的上海，更增添了蓬蓬勃勃的生气”[①]。上海知识界的讨论非常热烈，好些过去不肯说话或不多说话的人，都解除了顾虑，畅所欲言。许多座谈会上都展开了激烈争论。农工党主席章伯钧直接听了毛泽东在最高国务会议上的讲话，他感到“非常兴奋”，认为毛泽东的讲话是“对自身理论的突破”，而这种突破将有益于毛泽东的社会实践。[②]讲话在党内同样产生了震动。对于人民内部矛盾的思想，以农民为主体的党内干部一开始不少人并不理解。他们以为自己同人民群众有天然联系，觉得共产党是为人民服务的，怎么会同人民群众有矛盾？但是这个以一种理论形态提出的思想，最终还是赢得党内的普遍拥护。在党内的讨论中，这个思想被赞誉为“是马克思列宁主义理论在中国新的历史条件下的重大发展”[③]，而这个讨论也被认为“将促进我国目前人民内部的某些矛盾得到比较顺利的解决，使我国人民的伟大团结更加巩固，从而使我国的社会主义事业更快地向前发展”[④]。

权威性党史著述认为：“传达和讨论这两篇讲话的进程，也就是揭露和检查各方面人民内部矛盾的进程，从共产党方面来说，整风运动实际上已经开始。”[⑤]这个判断不无道理。在毛泽东作两篇讲话以后，中共中央先后发出一系列指示或通知，从不同方面向全党提出了整顿党的作风，解决党内的主观主义、官僚主义和宗派主义问题，处理好人民内部矛盾的任务。

3月15日，中共中央发出《关于民主办社几个事项的通知》[⑥]，要求坚持民主办社的方针，注意三个事项：第一，农业合作社要按时公开财政收支；第二，社和队决定问题要同群众商量；第三，干部要参加生产。《通知》认为这样将会大大改善各农业合作社干部同群众的关系，加强干部同群众的团结，促进农业生产高潮。

3月16日，中共中央发出《关于传达全国宣传工作会议的指示》，《指示》指出：“现在，党与知识分子的关系中，存在一些不正常的状态。这种不正常状态的原因，是党内存在着两种反马克思列宁主义的思想，就是教条主义和右倾机会主义。教条主义，用粗暴的而不是说服的办法，用斥责而不是说理的办法，用强迫而不是自愿的办法，来对待知识分子，来对待思想问题，来对待学

① 1957年4月16日《人民日报》。
②章诒和：《越是崎岖越平坦——回忆我的父亲章伯钧》，见季羡林主编：《没有情节的故事》，北京十月文艺出版社，2001年版，第270页。
③ 1957年4月19日《人民日报》。
④ 1957年4月13日《人民日报》。
⑤胡绳主编：《中国共产党的七十年》，中共党史出版社，1991年版，第383页。
⑥《建国以来重要文献选编》第十册，中央文献出版社，1994年版，第128～130页。

习马克思主义的问题。”[①]《指示》要求深入讨论全国宣传工作会议提出的问题，同时收集和讨论新提出来的问题，并且要求充分发扬民主，特别要让党外人士[②]讲出内心的话。

3月25日，中共中央发出《关于处理罢工、罢课问题的指示》[③]。《指示》说，近半年内，工人罢工、学生罢课、群众性的游行请愿和其他类似的事件，比以前有了显著的增加。“这类事件的发生，首先是由于我们的工作没有做好，特别是由于领导者的官僚主义。在某些特殊情形下，如果领导者的官僚主义极端严重，群众几乎没有任何民主权利，因而无法通过‘团结——批评——团结’的正常方式解决问题，那么，群众采取罢工罢课游行情愿等类非正常方式就会成为不可避免的，甚至是必要的。”《指示》认为防止这类事件的发生，根本的办法是随时调整社会主义社会内部关系中存在的问题，“首先是克服官僚主义、扩大民主”。

4月7日，中共中央发出《关于研究工人阶级的几个重要问题的通知》[④]。《通知》说最近各地连续发生的一些工人罢工、怠工等事件，表明我们的国家机关和企业、事业单位的领导上存在严重的主观主义、官僚主义和宗派主义的作风，同时表明我们在职工群众中的思想政治工作薄弱。中央准备在年内召开的中央会议上，专门讨论工人阶级的几个有关问题：第一，关于职工群众参加企业管理的问题；第二，关于职工生活问题；第三，关于工人阶级内部的团结和教育问题；第四，关于企业中党、工会、青年团组织的工作问题。《通知》说研究上述问题是一项复杂的工作任务，必须全党动手，进行准备、讨论和解决，要求中共中央有关各部委、全国总工会党组、青年团中央、全国妇联党组、国务院有关各部委党组和各地党委。组织专门力量，进行系统的调查研究，并向中央写出有情况、有分析、有具体意见的综合报告。

4月19日，中共中央发出《限期将正确处理人民内部矛盾问题的讨论和执行情况报告中央》的指示[⑤]。这个指示是毛泽东本人起草的。《指示》要求中共中央上海局和各省、市、自治区党委，中央一级各部门和国家机关各党组，就一系列问题进行检查和报告。这些问题非常具体，包括：对正确处理人民内部矛盾问题党内外赞成和反对的意见，各地各部门党委、党组的意见及对

◆ 1957年3月，毛泽东在山东看整风大字报。

①《建国以来重要文献选编》第十册，中央文献出版社，1994年版，第133页。
②这里说的“党外人士”，严格讲，应该称非共产党人士。为反映历史原貌，本文仍称“党外人士”。
③《建国以来重要文献选编》第十册，中央文献出版社，1994年版，第154～163页。
④《建国以来重要文献选编》第十册，中央文献出版社，1994年版，第166～173页。
⑤《毛泽东文集》第七卷，人民出版社，1999年版，第292～293页。

整个形势的估计，地县党委的态度，各地各部门党委和书记处或党组是否深刻地多次地讨论这个问题，第一书记和中央一级党员部长或副部长是否将这个极重要的思想政治工作认真抓起来了，第一书记和中央一级党员部长或副部长是否将报纸刊物和学校管起来没有、看过报纸刊物上有关这类问题的文章没有、动笔修改过没有，党和党外人士间的不正常的紧张气氛是否有了一些缓和，对人民闹事采取了什么态度，党内某些人中存在的国民党作风是否开始有所变化，各地和各部门党委向学校学生和工厂工人作过讲演没有、作过几次、效果如何，等等。

所有这些，既可以看作是整风运动的准备，也可以看作是整风运动的展开。因为就实际内容而言，毛泽东的讲话，中央高层领导人到各地视察，中共中央一系列文件的发出以及各地各部门的传达和讨论，同整风运动已无二致。待到中共中央正式发出整风运动的指示时，整风运动所要实施的步骤已经在各地各部门展开了。

中共中央《关于整风运动的指示》[①]，是1957年4月27日发出的。这个《指示》说明了整风运动的背景，即国家已从革命的时期进入了社会主义建设时期，但是党内许多人不了解或者不很了解这种新情况和党的新任务；同时党已经处在执政的地位，许多人容易采取行政命令的方法处理问题，甚至用打击压迫的方法对待群众。几年来，脱离群众和实际的官僚主义、宗派主义、主观主义有了新的滋长。因此，有必要在全党进行一次反官僚主义、反宗派主义、反主观主义的整风运动。整风运动以毛泽东的两次讲话为思想指导，以正确处理人民内部矛盾为主题。按照毛泽东多次讲话的精神，整风运动采取和风细雨的方式，不采取“大民主”的方法，主要通过座谈会、小组会和个别交谈进行，同时按照自愿的原则，欢迎党外人士参加。进行整风运动的同时，要求各级党政军领导人员参加体力劳动，并形成一种制度，使领导者同群众打成一片。为此，中共中央在发出整风运动的指示不久，还发出《关于各级领导人员参加体力劳动的指示》(1957年5月10日)[②]，要求各级干部每年抽出一部分时间参加体力劳动，以发扬联系群众、艰苦奋斗的传统。

按照中共中央的部署，各地各级党委进一步展开整风运动，继续在更大范围内召开各种座谈会，征询各种意见。毛泽东在整风运动指示发出当天，还起草过一个党内指示，要求各地各级党委对党与工人、农民、学生、解放军、知识分子、民主党派，少数民族等七个方面的各项具体矛盾，分别召集会议，加以分析研究。

毛泽东本人身体力行，4月30日，在整风运动的指示公开见报的前一天，他约集各民主党派负责人和无党派人士座谈。毛泽东说几年来都想整风，找不到机会，现在找到了。现在已经造成一种批评空气，这种空气应该继续下去。[③]毛泽东在会上听了与会者各种意见，态度十分开明，会议气氛融洽而活跃。他说，现在报纸天天在讨论矛盾问题，有人担心人民政府会被推翻，但是已经两个月了，政府并未被推翻，而且越讨论越发展，人民政府就巩固了。还说，我们脑子开始也有点好大喜功，去年三四月间才开始变化。他表示，共产党受了许多挫折才学会阶级斗争，现在学建设的新战争，要从头学起。谈到党外人士是否有职无权的问题，毛泽东说恐怕是有职无权，还说学校实行党委制恐怕不合适，应当集中在校务委员会或教授会。五天后，他专门起

①《建国以来重要文献选编》第十册，中央文献出版社，1994年版，第222～226页。
②《建国以来重要文献选编》第十册，中央文献出版社，1994年版，第259～263页。
③毛泽东约集各民主党派负责人和无党派人士谈话，1957年4月30日。

草了一个请党外人士帮助党整风的党内指示。指示说，最近两个月来，有党外人士参加的各种会议和报纸上刊物上展开的关于人民内部矛盾的分析和对党政所犯错误缺点的批评，极为有益，应当继续展开，深入批判，不要停顿和间断。现在整风开始，中央已同各民主党派及无党派领导人士商好，不要在各民主党派内和社会上号召整风，而要继续展开对我党缺点错误的批判，以利于我党整风。①

三、党外人士的意见

1957年整风运动同20世纪40年代的整风运动，还有一个方式上的不同。40年代的整风运动是在党内进行的，而这次却是开门整风，不仅共产党自己在内部整风，而且还请党外人士参加，向共产党和政府提出意见，叫"帮助共产党整风"。党外人士向共产党和政府提意见，本来是实现党外监督的一种正常方式，法有规定，理所应当。但在实际的政治生活中这种方式并没有真正实施，或者没有显著效果。中共中央希望在整风运动中充分运用这种方式，这对于国家政治生活的健康运行，自然有不容忽视的积极意义。

党外人士参与共产党整风，也是从1957年春天开始的。各民主党派领导人和无党派人士代表，直接听了毛泽东在最高国务会议的讲话，一些人还在会上作了发言。毛泽东在全国宣传工作会议上的讲话，也向各民主党派和无党派人士作了传达。毛泽东两次讲话之后，恰逢全国政协二届三次会议召开。会上，一些党外人士就党与民主党派和无党派人士的关系等问题，发表了意见。

民革副主席张治中的发言，着重谈了党外人士有职有权有责、统战政策的认识和执行方法、党员与非党人士合作的问题：有些单位存在党外人士有职无权、分工不明甚至没有分工的情况，有些党员干部对统战工作的认识和执行方法有问题，有些甚至对民主党派的性质和任务都不知道，统战部门不主动找人，不找各方面的人，方式不灵活，有些党员对非党人士态度生硬，言语简单，生活不到一起，甚至连娱乐也分开。发言还引用了广东《南方日报》登载的一首诗："党群谁使隔高墙，民主原来未发扬。深坐公厅听汇报，偏听偏信事堪伤。"②民盟副主席罗隆基发言，主要谈党与非党知识分子的团结问题。他认为，贯彻知识分子政策，从上年周恩来作关于知识分子问题的报告后有了很大的成绩，但也有新的问题，如安排和使用问题，而关键的问题仍然在于怎样消除党与非党的隔膜。比如，评级重政治不重学术，教师进修党员机会多而非党教师机会少。还比如，对"百花齐放，百家争鸣"的方针，一般高级知识分子顾虑太多，猜疑很重，主要是某些党员干部缺乏正确认识，认为这个方针提出来后"今天社会已经是淫辞放恣，异端猖獗"，他们"热心于尊统卫道的工作"，"过急过早地倡导'不塞不流，不止不行'的议论，对思想学术的'放'者'鸣'者，不惜口诛笔伐，'包抄''围剿'"，使一般知识分子无所适从，更加退缩不前。③

农工党主席章伯钧的发言是从正面讲充分发挥民主党派作用的问题，但实际上却以另一种方式对党与非党的关系提出了意见。章说，民主党派和无党派人士首先要确立主人翁思想，不必自卑，也不必自高，"一切尽其在我"。由此，章提出应当加强各级政协工作。资本主义国家议会

①《毛泽东文集》第七卷，人民出版社，1999年版，第296～297页。
② 1957年3月9日《人民日报》。
③ 1957年3月23日《人民日报》。

◆ 为广泛听取党外人士的意见，中共中央统战部、国务院第八办公室于1957年5月8日至6月3日、5月15日至6月8日邀请民主党派负责人、无党派民主人士和工商界人士多次举行座谈会。图为中共中央统战部召集的第四次党外人士座谈会会场。

制度有两院制，社会主义国家如苏联和南斯拉夫也有两院的形式，我们有我们的实际情况，不必强同于人，也不能强同于人，但是实践政治生活中，政协“可以成为中国人民民主所需要的议会制度的民主一环”。谈到“百家争鸣”时，章伯钧的意见同罗隆基几近语出一人：“我希望在百家开始争鸣的今日，大家要有宽容的心情，不要急于以‘卫道者’自居，对那些求进步或勉强求进步的知识分子，开始发言的时候就给他们拦头一棒，以阻塞鸣路，这是不妥当的。”①

党外人士参与整风，在整风运动指示发出之前毕竟还是非常有限的。整风运动指示发出后，特别是4月30日毛泽东约集的座谈会后，党外人士才在更大规模和更深程度上参与进去。也就是说，党外人士是经过共产党一再动员，才参与共产党整风的。

说更大规模，是因为不仅党外上层人士参与进去，而且许多中层、基层的党外人士也纷纷参与整风。5月8日，上海《解放日报》邀请22位中小学教师座谈。与会教师谈了许多学校基层的情况，事情都很具体，如行政机构冗员过多、党政领导歧视非党非团教师、领导方法简单粗暴、领导关心教师不够、教学管理不规范、教师待遇低等，反映出基层党政组织和干部的官僚主义、宗派主义问题。《解放日报》以整版篇幅报道了座谈会的发言。毛泽东阅读后特意批给刘少奇、周恩来、陈云、邓小平、彭真，要求他们“过细一看”，还由此感慨“不整风党就会毁了”。类似这样基层党外人士对党政领导的批评意见，在各种座谈会和报刊上还是相当普遍的。

说更深程度，是因为党外人士对共产党和政府的批评意见，比前一阶段更为广泛和深入。最令人瞩目的，要算是先后从5月8日和15日开始举行的各民主党派负责人座谈会和工商界座谈会以及各民主党派、全国工商联自己召开的座谈会。这些座谈会分别由中共中央统战部和中共中央统战部与国务院第八办公室联合邀集，参与者又都是民主党派的负责人和工商界的头面人物，在这类座谈会中可以说是最高级别了。两个座谈会上所提出的意见，主要有以

① 1957年3月19日《人民日报》。

下几个方面：

第一，关于共产党与民主党派的关系。民建副主委章乃器批评了共产党内的宗派主义和教条主义思想作风，他说，现在有一部分党员，党内一个是非，党外一个是非，把"党党相护"当作党性；有人批评了党，明明提的意见是对的，党员也不承认，有人提的意见尽管是符合党的政策的，只要党员负责同志一摇头，非党员同志要坚持意见也是很困难的。[①]章乃器曾在《人民日报》发表文章，谈到党和非党之间有"墙"和"沟"。他认为，这种"墙"和"沟"的思想基础，是斯大林说的一句话："我们共产党员是具有特种性格的人，我们是由特殊材料制成的"。不少非党人士便以特殊眼光看待党员，一些修养不够的党员也以特殊自居。"墙"和"沟"的看法，得到不少党外人士的赞同。另一位民建副主委胡子昂说，许多地方党群关系尚有距离，表现为"敬而不亲，亲而不密"。有人说，党与非党的关系中间，好像有一堵墙、一道门槛，这堵墙、这道门槛虽然不一定很厚、很高，但是不应该存在。[②]民盟中央常委黄药眠说，当前最重要的缺点是党与非党的关系搞得不好。有些党员不对也认为是对的，非党员对的也认为是不对的。有些学校领导人怕和教师群众见面，部分党员恃功骄傲，有特权思想，不甚读书，靠党吃饭。[③]无党派人士张奚若指出，宗派主义的发生有历史背景，有些党员认为"天下是咱家打的"，于是老子天下第一，以革命功臣自居。他们认为："给你一碗饭吃，给你官做就够了，一切不过是为了团结，并不是你真正有什么本事。"因此，他有事情就照他的办法办，正是"一朝权在手，便把令来行"[④]。

第二，关于民主党派的地位和作用。章伯钧说，几年来，有些民主党派的成员在国家事务中确实没有很好地发挥作用，他们是有能力的，但是没有条件。有人说，职、权、责三者不可分，要做到非党领导人员有职有权，必须同时要非党人员负责，但是现在，在非党人士担任领导的地方，实际上是党组决定一切，都要党组负责。[⑤]民革中央常委陈铭枢说，当前学校的领导方面，多半是靠党、团、工会"一条鞭"进行工作，今后应该更多地依靠教师和学生。党组今后仍应该存在，只是应该注意，对于一些有关方针、政策性的问题，要同党外的负责干部商量。[⑥]罗隆基发言提到有人说民主党派不是眼睛、鼻子，而是眉毛，眉毛是可有可无的。他说，这种论调是因为"长期共存，互相监督"的方针提出来后，理论宣传没有跟上去。罗隆基还认为，实现互相监督，要给民主党派以工作便利的条件。现在各民主党派都参加了政权，但是过去有很多重大的政策问题，往往都是在领导党内讨论以后才拿出来协商。他希望这类问题，要在党内讨论的同时，也交民主党派去讨论。这是民主党派有名有实，要使协商名副其实的问题。[⑦]

第三，关于前几年政治运动和政策。民盟中央常委曾昭抡说，"三反"和肃反斗争，成绩都是基本的和主要的。但是也由于有一些缺点，发生了不少副作用。五年了这种副作用还没有完全消除掉。[⑧]民建中央委员千家驹提出，"三反"、"思

---

① 1957年5月9日《人民日报》。
② 1957年5月10日《人民日报》。
③ 1957年5月12日《人民日报》。
④ 1957年5月14日《人民日报》。
⑤ 1957年5月9日《人民日报》。
⑥ 1957年5月9日《人民日报》。
⑦ 1957年5月11日《人民日报》。
⑧ 1957年5月11日《人民日报》。

想改造”或“肃反”中斗错了的人，应向他解释清楚，这不是算老账。[1]罗隆基提议，由人民代表大会和政治协商委员会成立一个委员会，这个委员会不但要检查过去“三反”、“五反”、肃反运动中的偏差，还鼓励大家有什么委屈都来申诉。这个委员会包括领导党，也包括民主党派和各方面的人士。“平反”的机构一定要同“三反”、“五反”、“肃反”的领导机构分开。罗隆基还认为，从1956年以来主要问题是冒进，而不是保守。[2]张奚若批评了党内存在的三大主义和四种偏向。三大主义就是主观主义、官僚主义和宗派主义，四种偏向是好大喜功、急功近利、鄙视既往、迷信将来。好大喜功分两方面，一种是形体之大，以为近代的东西都必须大，许多建筑很堂皇，但是并不太合用。很多人对“伟大”概念并不清楚，伟大是一个道德概念，体积上的大并不等于精神上的大。另一个是组织之大，很多人把庞大叫做伟大。在他们看来，社会主义等于集体主义，集体主义等于集中，集中等于大，大等于不要小的。工商业组织要大，文化艺术组织要大，生活娱乐组织形式也要大，不管人民的生活消费者的需要如何。急功近利的一种表现是强调速成。在某种情况下速成是需要的，但要把长远的事情用速成的办法去做，结果是不会好的，事情应该分长远与一时的，百年大计与十年小计自有不同。历史是有继承性的，但许多人忽视了历史因素，一切都搬用洋教条。他们把历史遗留下来的许多东西都看作封建，都要打倒。将来当然要比现在好，但不能说将来任何事情都是发展的，将来有的发展，有的停滞，有的后退，有的消灭。因此，否定过去、迷信将来都是不对的。[3]

第四，关于现行工商业政策。集中的问题之一是公私合营企业中公方和私方的关系。北京市工商联副主委李贻赞说，在北京，公私共事关系问题主要是公方对私方不信任，私方人员很难发挥积极性。[4]湖南省工商联秘书长彭六安说，

◆ 在中共中央举行的民主党派负责人和无党派民主人士座谈会上，沈钧儒坦诚进言。

① 1957年5月12日《人民日报》。
② 1957年5月23日《人民日报》。
③ 1957年5月16日《人民日报》。
④ 1957年5月16日《人民日报》。

◆ 1957年4月30日，中国科学院邀请100多名著名科学家举行座谈会，讨论正确处理人民内部矛盾的问题。图为中国科学院院长郭沫若在发言。

湖南省的公私关系，表面上客客气气，就是不能以诚相见。[①]民建中央委员、妇女工作委员会主任委员邓季惺说，合营企业里公私之间、职私之间存在着深沟高垒的情况，主要是由于作为赎买金的"定息"制度造成的。私方持有本企业的股票，还在本企业取定息，纵使不再强调阶级关系，阶级关系也是存在的。[②]邓季惺谈到的定息是另一个十分集中的问题。按照政策，公私合营后的七年内私方人员仍然获取定息，但是这种定息比例很小，特别是大多数原来的中小私人企业主所获定息更少。然而，无论多少，只要还有定息，这些合营后的私方人员总感到有顶"剥削"的帽子，总被打入另册，因此他们希望尽快取消定息。合营企业的管理也是一个比较集中的问题。许多与会者反映，合营企业里公方代表不尊重私方人员，而私方人员压力很大。在经营上，一些企业的公方代表虽然口头表示听取私方人员的意见，但实际上并不采纳，有的甚至连口头表示都没有。关于公方代表问题，工商界座谈会还发生了一点争论。5月17日，天津市工商联主委毕鸣岐在会上作了一个长篇发言，谈应该怎样看待民族资产阶级的问题。毕鸣岐认为，中国民族资产阶级与世界各国的资产阶级固然有共同性，但是也有反帝、反封建、反官僚资本的特性，它是一个爱国的阶级。民族资产阶级是伟大的(当然共产党是最伟大的)，但是在结束了私人所有制、参加了政权和企业管理之后，为什么它们还有自卑感呢？当然民族资产阶级不主动，但是政府和企业

① 1957年5月16日《人民日报》。
② 1957年5月21日《人民日报》。

党员干部负有更大的责任，他们应该消灭宗派主义情绪和作风，给民族资产阶级以应有的评价。从心里说，我们不愿再当来宾，我们也是主人。[①]毕鸣岐的一番发言，第二天受到沈阳市工商联副秘书长马春霖的批评，马认为毕对民族资产阶级评价过高，最后还说："公方代表是撤不得的，党的领导更是不可缺的。因为我们离开党的领导是无能为力的。"[②]第三天《人民日报》刊登马春霖的发言，用了《马春霖不同意毕鸣岐的意见，资产阶级离开了党的领导是无能为力的》的标题。武汉市工商联秘书长苏先勤认为毕鸣岐的发言并没有要公方代表退出企业，更没有提出脱离党的领导。[③]倒是5月22日民建广东代表、广东工商改造辅导处处长王伯雄发言，谈到公私关系时说如果某些中小企业条件成熟，也可以考虑不设公方代表，但他又强调这不属于改变这个制度的问题。[④]

第五，关于制度和法制建设。不少与会者涉及了党政缺点产生的制度性原因和解决问题的制度性途径。民革副主席熊克武认为，党外人士有职有权是职责划分和有关制度建立的问题。应该确立合理的分工负责的制度。应该看到那种以人为转移的有权责和无权责的现象，会使宗派主义滋长和发展。他还提出了健全法制的意见，这不仅有关肃反工作，对于正确处理人民内部矛盾也有重要意义。[⑤]民革中央常委黄绍竑说，整风好比洗澡，法律制度好比洗脸，整风固然需要，而建立法律制度是同样需要的，光是整风而不建立法律制度就无法永久保持整风的效果。他认为我们的立法落后于客观形势的需要，刑法、民法、违警法、公务员惩戒法都尚未制定公布，经济方面的法规更不完备，五年计划快完成了，但是度量衡条例还没有制定。他说，好多人提出党外人士有职有权的问题，如果这些法规完备了，不但党外人士有职有权的问题可以解决，党政的关系也可以分得清楚，搞得更好。[⑥]致公党主席陈其尤、致公党中央副秘书长严希纯也在发言中呼吁，尽早制定民法、刑法、计量条例，以便有所遵循。[⑦]

一些人还特别指出"以党代政"的问题，有的人认为这个问题县以下比较普遍，也有人提出中央一级也有这个问题。无党派人士陈叔通说，看到中共中央和国务院联合发布指示，不懂为什么要这样做。当然，国家是由党领导的，党可以抉择方针政策问题。但国务院是最高行政机关，有关行政方面的问题应由国务院发指示。党和国务院联合发指示，容易在人民中造成一种印象，党和政府一道发指示就重要，国务院单独发就不重要，这无异于削弱了国务院的权力。[⑧]章伯钧从学校中的党委治校问题谈到，大家都认为共产党的领导是不可缺少的，但是又感到这种制度有缺点。他说，现在工业方面有许多设计院，可是政治上的许多设施就没有一个设计院。政协、人大、民主党派、人民团体，应该是政治上的四个设计院。应该多发挥这些设计院的作用。一些政治上的基本建设，要事先交由他们讨论，三个臭皮匠，合成一个诸葛亮。[⑨]

两个座谈会的内容实际上远比这里介绍的

---

① 1957年5月18日《人民日报》。
② 1957年5月19日《人民日报》。
③ 1957年5月21日《人民日报》。
④ 1957年5月23日《人民日报》。
⑤ 1957年5月12日《人民日报》。
⑥ 1957年5月17日《人民日报》。
⑦ 1957年5月10、17日《人民日报》。
⑧ 1957年5月17日《人民日报》。
⑨ 1957年5月22日《人民日报》。

要丰富。但就是从上述有限的概述，也完全可以看出，党外人士所提意见已经触及到党政缺点的实质和深层原因，而且言语也比较尖锐。而类似两个座谈会形式的各种座谈会，不仅在北京，还在全国其他地方普遍举行，所谈意见有不少同这两个座谈会大体相同。1949年共产党执政以来，如此大规模地向党和政府提意见，这还是第一次。全国逐渐形成了一种氛围，人们程度不同地解除了顾虑，敞开心扉说话。同民主党派、知识界最为接近的高等院校学生，无疑最早感受到了这种气氛。敏感而又热情的学生，也纷纷投入到运动中来。5月中旬，当两个座谈会渐入高潮的时候，北京高等院校的学生也焕发出越来越高的参与热情。5月19日，北京大学张贴出一张大字报，对当时正在举行的中国新民主主义青年团第三次代表大会代表的选举提出意见。随即，越来越多的学生张贴大字报，提出各种问题和意见。围绕这些问题和意见，校园里还展开了各种演讲会、辩论会。北京大学的热潮又迅疾向其他高校蔓延，并向外地高校扩散。一时间，整风运动似乎出现了一种畅所欲言的局面。

四、从整风转向反右派

随着整风运动的迅猛展开，各方面人士在各种座谈会上和报刊上广泛而集中地对党的工作提出批评意见，这种局面建国以来未曾有过。在这个过程中，出现了一些复杂情况。除了对党的工作作风中的官僚主义、宗派主义、主观主义的各种具体表现和危害的大量批评意见之外，越来越多的意见涉及对党的领导、对社会主义制度、对建国以来的历次政治运动、对党的对内对外方针等重大问题的根本评价。这种情况引起中共中央、毛泽东的特别注意。

社会主义改造带来深刻社会变革，会有许多人感到不适应，会有极少数人对共产党和社会主义抱有敌对情绪，这是党本来就估计到并多次指出过的。波匈事件以后，毛泽东一直从人民内部矛盾和阶级斗争这两个方面观察国内政治形势和思想动向。对少数人闹事，他既着重地指出和要求解决领导方面的问题，也认为再一个因素是反革命分子和坏分子的存在。但是那个时候，毛泽东对国内形势的估计还是乐观的，认为像匈牙利事件那样的全国性大乱子在中国闹不起来[①]。他在2月最高国务会议的讲话中也说：波匈事件以后，中国的局面很稳固。有那么一点小风波，叫做“风乍起，吹皱一池春水”，像七级台风引起那样的风浪是没有的。由于对国内形势作了这样的估计，所以毛泽东这篇讲话还是把主要的注意力放在正确处理人民内部矛盾方面，而不是阶级斗争方面。在3月全国宣传工作会议的讲话中，毛泽东对知识分子的状况作了总体的两面的分析：“我国知识分子大约有五百万，除了少数人对社会主义制度抱有敌对情绪，认为社会主义没有优越性、会失败、希望回复到资本主义时代去的以外，都是爱国主义者，都是拥护社会主义的，但有许多人对于在新制度下如何工作，许多新问题如何解答，不大清楚，对于接受马克思主义世界观许多人还有怀疑，他们抱有各种错误观点。”[②]

进入5月中旬以后，中共中央、毛泽东对整风运动中出现的怀疑和否定共产党的领导和社会主义制度的言论比较警惕，在观察形势时特别注意阶级斗争的动向。5月14日，中共中央在一份党内指示中指出：“近来我们许多党报，

①《毛泽东选集》第五卷，人民出版社，1977年版，第337页。
②《建国以来毛泽东文稿》第六册，中央文献出版社，1992年版，第374页。

对于一些反共的言论加以删节，是不妥当的。”指示要求各地的报纸继续充分报道党外人士的言论，“特别是对于右倾分子、反共分子的言论，必须原样地、不加粉饰地报导出来，使群众明了他们的面目，这对于教育群众、教育中间分子，有很大的好处”[①]。两天后，毛泽东在为中央起草的党内指示中再次指出：“最近一些天以来，社会上有少数带有反共情绪的人跃跃欲试，发表一些带有煽动性的言论，企图将正确解决人民内部矛盾、巩固人民民主专政、以利社会主义建设的正确方向，引导到错误方向去”。指示同样要求暂时不要批驳，使右翼分子暴露其反动面目，而各级党组织要“好好掌握形势，设法团结多数中间力量，逐步孤立右派，争取胜利”[②]。这两个指示都首先肯定党外人士提出批评意见是很好的现象，绝大多数批评意见是善意的和正确的，因此，两个指示还是维持了整风的部署。同时也提出注意“右倾分子”的反共言论的问题，而且有意识采取放出来加以暴露的态度，要求过一段时间再加以反驳。

党中央、毛泽东一再要求对“右翼言论”原样报道，从原来不主张“大鸣”“大放”，改变为主张“大鸣”“大放”。极少数人乘“大鸣”、“大放”之机向党和新生的社会主义制度放肆地发动进攻。他们把共产党在国家政治生活中的领导地位攻击为“党天下”，公然提出共产党退出机关、学校，公方代表退出合营企业，要求“轮流坐庄”，妄图取代共产党的领导；他们极力抹煞社会主义改造和建设的成就，否定社会主义制度的优越性，把人民民主专政的制度说成是产生官僚主义、宗派主义和主观主义的根源。从5月19日起，北京的高等院校开始贴出“大鸣”“大放”的大字报。由于报刊上和社会上言论的影响，许多大字报带有鲜明的和尖锐的政治性。有的高校的学生仿效英国海德公园式的“民主讲坛”，多处设置讲演台，开“辩论会”、“控诉会”，每天晚上都有数百人甚至上千人参加。在北京大学的“控诉会”上，有的人把斯大林肃反扩大化的错误与中国的肃反运动相联系，诉说肃反中亲历的遭遇，引起学生情绪的极大波动；有的说，对共产党的缺点不能用改良主义的方法，而要像匈牙利那样直接采取行动。“控诉会”后，学生要求上街游行，学校党委第一书记到场讲话，对学生进行正面引导，不让学生走上街头。但此后，学校的正常教学秩序已经很难维持。有一小部分学生，企图将北京大学局部事件产生的影响扩展到社会。他们分头到北京各大学和天津、济南等地的大学里去联络，并通过书信形式将大字报寄往全国各地的高等院校，企图造成一个全国性的运动。5月26日的《光明日报》、5月27日的《文汇报》，分别对上述事态作了报道。全国各地高等学校的学生纷纷起来仿效，大字报铺天盖地，贴满各个学校。本已复杂的局面变得更加复杂。

对于这种紧张的政治空气，一些民主党派中的代表人物十分关注，他们认为共产党已经丧失了控制局势的能力，要由他们出面才能平息事态。中共中央更是密切注视着事态的发展。在知识分子队伍中，极少数人对社会主义抱有敌对情绪，这是党本来清醒估计到并且多次指出过的。但是，这些人这时发动进攻，则是党没有预计到的。这种异常现象，不能不引起党的高度警觉，并把它看成是一个危险的政治信号。中央后来分析这个情况指出，有人提出

①《中共中央关于报导当前党外人士对党政各方面工作的批评的指示》，1957年5月14日，中国人民解放军国防大学党史党建政工教研室编：《中共党史教学参考资料》第二十二册，第18页。
②《中共中央关于对待当前党外人士批评的指示》，1957年5月16日，《建国以来重要文献选编》第十册，中央文献出版社，1994年版，第273页。

◆ 中共中央号召党外人士和人民群众大鸣大放，帮助党整风。图为西安西北国棉一厂职工分成许多小组进行鸣放。

的纲领很谨慎，不是打倒共产党，而是要共产党退出阵地。显然，有一部分右派想跟共产党争夺领导权。这个斗争不只是在思想领域也扩及到政治领域。正如毛泽东后来所说："共产党看出了资产阶级与无产阶级这一场阶级斗争是不可避免的。"

在这样的背景下，毛泽东印发一篇题为《事情正在起变化》的文章[①]。这时，毛泽东对形势的判断与2月份"吹皱一池春水"的分析不同，认为形势已经是"右派猖狂进攻"，他们"不顾一切，想要在中国这块土地上刮起一阵害禾稼、毁房屋的七级以上的台风"。他指出："最近这个时期，在民主党派中和高等学校中，右派表现得最坚决最猖狂。""右派的企图，先争局部，后争全部。先争新闻界、文艺界、教育界、科技界的领导权。他们知道，共产党在这些方面不如他们，情况也正是如此。"他认为，右派的进攻还没有达到顶点，要让他们猖狂一个时期，让他们走到顶点。他们越猖狂，对于我们越有利益。[②]这篇文章标志着党中央的指导思想发生变化，运动的主题开始由正确处理人民内部矛盾转向对敌斗争，由党内整风转向反击右派。

中共中央、毛泽东对形势作出新的判断后，着手对反右派斗争进行部署。中央要求在一段时间内，更广泛地动员党外人士大鸣大放，各级党组织不予公开批驳。从5月下旬至6月初，各地方和中央有关部门及文化、教育、科研单位的党组织，除直接组织召开各种座谈会外，还动员民主党派和教育、文艺、新闻、科技、法律、工商各界开会。中央和地方的各种报刊继续对这

①这篇文章写于5月中旬，几经修改，于6月14日署名"中央政治研究室"印发党内高级干部。

②《建国以来重要文献选编》第十册，中央文献出版社，1994年版，第266～268页。

◆ 1957年5月25日，毛泽东接见中国新民主主义青年团第三次全国代表时发表讲话，号召青年们“团结起来，坚决地勇敢地为社会主义的伟大事业而奋斗”，并强调指出：“一切离开社会主义的言论和行动是完全错误的。”

些会议情况进行报道。

5月26日《人民日报》在显著位置刊登毛泽东接见参加青年团第三次全国代表大会代表的消息。这个消息报道毛泽东的讲话说：中国共产党是全中国人民的领导核心。没有这样一个核心，社会主义事业就不能胜利。他号召大家团结起来，坚决地勇敢地为社会主义的伟大事业而奋斗，并且指出“一切离开社会主义的言论行动是完全错误的”①。毛泽东的讲话，实际上公开发出了反击右派的预警。

5月下旬，党中央对下一步运动的进行作出一系列部署，要求达到改正缺点、改进工作和团结党外中间派、孤立右派的目的。为了达到这个目的，党中央要求继续采取“放”的方针，同时抓紧组织专人撰写一批反驳右派观点的文章，为大规模反击右派做准备。

这一系列部署表明，运动内容已由原来的一个变为两个，即由解决人民内部矛盾为主题的整风运动，变为整风和反右派。而当时党中央着力抓的是以阶级斗争为主题的反右派斗争。党中央、毛泽东指出，资产阶级右派在“帮助共产党整风”的名义之下，“向共产党和工人阶级的领导权挑战”，“企图趁此时机把共产党和工人阶级打翻，把社会主义的伟大事业打翻，拉着历史向后倒退”②。“不打胜这一仗，社会主义是建不成的，并且有出匈牙利事件的某些危险。”③

从新中国成立到社会主义改造基本完成，在短短的七年里实现这样深刻的社会变革，不能不引起社会各阶级、各阶层的不同反应，人们对这个变革需要有一个观察、适应的过程。中国要不

①新华社讯:《毛主席勉励青年团代表大会全体代表》，见《人民日报》1957年5月26日。
②《人民日报》1957年6月8日，社论:《这是为什么?》。
③《中共中央关于组织力量准备反击右派分子进攻的指示》，1957年6月8日。

◆ 毛泽东与参加中国新民主主义青年团第三次代表大会的代表在一起。

要走社会主义道路和要不要共产党领导的问题，实际上并没有完全解决。一小部分人仍存有崇尚西方资本主义政治和经济制度的倾向。在国际国内政治气候的影响下，极少数人向党、向社会主义进攻。对反社会主义的倾向进行反击和斗争，事实上是不可避免的，也是必要的。只有坚决地反对一切脱离社会主义的言论行动，在人民中间进行坚持社会主义道路的教育，才能顺利地推进建设社会主义的事业，否则就会在人民中间造成思想上和政治上的混乱。

但是，敌视社会主义的人在国内毕竟只是极少数，同这种倾向的斗争应该在问题发生的范围内进行。对这一点，党本来是有清醒估计和正确认识的。然而，在整风运动的发展过程中，党改变原来的估计和认识，对阶级斗争的形势作了过分严重的判断，把大量对党的政策和工作的批评意见都看成是右派进攻，尤其是对动员党外人士大鸣大放所导致的复杂局面没有作具体分析，对形势的估计越来越严重，把本应在一定范围内进行并主要采用解决思想问题的方式来进行的斗争，扩展成“一场大规模的思想战争和政治战争”[①]。这就不可避免地导致了反右派斗争扩大化的错误。

五、发动反右派斗争

6月8日，《人民日报》发表社论《这是为什么？》。社论从一封匿名信事件[②]说起，认为它是当前政治生活中某些人利用党的整风运动进行尖锐的阶级斗争的信号。社论指出，少数右派分子想推翻共产党的领导，推翻社会主义制度，最

①《中央关于加紧进行整风的指示》，1957年6月6日，《建国以来毛泽东文稿》第六册，中央文献出版社，1992年版，第491页。

② 1957年5月25日，民革中央委员、国务院秘书长助理卢郁文在民革中央座谈会上发言，批评一些人提的意见有摆脱共产党的领导的意思，主张党和非党之间的“墙”应由共产党和民主党派两方面共同来拆。会后他收到一封匿名信。这封信攻击他“为虎作伥”，辱骂他是“无耻之尤”，并恫吓他“及早回头”，不然“不会饶恕”他。6月6日卢郁文在国务院党外人士座谈会上宣读了这封信。6月7日，《人民日报》报道了这次座谈会和这封匿名信的情况。

这是为什么？

建立宁夏

石景山鋼鐵厂

反对离开

痛斥

◆ 6月8日,《人民日报》发表题为《这是为什么？》的社论,揭开了反右派斗争的序幕。

◆ 6月8日,《人民日报》发表《这是为什么？》的社论,开始反右派斗争。图为反右派的墙报。

广大的人民是决不许可的。

同一天,毛泽东为中共中央起草党内指示《组织力量反击右派分子的猖狂进攻》,对反击右派作出进一步的分析和安排,指出:“这是一个伟大的政治斗争和思想斗争。只有这样做,我党才能掌握主动,锻炼人才,教育群众,孤立反动派,使反动派陷入被动。”[①]指示认为反动分子的人数不过百分之几,最积极疯狂分子不过百分之一,故不足怕。中共中央对反右派斗争的具体安排是:组织每个党派自己开座谈会,让正反两方面意见暴露,派记者予以报道,然后推动左、中分子发言,反击右派。高等学校要组织教授座谈,尽量使右派吐出一切毒素。到适当时机组织党团员分组开会,接受建设性意见,批驳破坏性意见;同时组织一些党外人士讲演,讲正面的话。然后由党的负责人作一个总结,将空气完全转变过来。

《人民日报》的这篇社论和中共中央的这个指示,标志着反右派斗争正式开始。

6月19日,《人民日报》发表经过毛泽东作了若干重要补充和修改的《关于正确处理人民内部矛盾的问题》讲话。发表的讲话稿增加了判断人们言行是非的六条政治标准,指出这六条标准中最重要的是社会主义道路和党的领导两条;还增加了强调阶级斗争很激烈、社会主义和资本主义之间谁胜谁负的问题还没有真正解决的论述。毛泽东指出:社会主义改造基本完成以后,阶级斗争并没有结束;无产阶级和资产阶级之间的阶级斗争,各派政治力量之间的阶级斗争,无产阶级和资产阶级之间在意识形态方面的阶级斗争,还是长期的,曲折的,有时甚至是很激烈的。[②]

经过一系列发动,反右派斗争以巨大的声势在报纸上、在高等学校里、在各民主党派中央的

①《建国以来毛泽东文稿》第六册,中央文献出版社,1992年版,第497页。
②《毛泽东著作选读》下册,人民出版社,1986年版,第789、785页。

人民日报

全党重新进行一次反官僚主义、反宗派主义、反主观主义的整风运动

整風的主題——正确处理人民内部矛盾

中国共产党中央委员会关于整風运动的指示

（一九五七年四月二十七日）

◆ 1957年4月27日，中共中央作出《关于整风运动的指示》。5月1日，该指示在《人民日报》上公开发表。

会议上和各界各部门各单位的会议上指名道姓地猛烈开展起来。

6月26日至7月15日，第一届全国人民代表大会第四次会议在北京召开。会议开幕的这一天，中共中央发出《关于打击、孤立资产阶级右派分子的指示》，要求对资产阶级右派分子实行内外夹击，无情地给他们以歼灭性的打击，使他们以后在国家安定的形势下，再难于组织像现在这样大规模的反共运动。根据这个精神，大会各项报告、大会发言和小组讨论都贯穿反击右派的精神，此前已被指名为右派受到批判的人大代表在会上纷纷检讨。

7月1日，《人民日报》发表社论《文汇报的资产阶级方向应当批判》。社论把党当时对形势的估计、对斗争性质的认识以及所采取的斗争策略作了全面的论述。社论指出，1957年“整个春季，中国天空上突然黑云乱翻”，民主党派的一些头面人物“有组织、有计划、有纲领、有路线”，“呼风唤雨，推涛作浪，或策划于密室，或点火于基层，上下串连，八方呼应”，“其方针是整垮共产党，造成天下大乱，以便取而代之”。社论认为，资产阶级右派就是“反共反人民反社会主义的资

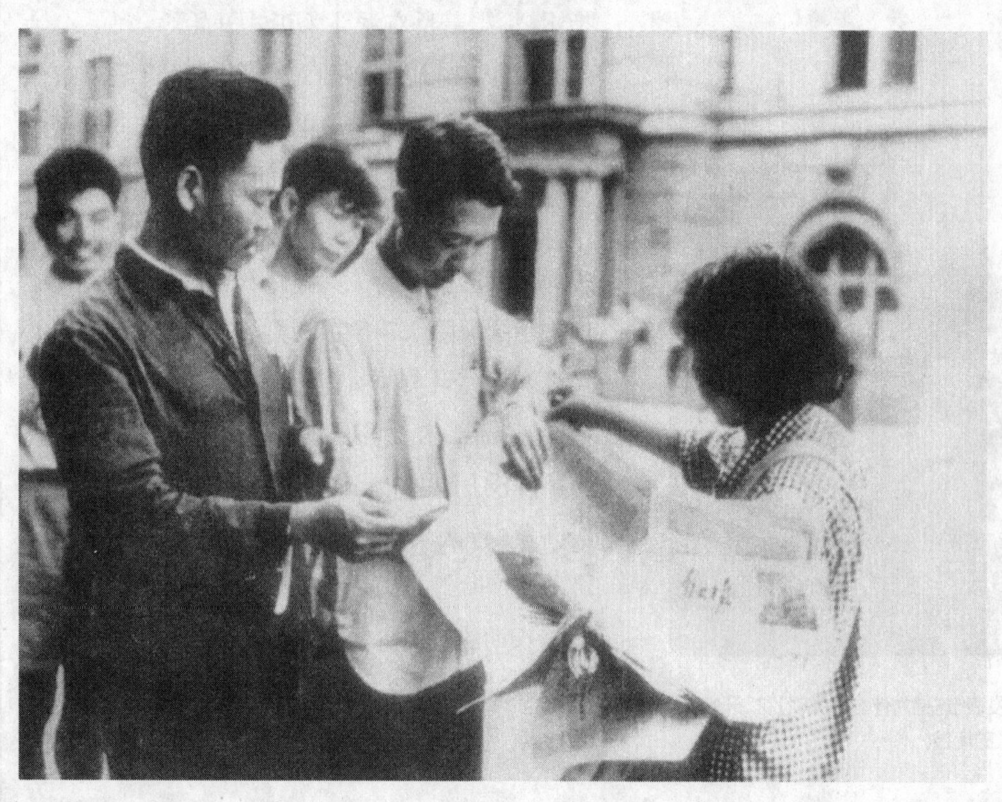

◆ 1957年6月19日，毛泽东的讲话《关于正确处理人民内部矛盾的问题》经过补充整理后，在《人民日报》上公开发表。图为上海市民在购买刊者有讲话全文的报纸。

产阶级反动派”，而党对他们采取“聚集力量，等待时机成熟，实行反击”的策略是“阳谋”，因为事先告诉了敌人：牛鬼蛇神只有让它们出笼，才好歼灭它们，毒草只有让它们出土，才便于锄掉。这篇社论是反右派斗争进一步升级的标志。

7月17日至21日，党中央在青岛召开省市委书记会议。毛泽东写了《一九五七年夏季的形势》一文，提出两个重要观点：第一，确认反共反人民反社会主义的资产阶级右派同人民的矛盾是敌我矛盾，是对抗性的不可调和的你死我活的矛盾。第二，指出这一次批判资产阶级右派是一次在政治战线上和思想战线上的伟大的社会主义革命，认为单有1956年在经济战线上（在生产资料所有制上）的社会主义革命是不够的，并且是不巩固的，必须还有一个政治战线上和一个思想战线上的彻底的社会主义革命。[①]

此后，党中央相继发出一系列指示，要求把运动推向地县、市区、大厂矿和中小学教职工以及少数民族地区，并且提出要深入“挖掘”右派。反右派斗争进一步在全国范围内各个领域广泛展开。

各民主党派相继召开座谈会，批判右派言论，并决定进行整风。毛泽东对民主党派的整风提出明确的要求，指出：“现在民主党派整风的重点是整路线问题，整资产阶级右派的反革命路线。”主要解决三个问题：社会主义革命和建设的成绩、社会主义道路、共产党的领导。[②]8月29日《人民日报》发表社论《各民主党派的严重任务》指出：在一个时期内，右派路线在各民主党派内部都有深刻的影响，一部分民主党派，就整体而不是就局部说来，右派路线曾经占了上风，有许多基层组织都成了右派分子用来向党向人民向社会主义进攻的合法工具。这样，各民主党派及其所联系的工商界、教育界、科技界、文艺界、新闻界的整风就成为反右派斗争的主战场。

高等学校是整风运动开展较早的部门，也是反右派斗争的前沿。各个院校大批判的“炮火”直接对准“大鸣”“大放”中比较活跃的教员和学生。6月下旬，《人民日报》报道：首都一些高等学校在

◆ 反右派斗争发展成为全国性的急风暴雨式的群众运动。图为1957年国庆节时，举着“把反右派斗争进行到底”巨幅标语的游行队伍。

①《毛泽东选集》第五卷，人民出版社，1977年版，第456、461页。
②《毛泽东选集》第五卷，人民出版社，1977年版，第450页。

鸣放中组织起来的社团"纷纷瓦解";他们寄往天津、上海等地高等学校的刊物,纷纷"被退回";北京大学、中国人民大学、清华大学、北京师范大学等高等学校连续举行大会,一些在鸣放中发表的反社会主义的言论,已经被逐个批倒。[①]

工商界的反右派斗争开始较早。在6月8日《人民日报》发表《这是为什么?》的社论后,工商界人士召开座谈会,对前一阶段工商界一些人士在定息问题和私营工商业改造工作、合营企业中公私方人员关系、民族资产阶级两面性及其改造等问题上发表的意见展开了批判。

教育界的党外人士在整风中对高校在实行党委负责制方面的一些问题提出不少意见,并提出一些改进的建议。反右派斗争开始后,高校对于学校领导体制、培养目标、课程设置、教学计划以及院系调整等方面的问题展开了"大辩论"。

新闻界的反右派斗争以批判一些报纸的政治方向,以及资产阶级新闻理论为主要内容。新闻界一些人在整风中所提出的新闻自由、新闻报道的多样性等观点以及对新闻宣传的批评,受到批判。

文艺界是反右派斗争的一个重要领域。这个领域的反右斗争主要是批判在"百花齐放,百家争鸣"方针提出之后文艺界提出的若干文艺观点,以及揭露社会现实问题的若干文艺作品,还有一大批崭露头角的年轻作家。一些从二三十年代开始从事左翼文艺运动的著名作家、诗人、文艺和理论家,因涉及左翼文艺界内部的一些分歧、争论和1949年以来文艺界的分歧、争论,而被打成"反党右派集团"。

◆ 中国人民大学召开反击右派分子辩论大会。

◆ 群众集会声讨右派。

①《首都高等学校师生用真理和事实击溃了右派分子》,见1957年6月21日《人民日报》。

科技界反右派斗争的一个重要内容，是批判民盟中央提出的《对于有关我国科学体制问题的几点意见》。这份《意见》被认为是“反社会主义的科学纲领”，其中提出的有关保护科学家，加强科学院、高等学校、业务部门研究机构之间的分工协作，科学研究的领导，培养新生力量，以及加强社会科学工作，恢复社会学和政治学等方面的建议，都遭到批判。

还在酝酿反右派斗争时，毛泽东就指出反右派这场大仗的战场既在党外又在党内。后来斗争的发展表明，所谓党内战场，主要还不是指学校、机关和企事业单位所划的右派分子中包括一部分党员在内，而是指高级党政机关的领导层也需要展开反右派斗争。结果，在浙江、甘肃、安徽、云南、广西、青海、河北、广东、新疆、河南、山东等省、自治区党委领导层和中央若干部门领导层，分别打了一批党内“右派集团”、“反党集团”或右派分子，这些人大都是因为对政策有某些不同看法或者在工作中提出某些不同意见而受到批判，被戴上“右派”帽子的。

9月23日至10月9日在北京举行了党的八届三中全会，对5月份以来的整风运动和反右派斗争作了总结，对今后的任务作了部署。

六、反右派斗争扩大化

由于对阶级斗争形势作了过分严重的估计，并且沿用革命时期大规模的急风暴雨的群众性政治运动的斗争方式，反右派斗争被严重地扩大化了。

在决定发动反右派之初，在《事情正在起变化》这篇文章中，设想的方式，还是“除个别例外，不必具体指名，给他们留一个回旋余地，以利在适当条件下妥协下来”。就是说，主要还是对一种政治思潮的批判，一般不着重在对人的指名批判，不是要把许多人划为右派分子。6月8日中央发出《组织力量反击右派分子的猖狂进攻》的指示的时候，也还是设想，大鸣大放、反击右派的整个过程，做得好，有一个月左右就足够了，然后转入和风细雨的党内整风。可是，这些把这场斗争限制在较小范围和较短时间的最初设想，很快就被大大突破了。

反右派开始以后，在报纸上被指名为右派分子的人，从民主党派的头面人物到高等院校的在校学生，数目迅速增加。6月29日中央指示，右派中需要在各种范围点名批判的，北京大约400人，全国大约4000人。这已经不是主要批判政治思潮，而是较多地着重于具体点名，尽管人数还有所限制。仅仅过了十天，中央指示准备点名批判的人数又扩大了一倍。8月以后强调反右派斗争要深入开展，再也没有规定过全国的控制数字。到9月八届三中全会召开时，全国已划右派6万余人。当时估计，右派最多有15万左右。随着形势的发展，一些单位还规定了划右派的具体数字指标，而上面规定的指标在下面一些单位也被突破了。1957年冬至1958年春，在全国中小学教职工中开展反右派斗争，仅小学教员中就划了十几万右派分子。最后到1958年夏季反右派斗争结束，整个运动历时一年，全国共划右派分子55万多人。①这是数量方面严重扩大化的情况。

另一个方面的严重扩大化，是在对右派性质的判定方面。6月26日周恩来在一届全国人大四次会议作政府工作报告，一般地仍把右派分子

① 1978年9月，中共中央批转中央组织部、中央宣传部、中央统战部、公安部、民政部的报告，其中提出凡是不应划为右派而被错划了的，应予改正。根据这个精神，对55万多被划为右派分子的人基本上作了改正。1980年6月，中共中央批转中央统战部《关于爱国人士的右派复查问题的请示报告》，对民主党派、无党派民主人士中被划为右派的代表性较大的上层爱国人士27人复查的结果，改正22人，维持原案5人；对维持原案的人，也肯定他们同共产党有过合作的历史，对人民作过一些好事。

的问题放在人民内部的范围里，说在中国社会大变动的时代，人民内部常常有左派、中间派和右派的分化；报告也讲到可能有极少数右派分子坚持反动立场，甚至采取破坏社会主义建设的行动，发生矛盾性质的转化。同一天的一个党内指示则说，右派分子“实际上有些已经超出了人民内部矛盾的范围。但是，还需要按照情况的变化，加以分析，才能分别确定。目前不要说得太死”。7月1日《人民日报》社论《文汇报的资产阶级方向应当批判》虽已认定右派为反共反人民反社会主义的资产阶级反

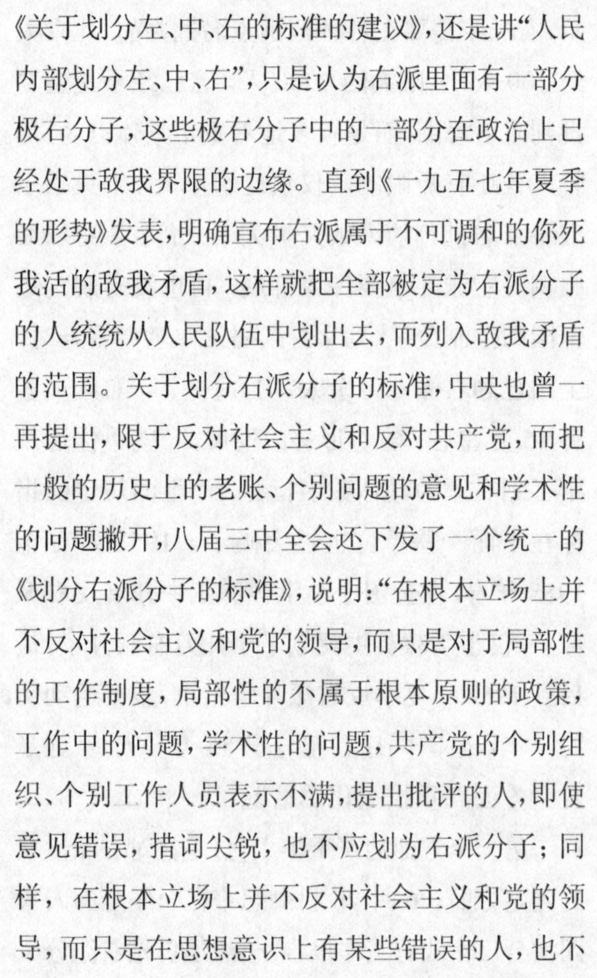

动派，但是7月11日中央批转中央统战部《关于划分左、中、右的标准的建议》，还是讲“人民内部划分左、中、右”，只是认为右派里面有一部分极右分子，这些极右分子中的一部分在政治上已经处于敌我界限的边缘。直到《一九五七年夏季的形势》发表，明确宣布右派属于不可调和的你死我活的敌我矛盾，这样就把全部被定为右派分子的人统统从人民队伍中划出去，而列入敌我矛盾的范围。关于划分右派分子的标准，中央也曾一再提出，限于反对社会主义和反对共产党，而把一般的历史上的老账、个别问题的意见和学术性的问题撇开，八届三中全会还下发了一个统一的《划分右派分子的标准》，说明：“在根本立场上并不反对社会主义和党的领导，而只是对于局部性的工作制度，局部性的不属于根本原则的政策，工作中的问题，学术性的问题，共产党的个别组织、个别工作人员表示不满，提出批评的人，即使意见错误，措词尖锐，也不应划为右派分子；同样，在根本立场上并不反对社会主义和党的领导，而只是在思想意识上有某些错误的人，也不

◆ 继反右派斗争之后，整风运动进入整改阶段。图为天津第一结核病防治医院职工写大字报向医院领导提出改进工作的意见。

应划为右派分子。”①但在当时的气氛下，强调深挖猛打、反对温情主义，在掌握政策上又有“宁左勿右”的倾向，很难清醒地执行划分右派分子时严格区分和处理两类不同性质矛盾的政策。这就出现把说了几句错话，属于认识上的问题，说成是反党反社会主义；把几个人在一起的自由议论，说成是反党小集团；把对某个或某些领导人的正常批评，说成是向党进攻；把向党交心，检查自己的错误思想，说成是恶毒攻击、思想反动；把在理论研究和文艺流派中的不同见解，说成是反对马列主义等等情况。

被划成右派分子的人，既然被列入敌我矛盾的范畴，也就被当作敌我矛盾来处理，不仅政治上受到严厉批判，而且组织上、行政上受到严厉处置。1958年1月各民主党派、全国工商联、台盟分别召开会议，撤销一批被划为右派分子的人在各党派内所担任的领导职务。2月召开的第一届全国人民代表大会第五次会议正式作出决议，撤销16名被划为右派分子的人的全国人大代表资

①《建国以来重要文献选编》第十册，中央文献出版社，1994年版，第616～617页。

格，取消36人出席全国人民代表大会会议的资格，并罢免他们在政府和全国人大常委会中所担任的职务。被戴右派分子帽子的55万多人，轻则降职降级降薪、留用察看，重则下放农村工矿监督劳动，最重者送劳动教养，有些人同时还被开除公职，开除学籍；凡共产党员、共青团员均被开除党籍和团籍。右派分子既被视为敌人，反右派斗争就顺理成章地成为政治上的打击和惩办。

整风运动展开后，党内不少同志本着真诚的态度听取各种意见。反右派斗争逐渐扩大化后，在党的各级组织中也有一些领导干部心存疑问，并且作出种种努力，尽量少划一些右派。中共中央关于自然科学方面反右派斗争的指示，对国内外相当著名的、有突出成就的自然科学家和刚从欧美归国的留学生，规定了若干保护的政策。但是在当时的大气候下，这些努力并不能从根本上扭转反右派斗争严重扩大化的局面。

七、严重后果

在整风过程中，对极少数右派向党和新生的社会主义制度发动的进攻进行坚决的反击，是正确的和必要的。但是整风所揭示出来的矛盾错综复杂，其中大量的属于人民内部矛盾。整风开始的时候，党曾反复强调人民内部矛盾日益突出，要学会正确认识和处理我们还不熟悉的这些新的矛盾，不要用对敌斗争的方法来处理人民内部矛盾。但是，当着出现复杂的局势，出现可疑的政治动向的时候，由于长期的激烈的阶级斗争历史形成的政治经验和习惯力量，党的领导人还是迅速作出有大批右派分子向党向社会主义猖狂进攻的严重判断，并把对政治形势的这种判断不断推向越来越严重的地步，从而还是走上开展对敌斗争的大规模群众性政治运动的熟路，把历史转变时期新出现的大量人民内部矛盾当作了敌我矛盾。这是建国以后党的历史上的一大教训，说明驾驭不熟悉的复杂政治局势的艰难和实现政治生活历史性转变的不易。

被划为“右派分子”的人中，许多人只是向党的工作和党的干部提出批评意见，批评或者是正确的，或者有片面性，甚或有错误，但并不是反党、反社会主义；而我们许多领导干部自以为是，听不得逆耳的批评，往往把这些批评视为反党、反社会主义。还有一些人对社会主义的现实和理论提出一些问题和想法，应该允许探讨，即使方向有偏差，也应该通过讨论和教育来解决，不应该当作反社会主义加以打击。许多同党有长期合作历史的朋友，许多有才能的知识分子，许多政治上热情而不成熟的青年，还有党内许多忠贞的同志，由于被错划为右派分子，经受了长期的冤屈和磨难，不能在社会主义建设中发挥应有的作用。这不但造成他们个人及家庭的悲剧，也给整个国家和党的事业造成巨大损失。

反右派斗争的严重扩大化，使党探索中国自己的建设社会主义道路的良好开端受到挫折。在经济生活方面，农业合作社中包产到户这样的创造性的有益探索，在反右派斗争中遭到严厉的批判；重新放开一点私营经济的新设想，也被弃置；反冒进被看作右派或者接近于右派的语言，随后受到批判。在政治、思想生活方面，“百花齐放，百家争鸣”、“长期共存，互相监督”这两大方针的贯彻执行受到很大损害。大鸣大放大字报大辩论的“大民主”的群众运动，被当作政治思想斗争的手段，给社会主义民主和法治带来很大的破坏。

反右派斗争扩大化的最严重后果，就是通过八届三中全会和八大二次会议，改变八大一次会议关于我国社会主要矛盾的论断，使党的指导思想从根本上开始向“左”偏转。毛泽东在1957年10月的八届三中全会上，提出当前我国社会的主要矛盾是无产阶级和资产阶级、社会主义道路和资本主义道路的矛盾的问题，请大家讨论。在小组讨论中，一些人对此表示异议。他们认为党的八大关于这个问题的结论仍然是正确的，不能由于发生反右派斗争就改变八大的结论，不应当把一时激化的阶级斗争，当作长期的主要矛盾。另一些人则认为，经济领域中的阶级斗争虽然已经基本解决，政治和文化领域中的阶级斗争仍然是长期的，仍然是社会的主要矛盾。10月7日，毛泽东在会议的讲话中说：八大文件上说无产阶级和资产阶级的矛盾基本解决，并不是完全解决，所有制解决了，政治思想上还没有解决。这次右派疯狂进攻，又要强调无产阶级和资产阶级的矛盾。10月9日，他进一步指出：“无产阶级和资产阶级的矛盾，社会主义道路和资本主义道路的矛盾，毫无疑问，这是当前我国社会的主要矛盾。”八届三中全会虽然没有正式作出改变八大关于主要矛盾的结论，但毛泽东的新论断为全会所接受。随后在报道浙江省党代表大会和上海市党代表大会的时候，在报纸上公开宣传了这个新论断。到1958年5月，八大二次会议根据毛泽东的意见进一步断言：“整风运动和反右派斗争的经验再一次表明，在整个过渡时期，也就是说，在社会主义社会建成以前，无产阶级同资产阶级的斗争，社会主义道路同资本主义道路的斗争，始终是我国内部的主要矛盾。”并且宣布我国社会有“两个剥削阶级和两个劳动阶级”，右派分子同被打倒了的地主买办阶级和其他反动派被称为一个剥削阶级，“正在逐步地接受社会主义改造的民族资产阶级和它的知识分子”被称为另一个剥削阶级；工人和农民是两个劳动阶级。这样，知识分子实际上一般地被列入第二个剥削阶级的范围。

八大一次会议关于我国社会主要矛盾变化的判断，从根本上说是正确的。那次会议并没有否认阶级斗争仍然存在。它明确提出：“在社会主义改造完成以后，社会主义和资本主义的立场、观点和方法之间的斗争，还会继续一个很长的时间。”[①]否定和反对社会主义制度的政治思潮的存在，证明意识形态领域内的这种斗争确实没有随着生产资料私有制改造的基本完成而自然结束。但是，怎样正确地观察和判断意识形态领域各种矛盾的不同性质，怎样处理好这个领域的斗争，是个非常复杂的问题，在这方面党还缺乏经验。反右派斗争严重扩大化的实践，反映到理论上，动摇和修改了八大一次会议关于我国社会主要矛盾的正确判断。这成为后来党在阶级斗争问题上一次又一次犯扩大化甚至犯无中生有地人为制造阶级斗争的错误的理论根源。

中共十一届六中全会通过的决议认为，1957年“在全党开展整风运动，发动群众向党提出批评建议，是发扬社会主义民主的正常步骤。在整风过程中，极少数资产阶级右派分子乘机鼓吹所谓‘大鸣大放’，向党和新生的社会主义制度放肆地发动进攻，妄图取代共产党的领导，对这种进攻进行坚决的反击是正确的和必要的。但是，反右派斗争就严重地扩大化了，把一批知识分子、爱国人士和党内干部错划为‘右派分子’，造成了不幸的后果。”[②]

①刘少奇：《在中国共产党第八次全国代表大会上的政治报告》，1956年9月15日，见《刘少奇选集》下卷，人民出版社，1985年版，第246页。

②《三中全会以来——重要文献选编》（下），人民出版社，1982年版，第805页。

第三章

“红雨随心翻作浪”

第三章
“红雨随心翻作浪”

一、我还想恢复“多快好省”

1958年是我国实行国民经济第二个五年计划的头一年。本来,“二五”计划是应该而且可以按照中共八大关于“二五”计划的建议来开局的,然而一场“大跃进”和人民公社化运动的发动,却使得我国的经济建设和其他各项建设偏离了正确的方向,脱离了健康的轨道。

“大跃进”是在不断批评反冒进的过程中发动起来的。它的提出有当时的历史背景。首先是反右派斗争的影响。党认为这个斗争的胜利,大大提高了人民群众建设社会主义的积极性。在整风中,一些工厂、农村出现生产迅速增长的新气象,使许多人认为完全有可能在全国范围以比第一个五年计划高得多的速度来进行建设。而“一五”计划的提前超额完成,也极大地振奋了人心。

1957年9月到10月,中共八届三中全会召开。除了讨论整风反右以外,农村工作是又一个议题。听到会上有的地方领导人重提“多快好省”,毛泽东很兴奋。他在会上的讲话,不但改变了中共八大关于中国社会主要矛盾的判断,而且改变了八大确认的以经济建设上既反保守又反冒进的方针,指责1956年的反冒进来了一个右倾,给右派进攻以口实。他在10月9日作总结性发言说:“去年这一年扫掉了几个东西。一个是扫掉了多、快、好、省。不要多了,不要快了,至于好、省也附带扫掉了。好、省我看没有那个人反对,就是一个多、一个快,人家不喜欢,有些同志叫‘冒’了。本来,好、省是限制多、快的。好者,就是质量好;省者,就是少用钱;多者,就是多办事;快者,也是多办事。这个口号本身就限制了它自己,因为有好、省,既要质量好,又要少用钱,那个不切实际的多,不切实际的快,就不可能了。我高兴的就是在这个会议上有个把同志讲到这个问题。还有,在报纸上我也看见那么一篇文章,提到这个问题。我们讲的是实事求是的合乎实际的多、快、好、省,不是主观主义的多、快、好、省。我们总是要尽可能争取多一点,争取快一点,只是反对主观主义的所谓多、快。去年下半年一股风,把这个口号扫掉了,我还想恢复。有没有可能?请大家研究。”[①]

他还批评说,1956年扫掉了“全国农业发展纲要四十条”和促进委员会;说共产党应该是促进委员会,只有国民党才是促退委员会。这是毛泽东第一次公开地、不点名地对“反冒进”问题提出批评,为急于求成的冒进情绪的重新滋长打开通道。会议通过并公布了《全国农业发展纲要(修正草案)》,决定以讨论《纲要》为中心,在农村开展一次关于农业生产建设的大辩论,以推动农业的迅速发展。

1957年10月27日,《人民日报》发表社论

①《毛泽东选集》第五卷,人民出版社,1977年版,第474页。

人民日報

發动全民，討論四十条綱要，掀起农業生产的新高潮

◆ 1957年11月13日，《人民日报》发表题为《发动全民，讨论四十条纲要，掀起农业生产的新高 潮》的社论，号召批判右倾保守思想，第一次公开提出了"大跃进"口号。

《建设社会主义农村的伟大纲领》，说《纲要》的公布"要求有关农业和农村的各方面工作，在十二年内都按照必要和可能，实现一个巨大的跃进"。这就公开提出了"大跃进"的口号，成为"大跃进"的先声。11月13日《人民日报》又发表社论《发动全民，讨论四十条纲要，掀起农业生产新高潮》，指出："有些人害了右倾保守的毛病，像蜗牛一样爬行得很慢，他们不了解在农业合作化以后，我们就有条件也有必要在生产战线上来一个大的跃进。"

《纲要》的发布、宣传和实施，促使了农业"大跃进"的发动。薄一波回忆说：后来，毛主席看了彭真同志1958年5月25日送来的1957年11月13日《人民日报》社论，说明最早使用"跃进"一词自此始。毛主席当即写了一封信，表彰发明这个词的人"其功不在禹下。如果要颁发博士头衔的话，我建议第一号博士赠与发明这个伟大口号（即：'跃进'）的那一位（或者几位）科学家"①。

社会主义阵营内的"赶超"浪潮，也推动了中国领导人对"大跃进"运动的发动。1957年11月，在莫斯科举行各国共产党和工人党代表会议，毛泽东率中国代表团参加。人类第一颗人造地球卫星由苏联发射到太空，这件事给世界社会主义阵营以巨大鼓舞。苏联提出15年赶上和超过美国，毛泽东在会上提出中国15年赶上和超过英国。他说："同志们，我讲讲我们国家的事情吧。我国今年有了五百二十万吨钢，再过五年，可以有一千万到一千五百万吨钢；再过五年，可以有二千万到二千五百万吨钢；再过五年，可以

◆ 1957年11月2日至21日，毛泽东率领中国党政代表团访问苏联，参加十月革命40周年庆祝活动。11月4日，中国党政代表团拜会苏共中央第一书记尼基塔·赫鲁晓夫。图为拜会时合影。前排左起：乌兰夫、彭德怀、邓小平、宋庆龄、毛泽东、赫鲁晓夫、郭沫若、李先念、沈雁冰、杨尚昆、赛福鼎。

①薄一波：《若干重大决策与事件的回顾》下卷，中共中央党校出版社，1991年版，第645～646页。

◆ 1957年11月6日，毛泽东在苏联最高苏维埃庆祝十月革命40周年大会上发表讲话。

◆ 1957年11月16日至19日，中国代表团先后出席了在莫斯科举行的12个社会主义国家共产党和工人党代表会议及64个共产党和工人党代表会议。会议期间，毛泽东提出中国将用15年左右，在钢铁等主要工业产品的产量上赶上和超过英国。图为毛泽东在莫斯科会议通过的《社会主义国家共产党和工人党宣言》上签字。

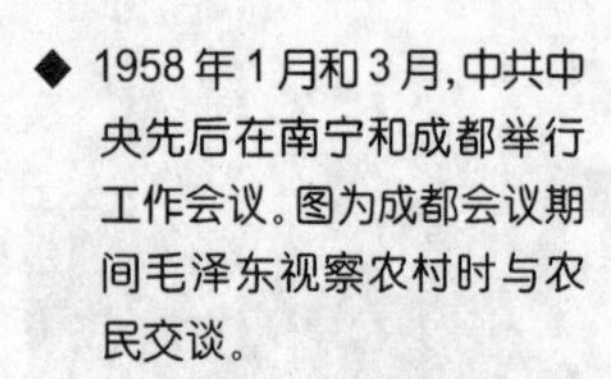

有三千五百万到四千万吨钢。当然，也许我在这里说了大话，将来国际会议再开会的时候，你们可能批评我是主观主义。但是我是有相当根据的。我们有很多苏联专家帮助我们。中国人是想努力的。中国从政治上、人口上说是个大国，从经济上说现在还是个小国。他们想努力，他们非常热心工作，要把中国变成一个真正的大国。赫鲁晓夫同志告诉我们，十五年后，苏联可以超过美国。我也可以讲，十五年后我们可能赶上或者超过英国。因为我和波立特、高兰同志谈过两次话，我问过他们国家的情况，他们说现在英国年产两千万吨钢，再过十五年，可能爬到年产三千万吨钢。中国呢？再过十五年可能是四千万吨，岂不超过了英国吗？那么，在十五年后，在我们阵营中间，苏联超过美国，中国超过英国。

归根结底，我们要争取十五年和平。到那个时候，我们就无敌于天下了，没有人敢同我们打了，世界也就可以得到持久和平了。

毛泽东提出的这个口号，事先征得了在北京的中央领导人的同意。回国后，毛泽东就找有关部门进一步了解英国工业和经济发展的情况，研究赶超英国的问题。随后，在12月召开的中国工会第八次全国代表大会上，刘少奇代表党中央致词，向全国人民公开宣布了十五年中国在钢铁和其他重要工业品的产量方面赶上和超过英国的口号。这年冬季，各省、市、自治区纷纷召开党代表大会，以“大鸣大放大辩论大字报”形式批判“右倾保守思想”，同时发动和组织广大农民日夜奋起，掀起一个以兴修水利、养猪积肥和改良土壤为中心的冬季农业生产高潮。“大跃进”的序幕由此揭开。

二、“不尽长江滚滚来”

1958年1月，毛泽东在南宁主持召开有部分中央和地方领导人参加的会议。联系到对1956

◆ 1958年1月和3月，中共中央先后在南宁和成都举行工作会议。图为成都会议期间毛泽东视察农村时与农民交谈。

年经济工作的估计和1957年经济计划制定的争论，毛泽东更加严厉地批判"反冒进"。他指出：1956年"反冒进"，1958年又要"冒进"，是"冒进"好还是"反冒进"好？"反冒进"给群众泄了气，泼了一瓢冷水，搞得群众灰溜溜的，使我们的工作受到很大的损失。六亿人一泄了气不得了。"反冒进"没有摆对一个指头（缺点）和九个指头（成绩）的关系，不弄清楚这个比例关系，就是资产阶级的方法，是一个方针性的错误。他还说："反冒进"使右派钻了我们的空子。右派一进攻，把一些同志抛到和右派差不多的边缘，离右派只剩五十米。以后不要提"反冒进"这个口号，这是政治问题。周恩来在极大的压力下，承认了反冒进的"错误"，承担了反冒进的主要责任。

在会上，毛泽东还提出"不断革命"的思想，认为1956年在生产资料所有制方面取得了社会主义革命的基本胜利，1957年整风反右，又在政治战线和思想战线上取得了社会主义革命的基本胜利，现在要来一个技术革命，把党的工作的着重点放到技术革命上去。工作重点的转移，本来是符合社会主义改造完成后中国社会发展的实际和目标的。但是，在批判"反冒进"的气氛下，这种转移同发动"大跃进"结合在一起，同"苦战三年"、基本改变落后面貌的口号结合在一起，离开实事求是、稳步前进的轨道，不能不走偏方向。

3月，中共中央又在成都举行有中央有关部门负责人和部分省市自治区党委第一书记参加的会议，会议的重点是继续批判"反冒进"，强调速度问题。会议提出要在五到七年内使地方工业总产值赶上和超过农业总产值，导致各地乱上工业项目。毛泽东强调要破除迷信，解放思想，强调学习要和独创相结合，批评过去八年经济工作的教条主义，认为这是在外国经验的压力下，不能独立思考，没有汲取王明教条主义的教训。他提出，一种是马克思主义的"冒进"，一种是非马克思主义的"反冒进"，究竟采取哪一种？我看应该采取"冒进"。很多问题都可以这样提。他说，"反冒进"是寻寻觅觅，冷冷清清，凄凄惨惨戚戚，冒进则是"轰轰烈烈、高高兴兴"，"不尽长江滚滚来"。

吴冷西在回忆这两次会议时说："成都会议可以说是继续南宁会议的批判'反冒进'。毛主席看到会议开始阶段务实较多（主要是讨论'两本账'）后，提出会议最后几天务虚，整风，开思想座谈会。从3月24日上午起采取召开大组会议（差不多是全体会议），由少奇同志主持，毛主席不出席。大家漫谈思想，结果又走向总结1956年的所谓'反冒进'的教训。发言的人差不多都作了自我批评，不仅各大协作区区长都讲了（柯庆施很活跃，连插话讲了三次，总是带着教训人的口气），到会的政治局委员也讲了，周总理、少奇同志、陈云同志、小平同志都谈了经验教训，彭老总也说很受启发。

"成都会议就是在大家检讨'反冒进'的空气中结束，广度和深度都超过南宁会议，是党的八大二次会议之前的思想准备会议。历史地看，经过南宁会议和成都会议，指导思想上'左'的倾向已经抬头了。"①

在批判"反冒进"的气氛下，一系列不切实际的口号和理论观点不断提出。在经济发展规划方面，要求苦战三年基本改变大部分地区的面貌；地方工业产值在五至十年内超过农业产值；在七年内基本实现全国农业机械化和半机械化。

①吴冷西：《忆毛主席》，新华出版社，1995年版，第64～65页。

◆ 广州郊区的农业社都设立了总路线收听站，使社员们都接受宣传。

在计划方法上提出实行“两本账”制度，中央和地方各有两本账，第一本账是必成数，第二本账是期成数；中央的第二本账就是地方的第一本账，以此类推，使各级计划指标层层加码。毛泽东还提出所谓“积极平衡”的理论，把“平衡是暂时的、相对的，不平衡是经常的、绝对的”这个哲学命题，不作具体分析地简单套用到国民经济中去，要求不断地打破所谓“消极平衡”，极力主张留缺口的“积极平衡”，以证明发动大跃进运动的正确。

3月3日，中共中央发布《关于开展反浪费反保守运动的指示》，号召全国普遍地开展反浪费、反保守、比先进、比多快好省地建设社会主义的运动，强调“这是一个社会主义的生产大跃进和文化大跃进的运动，是在全民整风运动中改进整个国家工作和促进全民大干劲的一个带有决定性的运动”[①]。《指示》要求揭发批判浪费、保守现象，推动大跃进运动的发展。

在南宁会议和成都会议批判反冒进、鼓动大跃进的气氛下，各地区、各部门纷纷修改计划，提高指标。许多省、市、自治区表示决心，要在五、六、七年时间内完成“全国农业发展纲要四十条”规定12年完成的任务。河南甚至提出当年粮食产量即可比上年增加50%～100%，两年实现“四、五、八”[②]，两年全省实现水利机械化，五年实现农业机械化。一些省市还提出，本地的地方工业在今后五年内不是增长百分之几十，而是要增长几倍。

地处西北的甘肃竟提出，五年内地方工业产值要比现在增长16至19倍。这年2月上旬召开的一届全国人大五次会议上，一些省的代表提出“苦战三年，改变面貌，10年计划，五年完成”的目标。

各个行业也竞相提出跃进计划。冶金部设想冶金工业发展的速度更快一些，10年赶上英国，20年或稍长一点时间赶上美国。冶金部还在两个月里连续两次修改“二五”期末钢产量指标，把八大原定1050～1200万吨的指标先是提高到1500万吨，很快又提高到2000万吨。化工部提出化学工业主要产品产量分别在五年、七年或十年左右赶上和超过英国，要在全国建立几千个化肥厂，把原定“二五”期末化肥产量700万吨的指标提高到1000万吨。铁道部提出了“十五年铁路新线网发展规划”，要在今后15年内修建8万公里新线，其中“二五”时期修建2万公里，“三五”、“四五”时期各修建3万公里，到1972年全国铁路总长达到11万公里，从世界第11位跃居第3位。

①《建国以来重要文献选编》第十一册，中央文献出版社，1995年版，第201页。
②“四、五、八”是“全国农业发展纲要四十条”规定的不同地区在12年内粮食平均亩产量将达到的指标：即黄河、秦岭、白龙江、黄河（青海境内）以北地区平均亩产量为400斤，黄河以南、淮河以北地区平均亩产量为500斤，淮河、秦岭、白龙江以南地区平均亩产量为800斤。

国家计委汇总各地区、各部门重新拟订的计划，对“二五”计划草案的原定指标作了调整。但是，刚刚调整完计划，各地区、各部门又再次修改、提高指标。成都会议之后才一个多月，冶金部将“二五”期末(即1962年)钢产量指标从2000万吨又提高到3000万吨，并且提出到1967年达到7000万吨，到1972年达到1.2亿吨。铁道部将“二五”期末新修铁路长度由2万公里提高到3万公里，还将“三五”、“四五”期末修建铁路长度从3万公里分别提高到4万公里和5万公里。

在这种形势下，国家经委于4月14日提出了1958年第二本账的报告，对原先提出的1958年计划指标又作了调整：粮食总产量由4316亿斤提高到4397亿斤，棉花由4093万担提高到4463万担，农业和农副业总产值由754亿元提高到793亿元；原煤产量由16737万吨提高到18052万吨，生铁由800万吨提高到835万吨，钢由700万吨提高到711万吨，工业和手工业总产值由904亿元提高到915亿元。

汇总各地区、各部门变动以后的计划，国家计委再次调整“二五”计划指标，提出了“两本账”的初步设想。这个设想提出：整个“二五”期间基本建设总投资额的第一本账为1500亿元，第二本账为1600亿元；工业总产值为2600～2700亿元，比“一五”期末的1957年增长2～2.5倍，平均每年增长25%～30%；农副业总产值为1200～1370亿元，比1957年增长80%～110%，平均每年增长13%～16%；“二五”期末的1962年主要工农业产品产量的“两本账”，钢为2500万吨和2800～3000万吨，原煤为3.8亿吨和4.2亿吨，原油为1000万吨和1500万吨，发电量为850～900亿度和1100亿度，粮食为6000亿斤和7000亿斤，棉花为6500万担和7500万担。[①]这个设想所提出的指标，比中共八大建议的指标大大提高了，也就是说，中共八大建议的指标绝大部分要求提前三年实现。

1958年5月，中国共产党在北京召开第八届全国代表大会第二次会议。根据毛泽东的创

◆ 1958年5月5日至23日，中共八大二次会议在北京举行。图为大会主席台。左起：刘少奇、邓小平、毛泽东、周恩来、朱德。

①转引自《李富春传》，中央文献出版社，2001年版，第507～508页。

◆ 中共八大二次全会在北京举行，会议制定了“鼓足干劲，力争上游，多快好省地建设社会主义”的总路线。

议，会议正式制定了鼓足干劲、力争上游、多快好省地建设社会主义的总路线。刘少奇代表中共中央作的政治报告，对这条总路线及其基本点作了如下论述：调动一切积极因素，正确处理人民内部矛盾；巩固和发展社会主义的全民所有制和集体所有制；巩固无产阶级专政和无产阶级的国际团结；在继续完成经济战线、政治战线和思想战线上的社会主义革命的同时，逐步实现技术革命和文化革命；在重工业优先发展的条件下，工业和农业同时并举；在集中领导、全面规划、分工协作条件下，中央工业和地方工业同时并举；大型企业和中小型企业同时并举；通过这些，尽快地把中国建设成为一个具有现代工业、现代农业和现代科学技术的伟大的社会主义国家。这条总路线的提出，反映了广大人民群众迫切要求尽快改变中国经济文化落后状况的普遍愿望。但是它忽视了客观的经济发展规律，否定了国民经济计划的综合平衡，夸大了主观意志和主观努力的作用。《人民日报》在6月21日发表的《力争高速度》的社论又片面强调总路线的基本精神是“用最高的速度来发展我国的社会生产力”，“速度是总路线的灵魂”，“快，这是总路线的中心环节”。于是，盲目求快就压倒了一切。这次会议完全肯定了当时的“大跃进”形势，宣称中国正处在马克思曾经预言的“一天等于二十年”的伟大时期，经济文化事业完全能够以超过西方发达国家的速度发展。毛泽东在会上多次讲话，要求争取七年赶上英国，再加八年或者十年赶上美国。会议继续批评“反冒进”，武断地认为1956年的反冒进造成了经济发展上的“马鞍形”，即1956年的高潮，1957年的低潮，1958年更大的高潮。会议还指责当时比较实事求是，对高指标、大跃进抱怀疑态度的人是“观潮派”、“秋后算账派”，说他们举的不是红旗而是“白旗”。会议号召各

◆ 北京文艺界人士在天安门广场宣传总路线、歌唱总路线。

地区、各部门都要“拔白旗、插红旗”。这些批评的压力，大大助长了浮夸的不实之风，使急于求成的“左”的思想进一步膨胀起来。会议通过的第二个五年计划指标，比中共八大一次会议建议的指标，工业方面普遍提高一倍，农业方面普遍提高20%～50%，钢从1200万吨提高到3000万吨，粮从5000亿斤提高到7000亿斤。这样，第二个五年计划一开始就抛开了中共八大一次会议通过的第二个五年计划的建议的指标。

会议还提出，将原来国务院各部门管理的企业交给地方经营管理，原来由中央掌管的经济等方面的管理权限也要向地方下放。5月25日，中国共产党第八届中央委员会举行第五次全体会议，增选林彪为中央政治局常委、中央委员会副主席。决定创办中共中央的理论刊物《红旗》杂志，由陈伯达任总编辑。

中共八大二次会议吹响了全面“大跃进”的号角。会后，“大跃进”在全国范围各个领域全面展开起来，片面追求工农业生产和建设的高速度，不断提高和修改指标的势头愈来愈猛。由于在会上已经将赶超英国和美国的时间分别缩短至七年和八到十年，因此，会议刚一结束，中共中央政治局扩大会议就将1958年钢产量指标提高到800～850万吨。6月上旬，冶金部拟出规划，预计1958年产钢820万吨，1960年产钢3600万吨，1962年产钢6000万吨，这个指标比八大二次会议提出的“二五”期末的指标又提高了一倍。

这种形势促使国家计委再次修订计划。6月中旬，国家计委、国家经委接连召开主任联席会议，汇总各地区、各部门的指标。经中共中央财经小组讨论后，国家计委向中共中央提出新的《第二个五年计划要点》。《要点》提出，第二个五年计划各项指标以1962年生产6000万吨钢为中心来安排，以钢和机械为纲，带动其他指标，到1967年生产钢1亿吨；第二个五年计划工业生产年均增长45%左右，农业生产年均增长21%左右；初步计算，五年经济建设总投资约3000亿元左右。《要点》预计1958年农业产量将超过“一五”时期增加的总和，工业生产将比“一五”时期任何一年都高得多，以钢铁为主的几种工业产品的产量有可能不用三年赶上和超过英国，全国农业发展纲要有可能三年基本实现。[1]毛泽东看了这个《要点》之后批示说：“很好一个文件，值得

①转引自《李富春传》，中央文献出版社，2001年版，第510～511页。

◆ 中共八大二次会议后，毛泽东等中央领导人亲临十三陵水库工地参加劳动。图为毛泽东和北京市长彭真在铲土。

◆ 上海京剧团的总路线宣传队在外滩进行宣传。

大跃进墙头画报

DAYUEJIN QIANGTOU HUABAO

鼓足干劲力争上游多快好省地建设社会主义!

◆ 1958年6月,上海人民美术出版社编印的《大跃进墙头画报》创刊号。

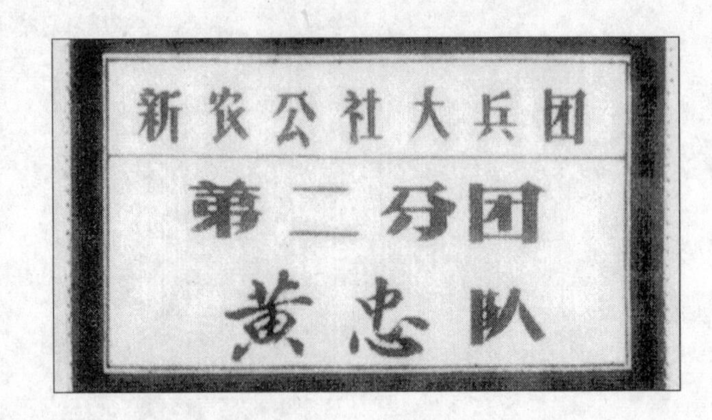

◆ 四川新繁县新农公社在"大跃进"中使用过的"木兰队"旗子和"黄忠队"胸章。

认真一读，可以大开眼界。"并指示印发当时正在召开的中共中央军委扩大会议。

为了适应"大跃进"的形势，6月初，中共中央决定在全国正式建立华北、东北、西北、华东、华中、华南、西南七个协作区，接着又决定下放中央所属企业、事业单位和技术力量。向地方下放管理权限，这对于改变过分集中的管理体制本来是有积极意义的。从1956年开始，中共中央就在研究这个问题。1957年中共八届三中全会通过了有关改进工业、商业、财政管理体制的决定。但是从1958年开始，放权的工作被纳入了"大跃进"的轨道，放权过急、过多，造成交接工作粗糙甚至出现混乱。更严重的是，放权之后，各大区分别召开计划会议，提出工农业生产的高指标，各省、市、自治区也是盲目上项目、上投资，加重了愈演愈烈的高指标风。华东协作区成立后，负责华东协作区工作的中共上海市委第一书记柯庆施主持华东协作区会议，提出1959年华东区（不包括山东省）产钢800万吨。华东这个计划对毛泽东颇有影响。在毛泽东看来，既然像华东（除山东外）这样煤铁资源很少的地区1959年钢产量都能达到800万吨，那么煤铁资源丰富的地

◆ 湖北红安县五丰岗人民公社干部、老农和技术员三结合种小麦试验田的地牌。

◆ 为了推动农业全面跃进，在农村大搞技术革命。图为江西黎川县燎原水库工地的民工用土火车运石头，提高工效。

区当然能够产钢更多。6月中旬，毛泽东提议，将1958年钢产量指标索性比1957年翻一番，达到1070万吨（1957年钢产量535万吨）。

工业生产提出“以钢为纲”的口号，要求七年、五年以至二三年内提前实现原定的15年钢产量赶上或者超过英国的目标。农业生产提出“以粮为纲”的口号，要求五年、三年以至一二年达到“十二年农业发展纲要”规定的粮食产量指标。1958年2月一届全国人大五次会议通过的1958年国民经济计划，预计粮食产量达到3920亿斤，比上年增长5.9%。六七月间，各协作区纷纷召开农业会议，竞相抬高指标，并制定出大力推广深翻土地和高度密植的增产措施。

高指标带来高估产。1958年夏收时节，各地掀起虚报高产、竞放高产“卫星”的浪潮。亩产几万、十几万斤的粮食“高产卫星”接连升空。6月8日，河南省遂平县卫星农业社放出小麦高产“卫星”，据称亩产达到2150斤。7月23日，《人民日报》宣称河南省西平县和平农业社小麦亩产达到7320斤。8月13日，《人民日报》又报道，湖北省麻城县麻溪河乡和福建省南安县胜利乡“发射”早稻和花生高产“卫星”，据称亩产分别达到3.69万斤和1万多斤。广西壮族自治区环江县红旗农业社“发射”的最大一颗水稻高产“卫星”，竟然宣称亩产高达13万多斤。许多离奇的农作物高产典型，是采用“并田”方法，将多块地里成熟或基本成熟的农作物移栽到一块地里假造出来的，也有的是找出一两株长势特别好的农作物，用它们的收获量乘以大田的密植株数，推

福建英湖社再夺高产冠军

花生亩产13241斤

人民日報 RENMIN RIBAO

麻城建国一社出现天下第一田

早稻亩产三万六千九百多斤

福建海星社創花生亩产一万零五百多斤紀录

卫星农业社發出第二颗卫星

二亩九分小麦亩产3530斤

湖北幸福社十一亩亩产3215斤

“人有多大胆 地有多大产”

谷子跃过万斤

向日葵异軍突起

◆ 中共八大二次会议后，各协作区纷纷提出农业高指标。图为《人民日报》的有关报道。

算出来的。

各地区、各部门上报和公布的产量数字也有很大的水分。安徽、河南、四川等省相继宣布已是人均粮食千斤省。农业部发布的 1958 年油菜、春小麦和早稻等的生产公报,出现油菜、春小麦和早稻的总产量分别比上年增长 56.5%、63%和 126%这样高的数字。《人民日报》等报刊舆论大加鼓吹,公开批判“粮食增产有限论”,批判从客观条件出发是所谓的“条件论”、“粮食增产有限论”,并且宣传“人有多大胆,地有多大产”、“只怕想不到,不怕做不到”,宣称“只要我们需要,要生产多少就可以生产多少粮食出来”。

7 月,农业部汇总各省上报的粮食估计产量,竟达 1 万亿斤以上。中共中央感到了其中有很大水分,压去三分之一,宣布估计全年粮食产量将达到 6000～7000 亿斤,仍然极大地超出后来核实为 4000 亿斤的实际。在当时虚报浮夸的气氛下,居然发出了“粮食多了怎么办”的忧虑。

对于这种所谓的“大跃进”形势,毛泽东非常兴奋。年初,他在《工作方法六十条》中写道:“中国经济落后,物质基础薄弱,使我们至今还处在一种被动状态,精神上感到还是受束缚,在这方面我们还没有得到解放。”到了 8 月初,他以极其兴奋的心情对来访的苏共中央第一书记赫鲁晓夫说:“1949 年中国解放我是很高兴的,但是觉得中国问题还没有完全解决,因为中国很落后,很穷,一穷二白。以后对工商业的改造、抗美援朝的胜利,又愉快又不愉快。只有这次大跃进,我才完全愉快了!按照这个速度发展下去,中国人民的幸福生活完全有指望了!”[1]

三、大炼钢铁

“大跃进”在工业方面,主要是发动全民大炼钢铁。毛泽东早有加快我国钢铁工业发展的愿望。1956 年 8 月 30 日,他在中共八大预备会议讲话,有一大段说的是钢铁:

“六亿人口的国家,在地球上只有一个,就是我们。过去人家看我们不起是有理由的。因为你没有什么贡献,钢一年只有十几万吨,还拿在日本人手里。国民党蒋介石专政二十二年,一年只搞到几万吨。我们现在也还不多,但是搞起一点来了,今年是四百多万吨,明年突破五百万吨,第二个五年计划要超过一千万吨,第三个五年计划就可能超过两千万吨。我们要努力实现这个

◆ 河北涿县的土法炼焦厂。

①丛进:《曲折发展的岁月》,河南人民出版社,1989 年版,第 141 页。

人民日报

RENMIN RIBAO

18

巨雷轟开鋼铁高产周

一个县一天等于全自治区一百年

环江鉄軍勇冠全国

一天产鉄六万三千多吨 远远超过去年全国平均日产量

小资料

山西 鋼鉄双双跨过万吨关

广东 踏进生鉄万吨省行列

◆ 1958年10月15日至21日，全国各地争放钢铁“卫星”，开展了轰轰烈烈的“钢铁高产周”。图为当时《人民日报》的报道。

◆ 为实现钢产1070万吨的高指标，全国掀起空前规模的全民大炼钢铁运动。几千万人齐上阵，大搞“小(小高炉)、土(土法炼钢铁)、群(群众运动)”。图为山西故县“小土群”炼钢场一角。

目标。虽然世界上差不多有一百个国家，但是超过两千万吨钢的国家只有几个。"

接着，毛泽东谈到了赶超美国：

"美国只有一亿七千万人口，我国人口比它多几倍，资源也丰富，气候条件跟它差不多，赶上是可能的。应不应该赶上呢？完全应该。你六亿人口干什么呢？在睡觉呀？是睡觉应该，还是做工作应该？如果说做工作应该，人家一亿七千万人口有一万万吨钢，你六亿人口不能搞它两万万吨、三万万吨钢呀？你不赶上，那你就没有理由，那你就不那么光荣，也就不那么十分伟大。……你有那么多人，你有那么一块大地方，资源那么丰富，又听说搞了社会主义，据说是有优越性，结果你搞了五六十年还不能超过美国，你像个什么样子呢？那就要从地球上开除你的球籍！"[①]

1957年2月，在最高国务会议上，毛泽东又谈到钢铁：

"解放前五十多年间，全国除东北外，钢的生产一直只有几万吨；加上东北，全国的最高年产量也不过是九十多万吨。在一九四九年，全国钢产量只有十几万吨。但是全国解放不过七年，钢的生产便已达到四百几十万吨。"[②]

还是这年，10月，毛泽东在中共八届三中全会讲话，再次表明对钢的关注和对钢铁生产的希冀：

"我们预计，经过三个五年计划，钢的年产量可以搞到两千万吨。今年是五百二十万吨，再有十年大概就可以达到这个目标了。印度一九五二年钢产量是一百六十万吨，现在是一百七十几万吨，它搞了五年只增加十几万吨。我们呢？一九四九年只有十几万吨，三年恢复时期搞到一百多万吨，又搞了五年，达到五百二十万吨，五年就增加三百多万吨。再搞五年，就可以超过一千万吨，或者稍微多一点，达到一千一百五十万吨。然后，搞第三个五年计划，是不是可以达到两千万吨呢？是可能的。"[③]

11月，毛泽东在莫斯科会议提出赶上英国时，正是以钢的产量作为参照指标的。从此，在钢铁等重要产品方面赶超英国，成为工业"大跃进"的主要口号。1958年3月，冶金工业部负责人向中共中央和毛泽东写出《钢铁工业的发展速度能否设想得更快一些》的报告，提出在赶超英国上钢产量指标可以缩短时间的建议。报告指出：只要把"红"与炼钢、炼铁结合起来，从我们自己的教条主义学习方法中解放出来，我国钢铁工业"苦战三年超过八大指标（1050～1200万吨）、十年赶上英国、二十年或稍多一点时间赶上美国，是可能的"。"因为每个五年都会有新厂建设，而原有的几十个基地的生产力也会发展，只要是十年超过英国，再有十年赶上美国也是比较现实的设想"。毛泽东在成都会议的讲话中对此给予表扬，肯定报告"不但鲜明地指出了冶金工业的发展方向，而且对过去工作中的错误倾向作了尖锐的批评"。在5月份的一次会议上，毛泽东称报告是"一首抒情诗"[④]。此后，钢铁产量定的指标越来越高，时间越来越短，并提出"以钢为纲"、"全民办钢"的口号。薄一波回忆说：

6月18日晚8时至11时半，毛主席在中南海游泳池，召集中央全体常委和彭真、李富春、李先念、薄一波、廖鲁言、黄克诚、王鹤寿谈话。谈的内容比较广泛。关于钢铁生产，毛主席表示，他赞成提高钢指标。那时，我的脑子也很热，而且在八大二次会议上刚就反冒进问题作过检讨，

①《毛泽东文集》第七卷，人民出版社，1999年版，第88～89页。
②《毛泽东著作选读》下册，人民出版社，1986年版，第767页。
③《毛泽东选集》第五卷，人民出版社，1977年版，第494～495页。
④薄一波：《若干重大决策与事件的回顾》下卷，中共中央党校出版社，1991年版，第694～695页。

◆ 1958年9月15日，毛泽东在湖北大冶铁矿视察。

◆ 北京市居民把家里的铁制用具送去炼钢铁。

即使有不同意见也不便坚持，因此，我也同意把钢指标提高。经过研究，1958年的钢产量的预计完成数改为1000万吨，1959年的钢产量指标改为2500万吨。会后就按这个数字重新修改我的《汇报提要》。谈话时，毛主席曾对我说：现在农业已经有了办法了，叫做“以粮为纲，全面发展”，你工业怎么办？我没有多加思索，就回答说：工业就“以钢为纲，带动一切”吧！毛主席说：对，就按这么办。他认为，机械工业也很重要。接着就议论起工业交通各行业之间的相互关系问题了，提出机械工业也是纲，电力和铁路是先行。因此，我在修改《汇报提要》时，就写下了这么一段话：“基本建设投资首先保证两个‘纲’和两个‘先行’部门的需要。两个‘纲’就是冶金工业和机械工业。两个‘先行’部门，就是电力和铁路。纲举目张，其他一切东西都带动起来了。这是工业部署上的战略问题，必须有统一的看法。”7月1日，《人民日报》就闻风发表一篇《以钢为纲》的文章，后来广泛使用的“以钢为纲”、三个“元帅”（钢铁、机械、粮食）、两个“先行”之说，皆出于此。①

出于发展钢铁、赶超英国的迫切心情，在对我国国情没有准确了解的情况下，毛泽东逐步产生钢产量翻一番的设想，为完成任务又提出“书记挂帅、全党全民办钢铁工业”的口号。

在“大跃进”运动发展得如火如荼的时候，1958年8月17日至30日，中共中央政治局在北戴河召开扩大会议。会议的中心议题是讨论当年的钢铁生产和建立人民公社问题。会议对实际生活中已经相当严重的浮夸和混乱现象，不仅没有作任何努力来加以纠正，反而正式加以支持。高估产造成农业大增产的假象，从中央到地方的许多领导人对此深信不疑，致使会议竟然预计农产品产量将“成倍、几倍、十几倍、几十倍地增长”，1958年粮食产量可达6000～7000亿斤，要求1959年达到8000～10000亿斤。会议认为农村工作方面已经有了比较稳固的基础和比较成熟的经验，因此要求全国各省和自治区要把工作重心转移到工业方面来，从现在起，党委第一书记就必须首先注意工业的领导。会议确定了一批工农业生产和文教事业的高指标，正式决

◆ 1958年8月17日至30日，中共中央政治局在北戴河举行扩大会议，确定了一批工农业生产的高指标，决定1958年要生产钢1070万吨，比1957年钢产量翻一番。图为毛泽东在会议上发表讲话。

①薄一波：《若干重大决策与事件的回顾》下卷，中共中央党校出版社，1991年版，第698～699页。

◆ 上海沪东造船厂的工人举着标语牌庆祝完成炼钢任务。实际上，当年全国合格的钢产量只有800万吨，仅完成翻一番计划的3/4。

定1958年钢产量要比1957年翻一番，达到1070万吨，1959年达到2700～3000万吨。会议通过的第二个五年计划指标，比三个月前中共八大二次会议通过的指标又普遍翻了一番。这次会议把“大跃进”和人民公社化运动迅速推向高潮，以高指标、瞎指挥、浮夸风、“共产”风为主要标志的“左”倾错误严重泛滥开来。

会后，9月1日和5日，《人民日报》分别发表《立即行动起来，完成把钢产量翻一番的伟大任务》和《全力保证钢铁生产》的社论，号召与钢铁生产无直接关系的部门“停车让路，首先为钢”的要求。中共中央先后四次召开电话会议催促。9月24日，中共中央书记处召开电话会，要求到30日，要达到日产钢6万吨、铁10万吨，“否则是不行的”。

8月份以前，全国已经建立一批年产量10万吨以下的土高炉、小高炉。为了在剩下的四个月里完成超越实际可能的钢产量翻番任务，从9月份起，又新建了几十万座。除了主管的冶金部门之外，地质、煤炭、电力、机械、交通运输等部门，为配合完成1070万吨钢，也广泛开展群众运动。这样，就在全国范围内掀起全民大炼钢铁的群众

运动。一切现代化的大中型钢铁企业打破各种规章制度，大搞群众运动，打乱了正常的生产秩序。凡大炼钢铁与其他工业的发展，在设备、材料、动力、人力等方面发生矛盾的时候，其他部门必须“停车让路”，首先保证钢铁的需要。由各级党委第一书记挂帅，动员广大工人、农民、干部、学生和城市居民9000多万人带着锅灶上山，砍树挖煤，找矿炼铁，建起上百万个小高炉、小土焦炉，用土法炼铁炼钢，在山间、田野、街道、校园，到处摆开大炼钢铁的战场。就连中直和中央国家机关的一些部门，也在机关大院里支起了小高炉。在“以钢为纲，全面跃进”、“一马当先，万马奔腾”的气氛下，许多相关工业部门不甘落后，煤炭部门提出“兵对兵，将对将，用分散的小煤窑对分散的小高炉”；“哪里有千吨铁，哪里就有万吨煤”。一些地方竞相放起钢铁“高产卫星”。据报载：9月29日的一天，全国钢的日产量接近6万吨，生铁的日产量近30万吨，出现了8个日产生铁超过万吨的省、73个日产生铁超过千吨的县和两个日产5000吨钢、一个日产4000吨钢的省。在10月15日至21日的“钢铁生产高产周”中，工业基础薄弱的广西竟然也连放几颗特大的“卫星”，宣称：环江县日产生铁6300多吨，鹿寨县日产生铁20万吨。

当时把主要采用机械化方法生产的大中型企业的群众运动称为“大、洋、群”，把采用土法生产的以农民为主的小型企业或生产点开展的群众运动称为“小、土、群”。当时投入“小、土、群”的农村劳动力最多的时候达到6000万以上。根据统计，1958年，全国共建手工操作的小型工业企业121.5万个，共有工人（其中大部分是农民）2489万人；主要采用机器操作的小型工业企业7.5万个，职工840万人，两项合计有小企业大约129万个、工人3329万人。在11月召开的一次工业书记会议上，四川代表汇报说，四川省有几百万人在山上炼钢，既无寒衣，又无粮食，钢铁任务还没有完成。

由于预计1070万吨钢可望在年底完成，在钢的总产量方面认为两年赶上英国也不成问题，在11月初召开的第一次郑州会议上，还讨论了15年内按人口平均计算的产品产量赶上英国的问题，按这样计算，到1972年按8亿人计算，钢产量就要达到4亿吨！经过发动全党全民突击苦干、蛮干，《人民日报》于12月22日以套红通栏标题报道：《一〇七〇万吨钢——党的伟大号召胜利实现》，并指出：据冶金工业部12月19日的统计，今年全国生产钢1073万吨（不包括土法炼的钢），比1957年的钢产量增加了一倍。到12月31日，宣布钢产量达到1108万吨。但是，其中合格的钢只有800万吨，其余300万吨根本无法使用。大炼钢铁运动，给整个国民经济带来了严重的后果。

首先是造成了人力、物力、财力的极大浪费。土法炼钢，成本极高，群众做饭的铁锅被砸，森林被砍，资源遭到破坏。为鼓励群众炼铁，国家从9月1日起将小高炉生铁调拨价提高到每吨200元，亏损部分由国家财政补贴。仅此一项，国家的支出就高达40亿元，超过当年财政总收入的十分之一。尤其是生态破坏，造成了短期无法弥补的祸患。

其次是使基本建设规模和职工队伍的急剧膨胀，造成了高积累，不仅挤占了生活消费，也严重超出国家财政的承受力。这就加重了国家财政支出和商品粮供应的负担，加剧了商品供需矛盾。

◆ 彭德怀(左二)与平江老赤卫队员及他们的后代促膝谈心。

另外,大炼钢铁还严重冲击了农业和轻工业生产,致使农轻重的比例关系严重失调。各行各业都搞以保钢为中心的"小、土、群",实际上是各行各业都在打农民的主意,所谓的"全民办工业",主要是农民办工业。大量的运输工具和牲畜被用于工业,使本来已经装备落后的农业更无可资利用的劳动资料,丰产的秋收作物因无人收获而大量烂在地里,据计算,当年有大约10%的作物没有归仓。1958年冬天,彭德怀在湖南平江考察时,一位红军时期伤残的老战士暗中递给他一张纸条,上面写着后来被广为传播的民歌:"谷撒地,禾叶枯,青壮炼钢去,收禾童与姑,来年日子怎么过,请为人民鼓咙呼!"[①]轻工业也大幅下降,人民生活供应紧张。

四、六亿神州尽舜尧

"大跃进"运动在农业、工业、商业领域高潮迭起的时候,也席卷了文化、教育、科学各界。1955年底,毛泽东在《中国农村的社会主义高潮》序言中,除了强调中国工业化的规模和速度应当扩大和加快之外,也特别说到科学、文化、教育、卫生等项事业的规模和速度应当扩大和加快。"大跃进"发动之初,《人民日报》的社论就指出:我们国家现在正面临着一个全国大跃进的新形势,工业建设和工业生产要大跃进,农业生产要大跃进,文教卫生事业也要大跃进。[②]1958年5月,刘少奇在中共八大二次会议的报告中阐述毛泽东提出的技术革命和文化革命的号召,说"党的这个及时的号召,迅速地得到了广大的工人、农民、知识分子的热情响应。"刘少奇还说:"事实上,人民群众已经行动起来了;在许多地方,征服技术落后和文化落后的伟大的进军,已经轰轰烈烈、蓬蓬勃勃地开始了。"刘少奇预言:"我们的六亿多人口在革命觉悟高涨和革命斗争胜利的速度方面,已经远远超过了西方最发达的资本主义国家,而在经济文化发展的速度方面,也必然远远地超过它们。"[③]

①李锐:《庐山会议实录》(增订版),河南人民出版社,1999年版,第96页。
② 1958年2月2日《人民日报》。
③《建国以来重要文献选编》第十一册,中央文献出版社,1995年版,第303、324页。

文化“大跃进”同经济“大跃进”比起来，有一个后者不曾有过的内容，这就是“兴无灭资”、思想改造。“兴无灭资”、思想改造包括两方面的内容，一是改造“资产阶级世界观”，树立“无产阶级世界观”；二是批判“资产阶级意识形态”，包括观念、学术、理论等等，以建立“无产阶级意识形态”。这两方面的内容，用毛泽东的话说，就是“插红旗拔白旗”。毛泽东在中共八大二次会议上说：“无产阶级不插红旗，资产阶级就一定会插白旗；与其让资产阶级插，不如无产阶级插。不要留空白点。资产阶级的旗子，我们要拔掉它，要敢插敢拔。”①刚刚经历了反右派斗争的知识分子，一方面噤若寒蝉地进行“脱胎换骨”的思想改造，另一方面，又永远看不到被改造成“无产阶级知识分子”的希望；一方面怀有科学的良知和道德的底线，另一方面由不得不参与制造违反科学的“大跃进”的“神话”。

教育领域的“大跃进”，首先是从三件事情上开始的：第一件事情是勤工俭学，第二件事情是群众办学，第三件事情是扫除文盲。1958年1月20日，《人民日报》报道河南长葛县第三初级中学和贵州仁怀县群力农场业余初级中学勤工俭学的情况，并发表社论说：“在各级学校中推行勤俭求学的办法，是革新学习风气，进一步促进我国教育事业蓬勃发展的一件大事。”“实行这种一面劳动、一面读书、勤工俭学方法的更主要的更深远的意义，还在于通过劳动养成牢固的劳动观念和劳动习惯。增加学生的生产知识和生活能力，并进而提高学生的政治思想觉悟。”本来，勤工俭学应当在不影响正常的学习的前提下进行，但是《人民日报》的社论却断定：“有些持有资产阶级教育观点的人，强调什么参加体力劳动会影响学校的‘正常秩序’和影响‘学生的学习’。他们不支持学生勤工俭学，而是指手画脚地多方面指责；他们只注意知识传授，忽略思想教育，只注意课堂教学，忽视同实际生产劳动的结合。”这样一来，对待勤工俭学的态度，就变成了无产阶级与资产阶级在教育方面的一个分界线。由于片面强调教育与生产劳动相结合，学校过多地组织师生参加各种生产劳动，使课堂教学和基础理论的学习受到很大冲击。

与勤工俭学相联系，还兴起了一股群众办学之风。各地纷纷动员群众自己办学，并将其纳入求多求快的轨道，完全不顾条件，不讲质量，一哄而起。据15个省市统计，1957年，群众自办的小学2.56万多所，1958年上半年，全国各地自办的中学就达6.8万多所。不仅自办小学、中学，而且自办大学。中共上海市委第一书记柯庆施在中共八大二次会议上发言，就提出每个县都要办大学，在广大乡村办高等教育。“大跃进”运动中，各地竞相办起大学。最早建立人民公社的河南遂平县，在两个月内改变以前的教育体制，全县10个基层公社共计办红专大学、水利和工矿专科学校、业余农业大学570余所，学员达10万多人。山西平遥县办了一所“平遥综合大学”，是由原来的平遥县第一中学和县动力机械厂合并而成，上增大学班，下带小学和幼儿园。开学第一天的课程，是全校师生参加大炼钢铁的劳动。这种不伦不类的“大学”，竟被当时的新闻媒体称为“普及大学教育的一条新途径”②。

扫除文盲的工作也同勤工俭学、群众办学一样，兴起了“跃进”高潮。1958年2月，《人民日报》报道黑龙江宁安县两年扫除文盲的消息。在

①李锐：《“大跃进”亲历记》（下），南方出版社，1999年版，第288页。
② 1958年11月9日《光明日报》。

为此配发的社论中,"保守思想"被当作扫盲工作的"障碍"。社论说:"几年来扫除文盲工作中,曾经反对过消极保守,也反对过盲目冒进,今天又提出了跃进,是不是在盲目冒进呢?肯定的回答,不是盲目冒进,因为今天提出扫除文盲的跃进,是根据几年来扫除文盲的经验,当前扫除文盲工作的条件和我国经济建设、文化建设的需要,绝不允许人们以反对冒进作为保守思想的护身符。"这年2月27日至3月6日召开的18省市扫盲先进单位代表会提出,在"二五"期间基本上扫除青壮年文盲,在两三年内基本上扫除职工和干部中的文盲,五年内基本上扫除农民和市民中青壮年文盲。这个指标比"农业发展四十条纲要"规定的时限提前了七年。而实际展开的"扫盲大跃进",则比这个指标更为令人瞠目。会议结束后不到两个月,《人民日报》的消息就说全国范围内已有137个县基本上扫除了文盲,黑龙江省则全省基本扫除了文盲。[1]

勤工俭学、群众办学和扫除文盲运动,将整个教育界的"大跃进"运动推向了高潮。《光明日报》报道说:从1月到8月,全国扫除近9000万文盲,比1949年到1957年扫除文盲总数的2797万人多了两倍;全国2257个县、市中,已有1516个县、市基本上扫除了文盲,占县市总数的67.2%。学龄儿童入学率已达到93.9%,1977个县市基本上普及了小学教育;当年新建小学40余万所,新学年小学生已达9200余万人,比1957年增长了43%。当年新建普通中学2.6万余所,全国普通中学在校学生达924万人,比1957年增长了47.2%。当年新建农业中学和其他职业中学7.5万余所,共有学生422万余人。当年中等专业学校达6000余所,学生总数达171万余人,比1957年增长了220.8%。当年新办高等学校800余所,招收新生37万人;高等学校在校学生总数达到70余万人,比1957年增长了66.8%。业余学校发展最快,共有6000余万人在各级各类业余大学学习,比1957年增加了5.5倍;业余学校中数量最大的是红专学校和红专大学,共有34万余所,学生有2000余万人;有61万余人在5000余所夜大学、函授部学习;150余万人在3万余所业余中专学习,400余万人在新办的9万余所业余中学学习,3100万人在新办的68万余所业余小学学习。[2] 以成倍、成数倍甚至十数倍的速度发展教育,这是与工农业"高产卫星"一样的"神话"。大批高等院校和中专学校下放给地方管理,建立高校的审批权也下放给省、市、自治区,结果造成高校发展失控。各地还办了大量的红专大学和工农大学,这些学校名不符实,根本无法保证教学质量。

教育领域的"大跃进",不仅表现在勤工俭学、群众办学和扫除文盲这几件事情上,更多地还表现在教育方针、教育政策、教育制度、教育方法等方面。毛泽东一直对现行教育体制不满意,认为"资产阶级知识分子统治教育"的现状需要改变。1958年8月,中共中央政治局候补委员、国务院副总理、中共中央文教小组组长、中共中央宣传部部长陆定一发表文章《教育必须和生产劳动相结合》,传达了毛泽东关于现行教育大改造的意图。

文章说:"中国共产党的教育方针,向来就是,教育为工人阶级政治服务,教育与生产劳动相结合。这个方针,是同资产阶级的教育方针针锋相对的。资产阶级的教育,是为资产阶级的政治,即为资产阶级专政服务的,是同无产阶级专

①《人民日报》,1958年5月社论:《用革命精神扫除文盲》。
② 1958年10月1日《光明日报》。

政不相容的。在社会主义制度之下，资产阶级不敢直接地公开地提出要教育受资产阶级政治家的领导，要教育成为反对无产阶级专政的工具，它只能提出'教育由专家领导'、'为教育而教育'的虚伪的骗人的主张，来达到反对教育为无产阶级专政服务的目的。所以在我们的社会主义国家中，资产阶级的教育方针表现为：为教育而教育，劳心与劳力分离，教育由专家领导。"文章提出要进行一场教育革命，实现教育与劳动的结合，而这场革命是一个大破大立的过程。

9月19日，中共中央、国务院发出《关于教育工作的指示》，提出"党的教育工作方针，是教育为无产阶级的政治服务，教育与生产劳动结合"，"教育工作必须由党来领导"。《指示》确定了既不符合教育规律又不现实的教育工作发展的指标："全国应在三年到五年的时间内，基本上完成扫除文盲、普及小学教育、农业合作社社社有中学和使学龄前儿童大多数都能入托儿所和幼儿园的任务。应当大力发展中等教育和高等教育，争取在十五年左右的时间内，基本上做到使全国青年和成年，凡是有条件的和自愿的，都可以受到高等教育。我们将以十五年左右的时间来普及高等教育，然后再以十五年左右的时间来从事提高的工作。"[①]

教育革命对教材、课程、学制以至整个教育制度都要实行大改造。各个学校普遍搞起了教学改革。北京师范大学搞"教学改革"运动，学生和教师共同编写教学大纲和讲义。全校10个系的高年级学生成立了256个教学改革小组。学生和教师发生意见分歧时，学生就设立"擂台"，和教师分头准备提纲，然后讨论，共同制定新的教学大纲。有的则采取"唱对台戏"的办法，学生和教师的大纲都摆出来进行评比，展开辩论。据报道，该校学生共编出教学大纲169份，教学计划47份，在一个月左右基本上完成127门课的教学大纲的改革。教育革命还有一个重要内容，就是大中学校大办工厂。1958年7月23日的《光明日报》，报道了北京大学物理系、哈尔滨工业大学工程经济系、北京医学院药学系、石家庄医士学校等单位办工厂的情况。这篇报道还列举了各地一些学校办工厂的数字：合肥的4所高校已办和在办的工厂就有150多座，长春的汽车拖拉机学院已办大小工厂120多座，山东大学从6月到7月13日已建和在建的工厂58座，中国人民大学马列主义基础系和中共党史系的学生两天内就开办了炼铁、炼钢、化肥、造纸等小型工厂50多座，山东大学文科各系学生办了钢铁厂、金属加工厂、农场、捕鱼大队十五六个。

教育革命还开展了红专辩论和学术批判活动。一些在学术上很有造诣的专家教授或者对"大跃进"的做法持怀疑批评态度的教师受到批判。1958年，仅《光明日报》点名批判的学者、专家就有80多人，数学界有齐民友、华罗庚、吴文俊；心理学界有彭飞、朱智贤、唐钺、曹日昌、潘菽；哲学界有冯友兰、贺麟；经济学界有马寅初；史学界有陈寅恪、周谷城；文学界有林庚、王瑶、游国恩、刘大杰、郑振铎等。这些批判大都是随意扣政治帽子，把学术问题上纲到政治问题。

文艺界的"大跃进"同样高潮迭起。1958年1月南宁会议召开后，中国文联及各协会、研究会纷纷召开会议，讨论文艺如何适应"大跃进"的形势问题。中共中央文教小组成员、中共中央宣传部副部长、全国文联党组书记周扬提出，文艺创作要来一个大跃进，就必须使它在更大规模和

①《建国以来重要文献选编》第十一册，中央文献出版社，1995年版，第498页。

更深程度上和工农群众相结合,作品不但在量上而且在质上都能突破过去的水平。

不久以后，中国作家协会向全国作家发出《作家们！跃进,大跃进》的倡议。这封情绪高昂的倡议信说:“六亿人民的社会主义大跃进的高潮已到，人人兴奋，个个当先，随时随地出现奇迹。一天的奇迹就够写成许多部史诗、戏剧和小说的。作家、理论家、翻译家同志们,我们怎能不高兴,不狂喜,不想变成三头六臂,眼观六路,耳听八方,双管齐下,快马加鞭,及时报道,及时歌颂,鼓舞更大的干劲,叫前人所不敢想的每一天,一小时,每一分钟,都实现在我们眼前呢！”倡议信要求作家“修正补充原订计划,把量力而行、从容不迫变成全力以赴,即刻杀上前去,叫我们的计划成为作家队伍的‘急先锋’的计划,每个计划都必须增补上反映和鼓舞当前大跃进的短小精悍的作品若干篇。原定的长篇一定要照计划而行,既快又好,保证质量。同时,也必须写些短的,随时发表。我们舞长枪,也要短棒,不论长短,一概要有所创造。”

文化部也做出了促进影片生产大跃进的决定。文化部要求各制片厂必须继续鼓舞群众对大跃进的热情,在电影制片工作中全面地贯彻多、快、好、省的总方针,大力争取完成并超过各厂的生产计划。文化部电影局还提出,在摄制影片、放映发行、机械生产等方面,都要鼓足干劲,实现大跃进,实现“奋斗三年改变面貌”的口号。电影局提出了具体指标:当年摄制的各种影片较上年增产一倍甚至一倍以上;当年生产的大型影片(包括艺术片)将达到100部以上,成本降低30%以上;摄制的时间缩短三分之一以上;放映场次大大增加,观众人数达到30亿人次,比上年增加10亿人次;电影机械工业生产总值将增加60%。

8月和10月,文化部先后召开了省、市、自治区文化局长会议和全国文化行政会议,部署了文化工作的“大跃进”,提出人人能读书,人人能写会算,人人看电影,人人能唱歌,人人能绘画,人人能舞蹈,人人能表演,人人能创作的要求。还要求文艺创作要行行放“卫星”,处处放“卫星”,层层放“卫星”。有些地方还提出每个县出一个鲁迅和郭沫若的荒唐口号。文艺界大放“创作卫星”,最典型的就是“新民歌运动”。

所谓“新民歌”,是1957年冬至1958年春兴修水利和积肥运动中农民编唱的顺口溜,内容主要是鼓舞士气、表达决心。毛泽东对这些流传于农民口中的顺口溜很感兴趣,在1958年成都会议上特别谈到了民歌问题,要求各省市区的负责人回去搜集民歌。他说:中国诗的出路,第一条民歌,第二条古典,在这个基础上产生出一个新东西,形式是民族的,内容应当是现实主义和浪漫主义的对立统一。毛泽东如此重视新民歌,更重要的是所谓新民歌能够浅显而又通俗地表达农民、市民的狂热,同时鼓动“大跃进”的情绪。

搜集新民歌的工作很快展开,而搜集本身又促动了新民歌的编创。许多省、市、自治区党委宣传部门专门发出搜集新民歌的通知。1958年4月4日,《人民日报》还发表了《大规模地收集全国民歌》的社论。社论引用了几首民歌,其中一首民歌是这样的:

要使九百一十三个山头,
一个个地向人民低头。
不怕冷,不怕饿,
罗锅山得向我认错。

◆ 在1958年文化"跃进"中，提倡人人能写诗，人人能创作，许多地区组织赛诗会歌颂"大跃进"。图为西安灞桥区白庙农业社的社员在赛诗会上朗诵自编的诗。

◆ 1958年9月，中共河北丰润县东田庄乡委员会编印的《万诗乡诗选》。

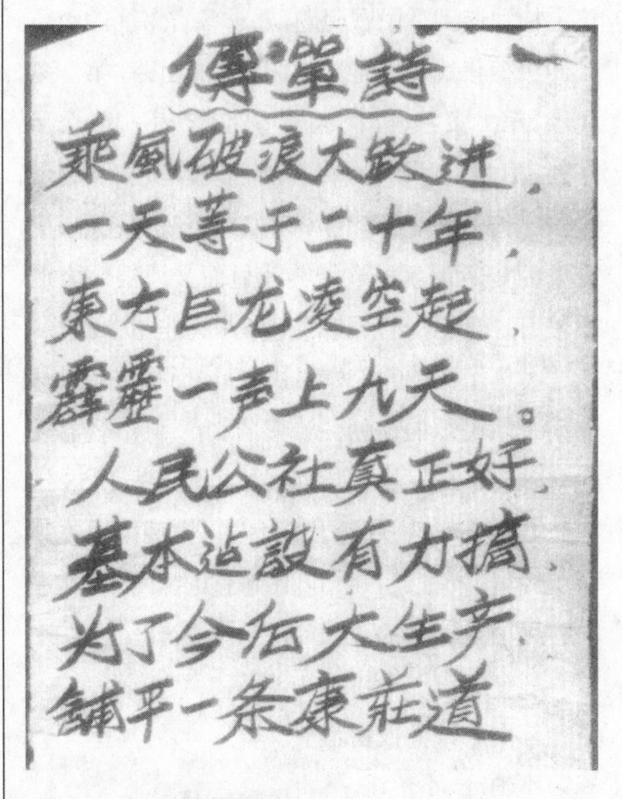

傳單詩
乘風破浪大躍进
一天等于二十年
東方巨龙凌空起
霹靂一声上九天。
人民公社真正好
基本建設有力搞
为了今后大生产
鋪平一条康莊道

◆ 文化部下放干部写的传单诗

笼子装得满满，
扁担压得弯弯，
娃的妈啊你快来看，
我一头挑着一座山。

社论说："从已经搜集发表在报刊的民歌来看，这些群众的智慧和热情的产物，生动地反映了我国人民生产建设的波澜壮阔的气势，表现了劳动群众的社会主义觉悟的高涨。'诗言志'，这些社会主义的民歌的确表达了群众建设社会主义的高尚志向和豪迈的气概。"社论还由衷赞叹："农民的形象在这些作品中早已不是呼天抢地的杨白劳了，而是足智多谋的'鲁班仙'、大闹天宫的孙悟空，以及治水的圣人'大禹王'。他们否定了世世代代压在他们身头上的'玉皇大帝'和'海龙王'，而自豪地说：'我就是玉皇'，'制水龙王社员当'。他们深信能够使'万水千山听调动'，使自己家乡的粮食增产水平迅速地'跨黄河、过长

江'。"社论号召说：

"这是一个出诗的时代，我们需要用钻探机深入地挖掘诗歌的大地，使民歌、山歌、民间叙事诗等等像原油一样喷射出来。"各地很快就编出了一本本新民歌集，其中不少就叫"大跃进民歌集"。为了编这些民歌，各地发动群众编歌作诗，甚至当作任务布置下去，上自六七十岁的老人、下至八九岁的儿童都要完成写民歌的任务。

科学界也被卷入了"大跃进"运动。南宁会议大批"反冒进"之后，中国科学院召开各研究所所长会议，部署科学工作的大跃进。院长郭沫若传达了毛泽东的指示，号召科学家拿出吃奶的力气来，促使科学工作大跃进。会上许多人发言，肯定科学工作和工农业生产一样，完全可以来采取"多快好省"的办法，来一个大跃进，同时强调科学工作者的思想跃进是科学跃进的前提，科学大跃进的关键在于科学工作者的思想改造，而老科学家的思想改造尤其重要。就在这次会上，不少研究所负责人当场提出了本所的跃进目标。

会后，中国科学院各研究所普遍动员起来，纷纷制定跃进计划。5月15日，中国科学院党组向中共八大二次会议报告了全院的跃进计划。这个计划包括24个方面的任务，其中直接为工农业服务的项目就达18项之多，还有4项明确提出要赶超世界先进水平。一些科学家也纷纷表示决心。上海的17位科学家向中国科学院全体高级知识分子提出倡议，表示有决心做左派，不仅在政治生活中是左派，在科学研究中也是左派，在生活作风上也是左派。倡议书提出口号："人人争取，各自规划，平时互助，年终评比，步步向左，力求红透。"在一片"大跃进"的形势下，中国科学院各研究所将各自的科研指标一提再提，而且互相挑战，彼此竞赛。据《人民日报》报道，就在科学院各研究所提出跃进计划的时候，"最新的捷报"已经纷纷传来：地质研究所的青年研究人员经过跃进，已经把每个岩石标本分析的时间由过去的九天缩短到一天；化学研究所的青年工作人员突击13个昼夜，已将一向视为神秘的11种稀有元素提取出来，而且光谱纯度一般达到国际水平；应用物理研究所奋战一天，做出了被认为要几年才能做出来的65周兆100毫瓦的高频晶体管。

7月初，中国科学院召开机关党的第二次代表大会，院属43个单位向党的生日和机关党代会献礼927项成果，并称其中107项已经达到或超过国际水平。

科学领域的"大跃进"，人为追求高指标，又带有浓厚的政治色彩，实际上背离了科学精神，离开了科学规律，同样表现为浮夸。1958年7月，全国科联和北京市科联组织首都科学家与湖北、河南、浙江、江苏、河北、安徽、陕西等省和京郊的30多位农民，在北京举行丰产座谈会。会上提出科研单位要同农民开展高额丰产的竞赛，如果竞赛不过农民，就要摘掉科研单位的牌子。在这种压力下，根本不容讨论，中国科学院生物学部和农业科学院仓促上阵应战。生物学部为此组织了小麦、水稻、甘蔗、棉花四个小组，进行丰产试验田的竞赛。

科学领域的"大跃进"给科学界造成严重后果。高指标、浮夸风和瞎指挥，导致了人、财、物的大量浪费，科学研究的正常秩序被打乱，科学工作者的思想更是被搞乱。由于进行"插红旗，拔白旗"运动和批判"资产阶级白专道路"，一大批学有专长的专业人员特别是专家、学者受到错

误批判，一些在“大跃进”中持有怀疑或反对态度的科研人员更是遭到严厉打击。

五、农村乌托邦

1958年，在“大跃进”运动迅猛发展的同时，农村掀起了人民公社化运动的高潮。人民公社的出现有一个过程。早在农业合作化高潮中，关于在中国农村建立“公社”或“大社”的思想已经开始萌芽。1955年，毛泽东在《中国农村的社会主义高潮》一书中的《大社的优越性》一文按语里写道：“现在办的半社会主义的合作社，为了易于办成，为了使干部和群众迅速取得经验，二、三十户的小社为多。但是，小社人少地少资金少，不能进行大规模的经营，不能使用机器。这种小社仍然束缚生产力的发展，不能停留太久，应当逐步合并。有些地方可以一乡为一个社，少数地方可以几乡为一个社，当然会有很多地方一乡有几个社的。不但平原地区可以办大社，山区也可以办大社。”①

在农业合作化后期，各地兴办起一些大社，但大都经营不善，问题很多。因此，中共中央在1957年9月发出《关于整顿农业生产合作社的指示》和《关于做好农业合作社生产管理工作的指示》，指出：“几年来各地实践的结果，证明大社、大队一般是不适合于当前生产条件的”，“除少数确实办好了的大社以外，现在规模仍然过大而又没有办好的社，均应根据社员要求，适当分小”，“生产队是合作社的基本单位，一般以二十户左右为适宜”，“社和生产队的组织规模确定了之后，应该宣布在今后十年内不予变动。”②然而，这个方针没有在实际工作中得到认真的贯彻执行。

1957年冬到1958年春，全国农村大规模兴修农田水利过程中，有些地区的社与社之间出现一些矛盾。针对这种情况，在1958年1月的南宁会议上，毛泽东听说广西出现并社现象时就说：“可以搞联邦政府，社内有社。”在3月的成都会议上，他又提出把小型的农业生产合作社有计划地、适当地合并为大型的农业生产合作社的建议。4月8日，中共中央发出了《关于

人民日報
RENMIN RIBAO

工农商学兵五位一体　政治经济文化军事全面結合

人民公社好

河南信阳专区总結出十大优点四项有利条件

◆ 1958年8月18日，《人民日报》以《人民公社好》为题，报道了河南信阳专区总结的人民公社十大优点和四项有利条件。

①《中国农村的社会主义高潮》(选本)，人民出版社，1956年版，第391页。
②《建国以来重要文献选编》第十册，中央文献出版社，1994年版，第559、553、560页。

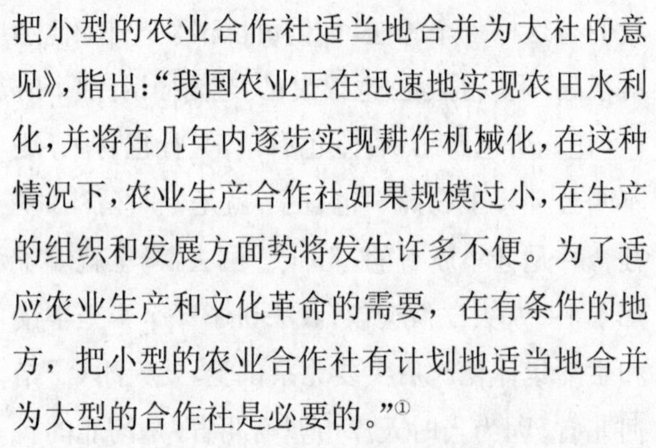

把小型的农业合作社适当地合并为大社的意见》，指出："我国农业正在迅速地实现农田水利化，并将在几年内逐步实现耕作机械化，在这种情况下，农业生产合作社如果规模过小，在生产的组织和发展方面势将发生许多不便。为了适应农业生产和文化革命的需要，在有条件的地方，把小型的农业合作社有计划地适当地合并为大型的合作社是必要的。"①

4月12日，《人民日报》在第一版以《联乡并社发展生产力》为题，报道福建闽侯县在3月间，把三个乡合并为一个乡，把23个农业生产合作社合并为一个社的消息，并以《编辑的话》的形式将前述中共中央的《意见》的主要观点报道出来。5月间，辽宁将9272个社合并为1461个社，基本上是一乡一社，平均每社约2000户，最大的为1.8万多户。河南将38286个社合并成2700个社，平均每社4000户左右。河南嵖岈山卫星社由4个乡的27个社合并，有9369户、43263人。河南信阳地区将5376个小社合并成298个大

◆ 河南遂平县嵖岈山人民公社的社员们欢庆公社诞生。

◆ 1958年8月上旬，毛泽东视察河北、河南、山东农村，多次谈到小社并大社问题，并说，还是办人民公社好。毛泽东的话见报后，全国立即兴起了办人民公社的高潮。图为8月4日毛泽东在河北徐水县视察。

①《建国以来重要文献选编》第十一册，中央文献出版社，1995年版，第209页。

社，平均每社 8000 户。河北徐水商庄农业社由 40 个小社合并而成，竟有 5.6 万多人。北京郊区农村由原来的 1680 个社合并成 218 个社，平均每社 1600 户。这种根据对中国农村生产力与生产关系状况不切实际的估计而要求进行的并社工作，实际上是由农业生产合作社向“一大二公”的公社转变的开端。

1958 年上半年，毛泽东、刘少奇等中央领导人曾谈论过公社以及为共产主义准备条件等问题。二三月间，毛泽东同陈伯达谈话，说过乡社合一，将来就是共产主义的雏形，什么都管，工农商学兵。[①] 4 月底，刘少奇、周恩来、陆定一等谈及公社、半工半读、普及教育和建设社会主义的时候就为共产主义准备条件等问题，并同河南省委负责人说可以试一下。在这些谈话中，已将公社的基本轮廓及其远景勾画出来了。刘少奇后来曾经回忆过当时的情况：

“公社这个名词，我记得，在这里（郑州火车站），跟吴芝圃（时任河南省委第一书记）同志谈过。在广州开会，在火车上，有我、恩来、定一（时任中央宣传部部长）、邓力群，我们四个人吹半工半读，吹教育如何普及，另外就吹公社，吹乌托邦，吹过渡到共产主义。说建设社会主义这个时候就为共产主义准备条件，要使前一阶段为后一个阶段准备条件，我们搞革命就是这样的，开始搞前一步的时候，就想到下一步，为下一步创造条件。我们现在建设社会主义，就要为共产主义创造一些顺利条件。还吹空想社会主义，还吹托儿所，集体化，生活集体化，还吹工厂办学校，学校办工厂，半工半读。要邓力群去编空想社会主义，要定一编马恩列斯论共产主义。下了火车，在这个地方，大概有十几分钟，跟吴芝圃同志说，我们有这样一个想法，你们可以试验一下。他热情很高，采取的办法也很快（吴芝圃插话：那个时候，托儿所也有了，食堂也有了，大社也有了，还不叫公社），工农商学也有了，就是不叫公社。乡社合并是老早就有的。陆定一回去，马上就编了那本书。八大二次会议，我去讲了一个半工半读和生活集体化。后头要北京试验，要天津（泛指河北省，因为当时天津市属河北省，是河北的省会——作者注）试验。公社就是这样来的。事实上已经有了，他们叫大社。陆定一同志在八大二次会议发言里边讲了这个东西。”[②]

刘少奇等人到广州后，毛泽东又向他们谈了自己对共产主义的设想。回到北京，陆定一加以整理发挥，在 5 月 19 日中共八大二次会议作了

衛星人民公社試行簡章

◆ 1958 年 4 月 8 日，中共中央发出《关于把小型的农业合作社适当地合并为大社的意见》。河南遂平县当月将 27 个高级农业合作社合并成嵖岈山卫星人民公社。图为 9 月 4 日《人民日报》刊登的该社试行简章。

①李锐：《“大跃进”亲历记》（下），南方出版社，1999 年版，第 147 页。
②薄一波：《若干重大决策与事件的回顾》下卷，中共中央党校出版社，1991 年版，第 731 ～ 732 页。

题目为《马克思主义是发展的》发言，谈到：

“毛主席和少奇同志谈到几十年以后我国的情景时，曾经这样说，那时我国的乡村中将是许多共产主义的公社，每个公社有自己的农业、工业，有大学、中学、小学，有医院，有科学研究机关，有商店和服务行业，有交通事业，有托儿所和公共食堂，有俱乐部，也有维持治安的民警等等。若干乡村公社围绕着城市，又成为更大的共产主义公社。前人的“乌托邦”想法，将被实现，并将超过。我们的教育方针和其他教育事业，也将朝这个目标发展。”[①]

6月，刘少奇在与《北京日报》编辑谈话时提出，三四十年即可进入共产主义社会；对于共产主义的基层组织，现在就要开始试验。[②]中共八大二次会议以后，广大农村开始大规模地深翻改土，大办农业机械化和水力发电事业，兴办起公共食堂、托儿所、福利院等公共设施，使家务劳动社会化。

各地根据中共中央4月8日的文件精神，先后开展并社工作。其中于4月20日由27个小社合并而成的河南遂平县嵖岈山“卫星集体农庄”，以及稍后建立的浙江诸暨县城南乡“红旗共产主义公社”等一批“集体农庄”、“农场”、“联社”，成为全国最早的农村人民公社组织。北京的顺义县400多个农业生产合作社合并成为8个大社，分别叫“红旗”、“卫星”、“七一”、“火箭”、“东风”、“东方红”、“先锋”、“红星”等带有革命色彩的名字。

6月底，在郑州召开部分省市农业协作会议，中共中央书记处书记、国务院副总理谭震林讲了农业合作社的变革问题，说嵖岈山卫星农业社已经不是农业合作社而是“共产主义公社”。随即，嵖岈山卫星农业社改名为嵖岈山卫星人民公社。《红旗》杂志、河南省委等共同起草了《嵖岈山卫星人民公社试行简章》，规定了公社的宗旨、性质、任务等。这个文件得到毛泽东的高度重视，后来称得到它“如获至宝”。

1958年，《红旗》杂志第3期和第4期先后发表陈伯达的两篇文章《全新的社会，全新的人》、《在毛泽东同志的旗帜下》，公开提出人民公社的名称，介绍毛泽东关于公社的思想。文章写道：“把一个合作社变成为一个既有农业合作又有工业合作的基层组织单位，实际上是农业和工业相结合的人民公社。

“毛泽东同志说，我们的方向，应该逐步地有次序地把“工（工业）、农（农业）、商（交换）、学（文化教育）、兵（民兵，即全民武装）”组成为一个大公社，从而构成为我国社会的基本单位。在这样的公社里面，工业、农业和交换是人们的物质生活；文化教育是反映这种物质生活的人们的精神生活；全民武装是为着保卫这种物质生活和精神生活，在全世界上人剥削人的制度还没有彻底消灭以前，这种全民武装是完全必要的。毛泽东同志关于这种公社的思想，是从现实生活的经验所得的结论。

“很显然，在毛泽东思想的指导下，在毛泽东同志的旗帜下，在这样‘一天等于二十年’的国民经济和文化普遍高涨的时候，人们已经可以看得见我国将由社会主义逐步过渡到共产主义的为期不远的前景。”

当时管理毛泽东的图书并兼田家英秘书的逄先知后来回忆过这一情况：“1958年夏，人民公社一出现，就引起毛泽东极大的兴趣和关注。这是因为，人民公社本是毛泽东想象中的农村乌

①薄一波：《若干重大决策与事件的回顾》下卷，中共中央党校出版社，1991年版，第732～733页。
②薄一波：《若干重大决策与事件的回顾》下卷，中共中央党校出版社，1991年版，第734页。

托邦，他没有想到，他的乌托邦被陈伯达在北京大学讲了出来，这个讲话又被发表在由陈伯达主编的党中央理论刊物《红旗》上，也就不胫而走，人民公社居然堂而皇之地成为当年中国农村的‘新生事物’。”①

8月上旬，毛泽东先后视察河北、河南、山东等省农村，多次讲到建立人民公社的好处。在河北，他称赞徐水“组织军事化、行动战斗化、生活集体化”，问“粮食多了怎么办”，说可以考虑一天让农民干半天活，另外半天学文化、学科学。8月6日，在河南新乡七里营视察时，当看到七里营人民公社的牌子后，毛泽东说道：“人民公社名字好，包括工农商学兵。它的特点一曰大，二曰公。”②9日，他在山东视察时，听省委负责人说历城县北园乡准备办大农场时说：“还是办人民公社好，它的好处是，可以把工、农、商、学、兵合在一起，便于领导。”③毛泽东的谈话在报纸上发表后，全国各地闻讯而动，纷纷效仿。毛泽东后来在中共八届六中全会上追溯人民公社的由来时说：“人民公社的出现。中国出了这么一件事，三月成都会议没有料到，五月党的八大二次会议也没有料到的。其实四月间这件事已在河南出现，我们五、六、七月都不知道，一直到八月才发现，北戴河会议作了决议。这是一件大事。我们找到了一种建设社会主义的形式，便于由集体所有制过渡到全民所有制，也便于由社会主义的全民所有制过渡到共产主义的全民所有制，便于办工农商学兵，规模大，人多，便于办很多事。”④

1958年8月，中共中央政治局在北戴河召开扩大会议，正式讨论了在全国农村中建立人民公社的问题，还印发了河南遂平县嵖岈山卫星公社试行简章（草案）。毛泽东在讲话中对人民公社的出现多次给予赞扬。会议通过了《中共中央关于在农村建立人民公社问题的决议》。《决议》认为：“人民公社是形势发展的必然趋势。”“在目前形势下，建立农林牧副渔全面发展、工农商学兵互相结合的人民公社，是指导农民加速社会主义建设，提前建成社会主义并逐步过渡到共产主义所必须采取的方针。”《决议》要求：人民公社一般以一乡一社、两千户左右为宜，实行政社合一。《决议》虽然指出人民公社建成以后不要忙于改集体所有制为全民所有制，但是又认为快则三四年、慢则五六年或者更长一些时间就可以实现由集体所有制向全民所有制的过渡。《决议》最后指出：“建立人民公社首先是为了加快社会主义

徐水报

中共徐水县委员会
關于加速社會主義建設向共產主義迈進的規劃草案（全文）
（一九五八年八月二十二日，不另行文）

中共徐水县委通知

◆ 1958年8月，中共河北徐水县委制订出《关于加速社会主义建设向共产主义迈进的规划草案》，提出要在1963年进入共产主义社会。

①董边、镡德山、曾自编：《毛泽东和他的秘书田家英》，中央文献出版社，1989年版，第27～28页。
②李锐：《“大跃进”亲历记》（下），南方出版社，1999年版，第149～150页。
③李锐：《“大跃进”亲历记》（下），南方出版社，1999年版，第150页。
④李锐：《“大跃进”亲历记》（下），南方出版社，1999年版，第380页。

建设的速度，而建设社会主义是为了过渡到共产主义积极地作好准备。看来，共产主义在我国的实现，已经不是什么遥远将来的事情了，我们应该积极地运用人民公社的形式，摸索出一条过渡到共产主义的具体途径。”①

9月10日《人民日报》公开发表了这个决议，并发表社论《先把人民公社的架子搭起来》。社论突出宣传决议中关于“上动下不动”、先把公社架子搭起来的精神。此后，人民公社化运动一哄而起，席卷全国。据中共中央农村工作部9月底统计，全国27个省、市、自治区(西藏除外)，共建立人民公社23397个，入社总农户占总农户的90.4%，其中12个省、市、自治区达到100%，10个省自治区达到85%以上。到10月底，全国原有的74万多个农业生产合作社改组成2.6万多个人民公社，参加公社的农户有1.2亿多户，占全国总农户的99%以上，全国农村基本上实现了人民公社化。

人民公社化运动最为突出的一个典型是河北徐水县。8月6日，中共中央农村工作部副部长陈正人到徐水，传达了中央关于在徐水县进行共产主义试点的指示。在中央农村工作部和省、地委的帮助下，县委于8月22日制定了《关于加速社会主义建设向共产主义迈进的规划（草案)》，提出了“大跃进”的经济和社会发展计划指标，规定：1959年基本完成社会主义建设，并开始向共产主义过渡，到1963年即进入伟大的共产主义社会。9月15日，成立了徐水县人民总公社(后改称徐水人民公社)，实行县社合一，经济上由县一级统一核算。9月20日，发布了《中共徐水县委员会关于人民公社实行供给制的试行草案》。从9月份起，干部、工人、职工取消薪金，社员取消按劳取酬。干部改发津贴，县级干部每月8元，科局级干部5元，一般干部3元，勤杂人员2元。同时对全县人员搞供给制的“十五包”：吃饭、穿衣、住房、鞋、袜、毛巾、肥皂、灯油、火柴、烤火费、洗澡、理发、看电影、医疗、丧、葬，全部由县里统一包起来。对于徐水县这个“共产主义试点”，先后有40多个国家、930多名外国人和3000多个国内单位的人前去参观，内外影响很大。

另一个急于跑步过渡的典型是山东范县(现属河南省)。全县组成了一个大社，提出两年就过渡到共产主义。10月28日，范县人民公社党委(即县委)第一书记在全县共产主义建设积极分子万人大会上作关于范县两年过渡到共产主义的规划报告。这个报告提出，一年实现地方工业网，两年实现工业化、电气化，农业生产万斤化，建设共产主义的乐园。报告多处用民间顺口溜，描绘了范县两年进入共产主义社会后的情景：

各种工厂遍地起，
处处烟囱如林立，
工厂机器轰轰响，
大小机器自己使。
生产操作按电钮，
难分劳动和休息。
能产钢铁能产布，
能造化肥发电机，
拖拉机汽车也会造，
生产用品样样齐，
果品罐头范县酒，
何时需要何时有，
电灯电话收音机，

①《建国以来重要文献选编》第十一册，中央文献出版社，1995年版，第446～450页。

使用起来真便利，
这样的日子何时到，
苦干两年拿到手里。

田间耕作用机器，
灌溉自流用电力；
粮食亩产好几万，
堆大敢与泰山比；
棉絮开放似雪野，
花生多得不用提，
丰收一年顶百季，
人人喜得了不的。

新乐园真正强，
四面八方是楼房，
有大学有工厂，
公园街上百花香，
柏油马路明又亮，
汽车穿梭排成行，
有电影有戏院，
劳动以后去听唱，
冬天室内有暖气，
夏天开开电扇乘乘凉，
生活真是大变样，
万年幸福乐无疆。

各种生产用机器，
劳动学习娱乐“三八制”；
出门坐上电汽车，
到处花香真喷鼻；
室内室外公路电灯化，
有事摇摇电话机；
定时广播有喇叭；
饭前饭后开开收音机，
北京上海好戏随便听听它。

人人进入新乐园，
吃喝穿用不要钱；
鸡鸭鱼肉味道鲜，
顿顿可吃四大盘；
天天可以吃水果，
各样衣服穿不完；
人人都说天堂好，
天堂不如新乐园。

11月6日，毛泽东看了范县的规划，写下批语：“此件很有意思，是一首诗，似乎也是可行的。时间似太促，只三年。也不要紧，三年完不成，顺延可也。”并且要陈伯达等人去该县看看。

在全国范围内如此大规模地建立人民公社，既未进行认真调查研究，也未进行典型试验，它不是客观实际发展的结果，而是远远地超越当时生产力发展水平的主观臆想的产物，违背了群众意愿。以手工劳动为基础的中国农业，在农业合作化运动后期已经暴露出一些问题。人民公社的建立，不仅使原有的问题得不到解决，而且产生了新的更大更多的问题。人民公社的特点，第一是“大”，人民公社化运动前，全国有74万多个农业合作社，每社平均170户、2000多亩土地、350个左右的劳动力；公社化以后，变成2.6万个公社，每社平均5000户、6万多亩土地、1万个左右的劳动力，平均每285个合作社组成一个公社，差不多是一乡一社甚至数乡一社，规模扩大了十倍十几倍乃至几十倍。第二是“公”，农业合作社的土地、耕畜、农具等生产资料及其他公共

财产全部转归公社所有，实行全社统一核算。原来由社员经营的自留地及个人拥有的林木、牲畜，收归公社经营或归公社所有，使所谓生产资料私有制得到消除。国家将粮食、商业、财政、银行等部门在农村基层机构下放给公社管理经营，给公社的集体所有制经济增加了若干全民所有制成分。这种所有制方面的改变，把经济条件不同、贫富水平殊异的社强行统在一起，穷社共了富社的产；取消或者统一经营农民的自留地和林木、牲畜甚至生活资料，集体共了个人的产；把全民所有制部分企业下放给公社，公社共了国家的产。所有这些，混淆了集体所有制和全民所有制的界限，使得"共产风"大为泛滥。第三是"政社合一"，公社化以前，农村实行乡社分离的体制，乡是基层政权组织，农业生产合社是经济组织；公社建立后，实行政社合一的体制，公社既是一级政权机构，又是经济组织，在公社内部，又分为生产大队、生产小队两级，实行三级管理，生产计划、劳力调配、物资调拨、产品分配都由公社统管，生产大队负责生产管理和部分经济核算，生产小队管理则只负责直接组织具体的生产。这样，公社是用行政手段直接管理经济，农村经济和社会生活完全被纳入行政管理范围。第四是供给制和工资制相结合的分配制度。农业合作社基本实行多劳多得的分配制度，公社则取消了评工记分和生产责任制，普遍实行供给制和工资制相结合的分配制度，供给部分是粮食、伙食和基本生活需要品，工资则是供给制之外，按照多劳多得的原则分配给社员一定数额的货币。实行最为普遍的是"吃饭不要钱"的粮食和伙食供给。实际上，中国农村当时的经济实力远远达不到实行这种分配制度的水平。第五是在生产和生活中实行所谓"组织军事化、行动战斗化、生活集体化"的方式，把男女劳动力按照军队建制组织起来，同时大办公共食堂、托儿所、幼儿园、幸福院等公共事业。这些做法，将以家庭为单位的传统生活方式变成以生产队为单位的集体生活方式，对农民群众造成极大伤害，严重损害了农民的利益，挫伤了农民的生产积极性，使农民惊恐和不满，纷纷杀猪宰羊，砍树伐林，又导致生产力的很大破坏，给农业生产带来灾难性的后果。

在公社化过程中，大炼钢铁、大办工业、大办交通、大办水利、大办教育等运动接连不断，高指标、瞎指挥、浮夸风严重泛滥，大大加强了对农村人力、物力的无偿调拨，进一步助长了农村中的"共产风"。

当时的"共产风"，再加上农业高估产带来的高征购，使全国市场从1958年冬开始出现粮食、油料、猪肉、蔬菜供应严重不足的紧张状况。

农村人民公社化的浪潮还汹涌地冲向城市和工厂。1958年下半年到1959年是大城市重点试办人民公社的时期，北京、上海、天津、武汉、广州等大城市试办了以大工厂、街道、机关或学校为中心的三种类型的城市人民公社。鞍山钢铁公司办成了鞍钢公社，率先农村公社化的河南省一鼓作气，在1958年9月建成了城市人民公社。城里人对这股浪潮，有的高兴，有的恐惧。一些城市居民从银行提取大量存款购物，有的城市商店里的手表、金刚钻戒指等高档商品很快脱销。

人民公社化运动的实践证明，在落后的生产力基础上，企图依靠不断提高和扩大公有制，实现迅速建成社会主义，从而很快过渡到共产主义的愿望，必然超越生产力的发展，造成对生产力

的极大破坏。

邓小平后来多次对1958年的"大跃进"和"人民公社化运动"给予中肯评价:1958年"大跃进",一哄而起搞人民公社化,片面强调"一大二公",吃大锅饭,带来大灾难。[1]他还指出:1958年"大跃进"时,高级社还不巩固,又普遍搞人民公社,结果60年代初期不得不退回去,退到以生产队为基本核算单位。[2]他还分析了发动和推进"大跃进"的责任,认为造成"大跃进"错误不仅是毛泽东一个人的问题,中央其他领导人都有责任,中央集体有责任。他说:"讲错误,不应该只讲毛泽东同志,中央许多负责同志都有错误。"大跃进",毛泽东同志头脑发热,我们不发热?刘少奇同志、周恩来同志和我都没有反对,陈云同志没有说话。在这些问题上要公正,不要造成一种印象,别的人都正确,只有一个人犯错误。这不符合事实。中央犯错误,不是一个人负责,是集体负责。"[3]

①《邓小平文选》第三卷,人民出版社,1993年版,第115页。
②《邓小平文选》第二卷,人民出版社,1994年版,第316页。
③《邓小平文选》第二卷,人民出版社,1994年版,第296页。

第四章

九个月降温

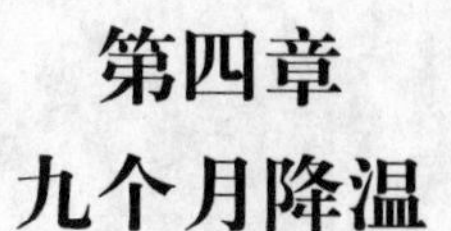

第四章 九个月降温

一、“做冷静的促进派”

1958年秋冬之间，中共中央开始发现“大跃进”和人民公社运动中乱子出了不少。毛泽东始终是“大跃进”和人民公社化运动的积极倡导者和推动者，同时也是较快地通过调查研究觉察到运动发展中出现尖锐问题的领导人。他认为只有纠正这些已经觉察到的“左”倾错误，“大跃进”和人民公社化运动才能健康地发展。为此，党和政府进行了初步纠“左”的努力。

对“左”倾错误的初步觉察，是从发现农村人民公社的问题开始的。北戴河会议之后，尽管报纸上广播里“喜讯如潮”，迅猛掀起的“大跃进”和人民公社化运动出乱子的一些情况还是陆续反映到了中央：有的农村发生杀鸡、杀猪、杀牲口、砍树、藏粮等不正常现象；有的地方遭灾后仍谎报亩产，多征购粮食，加重了灾情，导致饿死人的事情发生。这些情况引起了中共中央和毛泽东的注意。10月毛泽东派他的秘书、中共中央政治研究室副主任田家英和《人民日报》总编辑、新华社社长吴冷西作短期调查研究，了解公社化后的情况。吴冷西后来回忆了当时的情景：

“毛主席就直截了当地提出，他想派我和田家英到地方上去做一次短期的调查研究。地点他已经选好了，就是河南新乡地区的一个县（修武县）和一个公社（新乡县的七里营公社）。他要我们各自带几个助手，分别先后去修武县和七里营公社，了解公社化后的情况，时间一个星期。……

“毛主席说，大跃进和公社化，搞得好可以互相促进，使中国的落后面貌大为改观；搞得不好，也可能变成灾难。你们这次下去，主要是了解公社化后的情况。北戴河会议时我说过公社的优点是一大二公。现在看来，人们的头脑发热，似乎越大越好，越公越好。你们要去的修武县，全县已成了一个公社。我还要派人去了解山东寿张县，听说那里准备苦战三年进入共产主义。”①

吴冷西回忆说，毛泽东嘱咐他们下去调查，要对眼花缭乱的实际情况保持冷静的头脑，不能道听途说，人云亦云，要深入实际，调查研究，实事求是，心中有数，头脑清醒，做冷静的促进派。吴冷西说“冷静的促进派”几个字给他留下强烈印象。

为了进一步了解实情，10月中旬到11月初，毛泽东先后亲自视察河北的天津、保定、石家庄、邯郸与河南的新乡、郑州等地方，同省、地、县委几级负责人座谈；并派人到较早建立人民公社的河南遂平县嵖岈山等地蹲点调查。

通过调查，毛泽东发觉在人民公社化运动中很多人有一大堆混乱思想，“急急忙忙往前闯”。在天津，毛泽东听河北徐水县委书记汇报说该县已有条件实行共产主义，实行统一分配，统一发衣服，统一发工资，并把这种实质上属于县级范围内的大集体所有制宣布为全民所有制。在郑

①吴冷西著：《忆毛主席》，新华出版社，1995年版，第94～95页。

◆ 河南省信阳市郊五里墩荒丘上建起的大炼钢铁土高炉群。

州，中共中央政治局候补委员、中央政治研究室主任、《红旗》杂志总编辑、毛泽东的秘书陈伯达向毛泽东汇报时，也提出公社产品实行统一调拨，并提出取消商品交换、取消货币。

在调查中，除了急于向共产主义过渡的问题，毛泽东还发现这样一些问题：各地农村集中大量人力上山炼钢炼铁，搞“大兵团作战”，夜以继日，风餐露宿，公共食堂办得不好，缺粮少油，造成群众身体素质下降，不少人生病；“大炼钢铁”的任务完成得也不好，不少地方炼出来的铁绝大多数是次品、废品，根本不能用于炼钢；一些地方提出来的生产高指标达不到，就作假，放出的钢铁、粮食等“卫星”产量全是虚的。

毛泽东感到需要对运动“降温”，让大家冷静下来。在郑州听吴冷西和田家英汇报修武县和七里营公社的情况时，毛泽东就多次插话谈了他的看法。说到修武县一县一社时，毛泽东说：一县一社恐怕太大了，县委管不了那么多具体的事，而且全县各地生产水平很不平衡，平均分配会损害富队富社的积极性。我们现在还是搞社会主义，还是要按劳分配。凡是有利于发展生产的就干，一切不利于发展生产的就不要干。供给制只能搞公共食堂，而且要加强管理，粗细粮搭配，干稀搭配，农忙农闲不同，要学会勤俭过日子，不能放开肚皮大吃大喝，那样肯定维持不下去。其他只搞些公共福利事业，不要采取“包”的办法，量力而为。延安时期的供给制，是属于战时共产主义的办法，是不得已而为之，不能作为分配方式的榜样，所以全国解放后就改行工资制了。谈到修武县的全民所有制，毛泽东说，修武不同于鞍钢，产品不能调拨，只能进行商品交换，不能称为全民所有制，只能叫做集体所有制，千万不能把两者混同起来。如果生产力没有高度发展，像北戴河会议关于人民公社的决议中指出的，产品极为丰富，工业和农业都高度现代化，那末，生产关系上从集体所有制过渡到全民所有制，分配方式从按劳分配过渡到按需分配，是根本不可能的。这两种所有制接近是一个很长的历史过程。谈到群众大炼钢铁的干劲很大，地里庄稼没有人收时，毛泽东说，1070 吨钢的指标可

◆ 1958年11月2日至10日，毛泽东在郑州召开有部分中央领导人、大区负责人和部分省市委书记参加的工作会议，着手纠正人民公社化运动中发生的一些错误。这是全党纠正"左"的错误的开端。图为第一次郑州会议会场。

能闹得天下大乱。从北戴河会议到年底只有四个月，几千万人上山，农业可能丰产不丰收，食堂又放开肚皮吃，这怎么得了？这次郑州会议要叫大家冷静下来。①

11月2日至10日，毛泽东在郑州主持召开有中央和地方部分领导人参加的会议（即第一次郑州会议），一边讨论人民公社问题，一边带领与会者学习和研究斯大林的《苏联社会主义经济问题》，联系实际发议论，谈看法。他"试着搬斯大林"，对一些同志做说服工作。

对统一调拨产品、资金、劳力，毛泽东表示了否定的意见。他说：一个县的全民所有制还是大集体所有制，人力、财力、物力都不能调拨。这一点需要讲清楚，同全国全民所有制不能混同。人民公社的产品不能调拨，同国营工厂不同，如果混同，就没有奋斗目标了。在听取有的省份汇报十年规划情况时，毛泽东说：还是以社会主义为题目，不要一扯就扯到共产主义。你现在牵涉到共产主义，这个问题就大了。你说十年就过渡了我就不一定相信。这是个客观的东西，人们的想法是一回事，是否符合客观规律又是一回事。

与此相联系，毛泽东还批评了废除货币、取消商品的主张。他说，现在有些人大有消灭商品生产之势，有不少人向往共产主义，一提商品生产就发愁，觉得这是资本主义的东西。他明确指出，避开使用还有积极意义的资本主义范畴——商品生产、商品流通、价值法则等来为社会主义服务，这是不承认客观法则的表现，不认识五亿农民的问题。商品生产不能与资本主义混为一谈，不能孤立地看商品生产，要看它与什么经济

①吴冷西著：《忆毛主席》，新华出版社，1995年版，第102～103页。

相联系。商品与资本主义相联系就出资本主义，与社会主义相联系就不是资本主义，就出社会主义。要有计划地大力发展社会主义商品生产，社会主义的商品生产和商品交换还有积极作用。

毛泽东批评了急于由集体所有制向全民所有制过渡、由社会主义向共产主义过渡的空气。会上印发了山东范县准备两年就进入共产主义的材料。这种对共产主义的"向往"，毛泽东虽表示过"很有意思，是一首诗"，但是他已不赞成当时普遍存在的急于过渡的倾向。他说，现在有那么一种倾向，就是共产主义越多越好，最好一两年内就搞成共产主义。山东范县说两年进入共产主义，说得神乎其神，我是怀疑的。毛泽东指出，要划一条线，大线是社会主义和共产主义，小线是集体所有制和全民所有制。要作区分。这是个客观规律，不能混同。我们有些同志在读马克思主义教科书的时候是马克思主义的，一碰到具体问题，马克思主义就打折扣了。他还承认，北戴河会议决议提出三四年、五六年或者更多一点时间，把公社的集体所有制过渡到全民所有制，是讲快了。

会议期间起草了两个文件，一个是《郑州会议关于人民公社若干问题的决议》草案，一个是《十五年社会主义建设纲要四十条(1958～1972年)》草案。后一个文件开始起草时叫《中国共产主义建设十年规划纲要》，提出十年就向共产主义过渡，还提出十年内钢要达到4亿吨左右，粮达到2.4万亿斤。这个文件反映出党内普遍存在的急于过渡、急于求成的情绪。毛泽东赞同起草这两个文件，但对有些提法和指标也不大满意。他说，不要一扯就扯到共产主义，还是以社会主义为题目；说十年就过渡了，我就不一定相信。还说那些指标"问题甚大"。为了澄清认识，消除思想上的混乱，11月9日，毛泽东给中央、省、地、县四级党委委员写了一封信，建议全党读斯大林的《苏联社会主义经济问题》和《马恩列斯论共产主义社会》这两本书。他要求："要联系中国社会主义经济革命和经济建设去读这两本书，使自己获得一个清醒的头脑，以利指导我们伟大的经济工作。现在很多人有一大堆混乱思想，读这两本书就有可能给以澄清。有些号称马克思主义经济学家的同志，在最近几个月内，就是如此。他们在读马克思主义政治经济学的时候是马克思主义者，一临到目前经济实践中某些具体问题，他们的马克思主义就打了折扣了。"①

会后，毛泽东致电刘少奇、邓小平，建议在京的中央政治局委员、书记处成员，讨论郑州会议起草的两个文件，讨论《苏联社会主义经济问题》一书。

郑州会议表明中共中央对实际工作的指导思想开始有某种转变。毛泽东在会上提出的问题，为在实际工作中纠正那些脱离实际、脱离群众的"左"倾错误开了个头。特别是他阐述的关于区别两种所有制、划清两个社会发展阶段的界限，关于中国必须大力发展商品生产的思想，对指导社会主义建设有重要意义。

二、唱个低调

郑州会议结束后，毛泽东继续南下，视察了河南遂平、信阳和湖北孝感、武昌。一路上，他不仅同省、地、县委直至区委、公社党委的负责人谈话，还找来中央直属机关在当地下放劳动的干部

①《毛泽东文集》第七卷，人民出版社，1999年版，第432页。

听取汇报。到武汉后，他又约湖南、广东、四川、山西等省的省委主要负责人谈话，更广泛地了解农村的真实情况。根据吴冷西回忆，11 月 11 日晚上，毛泽东专门找河南遂平县委的负责人谈话，详细询问公社供给制情况。13 日，他又找信阳地委的负责人谈话，特别称赞他们没有拆散家庭，并要求各级干部关心社员的生活。

11 月 21 日至 27 日，中共中央在武昌召开政治局扩大会议（即武昌会议），除了中央政治局成员外，一部分中央部委和省、市、自治区党委第一书记参加，主要讨论郑州会议起草的两个文件和 1959 年计划草案。这次会议沿着郑州会议的思路，继续批评急于过渡的倾向以及工农业生产上的高指标和浮夸风。按照毛泽东的说法，我们在这一次唱个低调，把脑筋压缩一下，把空气变成固体气体。他还打了个形象的比喻：唱戏拉胡琴，转那个东西转得太紧，它就有断弦的危险。

毛泽东首先在过渡问题上唱了个当时的“低调”。在 21 日和 23 日的讲话中，他都讲到：苏联在准备向共产主义过渡的问题上很谨慎，搞了那么多年，想过渡，但没有讲过渡，还说是准备条件。我们中国人，包括我在内，大概是个冒失鬼。只有九年，就起野心。中国人就这么厉害？整个中国进入共产主义要多少时间，现在谁也不知道，难以设想。

关于生产指标，按原定计划，1959 年钢产量指标为 2700 ～ 3000 万吨。毛泽东对能否完成很担心。武昌会议期间，他先后找到会的中央政治局常委、有关部门负责人和各大区负责人谈话，多次议论此事。有的人认为还是定 3000 万吨，也有人建议下调到 1800 万吨。毛泽东认为，已经不是 3000 万吨有没有把握，而是 1800 万吨有没有把握的问题。由此，还说他自己 1958 年提出钢产量翻一番（即 1070 万吨）是个“冒险的建议”，“从前是别人反我的冒进，现在是我反人家的冒进”，“破除迷信不要把科学破除了”。经过讨论，会议决定 1959 年钢产量计划，内定数下降为 2000 万吨，对外公布数下降为 1800 万吨。

◆ 北戴河会议后，全国兴起了大办人民公社的高潮。图为吉林长春市郊小河台乡红旗人民公社成立大会。

◆ 宁夏回族自治区贺兰县前锋人民公社成立大会。

自从发现和觉察到农村人民公社化运动中的一些乱子后，毛泽东除了提出解决急于实行两个过渡的问题外，还特别强调注意群众生活的问题。在郑州会议时，毛泽东就强调要劳逸结合，既抓生产，又抓生活，保证群众吃好睡足，并责成各地认真检查。会后不久，他看到新华社一个内部材料，反映河北邯郸地区伤疫疾病流行的情况，特别做出批示，指出注意工作，忽视生活“是一个全国性的问题”，要求立即引起全党各级负责干部注意，采取“工作生活同时并重”的方针。

在各地根据这个方针开始检查工作、制定妥善安排生产和生活的具体措施后，毛泽东抓住落实过程中的典型，督促各级党委高度重视人民的生活。云南省委根据郑州会议精神向中央报告了这年春夏之间该省因疾病死亡四万人的情况，检查说造成这种痛心事件的主要原因是领导作风不深入，关心群众生活不够。毛泽东批示说：云南省委犯了一个错误……别的省份，则可能有

◆ 人民公社实行“组织军事化，行动战斗化，生活集体化”。图为河南遂平县卫星人民公社整队前去生产。

◆ 从 1958 年夏季开始，短短几个月，全国 74 万多个农业生产合作社改组成 2.6 万多个人民公社 。参加公社的农户有 1.2 亿多户，占全国总农户的 99%以上。图为湖南宁乡县某人民公社成立大会。

一些地方要犯云南那样的错误。因为他们还没有犯过云南所犯的那样一种错误，没有取得深刻的教训，没有取得免疫力。因而，如果他们不善于教育干部（主要是县级，云南这个错误就是主要出于县级干部），不善于分析情况，不善于及时用鼻子嗅出干部中群众中关于人民生活方面的不良空气的话，那他们就一定要犯别人犯过的同类错误。

毛泽东还分析了发生上述错误的原因：“在我们对于人民生活这样一个重大问题缺少关心，注意不足，照顾不周（这在现时几乎普遍存在）的时候，不能专门责怪别人，同我们对于工作任务提得太重，密切有关。千钧重担压下去，县、乡干部没有办法，只好硬着头皮去干，少干一点被叫做‘右倾’，把人们的心思引到片面性上去了，顾了生产，忘了生活。”[①]

他要求任务不要提得太重，不要超过群众精力的可能性，要为群众留点余地，生产和生活同时抓，不要片面性。

为了解决高指标、瞎指挥、强迫命令等问题，毛泽东特别提出要反对作假和不要破除科学。“大跃进”运动中，弄虚作假和违背科学的恶劣作风发展到登峰造极的地步，层出不穷的“高产卫

◆ 上海县七一人民公社虹桥青年卫星营社员集体出工。

①《毛泽东文集》第七卷，人民出版社，1999 年版，第 451 页。

星”和五花八门的“新套套”、“新创造”大都是弄虚作假和违背科学的产物。毛泽东在郑州会议上以徐水把生猪集中起来搞所谓“样板猪场”的例子批评了作假之风，要求大家反对浮夸，不要虚报。在武昌会议上，他更加严厉地批评了弄虚作假，提议要在关于人民公社的文件里专写一条反对作假的问题。他说：现在有种空气，只讲成绩，不讲缺点，有缺点就脸上无光，讲实话就没有人听，造假，讲得多，有光彩。毛泽东还严正告诫：

“现在严重的问题是，不仅下面作假，而且我们相信。从中央、省、地到县都相信，主要是前三级相信，这就危险。”①

由于“大跃进”中弄虚作假的情况，包括许多明明是违反常识、背离科学的东西，是在“破除迷信”的口号下发生的，毛泽东还指出，破除迷信以来，效力极大，很有好处，敢想敢说敢做，但有一小部分破得过分了，把科学真理也破了。比如，连睡觉也不要说了，说睡觉一个小时就够了。方针是破除迷信，但科学是不能破的。他说：“凡迷信一定要破除，凡真理一定要保护。”②

与提出破除迷信、保护科学相联系，毛泽东还修正了对“资产阶级法权”（应译“资产阶级权利”）的看法。他说：资产阶级法权只能破除一部分，如三风五气，等级过分悬殊，老爷态度，猫鼠关系，一定要破除，而且破得越彻底越好。另一部分，例如工资等级，上下级关系，国家一定的强制，还不能破除。资产阶级法权有一部分在社会主义时代是有用的，必须保护，使之为社会主义服务。把它打得体无完肤，会有一天我们要陷入被动，要承认错误，向有用的资产阶级法权道歉。③毛泽东在这里所讲的要破的那一部分“法权”，属于干部作风和干部制度问题，与马克思所说的“资产阶级权利”概念的涵义没有关系。不过他提出破除这一部分，就改善社会主义社会的人与人之间的关系来

◆ “劳武结合”是人民公社的一种组织形式。图为郑州东郊公社社员带枪到田间劳动。

①《毛泽东文集》第七卷，人民出版社，1999年版，第446页。
②《毛泽东文集》第七卷，人民出版社，1999年版，第448～449页。
③《毛泽东文集》第七卷，人民出版社，1999年版，第449页。

◆ 在人民公社内部实行供给制，大办公共食堂。图为广东番顺县龙山公社的社员正在公共食堂里吃饭。

讲，是一个重要问题。他提出要保护工资制，修正了他在北戴河会议上的看法。

1958年12月，中共召开八届六中全会，通过了《关于人民公社若干问题的决议》。《决议》对人民公社的兴起给予高度评价，同时阐述了几个重大政策和理论问题，企图澄清思想上和工作中已经产生的混乱。

针对那种急于向全民所有制和向共产主义过渡的错误倾向，《决议》指出：不能混淆集体所有制和全民所有制的界限，更不能混淆社会主义和共产主义的界限。人民公社目前基本上仍然是集体所有制的经济组织。农业生产合作社变

◆ "三秋"期间，河南长葛县坡胡人民公社将37个公共食堂搬到了田头。

为人民公社，并不是由集体所有制变为全民所有制，更不等于由社会主义变为共产主义。企图过早地否定按劳分配原则而代之以按需分配原则，在条件不成熟的时候勉强进入共产主义，是一个不可能成功的空想。生产关系一定要适合生产力的性质。无论由社会主义的集体所有制向社会主义的全民所有制过渡，还是由社会主义向共产主义过渡，都必须以一定程度的生产力发展为基础。我们既然热衷于共产主义事业，就必须首先热衷于发展生产力，大力实现工业化，而不应当无根据地宣布人民公社"立即实行全民所有制"，甚至"立即进入共产主义"。那样做只能使共产主义伟大理想受到歪曲和庸俗化，助长小资产阶级平均主义倾向，而不利于社会主义建设的发展。

针对那种企图过早地取消商品生产和商品交换的错误倾向，《决议》指出：在今后一个必要的时期内，人民公社的商品生产，以及国家和公社、公社和公社之间的商品交换，必须有一个很大的发展。这种商品生产和商品交换是在社会主义公有制基础上有计划地进行的，而不是资本主义的。有些人在企图过早地进入共产主义的同时，企图过早地取消商品生产和商品交换，过早地否定商品、价值、货币、价格的积极作用，这种想法是对于发展社会主义建设不利的，因而是不正确的。继续发展商品生产和继续保持按劳分配的原则，对于发展社会主义经济是两个重大的原则问题，必须在全党统一认识。

《决议》规定：社员个人所有的生活资料(包括房屋)和存款，在公社化以后仍然归社员所有，而且永远归社员所有。[①]

全会通过的《关于1959年国民经济计划的决议》，虽然保留了相当多的高指标，但规定钢的产量已由原来的2700～3000万吨降为1800～2000万吨，基本建设投资总规模已从500亿元降到360亿元。

武昌会议期间，毛泽东写了《关于帝国主义和一切反动派是不是真老虎的问题》的文章，从理论上对"冷"和"热"的辨证关系作了回答。文章说，逐步认识自然运动的法则和社会运动的法则，然后就有可能掌握并比较自由地运用这些法则，一个一个地解决人们面临的问题，处理矛盾，完成任务，使困难向顺利转化，使真老虎向纸老虎转化，使革命的初级阶段向高级阶段转化，使民主革命向社会主义革命转化，使社会主义的集体所有制向社会主义的全民所有制转化，使社会主义的全民所有制向共产主义的全民所有制转化，使年产几百万吨钢向年产几千万吨钢乃至几万万吨钢转化，使亩产一百多斤或者几百斤粮食向亩产几千斤或者甚至几万斤粮食转化。还说："可能性同现实性是两件东西，是统一性的两个对立面。虚假的可能性同现实的可能性又是两件东西，又是统一性的两个对立面。头脑要冷又要热，又是统一性的两个对立面。冲天干劲是热。科学分析是冷。在我国，在目前，有些人太热了一点。他们不想使自己的头脑有一段冷的时间，不愿意做分析，只爱热。同志们，这种态度是不利于做领导工作的，他们可能跌筋斗，这些人应当注意提醒一下自己的头脑。另有一些人爱冷不爱热。他们对一些事，看不惯，跟不上。对这些人，应当使他们的头脑慢慢热起来。"[②]

经过郑州会议、武昌会议和中共八届六中全会的紧张工作，中共中央终于迈出了纠正"左"的错误的最初一步，取得了初步的成果。毛泽东所

①《建国以来重要文献选编》第十一册，中央文献出版社，1995年版，第598～623页。
②《毛泽东文集》第七卷，人民出版社，1999年版，第457页。

◆ 1958年11月28日至12月10日，中共八届六中全会在武昌举行。会议通过了《关于人民公社若干问题的决议》，对人民公社制度的一些重大政策界限，作出了若干的规定。图为八届六中全会会场。

设想的“唱个低调”、“压缩空气”的初衷，开始有所实现。但是，这里说的纠“左”，并不是要找到“大跃进”和人民公社化运动问题的根本症结，也没有想去从指导思想上去改变这次运动的路线和方针。因此，所谓纠“左”也还只是初步的。

三、停吹“共产风”

中共八届六中全会以后，各地普遍开展了整顿人民公社的工作，刹住了急急忙忙向全民所有制过渡、向共产主义过渡的势头。但是，公社内部的平均主义和过分集中的倾向仍然存在；加上为了完成由高估产而带来的高征购任务，又不适当地进行了反对生产队本位主义和瞒产私分的斗争，党和政府同农民的紧张关系还没有真正缓解。尽管1958年的农业大丰收，但受高估产的影响，各地出现粮菜不足的风潮，较之1953年、1955年的粮食风潮有过之而无不及。例如，广东的雷南县，收获晚稻时，全县上报平均亩产千斤以上，但征购任务派下去时，各个生产队又纷纷改报低产，叫喊征购任务完不成，全县的平均亩产又跌至289斤。县委下决心要把隐瞒的粮食搞出来，便集中全县的生产小队长以上干部4000余人开大会，强迫交出瞒产私分的粮食共7000多万斤，造成基层惶惶不可终日，农村形势急转直下。毛泽东发现上述问题后，于1959年2月下旬，连续视察河北、山东、河南等省，进一步得知农村中“一平二调”的一些具体情况：队与队之间、社员与社员之间拉平分配，一些队的好粮被别的队无偿调走，社员群众的猪、鸡、木料等被公社调走修“万头猪场”。各地普遍发生瞒产私分，大闹粮食、食油、猪肉、蔬菜“不足”的风潮。在山东视察时，毛泽东了解到历城县吕鸿宾合作社解决分配问题的经验。这个社分配最初用一张条子（调粮食）、一把秤（派人拿秤称粮食）、一顶帽子（调不动就扣“本位主义”帽子），遭到群众抵制；后来改变主意，用一把钥匙（思想工作）、一张布告（安民告示）、一个楼梯（调整部分所有制），问题有所解决。毛泽东此时已经觉察到所有制方面的问题。他在2月21日与河南四个地

◆ 毛泽东在第二次郑州会议上讲话。

委负责人的座谈会上指出：现在我们对穷队富队、穷村富村采取拉平是无理由的，“是掠夺，是抢劫”。评工记分、包工包产都应该坚持。评工记分是表现人与人劳动结果的关系，包工包产是表现村与村、队与队的关系，这个经验我们没有记取。积累上真正的一盘棋第一是农村，第二是公社，第三是国家。要认识部分是社所有，基本是队所有。

毛泽东认为，要从公社内部所有制分级的问题入手，进一步纠正“共产风”。为此，1959 年二三月间中共中央政治局在郑州又召开了扩大会议(即第二次郑州会议)。

在这次会议上，毛泽东着重指出，人民公社的主要问题是我们在生产关系的改进方面，在公社所有制问题方面，前进得过远了一点。不了解公社的所有制也要有一个发展过程，公社一成立，就取消了生产队所有制，实行完全的公社所有制，误认社会主义为共产主义、按劳分配为按需分配、集体所有制为全民所有制。“一平二调三收款”引起农民的很大恐慌。这是我们目前同农民关系紧张的根本原因所在。他强调，平均主义的倾向否认各个生产队和各个个人之间的收入应当有所差别，即否认按劳分配、多劳多得的社会主义原则；过分集中的倾向否认生产队的所有制，否认生产队应有的权利，任意把生产队的财产调到公社来。这两种倾向都包含有否定价值法则、否定等价交换的思想在内。等价交换在社会主义时期是一个不能违反的经济法则，违反了它，就是无偿占有别人的劳动成果。我们对于民族资产阶级尚且不采取无偿剥夺的办法，对于农民的劳动成果怎么可以无偿占有呢？[①]毛泽东在会议期间写的一个批语，指出这是“左”倾冒险主义思想。还说，我们在党内主要锋芒还要反“左”。

当然，这里讲的“左”倾冒险主义错误是就具体工作而言的，而不是讲的根本路线。2 月初，他曾说：不管我们有多少缺点，归根到底，不过是九个指头与一个指头的问题。不能一讲起去年的缺点来，就把成绩那方面挤得没有了。现在有些好心的人，分不清部分和全部的关系，缺点一

①《毛泽东文集》第八卷，人民出版社，1999 年版，第 9 ~ 13 页。

列几十条，好的不列，天昏地暗，一无是处。这一点，必须警惕。

为了纠正平均主义和过分集中两种倾向，根据毛泽东的意见，这次会议规定了14句话，作为整顿和建设人民公社的方针，即："统一领导，队为基础；分级管理，权力下放；三级核算，各计盈亏；分配计划，由社决定；适当积累，合理调剂；物资劳动，等价交换；按劳分配，承认差别。"[①]会议制定了《关于人民公社管理体制的若干规定（草案）》，明确规定生产队（或管理区）的所有制目前还是公社的主要基础，是人民公社的基本核算单位。

就在第二次郑州会议期间，河南召开了省、地、县、公社、管理区（大队）、生产队六级干部会议，迅速将第二次郑州会议的精神原原本本传达到各级干部。毛泽东觉得河南的做法有极大好处，建议各省、市、自治区也在会后召开六级干部会议。他指出，春耕在即，这个大问题不在3月上半月解决，将遇到大损失。会议一结束，从第二天开始，各省、市、自治区迅速按照中央的要求，纷纷召开本地的五级或六级干部会议，以短则三五天，长亦不过十来天的时间，传达、讨论会议精神，将中共中央的方针直接同各级干部见面。

第二次郑州会议的精神一传达，立即得到广大干部特别是基层干部的热烈拥护。不少地方的基层干部开始接到开会通知，以为又是反瞒产、搞整风，因而情绪不高，甚至暗自抵触，有的只派几个代表参加，还有的干脆不到会。听了传达之后，恍然大悟，顿时情绪高涨。许多人不等会议结束，便纷纷打电话将会议情况通报本地。结果，不仅不到会的人立即赴会，而且有的基层干部还自带背包、干粮上省城，主动要求参加会议。许多省、自治区参加六级干部会议的人数都比原定计划扩大了一倍乃至两倍。

各地的五级或六级干部会议开得生动活泼。与会者热烈讨论毛泽东在第二次郑州会议上的讲话和关于人民公社管理体制规定的文件，总结公社化以来的经验教训，普遍反映在此以前同群众关系紧张，许多做法在实际工作中不被农民欢迎甚至遭到抵制，"正是'山重水复疑无路'的时候，听了主席的指示，犹如'柳暗花明又一村'"。不少干部对公社化运动的许多做法本来就有些思想不通，但又迫于压力不得不做，听了郑州会议精神的传达，都感到主席的指示一针见血，现在茅塞顿开；"糊涂一秋，苦恼三月，现在得到了解决"[②]，精神面貌为之一变。不少生产队主动实打实地报出粮食产量，并向国家交送公粮。各级干部也把整社同生产结合起来，抓紧安排春耕。广大社员群众听到第二次郑州会议精神的传达后，受到挫伤的积极性重新鼓了起来，兴起了春耕生产的热潮。经历过这一重大转变的薄一波回顾说："他（指毛泽东——引者注）看问题总是比我们站得高，看得深，一旦了解了真实情况，就毫不犹豫地果断决策，工作效率之高，行动之快，在党内是无与伦比的。如果不是毛主席从纷繁的事物中，找出人民公社问题的症结所在，我们的事业就可能被'共产风'所葬送。有了上述的分析，问题就清楚了，就是人民公社在生产关系的变革方面超前了，脱离了生产力的发展水平。"[③]

在落实第二次郑州会议精神的过程中，各地提出了一些新的问题。最大的一个问题就是以哪一级为公社的基本核算单位和分配单位。对

①《毛泽东文集》第八卷，人民出版社，1999年版，第14页。
②《农业集体化重要文件汇编（1958～1981）》下册，中共中央党校出版社，1981年版，第153页。
③薄一波著：《若干重大决策与事件的回顾》下卷，中共中央党校出版社，1991年版，第823～824页。

第二次郑州会议所规定的“队为基础”的方针，一些地方在理解上和执行中都有所不同。河南、湖南等省主张以生产大队（管理区）为基本核算单位，湖北、广东等省则主张以生产队即原高级社作基本核算单位。就同一个地方来说，主张也不相同。一般说来，县、公社、生产大队的干部主张以生产大队为基本核算单位，而生产队、作业组和大多数社员群众则认为应以生产队为基本核算单位，有些地方的基层干部和社员群众还提出以生产小队即原初级社为基本核算单位。

毛泽东感觉这个问题关系重大，涉及3000多万生产队长、小队长等基层干部和几亿农民的直接利益。3月15日，他在给各省、市、自治区党委第一书记的“党内通信”中指出，采取前一种办法，一定要得到基层干部的真心同意，如果他们觉得勉强，则宁可采用后一种办法。他说，这样“不致使我们脱离群众，而在目前这个时期脱离群众，是很危险的，今年的生产将不能达到目的”①。对于有的地方提出的生产小队的所有制问题，两天后，他在另一封“党内通信”中指出，除了公社、管理区（生产大队）、生产队（即原高级社）三级所有、三级管理、三级核算外，还应当讨论生产小队（生产小组或作业组）的部分所有制。②随后，在三四月间召开的中共中央政治局会议制定了《关于人民公社的十八个问题》的文件，明确规定：“以生产队作为基本核算单位，生产队下面的生产小队（有的地方叫生产队，大体相当于初级社——引者注）就是包产单位。为了提高这一级组织的积极性和责任心，作为包产单位的生产小队也应当有部分的所有制和一定的管理权限。在少数地区，是以生产大队（或者管理区）作为基本核算单位，下面的生产队是包产单位。这种作为包产单位的生产队，同样也应当有部分的所有制和一定的管理权限。”③

从以公社为基本核算单位改为以生产队为基本核算单位，并在一定范围内肯定生产小队的部分所有制，大体退回到了原来高级社和初级社的规模和所有制水平。各地普遍就这个问题在各级干部和广大社员群众中征求意见后，绝大多数都把基本核算单位定在了生产队一级，并给予生产小队一部分权利。有些原来将生产大队作为基本核算单位的地方（例如河南），在进一步广泛了解基层干部和群众的想法后，也改变了方针，将基本核算单位改为生产队，受到群众的普遍欢迎。

算不算成立公社过程中的旧账，也是整社中提出来的新问题。一开始，许多地方按照第二次郑州会议的精神，对整社以前公社平调的账目不作清算。但是，随着整社工作的深入，许多社员群众提出了这个要求。他们说：“1958年不算清，1959年无信心。”一些地方根据群众的意见，对过去平调的物资和资金账目进行清理，退回给原调出的生产队和社员。山西运城县宣布将公社一级扣用的原高级社现金收入，全部退还给原高级社，社员听了欢呼雀跃。湖北麻城县委决定算清账目，并动员社员参加算账；县里还召开万人大会，对清算的账目当场兑现钱和物，轰动了全县每个角落。群众说：“只讲政策，还是怀疑；一切兑现，非常满意。”④

毛泽东了解到这个问题后，决定将第二次郑州会议关于“旧账一般不算”的规定改为“旧账一般要算”。他说：“旧账一般不算这句话，是写到郑州讲话里面去了的，不对，应该改为旧账一般要算。算账才能实行那个客观存在的价值

①《毛泽东文集》第八卷，人民出版社，1999年版，第29页。
②《毛泽东文集》第八卷，人民出版社，1999年版，第32页。
③《建国以来重要文献选编》第十二册，中央文献出版社，1986年版，第164页。
④《农业集体化重要文件汇（1958～1981）》下册，中共中央党校出版社，1981版，第171页。

法则。这个法则是一个伟大的学校，只有利用它，才有可能教会我们的几千万干部和几万万人民，才有可能建设我们的社会主义和共产主义。否则一切都不可能。对群众不能解怨气。对干部，他们将被我们毁坏掉。有百害而无一利。一个公社竟可以将原高级社的现金收入四百多万元退还原主，为什么别的社不可以退还呢？不要'善财难舍'。须知这是劫财，不是善财。无偿占有别人劳动是不许可的。"①

中共中央在《关于人民公社的十八个问题》的文件中要求：凡是县社调用生产队的劳力、资财，或者社队调用社员的私人财物，都要进行清理，如数归还，或者折价补偿。各地农村在改变基本核算单位的同时，很快开始清算公社化以来的账目，退赔平调的资金和物资。在那段时间，毛泽东特别强调尊重群众意愿、维护群众利益的原则。他多次就召开六级干部会议给各级干部写信，同他们讨论问题和办法，并反复指出："要按照群众意见办事。无论什么办法，只有适合群众的要求，才行得通，否则终究是行不通的。"②"一定要每日每时关心群众利益，时刻想到自己的政策措施一定要适合当前群众的觉悟水平和当前群众的迫切要求。凡是违背这两条的，一定行不通，一定要失败。"③

根据整社过程中广大农民提出的要求，5月7日、5月26日和6月11日，中共中央又先后发出了《关于农业的五条紧急指示》、《关于分配私人自留地以利发展猪鸡鹅鸭问题的指示》、《关于社员私养家禽、家畜和自留地等四个问题的指示》以及《关于人民公社夏收分配的指示》等一系列文件，针对农业生产计划难以完成、农民生活存在严重困难的问题，提出了一些具体措施：(1)对家畜、家禽实行集体喂养和社员个人喂养并重的方针，其收入，私有私养的，应归社员个人，公有私养的，应给社员合理的报酬。(2)恢复自留地制度。社员自留地的数量仍按高级社章程规定，不超过也不少于每人平均占有耕地面积的5%。自留地长期归社员使用，其产品也全部归个人支配。(3)鼓励社员充分利用房前屋后、水边路旁的零星闲散土地种植庄稼、树木，谁种谁收，不征公粮，不派购任务。(4)人民公社夏收时，实行少扣多分的原则。分配给社员的部分应当占收入的60%左右，并且使90%以上的社员收入有所增加；要调整工资部分和供给部分的比例，使工资部分占社员收入的60%～70%；认真执行包产、包工、包成本的三包责任制和奖励制度，做到多劳多得，赏罚分明；整顿公共食堂，不要强迫社员参加，可缩小食堂规模，并根据需要确定办常年食堂还是农忙食堂。(5)恢复集市贸易。人民公社生产队生产的国家计划收购和供应的第一类物资、国家统一收购的第二类物资以及国家规定有交售任务的第三类物资，在完成国家任务后，可拿到集市上出售。社员个人生产的产品，也可以在集市上出售。

从第一次郑州会议以来，中共中央和毛泽东在纠"左"的过程中，在理论上提出一些较为符合实际的观点，采取了一些具体的措施，逐步划清了集体所有制与全民所有制、社会主义与共产主义的界限，明确了坚持价值规律和承认商品生产与商品交换存在的必要性，解决了人民公社的管理体制问题。这些问题的解决，澄清了各级干部的混乱思想，缓解了党和政府与人民群众的矛盾，调动了群众的积极性。

①《毛泽东文集》第八卷，人民出版社，1999年版，第34页。
②《毛泽东文集》第八卷，人民出版社，1999年版，第29～30页。
③《毛泽东文集》第八卷，人民出版社，1999年版，第33页。

四、稳住阵地再前进

从1958年11月至1959年3月，初步纠“左”主要侧重于调整农村生产关系，工农业生产高指标问题虽然注意到了，但没有很好解决。

中共八届六中全会后回到北京，陈云曾向毛泽东表示，1959年钢煤粮棉指标难以完成。当时，不少人对高指标脑子仍然很热，对降低指标有抵触。毛泽东本人也是矛盾的。毛泽东听到陈云的话，说：“那就拉倒，甚至这个总路线究竟正确不正确，我还得观察。”[①]他要陈云在即将召开的各省、市、自治区党委第一书记会议上讲讲这个问题，陈云对毛泽东的话不摸底，结果在会上没有讲降低指标，反倒就“反冒进”的老问题作了自我批评。

1月底2月初，中共中央在北京召开省、市、自治区党委书记会议，主要讨论1959年国民经济计划。李富春在会上作了报告。报告在充分肯定1958年是“空前大跃进的一年”的同时，指出了这一年大跃进中间的四个方面的紧张和困难：第一，因为工业的大发展，工业的薄弱环节比较突出，有点失调。我们去年注意了基本建设，注意了主机的生产，而忽视了一般生产，特别是配套和市场需要的生产。第二，农业方面，我们抓紧了粮棉，但是对于多种经营还注意不够，所以产生了一些副食品、某些农业原料的紧张。第三，大跃进中间产生一点计划性不够的缺点，生产和运输结合得不那么紧，带来了运输紧张的现象。第四，在企业下放的时候交接工作做得不够，下放企业做什么、在生产中是什么位置交代不清楚，有的改行了，这样，协作关系、生产关系就不正常了。这四点当然还说不上是“大跃进”的根本问题，但是毕竟指出了当时的一些不正常现象。李富春还指出武昌会议时对指标的考虑和计算得粗，全面安排不够，具体安排有缺点；会议所定的1959年计划指标，基本建设的规模过大了一点，项目的布局过宽了一点，保证的重点过重了一点。[②]

但是，当时，不少人对高指标脑子仍然很热，对降低指标有抵触。毛泽东本人也是矛盾的。在这次省、市、自治区党委书记会议上，他承认搞经济建设还是小孩子，没有经验，向地球作战，战略战术还不熟悉，承认曾经提出一些不适当的指标，有几方面的失调。同时，又认为不适当的指标已经在武昌会议纠正了，现在这个指标是适当的，比例失调只是在副食品、日用百货方面，提出的四大指标（即钢、煤、粮、棉）要保证。这样，年初的省市委书记会议基本维持了中共八届六中全会确定的指标，对确保2000万吨钢的产量意见一致，总的说是“基本不变，个别调整”。

高指标引起的比例失调、原材料供应紧张等问题，一直困扰着国民经济各行业特别是基础行业。1959年第一季度工业生产情况很不理想，1000多个基建项目，只有20多个投入生产。按照八届六中全会通过的指标，1959年钢产量要达到2000万吨，采矿、洗煤、炼焦、运输、轧钢等生产环节根本跟不上。

1959年3月25日至4月1日，中共中央在上海召开政治局扩大会议，紧接着4月2日至5日又召开了中共八届七中全会。两个会议肯定了中共中央政治局关于人民公社的规定，通过了《关于人民公社的十八个问题》的会议纪要，讨论了1959年国民经济计划草案。

①《陈云年谱(1905～1995)》下卷，中央文献出版社，2000年版，第4页。
②《李富春传》，中央文献出版社，2001年版，第519～520页。

◆ 1959年3月25日至4月1日，中共中央先后在上海召开政治局扩大会议和八届七中全会，检查人民公社的整顿工作，规定生产小队也应有部分的所有制和拥有一定的管理权限，决定“要认真清查人民公社成立以来的各种账目”，“退赔无偿征调的财物”。图为八届七中全会会场。

1959年的指标问题是两个会议讨论的重点。对是否进一步调整指标，会上有不同意见。一种是不同意修改指标，认为原定指标已经公布，只要努力是可以完成的。一种赞成修改指标，认为过高的指标难以完成，硬要去完成，会在经济上和政治上造成很大损失；并且提出钢产量指标即使降到1650万吨也完不成，应当进一步修改落实。有的中央委员还提出利用召开第二届全国人民代表大会第一次会议的机会，公开修改过去宣布过的一些高指标，但未能得到多数中央委员的支持。邓小平在讲话中也提出计划问题，指出“存在危险”。他说：大家一致赞成这样一个办法，把计划定在确实可靠的基础上，宁肯超过，大家心情舒畅一点。先把我们的计划放在1100万吨钢材的基础上，包1800万吨(钢)，保重点，冶金部18个企业，是1200万吨，赵尔陆的企业是100万吨，吕正操的企业是40万吨。不下这样一个决心，计划有危险。[①]毛泽东和周恩来赞成邓小平的意见。

全会通过的1959年计划，除对基本建设投资再作调整，由360亿元降为260～280亿元外，其他指标大都未变，钢仍为1800万吨，只是内部说明其中好钢为1650万吨。对于钢指标能否完成，毛泽东心里并不踏实，会后他委托陈云继续研究这个问题。

在会上，毛泽东结合“大跃进”以来的经验教训，作了关于工作方法的讲话。在他看来，总路线是正确的，要实现总路线，必须有好的工作方法。没达到预期效果，中心问题是工作方法。他讲了要多谋善断、留有余地、波浪式前进、实事求是、善于观察形势、当机立断、与人通气、历史地观察问题、权要集中、解放思想、集体领导等16个问题。他讲这些问题虽然没有也不可能去触及发生错误的根本原因，但也从方法论的角度对“大跃进”以来的某些经验教训作了一定总结。针对“大跃进”以来党内不少人谨小慎微、随波逐流、不敢讲真话的现象，毛泽东号召大家学习海瑞，要有像海瑞批评嘉靖皇帝那样的勇气，坚持真理，不要连封建时代的人物都不如。毛泽东多次表扬陈云，称赞他对高指标问题表示了正确意见。他说：“我在一月份找了中央几位同志谈经济和工业问题，其中有陈云、李富春、薄一波、李

①薄一波著：《若干重大决策与事件的回顾》下卷，中共中央党校出版社，1991年版，第831页。

先念、彭德怀。陈云表示了非常正确的态度。他讲武昌会议定的今年的生产计划难于完成。他这个人是很勇敢的，犯错误勇敢，坚持真理也勇敢。在武昌，对是否发表一九五九年粮、棉、钢、煤指标的问题，正确的就是他一个人。今年一月，也是他正确。他的话很有一些同志抵触，我就赏识。我看他这个同志还是经验比较多一点。真理往往在一个人手里。"①

在会上讲到权力要集中时，毛泽东还表扬了邓小平，说他脑子比较活一点，政治上比较强一点，相当硬；强调"权力集中常委和书记处，我为正帅，邓为副帅"。

4月底，毛泽东直接给省以下直至生产小队的各级干部写了一封党内通信，谈了农业方面的六个问题，包括包产、密植、节约粮食、播种面积等。其中最重要的是讲真话问题，这是贯穿于六个问题的一个基本精神。关于包产，他说：包产能包多少，就讲能包多少，收获多少，就讲多少，不可讲不合实际情况的假话。关于密植，他说，有些人说越密越好，不对，不可太稀，也不可太密。上面死硬的密植命令，不但无用，而且害人不浅。关于节粮，他强调吃饭是一件大事，一切大话、高调，切不可讲，讲就是十分危险的。关于播种面积，他说少种、高产、多收是个远景计划，但在十年内不能全部实行，也不能大部实行。毛泽东着重指出："老实人，敢讲真话的人，归根到底，于人民事业有利，于自己也不吃亏。爱讲假话的人，一害人民，二害自己，总是吃亏。应当说，有许多假话是上面压出来的。上面'一吹二压三许愿'，使下面很难办。因此，干劲一定要有，假话一定不可讲。"②

4月18日至28日，第二届全国人民代表大会第一次会议在北京举行。大会批准了中共八届七中全会建议的1959年国民经济计划，将这些生产指标正式公布。大会接受中共中央的建议，选举刘少奇为中华人民共和国主席，宋庆龄、董必武为副主席，朱德为全国人民代表大会常务委员会委员长；决定周恩来继续担任国务院总理。中国人民政治协商会议第三届全国委员会第一次会议同期在北京举行，会议选举毛泽东为中国人民政治协商会议全国委员会名誉主席，周恩来为主席。

二届全国人大一次会议宣布1958年钢、煤、粮、棉产量分别比1957年增加一倍以上（1957年的产量分别为535万吨、1.31亿吨、3700亿斤、3280万担）。实际情况却远非如此。中共八届七中全会后，国家计委会同国家统计局核实1958年钢、煤、粮、棉四大指标完成情况，发现钢虽然达到1100万吨，但好钢只有800万吨；煤产量为2.7亿吨，但包括一部分小煤窑的产量；粮食只有4000亿斤，由于动员全民炼钢铁，实际收获的还不到此数；棉花也只有3938万担。

对于1959年的计划，特别是对钢铁指标能否落实，作为国务院总理的周恩来也一直感到没有把握。在4月30日召开的中共中央书记处会议上，他表露了自己的心情："从去年北戴河会议以后，大跃进形势很好，但产量指标搞高了，打被动仗。总想知道一点，摸不到底，心情有些苦闷不安。去年钢的指标是不可能完成的。上海会议和人大会议，又把指标提出，还是问题。要注意党在国内外的威信，向党提出的东西，自己没有把握。不能泄气，要想办法，情况让大家了解后，大家想办法，共同努力。"③

中共八届七中全会后，在陈云主持下，中共

①《陈云年谱(1905～1995)》下卷，中央文献出版社，2002年版，第13页。
②《毛泽东文集》第八卷，人民出版社，1999年版，第50页。
③《周恩来传》(三)，中央文献出版社，1998年版，第1455页。

◆ 刘少奇当选为中华人民共和国主席。

◆ 1959 年 4 月 18 日至 28 日，第二届全国人民代表大会第一次会议在北京举行。毛泽东主持大会开幕式。

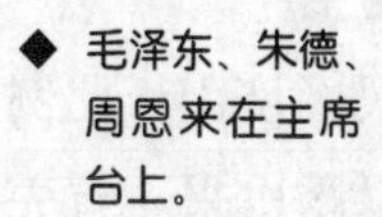

◆ 毛泽东、朱德、周恩来在主席台上。

中央财经小组专门就钢铁指标进行摸底研究。4月29日和30日，中共中央书记处开会研究工业生产。按照原定计划，第二季度钢材生产215万吨，但是由于生产上不去，只有205万吨可供分配；此外，第二季度的定货会没有满足各部对设备的要求，重型设备原计划1000万吨，结果只有850万吨，制造能力也没有原先设想的那么大，特别是配套能力不足。第一季度钢产量只完成原计划的66%，4月份只完成原定计划的82%；钢材产量只完成原计划的76%，4月份只完成原定计划的84%。由于钢材生产计划没有完成，使得钢材的分配计划有不少部分落空。第一季度原计划分配钢材233万吨，实际生产和进口的只有171万吨，还有62万吨要拖到第二季度供应；第二季度计划分配钢材237万吨，预计只能生产和进口202万吨，除去第一季度的欠账62万吨外，有97万吨要拖到第三季度供应。其他物资如木材、水泥、煤炭、化工产品、石油等的分配也有类似情况。由于物资分配计划不少落空，加上一些产品质量较差、品种不全，许多工业部门不能按原定计划生产，一些企业停工半停工，一些基建工程停建半停建。①根据这些情况，李富春在会上建议各省市认真考虑钢铁布点的问题，凡是资源情况不好、铁矿品位不高、耗煤量大、生铁质量不好，交通又不方便的是否坚决不搞。②

中共中央书记处责成中央财经小组研究三个问题：(一)今年钢铁生产的指标分成两个，一个是可靠的指标，另一个是争取的指标；(二)今年钢材的分配，要按照本年度确实能够生产的可靠数字来进行；(三)如果钢材分配的数目减少了，势必要削减一些项目。中共中央财经小组在陈云主持下，听取了冶金部等六个部委的汇报，集中进行了讨论。在讨论中，冶金部提出钢材指标的三个数字：900万吨、950万吨、1000万吨；钢指标的三个数字：1300万吨、1400万吨、1500万吨。国家计委重工业局提出的钢材指标是850～900万吨，钢的可靠指标是1250～1300万吨，争取指标是1400万吨。国家经委冶金局提出钢的可靠指标是1300万吨，争取指标是1400万吨。

中共中央书记处4月29、30日会议之后，国家计委各部门对1959年生产情况和能力重新摸底、研究，认为年初以来国民经济的发展速度仍然是很高的，但也存在着必须调整的相当严重的问题。根据当时的生产、运力、物资情况，国家计委提出了1959年主要物资分配和基本建设计划调整意见，向中共中央财经小组上报并转报中共中央。报告建议：将1959年基本建设投资由原定的280亿元调整为240亿元；当年施工的限额以上的施工项目由原定的1092个缩减为788个，其中属于中央各部的项目是362个，属于地方的项目是426个。③中共中央批准了这个报告，并发出紧急指示，要求各地区、各部门按照报告调整的计划来安排和组织下半年的生产。

1959年进入第二季度，国民经济由于比例失调而造成的严重后果进一步暴露出来。首先是农业生产情况很不好。当年夏收作物播种面积比上年减少20%（这与1958年对粮食产量估计过高因而一度提出“少种高产多收”的口号有关），夏收粮食、油料作物大幅度减产，而城乡粮食销量反而增加，导致粮油供应更加紧张，蔬菜、肉类等副食品也异常短缺。工业生产方面问题迭出。1959年头四个月按计划应该生产钢600万吨，实际只完成336万吨，组织“钢铁战役”，突击生产，也无济于事，结果物资分配计划大部分

①《建国以来重要文献选编》第十二册，中央文献出版社，1996年版，第394～395页。
②《李富春传》，中央文献出版社，2001年版，第521页。
③《建国以来重要文献选编》第十二册，中央文献出版社，1996年版，第398页。

落空；加上有些产品质量差、品种不全，致使许多工业部门生产不能按原计划进行，一些企业停产半停产，一些基建工程停顿半停顿。由于“以钢为纲”，其他工业部门特别是轻工业被挤占，大量小商品停止生产，人民日用品生产下降，许多商品库存减少，到处供应紧张，市场物资供应和购买力之间的差额约有四五十亿元。

针对上述局面，陈云连续主持中央财经小组会议进行研究。5月11日，他在中共中央政治局会议上建议：1959年钢产量指标降为1300万吨，钢材产量指标降为900万吨（七中全会定的指标为1150万吨）。他强调：“总的精神是稳住阵地再前进，免得继续被动。”①刘少奇、周恩来、邓小平都同意陈云的意见。15日，陈云就降低钢指标问题致信毛泽东：“说把生产数字定得少一点（实际上是可靠数字），会泄气，我看也不见得。正如少奇同志在政治局会议上讲的，定高了，做不到，反而会泄气。”②陈云还就农业、市场等问题提出意见：粮食要省吃俭用，控制销量；组织猪、鸡、鸭、蛋、鱼的供应，实行国家、集体、个人三条腿走路，发展猪、鸡、鸭的饲养；专拨一部分原料和材料，安排日用必需品的生产；压缩购买力，精简上年多招收的1000多万工人；优先安排供应市场物资所需的运输力和劳动力。

陈云的意见受到中共中央、毛泽东的重视和采纳。首先是降低钢铁指标。中央书记处决定：1959年钢产量指标定为1300万吨，铁产量为1900万吨，钢材产量为900万吨。邓小平在5月28日的中共中央书记处会议上指出：中央下了决心，退到可靠的阵地，在落实的基础上，积极增产。原来那种作法，只会上不去，最后还得下来。他说：思想上应从1800万吨钢中解放出来，注意力放在全局上，不仅要搞工业，而且要注意整个国民经济，要眼见四面、耳听八方。现在的问题是，究竟1800万吨钢完不成的事情大，还是国计民生和市场问题大？全面安排，解决工农、轻重关系，眼睛只看到1800万吨[钢]，就会把全面丢掉，包括丢掉人心。③

为使指标的落实工作心中有数，5月17日，周恩来向中共中央书记处建议，国务院总理和八个副总理分别到九个产铁重点地区视察，视察的内容主要是生铁的质量和数量问题，包括对矿石、煤炭、洗煤、炼焦、耐火材料、炼铁、设备、运输、劳动力分配和成本核算等一系列问题做具体了解，目的在于实现中共中央财经小组的要求，先保质量，后争数量。周恩来还建议，除了这些以外，还对市场供应、农业生产等问题也进行一些了解。视察的分工，他本人到河北，陈毅到山西（可能时再去内蒙古），谭震林到山东，习仲勋到河南（可能时再去陕西），贺龙到四川（可能时再去云南），罗瑞卿到湖南（可能时再去湖北），陆定一到江苏（可能时再去上海），聂荣臻到安徽，乌兰夫到包头。

经过半个多月的视察，周恩来回到北京，对生产形势有了更加切合实际的认识。他说，今年要铺路1万公里，我原来相信这个指标，现在说能铺5000公里我都不信。他认为现在最重要的任务是搞综合平衡，提高质量。6月11日，在中共中央书记处召开的会议上，周恩来谈了自己下去调查的感受：“去年大跃进，本来是破除迷信，但不讲时间、空间、条件，‘打破了客观规律，主观主义大发展，把主观能动性搞得无限大，自己造成迷信。这是个认识过程。下边空气很紧张，今后应允许有对立面，听取不同的意见’。去年9月以

①《陈云文选》第三卷，人民出版社，1995年版，第130页。
②《陈云文选》第三卷，人民出版社，1995年版，第139页。
③薄一波著：《若干重大决策与事件的回顾》下卷，中共中央党校出版社，1991年版，第837页。

来更多的人管经济，时间很短；现在八个副总理都出去，大家不接触经济不行。‘工业并不神秘，也不简单’”。[①]

五六月间，中共中央、毛泽东还先后发出一系列紧急指示以及批示、通信，要求各级党委要以抓农业生产为中心，扩大春播和夏收面积；农村恢复自留地，允许社员饲养家畜家禽，鼓励社员充分利用屋旁、路旁的零星闲散土地种庄稼和树木，不征公粮，不归公有。中共中央明确指出，大集体中的这种“小私有”，在一个长时期内是必要的。允许这种小私有，实际上是保护社员在集体劳动时间以外的劳动果实，并不是“发展资本主义”。中共中央要求，在抓农业的同时，一方面大抓副食品、日用工业品，恢复手工业，积极安排日用工业品和副食品的生产；一方面降低原定一些偏高的指标，调整物资分配和基本建设计划，基建投资由260～280亿元再降至240亿元，限额以上的基建项目由1092个削减至788个。

中共中央提出的一系列政策措施要真正落实，全党特别是党的高级干部还必须从思想上进一步认真总结“大跃进”以来的经验教训。为此，中共中央决定于7月初在江西庐山召开政治局扩大会议（即庐山会议）。

在为庐山会议作准备的过程中，毛泽东在中共中央政治局会议和同一些领导干部的谈话中，进一步指出了“大跃进”以来的问题。他说：大跃进，本来是一件好事，因为一些指标那么高，每天处于被动，工业指标、农业指标有一部分主观主义，对客观必然性不认识。谈到经验教训，毛泽东说：基本经验是综合平衡，有计划按比例发展。不晓得讲了多少年的有计划按比例，就是不注意。抓钢，就只注意高炉、平炉的设备，而不注意煤、焦、耐火材料、运输等等。不注意工业之间、工农之间、重轻之间的联系，不注意有计划按比例地发展。毛泽东还说，上庐山召开会议，大家平心静气来谈经验教训，要比郑州会议和上海会议谈得好，互相交心。毛泽东对“大跃进”以来的经验教训所作的这些初步总结，实际上为庐山会议前期进一步纠“左”作了思想动员。

同样，其他中共中央领导人也在总结“大跃进”的经验教训问题。6月26日，周恩来在接见苏联专家时说：“中国搞大跃进的目的是为了迫切需要加快社会主义建设，为了在不太长的时间里建立自己的工业体系，摆脱帝国主义的压迫，担负起我们在社会主义阵营里应当担负的任务。大跃进中的缺点和错误主要有三个问题：第一是发展的速度，第二是平衡，第三是质量。我们可以在克服这些困难和缺点的道路上，使我们的跃进继续，使我们的胜利继续。”[②]

第一次郑州会议以来，经过九个来月的紧张努力，“共产风”、浮夸风、高指标、强迫命令、瞎指挥受到初步遏制，形势开始向好的方面转变。但是，由于当时毛泽东对错误的严重性还缺乏足够清醒的认识，对总路线、“大跃进”和人民公社还是根本肯定，所以纠“左”的认识虽有所深入，但总体上是在1958年以来关于“大跃进”和人民公社的“左”倾指导思想的大框架内进行的，而且沿着反右派扩大化以后把阶级斗争当作社会主要矛盾的思路，认为如果怀疑或者否定大跃进和人民公社，那就是“观潮派”和“算账派”，或者简直是敌对分子。中共中央已经确定的纠“左”措施远未完全落实，因而“左”倾错误还没有彻底纠正，形势也没有根本好转。

①《周恩来传》（三），中央文献出版社，1998年版，第1462页。
②《周恩来传》（三），中央文献出版社，1998年版，第1464页。

MAOZEDONGSHIDAIDEZHONGGUO

第五章

庐山的逆转

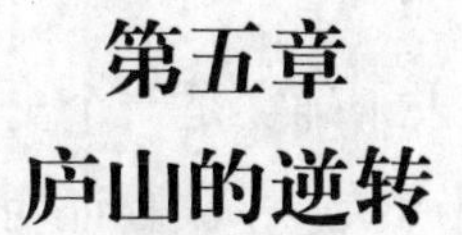

第五章 庐山的逆转

一、不要像热锅上的蚂蚁

1959年7月2日开始，中共中央政治局在庐山召开扩大会议。中共中央政治局成员、书记处成员以及各省、市、自治区党委第一书记和中央有关部委主要负责人参加会议。会议前和会议的第一天，毛泽东在同协作区主任委员谈话和在中共中央政治局常委扩大会上讲话，提出了会议要讨论的18个问题。这18个问题是：读书，形势，今年任务，明年任务，四年任务，宣传问题，综合平衡问题，群众路线问题，工业管理问题，体制问题，协作关系，公共食堂，学会过日子，三定政策，恢复农村初级市场，使生产小队成为半核算单位，农村基层党的组织领导作用问题，团结问题。其中主要是关于当前形势、今后任务以及一些具体政策。

关于读书，毛泽东说，有鉴于去年许多领导同志，县、社干部，对于社会主义经济问题还不大了解，不懂得经济发展规律，有鉴于现在工作中还有事务主义，所以应当好好读书。毛泽东具体提出了要读苏联《政治经济学教科书》，还要编三本书，一本是好人好事，一本是坏人坏事，还有一本是中央从去年以来到现在的各种指示文件。他说："我们提倡读书，使这些同志不要像热锅上的蚂蚁，整年整月陷入事务主义，搞得很忙乱，要使他们有时间想想问题。"

关于形势，毛泽东借用有的与会者的说法，概括了三句话，叫有伟大的成绩，有不少的问题，前途是光明的。他指出，基本问题是：(一)综合平衡；(二)群众路线；(三)统一领导；(四)注意质量。四个问题中最基本的是综合平衡和群众路线。去年许多事情是一条腿走路，不是两条腿走路。在大跃进形势中，包含着某些错误，某些消极因素。

关于任务，毛泽东说，今年钢产量是否定1300万吨，能超过就超过，不能超过就算了。要量力而行，留有余地。他特别谈到了农轻重关系问题：工、农、轻、重、商、交方面，过去是两条腿，后来丢掉了一条腿，重工业挤了农业和轻工业，挤掉了商业。过去安排是重、轻、农，这个次序要反一下，现在是否提农、轻、重？要把农、轻、重的关系研究一下。过去搞过十大关系，就是两条腿走路，多快好省也是两条腿走路，现在可以说是没有执行，或者说是没有很好地执行。过去是重、轻、农、商、交，现在强调把农业搞好，次序改为农、轻、重、交、商。这样提还是优先发展生产资料，并不违反马克思主义。毛泽东又表扬了陈云，说过去陈云同志提过：先市场，后基建，先安排好市场，再安排基建。现在看来，陈云同志的意见是对的。要把衣、食、住、用、行五个字安排好，这是六亿五千万人民安定不安定的问题。毛泽东还说，积极性有两种，一种是实事求是的积极性，一种是盲目的积极性。

关于综合平衡，毛泽东指出，大跃进的重要教训之一，主要缺点是没有搞平衡。说了两条腿走路、并举，实际上还是没有兼顾。在整个经济中，平衡是个根本问题，有了综合平衡，才能有群众路线。有三种平衡：农业内部农、林、牧、副、渔的平衡；工业内部各个部门、各个环节的平衡；工业和农业的平衡。整个国民经济的比例关系是在这些基础上的综合平衡。

毛泽东最后强调，要统一思想，对去年的估计是：有伟大成绩，有不少缺点，前途是光明的。缺点只是一、二、三个指头的问题。许多问题是要经过较长的时间才能看得出来的。这样看问题，就能鼓起积极性来。[①]

从7月3日开始，会议分小组讨论。庐山会议按照大区分了六个小组，即华北组、东北组、华东组、中南组、西南组、西北组。在分组讨论中，与会者都赞同毛泽东对形势的三句话概括，于是，“成绩伟大，问题不少，经验很多，前途光明”似乎成为大家的共识。但是，实际上，各人对三句话的理解特别是强调的侧重点的理解很不一样。

有人认为去年确实是一个史无前例的伟大的跃进，今年仍然是大跃进，证明党的路线是完全正确的。他们强调，应该充分肯定去年以来的成绩是伟大的，缺点仅仅是一、二、三个指头的问题，经过一年多的奋战，大跃进的事实证明了鼓足干劲、力争上游、多快好省地建设社会主义的总路线是正确的，大跃进不仅为我们提供了继续前进的物质基础，而且提供了丰富的经验。

也有人对“大跃进”的看法是低调的。中共湖南省委第一书记周小舟认为，对总的形势不可估计太乐观。他谈了湖南的情况：去年粮食号称

◆ 1959年7月2日至8月1日的中共中央政治局扩大会议和8月2日至16日的八届八中全会在庐山举行。图为庐山会议会址。

①《毛泽东文集》第八卷，人民出版社，1999年版，第75～82页。

翻了一番，达450亿斤，估计只有330亿斤；生铁产量767万吨，实际只有60万吨。[1]第一机械工业部部长赵尔陆认为，关于形势估计的三句话中，最重要的是第二句“问题不少，经验很多”。他说，大跃进中有许多经验教训，值得认真总结。比如刮“共产风”；计划不周，忽视比例关系，不按计划办事；不注意质量，多快与好省分家；等等。[2]

7月4日，刘少奇在中南组讨论中说：1958年大跃进，吃了1957年的库存，预支了1959年的。1958年最大成绩是得到教训，比跃进的经济意义大。全党全民都得到了深刻教训，也证明了可以大跃进。另一方面，又出现了这么多乱子，是破坏性的。朱德在中南组谈了农村问题，他说：要认识农民还有私有者这一面。对农民私有制要看得重些。办公共食堂对生产有利，但消费吃亏。供给制是共产制，工人还得发工资，农民就那样愿意共产吗？食堂自负盈亏，公家吃总亏，办不起来不要硬办，全垮掉也不见得是坏事。现在有些农民不安定，想进城，不盖房子，不买家具，养猪、种菜比以前少了，有了钱就吃掉，这不好。我们应当让农民致富，而不是让他们“致穷”。农民富了怕什么，要让农民想办法过好日子，成家立业。家庭制度应当巩固起来，否则，有钱就花光。原则上应回到家庭过日子。总之，要让农民富裕起来，不会成富农路线。朱德还谈到工业问题：工业主要是大炼钢铁搞乱了，其他乱得不多。苏联依靠经济核算制，商品规律，生产总是越来越多。多搞粮食，变成鸡鸭鱼肉，换回东西。各省不要搞工业体系，但工业方向是重要的。[3]

对“大跃进”发生问题的原因，与会者的看法也不一样。有些人除了对严重的形势轻描淡写外，对产生问题的原因更是避实就虚。有人说，工作中的缺点是在执行总路线时缺乏经验的情况下产生的，当我们还摸不准跃进的幅度究竟可以多大，而又想进得快一点的时候，是难以完全避免的。

但也有一些人对原因的分析没有停留在经验这个层次上，而开掘到思想方法和工作作风的深度。中共中央政治局委员、国务院副总理兼国防部部长彭德怀在西北组讨论中指出，1957年整风反右以来，政治上、经济上一连串的胜利，党的威信提高了，得意忘形，脑子热了一点。他还说，大胜利以后容易热，就是熟悉的经验也容易忘记。无产阶级专政以后容易犯官僚主义，因为党的威信提高，群众信任，因此，行政命令多。在大胜利中，容易看不见、听不进反面的东西。[4]

毛泽东自己如何看呢？

7月10日晚，他召集小组组长开会，作了讲话。他说，对去年的一些缺点、错误要承认。他甚至承认1958年计划偏大，项目多了，粮食实际产量不高，引起各方面不满。但是，毛泽东也说，从一个局部、一个问题来讲，可能是一个指头或七个、九个指头的问题，但是从全局来讲，是一个指头与九个指头，或者三个指头与七个指头、最多是三个指头的问题。成绩还是主要的，没有什么了不起。

毛泽东还说，有人说就是总路线搞坏了，从根本上否定大跃进，即否定总路线。所谓总路线，无非是多快好省，多快好省不会错。不能说1958年只有多快而无好省，也有又多又快又好又省的，要做具体分析。过去搞1900项基建，现在788个，这还是合乎多快好省的。1800万吨不行，现在1300万吨，还是多快好省。他特别说到，打仗，没有从来不打败仗的将军。打三仗，一

①李锐：《庐山会议实录》（增补本），河南人民出版社，1999年版，第27～28页。
②邱石主编：《共和国重大事件和决策内幕》第一卷（上），经济日报出版社，1997年版，第416页。
③李锐：《庐山会议实录》（增补本），河南人民出版社，1999年版，第32～33页。
④邱石主编：《共和国重大事件和决策内幕》第一卷（上），经济日报出版社，1997年版，第416页。

败二胜，就建立了威信；如果一胜二败，就建立不起来。他由此说1958年的总账不能说得不偿失。毛泽东从对形势的看法谈到了团结，说对形势的看法不一致，就不能团结，要党内团结，首先要把问题搞清楚。[①]

从毛泽东的这次讲话看，他尽管试图"冷"下来，解决一些问题，但并不全盘否定"大跃进"和人民公社，相反，他的讲话里所包含的这些意思当然支持了对形势抱有盲目乐观态度的人。

然而，分歧并不因此消除，不同意见也没有因此而消声。

二、彭德怀的信和张闻天的发言

彭德怀对于会议未能透彻地解决问题和统一认识深感忧虑。彭德怀的秘书后来回忆说："经过一周，老总的情绪发生了明显变化，说笑少了，参加小组会也少了，不时闷着头在走廊上来回走动。一天下午，他说，这几天小组会实在没有味道，我不想去了。老总问我，这几天会议简报你都看了没有？我说都看了。他说，我在小组会上讲了一些意见，简报都没有登，其他人也讲了不少问题，简报上也看不到。显得很不高兴。"[②]

7月12日，彭德怀去毛泽东住处，想同毛泽东谈谈自己的想法。不巧，适逢毛泽东正在休息，没有谈成。此时，他又听说会议很快就要结束，便动了给毛泽东写信的念头。后来，彭德怀这样谈到自己写信的动机："我当时认为主要是产生了一些'左'的现象，而右的保守思想也有，但那只是个别的或者是极少数的。我当时对那些'左'的现象是非常忧虑的。我认为当时那些问题如果得不到纠正，计划工作迎头赶不上去，势必要影响国民经济的发展速度。我想，这些问题由我在会议上提出来，会引起某些人的思想混乱，如果是由主席再从新提一提两条腿走路的方针，这些问题就可以轻而易举地得到纠正。"[③]

7月14日，彭德怀给毛泽东写了一封信。这封信只有3600余字，坦率地陈述了自己对于1958年"大跃进"问题的看法。

彭德怀信的第一个问题，肯定了1958年大跃进的成绩，说1958年工农业总产值、农副业和财政收入的增长速度，"是世界各国从未有过的"，"突破了社会主义建设速度的成规"，"通过大跃进，基本上证实了多快好省的总路线是正确的"。同时，彭德怀也指出，1958年的基本建设，有些项目过急过多了一些，分散了一部分资金，这是一个缺点。关于公社化，彭德怀肯定"具有伟大意义"，但也指出"在所有制问题上，曾有一段混乱，具体工作中出现了一些缺点错误"。他还说，全民炼钢铁多办了一些小土高炉，浪费了一些资源(物力、财力)和人力；虽然付了学费，但也"有失有得"。

第二个问题，彭德怀的信主要谈"如何总结工作中的经验教训"。这是信的重点。他说，1958年的缺点错误有一些是难以避免的，如对社会主义建设不熟悉，没有完整的经验。但在我们的思想方法和工作作风方面，也暴露出不少值得注意的问题。彭德怀总结了两点：第一，浮夸风普遍地滋长起来。产生一系列问题的起因是犯了不够实事求是的毛病。浮夸风气吹遍各地区各部门，一些不可置信的奇迹也见之于报刊，确使党的威信蒙受重大损失。当时从各方面的材料看，

①李锐：《庐山会议实录》(增补本)，河南人民出版社，1999年版，第55～56页。
②郑文翰、王焰等：《秘书日记里的彭老总》，军事科学出版社，1998年版，第463页。
③《彭德怀自述》，人民出版社1981年版，第275页。

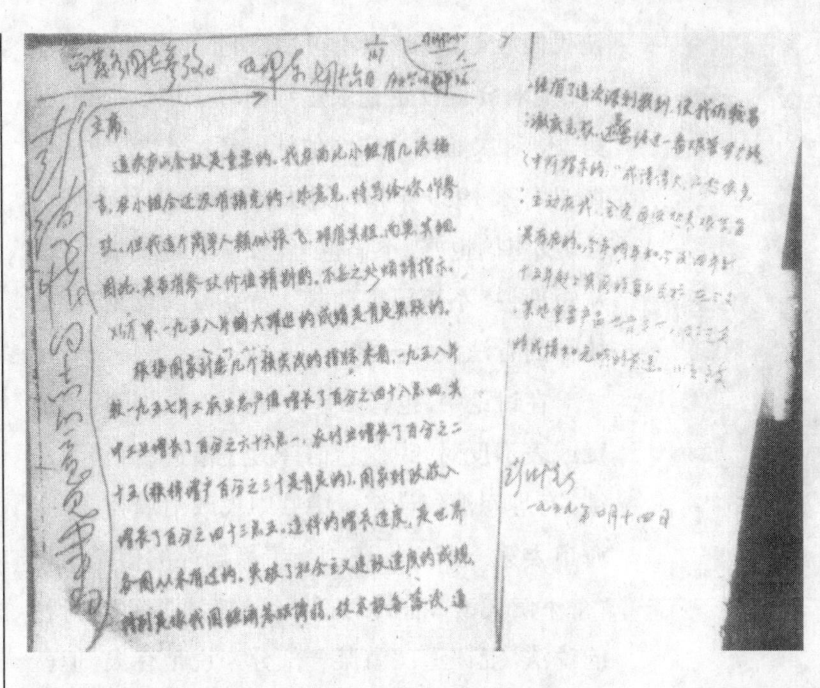

主席：

这次庐山会议是重要的。我在西北小组有几次插言，在小组会还没有讲完的一些意见，特写给你作参考。但我这个简单人类似张飞，确有其粗，而无其细。因此，是否有参考价值请斟酌。不妥之处，烦请指示。

甲、一九五八年大跃进的成绩是肯定无疑的。

根据国家计委几个核实后的指标表明，一九五八年较一九五七年工农业总产值增长了百分之四十八点四，其中工业增长了百分之六十六点六，农副业增长了百分之二十五（粮棉增产百分之三十是肯定的），国家财政收入增长了百分之四十三点五。这样的增长速度，是世界各国从来没有过的，突破了社会主义建设速度的成规，特别是像我国经济基础薄弱，技术设备落后，通

……

彭德怀

一九五九年七月十四日

◆ 图为1959年7月14日彭德怀写给毛泽东的信。信中对1958年以来产生的缺点错误及其经验教训提出了一些中肯的意见。16日，毛泽东在信上加上“彭德怀同志的意见书”字样，并批示：“印发各同志参考”。

共产主义大有很快到来之势，使不少同志脑子发起热来。第二，小资产阶级的狂热性，使我们容易犯“左”的错误。他指出，一些“左”的倾向有了相当程度的发展，总想一步跨进共产主义，抢先思想一度占了上风；把党长期以来形成的群众路线和实事求是作风置诸脑后了。在思想方法上，往往把战略性的布局和具体措施、长远性的方针和当前步骤、全体与局部、大集体与小集体等关系混淆起来。彭德怀还指出，过早否定等价交换法则，过早提出吃饭不要钱，有些经济法则和科学规律被否定，都是一种“左”的倾向。由于比例失调，引起各方面的紧张，影响到工农之间、城市各阶层之间和农民阶层之间的关系，因此是具有政治性的。

彭德怀的信最后说：“我觉得，系统地总结一下我们去年下半年以来工作中的成绩和教训，进一步教育全党同志，甚有益处。其目的是要达到明辨是非，提高思想，一般的不去追究个人的责任。反之，是不利于团结，不利于事业的。属于对社会主义建设的规律等问题的不熟悉方面，经过去年下半年以来的实践和探讨，有些问题是可以弄清楚的。有些问题再经过一段时间的学习摸索，也是可以学会的。属于思想方法和工作作风方面的问题，已经有了这次深刻教训，使我们较易觉醒和体会了。但要彻底克服，还是要经过一番艰苦努力的。”[①]

彭德怀的信其实并没有否定总路线、“大跃进”和人民公社，甚至还肯定总路线“基本正确”，但他似乎仍担心所说会言过其实，特别表示他自己“类似张飞，确有其粗，而无其细”，还说信是给毛泽东做参考的。

两天以后，7月16日，毛泽东把这封信加上“彭德怀同志的意见书”的标题，指示印发与会人员讨论。在中央政治局常委内部，毛泽东还说过要“评论这封信的性质”。

开始几天，一些与会者赞同彭德怀的信所谈的看法，认为彭德怀的信指出了不少深刻的教训和光明的前景。有人说：“彭总指出的一些缺点

①《彭德怀自述》，人民出版社，1981年版，第281～287页。

◆ 1958年冬，彭德怀在湖南农村调查。

错误，实际工作中都是存在的，提出来是有好处的，只是有些问题提法和分寸上需要斟酌。”周小舟说：“彭总给主席的信，我认为总的精神是好的，我是同意的，至于某些提法、分寸、词句，我认为是可以斟酌的。”一些人还对彭德怀的精神表示赞赏，说：“彭总的信把一些意见提出来作为对立面，引起大家深入讨论，这种精神是好的。”中共山西省委第一书记陶鲁笳说：“我们目前需要彭总这样的精神”②。

17日才上山的中共中央书记处书记、解放军总参谋长黄克诚，一到会便看了彭德怀的信，说彭德怀的信有漏洞，有问题，还有刺，照实际情况，还可以说得重些。黄克诚在发言中同意毛泽东对形势的估计，认为三句话中争论主要在“问题不少”，“问题不少，即是讲缺点错误不少。”产生缺点错误的原因，“主要的是由于经验不足，部分的是由于主观片面”。黄克诚说检查缺点不会使我们后退，有缺点不可怕，可怕的是有缺点不讲。他对会议议定记录提到的缺点加以补充说：第一，对农业生产成绩估计过高；第二，比例失调；第三，1959年指标过大。还说，去年人民公社，我想搞也好，不搞也可以，从长远说搞了好，从短期说，不搞更主动些。黄克诚的意见，同彭德怀的看法大体一致。

在讨论中，也有一些人对彭德怀的信提出质疑或表示反对，说这封信夸大了错误，低估了成绩，有埋怨泄气情绪。中共中央政治局委员、上海市委第一书记柯庆施指责彭德怀的信是所谓“得不偿失论”，他针对彭德怀的信里“有失有得”的说法，批评道：“就某一部分来说是有失，但就整个情况来说，不仅不是得不偿失，也不是有失有得，而是得多于失。”还有人说：“成绩是统治的，主导的，缺点和错误是从属的，不可避免的。认为得不偿失是不对的，也不能认为有得有失、等量齐观。”

有人说：“彭总的信的问题，不在于个别措辞用字的不当，而在于总的看法有问题。彭总的信也是讲成绩与缺点是九个指头与一个指头的关系，但是从他的信通篇精神来看，对缺点的看法决不止一个指头。这封信里把去年工作中的一些缺点、错误，看成好像把整个阶级关系搞翻了似的，看成为小资产阶级的狂热性的表现，看成为去年一度出现的‘左’的偏差比反掉右倾保守思想还要困难些，是不正确的。”

有人反问道：“具有‘政治性’的错误，是不是路线错误？紧张是不是影响了工农关系，引起了工农联盟的破裂？应当说路线是完全正确的，只是在实际工作中对某些问题的估计和处理上有缺点错误。‘左’的错误是否很难纠正？”

②邱石主编：《共和国重大事件和决策内幕》第一卷（上），经济日报出版社，1997年版，第421～422页。

有人说："如果认为我们犯了'左'的错误，就相对的否定了我们的方针、路线的正确性，也就不可能有今天这样伟大的成绩。"

有些人虽然没有从总体上指责彭德怀的信，但却逐条批评信中的观点。比如认为彭德怀说对速度问题认识过迟是"不符合实际情况"，许多问题自第一次郑州会议后都得到了解决。比如认为彭德怀说"对去年粮食产量估计过大，造成了一种伪象"，实际上是否定了去年农业大跃进的成就。再比如彭德怀的信分析产生错误的原因是"小资产阶级狂热性"，有人认为总路线及其一系列口号"并不是小资产阶级狂热性，而是一种伟大的力量"。

中共中央政治局候补委员、外交部副部长张闻天发言说，庐山会议是高级干部会议，在肯定成绩后，应该着重总结经验。这次会议把缺点讲透很有必要，只有如此，才能正确地总结经验。关于去年的工作，他说，从政治、经济、文化、思想的领导来说，"是得大大多与失的"，"从具体问题来讲，得多于失，得失相等，失多于得，我看都是有的，要分别讲"。当时形势已经变得紧张起来，有人劝张闻天少讲缺点，尤其不要涉及全民炼钢和"得不偿失"的问题，但张闻天还是对"大跃进"以来发生的严重问题，从理论上作了系统分析，强调应该多从思想观点、方法、作风上去探讨缺点错误产生的原因。张闻天指出，主观能动性强调到荒谬的程度就成了主观主义，领导经济"光政治挂帅还不行，还要根据客观经济规律办事"。

张闻天说，胜利容易使人头脑发热，骄傲自满，听不进不同意见。所以发展党内民主作风很重要。张闻天的许多分析，同其他人的看法相比显然更加尖锐：

"——主席常说，要敢于提不同意见，要舍得一身剐，不怕杀头，等等。这是对的。

"但是，光要求不怕杀头还不行。人总是怕杀头的，被国民党杀头不要紧，被共产党杀头还要遗臭万年。所以，问题的另一面是要领导上造成一种空气、环境，使得下面敢于发表不同意见，形成生动活泼、能够自由交换意见的局面。

"——我们不要怕没有人歌功颂德，讲共产党英明、伟大，讲我们的成绩，因为这些是客观存在的事实。怕的是人家不敢向我们提不同意见。

"——几句话讲的不对，就被扣上帽子，当成怀疑派、观潮派，还被拔白旗，有些虚夸的反而受奖励，被树为红旗。为什么这样呢？为什么不能听听反面意见呢？刀把子、枪杆子，都在我们手里，怕什么呢？真正坚持实事求是、坚持群众路线的人，一定能够听，也一定会听的。听反面意见，是坚持群众路线、坚持实事求是的一个重要条件。毛主席关于群众路线、实事求是的讲话，我认为是讲起来容易做起来难，真正要培养这种风气不容易。"

张闻天发言的最后，谈到了彭德怀的信。他说：彭德怀的信提出了一些问题，中心内容是希望总结经验，本意是很好的。但是从各方面的反应看，不少同志似乎对彭德怀同志的这个出发点研究不多，只注意了他这封信中的一些具体说法。其实，他的信是好的，是肯定了成绩的。至于个别说法，说得多一点少一点，关系就不大。对彭德怀信中关于各方面关系的紧张具有政治性的说法，张闻天认为要看怎么讲，在刮"共产风"时，各方面关系确实紧张，现在已经基本好转，但是除反革命利用我们工作中的缺点攻击我们外，人民内部还有矛盾，还有些问题没有妥善

解决，我们还不能麻痹。所以，彭德怀信中提出这个问题，我们应该考虑。对彭德怀信中关于粮食产量估计过高、吹遍了各地区各部门的说法，张闻天说彭德怀这样说是说它的普遍性，各地区、各部门的情况不平衡，对某些地区、部门来说，他的话可能严重了一些，但是浮夸风确实是严重的，是很大的问题，现在也并不是已经完全解决。对彭德怀的信中受到指责的“小资产阶级狂热性”说法，张闻天说，这个问题不说可能更好一点，说了也可以。究竟怎样，可以考虑。但是，刮“共产风”恐怕也是小资产阶级狂热性。关于

◆ 在庐山会议小组讨论会上，中共中央政治局候补委员、外交部副部长张闻天作了长篇发言，明确支持彭德怀的意见。图为会议期间的张闻天。

彭德怀信中所说“把党长期以来形成的群众路线和实事求是作风置诸脑后了”，张闻天认为，如果讲的是一个时期的事，这样讲问题也不大。关于纠“左”是否比纠右更加困难的问题，张闻天认为，现在是局部问题，纠正错误肯定比过去容易，但是是否一定那么容易，容易到什么程度，还要看我们的工作做得怎样，做得好，抓得紧，就容易；做得不好，抓得松，就不那么容易。①

如果说彭德怀上书直率而尖锐，那么张闻天发言则犀利而深刻，他不仅是回答对彭德怀信的指责，而且是在更深层次上剖析整个“大跃进”和人民公社化运动的错误。

然而，彭德怀和张闻天，以及赞同彭、张意见的人，甚至包括批评彭德怀信的人，都不知道，一场风狂雨猛的批判、斗争即将来临。

三、从责难到批判

彭德怀的信和张闻天等人的发言引起毛泽东的强烈不满。在毛泽东看来，从第一次郑州会议以来，中央一直在领导全党努力纠正“左”倾错误，而彭德怀、张闻天并未参与这种努力。毛泽东认为，大跃进和人民公社的方向是正确的，1958年的成绩是主要的，缺点错误属于工作中的问题，只是十个指头中的一个指头。庐山会议只要在这个基础上统一认识，通过一个调整指标的决定，大家照此去工作，形势就会好转。而彭德怀等人却要求进一步纠“左”，这是他不能接受也不容许的。毛泽东认为，彭德怀等人不是跟他一道去纠正工作中的缺点错误，实际上是对大跃进和人民公社表示怀疑和反对，是向他和党中央“下战书”，因而是右倾的表现。他认为彭德怀这

①《张闻天庐山会议发言》，北京出版社，1990年版，第1～26页。

◆ 毛泽东在庐山会议上讲话，错误地批判了彭德怀、黄克诚、张闻天、周小舟等人。

个“海瑞”是“右派海瑞”，是“居心不良”，彭、黄、张、周是结成了所谓“军事俱乐部”。当时党内外、国内外对“大跃进”和人民公社都有不少议论，其中一些对当前形势的忧虑和对领导工作中缺点错误的批评，甚至否定“大跃进”和人民公社的意见，也反映到了中央。毛泽东把这些批评和意见当作对中国共产党的攻击，并且把它们同庐山会议上中共中央领导层内部的争论联系起来，又把国内的批评同国际上对中国“大跃进”和人民公社的指责联系起来，认为党正处于内外夹攻之中，右倾已成为当前的主要危险。在这种错误判断下，毛泽东下决心反击。

从7月14日接到彭德怀的信以后，毛泽东除了把这封信批发给与会者和在中共中央政治局常委内说过“评论这封信的性质”外，没有任何公开的表示。沉没了八九天后，7月23日，毛泽东在大会上做讲话，这也是他在庐山会议上第一次在大会上讲话。

毛泽东说：感到有两种倾向，一种是触不得，大有一触即跳之势。只愿大家讲好话，不愿听坏话。接着，话锋一转说道：现在党内外都在刮风。所有右派言论都出来了。不论什么话都让讲，无非是讲得一塌糊涂。越讲得一塌糊涂越好，越要听。为什么要让人家讲呢？其原因在神州不会陆沉，天不会塌下来。无非是一个时期肉少了，头发卡子少了，没有肥皂，比例有所失调，工业农业商业交通都紧张，搞得人心也紧张。我看没有什么可紧张的。说我们脱离群众，我看是暂时的，就是两三个月。群众还是拥护我们的。小资产阶级狂热性有一点，不那么多。

毛泽东还说：据我观察，有一部分同志是动摇的。他们也说大跃进、总路线、人民公社是正确的，但要看讲话的思想方向站在哪一边，向哪一方面讲。有些人在关键时是动摇的，在历史的大风大浪中不坚定。在大风浪时，有些同志站不稳，扭秧歌。毛泽东说，“有失有得”，“失”放在前面，这

都是仔细斟酌了的。如果要戴高帽子,这回是资产阶级动摇性,或降一等,是小资产阶级动摇性,是右的性质,受资产阶级影响,屈服于帝国主义压力之下,右起来的。

毛泽东越说越尖锐:假如办十件事,九件是坏的,都登在报上,一定灭亡,应当灭亡。那我就走,到农村去,率领农民推翻政府。你解放军不跟我走,我就找红军去,我就另外组织解放军。我看解放军会跟我走的。毛泽东这个话,已经在暗指彭德怀、黄克诚。

毛泽东说:我劝一部分同志,讲话的方向问题要注意。我所谓方向,是因为一些人碰了钉子,头破血流,忧心如焚,站不住脚,动摇了,就站到中间去了,究竟中间偏左偏右,还要分析,我现在还没有想清楚。他们重复了 1956 年下半年、1957 年上半年犯错误的同志的道路,他们不是右派,但是他们把自己抛到右派边缘去了。现在他们这种论调,右派一定欢迎。不欢迎才怪,距离右派不过还有 30 公里。这种同志采取边缘政策,相当危险。

听了毛泽东的讲话,与会的人大都感到十分震惊。

彭德怀等人的心情更加沉重。黄克诚回忆说:"主席的讲话对我们是当头一棒,大家都十分震惊。彭德怀会后还曾向主席说,他的信是供主席参考,不应印发。但事已至此,彭的解释还能有什么用?我对主席的讲话,思想不通,心情沉重;彭德怀负担更重,我们两人都吃不下晚饭;虽然住在同一栋房子里,但却避免交谈。我不明白主席为什么忽然来一个大转弯,把纠'左'的会议,变成了反'右';反复思索,不得其解。"①

张闻天的秘书萧扬回忆说:"7月23日,毛泽东同志在大会上讲了话。从会场回来,闻天同志情绪很激动。他控制住了自己,这是符合他的性格的,我很少见过他发脾气。只是后来他曾一半忧虑,一半激愤地对我说,这样以后还有谁敢说话?"②

毛泽东的讲话,使整个庐山会议转了向:纠"左"骤然变成了反右。会议对彭德怀的信由责难发展到批判。有人说:现在有一部分人对总路线发生了动摇,缺乏信心,这是当前的主要危险。这其中大部分是思想认识问题,但有的是立场问题。有人认为彭德怀对缺点的估计实际上牵涉到方针路线问题。

有人说,在取得伟大的成绩而又发生不少问题的情况下,帝国主义和反动派都在骂我们;党内外有一些人在怀疑大跃进,怀疑党的总路线。有人认为每当进行重大的社会改革或社会主义建设处在重要的发展关头,资产阶级总是向我们进攻;主席说的党内存在的资产阶级动摇性,其实质是阶级斗争在党内的反映。

有人甚至联系历史,不点名地批判彭德怀:抗战初期,主席的"论持久战"、"论新阶段",有人不同意;洛川会议上主席提出的战略方针,有人在执行上不是那么坚决的。这里说的"有人",就是指彭德怀。

柯庆施作了长篇发言,指责彭德怀:现在有人只衷心高兴第二句话(问题不少),到处扩大缺点,与主席对于形势的看法完全不同。柯庆施说,彭德怀的信"整个内容,应当肯定是错误的",彭德怀"否定了大跃进的伟大成绩,实际上也就否定了总路线的正确"。柯庆施还指名道姓地说张闻天的发言,与彭德怀"有同样的情况"。这些批评已经不是说彭德怀的信"有片面

①《黄克诚自述》,人民出版社,1994 年版,第 252 ~ 253 页。
②《张闻天庐山会议发言》,北京出版社,1990 年版,第 39 页。

性”，更不是说词句提法的问题，而涉及“立场问题”、“路线问题”了。

四、对事，也要对人

7月26日，毛泽东下达指示：事是人做的，对事，也要对人。要划清界限，问题要讲清楚，不能含糊。并于当天，对李云仲（原国家计委基建局副局长、时任东北协作区委员会办公厅综合组组长）的来信做出批示。批示说，“现在党内党外出现了一种新的事物，就是右倾情绪、右倾思想、右倾活动已经增长，大有猖狂进攻之势。……这种情况远没有达到1957年党内外右派猖狂进攻那种程度，但是苗头和趋势已经很显著，已经出现在地平线上了。这种情况是资产阶级性质的。……反右必出‘左’，反‘左’必出右，这是必然性。时然而言，现在是讲这一点的时候了。”

人民日报

中国共产党八届八中全会
关于以彭德怀为首的反党集团的决议

从彭德怀的失败到中国赫鲁晓夫的破产

◆ 1959年8月16日，中共八届八中全会通过了《关于以彭德怀同志为首的反党集团的错误决议》，决定将彭德怀、黄克诚、张闻天、周小舟等调离原任的职务。图为1967年“文化大革命”期间第一次公开发表的该决议。

对彭德怀的批判，随着毛泽东指示和批示的下达开始升温。小组讨论中，庐山会议被说成是“围绕党的总路线这一中心展开的一场大辩论、大论争的会议”，彭德怀被说成是党内反对总路线的代表，张闻天发言被认为是“一个反总路线的纲领”。曾经在会上批评过1958年失误的黄克诚、周小舟、李锐等人，在小组会上也受到指名道姓的严厉批评。

尽管彭德怀、张闻天、黄克诚、周小舟、李锐等人在讨论中检查了自己看法的不当之处，甚至不得不违心检讨自己对1958年工作失误的批评，但是与会者已经不能平心静气地听取他们的检讨了。尽管有些同情彭德怀的人在讨论中降低调子，保持温和，但是同与日加剧的大批判的汹汹来势相比，不过是杯水车薪、无济于事了。中共中央政治局扩大会议的内容，已经由总结1958年以来的经验教训，完全转向了批判彭德怀、张闻天等人。

7月29日，毛泽东宣布马上召开中共八届八中全会，解决两个问题：修改指标和路线问题。这预示着更大的风暴的来临。

中共八届八中全会召开前两天，7月31日和8月1日，中共中央政治局常委会开了两天扩大会议。参加会议的有刘少奇、周恩来、朱德、林彪（陈云、邓小平因健康原因没有参加庐山会议），以及彭真、彭德怀、贺龙。黄克诚、周小舟、李锐、周惠（中共湖南省委书记处书记）旁听。两

次常委会，都是由毛泽东主持。两次常委会清算了彭德怀的历史“旧账”，给彭德怀等人的问题定了性，认定彭德怀的信是“右倾机会主义的纲领”，彭德怀与张闻天、周小舟、黄克诚等结成“反党集团”，进行有计划、有组织、有准备、有目的的活动，把矛头对准党中央、毛主席和总路线。

8月2日中共八届八中全会开幕。毛泽东在会上讲话，他说，去年八大二次会议我讲过，危险无非是两个：世界大战，党的分裂。那时并无显著的迹象。现在有此显著迹象，要分裂我们这个团体。毛泽东说，刮“共产风”，三级所有制，落实指标等问题，还有没有？

基本上不是这方面问题了；不是指标越落越低，越少越好，因为我们反了九个月“左”倾了。现在庐山会议，这个时候，不是反“左”的问题，而是反右倾，是右倾机会主义向党的领导机关、向人民的轰轰烈烈的社会主义事业猖狂进攻的问题。错误、缺点确实多，已经改了，但那不算数。他们抓住那么些东西，来攻击总路线，想把结论引导到路线错误方面去。[①]当天，毛泽东还写了《给张闻天同志的信》，其中说：“你把马克思主义的要言妙道通通忘记了，如是乎跑进了军事俱乐部，真是武文合璧，相得益彰。”此后，“军事俱乐部”、“反党小集团”、“野心家”、“伪君子”等说法就在会上传开了。

按照上述调子，全会毫无根据地指责彭德怀、黄克诚、张闻天、周小舟是一个“反党小集团”，是有目的、有计划、有组织地反对总路线；还诬称彭德怀里通外国，组织“军事俱乐部”。有人说彭德怀反对政治挂帅、第一书记挂帅，并不是对我们的，正是对毛泽东同志的。还有人说，他们的意见书和发言都偏偏强调缺点，加以夸大，无视事实，满眼黑暗，是不是从个人有什么打算出发来看问题？应该挖根子。有人说彭德怀的信不是仓促写成的，而是经过周密预谋的，整个矛头是指向毛泽东同志的。还有人把彭德怀的信说成是一支箭，射向党中央，射向总路线。会上还逼迫他们交代他们议论过的“斯大林晚年”问题。

高压之下，彭德怀、张闻天、黄克诚、周小舟等人不得不在全会上做检讨。实际上，从毛泽东7月23日讲话之后，彭德怀等人就开始做检讨。不过起初他们还能坦诚地说明他们的意见，并对上纲上线的那些“罪名”做些辩解。逐渐，他们的辩解余地越来越小。最后，无路可走，只能用自己根本不能接受而又强加于他们的“罪名”来批判自己。彭德怀多次私下流露过自己那种极为痛苦的心情。全会开幕的前一天晚上，他对警卫参谋说：“主席批判我这次写信是有组织、有计划、有准备、有目的地向党进攻，我实在难以接受。”全会开幕的那天早上，他还喃喃自语：“我已经够臭了，这次还要把我搞臭。不过这样也好，这样才能在全军消除我的影响。”[②]内心的愤和痛苦溢于言表。张闻天的秘书萧扬回忆道：“8月9日，闻天同志从会场回来，心情沉重，没有讲话，却又坐上车子，让开到牯岭镇外的山中。我跟去了。在苍茫暮色中，他伫立在一块巨岩边，望着逐渐暗淡而模糊的远方。许久，他慢慢回过身来，说：他们在追‘秘密反党计划’，好像谁先发言、谁后发言都是有组织有计划的！又说：这种做法危险——没有什么材料，想这样逼出一个‘有计划有组织’来。他眼中流露出难言的激愤和疑虑。我看他为自己受错误批判的痛苦倒不是太大，一片忧国忧民的赤子之心，才使他感到特别的惘然。这一次的‘庐山

①李锐：《庐山会议实录》（增补本），河南人民出版社，1999年版，第224～227页。
②李锐：《庐山会议实录》（增补本），河南人民出版社，1999年版，第223～224页。

◆ 1959年8月7日，中共中央发出《关于反对右倾思想的指示》，提出右倾"已经成为工作中的主要危险"。图为庐山会议期间批判彭德怀。

远眺'，将终生铭刻在我的记忆之中。"[①]

8月11日、16日，毛泽东在大会两次长篇讲话，指出：彭德怀等人不是马克思主义者，是带着资产阶级世界观参加革命的，实际上是马克思主义的同盟者。彭德怀这次迫不及待挂帅组织派别，进行分裂活动。这次会议是一次很大的成功，揭露了多年没有解决的矛盾，并且把当前形势搞清楚了。原来提出总结的那些问题，已成为第二位的，第一位的就是反对右倾机会主义。

8月16日，全会闭幕。会议通过了《关于以彭德怀同志为首的反党集团的错误的决议》和《为保卫党的总路线、反对右倾机会主义而斗争》等文件。前一个决议说：庐山会议以前到会议期间，党内出现了以彭德怀为首，包括黄克诚、张闻天、周小舟反党集团反对总路线、大跃进、人民公社的猖狂进攻。"党的总路线，大跃进，人民公社运动的胜利，显然注定了资本主义经济和个体经济的最后灭亡。在这样的条件下，以彭德怀同志为首的高岗集团残余和其他形形色色的右倾机会主义分子，就迫不及待，利用他们认为'有利'的时机兴风作浪，出来反对党的总路线、大跃进和人民公社，反对党中央和毛泽东同志的领导。"决议说："在这样一个时机，来自党内特别是来自党中央内部的进攻，显然比来自党外的进攻更为危险。"决议说，"彭、黄、张、周反党集团"的活动"是有目的、有准备、有计划、有组织的活动"。决议认为，彭德怀等人这一次是犯了"具有反党、反

①《张闻天庐山会议发言》，北京出版社，1990年版，第41～42页。

人民、反社会主义性质的右倾机会主义路线的错误”。“这一次所犯的错误不是偶然的，它有深刻的社会的、历史的、思想的根源。彭德怀同志和他的同谋者、追随者，本质上是在民主革命中参加我们的一部分资产阶级革命派的代表。”“他的世界观、人生观和思想方法是资产阶级经验主义和唯我主义的世界观、人生观和思想方法。”决议认为：“在我国社会主义事业的紧要关头，进行这一次反对以彭德怀同志为首的右倾机会主义的党内斗争，一定将使党的队伍和人民的队伍更加巩固，党和人民的斗志更加昂扬。”全会做出决定，把彭德怀、黄克诚、张闻天、周小舟调离国防、外交和省委第一书记等工作岗位，同时保留他们在中央委员会和政治局中原来的职务，“以观后效”。决议正式肯定“右倾机会主义已经成为当前党内的主要危险”，“保卫总路线，击退右倾机会主义的进攻，已经成为党的当前的主要战斗任务”①。

全会结束当天，毛泽东在一个批示中说：“庐山出现的这一场斗争，是一场阶级斗争，是过去十年社会主义革命过程中资产阶级与无产阶级两大对抗阶级的生死斗争的继续。在中国，在我党，这一类斗争，看来还得斗下去，至少还要斗二十年，可能要斗半个世纪，总之要到阶级完全灭亡，斗争才会止息。旧的社会斗争止息了，新的社会斗争又起来。总之，按照唯物辩证法，矛盾和斗争是永远的，否则不成其为世界。资产阶级政治家说，共产党的哲学就是斗争哲学。一点也不错。”②

庐山会议的结果，就是把反右派斗争中阶级斗争扩大化的错误，进一步引伸到党内，这是毛泽东在关于社会主义社会阶级斗争的理论和实践上的错误的一次大的升级。同时大大强化了毛泽东的个人专断，此后，党和政府最高领导层的政治生活更加不正常。

五、“反右倾”

8月18日，庐山会议刚刚结束，以批判彭德怀、黄克诚为内容的中共中央军委扩大会议便开始在北京举行。参加会议的有军队师以上领导干部1000多人，另有500多人列席。与此同时，在北京召开全国外事会议，对张闻天进行批判。

军委扩大会议根据毛泽东在庐山会议上对彭德怀与他的关系所定的“三分合作七分不合作”的基调，大算彭德怀的历史旧账。会上说他很早就有野心，说他们这次在庐山会议上的表现就是要篡党篡军。会议就所谓“军事俱乐部”问题对彭德怀进行严厉追逼，一再要他供出“军事俱乐部”的组织、纲领、目的、名单。彭德怀据实否认，就批判他“不老实”、“不坦白”、“狡猾”。在轮番追逼之下，彭德怀忍无可忍地说，如果有这个俱乐部，那就只有以彭德怀为首的反党集团四个人；你们哪一个是“军事俱乐部”的成员，就自己来报名罢！

军委扩大会议还追查彭德怀的所谓“里通外国”问题。批判者说他“里通外国”的主要根据，是他在率团出访东欧各国期间，曾与赫鲁晓夫有过接触。这种批判纯属捕风捉影，拿不出任何具体事实，于是就说：一切反党分子都必然要“里通外国”，彭德怀和赫鲁晓夫都反对大跃进和人民公社决不是偶然的巧合。为此，彭德怀不得不详述他访问阿尔巴尼亚时与也在那里访问的赫鲁晓夫几次见面的经过及细节。由于

①李锐：《庐山会议实录》（增补本），河南人民出版社，1999年版，第346页。
②《建国以来重要文献选编》第十二册，中央文献出版社，1996年版，第524页。

纯粹是诬陷，尽管就这一问题向外事会议和驻外使馆多次查证，最终也没有找到任何一点证据。黄克诚后来说："这样开了二十几天的会，搞得人精疲力尽。连彭德怀这样的硬汉也吃不消。据说他打电话给毛主席，主席就通知军委，不要再开斗争会了。"①

9月11日，毛泽东在中央军委扩大会议和外事工作会议合并举行的大会上讲话，发挥了他在中共八届八中全会上讲话的观点。他说：有几位同志，据我看，他们从来不是马克思主义者，一直到现在，他们从来就没有成为马克思主义者，是什么呢？是马克思主义的同路人。他们只是我们的同路人，是混在我们党内来的资产阶级分子、投机分子。资产阶级的革命家进了共产党，资产阶级的世界观和立场没有改变，这样的同路人在各种紧要关头，不可能不犯错误。

9月12日，军委扩大会议结束。会议作出了《中共中央军事委员会扩大会议决议》，要求全军"彻底肃清彭黄在军队中所散布的毒素和恶劣影响"。彭德怀、黄克诚的一些老部下和为他们仗义执言的人也受牵连被撤销职务。就连党中央副主席朱德，也因在庐山会议上与彭、黄、张、周有相同或相近的看法而被诬指为"一贯右倾"、"有个人野心"，不得不在军委扩大会议上作检讨。会后，全军各大军区召开团以上干部会议，传达中共八届八中全会和中共中央军委扩大会议精神，开展"反右倾"斗争。

与军委扩大会议一样，外事会议追逼最凶的，也是"军事俱乐部"的成员问题和所谓"里通外国"问题。批判张闻天的结果，在外交部制造了一个"张闻天反党宗派集团"，外交部一些工作人员被划为这个"集团"的成员，受到错误批判和处理。张闻天本人则不再担任外交部副部长。周小舟在庐山会议后，先到北京写检讨，9月上旬回湖南接受批判。湖南省委召开全委扩大会议，根据中共八届八中全会的决议，于9月15日作出《关于周小舟同志右倾反党活动的决议》，撤销了周小舟省委第一书记的职务，保留省委委员，以观后效。

在批判彭德怀等人的同时，党内还展开了一场声势浩大的"反右倾"斗争。"反右倾"斗争开始主要在党政军的领导机关和领导干部中进行。

8月7日，中共中央发出了《关于反对右倾思想的指示》。《指示》对形势作出错误的估计，把一批干部实事求是地反映情况、提出意见看作是"右倾思想又开始抬头和滋长起来"，说这些"右倾保守分子，不是和人民群众站在一起，而是站在群众运动外边，指手画脚，非难人民公社，非难大办钢铁，非难大跃进，企图动摇总路线，散布悲观情绪，向干部和群众大泼冷水，松他们的劲，泄他们的气，实际是要把这些积极分子弄得灰溜溜的"，还说他们"以各色各样的形式，动摇军心，瓦解士气，妨碍人民公社的巩固和顺利发展，妨碍建设事业的跃进，妨碍总路线的贯彻执行"。据此，《指示》断定"现在右倾思想，已经成为工作中的主要危险"，要求各级党组织，立即在干部中，在各级党的组织中，对右倾思想和右倾情绪，加以检查和克服。②

8月12日，毛泽东又对辽宁省委关于"反右倾"的报告作出批示："看来各地都有右倾情绪、右倾思想、右倾活动存在着，增长着。有各种不同程度的情况。有些地方存在着右倾机会主义分子向党猖狂进攻的形势。必须按照具体情况，加以分析，把这种歪气邪气打下去。"

①《黄克诚自述》，人民出版社，1994年版，第263～264页。
②《建国以来重要文献选编》第十二册，中央文献出版社，1996年版，第496～497页。

一场"反对右倾机会主义"的斗争，就在全国范围内、首先在党内干部中迅速地开展起来。各地区、各部门普遍召开党的中高级干部会议，学习讨论中共八届八中全会文件和毛泽东的有关指示，检查对"彭德怀右倾反党集团"的认识和对总路线、大跃进、人民公社的态度，开展对"右倾思想"的批判。

党政机关的"反右倾"运动，主要采取了这样几个步骤：首先是传达、学习中共中央的文件，提高认识；然后是开展辩论，重点批判，向党交心、自我检查；最后是对"问题严重"的人进行组织处理。在运动中，一切被认为是右倾的思想、情绪、言论、行动，都必须自觉检查和揭发批判。对所谓"公开散布系统的右倾言论"，积极支持以彭德怀为首的"反党集团的纲领"或为其辩护的，"一贯严重右倾"、"大跃进以来又有严重的右倾言论和行动"的，都作为重点对象进行批判。对那些认为大炼钢铁不算经济账、不讲经济效果、得不偿失的干部，则批判他们是"鼠目寸光"，只算眼前的经济账，不算长远的政治账，还说"'得不偿失'论可以休矣"，把经济指标、速度高低的讨论或争论，从过去上纲为两种思想、两种方法、两条道路的斗争，进一步提到"两大对抗阶级生死斗争"的新高度。国民经济各方面的比例本已严重失调，但是把提出这种意见的干部说成是攻其一点，不及其余，驳斥所谓"比例失调论"，说国民经济比例"不是失调了，而是更加协调、更加适应了"，说上半年经济建设中出现的升、降、升的"马鞍形"，"是由于右倾思想、右倾活动、特别是右倾机会主义分子的作怪"，"是从阴沟中钻出的阴风、逆流"。

1959年10月，中共中央批转的农业部党组关于庐山会议以来农村形势的报告中，把根据第二次郑州会议以来的精神，各地农村实行的"生产小队基本所有制"；在生产管理上实行的包工到户或包产到户；在"大集体、小私有"的原则下，允许社员有部分的"小私有"、"小自由"，发展家庭副业；在分配上把一些地方取消部分供给制、停办公共食堂等调整措施，说成是"一股右倾的邪气、歪风"，"是猖狂的反对社会主义道路的逆流"，并加以批判。还要求各地党组织，在反右倾斗争中，"把这些反动的、丑恶的东西大量地揭露出来"，"彻底地加以揭发和批判"。

与此同时，在北京召开的全国工业、交通生产会议上，也把六七月间降低过高生产指标的正确措施，指责为"由于右倾机会主义分子兴风作浪"而搞的一个"小小马鞍形"。"反右倾"运动很快发展成为反右倾整风运动和农村整党整社运动。不仅在党、政、军的各级领导机关中进行，而且在工厂、农村和学校和一般干部和群众中进行。中共中央强调在农村中要把斗争的矛头指向"一部分富裕中农和干部当中的少数代表富裕中利益的右倾机会主义分子"，进一步扩大了打击面。农村"反右倾"斗争的重要内容，是批判一些地方在纠"左"过程中提出和实行的一些有利农村经济发展的政策措施，如："包产到户"、"地段责任制"、"生产小队基本所有制"、家庭副业等。中共中央分别批转河南、江苏省委和农业部党组的有关报告，对上述措施严加批判。10月13日，中共中央批转江苏省委的一个文件说："把全部或者大部农活包工到户或者包产到户的作法，实际上是在农村中反对社会主义道路，而走资本主义道路的作法，凡有这种意见和活动的地方，都必须彻底地加以揭露和批判。"①

①《农业集体化重要文件汇编》(下)，中共中央党校出版社，1981年版，第251页。

《红旗》杂志、《人民日报》等各种报刊也发表文章，对各地农村创造的生产管理的新形式进行批判。在工厂，"反右倾"运动主要指向企业的基层干部，重点批判干部中的"一长制"思想，认为"一长制"是不要党委领导和政治挂帅，是搞"独立王国"，进行反党活动。11月21日，中共中央批转中央统战部《关于在民主党派、资产阶级分子和资产阶级知识分子中不进行反右倾斗争的整风运动的意见》，指出："这次反右整风运动，不要在民主人士中进行，即不要在各民主党派、工商界和老的高级知识分子中进行。……这样做，不仅是因为自一九五七年以来，在他们中间已经连续地进行过两年多的思想改造，更主要的是因为这次问题的中心，不在他们；这次挂帅、点火，反对总路线、反对人民公社、反对大跃进的也不是他们，而主要是党内的右倾机会主义分子，其中并且有一部分是高级的领导干部。"①

这样，这次运动没有涉及各民主党派和党外知识分子。但是，党内的专家却没有幸免，因为在高等院校和科研单位，斗争的主要对象是"浸透了资产阶级世界观的党员专家"。理由是他们有党员称号，受到党内外的信任，比那些党外的旧资产阶级专家更能迷惑人，危害性更大，许多党员专家被看成以专家资格反对党的领导的群众路线，受到批判和处分。

"反右倾"运动在全国持续了将近半年左右的时间，到1960年春基本结束。"反右倾"运动时间虽然不是太长，但是造成的后果却很严重。在运动中，大批党员、干部，特别是老党员、老干部受到错误的批判和处分。同时，还有大批群众、特别是在农村有大批农民群众受到了不应有的批判和处置。据1962年甄别平反时统计，被重点批判和划为右倾机会主义分子的干部和党员有三百几十万之多。②

庐山会议后期对彭德怀等人的错误批判和进而在全党开展的"反右倾"运动，是中国共产党执政以后党内政治生活中的一次重大失误。它使党内从中央到基层的民主生活遭到严重损害，错误地打击了一大批敢于实事求是，敢于反映真实情况、提出意见的党员和干部，支持了浮夸、说假话的不良倾向，助长了个人决定重大问题、个人崇拜、个人凌驾于组织之上一类家长制现象的发展。特别是它把阶级斗争进一步扩大到党内，使党内关系日益紧张起来。

在经济上，它打断了自第一次郑州会议以来纠正"左"倾错误的进程，使中国共产党内已经有所遏止的"左"倾思想和"左"的实践重新发展、再次泛滥并延续了更长的时间。在"反右倾、鼓干劲、继续国民经济的大跃进"的响亮口号下，人们无视国民经济发展中出现的种种问题，各地区、各部门在压力之下又一次对生产建设的指标不断加码，导致1960年展开了更大规模的"大跃进"。

六、新的"跃进"高潮

随着"反右倾"斗争的展开，高指标、瞎指挥、浮夸风、"共产风"和强迫命令风又刮了起来。

中共八届八中全会调整了原订1959年国民经济计划的指标，并于1959年8月底经国务院提请全国人民代表大会常务委员会审核批准。调整后的计划仍然是一个高指标的计划，同1958年相比，工业总产值仍增长25.6%，农业总产值增长10%。"反右倾"斗争以后，计划指标再次提

①《建国以来重要文献选编》第十二册，中央文献出版社，1996年版，第638页。
②胡绳主编：《中国共产党的七十年》，中共党史出版社，1991年版，第435页。

高。10月间，又决定将1959年的基本建设投资增加到311.6亿左右，农业总产值要增长15%，以实现“大跃进”的高速度。在强大的政治压力下，依靠拼设备、拼体力，1959年的工业生产勉强突上去了，但农业总产值却大幅度下降，积累率高达43.8%。结果，国民经济比例失调更加严重，整个国民经济形势进一步恶化。

从9月开始，国务院各部门还开始对1960年计划作初步安排。国家计委会同各部委和各大协作区讨论数次，起草了《关于拟订一九六〇年国民经济计划大纲（草案）的报告》。

这个报告经中共中央政治局和书记处讨论后，下发中央各部委、各协作区和各市、自治区党委研究。10月份，国家计委汇总各方意见，会同各部委、各协作区初步提出1960年经济计划分省、市、自治区指标，并同部分省市交换了意见。10月下旬至11月上旬，国家计委召开全国计划会议，讨论1960年国民经济的方针和任务。会议的主要内容，一是研究1960年计划的方针和方法，以统一思想认识；二是确定1960年计划的主要指标，集中力量把生产、基本建设、物资分配的指标定下来，其中重点是确定基本建设的规模。由于会议是在中共八届八中全会关于“反右倾、鼓干劲”的精神下召开的，各部门、各地区争相要投资、上项目，使计划盘子搞得很大。

对拟订1960年计划，当时有两种思路，一种是一次就把指标定下来，把计划做得很大，按照钢产量2000万吨、粮产量7000～7500亿斤来安排计划；还有一种是“看涨”的办法，分两步走，一年抓四次，根据形势的发展再作补充安排。

◆ 在“反右倾，鼓干劲，继续大跃进”的口号下，全国掀起了新的“跃进”浪潮。图为江西九江地区港口公社的劳动大军。

人民日報

RENMIN RIBAO

实现一九六〇年的更好跃进

实现整个六十年代的连续跃进

展望六十年代

◆ 1960年元旦，《人民日报》发表社论，提出“开门红，满堂红，红到底”的口号，称“大跃进”的发展速度是最近找到的“三个法宝”之一（另外两个“法宝”是指建设社会主义的总路线和人民公社的组织形式），要求实现整个60年代的连续跃进。

会议最终确定的1960年经济建设的基本方针，仍然是争取国民经济的继续跃进。会议提出的1960年经济计划草案，要求工农业总产值比1959年增长26%，其中工业总产值增长31%，农业总产值增长17%，钢产量达到1800万吨，煤产量达到4.25亿吨，粮食产量达到6500亿斤，棉花产量达到6000万担。这些指标实际上因为过高，难以完成。

但在“反右倾”的声浪中，人们已经不能客观地估计形势，当实事求是的意见被作为“右倾”而受到批判的时候，也不可能听到不同的意见。在这种情况下，1960年开始就提出“开门红、满堂红、红到底”的口号，要求各个企业、各行各业、各个地区实现全面跃进。

1月，中共中央政治局上海扩大会议要求在连续两年“大跃进”的基础上，1960年应实现“比上年更好的大跃进”。会议批准国家计委提出的1960年国民经济计划，同1959年相比，农业总产值增长12%；工业总产值增长25.20%；钢产量增长38%，达1840万吨。这个计划在4月10日的第二届全国人民代表大会第二次会议上刚刚通过一个月，国家计委、经委、建委又再度加码，作出了第二本账的安排，把钢产量提高到2040万吨，工业总产值的增长速度提到47.6%。这年，苏联决定撤走在中国的全部专家。在这样的情况下，又提出要炼“争气钢”。薄一波回忆毛泽东当时的想法时说：“7月，毛主席在同李富春、陈正人同志和我谈话说：‘实力政策、实力地位，世界上没有不搞实力的’，‘手中没有一把米，叫鸡都不来，我们处在被轻视的地位，就是钢铁不够。……资本主义国家看不起我们，社会主义国家也不给技术，憋一口气有好处’。在毛主席的号召下，全国大炼‘争气钢’。”[①]

中共中央政治局上海扩大会议，还听取了国家计委关于八年计划的设想并作了讨论。由于是在“大跃进”的指导思想框架内拟订计划，对八年计划的设想提出的总任务是：以共产主义的雄心大志，尽可能地加快建设，保证工农业生产的不断跃进，基本上实现我国工业、农业、科学文化和国防四个现代化，建立起全国的独立完整的工业体系，使我国成为一个富强的社会主义国家。[②]这个要求八年实现四个现代化的不切实际的设想，显然脱离了中国的国情。

进入1960年，“反右倾，鼓干劲”催升起来的

①薄一波：《若干重大决策与事件的回顾》下卷，中共中央党校出版社，1991年版，第872页。

②《李富春传》，中央文献出版社，2001年版，第533页。

◆ 工业建设继续大办"小洋群"、"小土群",搞大兵团作战。图为群众上山集体采矿。

"大跃进"空气,在全国上下更加浓烈。当时的口号是"开门红,满堂红,红到底",不但要求实现"1960年的继续跃进和更好的跃进",而且要求"整个六十年代的连续跃进"①。

为了完成脱离实际的高指标,除继续"反右倾"以外,中共中央和有关部门多次召开会议,发出指示,要求采取削基建、保生产,削一般、保重点的方针,继续支持和保证钢铁生产。并且强调能否完成钢铁生产任务,是国内外关注的大事情,是一个政治性问题,各地区、各部门必须集中力量抓煤、铁、钢、运,把钢的产量突击上去。许多地方重又搞起得不偿失的"小土群"、"小洋群"。由"小土群"发展而来的"小洋群"被认为是实现钢铁生产增产的有效途径。1960年4月召开的省、市、自治区党委工业书记会议,提出要使小高炉、小转炉、小煤窑、小铁矿、小铁路的"五小成群"的要求。根据统计,1960年21个省、直辖市、自治区的"小土群"、"小洋群"职工多达686.6万人,占职工总数的55.2%。

1960年的"大跃进"还有一个新的特色,就是要求大搞技术革新和技术革命的群众运动,用1958年大炼钢铁的气魄,高速度地实现机械化、半机械化,进而向自动化、半自动化发展。1960年1月30日和3月22日,中共中央先后对太原市委《关于开展以机械化和半机械化为中心的技术革新和技术革命的决议》、鞍山市委《关于工业战线上的技术革新和技术革命运动开展情况的报告》做出批示。在对后一个报告的批示中写道:

"这个报告所提出来的问题有事实,有道理,很吸引人。鞍钢是全国第一个最大的企业,职工

① 1960年1月1日《人民日报》。

十多万，过去他们认为这个企业是现代化的了，用不着再有所谓技术革命，更反对大搞群众运动，反对两参一改三结合的方针，反对政治挂帅，只信任少数人冷冷清清的去干，许多人主张一长制，反对党委领导下的厂长负责制。他们认为'马钢宪法'（苏联一个大钢厂的一套权威性的办法）是神圣不可侵犯的。这是1958大跃进以前的情形，这是第一阶段。1959年为第二阶段，人们开始想问题，开始相信群众运动，开始怀疑一长制，开始怀疑马钢宪法。1959年七月庐山会议时期，中央收到他们的一个好报告，主张大跃进，主张反右倾，鼓干劲，并且提出了一个可以实行的高指标。……现在（1960年3月）的这个报告，更加进步，不是马钢宪法那一套，而是创造了一个鞍钢宪法。鞍钢宪法在远东，在中国出现了。"[①]

走技术革新之路提高生产，本是一条合理途径，但是由于急于求成，缺乏科学态度，在运动中出现许多形式主义、虚报浮夸的现象，结果，劳民伤财，收效甚微。

在"反右倾"运动中，生产关系上急于过渡的思想倾向再度抬头。1959年10月，在中共中央召开的全国农业书记会议上，提出积极发展社有经济，为人民公社从基本队有制过渡到基本社有制准备条件，并提出穷队先过渡的意见。1960年1月，中共中央政治局上海扩大会议又提出，在今后8年（1960年至1967年）内完成人民公社由基本队有制向公社所有制及向全民所有制过渡的设想；为创造条件，要求大办工业、大办水利、大办养猪场、大办交通、大办文教，在分配制度中要逐步增加共产主义的按需分配的因素。此后，各地为了"大办"，无偿调用生产队和社员的财力、人力和物力，"共产风"比1958年更严重地泛滥起来。根据对湖北沔阳县通海口公社的调查，公社的25个直属企业，没有不到生产队刮"共产风"的。全公社算了一笔账，一共乱调劳动力349个，土地8020亩，房屋1512栋，资金（包括分配未兑现的）53万元，粮食53万斤，农具35040件，耕牛84头，木料等84万斤，砖瓦147万块，家具24906件。[②]从生产资料到生活资料，可以说无所不刮。

同时，中共中央还强调要把许多地方农民自行解散的公共食堂重新恢复起来。1960年3月6日，中共中央批转贵州省委《关于目前农村公共食堂情况的报告》。这个报告说："现在千方百计扯垮食堂，这就是挖人民公社的墙角。所以食堂也是我们必须固守的社会主义阵地。失掉这个阵地，人民公社就不可能巩固，大跃进也就没有保证。"[③]毛泽东在报告上为中共中央写了这样的批示："贵州省委关于目前农村公共食堂情况的报告，写得很好，现在发给你们研究，一律仿照执行，不应有例外。中央所以下这个断语，是因为贵州这一篇食堂报告，是一个科学总结，可以使我们在从社会主义向共产主义过渡的事业中，在五年至十年内，跃进一大步。因此，应当在全国仿行，不要例外。"[④]

当时，食堂被看作是"当前农村中阶级斗争尖锐所在"，要求各级党委"把安排生活和办好食堂提到阶级斗争的地位上来"。后来还把粮食的分配原则进一步变成"统一用粮，指标到户，实物到堂"，规定食堂的发展方向是"向全民食堂过渡"。

到1960年4月，根据14个省市的统计，参加食堂的户数达到农村总户数的88.9%，参加食堂的人数占总农村人数的88.6%，河南省则达到

①《建国以来重要文献选编》第十三册，中央文献出版社，1996年版，第109～110页。
②《农业集体化重要文件汇编》（下），中共中央党校出版社，1981年版，第364页。
③《建国以来重要文献选编》第十三册，中央文献出版社，1996年版，第47页。
④《建国以来重要文献选编》第十三册，中央文献出版社，1996年版，第43页。

◆ 1960年3月9日，中共中央发出《关于城市人民公社问题的批示》，要求上半年全国城市普遍试点。许多城市曾宣布建立了一些人民公社，但一般均有名无实。图为南京市民庆祝白下人民公社成立。

了99%。为了大办公共食堂，许多地区还收回了1959年恢复的自留地。这个“社会主义阵地”一直坚持到1961年夏天，才由于认识的改变被逐渐放弃。

农村公共食堂是1958年“大跃进”的产物，是和“共产风”联系在一起的。它脱离农民现实的生活水平，违反了自愿原则，给群众生活造成很大不便，在困难条件下又成为某些干部侵占、克扣农民口粮的手段，引起农民很大的不满。

1958年的中共八届六中全会就认为：“城市中的人民公社，将来也会以适合城市特点的形式，成为改造旧城市和建设社会主义新城市的工具，成为生产、交换、分配和人民生活福利的统一组织者，成为工农商学兵相结合和政社合一的社会组织。”[①]当时曾经要求各地进行试点。1960年3月，中共中央又发出《关于城市人民公社问题的批示》，将全国总工会党组有关哈尔滨市香坊人民公社情况的报告和河南省委关于城市人民公社巩固和发展情况的报告批转各地、各部门，认为“对于城市人民公社的组织试验和推广，应当采取积极的态度。从实际情况出发的各种组织形式，例如，以大型国营厂矿为中心，以机关、学校为中心，以街道居民或以城区再加一部分农村为主体组织的各种形式的人民公社，都可以进行试验，事实上都表现了它们的优越性。”中共中央的批示还指出：“城市人民公社实

①《建国以来重要文献选编》第十一册，中央文献出版社，1995年版，第600页。

◆ 城市人民公社被称为"幸福乐园"。

际上是以职工家属及其他劳动人民为主体，吸收其他一切自愿参加的人，在党委领导和职工群众的积极赞助下组织起来的。它是以组织生产为中心内容，同时组织各种集体生活福利事业和服务事业。"①批示要求1960年上半年全国城市普遍试点，下半年全面推广。除北京、上海、天津、武汉、广州五城市外，其他一切城市应挂出人民公社的牌子，"以一新耳目，振奋人心"。据统计，到1960年7月底止，在全国190个大中城市中建立人民公社1064个，参加公社的人口5500多万人，占这些城市人口的77%。这是继农村人民公社之后，又一次大刮"共产风"。当时大办城市街道工业和各种生活组织，几乎都是白手起家，依靠平调而成，严重地侵犯了个人的住宅和财产，也使全民所有制受到损害。

七、困境

在"反右倾"运动驱使下，1960年上半年的"大跃进"，把高指标、瞎指挥、浮夸风、"共产风"的错误，推向一个新的高峰。它比1958年夏秋之间的"共产风"更严重，持续的时间更长，造成的危害也更大，使整个国民经济陷入极其严重的困境。对由于连续"大跃进"带来的被动，薄一波在30多年后说道："回忆当时的情况，不仅干部和群众焦虑不安，处于第一线的经济综合部口更

②《建国以来重要文献选编》第十三册，中央文献出版社，1996年版，第59～60页。

是紧张。为了确保中央确定的各项生产指标得以实现，国家计委和国家经委领导干部集体办公的会议室里，都醒目地悬挂着工业主要产品的日进度表，如全国钢、铁、钢材、原煤、焦炭等的日产量，铁路日装车量等，我和李富春同志天天看，看到产量逐日增加，心里才踏实；看到产量下滑，就立即分析原因，采取措施解决。李先念同志那里也不轻松，各地要粮的电话昼夜打来，不能不急事急办，只好采取'挖东补西'、'抽肥补瘦'等措施，紧急调运粮食，帮助断粮地区渡难关。"①

坚持"以钢为纲"的大跃进，使国民经济比例失调的严重局面继续加剧。首先是积累和消费的比例失调。1958年到1960年三年，积累率分别达到33.9%、43.9%、39.6%，大大超过第一个五年计划期间已经较高的年平均积累率24.2%。这当然为一大批工矿的建设打下了基础，但是，只有经过调整才能形成可靠的生产能力。其次是工农业比例失调，重工业畸形发展。从1957年到1960年，重工业增长2.3倍，而农业却下降22.8%。再次是工业内部各部门比例失调，钢铁生产挤占能源、原材料和交通运输生产，使其他部门无法正常生产。由于基本建设规模过大，增加大量职工和投资，造成财政收支不平衡以及社会购买力和可供商品的比例严重失调，出现了巨大的财政赤字和市场紧张。

最严重的是农业生产遭到极大破坏。主要由于"大跃进"和人民公社化运动中"左"倾错误的一再发展，尤其是高估产高征购，严重挫伤了农民的劳动积极性，加上从1959年起，一些地方农田连续遭受大面积自然灾害，农副产品产量急剧下降。1959年的粮食产量仅为3400亿斤，比1958年实际产量4000亿斤减少600亿斤，而当时却被估计为5400亿斤，认为比庐山会议"经过核实"（其实还有浮夸）的1958年产量5000亿斤增加8%。由于估产偏高，当年征购粮食反比上年增加173亿斤，达到1348亿斤，超过实际产量的三分之一。1960年粮食产量进一步降为2870亿斤，比1959年又减少530亿斤，跌落到1951年的水平。棉花产量也跌到1951年的水平，油料产量跌落到建国时的水平。

轻工业生产急剧下降。"大跃进"时期，由于片面强调优先发展重工业，重工业的投资占总投资比重高达50%以上，而轻工业则受到挤压，导致轻工业的发展极其缓慢；再加上农业提供的原料大大减少，致使主要轻工产品产量减产，1960年只完成547亿元，比1960年下降9.8%，棉纱、布匹、食糖等主要轻工业产品下降28%～60%。这是中国共产党执政以来从未有过的现象。

1960年6月10日至11日，刘少奇主持召开有各大区负责人、各省市自治区党委第一书记以及国务院各部委负责人参加的座谈会，讨论上半年经济工作和人民生活中出现的问题。刘少奇开门见山地说："最近半年以来，我们在工作中发生了比较多的问题，这些问题是比较严重的，有粮食问题，浮肿病问题，非正常死亡问题，事故问题，计划完成情况的问题，还有一些其他问题。"刘少奇在会上严肃地提出："这些问题不纠正，继续下去，现在是一个指头，将来可以慢慢扩大，可以扩大到两个指头，三个指头的。这就是今天会议的意思。"②

这些问题确实十分严重，它使党和人民面临着1949年以来最严重的经济困难。由于可供应市场的商品大量减少，而职工人数却急剧增加，

①薄一波著：《关于若干重大决策与事件的回顾》下卷，中共中央党校出版社，1991年版，第890～891页。
②《刘少奇传》（下），中央文献出版社，1998年版，第856～857页。

市场供应非常紧张。1960年底，全民所有制单位职工人数高达5044万人，比1957年增加2593万人，工资总额也由156.4亿元增加到263.2亿元。国家财政连年出现巨额赤字，1958年为21.8亿元，1959年为65.8亿元，1960年高达81.8亿元。银行大量增加信贷和发行货币，社会购买力由1957年的488.2亿元猛增到1960年的716.7亿元，大大超出社会商品供应量，造成商品奇缺，通货膨胀，人民消费水平大幅度下降。为了控制物价上涨，合理分配商品，国家不得不对许多商品实行定量供应，凭证供应，印制了包括粮、肉、蛋、糖、肥皂甚至火柴等各种票证，还有工业券，凭券购置日用食品和工业品。

最大的问题是严重缺粮。一方面粮食连年大幅度减产，另一方面粮食的销售量却因城镇人口的剧增而不断增加。为了维持城镇商品粮的供应，国家不断地向农村下达征购指标。由于高估产，从1958年至1960年连续三年，国家每年的征购量都高达1000亿斤以上，几乎占当年粮食总产量的30～40%。尽管如此，仍然不能保证城镇人口的最低需要，只好不断动用粮食库存。进入1960年后，库存急剧减少，周转调拨极为困难，大中城市基本上是调入一点销售一点，随时都有脱销的危险。五六月间，中共中央和国务院几次发出紧急指示，要求为京、津、沪和辽宁等地调运粮食。当时，北京的粮食库存只够销七天，天津只够销十天，上海已几乎没有大米库存，只能靠借外贸部门准备出口的大米过日子；辽宁十个城市的存粮也只够销八九天。9月底，全国82个大中城市的粮食库存比上年同期减少近一半，不到正常库存量的三分之一。过去大量调出粮食的四川、吉林、黑龙江等省，也因连年挖了库存而无力继续大量调出。在这种情况下，尽管采取诸如在调拨上搞南北季节性调剂、在销售上限制居民每次购买的数量等许多措施，也解决不了多大问题，只得靠减少城镇居民的供应定量、压低农村地区的口粮标准、大力提倡采集和制造代用食品等办法，来渡过缺粮难关。在农村，由于连年征购过头粮，许多省区农民的口粮也在急剧减少。1960年同1957年相比，城乡人民平均的粮食消费量减少了19.4%，其中农村人均消费量减少23.7%；植物油人均消费量减少23%；猪肉人均消费量减少70%。

粮、油和蔬菜、副食品等的极度缺乏，严重危害了人民群众的健康和生命。城乡居民普遍地出现浮肿病，患肝炎和妇女病的人数多得惊人。由于严重缺粮，许多省份的农村普遍出现大量非正常死亡现象。问题严重的河南信阳地区，原是河南省比较富庶的地方，1949年以后每年人口的死亡率在10‰左右。从1959年冬到1960年春，这个地区的死亡人数剧增，其中正阳县死亡8万多人；新蔡县死亡近10万人；遂平县嵖岈山人民公社一个社就死亡近4000人，占该社总人口数的10%，有的队死亡人口竟占到总人口的30%。[①] 1960年，全国人口死亡率高达25.43‰，超过了1957年的10.80‰，甚至超过了1949年的20‰。[②]由于死亡率大幅度提高，生育率明显下降，人口的发展改变了1950年到1959年间每年自然增长1000多万人的状况，出现负增长的极不正常的局面。1960年全国人口自然增长率为负4.57‰，比上年净减少1000万人，1961年又继续减少348万。原本希望快一些让人民群众过上较好的日子，结

①《农业集体化重要文件汇编》(下)，中共中央党校出版社，1981年版，第421页。
②《新中国五十年统计资料汇编》，中国统计出版社，1999年版，第1页。

果却出现这样极其令人痛心的事实。这是“大跃进”和人民公社化运动的最严重的教训。

三年的“大跃进”运动，背离了经济发展的客观规律，给我国经济和社会生活带来了极其严重的恶果。在农业生产力水平相当低下和人民生活远未实现温饱的情况下，短短几个月内就在全国农村建立人民公社，超越了我国社会主义初级阶段。生产的高指标和建设的大规模，大大超过了我国的财力、物力，特别是超过了我国农业这个基础的承担能力。片面推行“以钢为纲”和“以粮为纲”的方针，破坏了国民经济各部门的比例关系，造成国民经济比例的严重失调。浮夸风和高指标风的压力，导致农业高产的虚幻景象，对农业的高估产又带来高征购，给农民造成更大压力，加之“大办钢铁”和“大办水利”运动，夜以继日，加班加点，劳逸不当，营养不良，使广大群众特别是农民群众体质下降，以至人口的非正常死亡大大增加。

第六章

被迫的退却

第六章
被迫的退却

一、“今后搞几年慢腾腾”

1958年至1960年，中国连续进行“大跃进”，社会再生产和整个国民经济的运行不断恶化，国民经济陷于严重困境。

尽管国民经济出现严重困难局面，但是按照当时的说法，到1959年底、1960年初已经完成“二五”计划的主要指标。1960年6月14日至18日，中共中央在上海召开政治局扩大会议，讨论“二五”计划后三年（即1960～1962年）的补充计划。会议召开时，1960年已过近半，而生产任务完成得很不好，粮食供应日益紧张，国民经济上的问题更多地暴露出来。因此，会前中央召集有关负责人开座谈会，刘少奇、邓小平、李富春、李先念、薄一波、谭震林分别在各自的讲话中，特别谈到了工业交通、农业、粮食、生活安排、对外贸易、计划和经济建设中发生的问题。

毛泽东在会议期间写了《十年总结》一文，总结了建国以来特别是“大跃进”以来经济建设的经验教训。他承认大跃进和人民公社化运动乱子出得不少，一段时间内思想方法不对头，忘记了实事求是的原则，有一些片面思想（形而上学思想）。他还特别指出：“对于我国的社会主义革命和建设，我们已经有了十年的经验了，已经懂得了不少的东西了。但是我们对于社会主义革命和建设，还有一个很大的盲目性，还有一个很大的未被认识的必然王国。我们还不深刻认识它。我们要以第二个十年的时间去调查它，去研

◆ 1960年6月14日至18日，中共中央政治局在上海举行扩大会议。会议期间，毛泽东写了《十年总结》一文，指出：我们对于社会主义时期的革命和建设，还有很大的盲目性。我们要以第二个十年去调查研究它，从中找出固有的规律。

究它，从其中找出它的固有的规律，以便利用这些规律为社会主义的革命和建设服务。”①尽管毛泽东还是从根本上肯定“大跃进”和人民公社化运动，他对运动中一些问题的批评，尤其是对实事求是原则的强调，对于纠正“大跃进”和人民公社化运动的错误仍然有着不容忽视的意义。

就在中国国民经济发生严重困难的时候，中苏两党和两国之间的矛盾也日益尖锐起来。1960年7月至8月，中共中央在北戴河召开工作会议。会议的议程主要是讨论国际形势，同时也讨论国内经济问题，落实和安排国民经济计划。会议期间，李富春和薄一波，联名提出《1960年第三季度工业交通生产中的主要措施的报告》，经会议讨论通过。这个报告提出：为了扭转第二季度以来主要产品下降的局面，解决生产组织不力、企业管理工作松懈和基本战线过长、物资使用分散的问题，必须统一思想，统一行动，坚决削基建、保生产，集中力量把钢、铁、煤、运输的生产搞上去，提高产品质量，增加产品品种。②会议通过《关于全党动手，大办农业、大办粮食的指示》和《关于开展以保粮、保钢为中心的增产节约运动的指示》，确定压缩基本建设战线，保证钢铁工业等生产，认真清理劳动力，加强农业生产第一线，保证农业生产；决定以后国民经济不再搞两本账，只搞一本账，不搞计划外的东西，不留缺口。③

李富春在这次会议期间提出了调整的建议。最初，李富春是针对工业企业的现状提出调整想法的。会议初期，李富春根据当时工业交通的生产情况，提出应该对工业进行整顿、巩固、提高。这个意见是后来形成的调整国民经济八字方针的雏形。会议进行之中，发生了苏联政府提出撤走全部在华的苏联专家和终止合同的突然事件，引起党内外人们的愤慨。一些人不能冷静下来考虑问题，又提出要炼“争气钢”，要在当年炼出2000万吨，提前实现钢产量赶上英国的目标。在这种气氛下，会议未能就调整问题进行深入的讨论。

北戴河会议之后，8月中下旬，国家计委党组讨论编制1961年国民经济计划控制数字时，李富春再次提出，1961年国民经济计划的方针

◆ 1960年7月5日至8月10日，中共中央在北戴河召开工作会议，研究国际问题和国民经济的调整问题。

①《建国以来重要文献选编》第十三册，中央文献出版社，1996年版，第421页。
②《建国以来重要文献选编》第十三册，中央文献出版社，1996年版，第498～499页。
③《建国以来重要文献选编》第十三册，中央文献出版社，1996年版，第516～536页。

◆ 围绕国民经济实行"调整、巩固、充实、提高"的方针，毛泽东和刘少奇、陈云(中)在一起交谈。

"应以整顿、巩固、提高为主，增加新的生产能力为辅；着重解决配套、补缺门、前后左右和品种质量问题，以便取得主动"①。在草拟和编制1961年计划过程中，国家计委向中央各财经部门及各大区通报了李富春的意见，强调"编制明年计划的方针，应以整顿、巩固、提高为主"②。8月30日至9月5日，国家计委党组向周恩来汇报编制1961年经济计划的情况。国务院对国家计委提交的《关于一九六一年国民经济计划控制数字的报告》进行了审议。报告提出，1961年国民经济计划的方针应以整顿、巩固、提高为主，增加新的生产能力为辅；压缩重工业生产指标，缩短基本建设战线，加强农业和轻工业的生产建设，改善人民生活。周恩来提议把"整顿"改成"调整"，并建议增加"充实"二字，从而形成了"调整、巩固、充实、提高"的八字方针。这个方针的基本内容

◆ 1961年1月14日至18日，中共八届九中全会在北京举行。会议通过了对整个国民经济实行"调整、巩固、充实、提高"的八字方针。在会上毛泽东号召全党大兴调查研究之风。

①《党的文献》1990年第6期。
②《党的文献》1990年第6期。

人民日報
REN MIN RI BAO
中国共产党第八届中央委員会举行第九次全会
完全贊同兄弟党莫斯科会議声明
决定今年集中力量加强农业战綫
全会决定在全国范围内分期分批进行整風运动
成立六个中央局代表中央分别加强对各省、市、自治区党委的領导

◆ 1961年1月21日《人民日报》刊登的中共八届九中全会公报。

是：以调整为中心，调整国民经济各部门之间失衡的比例关系，巩固生产建设取得的成果，充实新兴产业和短缺产品的项目，提高产品质量和经济效益。①

9月30日，由周恩来签发，中共中央批转了国家计委《关于一九六一年国民经济计划控制数字的报告》，中央基本同意国家计委的意见，并要求各地区、各部门根据这个报告分别编制计划草案。这个报告第一次完整地提出“调整、巩固、充实、提高”八个字，使之成为调整国民经济的重要指导方针。

11月中下旬，国家计委召开第九次全国计划会议。会议对国家计委9月报告提出的1961年若干指标作了调整：1961年，钢产量由2300万吨降到2010万吨，煤炭产量由5.2亿吨降到4.25亿吨，减少职工数由300万人增加到502万人；此外，粮食产量为3900亿斤，棉花为3200万担，施工的大中型项目1200个（比上年减少300个）。会后，12月16日，李富春致信毛泽东和中共中央政治局常委，汇报计划会议情况。李富春解释说，明年钢产量指标安排2010万吨，只比今年预计的1850～1860万吨增加160万吨，增长8.1%～8.7%，但是钢的质量和品种都将比今年有较大改善，八大品种钢材生产580万吨，比今年的470万吨增加110万吨，增长23.4%。关于明年计划安排，李富春说反复考虑的中心思想有两点：第一，必须照顾今年农业歉收的情况，照顾重灾区，必须尽可能做到在全面安排中以支援农业为第一位；第二，必须注意在三年大跃进的基础上贯彻执行调整、巩固、充实、提高的方针，在各方面大力进行整顿，“要整风、整制度、整管理、整质量、整队伍”，自觉地去掌握波浪式发展的规律，争取主动。②

1961年1月14日至18日，中共中央在北京举行八届九中全会，讨论1961年的经济工作。会前，1960年12月24日至1961年1月13日，中共中央先召开了工作会议，讨论1961年国民经济计划，总结各地农村整风整社试点的经验。毛泽东在会上作了重要讲话，号召全党恢复实事求是、调查研究的作风。他说：我们党是有实事求是的传统的。最近几年，调查做得少了，不大摸底了，大概是官做大了。我这个人就是官做大了，从前在江西那样的调查研究现在就做得少了。请同志们回去大兴调查研究之风，一切从实际出发。毛泽东指出，搞社会主义建设不能那么急，可能要搞半个世纪。今后搞几年慢腾腾，指标不要那么高，不要务虚名而招实祸。③全会讨论并通过了1961年国民经济计划，正式决定从1961年起，对整个国民经济实行“调整、巩固、充

①薄一波著：《若干重大决策与事件的回顾》下卷，中共中央党校出版社，1991年版，第892页。
②《李富春传》，中央文献出版社，2001年版，第554页。
③胡绳主编：《中国共产党的七十年》，中共党史出版社，1991年版，第439～440页。

实、提高”的方针。从此以后，中国国民经济进入了调整阶段。

将热火朝天的“大跃进”高潮平息下来，并不是一件简单的事情。就全党来说，当时的调整并不是根本触动指导思想上的“左”倾错误，而是在经济生活中消除混乱，纠正无序，理顺关系，填平补齐，在平稳中保持经济较高速发展。即使如此，许多人也没有从狂热中冷静下来，不少人对调整的紧迫性仍然缺乏认识，有所清醒的人们对问题的认识还是初步的。因此，经济调整的开局举步维艰，有时还会出现某种“回潮”现象。12月3日，中共中央发出《关于保钢问题的紧急指示》，认为：“我们今年能不能完成1860万吨钢的生产任务，是国内国外注目的一件大事，是一个政治性的问题。”“如果我们不立即抓紧时机，扭转生产下降的局面，那么，全国钢铁生产的任务就有完不成的危险。而一旦发生这种情形，对于我们目前国内外的政治斗争，对于明年争取国民经济的继续跃进，都是不利的。”[①]中央要求12月份钢的平均日产量确保6.2万吨，争取达到6.3万吨。这依然反映出“以钢为纲”的观念。到年底，钢产量虽然终于勉强达到1866万吨，但是国民经济比例失调已经到了难以为继的地步，出现了建国以来最为严重的经济困难。

二、《紧急指示信》和“农业六十条”

国民经济的调整虽然在工业领域里举步维艰，但是在农村却颇有进展。1960年10月，中共中央已经着手部署整风整社，以肃清“五风”：“共产风”、浮夸风、强迫命令风、生产瞎指挥风和干部特殊化风。但是，郑重地、系统地提出这一任务，是以11月3日发出周恩来主持制定的《关于农村人民公社当前政策问题的紧急指示信》为开端。

《紧急指示信》要求全党用最大的努力来坚决纠正“共产风”。《紧急指示信》说，“共产风”1958年冬季以后一部分地方和社队基本上没有再犯，大部分地方和社队纠正不彻底，自去年冬季以后又刮了起来，还有一部分地方和社队一直没有纠正，严重地破坏农业生产力。《紧急指示信》规定了十二条政策，主要是：重申“三级所有、队为基础，是现阶段人民公社的根本制度”；彻底清理“一平二调”，坚决退赔；加强生产队的基本所有制；实行生产小队的小部分所有制；允许社员经营少量自留地和小规模家庭副业；坚持按劳

中发〔60〕909号

中共中央文件

中共中央关于农村人民公社当前政策問題的紧急指示信

各中央局，省（市、自治区）委，地委，县委，公社党委，生产大队和生产队的总支和支部：

从一九五八年大跃进以来，工业、农业和其他各个战线所取得的成就是伟大的，史无前例的。党的社会主义建设总路线，越来越証明是完全正确的。人民公社在同連續两年的、严重的自然灾害做斗爭中，越来越表现出无比的优越性。当前的整个形势是大好的。相当大的一部分地区农业遭灾歉收所带来的困难是暂时的，是能够克服的。在农村人民公社化初期产生的一平二调的“共产風”，是違背人民公社现阶段政策的，是破坏生产力的，并且妨碍了人民公

◆ 1960年11月3日，中共中央发出了《关于农村人民公社当前政策问题的紧急指示信》。这对扭转农村的形势起了积极作用。

①中国人民解放军国防大学党史党建政工教研室编：《中共党史教学参考资料》第二十三册，第411页。

◆ 1960年11月，中共中央发出《关于农村人民公社当前政策问题的紧急指示信》和关于纠正共产风、浮夸风等的指示。图为毛泽东起草的关于纠正“五风”指示的原稿。

分配原则；恢复农村集市，等等。当时还强调：只要坚持三级所有，坚持部分供给制，坚持办好食堂，“就不会犯原则错误”[①]。《紧急指示信》的发出，实际上是继续被庐山会议后期开始的“反右倾”斗争所打断的纠“左”进程，成为扭转农村严重形势的起点。

《紧急指示信》发出后，中共中央要求各级党委负责人和干部下到农村，落实《紧急指示信》的各项规定。各省、市、自治区党委在最短的时间内将《紧急指示信》传达到了各级干部和农民群众，有些地方在接到《紧急指示信》的当天晚上，便以电话会议形式传达到县一级干部。各地纷纷召开省、地、县三级或省、地两级干部会议，使各级领导干部迅速了解《紧急指示信》精神，然后组织数万名干部到农村，向基层干部和农民群众原原本本、逐条逐段地宣读和讲解《紧急指示信》。东北三省在《紧急指示信》发出不到两个月，就组织了13万名干部下乡，向90%的公社社员作了传达。

农村基层干部和社员群众对《紧急指示信》的反应非常热烈。许多人称赞《紧急指示信》的发出是一次“及时雨”。他们说：“十二条像一面镜子，一针见血的揭露了‘平调’的错误行为。”由于经历了1958年冬季以来纠“左”的反复，不少基层干部和社员群众也有些喜中带忧，一是担心这次会不会像上年那样，纠了几个月“共产风”就变风向；二是顾虑政策不兑现，清理“一平二调”不彻底，平调的资金、物资不能真正退到手。还有一些干部存在着另一种情绪，认为“十二条”政策是后退了；一些工作上、作风上缺点错误比较严重或经济上手脚不干净的干部怕“算账”，对清理“平调”有抵触。

各地党委纷纷制定落实《紧急指示信》的具体措施，消除思想障碍，安定百姓民心，把各级干部和广大社员真正动员起来，迅速彻底地纠正“五风”。湖北省委宣布，凡是过去所说的，与“十二条”有出入的都不算数，可以一风吹，以“十二条”为准则。甘肃省委要求对“一平二调”坚决停止，坚决检查，坚决退还。各地抓紧检查揭露“一平二调”的情况，并由点到面逐步开始清理退赔。

中共中央连续批转各地贯彻执行《紧急指示信》情况的报告，以督促这一工作的进行。毛泽东在为中共中央起草的一个批语中写道：毛泽东同志“是同一切愿意改正错误的同志同命运、共

①《建国以来重要文献选编》第十三册，中央文献出版社，1996年版，第678～679页。

呼吸的”。他说，他自己也曾犯了错误，一定要改正。[1]并且以他在北戴河会议决议中写上快则三四年、慢则五六年可以由集体所有制过渡到全民所有制，作为他的错误之一例。毛泽东作自我批评，希望推动广大干部认识：“现在是下决心纠正错误的时候了”[2]。

在这段时间里，毛泽东一再强调要恢复实事求是和调查研究的优良传统。他号召全党大兴调查研究之风，一切从实际出发，要求1961年成为实事求是年、调查研究年。

1961年3月23日，中共中央发出《关于认真进行调查工作问题给各中央局，各省、市、区党委的一封信》，附有散失多年、不久前重新发现的毛泽东1930年写的《关于调查工作》（后来公开发表时改题为《反对本本主义》）一文，要求县以上各级领导机关联系最近几年工作中的经验教训深入学习。信中指出：最近几年工作中缺点错误之所以发生，根本上是由于许多领导人员放松了在战争年代进行得很有成效的调查研究工作，在一段时间内，根据一些不符合实际的或者片面性的材料作出一些判断和决定。这是一个主要的教训。信中强调：深入基层调查研究，是领导工作的首要任务。“一切从实际出发，不调查没有发言权，必须成为全党干部的思想和行动的首要准则”。“在调查的时候，不要怕听言之有物的不同意见，更不要怕实际检验推翻了已经作出的判断和决定。”[3]

中共中央领导人首先带头搞调查研究。中共八届九中全会一结束，毛泽东就直接组织和指导三个调查组分赴浙江、湖南、广东农村。刘少奇、周恩来、朱德、陈云、邓小平和彭真也分别到湖南、河北、四川、上海、北京等地，深入基层调查研究。各中央局和各省、市、自治区党委负责人，以及中央和各省、市、自治区党政各部门负责人也纷纷下去。全党兴起调查研究之风，推动了农村政策的调整。

从中央到地方的各级领导人在调查中发现，尽管各地都制定了贯彻《紧急指示信》的具体措施，仍有一些地方走过场，解决“一平二调”的问题不彻底，退赔平调的资金、物资只是做样子，退赔面小，而且有些还被生产队卡住，到不了群众手里；一些干部检查强迫命令风和特殊化风不认真，纠正起来也不得力。中共中央制定政策，要求对公社化运动以来平调社队和社员个人的各种财物和劳动力进行认真清理，坚决实行退赔。1961年付给农民的退赔款达18.5亿元。减少粮食征购，减轻农民负担。1961年同1960年相比，粮食征购减少212亿斤，农业税征收额减少了98亿斤。在分配关系上，取消过去实行的部分供给制，严格实行评工记分和按工分分配的办法。为

◆ 邓小平在海南岛兴隆华侨农场观看工人割胶。

①《建国以来重要文献选编》第十三册，中央文献出版社，1996年版，第729页。
②《建国以来重要文献选编》第十三册，中央文献出版社，1996年版，第693页。
③《建国以来重要文献选编》第十四册，中央文献出版社，1997年版，第26页。

◆ 1961年4月1日至5月4日，刘少奇到湖南长沙市、宁乡县进行调查，就农村存在的各种问题，同基层干部和社员广泛座谈中，听取意见。图为刘少奇在召开座谈会。

◆ 1961年四五月间，周恩来到河北邯郸专区、武安、涉县等地进行调查，并向毛泽东汇报了食堂、供给制、评工记分、恢复社员体力与恢复畜力四个问题。图为周恩来在召开座谈会。

◆ 陈云深入农村了解农业生产情况。

◆ 1961年3月14日至23日，中共中央在广州举行工作会议，讨论通过了《农村人民公社工作条例（草案）》（即“农业六十条”），下发全国农村讨论。广州会议是自人民公社化运动以来努力解决农业问题的一次重要会议。图为广州会议会场。

了尽可能增加社员收入，分配收入时，社员消费部分一般应占可分配收入的65%，公积金和公益金分别控制在3%～5%和2%～3%以内。同时，提高农副产品的提价，1961年农民从中大约增加30亿元的收入。此外，还从增产农机具、化肥、农药，增加农业贷款等方面，加强各行各业对农业的支援。

除了解决上述问题，中共中央和毛泽东在调查中还感到，《紧急指示信》还没有完全解决人民公社的生产大队内部生产队与生产队之间的平均主义和生产队内部社员与社员之间的平均主义这两个重大问题。为系统解决包括这两个平均主义在内的农村人民公社的各种问题，中共中央于1961年春夏先后在广州和北京召开工作会议。毛泽东主持起草了《农村人民公社工作条例（草案）》，共10章60条，简称"农业六十条"。"农业六十条"草案规定：人民公社各级的规模都不宜过大，特别是生产大队的规模不宜过大，以避免在分配上把经济水平相差过大的生产队拉平，避免队和队之间的平均主义。以生产大队所有制为基础的三级所有制，是现阶段人民公社的根本制度。草案还规定：在生产队（包括食堂）分配给社员的现金和实物中，一般地工资部分至少不能少于七成，供给部分至多不能多于三成。在一切有条件的地方，生产队应该积极办好公共食堂。

中共中央要求把这个条例草案发给全国农村党支部和农村人民公社全体社员讨论，从头至尾一字不漏读给和讲给人民公社全体党员和全体社员听，对于同社员关系密切的地方要特别讲明白，对于他们的疑问要作详细解答，同时征求他们的各种修改意见。

"农业六十条"草案一出来，广大农村基层干部和社员群众又一次产生热烈反响。他们在讨论和试行过程中也提出了新的问题。"农业六十条"草案并没有完全取消供给制，更没有取消食堂。农村基层干部和社员群众对这两条反映最大，普遍认为办公共食堂占用劳动力过多，浪费烧柴，破坏山林，社员吃饭不方便也吃不饱，还不利于积粪肥；实行部分供给制不能真正做到按劳分配，造成出工不出力甚至不出工，影响劳动生产的积极性，所以应该取消在《紧急指示信》和"农业六十条"草案中申明坚持的公共食堂和部分供给制。毛泽东派到湖南的调查组到他的家乡湘潭韶山，了解到群众对公共食堂的意见最大，大多数食堂实际上已经成了发展生产的一个障碍，党群关系的一个疙瘩。他们专门就此向毛泽东作了报告，毛泽东同意他们在当地进行解散食堂的试点。刘少奇在湖南调查时指出，在食堂问题上，我们违背了群众的大多数。还说，现在90%以上的人要求散食堂，如果不散，就脱离了90%的群众。[①]周恩来在河北武安农村根据社员的意见，也搞了解散食堂的试点，并向毛泽东作了电话汇报。朱德和邓小平、彭真等也分别给毛泽东写信，都提出了解决食堂和供给制问题的意见。毛泽东先后批发了上述报告。根据农村基层干部和社员群众的意见，6月中共中央在发出"农业六十条"修正草案时，对原来的草案作了重要修改，取消了农民普遍反对的部分供给制和公共食堂。这个决策受到群众的极大欢迎。

除了公共食堂和部分供给制的问题，各地还普遍提出了公社规模及基本核算单位放在哪一级的问题。还在《紧急指示信》发出不久，湖南省委就反映各地、县都提出改变基本核算单位规模的要求，认为现有的以生产大队为基本核算单位

①《刘少奇年谱》下卷，中央文献出版社，1996年版，第513、514页。

的规模有相当一部分过大，主张划小一点。“农业六十条”草案下发后，各地更是普遍提出基本核算单位定在哪一级的问题。一份山东的材料反映，几年来农村所发生的瞒产私分、社员生产不积极等问题，最根本的原因就是在一个核算单位内部，小队和小队之间的经济不平衡，生产好坏和收入多少差别较大，但收益却由生产队（指大队）统一分配，从而产生了平均主义。湖北省委反映，基层干部和社员认为以大队为核算单位，各生产队之间的平均主义即穷队与富队之间的矛盾很难解决，省委准备试行以生产队为基本核算单位。

9月下旬，毛泽东在河北邯郸召集河北、山东两省部分省、地委负责人座谈，多数与会者认为把基本核算单位下放到生产队是势在必行，这样做可以克服队与队之间的平均主义。毛泽东赞成这个意见，写信给中共中央政治局常委及有关同志，说：我们对农村方面的严重平均主义，至今还没有完全解决，还留下一个问题，即生产权在小队，分配权却在大队。这个严重矛盾仍然束缚着群众的生产积极性。“在这个问题上，我们过去过了六年之久的糊涂日子（1956年，高级社成立时起），第七年应该醒过来了吧。”[①]这就表明，调整人民公社政策的工作，不仅是接续1958年第一次郑州会议以来的努力，而且追溯到高级合作化，接续了中共八大一次会议前后调整农业合作社内部关系的努力。1962年2月，中共中央正式发出指示，确定以生产队（指生产小队）为人民公社的基本核算单位，规定至少30年不变。

《农村人民公社条例（修正草案）》，是调整农村生产关系、促进农业生产恢复和发展的一个重要文件。这个条例在维护人民公社总体框架的限度内，纠正了人民公社化以来农村实际工作的若干突出的错误，解决了社员群众意见当时最大最紧迫的问题，从而在调动农民积极性、恢复和发展农业生产方面发挥了积极作用，并对以后“共产风”的再起起了某种遏制作用。

三、一九六一年的调整

中共八届九中全会结束后，在集中力量调整农村经济政策问题的同时，中共中央还在其他方

◆ 庆祝中国共产党成立四十周年大会会场。

①《建国以来重要文献选编》第十四册，中央文献出版社，1997年版，第704、705页。

面展开了一些调整的步骤。

加强对国民经济的集中统一管理。1961年1月，中共八届九中全会决定重新建立六个大区的中央局，即中共中央华北局、东北局、华中局、中南局、西南局、西北局。中共中央要求把经济管理大权集中到中央、中央局和省（市、自治区）三级，两三年内更多地集中到中央、中央局。所有生产、基建、物资、收购、劳动、财务都必须执行全国一盘棋、上下一本账的方针，不得层层加码；货币发行权归中央，不允许赤字预算。同时，降低企业利润留成比例，并对其使用方向做了严格规定，此项资金一律不得用于计划外基本建设。

注意解决城乡手工业和商业的政策问题。1961年6月19日中共中央同时发出《关于改进商业工作的若干规定（试行草案）》（简称"商业四十条"）、《关于城乡手工业若干政策问题的规定（试行草案）》（简称"手工业三十五条"）。"手工业三十五条"明确指出，整个社会主义阶段的手工业，集体所有制是主要的，个体所有制是社会主义经济的必要补充和助手，全民所有制只能是部分的，过多过早地过渡到全民所有制于生产反而不利。"商业四十条"肯定现阶段我国商品流通渠道除了国营商业、供销合作社商业，还有农村集市贸易，它是前两条渠道的必要补充。这些政策的制定和实行，停止了"大跃进"以来取消农村集市贸易和小商小贩、将集体性质的手工业和商业向全民所有制过渡的错误。根据这个规定的要求，各地积极地把过去撤销或者合并的农村供销合作社恢复起来，把过去拆散的合作商店、合作小组恢复起来；同时，有领导地开放农村集市贸易；国营商业也改进企业的经营管理，加强经济核算，建立和健全各种责任制度。

大力压缩社会集团购买力，减轻市场需求的压力；积极恢复和发展日用工业品和手工业品的生产，增加市场的供应能力。到1961年底，社会集团购买力已由1960年的75.4亿元减少到1961年的49.4亿元。同时，国家在燃料、动力、原材料和设备的分配上，优先保证日用工业品和手工业品生产的需要，从而使市场供应的紧张局面逐步趋向缓和。

国家对于占职工生活支出总额的50%～60%的粮食、棉布等18类基本生活必需品实行平价定量供应办法，同时对一部分消费品实行高价政策。这样既可能保证职工基本生活必需品的供应，又可以调剂人民的需要，回笼货币，增加财政收入。据统计，1961年和1962年高价商品销售额共74.5亿元，增加财政收入38.5亿元。

减少城镇人口，压缩城镇粮食销量。粮食供应紧张是当时各种矛盾中表现最为突出的矛盾，

中央关于精减职工工作若干問題的通知

各中央局，各省、市、自治区党委：

目前各地正在部署和进行精减职工、减少城鎮人口的工作。为了使各地在这一工作中，在处理一些具体政策問題时有所依据，除了"中央工作会議关于减少城鎮人口和压縮城鎮糧食銷量的九条办法"中已經規定的以外，现在再作如下的通知：

一、关于精减的对象

这次精减的主要对象，是一九五八年一月以来参加工作的来自农村的新职工（包括临时工、合同工、学徒和正式工），使他們回到各自的家乡，参加农业生产。当然，在完成精减計划的前提下，新职工中已經成为企业生产中的骨干和技术能手的，也可以不减。

—1—

◆ 精减职工和减少城镇人口，是中共中央为调整国民经济、克服经济困难而采取的一项重要措施。图为1961年6月28日中共中央发出的《中央关于精减职工工作若干问题的通知》。

每年需要向城市提供500亿斤粮食，而农村供应非常困难。周恩来在1961年5月中央工作会议提出，解决问题的基本方针是从城市压人口下乡。会议决定在1960年底1.29亿城镇人口的基数上，三年内减少城镇人口2000万以上；1961至1962年度城镇粮食销量争取压缩到480～490亿斤，比上年度减少30～40亿斤。会后，全国各城镇精简职工队伍，各级机关把现有人员减少三分之一到二分之一，动员并安排城镇人员到农村安置，动员职工特别是1958年以来从农村招收的职工回乡支援农业生产。到1961年底，职工减少了872万，城镇人口减少1000万人左右。

工业和基本建设方面主要是调整生产高指标。4月初，国家计委分析当时的困难形势和国家财力、物力的可能，对基本建设计划再次进行调整，将预算内投资由167亿元减至129亿元，把当年正式施工的大中型项目由900个左右减少至771个。5月至6月间的中共中央工作会议，虽然主要讨论农村工作、商业工作和城乡手工业问题，但同时也涉及当年的工业生产指标的调整。调整的结果，煤由原定的4.36亿吨减到3.13亿吨，钢由原定的1850万吨减到1000～1100万吨。李富春提出了重工业要退够的建议：重工业指标退到切实可靠，今年下决心来个坚决彻底地退。[①]毛泽东、刘少奇、周恩来和其他中央领导人都赞成再度调整指标，毛泽东在李富春发言时插话说：退得够，这样好。无非是外国人骂，说中国人不行。过去战争，人家说我们不行，后来不就行了？！现在我们就要老老实实承认没有学会，还要11年才能搞好，至少要10年。不退，你有什么办法？[②]

根据中共中央工作会议的精神，国家计委于7月17日至8月12日在北戴河召开全国计划会议，分析当前的经济形势，按照八字方针，研究1961～1962年国民经济计划控制数字，提出相应的措施。其实，无论是4月份国家计委对计划数字的调整，还是五六月中共中央工作会议的调整，指标仍然过高，需要痛下决心进行调整，坚决把过高的指标降下来。对此，李富春强调要退够，把指标降下来。他说：要想把工业在两三年内调整好，不先退下来是不行的，如果今明两年内，大家还是追指标、追项目，不退下来调整，就要犯错误。“三年大跃进，工业带病，有病就必须休整”。[③]对编制两年计划，李富春要求“贯彻农轻重的方针和调整方针，使我们能在这一年多内能调整好，有时间调整，而不是忙于追求数量和生产、基建任务。”“要根据调整的精神舍得下马，舍得收摊子，不能观望，才能克服被动局面。”[④]他估计，农业的恢复看来至少得三年，甚至四年。[⑤]并且明确提出调整要用三至五年：“从全国范围说，农轻重和商业工作各方面的改进和加强，看来都需要三到五年的时间才能基本上得到解决。这是我们在实际工作中的缺点和错误，再加上三年的自然灾害所造成的必不可免的情况。”[⑥]

李富春的意见成为会议编制两年计划的指导性意见。会议经过讨论，确定1961、1962年的计划安排，必须坚决地、认真地贯彻执行调整、巩固、充实、提高的方针，并以调整为中心。调整的主要内容是：坚决缩短重工业战线，适当降低重

①《李富春传》，中央文献出版社，2001年版，第562页。
②《李富春传》，中央文献出版社，2001年版，第563页。
③《李富春传》，中央文献出版社，2001年版，第566页。
④《李富春传》，中央文献出版社，2001年版，第566页。
⑤《李富春传》，中央文献出版社，2001年版，第566页。
⑥《李富春传》，中央文献出版社，2001年版，第566页。

工业发展速度，加强农业和轻工业战线。在人力、物力、财力的分配上，必须先安排农业的需要，其次安排轻工业和手工业的需要，再安排重工业的需要。在重工业内部，要逐步加强采掘工业，并且使重工业生产适合支援农业、轻工业和增强国防的需要。坚决缩短基本建设战线，投资重点放到配合当前生产需要，进行填平补齐。对1961～1962年计划重要指标的控制数字，会议再次作出调整：粮食产量，1961年预计为2700亿斤，1962年在上年实际达到产量的基础上增长8%～10%；煤炭产量，1961年预计为2.7亿吨，1962年的指标减为2.5亿吨；钢产量，1961年预计为850万吨，1962年的指标拟订为750万吨；基本建设投资大幅度压缩，1961年预计完成78亿元，1962年拟安排42.3亿元。与会前调整的数字相比，会议对1961年生产实绩的估计与实际情况大致相符。到年底，粮食实际产量为2950亿斤，煤炭产量实际为2.78亿吨，钢产量为870万吨。会议再次调整的1962年计划指标也朝实际可能性迈进了一步。

上述这些政策措施的贯彻执行，很快取得了成效，使农业生产、市场供应的紧张局面开始出现了转机。农业生产开始改变了前两年大幅度下降的情况，粮食产量比上年增长了80亿斤。这一年的社会购买力同商品可供量之间的差额也大为减少。在市场供应紧张状况没有根本改变的情况下，基本上保证了城市居民的最低生活需要。但是，由于“左”倾指导思想没有得到彻底清算，认识不统一，对工业生产和基本建设的调整虽然也做了一些努力，但是实际效果远不尽如人意，耽误了许多时间。1961年第一季度，在25种重要工业产品中，除食糖外，其余产品的生产水平分别比上年第四季下降30%～40%，一般只完成全年计划的10%～20%。到七八月份，工业生产下降趋势仍在继续发展，尤其是关系经济全局的煤炭产量，比上年同期下降30%，大批企业由于动力供应不足而被迫停产。

四、“必须退够”

为了扭转工业交通和基本建设方面的被动局面，1961年8月23日至9月16日，中共中央在江西庐山召开工作会议，讨论工业、粮食、财贸及教育问题。会议认为，八字方针虽然已经提出一年多，但由于情况不明，认识不足，经验不够，一直没有按照实际情况降低计划指标，以致工业调整工作丧失了一年多的时机。会议强调指出：现在再不能犹豫了，必须当机立断，该退的就坚决退下来，切实地进行调整工作。会议期间讨论并发布的《关于当前工业问题的指示》指出：所有工业部门，都必须毫不动摇地切实地贯彻执行八字方针。在今后三年内，执行这个方针必须以调整为中心，要下最大决心把工业生产和基本建设的指标降到确实可靠的水平上。《指示》提出今后一个时期的任务，就是要在全面安排的基础上，集中力量抓煤炭的数量和质量，抓钢材的质量和品种；对那些缺乏必要的物质条件而又经营不善的企业，必须分别情况，或停产，或关闭，或部分关闭；努力增产日用工业品和农业生产资料，以稳定市场。

会议还通过了《国营工业企业工作条例(草案)》(简称“工业七十条”)。整顿工业企业，是工业调整的另外一个内容。这年五六月的中共中央工作会议前后，毛泽东就提出要像搞农业条

例那样，城市方面也要搞几十条。会后，在邓小平主持下，由李富春、薄一波负责，中共中央和国务院有关部门派出11个调查组到一些工厂、矿山进行调查研究。在调查研究的基础上，起草出《国营工业企业工作条例(草案)》。庐山中共中央工作会议通过后，要求从9月开始发布执行。

“工业七十条”系统地总结中华人民共和国成立以来特别是“大跃进”以来工业管理工作的经验教训，提出了国营企业管理工作的一些指导原则，并作出许多具体规定。这个条例确定国家对企业实行“五定”，即定产品方向和生产规模，定人员、机构，定主要的原料、材料、燃料、动力、工具的消耗定额和供求来源，定固定资产和流动资金，定协作关系；企业对国家实行“五保”，即保证产品的品种、数量和质量，保证不超过工资总额，保证完成成本计划并且力求降低成本，保证完成上缴利润，保证主要设备的使用

国营工业企业工作条例(草案)

目　录

总　則
第一章　計划管理
第二章　技术管理
第三章　劳动管理
第四章　工資、獎励、生活福利
第五章　經济核算和財务管理
第六章　协作
第七章　責任制度
第八章　党委領导下的厂長負責制
第九章　工会和职工代表大会
第十章　党的工作

◆ 1961年9月16日，中共中央颁布了由邓小平主持制定的《国营工业企业工作条例(草案)》(即“工业七十条”)。该条例是整顿工业企业，改进和加强企业管理，实行职工代表大会制的一个重要文件。

◆ 1961年8月23日至9月16日，中共中央在庐山举行工作会议，讨论、制定了由邓小平主持修改定稿的《国营工业企业工作条例(草案)》(即“工业七十条”)和《教育部直属高等学校暂行工作条例(草案)》(即“高教七十条”)。图为会议主席台。左起：周恩来、毛泽东、邓小平、刘少奇。

期限。条例规定：国营工业企业实行党委领导下的厂长负责制，党委负责贯彻执行党的路线、方针、政策，讨论和决定企业中各项重大问题等；在党委领导下建立以厂长为首的统一的生产行政指挥系统；车间、工段不实行党总支、党支部领导下的车间主任、工段长负责制，党总支、党支部对本单位生产行政工作起保证和监督作用。条例还规定企业实行职工代表大会制度，建立各级、各方面和各个环节的严格的责任制度，实行全面的经济核算，讲求经济效果。这个条例不仅恢复了被“大跃进”运动否定和打乱的工业企业规章制度和正常秩序，而且建立了一些“大跃进”运动之前也未曾建立的制度（例如厂长领导下的总会计师负责企业财务管理的有关规定），使工业企业的管理在调整中向规范和健全的方向迈进了一步。

“工业七十条”下发后，受到广大干部和职工群众的广泛拥护。他们反映，原先感到企业问题很多，脑子很乱，千头万绪，“七十条”理出头绪来了。不少企业开始出现一些新的气象。1962年第一季度，国家经委会同各地区、各部门检查“工业七十条”的贯彻执行情况，第一批试点的中央和地方工业企业近3000个，都不同程度地调整了企业内部关系，改善了管理工作，生产逐步好转。这个条例的实行，对于工业的调整、巩固、充实、提高发挥了积极作用。

五、摘帽和特赦

60年代前期，同经济方面的调整相配合，政治、文化和社会政策及其关系方面也一度实施了调整。这些方面的调整，不能不从1959年“右派”摘帽和特赦罪犯这两件事情说起。

1959年9月16日和17日，中共中央、国务院和全国人大常委会先后分别做出两个决定，一个是给“右派分子”摘帽[①]，一个是对罪犯特赦[②]。当然，摘帽和特赦都是有条件的，用两个决定的一致说法，就是被摘帽或被特赦者确实已经“改恶从善”。

从目前披露的材料看，最早提议给右派摘帽的是中共江西省委第一书记杨尚奎。杨在这年夏季庐山会议期间向中共中央副主席刘少奇谈过此事。杨尚奎也向毛泽东提出了这个问题，说这“是一个重要的政策问题”[③]这件事情当然非同小可。大概正因为非同小可，刘少奇答应杨尚奎回到北京再统一考虑此事。刘少奇和毛泽东显然在庐山没有就此事沟通。所以，中共中央在庐山开了一个月的政治局扩大会议和半个月的中共八届八中全会，时间长达40多天，对这个问题竟没有只言片语的讨论。但是，庐山会议结束不过一周，8月24日毛泽东就致信刘少奇，特别提出这个问题，说这个问题的解决“积以时日，至少可以争取70%的右派分子改变过来”[④]，建议中共中央政治局常委和书记处讨论一次，由中央发一个指示。毛泽东还说，他由此想到国庆十周年，是否可以赦免一批确实改恶从善的战犯和一般刑事罪犯。从毛泽东写信到国庆节不过一个来月，时间似乎比较紧，所以毛泽东在信中说也可以“不赶国庆，在秋天办理即可，但仍用国庆十年的名义”[⑤]。赦免罪犯的事情，毛泽东也建议召集有关人员商议一次。看来，中共中央政治局和书记处是按照毛泽东的建议进行了讨论，所以才有

①《建国以来重要文献选编》第十二册，中央文献出版社，1996年版，第570～571页。
②《建国以来重要文献选编》第十二册，中央文献出版社，1996年版，第577页。
③《建国以来重要文献选编》第十二册，中央文献出版社，1996年版，第528页。
④《建国以来重要文献选编》第十二册，中央文献出版社，1996年版，第528页。
⑤《建国以来重要文献选编》第十二册，中央文献出版社，1996年版，第529页。

前面所述那两个决定的出台。

在这两个文件之外，还有两个相关文件，一个是《中共中央关于摘掉确实悔改的右派分子的帽子的决定》[1]，另一个是刘少奇颁布的《中华人民共和国主席特赦令》[2]。这两个文件对"右派"摘帽和罪犯赦免的实施，做了一系列规定。"右派"摘帽有三个条件，一是真正认识错误，心服口服，确实悔改；二是在言论、行动上积极拥护党的领导和社会主义道路，拥护总路线、大跃进和人民公社；三是在工作中和劳动中表现好，或者在工作中和劳动中有一定的贡献。"右派"摘帽的比例为 10%左右。审查和批准的手续，是由"右派分子"所在单位中共组织研究讨论，吸收一部分群众积极分子参加，然后经过所在单位的主管机关审批，取得原机关同意后在有关机关公布。罪犯特赦的条件，分别不同情况有所不同：蒋介石集团和伪满洲国的战争罪犯，关押已满十年、确实改恶从善的，予以释放；反革命罪犯，判处徒刑五年以下、刑期已达两年以上、确实改恶从善的，判处徒刑五年以上、服刑时间已达刑期的二分之一以上、确实改恶从善的，予以释放；普通刑事罪犯，判处徒刑五年以下、服刑时间已达刑期三分之一以上、确实改恶从善的，判处徒刑五年以上、服刑时间已达刑期二分之一以上、确实改恶从善的，予以释放；判处死刑、缓期两年执行的罪犯，缓刑时间已满一年、确实有改恶从善表现的，可以减为无期徒刑或十五年以上有期徒刑；判处无期徒刑的罪犯，服刑时间已满七年、确实有改恶从善表现的，可以减为十年以上有期徒刑。

"右派"摘帽由中共各级统战部门负责实施，罪犯特赦则由最高人民法院和各高级人民法院实施。据时任中共中央统战部部长的李维汉后来回忆，从 1959 年国庆节开始，到 1962 年分四批进行了"右派"摘帽工作，全国 55 万被划为"右派分子"的人，大多数摘掉了"右派分子"帽子。[3]"大多数"是多少，没有具体数字。倒是特赦的战犯有具体数字。1959 年 12 月 4 日，最高人民法院特赦释放了 33 名战争罪犯，其中有国民党东北保安长官司令部中将司令、徐州"剿总"中将副司令杜聿明，国民党第二绥靖区中将司令官兼山东省政府主席王耀武，伪满洲国皇帝爱新觉罗·溥仪和伪满洲国第十军管区中将司令官郭文林等。在此前后，最高人民法院和各高级人民法院还分批特赦了反革命罪犯 19276 名，普通刑事罪犯 55472 名，共 74748 名；其中特赦释放的 71949 名，特赦减刑的 2799 名。从 1960 年至 1966 年，全国人大常委会先后五次做出决定，对确实改恶从善的蒋介石集团、伪满洲国和伪蒙疆自治政府的在押战犯实行特赦。最高人民法院遵照特赦令，分五批特赦释放了战争罪犯 263 名。这五次特赦是：1960 年 11 月 28 日特赦释放了范汉杰、李仙洲等 50 名；1961 年 12 月 25 日，特赦释放了廖耀湘、林伟俦等 68 名；1963 年 4 月 9 日，特赦释放了康泽、严翊等 35 名；1964 年 12 月 28 日，特赦释放了王陵基、王靖宇等 53 名；1966 年 4 月 16 日，特赦释放了方靖、杨光钰 57 名。在此期间，最高人民法院和有关的高级人民法院还依照特赦令的规定，对 90 名原判无期徒刑或死刑缓期二年执行、确有改恶从善表现的战犯，予以特赦减刑。[4]

提出"右派"摘帽、罪犯特赦的最初动因，同

①《建国以来重要文献选编》第十二册，中央文献出版社，1996 年版，第 572 ~ 575 页。
②《建国以来重要文献选编》第十二册，中央文献出版社，1996 年版，第 578 ~ 579 页。
③李维汉：《回忆与思考》(下)，中共党史资料出版社，1986 年版，第 871 页。
④何兰阶、鲁健明主编：《当代中国的审判工作》(《当代中国》丛书电子版)，当代中国出版社、湖南电子音像出版社，1999 年版，第 509 ~ 511 页。

经济调整毫不相干，因为经济调整是一年以后的事情。不管出于什么考虑，这两件事情都缓释了自 1957 年反右派斗争以后愈来愈紧的政治空气。从 20 世纪 50 年代初期开始，经过一系列的思想改造运动和政治批判运动，特别是经过 1957 年反右派斗争，到 50 年代末，中国政治、文化和社会政策日益“左”倾，政治和社会关系全面紧张。在这个时候给“右派分子”摘掉帽子、对罪犯特赦释放或减刑，不仅对当事者和当事者牵涉的社会关系是某种政治松绑，而且对相关的社会阶层乃至整个社会都不能不是某种心理松动。①

六、“神仙会”和甄别平反

1959 年底 1960 年初，中国国内经济形势已经异常严峻，而国内的政治形势也是十分紧张。中共党外的人士从反右派斗争以后已经积压许多不满，对“大跃进”和人民公社化运动更有许多怀疑，对当时的国际形势的紧张和中苏分歧的扩大也很担心。尽管“右派”摘帽和罪犯特赦能够一定程度地缓和紧张空气，但是这种缓和的作用非常有限，整个社会总体上仍然处在严重压抑的状态。如何看待当时的阶级关系？如何看待工商界、知识界、民主党派多数人的紧张？中共中央统战部负责人感到这是当时统一战线工作的一个重要方针问题。经过调查研究，中共中央统战部提出要区别两种不同性质的紧张，一种是反抗社会主义革命、向工人阶级进攻引起的紧张，一种是由于我们革命和建设工作急躁前进的“左”倾错误而引起的紧张。工商界、知识界和民主党派大多数人的紧张，是属于后一种紧张。然而，当时强调的却是他们的世界观原因。针对这种状况，中共中央统战部实行主要方面抓紧、次要方面放松的方针，主动缓和同工商界、知识界和民主党派的关系。②

中共中央统战部当时采取了一种开“神仙会”的办法，请中共党外人士发表意见。据中共中央统战部部长李维汉解释：“神仙会的基本特征就是在党领导下的‘三自’和‘三不’。‘三自’即：自己提出问题，自己分析问题，自己解决问题；‘三不’即：不打棍子，不戴帽子，不抓辫子。用‘三不’来保证“三自”，用‘三自’来达到敞开思想，讲心里话，实事求是，以理服人。‘三自’的‘自’是个集体。实行‘三自’就是主要依靠一定的集体自己的努力，来解决他们政治思想方面存在的问题。”③

神仙会首先从工商界开始。1959 年底到 1960 年 2 月，民主建国会和全国工商联召开全国代表大会。会议主要讨论三个问题：(一)对工商界的估计问题。多数人可不可以说已经基本站到社会主义立场？还是基本站在资本主义立场？(二)当前的任务问题。今后应着重为社会主义服务还是着重改造？服务与改造的关系如何？今后应着重改造政治立场还是着重思想改造？(三)工商界的前途问题。1962 年定息到期后有关的生活待遇如高薪、定息、政治安排、生活福利等如何处理？当时正值中共党内展开“反右倾”斗争，一些地方把这个运动扩展到了中共党

①对“右派”摘帽和罪犯特赦的正面作用，不宜估计过高。其一，“摘帽”对“右派”所沿袭的仍然是原来的政治标准和政策导向，它不是对“右派”的改正，更不是为“右派”平反，后来的事实表明，那些被摘去“右派”帽子的人实际上仍然戴着“摘帽右派”的帽子；其二，“右派”帽子即便被摘去，当局者仍然可以随时按照其政治标准，将帽子重新戴回被摘者的头上。毛泽东就说过：“摘去帽子后，旧病复发，再次、三次……右倾，也不要紧，给他再戴上右派帽子就是了。”〔毛泽东：《关于分期分批为右派分子摘帽和赦免一批罪犯的建议》(1959 年 8 月 24 日)，中共中央文献研究室编：《建国以来重要文献选编》第十二册，中央文献出版社，1996 年版，第 528 页〕也就是说，没有任何法律能够保障“右派”摘帽的结果，这些人长期还是处于政治上的不安全状态。

②李维汉：《回忆与思考》(下)，中共党史资料出版社，1986 年版，第 858 页。

③李维汉：《回忆与思考》(下)，中共党史资料出版社，1986 年版，第 859 页。

外，对一些党外人士搞了重点批判。所以会议前夕和会议之初，与会者思想非常紧张，害怕"出言不逊"遭到批判。中共中央统战部负责人会前多次同民建和工商联领导人陈叔通、黄炎培等人磋商，建议改变过去那套程式化的开会办法，采取和风细雨、神仙会的办法，引导与会者自由交谈、讨论和辩论。李维汉本人在大会主席团扩大会议上作了讲话，肯定工商界"大有进步"，指出他们中的"一部分人已经是基本上社会主义立场，一部分人是半社会主义立场，一部分人还是基本上资本主义立场"。对工商界"高估进步"的倾向，指出工商界还有消极的一面，需要进行世界观的改造。针对工商界的种种疑虑，如认为"寄人篱下"、害怕"过河拆桥"、担心"党是不是信任"等，李维汉进行了解释，"鼓励"他们坚决靠拢共产党，诚心诚意接受共产党的领导，一心一意为社会主义服务。会议快要结束时，中共中央副主席、全国人大常委会委员长刘少奇接见全体与会者，同民建和工商联领导人进行了座谈。据李维汉回忆："少奇同志在讲话中向他们重申了党的'包一头，包到底'的根本政策，号召工商界'顾一头，一边倒'。对于定息问题，他说'毛主席有过指示，七年定息，到1962年取消，必要时可以留尾巴'。对于高薪问题，他说'我们的政策是高薪不降，调职不减薪，减者补发。'谈到退职退休问题时，他说，'将来要拟个办法'，'目前临时怎么处理？年纪大了，身体不好就不一定去上班，请个假，薪水照发'。谈到病假期间工资问题，他说，'国务院曾有个规定，就照那样办好了。''总而言之，工商业者只要跟着人民政府，一心一意搞社会主义，同共产党合作，不论老、病或者其他困难，国家都负责到底，包到底。'"[①]李维汉的讲话也好，刘少奇的讲话也好，都还被既定的政治框架束缚，受到阶级斗争学说的根本性限制，但是在当时的政治气氛下，这样的讲话对工商界来说已经算是缓和的了。所以，工商界的这两个会议开得还算活跃。仍然是据李维汉回忆，"与会的工商界人士逐步解除顾虑，敞开了思想，展开热烈的争论，小组会漫谈，会后自由结合漫谈，走廊里，饭桌上到处都在交谈、争辩，相互间有批评，也有自我批评，会议开得生动活泼，大家心情舒畅"[②]。会后，有关部门对工商界的病假、工资、福利待遇等问题分别起草了文件，报经中共中央批转各地执行。

民建和工商联的会开过后，1960年夏天，民革、民盟、民进、农工党、九三学社和致公党分别召开中央会议。1960 年国内经济形势更加严峻，中苏关系更加恶化，知识界和民主党派人士忧心忡忡。中共中央统战部再次进行了大量调查研究，提出了帮助民主党派开好这些会议的方针性意见。这些意见主要是：充分肯定民主党派和知识分子的进步，指出"从政治上说，他们中间的多数人基本上已经转过了由资本主义到社会主义这个大弯子，这是他们主要的一面"；继续坚持长期共存、互相监督的方针，重申民主党派在协助中国共产党推动其成员及其所联系的群众参加社会主义建设和进行自我改造方面的作用；应该帮助他们进行世界观改造，但这是一件长期的、复杂的、细致的工作，绝不能简单急躁，对他们在政治上、工作上、生活上应该予以适当照顾。对于开会本身，则再次强调采用开"神仙会"的方式，和风细雨，敞开思想，提出问题，辨明是非，提高认识。

会议过程中，周恩来到会作了国内外形势的

①李维汉：《回忆与思考》(下)，中共党史资料出版社，1986年版，第861页。
②李维汉：《回忆与思考》(下)，中共党史资料出版社，1986年版，第860页。

报告，特别回答了民主党派“后继无人”的问题。周恩来说，毛主席提出长期共存、互相监督的方针，是从中国的实际情况提出来的，不是偶然的。中国的人口很多，共产党要以无产阶级面貌改造社会，不可能把所有的人都吸收到党内来。民主党派只要继续前进，社会上会有人继续参加进去的。问题不在于有无后继的人，而决定于你们愿不愿意前进，愿不愿意改造。中国这样一个大国，在共产党的领导下，周围有各民主党派，共同进行政治教育、思想教育，这就是民主党派的作用。[①]李维汉也做了报告，内容同在民建和工商联会议的讲话基本一样。

据李维汉回忆，各民主党派的这些“神仙会”都开得很成功。与会的知识分子讲了心里话，摆出了疑虑、苦闷和担心，“提高了认识和信心”[②]。

1961年1月，中共召开八届九中全会，正式决定对国民经济实行调整。这一年，中共中央还提出了对受到错误批判和处理的干部实行甄别平反，批转了“科学十四条”和“高教六十条”。中共中央的领导人在文艺工作方面，批评了前一段过左的政策和做法，提出许多宽松的主张，有关部门也开始起草文艺工作的文件。如果说“右派”摘帽和罪犯特赦还是沿袭原有的政治标准和政策导向，那么，一年多后上述这些举措，则显然是政治、文化和社会政策导向的某种改变了。

1961年，最先提出的是甄别平反问题。这年，为解决农村工作中存在的问题，纠正农村中“一平二调”和浮夸风、生产瞎指挥风、强迫命令风的错误，中共中央决定在农村整顿人民公社，并且制定出《农村人民公社工作条例》（简称“农业六十条”），以稳定上述一系列政策。政治关系的紧张，显然既是农村诸多问题的一个方面，又是农村中许多问题发生的一个原因。中共中央觉察到了“在许多部门和许多地方，由于缺少正常的民主生活，给工作造成了相当的损失”[③]。尽管“农业六十条”做出了一些有关健全农村民主生活、发扬党内外政治和经济等方面民主的原则性规定，但是，几年里农村进行各种批判斗争，造成大量遗留和积压问题，仅靠某些政策的松动而不解决这些问题，农村的调整很难有效进行。所以，中共中央认为“有必要对于最近几年来，受过批判和处分的干部和党员，实事求是地加以甄别”[④]。所谓“甄别”，按照当时的方针，大致有几种情况：一是批判和处理被认定是完全正确的，加以肯定，不再改变；二是批判和处理被认为完全错了的，改正过来，恢复名誉，恢复职务；三是批判和处理被认为部分错了的，将错了的部分改正过来。实际上，前几年被批判和斗争的，还包括一部分农民。中共中央要求，对于受到错误批判和处理的农民，应该在适当场合向其道歉并纠正过来。由此，还决定以后在不脱产干部和群众中，不许再开展反对右倾或者“左”倾的斗争，并禁止给他们戴政治帽子。如果说，“右派”摘帽是在民主党派和知识界松动过于紧张的政治关系，那么，甄别平反就是在农村松动过于紧张的党群关系和干群关系。

七、“科学十四条”

甄别平反提出之后不久，中共中央于这年7月和9月先后转发了“科学十四条”和“高教六十条”两个文件。“科学十四条”是国家科委中共党组、中国科学院中共党组的《关于自然科学研究机构当前工作的十四条意见（草案）》，“高教六十

①李维汉：《回忆与思考》（下），中共党史资料出版社，1986年版，第863页。
②李维汉：《回忆与思考》（下），中共党史资料出版社，1986年版，第863页。
③《建国以来重要文献选编》第十二册，中央文献出版社，1996年版，第382页。
④《建国以来重要文献选编》第十二册，中央文献出版社，1996年版，第382页。

条"是中共中央宣传部和教育部中共党组起草的《中华人民共和国教育部直属高等学校暂行工作条例(草案)》。两个文件都不是科学工作和高等教育工作的一般性业务文件,而牵涉到一系列科学、教育政策乃至知识分子政策的变化。

"科学十四条"是在时任中共中央科学小组组长、国务院副总理兼国家科委主任聂荣臻的主持下制定的。经过反右派斗争,又经过"插红旗,拔白旗"、"向党交心"等运动,知识分子政治地位一落千丈,最起码的人格尊严丧失;而"大跃进"运动在包括科学技术领域的发动,又使得科学技术工作背离科学精神,引起科学技术工作的混乱。据聂荣臻回忆:"从大跃进以来,我们已经逐渐感觉到在科研单位中同样有不同程度的浮夸风和瞎指挥风,科研工作的客观规律得不到尊重,科学家们对此反应强烈。在反右派、反右倾运动中,有些科技人员被批判为'白专',受到了这样那样的冲击,严重挫伤了知识分子的积极性。"[①]这种状况已经阻碍科学事业的进一步发展,因此,调整科研政策和知识分子政策,成为进行科研攻关的"一个必不可少的重要环节"[②]。1960年冬天起,聂荣臻主持对科技领域开始进行调查研究,先后在导弹研究院和中国科学院进行摸底。第二年春天,又分别在上海、北京召开专家座谈会,请科学家谈知识分子政策和科研政策方面存在的问题。经过调查,初步搞清楚科学技术工作存在的三个突出问题:第一,对知识分子政治上的进步和他们在社会主义建设中的作用估计不足,执行党的知识分子政策和科学工作政策不够全面,有些政策界限划分得不够清楚,影响了一部分人的积极性、主动性;第二,不少研究工作中有浮夸风,工作做得不够严格,不够踏实,加上研究时间没有得到切实保证,研究任务变动过多,真正拿到手的重要成果还不多,研究干部的成长也受到一定影响;第三,有些研究机构中的党组织,对行政工作和业务工作包得太多,发扬民主不够,有些工作没有适应科学研究的特点来进行,有瞎指挥的现象。[③]

1961年4月,聂荣臻在杭州召集国家科委、中国科学院、国防科委、上海市科委的负责人[④]开会,听取他们关于知识分子政策和各单位科研政策执行情况的汇报,提出改进意见。经过十多天的讨论和商议,聂荣臻主持拟订了《关于自然科学研究机构当前工作十四条的意见(草案)》(即"科学十四条")的初稿。"科学十四条"初稿的要点是:(一)研究机构的根本任务是"出成果、出人才";(二)保持科学研究工作的相对稳定,主要是为了改变大跃进以后在科研工作的任务、方向、人员、设备、制度等五个方面面临频繁变动带来的不利影响;(三)正确贯彻理论联系实际的原则,主要是强调科研部门必须保证经济建设与国防建设急需的关键性科学技术过关,但又不排斥一些探索性的项目和基础理论研究;(四)要从实际出发,制定和检查科学工作计划;(五)科技人员要在工作中发扬敢想、敢说、敢干,但又要与严肃性、严格性、严密性结合的"三敢三严"精神;(六)保证科技人员每周有五天时间搞科研工作;(七)采取措施,着重培养青年科技人员,对有突出成就的科学家和优秀青年科技人员,要重点支持重点培养;(八)科研部门要与生产单位、高等院校加强协作和交流,共同促进科技进步;(九)在人力物力财力使用上,要贯彻"勤俭办科学"的

①《聂荣臻回忆录》(下),解放军出版社1984年版,第823页。
②《聂荣臻回忆录》(下),解放军出版社1984年版,第823页。
③《建国以来重要文献选编》第十二册,中央文献出版社,1996年版,第517~518页。
④参加者有国家科委韩光、刘西尧,中国科学院张劲夫、杜润生,国防科委安东、路扬,上海市科委刘述周、舒文等。参见《聂荣臻传》,当代中国出版社,1994年版,第617页。

国家科学技术委員会党組、中国科学院党組
关于自然科学研究机构当前工作的十四条意見(草案)

(一九六一年六月)

三年来，在党的总路线的指引下，科学事业走上了一条广阔的高速度发展的道路。在党的领导下，貫徹执行羣众路线，坚持为社会主义建設服务和有計划发展的方針，实行百花齐放、百家爭鳴的政策，科学工作出现了持續的跃进，取得了巨大的成就。研究成果大量涌现，科学水平迅速提高，开辟了許多重要的新兴科学领域，事业規模和科学技术队伍有很大的发展，为今后新的跃进打下了基础。这一切都充分証明，我們所走的道路是正确的。

但是，科学工作的状况还不能适应社会主义建設的需要。許多重大的科学研究任务还沒有切实过关。科学技术队伍的水平，还不能适应要求。許多单位在貫徹执行党的方針政策当中，存在着不少缺点和問題，工作方法上缺乏調查研究，不夠实事求是，有不同程度的浮夸风和瞎指揮风。

为着适应我国工业、农业、科学文化和国防现代化建設的日益发展的要求，必須在三年大跃进的基础上，貫徹調整、巩固、充实、提高的方針，继續鼓足干劲，力爭上游，发揚成績，糾正缺点，总結經驗，改进工作，把科学事业推向新的发展阶段。

科学研究机构，是进行科学研究的基地。改进和加强研究机构的工作，对整个科学事业的发展具有根本意义。为了帮助各研究机构进一步做好工作，提高领导水平，特对研究机构的当前工作，提

◆ 1961年6月20日，国家科学技术委员会党组和中国科学院党组，在调查研究和广泛听取科技界意见的基础上，提出《关于自然科学研究机构当前工作的十四条意见(草案)》(即“科学十四条”)。

精神；(十)科学工作中提倡自由辩论，不戴帽子，允许保留意见，以贯彻“百花齐放，百家争鸣”繁荣科学的方针；(十一)知识分子初步“红”的标准是，拥护中国共产党的领导，拥护社会主义，用自己的专门知识为社会主义服务，并强调“红”与“专”要统一；(十二)要根据知识分子的特点进行细致的思想政治工作，各级政工和行政干部要特别强调为知识分子服务；(十三)领导干部要大兴调查研究之风，逐步由外行变成内行；(十四)科研单位要在党委领导下，贯彻由科技专家负责的技术责任制，基层党委只起保证作用。[①]在讨论中，聂荣臻特别强调，这十四条意见最主要的是科研工作的根本任务、知识分子红的标准以及红与专的关系、党如何领导科研工作这三条，这是十四条意见的核心。

这次会议结束时，聂荣臻责成国家科委副主任韩光、中国科学院副院长张劲夫分别在北京和东北地区召开科研机构的党员所长会议座谈，同时以多种方式广泛征求党内外科学家的意见，对“科学十四条”初稿提出修改意见或建议。一边征求意见，一边在一些部属的研究单位如钢铁研究院、地质研究院、农业科学研究院、中国医学科学院以及一些国防科研单位进行试点。在调查、试点的基础上，中共中央科学小组[②]、国家科委、中国科学院党组多次对初稿进行了讨论。党内外科技人员对“科学十四条”反响强烈，普遍欢迎。他们认为，党和国家对科学工作问题考虑这么周到，今后就要看科学工作者能不能拿出成果来了。有些科技人员对能否真正将其付诸实现，也有些将信将疑，担心过几个月又给吹掉了。[③]这表明，将“科学十四条”正式通过，并且真正贯彻实行，已经相当迫切了。

这年6月，聂荣臻认为“科学十四条”稿子已经趋于成熟。20日，他向中共中央和毛泽东写了《关于当前自然科学工作中若干政策问题的请示报告》[④]，同时附上国家科委党组、中国科学院党组《关于自然科学研究机构当前工作中的十四条意见(草案)》即修改后的“科学十四条”。聂荣臻的报告把科学研究工作中存在的突出问题以及解决的办法概括成七个方面：

第一，自然科学工作者的红与专问题。我们要求自然科学工作者又红又专，就必须要求他们

①《聂荣臻传》，当代中国出版社，1994年版，第617～618页。
②这是1958年6月中共中央设立的五个小组之一，其他四个小组是财经、外事、政法、文教。科学小组组长是聂荣臻，成员是宋任穷、王鹤寿、韩光、张劲夫、于光远。小组成员后来有个别变动。
③《建国以来重要文献选编》第十四册，中央文献出版社，1997年版，第544页。
④《建国以来重要文献选编》第十四册，中央文献出版社，1997年版，第517～546页。

自觉地用自己的专门知识来为社会主义服务。但是，有些同志只是从红的方面要求，忽视或放松从专的方面要求；红的方面的要求有一些偏高偏急、不切实际、不加区分的毛病；有些单位简单化地把自然科学工作者划分为"红专"和"白专"，给一些政治上属于中间派（甚至是左派）、业务上比较钻研的人戴上"白专"的帽子，打击了一些应该团结的人，挫伤了他们的积极性。因此，需要明确以下几点：（1）对于党外自然科学工作者，红就是拥护党的领导、拥护社会主义、用自己的专门知识为社会主义服务。（2）从旧社会来的自然科学工作者，要达到前面两条政治要求也不是一件容易的事情，这些人只要有爱国心、愿意同我们合作，从事科学工作，就应当很好地团结和使用他们，耐心地帮助他们，充分地发挥他们的工作积极性。（3）红与专应当是统一的，只红不专便是空头政治家，只专不红就会迷失政治方向；红必须落实，不能是空空洞洞的。自然科学工作者的政治觉悟，应当在他们钻研科学的实际行动中表现出来。（4）"白专"的提法也不是确切的，建议以后不要把"白专"作为批判用语。（5）各个研究机构在日常工作中，不要在全体工作人员中进行政治排队，工作中有必要判断某一个人的政治态度时，应当根据他几年来的变化和今天的实际表现，作出具体的分析和判断，是什么性质的问题就做什么性质的结论。（6）对于我们自己培养的青年一代，和对于从旧社会过来的老一辈人应有所不同，必须要求严格一些。

第二，百花齐放、百家争鸣的问题。在自然科学方面进一步贯彻执行百花齐放、百家争鸣的政策，有以下几个问题需要正确地加以解决：（1）在自然科学学术问题上，一定要鼓励各种不同学派、不同学术见解和对于具体学术工作的不同主张，自由探讨，自由辩论，自由竞赛。（2）要正确划分政治问题、思想问题、学术问题、具体工作问题之间的界线。对于学术问题和具体工作问题上的不同意见，不要随便当作思想问题来批判，更不要把思想问题引申为政治问题来斗争。（3）自然科学技术同社会政治学说不同，同样一种自然科学技术，可以为资产阶级、为资本主义服务，也可以为无产阶级、为社会主义服务。不要给自然科学技术的不同学派和不同主张贴上什么"资产阶级的"、"无产阶级的"、"资本主义的"、"社会主义的"之类的阶级标签。（4）自然科学学术问题上的争论，有的是反映在理论概括和研究方法之中的唯物主义同唯心主义、辩证法同形而上学的争论，有许多则不是这种性质的争论。不要把本来不是这种性质的争论和一时还不能判明它的性质的争论，轻率地提到哲学的高度。即使是有关唯物主义同唯心主义、辩证法同形而上学的争论，也是属于学术性质的问题，也要进行具体的分析，通过自由讨论的办法来解决，不能采取简单地扣帽子的办法来解决。（5）在选择和确定研究课题、计划指标、研究方法以及鉴定和评价研究成果等问题上，常常会发生不同意见的争论。这些争论，有些的确反映了某些科学工作者的思想问题，但更多是属于工作方法和学术见解的问题，应当当作学术问题，采取自由讨论的办法来解决。（6）有些学术问题的争论，涉及各部门、各地方所制定的某些技术政策和技术措施。科学工作者对这些技术政策和技术措施提出不同意见，不但应当允许，而且应当鼓励。

第三，理论联系实际的问题。一方面要继续防止为科学而科学的倾向，另一方面也要防止对

理论联系实际做狭隘的近视的了解。(1)科学研究应当为国家建设服务。直接结合经济建设、国防建设需要的研究工作是急需的和大量的,在国家的科学计划中应当占首要地位。(2)社会主义建设是多种多样的,理论联系实际的途径是十分宽广的,在这方面要有全面、长远观点。直接为近期的生产建设和国防建设服务的研究工作,应该多投入力量;间接的或在远期才能发生作用的研究工作,也必须做出安排。研究课题,可以是从生产建设任务中提出的,也可以是从各门学科发展中提出的,两者不可偏废。(3)"以任务带学科"是具体贯彻理论联系实际原则的一种好方法,仍然是应当采取的重要方法,但不是唯一的方法,有些工作也应该从学科出发提出进行。(4)各个系统的研究机构应该有合理的分工配合。中国科学院的研究机构,主要是研究基本的科学理论问题和解决经济建设、国防建设中关键性综合性的科学技术问题。产业部门的研究机构主要是解决本部门生产建设中的科学技术问题,运用和发展新技术,以及进行必要的理论研究工作。应当有所侧重,发挥特色,密切协作,相互配合。(5)让少数人在完成规定计划之外,搞一点自由课题,不但能够进一步发挥这些学者的专长和积极性,而且对于科学探索、繁荣学术活动,也是很有必要的,有利无害的。在大计划之下可以有小自由,对于这些国家计划以外的自由选题,应量力予以支持或列入补充计划。

第四,培养、使用科学人才中的"平均主义"问题。为了尽快赶上世界先进科学技术水平,必须建立一支数量很大的,水平较高的,而且拥有一批杰出科学家的科学技术队伍。在政治挂帅的前提下,在发挥群众积极性的基础上,对于那些有特殊才能的、特别努力钻研的、有较大成就的人,采取重点培养、重点支持的办法和实行晋级、奖励制度,是完全必要的。(1)对全国有突出成就的科学家,开出名单,尽可能为他们创造各种条件,帮助他们继续做出工作成绩。要发挥他们的专长,不要随便改行。(2)一批优秀的青年和中年科学工作者,也要开出名单,实行重点培养。(3)一批党员科学工作者,应该为他们创造条件,下决心减免兼职,减少其他活动,使他们能够安定下来搞科研工作。(4)认真选拔优秀大学毕业生充实科研机构。(5)承认并尊重个人的劳动成果。(6)在年内解决一批科学技术人员升级问题,并在今后实行定期的考核晋级制度。科学工作者的研究级别的提升,应该主要看他们的业务水平和研究工作表现;对其中优秀的,应当不受资历、学历、年龄的限制。

第五,关于科学工作的保密问题。科学技术机密,必须确保。但最近一个时期,出现了保密范围过宽,用人要求条件过苛的情况。这就使得许多本来可用的力量闲置不用,不少重大课题只能由一两个水平较低的青年去攻坚,很久都过不了关,另外本来可以协作交流的事情也不能协作交流,形成相互封锁、耳目闭塞的现象。因此,(1)要根据不同情况规定密级。(2)要正确地进行人员的政治审查。(3)要妥善地解决科学技术资料和经验的交流问题。

第六,保证科学研究工作时间问题。1956年,中央即做出保证科学工作者有六分之五的工作日用于业务工作的规定。去年年底,国务院又下达通知,重申这个规定。一方面,研究机构的领导本身一定要首先关心保证研究任务的完成,克服工作方法上形式主义和一般化的缺点;另一

方面，也要要求各有关部门和地方，在向研究机构布置活动时，要照顾到研究机构的特点。(1)六分之五的研究工作时间必须确保，不得占作他用。(2)研究技术人员主要是结合专业实习考察等进行劳动，不另外安排下放劳动。(3)民兵训练在技术人员中间不必进行。(4)地区性社会公益劳动、群众性欢迎外宾等活动，不得占用研究技术人员的工作时间。(5)研究技术人员的业余时间，应当由他们自由支配，保证有必要的自修和休息时间。(6)改善科学器材供应，力求避免停工待料现象，也不要让许多研究技术人员花很多时间去购买器材。

第七，研究机构内党的领导方法问题。我们领导科学工作虽然取得了若干经验，但还是很不够的。科学工作的规律，摸得还是很不深的。工作中的盲目性还是很不少的。我们还要承认是外行。研究机构的领导干部必须学习党的方针政策，保持谦虚谨慎的态度，深入到业务工作中去，向专家学习，认真调查研究，认真总结经验，以便逐步掌握科学工作的规律，成为领导科学工作的内行，而不要安于外行。(1)研究所一级的党组织在所内起领导核心作用，其主要任务是贯彻执行党的方针政策和上级指示，研究和决定所内各方面工作中的重大问题，包括业务中的重大问题。在工作方法上要善于抓大事情，善于发挥科学工作者和行政业务组织的作用，防止事无巨细包办代替、独断专行等毛病。对于学术工作，应该组织科学工作者的民主讨论，通过行政领导和学术领导作出决定，动员科学工作者去努力实现。(2)研究所内各个研究室或研究组一级的党组织，其性质一般地类似机关支部，它的任务是做好思想政治工作，发挥党组织的堡垒作用，保证党的各项方针政策的正确贯彻，保证研究工作的顺利进行。(3)党员个人不允许超越自己的职权，随便在工作上发号施令；在学术问题的自由讨论中，党员个人的见解并不代表党，党组织也不要求党员一定要拥护或者反对某一种学术见解；党员科学工作者同党外科学工作者一样，应当也完全可以自由地发表意见，平等地参加讨论。(4)研究机构内应当充分发挥各级行政业务组织和领导人的作用。建立和健全所务委员会或所务会议，所内行政业务中的各项重大问题，一般都应通过所务委员会或所务会议讨论决定，再交有关行政业务机构去办理。(5)研究工作问题的处理，要贯彻领导、专家、群众三结合的原则。在研究工作中，同在其他工作中一样，一定要有广泛的群众民主，一定要走群众路线。但是，有些同志把群众路线误解为研究工作的一切问题都可以采取简单的少数服从多数的办法来决定，从而取消业务领导组织和学术领导人的责任和职权，这也是不对的。必须在群众民主的基础上，进一步加强领导人和专家在处理业务问题上的责任制度，明确职责权限。(6)研究机构内的行政工作干部必须树立为科学研究工作、为科学工作者服务的观点，努力改进和做好服务工作。(7)思想政治工作是研究机构内党组织的主要任务，在任何时候都不能削弱，而必须不断加强。为了进一步改进和加强对自然科学工作者的思想政治工作，必须讲究工作方法，更好地适应工作对象的特点。

7月6日，中共中央政治局开会，讨论了聂荣臻的报告和“科学十四条”的稿子。李富春发言肯定文件很好，所提问题和情况带有普遍性，不仅科学研究中是这样，文教、高校里边也都存

在这些情况，工业上也是如此。他建议可以发给工业系统参考。邓小平发言也肯定是一个好文件，可以试行，很有必要。试行以后在实践中加以修订补充，使其成为科学工作的宪法。周恩来赞成他们的意见，表示这个文件财经、文教等系统都可以发。他说，要向我们的干部讲清楚，我们为科学家服务好了，科学家就为社会主义服务得好。彭真发言批评了频繁的"政治排队"，主张干脆写明确，两三年内各研究所不排这样的队。刘少奇说，现在的问题是有偏向，要承认。有偏就要纠。这几年党成为执政党是好事情，是成绩，乱指挥，人家也听你的。但是继续这样搞下去要跌下台的，再不能这样搞了。我们上台了，问题是指挥方法没有掌握客观规律。我们的任务是进一步掌握科学技术的规律性，不要瞎指挥，不要不懂装懂。既然有偏向，就要纠偏。[①]会议通过了"科学十四条"，并报经毛泽东批准。

7月19日，中共中央向各中央局、各省市委、自治区党委、中央各部委、国家机关各部委党组发出同意聂荣臻报告和"科学十四条"的报告，并且转发了聂的报告和"科学十四条"。中共中央指出，报告和"科学十四条"提出的各项政策规定和具体措施是正确的，在自然科学工作中必须坚决贯彻执行。这个文件的精神，对于一切有知识分子的部门和单位，也都是适用的。各高等院校、大中厂矿、医院、报社、杂志社、出版社等单位的党委，都应当认真地讨论，结合自己的情况，参照执行。中共中央表示，我们党历来很重视知识分子工作，规定了一系列正确的政策和细致的工作方法，取得了巨大的成绩和经验。但是，近几年来，有不少同志，在对待知识、对待知识分子的问题上，有一些片面的认识，简单粗暴的现象也有所滋长，必须引起严重的注意，以端正方向，正确地贯彻执行党的政策。[②]

中共中央政治局会议和中共中央的报告，提升了"科学十四条"的意义。一是把"科学十四条"的适用范围由科学技术领域扩展到一切有知识分子的部门和单位，使得这个文件成为不单纯是党领导科学技术工作的文件，而对文化教育、厂矿企业、医疗卫生、新闻出版工作具有普适性。二是把对科学技术工作政策的调整提高到对知识分子政策的调整，使得处理党同知识分子的关系成为调整从科学技术到文化教育、新闻出版、医疗卫生等各方面政策的核心和关键。这又势必反过来引发从更深层次上调整中共同知识分子的关系。"科学十四条"发出后不久，中共中央发出了《国营工业企业工作条例（草案）》（简称"工业七十条"）。这个文件有一个值得注意的提法："技术人员和职员是工人阶级的一部分。"[③]1957年反右派斗争以后，知识分子就被定性为"资产阶级知识分子"，"工业七十条"等于给工业企业内的知识分子重新做了定性，这在当时是非同小可的事情。"科学十四条"没有做到这一点，但这一点却是"科学十四条"思路发展的结果。

八、教育的三个条例

在调整科学领域的政策同时，教育领域也在调整政策，其中高等教育领域的政策调整最为突出。自1958年"大跃进"以后，高等教育领域发生了许多问题，造成高等教育的混乱。当时觉察到的主要问题是：第一，高等院校数量发展过快；第二，同党外知识分子的团结合作，特别是同老教师的团结合作，在很多学校被忽视了，工作中

①《聂荣臻回忆录》（下），解放军出版社，1984年版，第825～827页。
②《建国以来重要文献选编》第十四册，中央文献出版社，1997年版，第514～515页。
③《建国以来重要文献选编》第十四册，中央文献出版社，1997年版，第678页。

出现了一些简单化的做法，因而影响了一部分教师和学生的积极性，有些学校由于党内民主不够，也影响了一部分党员的积极性；第三，劳动过多，科学研究过多，社会活动过多，对课程的不适当的大合大改，对生活安排、劳逸结合、设备和仪器的管理、学生的总务工作等等注意不够，以及学校工作中的其他缺点，使有些高等学校一部分课程的教学质量下降了，特别是一部分基础课程的教学质量降低了。①

这些问题是逐步解决的。1961年1月26日至2月4日，教育部召开全国重点高等学校工作会议。"大跃进"以来，多数重点高校的专业个数偏多，专业划分偏窄，每个专业招生人数较少，致使力量分散，既不经济也不易办好。会议研究了高等教育贯彻调整的"八字"方针的措施，要求各高校有明确的重点发展方向，合理安排，保证重点，各专业的业务范围适当放宽，一个学校专业不要过多，各专业招生人数一般不少于50人，要适当增加文科的比重。会议决定对全国重点高等学校实行"四定"：定规模、定任务、定方向、定专业。会议强调要通过调整，建立完善的教学秩序，大力提高教学质量。为此，中共中央文教小组向中央提出了《关于1961年和今后一个时期文化教育工作安排的报告》。报告承认，教育工作存在多占用了一部分农村劳动力，质量的提高跟不上数量的发展，程度不同地存在"五风"、"五气"等错误作风以及某些单位组织不纯的情况。中共中央文教小组提出，在今后三五年内，农村16岁以上的在校学生占农村全部劳动力的比例要控制在2%左右；要有计划地普及小学教育，通过各种形式逐步发展中等教育。2月7日，中共中央批转了这个报告。

7月3日至15日，教育部又召开高等教育及中等教育调整工作会议。会议讨论了高等教育和中等教育缩短战线、压缩规模、合理布局和通过调整工作集中力量提高教育质量的问题。会议决定，基本上采用毕业多少学生招收多少学生的办法，调整1961年的招生指标，并通过采取学生自带口粮等办法，压缩城镇学校的学生数，精简学校教职工，以减少吃商品粮的人数；今后三年继续缩短教育战线，放慢教育发展速度。当年，全国高等学校招收新生16.9万，比1960年的23.3万人减少了15.4万人。高等学校的专业设置，也进行了调整。高等教育及中等教育调整工作会议，要求专业设置要使需要和可能相结合，各专业的范围及培养目标要明确具体；一些学科不成熟、方向内容不明确或综合性很强的专业应停办；老专业"翻新"过头或合并得不合适的要恢复原有专业；工科院校设置的理科专业要适当减少。年底，12月17日至28日，教育部又召开第二次全国高等学校和中等学校调整工作会议。会议肯定一年来在调整教育事业与经济基础的关系方面取得了成绩，吃商品粮的学生比上年减少了400万人，并输送了570万余高小、中学毕业生回农村参加生产；缩短了教育战线，初步调整了教育事业内部的比例关系。会议决定，现有学校中保留高等学校774所、中等专业学校1670所，其余学校予以裁并，使学校数进一步减少，并且精简职工。

教育领域的调整，除了压缩规模、调整专业外，还有一项内容，就是教材建设。1961年2月，中共中央书记处指示教育部会同国务院有关部门抓紧解决高等学校、中等专业学校的教材问题。中共中央书记处提出，高等学校的教材建设

①《建国以来重要文献选编》第十四册，中央文献出版社，1997年版，第577～578页。

分两步走，先解决有无，再逐步提高，对现有教材要本着“未立不破”的原则，采取“选”、“编”、“借”的办法解决教材问题。为此，国务院成立了21个部主管教育的副部长和中共北京市委大学部部长组成的高等学校及中等专业学校理工农医各科教材工作领导小组。3月上旬，教育部召开各省、市教育厅(局)长会议，确定教材工作计划。随后，又在各地召开专业会议，落实选编计划。到8月初，全国理工农医类高等学校530多个专业，有360多个统一选编了教材；中等专业学校340多个专业，有300个专业统一选编了教材。当年秋季，供应高等学校教材1242种，供应中等专业学校教材945种。

高等学校的文科和艺术类院校的教材建设工作，主要由中共中央宣传部负责。中共中央宣传部副部长周扬主管这项工作。当时，全国高等学校文科共有66个专业，基本课程有240多门。据北京市10所高校调查，85%的课程有教材，其中只有48%能发给学生。即使有教材，但教材很多质量不高，学校教学计划没有统一标准，有些学校的课程设置和课程内容经常自行变动，教材修改频繁，某些基本理论和基本知识有所削弱。1961年4月，周扬主持召开文科教材会议。会上，周扬提出，高等学校文科在培养马克思主义理论人才、文化建设人才方面负有重要责任。在强调编写文科教材要总结本国革命和建设的经验的同时，他还要求要继续吸收外国的好东西。对编写教材，周扬提出了具体要求：第一，观点与材料的统一。教材不可能百分之百正确，但要力求观点与材料的统一，根据材料引出观点，不要使观点与材料脱离。第二，教材要比较全面。这有两层意思，第一层意思是正面和反面都要有，学生正反面材料都看过，可以丰富他们的知识，防止思想的僵化，防止武断、片面；第二层意思是研究一个作家、一个作品也要全面，既要顾及全篇、全人，还要顾到当时的社会状况。

文科教材会议经过充分讨论，修改了文科教材7种专业(语文、历史、哲学、政治、政治经济学、教育、外语)和艺术院校7类专业(戏剧、音乐、戏曲、电影、美术、工艺美术、舞蹈)的教学方案，并相应制定出224门课程的教材选编计划，包括教材297种(其中文科126种，艺术171种)。[①]

教育领域最重要的调整成果，还是“高教六十条”、“中学五十条”和“小学四十条”等三个条例的出台。

1961年上半年，在中共中央总书记邓小平主持下，教育部党组起草了《中华人民共和国教育部直属高等学校暂行工作条例(草案)》。为起草这个文件，教育部党组召开过两次座谈会，征求一些学校的党员负责干部和教授的意见。7月底，邓小平在北戴河主持召开中共中央书记处会议，听取教育部党组书记蒋南翔关于文件草案的说明。会议对初稿进行了讨论，决定成立由中共中央文教小组组长、中共中央宣传部部长陆定一主持的小组，根据会议讨论的意见对文件做进一步修改。8月1日、2日、3日、5日，中共中央书记处连续开会讨论修改稿，同时讨论中共中央关于讨论这个文件的指示稿草稿以及邓小平等人联名给毛泽东和中共中央政治局常委的信的草稿。据时任中共中央政治局候补委员、国务院副总理的薄一波回忆：“8月5日，中央书记处决定：一、由陆定一同志负责，将三个文件修改后立即发给参加八月中央工作会议的同志，以便事先阅读，准备意见；二、由教育部负责派三个工作组到

①本文从1961年1月召开全国重点高等学校工作会议，到全国高等学校文科和艺术类院校教材建设这一部分内容，直接吸收了《当代中国教育》(《当代中国》丛书电子版，当代中国出版社、湖南电子音像出版社1999年版)第一编第二章第三节“教育事业的调整”和金一鸣主编：《中国社会主义教育的轨迹》(华东师范大学出版社2000年版)第九章《教育的“调整、巩固、充实、提高”》的成果。

中发〔61〕591号文件附件

中华人民共和国教育部
直属高等学校暂行工作条例(草案)

(一九六一年九月)

第一章 总 则
第二章 教学工作
第三章 生产劳动
第四章 研究生培养工作
第五章 科学研究工作
第六章 教师和学生
第七章 物质设备和生活管理
第八章 思想政治工作
第九章 领导制度和行政组织
第十章 党的组织和党的工作

◆ 1961年9月15日,中共中央批准试行《教育部直属高等学校暂行工作条例(草案)》(即"高教六十条")。这是推动教育部门调整工作的重要文件。

北京、上海、天津各选一所高等学校,分头宣读条例草案,征求意见。会后,教育部即派出三个调查组,到北京大学、天津大学、上海复旦大学征求意见。"[①] 8月23日至9月16日,中共中央在庐山召开工作会议,陆定一在会上对文件做了说明,会议进行了讨论。9月14日,中共中央书记处会议讨论通过了这个文件。第二天,中共中央发出文件。这个文件一共十章六十条,所以简称"高教六十条"。

"高教六十条"着重解决的是以下几个问题:第一,高等学校必须以教学为主,努力提高教学质量;生产劳动、科学研究、社会活动的时间,应该安排得当,以利教学。第二,正确执行党的知识分子政策,团结一切可以团结的知识分子,为社会主义高等教育服务;正确执行百花齐放、百家争鸣的方针,提高学术水平。第三,实行党委领导下的以校长为首的校务委员会负责制,充分发挥校长、校务委员会和各级行政组织的作用。第四,做好总务工作,保证教学和生活的物质条件。第五,改进党的领导方法和领导作风,学校中党的领导权力集中在学校党委一级,系的总支委员会对行政工作起保证和监督的作用。

为此,"高教六十条"规定了高等学校教育的七条原则:第一,高等学校的基本任务,是贯彻执行教育为无产阶级的政治服务、教育与生产劳动相结合的方针,培养为社会主义建设所需要的各种专门人才。第二,高等学校必须以教学为主,努力提高教学质量。第三,在高等学校中,必须加强党的领导,加强党和非党的团结合作。第四,高等学校必须贯彻执行百花齐放、百家争鸣的方针,在毛泽东同志《关于正确处理人民内部矛盾的问题》中提出的六项政治标准的前提下,积极发展各种学术问题的自由讨论,以利于提高教学质量,提高学术水平,促进科学文化的进步和繁荣。第五,高等学校应该努力树立理论与实际统一、高度的革命性和严格的科学性统一的学风。第六,在高等学校中,必须贯彻执行勤俭办学的方针,发扬艰苦奋斗的传统,反对铺张浪费。第七,教育部直属高等学校,行政上受教育部领导,党的工作受省、市、自治区党委领导。[②]

"高教六十条"最值得注意的,就是针对"大跃进"以来甚至反右派斗争以来的错误政策进行的调整。"大跃进"运动中片面宣传"教育为政治服务"、"教育与生产劳动相结合",政治运动、生产劳动、社会活动成为高等学校教育的主要内容,而教学工作则摆到了从属的地位;"高教六十

①薄一波:《若干重大决策与事件的回顾》下卷,中共中央党校出版社,1991年版,第987～988页。
②《建国以来重要文献选编》第十四册,中央文献出版社,1997年版,第580～583页。

条”强调高等学校必须以教学为主，正确处理教学工作与生产劳动、科学研究、社会活动之间的关系，生产劳动、科学研究、社会活动的时间应该安排得当，以利教学，为此规定高等学校平均每学年应该有八个月时间用于教学，参加生产劳动的时间一般为一个月至一个半月。反右派斗争以后，知识分子被当作“资产阶级知识分子”，“大跃进”中又对知识分子实行“插红旗，拔白旗”，严重伤害了知识分子；“高教六十条”要求正确执行党的知识分子政策，团结一切可以团结的教授、副教授、讲师、助教和其他有专门知识技能的人，调动一切积极因素。反右派斗争以后，知识分子三缄其口，百花齐放、百家争鸣的方针根本不可能执行，高等学校的学术研究受到了现实政治的严重约束，“大跃进”运动中宣传“破除迷信”，高等学校学生“破除”对专家、教授的“迷信”，使得专家、教授更加不敢发表学术见解，极大制约了学术发展；“高教六十条”申明，在自然科学中必须提倡不同的学派和不同的学术见解，自由探讨，自由发展，在哲学、社会科学中必须批判地继承历史文化遗产，吸收其中一切有价值的东西，必须研究和批判现代资产阶级的各种学说，在人民内部、在马克思列宁主义者内部，探讨各种学术问题，都必须允许不同的见解，自由讨论。“大跃进”运动中轻视理论、轻视书本知识现象非常严重，“高教六十条”提出必须正确贯彻理论联系实际的原则，克服轻视理论、轻视书本知识的错误观点，切实加强基础理论和基本知识课程的教学，切实加强基本技能的训练。

按照中共中央的指示，“高教六十条”主要发给教育部直属的26所高等学校，在全体师生员工中讨论，同时试行；也发给各省、市、自治区和中央各部委所属全日制高等学校进行讨论。

“中学五十条”和“小学四十条”原本是一个条例。在起草过程中，教育部做了许多调查研究，并委托上海、吉林、陕西、河北等省、市教育厅(局)分别拟订草案。1961年9月，教育部召开12个省、市教育厅(局)长参加的条例起草会议，写出了条例初稿。年底，这个条例的稿子上报中共中央文教小组。1962年才决定把这个条例分为两个，一个是《全日制中学暂行工作条例》(即“中学五十条”)，一个是《全日制小学暂行工作条例》(即“小学四十条”)。[①]“中学五十条”和“小学四十条”经过修订，于1963年由中共中央批准下发。中共中央在下发这两个文件时，特别强调中小学教育的重要性，中小学教育是整个教育事业的基础；中小学教育质量的高低，能否把后代培养成为有社会主义觉悟的有文化的劳动者，而且直接影响高等教育和科学研究的水平。“中学五十条”和“小学四十条”，规定了中小学教育任务的培养目标，强调中小学都要以教学为主，全日制中学必须保证全年有九个月的教学时间，小学保证全年有九个半月的教学时间；规定中小学教师的根本任务是把学生教好，教师应该热爱教育事业，努力完成教育任务；规定中小学的校长是学校行政负责人，在当地党委和主管教育的行政部门领导下，负责领导全校的工作，中小学党支部的任务是贯彻执行上级党委的决议，保证实现上级教育行政部门的指示，领导学校的思想政治工作，对学校行政工作负有保证和监督的责任。两个文件下发后，受到学校师生的广泛欢迎，推动中小学教育重新走上正常、平稳的发展轨道，促进了教学质量的提高。

教育领域的调整，经过努力，逐步取得进展。

①金一鸣主编：《中国社会主义教育的轨迹》，华东师范大学出版社，2000年版，第282页。

教育部和国家计委在1963年修订了全国高等学校通用专业目录，增加了一些国家建设需要而又有条件的新专业，适当调整了专业的业务范围，规定了统一的专业名称。修订的专业目录共432种，其中工科164种，农科26种，林科12种，医科10种，师范17种，文科53种，理科36种，财经10种，政治2种，体育7种，艺术36种，另列试办专业59种。经过调整，1965年时全国高等学校共设专业601种、2833个点。这个专业目录，“基本上反映了国家建设的需要”。[①]教材建设工作一直在进行。从1961年至1965年，全国高等学校和中等专业学校，共出大专课本7225种，其中新出2328种，总印数为815万册；中专课本3997种，其中新出1260种，总印数为42351万册。[②]中小学教师队伍素质有所提高。据1959年调查，高中专任教师学历构成是：高等学校本科毕业及其以上者占40.4%，高等学校肄业及专科毕业者占44.7%，中等学校毕业及以下者占14.9%；初中专任教师的学历构成是：高等学校本科毕业及其以上者占7.3%，高等学校肄业及专科毕业者占34%，中等学校毕业及以下者占58.7%；小学专任教师的学历构成是：中师、高中毕业及以上者占10.9%，初师、初中毕业及中师、高中肄业者占43.7%，初师、初中肄业及以下者占45.4%。经过调整，到1963年时，中小学教师的学历构成发生明显变化。高中专任教师学历构成是：高等学校本科毕业及其以上者占59.3%，高等学校肄业及专科毕业者占35.1%，中等学校毕业及以下者占5.6%；初中专任教师的学历构成是：高等学校本科毕业及其以上者占28.3%，高等学校肄业及专科毕业者占46.4%，中等学校毕业及以下者占25.3%；小学专任教师的学历构成是：中师、高中毕业及以上者占34.5%，初师、初中毕业及中师、高中肄业者占47.1%，初师、初中肄业及以下者占18.4%。[③]高学历者比重上升，而低学者比重下降。

九、文艺界的清风

这一年，文艺领域也着手进行了调整。从现在公布的材料看，这个方面的工作，主要是中共中央副主席、国务院总理周恩来负责。“大跃进”运动在文艺界的展开，导致了文艺领域的严重后果。在“高速度、高指标”、“快过渡”的气氛下，文化部门的一些负责人头脑发热，提出“人人做诗，人人画画，人人唱歌，人人跳舞”的口号，要求文艺创作“放卫星”，“每个县出一个梅兰芳，每个县出一个郭沫若”。还在“大跃进”运动发动的那一年年底，周恩来就曾经召集陆定一[④]、张际春[⑤]、杨秀峰[⑥]、周扬[⑦]、钱俊瑞[⑧]、张子意[⑨]、胡乔木[⑩]、刘芝明[⑪]、夏衍[⑫]、陈克寒[⑬]、林默涵[⑭]等人开会，听取了这些宣传、教育、文艺部门负责人的汇报。周恩

①有关高等学校专业设置的内容，来自金一鸣主编：《中国社会主义教育的轨迹》第二编第九章《教育的“调整、巩固、充实、提高”》。
②《中国教育年鉴》编辑部编：《中国教育年鉴（1949～1981）》，中国大百科全书出版社，1984年版，第531页。
③《中国教育年鉴》编辑部编：《中国教育年鉴（1949～1981）》第199页；转引自金一鸣主编：《中国社会主义教育的轨迹》第295页。
④陆定一时任中共中央政治局候补委员、中共中央文教小组组长、中共中央宣传部部长。
⑤张际春时任中共中央宣传部副部长、国务院文教办公室主任。
⑥杨秀峰时任教育部部长。
⑦周扬时任中共中央文教小组成员、中共中央宣传部副部长、全国文联副主席、中国作家协会副主席。
⑧钱俊瑞时任国务院文教办公室副主任、文化部副部长。
⑨张子意时任中共中央宣传部副部长。
⑩胡乔木时任中共中央书记处候补书记、中共中央主席毛泽东的秘书。
⑪刘芝明时任全国文联副主席。
⑫夏衍时任文化部副部长、全国文联副主席。
⑬陈克寒时任文化部副部长。
⑭林默涵时任中共中央宣传部文艺处处长、文化部副部长。

◆ 1962年8月，毛泽东会见著名乒乓球运动员和教练：丘钟惠、廖文挺、庄则栋、容国团、傅其芳等人。

来不赞成文艺界简单配合政策的做法，反对提出“文艺放卫星”之类的口号。他提醒有关部门要注意研究、正确对待知识分子问题。这次会后，中共中央宣传部准备召开全国文化工作会议，端正思想，纠正文化工作中的“左”的倾向。①第二年四五月间，在全国人大、全国政协会议期间，周恩来几次召集部分人大代表、政协委员和北京市的文艺工作者谈话。这些谈话主要谈了这样一些意见：“艺术创作万一失败了，也是成功之母”，艺术上不可能每一次都获得成功，不是人人都能写诗的。因此，艺术创作不能因为一次失败就丧失信心，这样作家就不可能有很多创作了；对艺术创作的要求要细致，不要粗暴，也不要求全；领导要与群众相结合。不能说领导都对，而往往是群众的智慧超过领导，领导的本事是善于集中；“艺术不能和工农业一样的要求多快好省，要量力而行，不能勉强。是粗制滥造好，还是精细一些好？”在工作中既要理智又要热情，作为艺术家，这两方面要兼备，艺术家容易热情洋溢，但理智还是主导方面，领导要善于和群众商量，才能鼓舞大家的热情；既要敢想、敢说、敢做，又要有现实的科学根据，要加以科学的分析，敢想、敢说要和敢做连得起来；创作方面，要有独特的风格，也要兼容并包，但独特的风格是主导的方面。②然而不久以后开始的“反右倾”斗争，使得文艺界纠“左”的努力受到遏制。

1961年中共中央正式通过经济调整的八字方针后，文艺领域的调整也提上日程。这年上半年，在周恩来督促下，中共中央宣传部和文化部党组、全国文联党组做了大量调查研究工作，由中共中央宣传部主持起草了《关于当前文学艺术工作的意见（草案）》，由于一共有十条内容，故简称“文艺十条”。6月，中共中央宣传部在北京新侨饭店召开全国文艺工作座谈会，讨论研究贯彻“调整、巩固、充实、提高”的方针、改进文艺工作的领导等问题，并讨论“文艺十条”初稿。当时，文化部也在新侨饭店召开全国电影故事片创作会议，也是为了贯彻调整的八字方针，总结“大跃进”三年来经验教训，改进领导方法，并讨论“文艺十条”和《文化部关于加强电影艺术片创作和

①《不尽的思念》，中央文献出版社，1987年版，第530～531页。
②《不尽的思念》，中央文献出版社，1987年版，第536～539页。

生产领导的意见（草案）》（简称“电影三十二条”）。两个会议检查了几年来文艺工作中的问题，研究了改进工作的措施。据当年参加故事片创作会议的与会者记忆，“这次会议是建国以来电影故事片创作人员思想最活跃、议论极广泛、讨论最热烈、心情最舒畅、也是充分发扬民主的一次会议。说是对‘大跃进’三年来的总结，实际上是对建国以来电影界在长期‘左’的思想影响下一系列错误进行了回顾与反思。”①尽管对反右派斗争、“反右倾”斗争当时还没有也不可能进行反思，但是创作中间涉及的一些根本性问题已经充分暴露出来。比如，政治与文艺的关系问题，党如何加强和正确地领导精神生产的问题，如何正确地贯彻百花齐放、百家争鸣的问题，题材风格多样化的问题以及艺术规律、人性论、正面人物的创作、反映矛盾、创作人员的生活和学习等许多实际问题。与会者普遍反映，创作人员顾虑重重，精神紧张，一怕“右倾”，二怕“不听党的话”，加上领导作风的简单粗暴，以至在创作中束手束脚，惟恐犯错误。

周恩来进行了三天调查，看了大批文字材料，又直接听取了两个会议代表的意见。周恩来感到，文艺界普遍存在一种不敢讲话的心态，而原因“和领导有关”，这是问题的关键所在。6月19日，周恩来向两个会议做了讲话②。以下有关周恩来这次讲话的引文和内容概括，均来自此处。他尖锐地指出：“现在有一种不好的风气，就是民主作风不够。”“三年来，我们本来要求解放思想，敢想敢说敢做，结果反而束缚思想。……几年来有一种做法：别人的话说出来，就给套框子、抓辫子、挖根子、戴帽子、打棍子……那种错误的、不适当的东西在现在成为一种风气，一来就‘五子登科’，这种风气不好。”周恩来呼吁，“现在要把这种风气反过来”。他强调：“我们要造成民主风气，要改变文艺界的作风，首先要改变干部的作风；改变干部的作风首先要改变领导干部的作风；改变领导干部的作风首先从我们几个人改起。我们常常同文艺界朋友接触，如果我们发表的意见不允许怀疑、商量，那还有什么研究、商讨呢？我们的讲话又不是党正式批准的。即使是党已经研究通过的东西，也允许提意见。”周恩来谈了七个方面的问题：

第一，物质生产与精神生产问题。物质生产的某些规律，同样也适用于精神生产。搞得过了头，精神生产也会受到损害，甚至损害更大。搞指标、订计划、保证完成、一催再催，这对于精神生产者是苦恼的事。精神生产是不能限时间限数量的。过高的指标，过严的要求，有时反而束缚了精神产品的生产。文艺部门也有个调整、巩固、充实、提高的问题。过去搞得多了，不合乎巩固、提高的精神。文教队伍搞大了，事业搞多了，包括教育、文化等方面的问题，就应该同样执行调整、巩固、充实、提高的方针。

第二，阶级斗争与统一战线问题。阶级斗争有政治上的和思想上的，还有旧社会的习惯势力方面的。属于政治性质的，敌视社会主义、要乘机复辟的，就要坚决反对。这种问题在全国任何方面都存在，但为数极少。思想斗争是长期任务。思想问题，世界观问题要慢慢改造，不能急。要区别何为政治问题，何为思想问题，何为习惯势力，不能不分清问题性质事事斗争。对阶级斗争要具体分析，不要把对反革命的警惕性和人民内部的思想改造混同起来。一方面要进行阶级斗争，一方面要巩固统一战线。党与民主党派、

①《不尽的思念》，中央文献出版社，1987年版，第542页。
②《周恩来选集》下卷，人民出版社，1984年版，第323～348页。

民主人士的团结合作，就是统一战线。“有一个时期好像觉得1956年关于知识分子的那些问题可以不讲了，不是的，那些原则仍然存在，只是三年来由于忙，这方面有所疏忽，讲得少了些。”

第三，为谁服务的问题。为谁服务是个政治标准，任何文艺都有个为谁服务的问题。政治标准不等于一切，还有艺术标准，还有个如何服务的问题。服务是用文艺去服务，要通过文艺的形式。文艺的形式是多种多样的，不能框起来。无论是音乐语言，还是绘画语言，都要通过形象、典型来表现，没有了形象，文艺本身就不存在，本身都没有了，还谈什么为政治服务呢？你这个形象是否站得住，是否为人民群众喜闻乐见，不是领导批准可以算数的。艺术作品的好坏，要由群众回答，而不是由领导回答。艺术是要人民批准的。只要人民爱好，就有价值。领导在政治上有权提意见，至于艺术方面，我们懂得很少。我们懂得少，发言权很少，不要过多干涉。第一，要负责任；第二，要少干涉些。

第四，文艺规律问题。文艺同工农业生产一样，有它客观的发展规律。当然，文艺是精神生产，它是头脑的产物，更带复杂性，更难掌握。这方面有如下一些问题需要解决：1. 数量和质量的问题。当前主要的不是继续发展数量，而是提高质量。数量和质量是辨证地发展的，数量总是超过质量，好作品总是少数。但是现在质量高的东西太少了。2.原料和加工的问题。普通的实际生活总是要经过加工才能成为艺术作品。作家掌握了原料以后，必须经过加工，才能写成作品。现在应当更加着重加工这一方面，因此必须多给些时间。3. 思想和业务的问题。思想水平不提高，作品不可能写好。但是除了提高思想水平以外，还要精通业务，否则思想如何表现出来呢？只懂政治，不精通业务，写出来的东西势必是标语口号，不能感人。现在不敢谈经验和才能，不敢谈技巧，有人一谈技巧，就被说成是资产阶级思想，这显然是错误的。与此相连，红与专，论与史，文与道，都不能偏废。4. 批评和讨论的问题。文艺作品要容许别人批评，既有发表作品的自由，也要有批评的自由；同样，既有批评的自由，就要有讨论的自由。不论哪一方面都不能独霸文坛。我们提倡批评，也提倡百家争鸣、自由讨论。

第五，遗产与创造的问题。历史的发展总是今胜于古，但是古代总有一些好的东西值得继承。在中外关系上，我们是中国人，总要以自己的东西为主，但是也不能排外，闭关自守，如果那样就是复古主义了。外国好的东西也要加以吸收，使它溶化在我们民族的文化里。这种溶合是化学的化合，不是物理的混合，不是把中国的东西和外国的东西焊接在一起。不论学习古代的东西还是学习外国的东西，都是为了今天的创造，都要把它们溶化在我们的创作中。文艺总要有独创精神。

第六，领导问题。如何改正缺点错误？中心问题在于领导，在于教育，在于深入群众。缺点错误的改正要从领导做起，首先领导上要自我批评，要多负一些责任，问题总是同上面有关系的。文艺团体的领导也要自我批评。这样就可以解除包袱，框框就只有大的，没有小的了，辫子就不会乱抓了，根子就不会乱挖了，帽子就不会乱戴了，棍子就不会乱打了。就可以使广大的文艺工作者心情舒畅，意气风发，使社会主义文艺更加繁荣。

最后，周恩来还谈到了话剧问题。他说，话

剧几年来有进步，但是比起其他方面来要弱一点。什么道理呢？是由于不承认基本规律，不搞基本训练。任何艺术不掌握规律，不进行基本训练，不掌握技术，是不行的。演话剧要目中无人，心中有人。对舞台，既要藐视，又要重视。演员自己要做到客观逼真，主观认真。

周恩来的这一番讲话，在与会者中产生很大反响。据一位与会者后来称，周恩来的讲话"是在一个长久时期的沉闷的政治空气中打了个惊雷，发人深省，为繁荣社会主义文学艺术揭开新的一页"①。

两个会议都对"文艺十条"进行了讨论。会后，8月1日，中共中央宣传部和文化部党组将这个文件印发各地征求意见。各地讨论中提出许多意见，陆定一主持对文件做了反复修改，将十条内容压缩成八条，所以最后简称"文艺八条"。尽管这个文件当年没有出台，但是有关部门的调查研究，特别是周恩来的前述讲话，给文艺界吹来一股清新的风，给了文艺界人士一个宽松的信号。

1961年，政治领域的调整也在前一段政治关系某种缓和的基础上展开。中共中央统战部根据民主党派的一系列"神仙会"反映出来的情况，在1960年底就确定把检查政策执行情况、改善合作共事关系和大抓形势教育，作为1961年集中力量抓好的两件大事。中共中央统战部提出："努力做好这两件大事，就有可能稳定和团结资产阶级的多数人，为当前中心工作发挥积极作用。这就更有利于全党集中力量加强农业战线的中心工作，在国家建设的各个战线上贯彻执行调整、巩固、充实、提高的方针。"②从这时起，政治领域的政策调整，才成为经济调整的"配套"。

1961年，中共中央统战部做了许多调查研究，发现了许多违反政策的问题，其中对资产阶级政治上安排的问题比较突出。自1957年反右派斗争以后，在省、市政府机关中担任正副厅、局长的党外人士显著减少。据北京、山东等19个省、市的统计，1955年共安排党外厅局长380人，到1960年时减少到约270人，减少将近30%；在全部厅局长中所占比例由过去的20%～25%左右，下降到10%左右。全行业公私合营时安排在企业担任行政领导职务的"资产阶级分子"，有不少被降职撤职，更多的人虽然没有被降职撤职，但实际上长期下放，名存实亡。从若干典型调查材料看，这种情况一般约占原安排人员的50%左右，有的地方甚至达到70%～80%，变动较小的地方也占到20%～30%。③另外，在城市人民公社整社过程中，许多地方把原在公社做干部和"八大员"④的"资产阶级分子"及其家属不加区别地予以撤换，这其中有不少在街道工作多年的积极分子、先进工作者和三八红旗手；有些地方还把地、富、反、坏、右、资并列，一概作为"不纯分子"加以清理。中共中央统战部分析了造成这种现象的原因：一部分是由于事业调整、机构精简、经济改组、人员下放而变动的；一部分是由于适应资产阶级本身的变化，如有些人入了共产党，有些人"反抗社会主义改造进行破坏活动而被淘汰"；但是确有相当大的一部分人是属于不该撤的撤了，不该降的降了，或者实际上拉下来了，而有些应该提拔的却没有提拔。产生这种情况，有些是因为一部分同志对党的统一战线政策的重大意义认识不足，工作经验不够，更主要的则是

①《周恩来与电影》，中央文献出版社，1995年版，第165页。
②李维汉：《回忆与思考》（下），中共党史资料出版社，1986年版，第865页。
③《建国以来重要文献选编》第十四册，中央文献出版社，1997年版，第572页。
④"八大员"即炊事员、保管员、保健员、保育员、饲养员、会计员、采购员、技术员。按照当时的用人标准，从事这些工作的人应在政治上可靠。

由于在不少同志中严重地存在着排斥党外人士的关门主义倾向。中共中央统战部向中共中央作了报告，提出对于在机关、企业和城市人民公社(包括街道工作)等方面资产阶级的安排意见：已经安排了的，只要工作上、政治上表现一般，没有违法乱纪和严重的错误，一律不应降低或撤消他们的职务；几年来表现好、工作上有一定能力的，应该酌情提拔；对上面两种人，如果过去把他们拉下来了或者挤掉了，应该安排其他相应的职务或者恢复原来的职务；对于下放劳动的资产阶级分子，必须明确期限，下放期满的，应由原单位负责安排他们的工作，原来担任领导职务的人应恢复原职，或分配相应的职务。[1]中共中央批转了中共中央统战部的报告，要求"对于民主人士的职务和公私合营企业中的资方人员的职务，不要轻易变动"，"一贯表现比较好和工作称职的，可以根据需要酌情提拔"，"如果他们对于工作，对于我们的干部和领导提出批评和意见，应该倾听和欢迎。"[2]这些政策，对于纠正盲目排挤党外人士的"左"倾错误，产生了一定的积极作用。

①《建国以来重要文献选编》第十四册，中央文献出版社，1997年版，第574～575页。

②《建国以来重要文献选编》第十四册，中央文献出版社，1997年版，第571页。

第七章

走出困境

第七章
走出困境

一、"伤筋动骨"

到 1961 年底，尽管严重困难的局面开始有了转变，但是整个经济形势依然十分严峻。农业方面，虽然粮食产量停止了滑坡，但是农业总产值仍比上年下降 2.4%；轻工业总产值比上年下降 21.6%，重工业总产值比上年下降 46.5%；财政收入比上年下降 37.8%，社会商品零售总额比上年减少 37.8%；全国城乡居民人均粮、油、棉的消费量，在 1959、1960 年连年下降的情况下，第三年继续下降，人民生活处在建国以来最困难的时期。

面对这种形势，党内外尤其是党内的思想认识并不一致。对形势的观察比较冷静的人，主张坚持调整的方针，继续对国民经济实施大幅度调整。但是也有不少人对于调整存在种种疑问和分歧。有些人思想上还没有转过弯来，不承认调整的必要，想等形势好转后继续跃进；也有一些人在严重困难面前怨天尤人；还有一些干部和党员虽然认为应该调整，但是担心犯右倾错误，心有余悸，观望彷徨。为了进一步总结 1958 年"大跃进"以来的经验教训，统一和提高全党的认识，增强团结和克服困难的信心，动员全党更坚决地执行调整方针，为克服严重困难而奋斗，中共中央决定召开一次大规模的工作会议。

1962 年 1 月 11 日至 2 月 7 日，中共中央在北京召开扩大的工作会议。参加这次会议的除了各中央局和各省、市、自治区党委负责人以及中央各部门负责人以外，还有地（市）、县党委和部分大厂矿及军队各大单位的党委主要负责人，共计 7118 人，因此会议被通称为"七千人大会"。召开如此大规模的中央工作会议，在中国共产党的历史上还是第一次。

会上，刘少奇代表中共中央提出了一个书面报告草稿。这个报告比较系统地初步总结了"大跃进"以来经济建设的基本经验教训，着重指出了工作中发生的生产指标过高、基建战线过长、国民经济比例失调、在农村混淆两种所有制界限、急于过渡、刮"共产风"和搞平均主义、分散主义严重滋长、对农业增产速度估计过高、对建设事业的发展要求过急等缺点和错误。报告草稿分析这些缺点和错误产生的原因，认为一方面是由于在建设工作中经验不够；另一方面是由于几年来党内不少领导同志不够谦虚谨慎，违反了党的实事求是和群众路线的传统作风，削弱了民主集中制原则，妨碍了党及时地尽早地发现问题和纠正错误。[①]

1 月 27 日，刘少奇又在大会上讲话，对书面报告作补充说明。针对党内几个疑虑最大的问题，他谈了一些重要看法。关于形势，刘少奇指出，目前我们在经济方面还有相当大的困难，这两年不仅没有跃进，反而退了许多，出现了一个大马鞍形。关于对成绩和缺点的估计，他说过去

①《刘少奇选集》下卷，人民出版社，1985 年版，第 354 页。

◆ 毛泽东、刘少奇、周恩来、陈云、邓小平等在"七千人大会"上。

我们经常把缺点错误比作一个指头和九个指头，现在恐怕不能到处这样套，就全国来讲恐怕是三个指头和七个指头的关系；有些地区，缺点错误还不止是三个指头，也可能是七个指头。关于造成困难的原因，刘少奇指出，一方面是由于自然灾害，另一方面在很大程度上是由于我们工作中的错误，有的地方是"三分天灾，七分人祸"。关于"三面红旗"，刘少奇说，现在都不取消，现在有些问题还看得不那么清楚，但是经过五年、十年以后，再来总结经验，那时就可以进一步作结论。[①]这些看法，对"大跃进"以来的问题讲得最坦诚、最透彻，因而受到与会者热烈欢迎。

1月30日，毛泽东在大会上讲话，中心是讲民主集中制，强调党内党外都要有充分的民主生活，有了错误，一定要作自我批评，让人批评。他承认："凡是中央犯的错误，直接的归我负责，间接的我也有份，因为我是中央主席。"他还指出，在社会主义建设上，我们还有很大的盲目性。社会主义经济对我们来说还有许多未被认识的必然王国。今后要下苦功调查它，研究它，在实践中加深对它的认识，弄清楚它的规律。[②]

为了加强经济工作的集中统一，保证国民经济调整工作的顺利进行，会议提出十项要求：(一)国家计划必须保证完成。改变计划或者补充计划，必须经过中央批准。(二)凡是产品在全国统一调度的重点工业企业，由中央直接管理；已经下放给地方的，必须在1962年内逐步收回。(三)所有基本建设的项目和投资都必须纳入国家计划。(四)国家规定的生产资料调出计划，必须保证完成。(五)国家规定的生活资料的收购任务和上调任务，必须保证完成。(六)国家规定的劳动计划，必须坚决执行。(七)国家规定的工农业产品价格，不准任意变动。(八)国家财政预算规定的收入必须完成，支出不许超过。(九)国家规定的信贷计划和现金管理制度，必须严格遵守。(十)国家规定的出口计划必须保证完成，进

①《刘少奇选集》下卷，人民出版社，1985年版，第418～426页。
②《毛泽东著作选读》下册，人民出版社，1986年版，第822、829页。

口计划不准地方和部门擅自变动。[1]

七千人大会由于对严重困难估计不足，曾认为经济上最困难的时期已经过去。但是实际上国民经济形势并未走出“低谷”。会后，有关部门首先从财政赤字和通货膨胀方面发现对困难的估计仍然不足。国家计委和财政部在会上提交的 1962 年生产计划和财政预算，虽然已经作了压缩，但仍有很大缺口。据财政部反映，按照这个计划，当年财政将有 30 亿元赤字，而且 1958 年至 1961 年每年都有很大的财政赤字，是靠挖商业库存、涨市场物价并动用一部分黄金、白银和外汇储备来弥补的，核实这几年的财政收入以后，赤字还会扩大。

2 月 21 日至 23 日，刘少奇在中南海西楼会议室主持召开中共中央政治局常委扩大会议（毛泽东这时在外地）。西楼会议讨论了严峻的经济形势，刘少奇指出，过去几年没有揭露赤字是不对的。搞不好，经济还要继续恶化。现在带有非常时期的性质，要用非常的办法，把调整经济的措施贯彻下去。陈云在会上对严重困难的形势作了深刻的分析，系统地提出进一步调整的意见。西楼会议冷静地观察形势，正视面临的严重困难，为大刀阔斧地进一步调整经济打开了通道。

根据刘少奇的提议，陈云在国务院各部委党组成员会议（又称国务院扩大会议）作了题为《目前财政经济的状况和克服困难的若干办法》的长篇讲话。他指出，农业恢复的速度，只能“争取快，准备慢”。现在已经摆开的基本建设规模，是建立在 1958 年生产 7000 亿斤粮食、7000 万担棉花的错误估计上的，又是根据钢产量很快可以达到五六千万吨的主观设想来布置的，因而大大超出现在农业和工业生产水平所能负担的限度。他主张规划国民经济要安排一个恢复阶段，从

◆ 为讨论 1962 年国家经济预算和经济调整问题，中共中央政治局于 1962 年 2 月 21 日至 23 日举行了常委扩大会议（西楼会议）。图为会场外景。

①《李富春传》，中央文献出版社，2001 年版，第 585 ~ 586 页。

1960年算起大约要五年。在恢复阶段中，第一位的问题是增加农业生产，供应吃、穿。基本建设和若干重工业生产指标坚决降下来，将来再上。还要大规模减少城市人口，并且采取一切办法制止通货膨胀。[①]陈云的讲话得到与会者的热烈赞同。

李富春在会上作了《关于工业情况和建设速度问题》的讲话，重点讲了工业情况、建设速度以及今后基本建设方针、生产任务和当前应当采取的措施。他分析了出现财政赤字、通货膨胀、物资生产不足状况的基本原因，一是工业生产下降，二是建设速度，过去几年架子太大，三是城市人口增加过多。他指出，从工业讲，以调整为中心的八字方针，需要做很多工作，准备三年基本上踏步，在踏步中有退有进。所以工业速度，至少三年不可能增长，要放慢。李富春强调，调整是件踏踏实实的工作，当前的措施要进一步贯彻农轻重方针，在先安排好农业和市场的基础上再安排工业，增产节约，首先增加市场需要的物资用品，精兵简政，下决心割爱。关于今后的长期计划，李富春提出："今后十年计划，大体上分作两个五年。第三个五年计划主要是搞吃、穿、用，集中力量恢复农业生产，安排好市场。只有在这样的前提条件下搞重工业，同时工业要讲究采用新技术，提高劳动生产率。讲究多快好省的真正结合。"[②]

李先念也在会作了有关财政、信贷、市场问题的讲话。

陈云、李富春、李先念的讲话，贯穿了七千人大会和西楼会议的精神，把问题彻底摆开，提出的措施也比较具体、有力。3月13日，刘少奇主持召开中共中央政治局常委扩大会议，讨论了陈云、李富春、李先念的讲话，并建议用中央的名义转发各地讨论学习。第二天，刘少奇、周恩来、邓小平专程去武汉，向在那里的毛泽东汇报。毛泽东同意将三个讲话批发各地党委参阅。18日，中共中央发出指示，将陈云、李富春、李先念的讲话印发省、军级党委参阅。这三个讲话下发后，各省、市、自治区反响很大，纷纷要求扩大传达范围。中共中央于4月26日发出补充通知，将三个讲话的传达范围扩大到地、市级党委。这三个讲话，对各地区、各部门领导干部领会七千人大会精神，实事求是地估量形势，认清进一步调整的必要性，统一思想和行动，起了很好的指导作用。

西楼会议后，中共中央决定恢复设立中央财经小组[③]，任命陈云为组长，李富春、李先念为副组长，成员有周恩来、谭震林、薄一波、罗瑞卿、程子华、谷牧、姚依林、薛暮桥等。中央财经小组进一步研究了经济调整问题。陈云提出，要准备对重工业、基本建设的指标"伤筋动骨"，重点是"伤筋动骨"这四个字。要痛痛快快地下来，再不能犹豫了。周恩来非常支持陈云的主张，将陈云的主张概括成一副对联：上联是"先抓吃穿用"，下联是"实现农轻重"，横批是"综合平衡"。

二、非常时期

根据七千人大会特别是西楼会议和陈云、李富春、李先念等人讲话的精神，国家计委对这年1月提出的1962年年度计划草案做出较大幅度的调整。3月7日，在中共中央财经小组讨论1962年调整计划时，陈云又强调指出：调整计划实质上是放慢工业生产和基本建设速度，以便真

①《陈云文选》第三卷，人民出版社，1995年版，第191、296页。
②《李富春传》，中央文献出版社，2001年版，第587～588页。
③中央财经小组是中共中央于1958年6月10日决定成立的，由陈云任组长。但不久以后，在"大跃进"运动中，中央财经小组实际停止了工作。

正把重点放在农业和市场上，因为农业和市场问题是关系5亿多农民和1亿多城市人口生活的大问题；今年的计划要先把农业和市场这一头定下来，然后看有多少材料搞工业，搞工业也要首先照顾维修、配套，能够维持简单再生产后再搞基本建设，要准备对重工业、基本建设的指标"伤筋动骨"；今年的计划就要综合平衡，综合平衡就是按比例，要从现在综合平衡的经济水平出发看远景规划还能达到什么水平，要按短线搞综合平衡，生产才能协调、配套，才能有真正的综合平衡；总之，计划指标必须可靠，并且必须留有余地。[①]3月底，国家计委提出调整1962年度计划的报告。4月2日至4日，中央财经小组连续开会讨论，对国家计委的报告进行研究，提出修订意见。

为了进一步准确了解实情，国务院工交、财贸、政法、劳动等部门还分别派出检查组（团），检查重点城市、重点企业和事业单位。派往各地的检查组于4月中下旬陆续回到北京。中央财经小组听取了各路检查组的汇报，对"大跃进"造成的经济困难和调整以来的经济形势基本摸到了底。

国民经济中最突出的问题是工农业关系和工业内部的关系严重失调。首先是农业的紧张、粮食的紧张。1961年与1957年相比，工业总产值增长了45%，城镇人口增加了2050万人，即增长了21.5%，但农业总产值却下降了26%，许多主要产品的产量低于1952年的水平。粮食1961年比1957年减少850亿斤，减少了23%，只相当于1951年的水平；棉花1961年比1957年减少1680万担，减少51.2%，低于1951年的水平；油料比1957年减少57.8%，竟低于1949年的水平。其次是轻重工业的关系很不协调。1961年生产资料的产值比1957年增长78.8%，消费资料的产值只增长15.5%。消费资料中，6种吃的产品比1957年下降27.3%；14种穿的产品比1957年下降19.6%；18种用的产品虽然比1957年增加59.4%，但是这18种产品在整个增加的消费资料产品中只占4.3%。

重工业的内部也很不平衡。矿山能力只能适应1000万吨钢的水平，钢的冶炼能力真正合乎机械化条件的是1500万吨，勉强可以达到1700万吨，铁的冶炼能力只有2050万吨，矿山、炼钢、炼铁不相适应。

从工业本身需要看，摊子铺得太大。9个大钢铁厂、30个中型钢铁厂、1000多个小洋群企业，在两三年内一齐上马，全面铺开，结果应该建成的包钢和武钢都未建成。1961年底，全国共有工业企业61671个，全民所有制手工业企业8994个，合起来7万多个。摊子很大，任务却缩小了，设备能力不能发挥。钢铁工业，炼钢能力能利用35%，炼铁能力只能利用41%；机械工业、电站设备、金属切削机床、采矿设备、拖拉机、动力机械等12种主要产品的设备能力只能利用10%～50%；水泥工业，大中型企业的设备利用率只能达到一半，小水泥厂只有10%；轻工、纺织、制糖、食用植物油、卷烟、造纸、罐头、酒精等9种工业的设备利用率，最高的才达到62.5%，最低的只有16.5%。

生产战线过长，职工人数过多，造成极大浪费。按照调整后的生产计划，1962年的工业产值比1957年增加25%，但是1962年初的职工人数（还不包括集体所有制的公社企业职工）比1957年增加1.2倍，达到1600万人。1961年工

①《陈云文选》第三卷，人民出版社，1995年版，第207～215页。

业企业亏损27亿元，加上小型冶金企业亏损补贴15亿元，共42亿元。1962年第一季度，中央11个工业部所属的559个企业中，亏损的有223个，占整个企业的40%。

如此严峻的经济形势，令人忧心如焚。中央财经小组连续两天开会分析形势，再次讨论国家计委关于1962年的调整计划，研究国民经济调整措施，向中央正式提交了《中央财经小组关于讨论一九六二年调整计划的报告(草案)》。报告认为，财政经济的困难还是很严重的，我们仍然处在一个非常时期。粮食供应紧张，经济作物继续减产；工业内部特别是重工业内部各行业比例严重失调；市场商品，特别是吃、穿商品的供应情况，在两三年内很难有大的改善；财政严重不足，货币发行过多，主要商品挖了库存，生产资料大量积压。报告提出，今后一段时间内，必须对整个国民经济继续作大幅度的调整。①

5月7日至11日，中共中央政治局常委在北京召开工作会议，讨论西楼会议、国务院扩大会议和中央财经小组会议形成的一系列文件，落实进一步调整国民经济的部署。刘少奇、周恩来、朱德、邓小平都在会上讲了话，要求大家以历史唯物主义的态度充分估计困难，扎扎实实地工作，把经济调整好。

五月会议进一步正视和分析国民经济的严重困难形势，制定了大幅度调整国民经济的具体方针、办法和措施，比西楼会议对问题的认识和分析更深入，提出的措施更具体和有力，是进一步扭转国民经济困难局面的一次关键性会议。会后，5月26日，中共中央发出指示，正式批发中央财经小组《关于讨论一九六二年调整计划的报告》。《报告》坦率地指出，目前财政经济的困难还是很严重的，我们现在在经济上是处在一种很不平常的时期，即非常时期。西楼会议已经暴露出财政收支有很大的赤字，商品供应量和社会购买力之间有很大的差距。这样一来，原订的调整计划还有不少缺口。《报告》提出，第一，整个国民经济需要进行大幅度的调整，按照农轻重次序进行综合平衡的方针，把建设规模调整到同经济的可能性相适应、同工农业生产水平相适应的程度；第二，财政经济情况的根本好转，要争取快、准备慢；第三，大力加强农业生产战线，努力恢复农业生产，坚决缩短工业生产战线，继续大量减少城镇人口和减少职工。中共中央认为，这个报告比较全面地、深入地分析了当前国民经济的重要情况，中央完全同意这个报告，并且要求向全党主要干部说清楚当前全国财政经济方面的严重困难情况，认识清楚本地区、本部门的具体困难，充分估计今后可能出现的困难，在最大的困难面前能够挺起胸脯，顽强斗争，克服困难，战胜困难。②

按照中共中央的部署，对国民经济进行了大刀阔斧的调整。

压缩基本建设规模。1962年基本建设投资总额为67.6亿元，比1960年减少316.4亿元，削减82.3%，同1961年相比也砍掉了45.2%。1962年全国施工的基建项目为2.5万多个，其中大中型项目为1003个，同1961年相比分别减少1万多个和406个。对停建、缓建项目，妥善解决职工、设备、物资和拖欠贷款等问题。对留建项目的投资方向进行合理调整，集中力量保证重点，提高建设的经济效益。

大力压缩工业战线，实行必要的关、停、并、转。1962年5月的调整计划规定的指标，工业

①《建国以来重要文献选编》第十五册，中央文献出版社，1997年版，第408～461页。
②《建国以来重要文献选编》第十五册，中央文献出版社，1997年版，第404～461页。

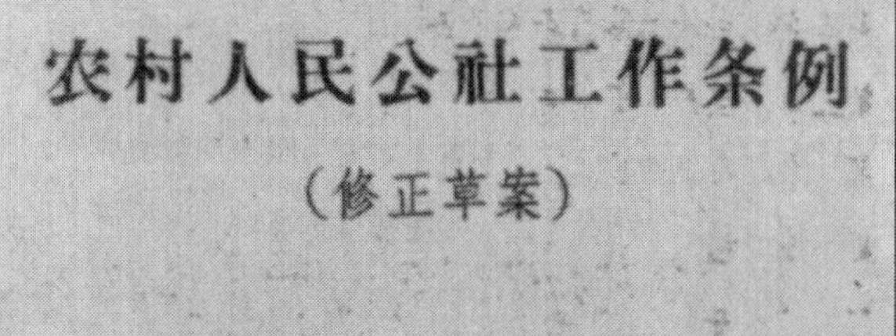
农村人民公社工作条例
（修正草案）
一九六一年六月十七日印发

◆ 1961年5月21日至6月12日，中共中央在北京举行工作会议。会议在中央和各地负责人调查研究的基础上，对《农村人民公社工作条例（草案）》进行了修改，制定了《农村人民公社工作条例（修正草案）》。

总产值由原定计划草案的950亿元，调为880亿元，钢产量由750万吨调为600万吨。同1960年实绩相比，工业总产值下降47%，重工业总产值下降57%，钢下降68%，轻工业由于经济作物减产也下降26%。生产指标下降后，很多企业任务不足，有的甚至没有任务。中共中央和国务院按照经济合理、拉长短线、保留骨干的原则，大刀阔斧地对企业实行关、停、并、转。从1961年算起，到1962年10月止，全国县以上工业企业共减少4.4万个，相当于1960年工业企业数的45%；其中冶金企业减少70.5%，建材企业减少50.7%，化工企业减少42.2%，机械工业企业减少31.6%。这实际上也是一次工业内部结构的大调整。

精简职工，减少城镇人口。1961年有条件回农村的职工及其家属已经回去了，这次精简难度更大。但由于决心大、政策对头，经过努力，1962年、1963年又减少职工1000多万人，减少城镇人口1600万人左右。这样，减少了工资开支和粮食销量，加强了农业战线，对于改善城乡关系、争取财政经济状况的好转，起了很大作用。

进一步加强财政金融管理，稳定市场，回笼货币。1962年3月，中央决定收回银行下放的权力，银行业实行垂直领导。4月，又做出关于严格控制财政管理的决定，切实加强对财政的监督。同时，在全国开展清仓核资、清理拖欠货款和扭亏增盈工作。到1962年底，财政收支相抵，节余8.3亿元，国营企业亏损额从1961年的103亿元下降到93亿元。在商业市场方面，全国人均粮食、棉布消费水平有了提高，市场供应状况有所改善；在社会生产零售总额同上年基本持平的情况下，年末货币流通量比上年减少了1902亿元，减少15%。

进一步调整农村政策，调动农民积极性。1962年2月，中共中央决定改变农村人民公社基本核算单位，一般实行以生产队（即小队，相当于初级社）为基本核算单位的三级所有制，至少30年不变。同年9月，中共八届十中全会正式通过《农村人民公社工作条例（修正草案）》，规定了以生产队为基本核算单位的各项有关政策。这对于调动农民的积极性，克服队与队之间的平均主义问题，在当时有不容低估的积极意义。

当中共中央逐步改变农村人民公社基本核算单位的过程中，一些地方的农村社员还悄悄搞

起了各种形式的"包产到户"。"悄悄"搞是因为"包产到户"在1957年的反右派斗争中已经被定性为"复辟资本主义",遭到过严厉批判了。但是,同高级合作社相比较,它就已经体现出切合我国农村实际的特点,同"一大二公"的人民公社相比,它的优越性就更加突出了。所以,或者是受到基本核算单位一再调整的鼓舞,或者是以小队为基本核算单位还只能克服队与队之间的平均主义,而不能克服人与人之间的平均主义,甚或是因为农村"马无隔夜草,家无隔夜粮"的严重困境所迫使,农民们"铤而走险",又重新自发搞起"包产到户"。这也说明"包产到户"的生命力之顽强。

这次各地自发搞起的"包产到户",得到了地方党委和政府的默认甚至支持。最突出的典型,是安徽省委在全省范围内进行了试验。到1962年7月,全国已有不止20%的农村实行了各种形式的"包产到户"。效果普遍较好,很受农民欢迎。中共中央的一些领导人也对这种责任制表示了赞成和支持。中共中央农村工作部部长邓子恢,经过广泛调查研究,积极支持和主张在农村广泛实行生产责任制。刘少奇、陈云、邓小平也表示赞成。刘少奇还在内部考虑起草使"包产到户"合法化的文件。邓小平引用民间谚语"不管黄猫、黑猫,捉到老鼠就是好猫",表明了对"包产到户"的支持。遗憾的是,这种对我国农村生产经营管理方式的有益尝试和探索,最终也没有得到中共中央的正式认可。

◆ 当农村出现饥荒时,安徽、湖南等地实行了各种类型的责任制。图为湖南省祁东县官山公社南木塘生产队建立明确的

三、脱帽加冕

进入1962年,中国国内的经济调整进入了关键时刻。年初的七千人大会特别是七千人大会之后举行的西楼会议、五月会议,做出了大幅度调整国民经济的决策。政治、文化和社会政策及其关系的调整,也在这年加速并向更深层面展开。其中,知识分子政策调整的进展最为突出。

1962年2月份,国家科委在广州召开全国科学技术工作会议。参加会议的有各专业、各学科有代表性的科学家310人,会议目的是制订新的科学技术发展远景规划。聂荣臻主持会议。他在会前找一些科学家谈心,发现科学家们仍然有很大顾虑。有的科学家问他,对资产阶级知识分子这个提法如何理解?科学家们说,一提起知识分子,就是资产阶级的,叫做资产阶级知识分子,使子女也因此受到歧视,从没有听到有人提

谁是无产阶级知识分子。聂荣臻感到这个问题要解决，为此请示了周恩来。

与全国科技会议同时，文化部、全国戏剧家协会也在广州召开全国话剧、歌剧、儿童剧创作座谈会，这个会议是周恩来指导召开的。会前，周恩来要求会议主办单位进行充分准备，对全国戏剧家的情况及有关领导的思想情况做全面调查。据当时在中国戏剧家协会工作的张颖回忆，根据周恩来的意见，文化部和中国剧协成立了几个调查组，分头到几个大区和省市了解有关情况。调查结束后，有关部门还在北京召开了在京创作人员座谈会。各地反映的情况带有共同性，就是作品的"成活率"极低。本来一部很好的作品，只要在某个细节上被某个人牵强附会地指出在政治上犯有倾向性错误，整部作品就被宣布为寿终正寝了。人们描述普遍的心态是：不求艺术有功，但求政治无过。周恩来也参加了这个座谈会。[1]调查和座谈会为召开戏剧创作座谈会作了准备。

科技工作会议和戏剧创作会议统称为广州会议。广州会议召开时，周恩来正在北京主持起草二届全国人大三次会议的政府工作报告。他本来没有参加广州会议的打算，但是"广州会议上传来的知识分子要求摘掉'资产阶级'帽子的强烈呼声，使他下决心亲自去一次，解决这个问题"[2]。2月16日，周恩来和中共中央政治局委员、国务院副总理陈毅一同飞赴广州。到广州后，周恩来先听取了聂荣臻、郭沫若[3]等人的汇报，接着约见会议代表，直接听取他们的真实意见。随后，周恩来召集陶铸[4]、聂荣臻、于光远[5]、张劲夫[6]、林默涵[7]、范长江[8]等人座谈，着重讨论知识分子的阶级属性问题。周恩来明确表示，从总体上讲，知识分子不能再说是资产阶级知识分子。他担心与会者仍然心存顾虑，要求一定要让大家畅所欲言，把思想问题全部解决了再回去[9]。

3月2日，参加两个会议的代表集中在一起，周恩来在会议上作报告[10]。他从知识分子的定义和地位开始谈起。周恩来认为，知识分子不是独立的阶级，而是脑力劳动者构成的社会阶层。"一般地说，这个阶层的绝大部分人在一定的社会条件下是附属于当时的统治阶级并为其服务的。"从这个定义出发，周恩来认为，在社会主义制度下，劳动人民已经处在统治地位，知识分子转变到为广大人民服务，"一方面旧的知识分子得到了改造，一方面又培养出了新的知识分子，两者结成社会主义的知识界。"

周恩来详尽分析了中国现代知识分子的历史发展过程。他认为，从旧社会来的知识分子，都受到帝国主义、反动统治阶级的种种影响，受到旧社会的影响；但是，应该看到中国绝大部分知识分子受帝国主义、封建主义、官僚资本主义的统治和压迫，一部分人参加了革命，一部分人同情革命，多数人开始对革命观望、中立，以后逐渐靠近革命，反革命的知识分子只是极少数。他说，不论是在解放前还是在解放后，我们历来都把知识分子放在革命联盟内，算在人民队伍当中。为了论证这一点，周提到了毛泽东的《论联

①张颖主编：《周恩来与文化名人》，江苏教育出版社，1998年版，第309页。
②中共中央文献研究室编：《周恩来传》(四)，中央文献出版社，1998年版，第1626页。
③郭沫若时任中国科学院院长。
④陶铸时任中共中央中南局第一书记、中共广东省委第一书记。
⑤于光远时任中共中央科学小组成员、中共中央宣传部科学处处长。
⑥张劲夫时任中共中央科学小组成员、中国科学院中共党组书记兼副院长。
⑦林默涵时任文化部副部长。
⑧范长江时任国家科委副主任，国务院文教办公室副主任，中国科协中共党组书记、副主席。
⑨张颖主编：《周恩来与文化名人》，江苏教育出版社，1998年版，第310页。
⑩这个报告后来以《论知识分子问题》为题，收入了《周恩来选集》下卷。本文对这个报告内容的概括和引述，均来自该选集。

合政府》、刘少奇在中共八大一次会议的报告，还引用了列宁的话："无产阶级专政是劳动者的先锋队——无产阶级同人数众多的非无产阶级的劳动阶层（小资产阶级、小业主、农民、知识分子等等）或同他们的大多数结成的特种形式的阶级联盟……是为最终建成并巩固社会主义而成立的联盟。"周恩来解释，列宁讲的是无产阶级同其他劳动者的联盟，在中国还有一个无产阶级同非劳动者的联盟，即同民族资产阶级的联盟。他说：坚持这两种联盟是我们的长期战略方针和长期的历史任务，在我国统一战线中将长期起作用。"对知识分子的估计要以这个为纲。"周恩来指出，12年来，我国大多数知识分子已有了根本的转变和极大的进步。党没有低估知识分子的作用，党的政策是明确的，知识分子也应心安理得地知道自己的作用。

周恩来提出正确对待知识分子，有六个问题要解决：第一，信任他们；第二，帮助他们；第三，改善关系，先从党委、党员做起，党的具体政策在执行中有偏差和错误的，要做检查；第四，要解决问题，不解决问题使人感到诚意不够；第五，一定要承认过去有错误，各级领导干部以老老实实、实事求是的态度，承认错误，改正错误；第六，承认了错误还要改，凡是党和政府方面犯的错误都要改正，改要有实际行动。讲到承认错误、改正错误，周恩来特别说到他自己已经在党内道过歉，现在利用这个机会再作个总道歉；还说："现在大家肚里有气，是我们工作没有做好，帮助不够，要把这个扣子解开。"

3月5日和6日，陈毅对两个会议的代表讲话。陈毅说："工人、农民、知识分子，是我们国家劳动人民中间三个组成部分，他们是主人翁。不能够经过了12年的改造、考验，还把资产阶级知识分子这顶帽子戴在所有知识分子的头上，因为那样做不合乎实际情况。"陈毅对与会代表说："你们是人民的科学家、社会主义的科学家、无产阶级的科学家，是革命的知识分子，应该取消资产阶级知识分子的帽子。今天我向你们行'脱帽礼'！"[①]陈毅明确表示要为知识分子"脱帽加冕"，就是脱掉资产阶级知识分子之帽，加上劳动人民知识分子之冕。他说："十二年的改造，十二年的考验，尤其是这几年严重的自然灾害带来的考验，还是不抱怨，还是愿意跟着我们走，还是对共产党不丧失信心，这至少可以看出一个人的心！""十年八年还不能考验一个人，十年八年十二年还不能鉴别一个人，共产党也太没有眼光了！……今天我们团结的人不是多了，而是太少了！科学家是我们的国宝！真正有几个能替我们解决问题的人，一个抵几百个。"[②]

陈毅还说，共产党不尊重文化，共产党不尊重知识，共产党不尊重科学这类话，不晓得是马克思讲过？是恩格斯讲过？还是列宁讲过？毛主席讲过？谁也没有讲过这个话。[③]"愚昧是个很大的敌人。帝国主义是个敌人，封建势力是个敌人，愚昧——几万万人没有知识、没有科学知识，也是很大的敌人。"[④]陈毅尖锐地批评说，中共党内有些领导机关与知识分子之间产生了矛盾，伤了感情，伤了和气；经过12年改造、考验，还把资产阶级知识分子这顶帽子戴在所有知识分子头上，是有些党的领导机关不对，那样做不合乎实际情况，有很多事情做得太粗暴、太生硬。陈毅说："我是心所谓危，不敢不言。我垂涕而道：这个作风不改，危险得很！……严重到大家不写文章，严重到大家不讲话，严重到大

①《陈毅传》，当代中国出版社，1991年版，第531页。
②《陈毅传》，当代中国出版社，1991年版，第531页。
③《周恩来论文艺》，人民文学出版社，1979年版，第47页。
④《陈毅传》，当代中国出版社，1991年版，第531～532页。

家只能讲好，这不是好的兆头。将来只能养成一片颂扬之声……危险得很啊！”[①]

陈毅由此谈了领导作风和领导方法问题，提出文化、科学部门的领导“无为而治”的方针。他说，“有很多事情，看来是可以无为而治的。什么事情都去领导一番，反而会领导坏了，有些不去领导，反而好一些。要懂得，领导有领导成功的，也有领导失败的。有把握领导成功的就去领导，没有把握就不去领导，就让有经验的去搞，自己‘坐享其成’。……党委领导业务，也是要通过党的专家来领导，和专家合作，取得他们的帮助来实现领导。”“现在领导这两个字，要加以正确的解释。讲党领导一切，主要是路线、方针、政策……至于专业问题，最好不要乱干涉。”[②]陈毅呼吁，应该给作家们三种自由：选择题材的自由、创作艺术风格的自由和探讨艺术问题的自由；要尊重作家的劳动，并且为他们提供尽可能好的创作条件。[③]

周恩来、陈毅的讲话令广州会议与会者兴奋异常。自1957年反右派斗争以后，由中共中央的领导人明确重申知识分子属性是“无产阶级知识分子”，这恐怕还是第一次。代表们反映：“很全面、很透彻，感情充沛，听来很亲切，使人深受感动，心悦诚服。”[④]他们表示：“帽子脱掉了，责任加重了”，“是脑力劳动者，自己人了，不能再做客人了”[⑤]。

讲话传到知识界后，在更大范围内产生了反响。历史学家、复旦大学教授周谷城没有参加广州会议，但听到为知识分子“脱帽加冕”的消息后说：“知识分子过去认为自己是资产阶级知识分子，觉得自己是被改造的，始终是做客的思想，积极性还没有发挥出来。”如今“得到一个光荣称号。是劳动人民了，对这一点特别高兴。我对这一点也是特别兴奋。我觉得只要有这些感觉，精神就活跃起来了”[⑥]。当年与会者曾经对周恩来和陈毅的讲话做过比较，感觉陈毅的讲话泼辣、鲜明、彻底，让人感到荡气回肠、痛快淋漓；而周恩来的讲话则显得温和得多，也更加超脱。也许这是两人身份不同的缘故，也许这是两人风格不同的表现，但是不管怎样，两人的基本观点、基本看法，实际上是一致的。[⑦]

广州会议在知识分子问题上有了突破性进展。但是，广州会议毕竟只是科学领域、文艺领域的会议，周恩来、陈毅的讲话也还不能说是党和政府的正式结论。回到北京后，周恩来在主持起草政府工作报告的过程中，坚持将为知识分子“脱帽加冕”的精神写入报告。3月27～28日，周恩来在二届全国人大三次会议作政府工作报告，特别阐述了知识分子问题。

报告指出：“知识分子是社会主义建设事业取得胜利的不可缺少的重要力量。我国的知识分子，在社会主义建设的各个战线上，作出了宝贵的贡献，应当受到国家和人民的尊重。”周恩来分析了中国知识分子的状况：“我国知识分子的状况，已经同解放初期有了很大的不同。新社会培养出来了大量年轻的知识分子，他们正在沿着‘又红又专’的道路成长。从旧社会来的知识分子，经过12年的锻炼，一般地说，已经起了根本的变化。知识分子中的绝大多数，都是积极地为社会主义服务，接受中国共产党的领导，并且愿意继续进行自我改造的。毫无疑问，他们是属于劳动人民的知识分子。我们应该信任他们，关心

①《陈毅传》，当代中国出版社，1991年版，第532页。
②《陈毅传》，当代中国出版社，1991年版，第533、534页。
③张颖主编：《周恩来与文化名人》，江苏教育出版社，1998年版，第311页。
④《周恩来传》（四），中央文献出版社，1998年版，第1628页。
⑤《聂荣臻回忆录》（下），解放军出版社，1984年版，第834页。
⑥《周恩来传》（四），中央文献出版社，1998年版，第1628页。
⑦据张颖说，很久以后，她从陈毅的儿子陈昊苏那里了解到，他父亲当年在日记中讲到自己在广州会议上要发言，这个发言是周恩来让他这样讲的。参见《周恩来与文化名人》第311页。

他们，使他们很好地为社会主义服务。如果还把他们看作是资产阶级知识分子，显然是不对的。”

周恩来还提出了政府对待知识分子的方针：“从政府方面来说，对于一切有专长的知识分子，应该让他们充分发挥所长，并且从各方面爱护他们。他们所掌握的科学知识，是我们国家的财富。应该保证他们有必要的工作条件和学习进修的条件，使他们享受适当的政治待遇，照顾他们的生活，并且帮助他们解决各种必须解决的问题，使他们在党的领导下，得以充分发挥他们的才能。对于在他们职权范围内的事情，不要任意干涉，使他们勇于负责。”

关于知识分子的改造问题，周恩来再次强调：“绝大多数的知识分子，包括许多在新社会中成长起来的知识分子，由于资产阶级的思想、作风和旧社会的习惯势力对他们还有程度不同的影响，所以他们必须密切同工农群众的联系，经常注意自我改造。为了帮助知识分子自我改造，应该创造条件，使他们能够心情舒畅地、自觉地、逐步地进行，而不应该采取任何简单粗暴的方式。应该看到，世界观的改造要有一个长期的过程。知识分子专家在世界观问题上的改造，除了学习马克思列宁主义和毛主席著作以外，往往要经过自己的科学的实践，经过带有一些自己的特点的道路。对知识分子的改造要求过高过急，是不适当的；把某些学术问题当作政治问题来处理，更是错误的。”即便对于当时被认定为“资产阶级的知识分子”，周恩来也提出“只要他们遵守国家的法令，从事正常的劳动，我们就应该团结他们，并且给他们以合适的工作，使他们对祖国有所贡献。”①

提交给全国人大会议审议的政府工作报告的稿子，经过了中共中央的讨论同意；而报告本身又得到了人大会议通过，因此，周恩来在报告中关于知识分子问题的阐述，毫无疑问，是党和政府做出的正式结论。

◆ 1963年1月26日，刘少奇、董必武、邓小平、彭真、李富春等领导人同一百多位科学家在一起欢度春节。图为刘少奇等领导人和钱学森等科学家在握手。

①《建国以来重要文献选编》第十五册，中央文献出版社，1997年版，第309、309～310、311、310页。

知识分子政策所做的这些突破性调整，大大缓和了执政党同知识分子的紧张关系，促使知识分子对从事的工作更加投入。聂荣臻回忆当时的情景说："贯彻'科学十四条'和召开广州会议以后，知识分子的积极性空前高涨，为科学事业更加尽心尽力。当时普遍生活困难，但大家还是干劲十足，中国科学院、国防部五院、二机部九院等许多科研单位，晚上灯火通明，图书馆通宵开放，一片热气腾腾，我国真正出现了科学的春天。"[1]

科学技术领域的政策调整起步最早，成果也最为突出。1962年春天，在中共中央科学小组领导下，国家科委开始主持制定中国第二个科学技术发展远景规划，即《1963～1972年科学技术发展规划》。直接参加这个规划制定的科学技术专家约万人，历时一年零八个月，在1963年10月完成了这项工作。1963年12月，中共中央科学小组和国家科委党组负责人，向中共中央领导人毛泽东、刘少奇、周恩来、邓小平等汇报这个规划。12月2日，中共中央、国务院正式批准这个规划。

第二个科学技术发展规划的总要求是：动员和组织全国科学技术力量，自力更生地解决中国社会主义建设中的关键科学技术问题，迅速壮大又红又专的科学技术队伍，在重要和急需的方面，掌握60年代的科学技术，接近和赶上世界先进水平。在任务安排上，着重打基础、抓两头。打基础就是迅速提高工业科学技术，尤其是基础工业的技术水平，要迅速提高基础科学中许多有关学科的水平；抓两头，一头抓农业和有关解决吃穿用问题的科学技术，一头抓配合国防尖端的科学技术。整个规划包括农业、工业、资源调查、医药卫生、技术科学、基础科学6个方面共70个专业的规划。全部规划有中心问题3205个，研究项目1.5万余个，其中各专业、各学科的重点项目374个。

中共中央和国务院批准规划后，这个规划便开始执行。规划在执行初期进展顺利，各科研单位和科技人员为国民经济和国防建设提供了大

◆ 1964年10月16日15时我国第一颗原子弹爆炸成功的情景。

①《聂荣臻回忆录》(下)，解放军出版社，1984年版，第834页。

◆ 周恩来在人民大会堂接见音乐舞蹈史诗《东方红》演职员时，兴奋地报告我国第一颗原子弹试验成功的消息。

量科学技术成果，使中国的科学技术水平迅速提高。其显著成绩主要有：密切配合原子弹、氢弹和导弹的研究和试验，研制了品种众多、规格特殊、技术条件严格的新型材料、仪器仪表、精密机械和大型设备等，为独立自主地发展中国的国防科研和国防工业做出了重要贡献；按照经济建设的需要，设计试制了一批高精尖设备，如电子计算机、电子显微镜、射电望远镜、高速照相机、氨分子钟、30万千瓦双水内冷发电机等；设计建造了像攀枝花钢铁基地、第二汽车制造厂、成昆铁路、万吨远洋轮、大型煤矿、大型水电站和火电站、重型机械厂等工厂、矿山、铁路及成套设备；完成了全国耕地土壤普查，改良土壤、合理施肥、病虫害防治、改良品种和栽培技术、治沙、治碱等许多研究项目，对黄河流域、长江流域和黄淮海平原等地区进行了大量调查，拟订了治理和开发方案；在基础理论研究方面，数学、计算数学、基本粒子、核物理、构造地质学等领域，都做出了一些受到国际科技界重视、水平较高的成果。[①]

在这些成就中，又以原子弹、导弹的研制进展最为突出。1961年中共中央做出以研制“两弹”（原子弹和导弹）为中心，加速国防科研和工业发展的重大决策。1962年11月，中央成立以周恩来为首，包括聂荣臻、罗瑞卿等在内的15人专门委员会，负责组织和领导“两弹”的研制。1964年10月16日，成功地爆炸了第一颗原子弹。遗憾的是，1966年5月发生“文化大革命”内乱，第二个科学技术发展远景规划仅仅执行了三年，顺利发展的形势便被打断了。

四、“文艺八条”

文艺领域的政策也在1962年春天有了新的进展。为了尽快出台文艺工作方面的文件，3月份，根据周恩来的指示和参加全国人大、全国政协会议的文艺界代表的要求，中共中央宣传部将“文艺八条”修改稿送呈中共中央书记处。4月30日，经毛泽东、刘少奇同意，邓小平以中共中央名义批转文化部党组、全国文联党组《关于当前文学艺术工作若干问题的意见（草案）》[②]。“文艺八条”肯定中华人民共和国成立以后文艺工作的成绩，同时承认近年来文艺工作也发生了不少缺点错误。这些缺点错误是：某些文化艺术领导部门、文艺工作单位和领导文艺工作的党员干部，对一些文学创作和艺术活动进行了简单粗暴的批评、限制和不适当的干涉，妨害了生动活泼的艺术创造和学术上的自由探讨；忽视同党外作家艺术家的团结合作，在党内外的思想斗争中以及在学术批判运动中，发生过一些不恰当的做法，影响了一部分人的积极性；对文化艺术事业的发展和群众文化活动，片面地追求数量，因而

①有关第二个科学技术发展远景规划的制定和执行成就的内容，直接来源于陈建新、赵玉林、关前主编：《当代中国科学技术发展史》（湖北教育出版社，1994年版）第五章“欣欣向荣的中国科技事业”。

②《建国以来重要文献选编》第十五册，中央文献出版社，1997年版，第363～381页。

对工农业生产发生了一些不利的影响;有些领导文学艺术工作的党员干部在处理文学艺术的问题上,既不尊重群众的意见,又不同作家、艺术家商量,独断专行,自以为是。

为了纠正上述错误和缺点、改变文艺工作的现状,“文艺八条”提出了八个方面的意见:

(一)进一步贯彻百花齐放、百家争鸣的方针。百花齐放、百家争鸣是发展我国社会主义文学艺术的根本方针。文学艺术为无产阶级的政治服务,就是为工农兵的利益服务,为社会主义事业的利益服务,为全国和全世界绝大多数人的利益服务,就是从多方面来满足广大人民正当的精神需要,不应该把文学艺术为无产阶级政治服务理解得太狭隘。运用一定的文艺形式,及时地适当地反映和配合当前的斗争是必要的,但是把这简单看成仅仅是宣传当时当地的中心工作,则是片面的,不恰当的。文学艺术创作的题材应该丰富多样,作家艺术家有选择和处理题材的充分自由。文学艺术上不同的体裁、形式,都可以自由发展,自由竞赛。鼓励文学艺术创作上的个人独创性,提倡风格多样化,发展不同的艺术流派。各种艺术流派之间应该互相尊重、互相探讨,不要互相歧视、互相排斥。

(二)努力提高创作质量。提高创作质量,就是提高作品的思想性和艺术性,要求政治和艺术的统一。正确的思想立场、丰富的生活和熟练的技巧,是产生优秀作品不可缺一的条件。轻视艺术技巧,用空洞的政治概念来掩盖艺术缺点,或者把要求提高艺术技巧看成是资产阶级思想的表现,以至不敢利用和吸收前人的艺术技巧和经验,这都是错误的。组织创作应该按照作家艺术家的自愿和可能,不能简单地采取定人、定题、定时的办法,不要随便给作者以“创作突击”的任务。文学艺术作品要以个人创作为主。不要把个人创作和个人主义等同起来。

(三)批判地继承民族文化遗产和吸收外国文化。批判地继承我国优秀的文化遗产,批判地吸收外国优秀的文化成果,是我国社会主义文化建设中不可缺少的重要工作。在整理遗产和继承传统的问题上,我们既反对粗暴,也反对保守,鼓励实事求是的科学的研究和恰当的、适合传统艺术特点的革新;在对待外国文化的问题上,我们既反对一概排斥,也反对不加选择地全盘接受。

(四)正确地开展文艺批评。文艺批评应该贯彻百花齐放、百家争鸣的政策。在人民内部,对文学艺术作品的不同意见和文艺理论上的不同观点,有讨论的自由、批评的自由,也有保留意见和进行批评的自由。努力发展马克思列宁主义的文艺批评,树立革命性和科学性相结合的批评作风,克服文艺批评中简单化、庸俗化的现象。对于作品的评价,要看它的总的倾向,不要由于局部性质的缺点,就否定整个作品。不要因为一篇作品的错误或者缺点,就否定一个作家。文艺批评应该鼓励香花,反对毒草,但是香花和毒草并不都是一眼可以辨别清楚的,毒草放出来也并不可怕,应该通过批评和讨论,教育群众提高辨别能力。文学艺术作品和理论中表现出来的某些资产阶级观点及其他错误倾向,属于人民内部范围的也应该批评,但是必须同敌我性质的问题严格区别开来。

(五)保证创作时间,注意劳逸结合。保证文学艺术工作者的创作时间,加强艺术实践,是繁荣创作和提高质量的重要条件。专业作家应该

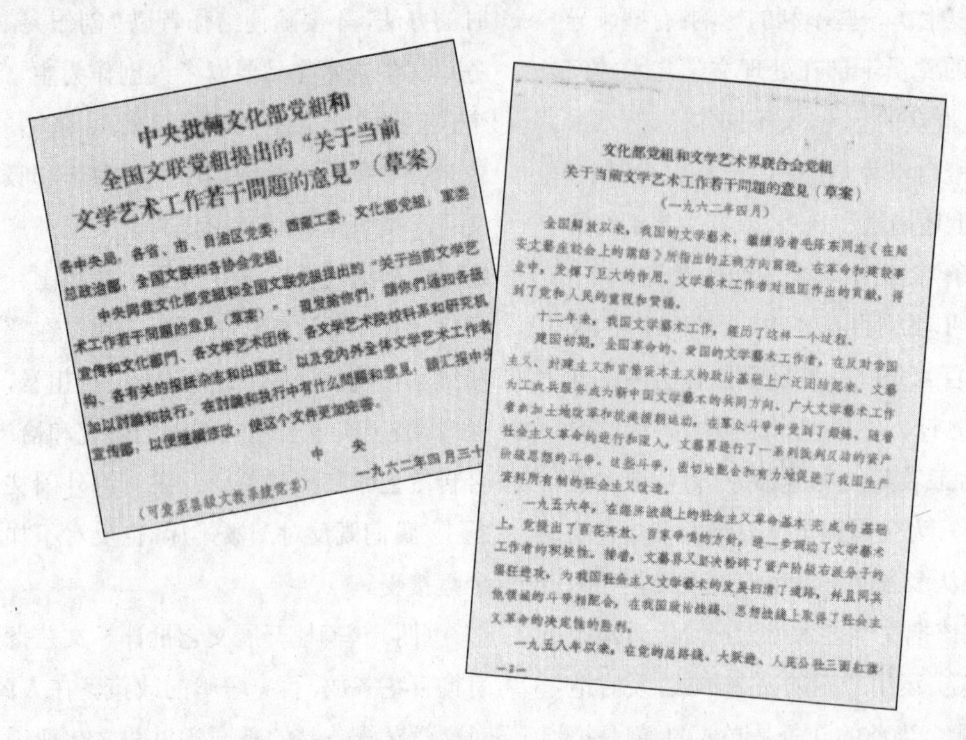

中央批轉文化部党組和
全国文联党組提出的“关于当前
文学艺术工作若干問題的意見”（草案）

各中央局，各省、市、自治区党委，西藏工委，文化部党組，軍委总政治部，全国文联和各协会党組：

中央同意文化部党組和全国文联党組提出的“关于当前文学艺术工作若干問題的意見（草案）”，現发給你們，請你們通知各級宣传和文化部門、各文学艺术团体、各文学艺术院校科系和研究机构、各有关的报紙杂志和出版社，以及党内外全体文学艺术工作者加以討論和执行。在討論和执行中有什么問題和意見，請汇报中央宣传部，以便继續修改，使这个文件更加完善。

中央

一九六二年四月三十

（可发至县级文教系统党委）

文化部党組和文学艺术界联合会党組
关于当前文学艺术工作若干問題的意見（草案）
（一九六二年四月）

全国解放以来，我国的文学艺术，继续沿着毛泽东同志《在延安文艺座谈会上的讲話》所指出的正确方向前进，在革命和建設事业中，发揮了巨大的作用。文学艺术工作者对祖国作出的貢献，得到了党和人民的重視和贊揚。

十二年来，我国文学艺术工作，經历了这样一个过程。

建国初期，全国革命的、爱国的文学艺术工作者，在反对帝国主义、封建主义和官僚資本主义的政治基础上广泛团結起来。文艺为工农兵服务成为新中国文学艺术的共同方向。广大文学艺术工作者参加土地改革和抗美援朝运动，在群众斗争中受到了鍛鍊。随着社会主义革命的进行和深入，文艺界进行了一系列批判反动的资产阶级思想的斗争。这些斗争，密切地配合和有力地促进了我国生产資料所有制的社会主义改造。

一九五六年，在經济战綫上的社会主义革命基本完成的基础上，党提出了百花齐放、百家争鸣的方针，进一步调动了文学艺术工作者的积极性。接着，文艺界又坚决粉碎了资产阶级右派分子的猖狂进攻，为我国社会主义文学艺术的发展扫清了道路，并且同其他领域的斗争相配合，在我国政治战綫、思想战綫上取得了社会主义革命的决定性的胜利。

一九五八年以来，在党的总路綫、大跃进、人民公社三面红旗

—2—

◆ 1961年6月，中共中央宣传部召开全国文艺工作座谈会，讨论和制定了《关于当前文学艺术工作若干问题的意见（草案）》。1962年4月30日，中共中央批转了这个文件，下发全国文艺单位讨论执行。

保证每年有十个月的时间，用于深入群众生活和进行创作。文学艺术工作者参加生产劳动的时间，一般每年为半个月至一个月；参加劳动的方式根据各人不同的情况作出安排，不要一律对待。文学艺术工作者参加一定的社会活动是必要的，但是不能过多。组织创作，安排演出，任务不要过重，要求不宜过急。目前，要特别关心文学艺术工作者的生活，帮助他们解决生活上的困难。

（六）培养优秀人才，奖励优秀创作。文学艺术创作、表演、批评、理论研究等各个方面，都必须认真培养人才，特别是培养和选拔优秀人才。对于那些有突出才能的人，应该予以重点培养，为他们创设各种必要的条件。培养人才的方向是又红又专，红与专应该很好地结合，不要简单地把钻研业务同脱离政治、个人主义等同起来，妨碍钻研业务的积极性。实行优秀作品和优秀表演的奖励制度。我们反对作家艺术家追求个人名利，但是我们需要有一大批为人民服务的、并且为人民所承认的名作家、名演员、名艺术家。

（七）加强团结，继续改造。必须把一切可以团结的作家艺术家更加紧密地团结起来，充分调动广大文学艺术工作者的积极性，更好地为工农兵服务，为社会主义服务。必须继续提倡文学艺术工作者进行思想改造。在文艺界，清除资产阶级的政治影响和思想影响的斗争，还要经过一个很长的历史时期。在这个斗争中，第一，必须严格划分人民内部矛盾和敌我矛盾的界线；第二，在人民内部，又必须正确划分政治问题、世界观问题、学术问题和艺术问题之间的界线。忽视文

学艺术工作者的思想改造是错误的；忽视思想改造的复杂性、长期性，采取简单的、粗暴的、急躁的方法对待它，也是错误的。

（八）改进领导方法和领导作风。加强党对文学艺术工作的领导，是发展我国社会主义文学艺术的根本保证。文化艺术部门中党组织的主要任务，是贯彻执行党的文艺方针政策和其他各项方针政策，作好思想政治工作、党的建设工作和团结人的工作，帮助文学艺术工作者提高政治水平、思想水平和业务水平，充分发挥他们的积极性和创造性，为他们的文学艺术创造提供有利条件。党组织不应该代替行政领导机构去处理一般行政事务，不应该不适当地干涉学术性质和艺术性质的问题，以免削弱党的思想政治领导。文学艺术工作单位的党组织是本单位的领导核心，对本单位的工作起领导和监督作用；支部委员会在党委员会和总支委员会领导下，对行政工作起保证和监督作用。应该充分发挥文联和各协会等文艺团体的作用。必须认真贯彻执行党内党外文学艺术工作者长期合作共事的方针，各文艺团体和文艺工作单位必须吸收一定数量的非党代表人物参加领导机构，并且使他们真正发挥作用。领导文学艺术工作的党员干部，必须认真学习党的方针政策，严格按照党的方针政策办事，必须努力熟悉业务，逐步使自己做到又红又专，必须努力改进领导方法和领导作风，密切联系群众，团结党内外文学艺术工作者，共同把工作做好。

"文艺八条"的贯彻，使沉寂一时的文艺界又开始活跃起来。从1962年到1964年出现了一个创作高潮，产生了一批为国人喜闻乐见的电影、戏剧、文学作品。如电影故事片《甲午风云》、《停战以后》、《东进序曲》、《李双双》、《冰山上的来客》、《早春二月》、《小兵张嘎》、《阿诗玛》；如戏剧《霓虹灯下的哨兵》、《第二个春天》、《年轻的一代》、《李双双》、《南海长城》、《豹子湾战斗》、《三人行》、《迎春花》、《兵临城下》、《江姐》、《朝阳沟》，等等。

五、党外关系的调整

政治和社会关系的调整，在1962年上半年也有显著进展。

3月下旬，刘少奇主持召开最高国务会议，向与会的各民主党派和无党派人士通报年初召开的扩大的中共中央工作会议（即七千人大会）的精神。刘少奇在讲话中承认，几年来国内工作的缺点错误，责任在中国共产党，主要责任在中共中央。他说：这个时期，我们调查研究不够，只是听汇报来了解情况，而且轻信那些汇报，人家一报，我们就信了。但是人家的汇报，有许多是浮夸的，不符合事实的，或者不完全符合事实的，我们就相信了。又没有很好地同群众去商量，没有很好地实行民主集中制。我们的许多高指标，都不是从群众中间来的，是上面定的，拿到群众中间，又没有很好地听群众的意见，因此有些缺点、错误就不能很快地发现，不能很快地改正。有些地方，就完全依靠命令办事，用电话的形式瞎指挥。同时，有一段时间在党内、在群众中，又进行了一些错误的过火的批评斗争。这样就使得群众和干部不敢讲真话，有意见也不敢讲，严重损害了民主集中制。[①]

周恩来就政府工作中的问题代表国务院作了自我批评。在二届全国人大三次会议做政府工

①《刘少奇传》下册，中央文献出版社，1998年版，第901～902页。

作报告时，周恩来着重提出："对于这几年政府工作中发生的缺点和错误，首先要负责的是国务院。国务院在编制和执行国民经济计划的时候，没有做好综合平衡的工作，不能充分体现国民经济以农业为基础的方针，提出的任务过高，要求过急，并且公布了一批不确实的统计数字；在经济管理工作中，把权力下放得过多、过散，妨碍了集中统一的领导。国务院对于国家机构和企业、事业单位人员增加过多的现象，也是要负责的。"①周恩来希望这次人大会议对国务院的工作给予批评。

刘少奇、周恩来的讲话和报告，使得各民主党派和无党派民主人士深为感动，他们为这种承认错误和认真纠正错误的郑重态度所感召，纷纷表示愿与共产党同舟共济，团结一致，克服困难。

如果说刘少奇、周恩来的讲话和报告，还是以执政党的自我批评来感动党外民主人士，那么，周恩来在政府工作报告中强调统一战线的重大作用，则直接是对中共与民主党派和无党派人士的关系进行调整了。周恩来在报告中说："民族资产阶级分子的绝大多数是爱国的，在社会主义改造中已经取得新的进步。他们接受社会主义改造和为社会主义服务的积极性，有了进一步的提高；他们在改造成为社会主义劳动者的过程中是有成绩的，他们中间有一部分人已经成为自觉的社会主义的劳动者。我们应该继续加强同他们的团结和合作，并且很好地帮助他们进一步自我教育和自我改造。"②

这是一个重要的估计和判断，它表明当时被当作"资产阶级"的主体部分，在政治上不再被看成敌对力量。至少，在周恩来作报告的1962年上半年那种政治气候下是如此。李维汉后来回忆说："周恩来同志的这些重要讲话，为当时的统战工作指明了正确的方向。"③

就在二届全国人大三次会议和三届全国政协三次会议之后不久，中共中央统战部于4月23日至5月21日召开了全国统战工作会议。中共中央统战部认为，几年来，在处理阶级关系、民族关系、宗教关系和归侨关系等方面的工作中，发生过一些同中共中央政策和毛主席思想相违背的严重缺点和错误，妨碍了相当一部分党外人士的积极性；因此我们党必须主动调整关系，发扬民主，加强团结，加强教育，充分调动一切积极因素。全国统战工作会议提出做好四个方面的工作：

（一）调整关系，正确处理当前几个突出问题。第一个是在精兵简政、压缩城镇人口的措施下，做好对各界党外人士的安置工作。当时有些地区已经把一部分原私营工商业者和其他党外人士下放农村，或者精简回家，引起很大震动。会议提出应当根据统筹兼顾、适当安排的方针，切实贯彻"包下来、包到底"的政策，妥善安置。会议规定，原私营工商业者在职的及其家属不要下放农村，已经下放的如非本人自愿，应该调回；因关厂而精简下来的，必须与职工一视同仁，妥当安置；保留下来的企业，一般不要精简原私营工商业者；对县和县以上的各界代表人物不精简、不下放。第二个是做好甄别平反工作。1958年以后，在整风交心运动、"拔白旗"运动、"反右倾"运动中，各地错误地批判了一批党外人士。特别是中共中央明确宣布了不在党外人士中进行"反右倾"运动，有的地方和单位还是批判了一些党外人士。会议提出，必须坚决地、迅速地进行甄别平反工作，凡是在交心运动中受到处分或

②《建国以来重要文献选编》第十五册，中央文献出版社，1997年版，第281页。
②《建国以来重要文献选编》第十五册，中央文献出版社，1997年版，第312页。
③李维汉：《回忆与[illegible]》(下)，中共党史资料出版社，1986年版，第872页。

者被划为右派分子的，应当一律平反；在拔白旗、反右倾运动中受到批判、斗争、处分或者戴了帽子的，凡是批判错了或者基本上错了的，都应该平反；凡是平反的，应该摘掉帽子，恢复原来的工作或者安排其他相当的职务。对在1958年以来其他运动中受过重点批判、处分或者戴了帽子的党外人士，经过甄别证明完全错了或者基本错了的，也应该坚决予以平反，不要拖尾巴。第三个是做好摘了右派帽子的人和右派分子的安置工作。对目前正在休整学习而一时无法安置的，可延长休整学习时间；目前仍在劳动的，应该停止劳动或者改为半学习半劳动；休整学习期间所需费用，可列入国家开支。对已经摘了右派帽子的人和右派分子，已经分配了工作的，如认为需要精简时，暂时不动。对于已经解除劳动教养和需要遣返其他城市的摘了右派帽子的右派分子，应当暂留原地，设法维持他们的生活；对已经遣返回城市的，应该准许他们报上户口。对右派分子的家属和子女，按照他们本人的情况对待，不要称为"右派家属"、"右派子女"，在就学、就业、生活等方面不要歧视。

（二）加强合作，改善同党外人士的共事关系。当时的主要问题，是对党外人士的进步和作用估计不足，信任不够，因而使用和帮助也不够，常常是敷衍应付，或者冷在一旁，或者课以责任，却不给予必要的权利和条件等等。会议要求充分估计党外人士的进步和作用，贯彻有职有权的原则，切实尊重党外人士的职权，给以必需的工作条件，给以必要的支持，使他们能够履行职责，并且帮助他们做出成绩；根据他们的政治和业务水平，分别适当安排；工作条件、功过赏罚、表扬奖励、培养提拔等，应当一视同仁。

（三）发扬民主，认真实行互相监督的方针。同党外人士的关系，几年里有一些突出表现：不倾听党外人士的意见，不同他们商量办事；不是采取和风细雨的方法进行说服教育，而是常常粗暴地进行斗争，强制压服；对民主党派和有关团体的工作，多是把持包办，只强调学习和改造的一面，忽视它们代表合法利益和互相监督的作用。不少党外人士不敢说真心话，使民主集中制的原则受到损害。会议提出：各级党委要认真地而不是形式地运用人民政协、民主党派和有关团体的力量，采取自由、活泼的方法和多种多样的形式，广泛联系各阶层人士，活跃民主生活，开展统一战线活动。各级党委要主动创造条件，鼓励党外人士敢于讲真话，如实反映情况，积极代表他们所联系的阶级、阶层的合法利益和要求；要乐于听取不同意见，以至于听逆耳之言，真正做到"言者无罪"、"不戴帽子、不打棍子、不抓辫子"；对他们提出的批评和建议，要认真对待，认真处理，决不可敷衍应付，不能解决的，也要说明理由，对不正确的意见，要耐心说服教育。各级党委统战部门只能依据党的方针政策办事，严格遵守与党外人士协商办事的原则，尊重他们的职权，切实纠正把持包办的错误做法。

（四）组织学习，帮助党外人士逐步改造世界观。会议提出继续进行时事政策教育和政治理论教育，在学习方法上要贯彻自觉自愿、独立思考、自由辩论的原则，思想改造只能逐步提高，决不可操之过急。

全国统战工作会议结束之前，中共中央统战部向中共中央书记处作了汇报。会议结束后，5月28日，中共中央统战部又向中共中央写出书面报告。中共中央书记处对会议提出的几个问

题作了明确指示，据李维汉回忆："总书记邓小平同志对当时统一战线工作作了高度评价，指出：还是讲老话，统一战线是长期的，五十年以后再说。统战工作是得到益处的，是三大法宝之一。现在讲政治形势好，也就是说统一战线的形势好。要重申统战工作的长期性。"[①] 6月14日，中共中央批转了中共中央统战部的报告，中共中央指出：近几年来，在一部分同志中有一种忽视统战工作的倾向，中央认为，有必要唤起全党同志特别是各级领导干部对统战工作的重视。统一战线仍然是长期的，认为统战工作无关重要甚至可以不做了，是完全错误的。[②]

与全国统战工作会议同时召开的，还有一个民族工作会议，召开的时间是4月21日至5月25日。民族工作会议是全国人大民族委员会和国家民族事务委员会联合召开的。民族工作会议提出了民族工作中的许多问题，反映出几年里这个工作的不少缺点、错误，其中有些地区和有些问题上错误还相当严重，主要是：不重视民族问题，忽视民族特点，忽视宗教问题的严重性、群众性由此而来的长期性，忽视少数民族地区的经济特点，忽视少数民族的平等权利和自治权利，个别地方还损害了少数民族的这种权利，对团结上层的工作也大大放松了，有的地方采取了严重违反政策的手段。会议检查了统战部门和民族工作部门对新问题调查不够，情况不明；在撤消自治地方问题上，讲过自治县同邻县合并是必然趋势，并且同意了某些自治县合并以至撤消；在少数民族地区，讲过有些地方可以不经过互助组、初级社和高级社，直接实现人民公社化，赞成了某些地方"一步登天"的做法；在批判地方民族主义运动中，对民族主义思想倾向和民族主义分子之间的界限，根据实际情况研究不够；在废除宗教方面的压迫剥削制度的过程中，虽然再三讲了要把宗教中的压迫剥削制度同宗教信仰分开，但在实际处理寺庙等问题上是注意得很不够的，是有偏差的。因此，在今后五年以内，对少数民族地区有必要确定一个适当的方针。[③]

会议提出的重要问题及其相应的解决意见主要是：

（一）关于区域自治的问题。1958年以来，被撤消、合并的自治县有10个，自治州也有由专署代管或同专署、行署合署办公的问题，少数民族人民和干部很不满意。会议提出应当迅速恢复原状。几年里，一些自治州由邻近的专署领导，并且在党内不设州委，而由邻近的地委领导；还有些自治州人委[④]与党委合署办公，党政不分；很多自治地方的人民代表大会和人民委员会没有按期举行；有些地方一些好的规章制度没有认真遵守执行。会议提出，自治机关必须名副其实地享有自治权利，要恢复自治地方过去建立的一些好的规章制度，有关少数民族的重大问题应该经过少数民族人民和干部充分讨论，自治地方对于国家法令、指示有权按照当地民族特点制定补充规定、具体措施和变通办法，自治地方的人民代表大会应当按期召开，改变专署领导自治州的作法，没有设党委的自治州要设立起来，改变党政合署办公的做法。

（二）关于培养少数民族干部问题。近几年里，有不少地方少数民族干部的数量下降，而且下降的幅度相当大，比如甘肃下降了48.2%，青海下降了20.2%，云南下降了19.57%；对少数民族干部帮助教育不够；受批判和处分的少数民族干部有相当一部分搞错了，反对地方民族主义的

①李维汉：《回忆与思考》（下），中共党史出版社，1986年版，第875页。
②《建国以来重要文献选编》第十五册，中央文献出版社，1997年版，第485页。
③《建国以来重要文献选编》第十五册，中央文献出版社，1997年版，第506～507页。
④"人委"即人民委员会，是地方县以上行政机构的名称，相当于现在的地方人民政府。

斗争，也有批判过头、斗争过火的地方，混淆了两类不同性质的矛盾；一部分民族地区少数民族干部和汉族干部生活比较困难。会议提出，必须认真培养少数民族干部，各自治地方更要注意培养和提拔少数民族干部，民族地区的党委应该特别注意培养提拔少数民族干部中的优秀分子担任党委书记和党委工作部门的领导工作，民族地区的乡和公社以下的干部一般应当由当地少数民族人员充任；在少数民族地区认真做好甄别工作，凡是在拔白旗、反右倾、整风、整社、民主革命补课运动中批判和处分错了的，应当认真地、迅速地甄别平反；在反对地方民族主义的斗争中，批判过头或者确实批判错了的也要甄别，应当平反的必须坚决平反，悔改较好和情节较轻的地方民族主义分子可以尽快摘掉他们的帽子；对于少数民族干部和在少数民族地区工作的汉族干部，生活上的困难要尽量予以解决。

（三）关于精简问题。精简机构和人员是60年代调整的一项必要措施，但是少数民族地区的精简工作也出现一些问题，少数民族行政区划、机构和干部减得多了一些。会议建议精简过程中要注意保留少数民族干部和职工，少数民族语言翻译机构不能取消，民族学院和少数民族工作机构不要取消。

（四）关于团结上层的问题。对少数民族上层人士的问题，会议中提出不少意见：把上层人士冷在一边，不让安排了实际工作的上层人士做工作；对上层应有的生活待遇缺少关照，甚至有所歧视；对上层安排劳动过多；民主改革补课过程中，没收了许多民族上层的浮财、底财和房屋，斗争和逮捕了一些上层分子和他们的家属；西藏、甘肃、青海等藏族地区，在平息叛乱和处理反革命分子问题上，有打击面过宽错捕错斗的情况，等等。会议提出，必须认真改正缺点，主动调整同少数民族上层的关系，凡是安排了实际职务的上层人士，都要使他们负起应负的责任来，并且要供给他们必要的工作条件；有关当地工作中的重要事情，要同上层协商，尊重他们的意见；几年里斗错了、捕错了、处分错了的要进行甄别，应当平反的坚决平反；在生活待遇上，要和同级党员干部一视同仁，并且应当对他们加以适当照顾；组织上层劳动生产要自愿参加，量力而行，不要勉强；必须执行党的赎买政策，上层人士的浮财、底财和房屋没收了的一律退赔，应当发给他们的薪金和生活补助费要如数发给，在牧区应当付给牧主的定息要按期付给；过去没有付给的要如数补发。

（五）关于宗教问题。1958年废除宗教中的剥削压迫制度以后，少数民族地区的宗教工作出现不少问题：群众的正常宗教活动受到不少干涉和限制，不少地方群众的宗教活动转入“地下”；保留的寺庙太少，青海省保留的寺庙不到原有寺庙的1%，甘肃保留的寺庙不到原有寺庙的2%，四川藏区保留的寺庙不到原有寺庙的4%，西藏保留的寺庙占原有寺庙的6.5%，新疆保留的多一些，但也有50%左右被搞掉了；喇嘛、阿訇也留得太少，藏区喇嘛人数仅占民主改革前的3%；对留寺的喇嘛、阿訇安排劳动过多；寺庙民主管理委员会管得较宽，宗教活动、劳动、学习、治安保卫都管，有的地方甚至规定民主管理委员会是寺庙的行政机构；所有这些，引起宗教界上层人士很多意见，群众也不满意。会议提出，群众的宗教活动应该恢复正常，不要干涉；寺庙开放多少，应当根据群众宗教生活的实际需要和意见决定，要同宗教

◆ 1961年3月2日在西藏拉萨大昭寺举行的传召大会上，喇嘛正在听班禅额尔德尼·确吉坚赞讲经。这充分体现了中国共产党宗教信仰自由的政策。

上层协商；喇嘛还俗与否听其自便，不要采取行政命令的办法加以限制；留寺喇嘛、阿訇、僧尼参加劳动生产是必要的，应当鼓励并帮助他们解决困难，但是不要提生产自给的口号，老、弱、病、残者可以不劳动，宗教上层的生活要包下来、包到底；宗教职业者在寺庙内的活动以宗教活动为主，政治学习不要安排多了；寺庙管理可以实行政府管理和民主自治相结合的原则，政府从政策法令上加以管理、检查监督，寺庙内部的事情由宗教人员自己民主自治，喇嘛寺的民主管理委员会由寺内喇嘛推选组成，清真寺的民主管理委员会由当地信教群众推选代表和有关宗教人员组成；注意保护寺庙、佛像、经典、法器，不得破坏。

（六）关于牧区工作问题。不少牧区在执行“以牧为主”的方针方面存在问题，在牧区大量开垦草原，破坏了草场，使牲畜头数下降。会议认为，中共中央关于牧区工作“千条万条增加牲畜是第一条”的指示是完全正确的，各项工作都必须为发展牲畜、繁荣畜牧业经济服务，不要再提“农牧结合”的口号。

（七）关于散居少数民族的工作问题。几年里，对散居少数民族工作管得不够，对散居少数民族生活上的困难照顾得不够。会议要求，必须保障散居少数民族的平等权利，尊重他们的风俗习惯，帮助他们解决生产生活上的困难；对于并掉了的民族乡，当地少数民族要求恢复的，可以同意；要求成立民族区的，如果确有必要也可以同意；民族区、民族乡和一切民族杂居的、有散居少数民族的地方，都要注意提拔使用少数民族干部。

（八）关于贸易、教育、卫生和山区生产的几个问题。1958年以后，许多地区把过去在贸易、教育、卫生方面对少数民族的照顾取消了；不少地方对山区生产的特点照顾得很不够，在林业地区农业、林业相结合安排得不合理，林业的所有制没有解决好，对山区群众生产生活上的困难也照顾不够。会议提出，撤消了的民族贸易机构要恢复，少数民族特需的商品要有计划地安排生产，尽可能地供应；过去在某些少数民族地区实

行的“不赚不赔，有赚有赔，以赚补赔”的贸易方针也应当逐步恢复；灾情较重、困难较多的少数民族地区和少数民族牧区、边远山区，在征购税收方面给以适当的照顾；恢复部分地区实行过的减费、免费医疗制度；恢复高等院校录取少数民族学生的照顾办法和帮助少数民族学生学习的办法；建议中央有关部门研究照顾山区生产特点和林业所有制方面的问题。

民族工作会议将上述问题和意见写成报告[①]，上送中共中央。6月20日，中共中央批转了《关于民族工作会议的报告》。中共中央认为，报告提出处理意见是正确的，在今后五年以内各少数民族地区应当采取的方针也是适当的。中共中央要求各地研究执行，并且检查一次民族政策的执行情况。中共中央指出：“民族问题的彻底解决，是长期的，必须进行长期的经常工作，才能逐步实现。如果看不到这种长期性，不重视社会主义革命和社会主义建设过程中的民族问题，不照顾民族特点和地区特点，不按党的政策办事，在工作中就势必要犯错误。”[②]

侨务政策也作了调整。落实侨务政策，当时比较突出的是所谓“海外关系”问题。几年里，不少地方和部门，不加具体分析，把归国华侨、侨眷、归侨学生在国外的家庭和亲友关系，一律作为“资产阶级关系”或“复杂的政治关系”看待，滥加怀疑和歧视。1962年5月31日，中共中央批转国家华侨事务委员会党组就这一问题给中共中央的报告，明确批示：“所谓‘海外关系’的提法，是模糊政策界线，混淆敌我关系的提法，是不妥当的，有害无益的”，要求有关单位，尤其是华侨、归侨、侨眷占人口中相当比重的省和市，切实讨论这一报告，对因所谓“海外关系”而引起的一系列问题有步骤地加以处理。国家侨委党组的报告提出，人事、审查工作必须取消所谓“海外关系”的内容，对在历次运动和政治审查中因此而被错斗、错处分、错戴帽子者，应迅速、切实纠正，取消处分，恢复名誉，对归侨干部不得歧视。

统一战线、民族、宗教、侨务等一系列政策的调整，在1962年很快产生了积极效果。给被划为“右派分子”的人摘去帽子的工作，如前所述，已经从1959年国庆前夕开始分批进行，到1962年时大部分被划作“右派分子”的人都已摘帽。对于被错划为右派分子的人来说，单是摘去帽子并没有从根本上澄清是非，解决问题。但是，摘去帽子，毕竟在一定程度上使他们的政治处境和工作、生活安排有所改善。

六、“一揽子”解决

在调整党外政治和社会关系的同时，党内政治关系的调整也采取了重要步骤。其中，最主要的步骤，就是加速甄别平反。如前所述，甄别平反从1961年6月就开始进行了。从那时起，各地做了一些甄别平反的工作。但是，从全国来说，进展很不平衡，有一些地方和部门“贯彻中央指示不力”，或者“重视不够”，或者“有抵触情绪”，或者“工作方法不对头”，“甄别工作进度很慢”。[③]中共中央认为，这种情况对于调动广大党员干部的积极性、克服当前困难是不利的；因此，必须加强领导，加速进行。

1962年4月在邓小平主持下，中共中央书记处发出《关于加速进行党员、干部甄别工作的通知》。中共中央提出，当前甄别平反工作的重点是县级以下的农村基层干部。因为在历次运

①《建国以来重要文献选编》第十五册，中央文献出版社，1997年版，第507～528页。
②《建国以来重要文献选编》第十五册，中央文献出版社，1997年版，第501页。
③《建国以来重要文献选编》第十五册，中央文献出版社，1997年版，第361页。

动中被搞错了或搞过了而应予平反的人，从数量上说以基层干部和一般党员为最多。他们的问题比较简单，是应该而且可能采取比较简便的办法加以处理。所以，凡是在拔白旗、反右倾、整风整社、民主革命补课运动中批判和处分完全错了和基本错了的党员、干部，采取简便的办法，认真地、迅速地加以甄别平反。机关、学校、工矿、企业中错批判和错处分的一般党员和干部，也应该采取上述办法平反。[①]

所谓"简便办法"，就是由上一级党委派出负责人，帮助所在组织摸清被错批判和错处分的党员、干部的情况，召集他们开会、谈话，然后召开干部大会或党员大会、群众大会，宣布一律平反；有关领导当场向被错批判错处分的党员、干部进行道歉；上级党委则派人参加，说明错误的责任主要在上级，号召卸掉包袱，加强团结，搞好工作和生产。随后根据军队的经验[②]，中共中央书记处建议对全国县以下的干部来个"一揽子"解决，即对过去搞错了或者基本上搞错了的干部统统平反，除个别有严重问题的外，都不要"留尾巴"，一次解决。邓小平还在这年5月举行的中共中央工作会议上强调，"甄别平反是一个很重要的工作，不要轻视这个工作。上面的领导同志，要下去帮助承担责任，这样搞可以快一些。这件工作，请各中央局告诉各省、市、自治区党委，凡是开始做了的，继续做，没有做的，迅速做。其结果一定要向群众当面公布。这实际上是我们承认一个错误，承认我们过去搞得不对。"[③]党内甄别平反工作迅速全面推开。到这年8月，全国共有600多万干部、党员和群众得到平反。[④]

七、八字方针不要马上改变

在调整方针的指导下，1963年上半年国民经济形势开始全面好转，工农业生产稳步上升，市场供应明显改善，财政收支情况良好。当国民经济出现明显好转的形势后，要求上基建、上速度的倾向再度抬头。1963年6月，国家计委召开1964年年度计划座谈会，各地代表对经济形势好转程度和1964年经济工作是否继续贯彻八字方针的问题，看法很不一致。有的人认为八字方针的历史任务已经基本完成，争取工农业生产新高潮是新的大跃进的开始。

对经济形势的估计，关系到整个国民经济发展的战略决策。中共中央比较冷静。7月下旬，周恩来在中共中央书记处传达了毛泽东关于1963年至1965年三年继续调整的想法。随后，他在听取国家计委党组汇报1964年国民经济计划控制数字的初步意见时，针对重新出现的急躁情绪明确指出：国民经济调整从1961年开始要进行五年，八字方针不要马上改变，还要继续调整。邓小平当时也指出：还要进行调整，重点是巩固、充实、提高，创造条件，为第三个五年计划作好准备。

1963年9月，中共中央在北京召开工作会议。会议认真分析当时的形势，认为国民经济形势确实出现了明显好转，但是还存在不少问题。农业生产尚未恢复到1957年的水平，粮食产量还低于1952年；基础工业还很薄弱，许多企业的生产能力还不配套，很多损坏的设备尚待维修或更新，企业的经营管理还很不健全，亏损还相当严重。因此，决定从1963年起，再用三年时间继续进行调整工作，作为第二个五年计划（1958～1962年）到第三个五年计划之间的过渡阶段。在此阶段，

①《建国以来重要文献选编》第十五册，中央文献出版社，1997年版，第361～362页。
②这里所说的"军队的经验"，就是前文所述的"简便方法"。
③《邓小平文选》第一卷，人民出版社，1994年版，第319页。
④胡绳主编：《中国共产党的七十年》，中共党史出版社，1991年版，第427页。

经济工作的主要任务和目标，是农业生产达到或超过1957年的水平，工业生产在1957年的基础上提高50%，国民经济各部门的比例关系（主要是工业和农业、工业内部、农业内部）以及消费和积累之间的关系在新的水平上取得基本协调，国民经济管理工作走上正轨。为了实现上述目标，会议确定的基本方针是：以农业为基础、工业为主导发展国民经济；解决吃穿用，加强基础工业、兼顾国防和突破尖端；调整、巩固、充实、提高；自力更生、奋发图强、艰苦奋斗、勤俭建国。

1963年开始的三年调整，其重点已由大规模缩减、大幅度后退转向加强薄弱部门和薄弱环节。首先是大力加强基础工业，努力搞好设备维修和更新，抓紧对原有生产能力的填平补齐，使它们成龙配套。到1965年，除非金属矿山外，其他矿山，包括煤矿、黑色金属矿、有色金属矿等先后归还了欠账，使采掘关系基本达到正常，矿井的综合生产能力逐步填平补齐；到1964年底，失修的设备大部分修复，黑色金属和有色金属矿山的设备完好率达到80%左右，一般设备完好率达到85-90%；对老基地、老企业有计划有步骤地进行设备更新和技术改造与解决新基地、新企业的配套工程和辅助设施等项工作也取得一定成效。这些措施的贯彻实行，有效地提高了企业的技术水平和生产能力。

在继续调整的三年中，改善企业的经营管理，增加品种、提高质量，成为企业整顿的重点。经过努力，工业企业成本逐年下降，利润逐年增加。到1965年，工业企业的亏损额只剩4.9亿元，基本上消灭了经营性亏损。质量、消耗、劳动生产率等技术经济指标大大改善。1965年，生铁合格率达到99.85%，钢材合格率达到98.5%，棉布一等品率达到97.4%，机械工业有些产品的性能和质量已接近或达到世界先进水平。据统计，中国工业主要技术经济指标的历史最高水平，相当大的一部分是1965年前后创造的。1965年，全民所有制独立核算的工业企业的全员劳动生产率（按不变价格计算）达到8943元，比1957年提高41.1%。在此期间，工业的新产品、新品种迅速增加。钢和钢材的品种，1964年分别达到900多种和9000多种，比1957年增加1倍多。同期机床品种增加1.8倍。石油品种，1965年比1957年增加两倍多，石油产量增加6倍多，从而使石油消费达到基本自给。机械工业成功地制造了几千种新品种，已能制造一部分现代化的大型精密设备。新兴的电子工业、原子能工业、航天工业，已成为国民经济中的重要工业部门。石油化工、建材、轻工、纺织等工业，也增添了不少新的门类和产品。这不仅大大提高了原材料、燃料和设备的自给率，而且大大丰富了人民生活。在这三年中，还在经济管理、物资管理、劳动管理等方面进行了探索性的改革，试办托拉斯，试行两种劳动制度和两种教育制度，试行按经济区域组织物资供应等。这些虽然还不是全面系统的改革，但是，对于经济调整任务的完成，促进国民经济的恢复和发展，起了积极作用。

在继续调整的三年中，由于阶级斗争扩大化的错误逐步发展，经济工作不能不受到某些影响。但是，总的来看，在经济工作方面采取的基本方针、政策和措施，大体上还是比较符合实际，比较适合经济发展的需要，因而调整国民经济的工作仍然取得了巨大成效。1964年底1965年初，周恩来在第三届全国人民代表大会第一次会议上宣布：现在调整国民经济的任务已经基本完成，整个

国民经济将进入一个新的发展时期，要努力把我国逐步建设成为一个具有现代农业、现代工业、现代国防和现代科学技术的社会主义强国。

经过五年时间，到1965年，调整国民经济的任务全面完成。国民经济得到恢复和发展。工农业生产已经在比较协调的基础上达到一个新的水平。1965年，工农业总产值按当年价格计算达到2235亿元，其中农业总产值833亿元，工业总产值1402亿元。按可比价格计算，同1957年相比，工农业总产值增长59.9%，农业总产值增长9.9%，工业总产值增长98.1%。

经过调整，受到严重破坏的国民经济各部之间的比例关系有了很大改善，已经基本上趋于正常。

工农业的比例关系比较协调了。1965年同1960年相比，农业总产值在工农业总产值中所占比重，从21.8%上升到37.3%;工业总产值所占比重从78.2%下降到62.7%。轻、重工业的比例关系也有了明显变化，由1960年的33.4∶66.6，到1965年变为51.6∶48.4，大体上各占一半。这些变化，比较符合当时中国经济发展的客观情况。

积累和消费的比例关系趋于正常。从1961年起，由于大量削减基本建设投资，积累率显著下降。1962年降到10.4%，这在当时情况下是被迫的，也是保障人民生活所必需的。随着生产的恢复和发展，积累率逐步提高，到1964年、1965年，先后提升到22.2%、27.1%。从历史经验看，在正常情况下，年积累率一般保持在四分之一左右，能够兼顾国家建设和人民生活。

随着国民经济的恢复和发展，财政状况好转，市场稳定，人民生活有了改善。从1963年到1965年的三年中，零售商品货源大于社会购买力53亿元，逐步取消了高价商品，凭票供应的商品也大为减少。由于生产恢复、市场供应增加和农产品收购价格调高，1963年全国40%的职工提高了工资，人民生活有所改善。但从粮食、食油、棉布的人均消费量来看，还没有恢复到1957年的水平。

1965年初周恩来宣布国民经济调整任务基本完成之后，到1966年5月“文化大革命”发生前，中国经济又发展了大约一年半时间。到这时，中国从1956年开始的全面建设社会主义的进程已经经历了十年。权威的中共党史著述曾经对这十年的建设做过一个总体勾勒：

十年大规模的社会主义建设，虽然遭到过严重挫折，仍然取得了很大的成就。开始的一年多，是继续执行和超额完成原定的第一个五年计划(1953～1957年)，中间经历第二个五年计划(1958～1962年)。这五年，是以打破常规(也就是抛开原定计划)的三年“大跃进”(1958～1960年)和由于“大跃进”失误而来的严重经济困难为标志的，全党和全国人民为克服困难进行了坚苦卓绝的斗争。第二个五年计划的后两年(1961～1962年)，实行国民经济调整。然后是三年继续调整(1963～1965年)，作为第二个五年计划到第三个五年计划(从1966年开始)之间的过渡阶段。调整一共前后五年，经济发展比较顺利，所取得的成就是明显的。

以1962年为基期(这是国民经济调整中退到最低点的年份)，在1963年到1965年的三年中，工农业总产值平均每年增长157%，农业总产值平均每年增长11%，工业总产值平均每年增长179%，而第一个五年计划期间这三项增长率分别为109%、45%、18%。当然，由于1962年的基数太低，后三年经济增长带有恢复性质，与第一个五年计划期间并不完全可比。

以 1957 年为基期，在 1958 年到 1965 年的八年中，基本建设投资完成 938 亿元，建成大中型项目 531 个。工农业总产值增长 599%，其中农业总产值增长 99%，工业总产值增长 981%。工业主要产品中，钢增长 13 倍，达到 1223 万吨；原煤增长 77%，达到 232 亿吨；发电量增长 25 倍，达到 676 亿度；原油增长 675 倍，达到 1131 万吨；合成氨增长 87 倍，达到 1484 万吨。农业主要产品中，棉花达到 2098 万吨；增长 279%；粮食达到 3891 亿斤，接近 1957 年 3901 亿斤（原来说的 3700 亿斤不包括大豆）的水平。"大跃进"的大起大落使整个这段时间的增长率降低了。但是，由于全国人民的艰苦奋斗，农业较快得到恢复，有些方面还得到增长，工业各方面都有增长，有些方面增长额还相当可观。

"大跃进"给工农业生产和建设造成极大的破坏和浪费，然而，工业建设、科学研究和国防尖端技术的发展以及农田水利建设和农业机械化、现代化发展的许多工作，都是在那些年代开始布局的。据统计，从新中国成立到 1964 年，重工业各主要部门累计新建的大中型项目中，有三分之二以上是在三年"大跃进"期间开工的。这三年新增的炼钢能力占从建国到 1979 年新增炼钢能力的 362%，采煤能力占 296%，棉纺锭占 259%。经过调整、巩固、充实、提高，这些开工项目和新增能力，获得扎实的成果。

工业的建设，以 1966 年同 1956 年相比，全国工业固定资产按原价计算，增长了三倍。在钢铁工业方面，除了我国最大的鞍山钢铁基地进一步建设以外，武汉、包头两大内地钢铁基地主要是在这十年中建设起来的，还有一大批大中型钢铁基地也陆续在各地建成，战略大后方的攀枝花钢铁基地也是在这个时期开始建设的。在机械工业方面，分别形成了冶金、采矿、电站、石化等工业设备制造以及飞机、汽车、工程机械制造等十几个基本行业，并且能够独立设计和制造一部分现代化大型设备。1964 年，我国主要机器设备的自给率已达 90%以上。支援农业的工业有了很大发展，十年中全国农用拖拉机和化肥施用量都增长六倍以上，农村用电量增长 70 倍。工业的地区布局和门类结构有了改善。

特别突出的是石油工业发展成为这个时期我国国民经济的支柱产业。大庆油田是 1959 年找到工业性油流，1960 年最困难的时候党中央决定从各方面抽调工人、干部和技术人员，集中力量在茫茫草原上进行勘探开发而迅速建设起来的。一年探明油田面积并进行试采实验，三年建设起中国最大的石油基地，产量达全国石油总产量的三分之二。在石油地质理论、油田开发和炼油工艺方面都有突破性进展。随后又开发了胜利油田和大港油田。到 1965 年国内需要的石油已经全部自给，使我们能够自豪地宣布：中国人靠"洋油"过日子的时代已经结束了！同石油工业发展相联系，石油化工这门新兴工业也逐步建设起来。

十年新修铁路近八千公里。鹰厦、包兰、兰青、兰新、川黔、桂黔等线建成通车。成昆、贵昆、湘黔、襄渝等线也在加紧修建。全国除西藏外，各省、自治区都有了铁路。福建、宁夏、青海、新疆第一次通了火车。三线建设任务的提出和部署，对铁路建设的推进起了重要作用。

十年科学技术成绩显著。1956 年制定的十二年科学技术远景规划中的许多具体要求均已达到，1963 年提前制定了新的十年（1963 ～ 1972

◆ 1964年12月20日至1965年1月4日，全国人大三届一次会议在北京举行。图为周恩来在会上作《政府工作报告》。

年）科学技术发展规划。毛泽东就制定这个新的规划作出指示：科学技术这一仗，一定要打，而且必须打好。不搞科学技术，生产力无法提高。①

国防尖端科学技术的成果最为显著。1958年这方面工作已在聂荣臻主持下迈开步伐。1961年中央作出以研制“两弹”（原子弹和导弹）为中心，加速国防科研和工业发展的重大决策。1962年11月，中央成立以周恩来为首，包括聂荣臻、罗瑞卿等在内的15人专门委员会，负责组织和领导两弹的研制。毛泽东指示：“要大力协同做好这项工作。”②周恩来为此付出了大量的心血。经过广大科技人员、解放军指战员以及有关部门的职工的努力，1964年10月16日，成功地爆炸了中国第一颗原子弹。这集中地代表了我国科学技术当时达到的新水平。我国自力更生取得这一辉煌成就，有力地打破了超级大国的核垄断和核讹诈，提高了我国的国际地位。中国政府声明：中国一贯主张全面禁止和彻底销毁核武器。中国进行核试验、发展核武器，是被迫而为的，完全是为了防御，为了中国人民免受核威胁。中国政府郑重宣布：在任何时候、任何情况下，中国都不会首先使用核武器。

在基础科学研究方面，1965年我国首先完成人工合成牛胰岛素结晶，在世界上处于领先地位。

十年教育事业有很大发展。1957年到1966年，高等学校毕业生近140万人，中专学校毕业生共210万人，分别为1950年到1956年的4.9倍和2.4倍。经过调整，教育质量有很大提高。③

① 1963年12月同聂荣臻等的谈话，转引自江泽民在全国科协第四次代表大会上的讲话。
② 1962年在罗瑞卿关于成立十五人专门委员会给毛泽东和党中央的建议信上的批语。
③胡绳主编：《中国共产党的七十年》，中共党史出版社，1991年版，第475～479页。

第八章

从“吃穿用计划”到“三线建设”

MAOZEDONGSHIDAIDEZHONGGUO

第八章
从“吃穿用计划”到“三线建设”

一、要基本解决吃穿用

在调整国民经济过程中，编制国民经济长期规划和“三五”计划的工作也提上了日程。这个工作虽然是从1963年正式开始的，但是这个问题的提出却很早。

第二个五年计划虽然从1956就开始编制，但是由于“大跃进”运动的发动，它只是有一个控制数字，而始终没有形成一个正式计划。1960年，按照当时的说法，已经完成“二五”计划，因而需要制定“二五”计划后两年的补充计划和开始制定“三五”计划。然而，无论是两年补充计划，还是“三五”计划，当时都还是在“大跃进”的轨道上来考虑的。因此，1960年秋冬到1961年初，中共中央正式决定对国民经济实行“调整、巩固、充实、提高”的八字方针以后，原来对“三五”计划的设想显然必须放弃。

如同大病一场的患者须经过治疗调养之后，方能开始过健康人的生活一样，国民经济也必须先纠正经济生活中的混乱，调整严重失调的各种比例关系，理顺工农业生产的秩序，然后才能在正常的轨道上运行。也就是说，“三五”计划要在国民经济调整两三年之后才开始。时任国家计委主任的李富春当时对这一点看得很清楚：“在二、三年内贯彻调整、巩固、充实、提高的方针和方案下，来准备第三个五年计划。”“总之，要摸今年的底，然后摸二、三年内调整、巩固、充实、提高的底，然后才能搞第三个五年计划。”[①]

1961年3月，中共中央书记处会议决定，搞两年（1961～1962）计划和八年（1963～1970）计划，八年计划争取七年完成，以庆祝建国20周年。[②]所以，实际上是两年计划和七年计划。中共中央书记处的决定，同李富春原来所说先调整两三年、再开始“三五”计划的意见的基本精神是一致的，只是时间比李富春的设想稍长一点。

这一年，国家计委按照中共中央书记处的决定，编制两年计划和七年计划，其中重点是两年计划。关于两年计划，李富春主张还是调整、巩固、充实、提高八个字，着重搞原材料，着重支援农业。关于八年计划，李富春认为应当是稳当跃进的指标；考虑工业指标首先考虑农业问题；工业布局、交通布局要好好研究一下，后八年搞大后方，重点是西南，不是西北，西南人多、粮多，云、贵、川的交通建设要快一些。[③]

年底，关于编制长期计划的设想又有变化。12月2日，中共中央书记处开会，决定不再搞七年计划，而搞十年计划，即从1963年到1972年的计划。十年分两个阶段，1967年以前（即第三个五年计划期间），要基本上解决吃、穿、用的问题；1972年以前（即第四个五年计划期间），要解决赶英、超英的问题。在布局上，主要是搞西南和西北。邓小平说，西南与西北比较起来，应当

①《李富春传》，中央文献出版社，2001年版，第618～619页。
②《李富春传》，中央文献出版社，2001年版，第619页。
③《李富春传》，中央文献出版社，2001年版，第619页。

着重搞西南，因为西南有粮食。河西走廊工业很多，要把农业搞起来，以解决吃饭问题。[①]这里的变化，一是将原先设想的时间延长了，即由七年（或八年）延长到十年，变成两个五年；二是将原先七年解决的问题，分作两个五年来解决。

中共中央书记处会议之后，李富春曾对十年计划的基本任务作了说明。他说："今后十年的基本任务有两个：1.第三个五年计划期间内，集中力量解决吃、穿、用，到1967年每人有20尺布、4尺针织品。2.打下四个现代化的巩固基础，主要工业产品产量赶上英国。钢的生产指标，1969年达到2500万吨到2600万吨，1972年达到3200万吨到3500万吨。"[②]这时对十年计划的目标，已经有了量化标志。同时，对十年计划期间的工业布局也比较注意，为此李富春专门致信各部党组：

各部党组：

为着有利于布局，有利于应付突然事件，有利于以后的发展，在七至十年计划安排中请特别注意：

（一）新建企业必须以中型为主。

（二）按大区成套安排，组织协作。首先要注意按地区填平补齐。（原材料和加工工业的配合）

（三）大城市和人口多、农业产量高的地区（如西安坝子、成都坝子），不能安排新项目，要以分散为原则。

（四）只有急需增长产量的企业（如化肥厂、矿山机械厂等）才能扩建。[③]

七千人大会特别是西楼会议[④]以后，由于发现巨额财政赤字，国民经济处于非常时期，中共中央提出要以非常手段调整经济，工业要退够。因此，国家计委主要是调整当年的计划，长期规划和"三五"计划的编制一时还难以具体展开。当然，在调整当年计划的过程中，国家计委也仍然在考虑长期规划和"三五"计划问题。在总的设想上，这时的考虑同1961年还是一样，依然是把十年分成两个五年，第三个五年计划还是确定搞吃、穿、用，集中力量恢复农业生产，安排好市场。

不过也有一些新的因素，对十年计划的考虑发生了影响。第一，这年大刀阔斧的调整，使得工业尤其是重工业的发展速度不能像过去设想的那样快了。李富春估计工业的发展速度至少三年不可能增长，重工业的发展速度可能比现在设想的还要慢些。[⑤]第二，局部地区形势的紧张，备战问题的提出，使得国防工业在整个计划中的位置变得十分突出。当时，台湾海峡形势紧张。中共中央估计"山雨欲来"，要求提高警惕，作好准备，即或今年不来，明年也要作好准备，明年不来，后年也要作好准备。李富春指出："国防工业，要在计划上明确突出，有备无患。第一步准备50万人打半年，明年准备100万人打一年，进一步准备300万人打一年。要在这个基础上搞国防工业的填平补齐和民用工业的动员工作。"[⑥]

据此，李富春提出三句话作为第三个五年计划的方针任务：（一）国民经济各部门必须继续贯彻执行以农业为基础的方针，集中力量恢复和发展农业；（二）进一步调整和充实重工业，以利于支援农业，兼顾发展轻工业、交通运输业，加强国防，保证必需的出口援外；（三）在恢复发展农业

①《李富春传》，中央文献出版社，2001年版，第620页。
②《李富春传》，中央文献出版社，2001年版，第620页。
③《李富春传》，中央文献出版社，2001年版，第620页。
④ 1962年2月刘少奇主持召开的政治局常委扩大会议。
⑤《李富春传》，中央文献出版社，2001年版，第621页。
⑥《李富春传》，中央文献出版社，2001年版，第21页。

的基础上，逐步改善人民的吃穿用，调整物价和工资，提高人民生活水平。[1]比起过去关于长期规划的设想，李富春的意见要稍微具体一些。但是直到这年年底，长期规划问题仍然没有提上议事日程。

按照原先的设想，十年规划从1963年开始，第三个五年计划也是从1963年开始。时至1962年年末，李富春愈来愈感到编制长期规划的紧迫性。如前所述，1962年12月6日，李富春致信毛泽东和中央政治局常委，正式建议编制长期规划：

第二个五年计划时期即将结束，为了更好地安排以后年份的各项生产建设工作，使年度的国民经济计划能够同长远的奋斗目标相衔接，需要尽快地着手编制长期规划。

我们建议，编制1963年至1972年的十年长期规划。这个规划可以分为两段：

前五年，即第三个五年计划，搞得细一些，要做分年分地区的安排；后五年，即第四个五年计划，搞得粗一些，只是一个大体的轮廓。这是考虑到在第三个五年内，由于前三年，工业还要进行调整、巩固、充实、提高的工作，生产的增长速度不可能很高；农业生产的速度可能快一些，但是，在第三个五年计划期内，农业全面的发展和农业总产值可能只能达到1957年和1958年的水平，特别是拿到国家手里的不可能增加很多。因此，国家的财力和物力都还有限，各种建设不可能搞得过多。[2]

李富春提出，十年规划的编制应当按照以农业为基础、以工业为主导的发展国民经济总方针，把农业放在首要地位，把工业转移到以农业为基础的轨道上来。

这个月底，12月31日，李富春又致信毛泽东，专门谈长期规划问题，提出三点设想：

（一）发展农业和农业技术改革问题。农业的发展是第一位的任务，必须注意以粮食为中心的多种经营，以利于发展经济作物和巩固集体经济。还要注意根据不同地区的不同特点做出规划。农业的技术改革，要从20年到25年来着眼。要分别不同地区、不同重点，分别轻重缓急有步骤地进行。要先搞投资少、收效快、最有利于农业增产的农业技术改革。在今后四个到五个五年的每一个五年里，都要有不同的重点，交错前进；到了20年或25年，则全盘农业技术改革均可基本完成。因此，前两个五年的重点，似

◆ 李富春(1900～1975)

①《李富春传》，中央文献出版社，2001年版，第621页。
②《李富春传》，中央文献出版社，2001年版，第621页。

宜多搞水利、化肥和农药。

（二）以农业为基础来完成工业化问题。建成我国独立的完整的工业体系，这是必须鼓足干劲、努力奋斗的问题。这对完成农业技术改革，解决吃穿用，加强国防，使我国实现四个现代化，有决定性的作用，这也就是工业的主导作用问题。在十年计划期间，应当发展化学工业，加强化学工业，能带动其他工业的发展。工业的建设和发展，抓住化学工业这个中心来推动其他，是很值得深思熟虑的和认真研究的一个问题。

（三）人民生活的改善问题。农业发展了，工业发展了，吃穿用问题建立了基础，人民生活的改善是可以在十年内前进一大步的。农业的多种经营搞起来了，国家工业提供的穿和用的东西增加了，城乡交流可大为发展，两个市场的价格问题可以解决，国家财政收入在第四个五年也可能有较大的增长。①

这封信更加具体地阐述了他对十年计划的一些想法，这些想法很大程度上总结了建国以来特别是“大跃进”以来的经验教训，在突出农业发展的地位和分阶段部署重点方面，尤其借鉴了“大跃进”的教训。

李富春还建议按“口”组织若干个规划委员会：发展农业和农业技术改革十年规划委员会，请谭震林负责；工业交通十年规划委员会，请薄一波负责；国防工业十年规划委员会，请罗瑞卿负责；科学发展十年规划委员会，请聂荣臻负责；财贸十年规划委员会，请李先念负责；文教卫生十年规划委员会，请中央文教小组负责。各中央

◆ 1963 年 7 月 3 日，李富春在二届人大常委举行的第 99 次会议上作关于第二个五年计划后两年的调整计划执行情况的报告。

①《李富春选集》，中国计划出版社，1992 年版，第 302 ～ 304 页。

局，各省、市、自治区也采取相应的组织形式，进行分地区的规划工作。国家计划委员会参加各“口”的长期规划委员会，在各“口”和各地区规划的基础上，进行全面的综合平衡。12月24日，中共中央向各中央局和各省、市、自治区党委转发了李富春的建议。①

为了在编制计划过程中协调工业、农业、财贸等各方面的关系，改进计划管理体制，加强计划工作的领导，1963年初，李富春向中共中央提出报告，建议成立国家计划委员会领导小组。2月8日，中共中央同意李富春的建议，正式决定成立国家计划委员会计划领导小组，这个小组由李富春、李先念、谭震林、薄一波、陈伯达、邓子恢、程子华、薛暮桥等八人组成；增加谭震林、薄一波、陈伯达、邓子恢为国家计委副主任（此前，李先念、程子华、薛暮桥等已任副主任）。

此后，国务院各口先后成立发展规划委员会或者规划小组。先是成立了工业发展规划委员会、农业发展和农业技术改革规划委员会，分别由薄一波、谭震林负责。其他各口也陆续成立了规划委员会或者规划小组。各规划委员会开始紧锣密鼓地展开工作。

李富春不仅向中共中央、毛泽东写信提出编制长期规划的建议，而且还多次同有关经济部门的负责人谈对长期规划的一些看法。12月27日，他从广州给国家计委党组打电话，提议编制十年规划的各个委员会应迅速成立，开始工作。他在电话里说：十年规划，不仅要研究产量指标和发展速度，而且还要研究技术政策，产品的质量、品种、科学研究、新产品试制等，技术政策一定要在长期规划中体现出来。农业的安排，应从20年到25年来安排，分别不同地区不同重点地安排，不能齐头并进，百废俱兴。工业规划，要体现支援农业、农轻重、吃穿用各个方面，要把这些都带动起来重点是什么？是否主要是化学工业，因为化学工业产品繁多，它与支援农业、农轻重、吃穿用、提高工业产品质量品种、加强国防都有关，化工解决了，即解决了这五个方面的问题。28日，他同国家计委副主任刘明夫谈话，关于长期计划谈了五个问题。李富春重申了要按20年、25年来搞发展的规模和范围的意见，强调不要企图在第三、第四个五年搞上去。他担心在讲农业的技术改造时只讲农业机械，指出：“要把农业技术改革的概念搞清，不要简单地把搞农业机械放在第一位。苏联的农业机械化不是早已完成了吗？但是，农业的增产问题还没有解决。我们不要重复。”关于工业布局，李富春提出：“要以化学工业为重点搞地区布局。”“布局要根据各地区不同的特点，根据资源的分布情况。”“布局不仅要注意工业方面的特点，还要注意各地方农业的特点。”在此前后，他还同国家经委副主任叶林谈话，在强调以化学工业为中心时指出：“化学工业又必须根据农轻重的方针，着重解决吃穿用的问题。”

二、“吃穿用计划”

上述关于长期规划的意见，提出了今后发展国民经济的大致思路。这个思路就是把农业放在第一位，在“三五”计划时期解决吃穿用，以化学工业带动其他工业，在20至25年的时间内建立独立的工业体系和国民经济体系，实现四个现代化。

这样一个思路，不久以后得到了进一步完

①《建国以来重要文献选编》，第十五册，中央文献出版社，1997年版，第766～768页。

善。1963年2月20日，在国家计委领导小组会议上，针对过去不重视长期规划的教训，李富春形象地说道："这些年没有长期计划，吃了苦头。发展国民经济，建设社会主义，没有长期计划就是近视眼。看不到发展的远景是不行的，今年必须编出长期计划来。"还说道："编制长期计划，要从远处着眼，近处着手。要有二十年的远景设想，十年的轮廓计划和第三个五年的具体计划。"同此前他向毛泽东和中共中央政治局常委提出的长期规划的建议相比较，李富春这时对长期计划的想法更明确、更具体。首先，将长期规划分作三个部分或者三个阶段，即"二十年的远景设想"、"十年的轮廓计划"和"第三个五年的具体计划"。其次，分别大体规定三个阶段长期规划的不同目标。二十年远景设想的目标，是基本上实现农业、工业、国防和科学技术现代化，基本上建立全国统一的、独立完整的、现代化的国民经济体系。十年轮廓计划的目标，在编制计划过程中逐步明确起来。第三个五年计划的目标，是集中力量解决人民的吃、穿、用。①

分阶段制定长期规划的设想，对于经济建设具有重要意义。它既指出了长远的发展方向，考虑到国家和人民的长远利益，又循序渐进地规定了近期目标，照顾了不同阶段人民的眼前利益，宏伟而不渺茫，具体但不琐碎。尤其重要的是，把逐步解决人民的吃穿用问题作为第三个五年计划的基本任务，这在某种程度上带有调整我国经济发展战略的性质。

中国共产党执政初期，中国工业基础异常薄弱，西方国家对中华人民共和国实行敌对和封锁政策。刚刚成立的人民共和国要在这种复杂的国际环境中巩固和发展，必须迅速开始大规模工业化建设。对于新中国来说，工业化建设还是一个新课题，没有经验，在当时的条件下可资借鉴的样板只有苏联。因此，第一个五年计划我国效仿苏联，采取了优先发展重工业的战略。对于建立我国工业化的基础，这个战略无疑产生了直接的重要作用。但是也要看到，在农业和轻工业同样十分落后的中国，采用这个战略势必会对农业和轻工业造成挤压。换句话说，优先发展重工业，是以挤压农业和轻工业为前提或代价的。所以"一五"计划期间我国农业和轻工业的增长速度远远低于重工业。从长远来看，农业和轻工业发展过分滞后，难以给重工业的发展提供积累，最终将制约重工业的发展。在制定第二个五年计划之初，曾经强调要注意发展农业和轻工业，要在优先发展重工业的同时，大力发展农业和轻工业。然而，不久以后发动"大跃进"，搞"以钢为纲"，仍然是片面发展重工业，导致产业结构不合理，农业和轻工业继续受到严重挤压甚至是破坏。虽然"大跃进"期间曾经提出按照农轻重的次序安排国民经济计划，把国民经济的发展建立在以农业为基础的轨道上，但实际情况却没有多少改变。李富春提出第三个五年计划把解决吃穿用放在首位，要求把按照农轻重次序安排国民经济计划的方针真正落到实处，从而使过分偏重于重工业的发展战略发生了转变。这个转变对于我国经济发展至关重要。正如李富春指出："我国'一穷二白'，有六、七亿人口，吃、穿、用是个大问题。只有把人民生活安排好，才能更好地建设。"②

薄一波曾经回忆说："在2月20日的领导小组会上，李富春同志有个比较系统的发言。他认为：前些年没有长期计划，吃了苦头。发展国民经济，建设社会主义，必须要有长期计划。编制

①《李富春选集》，中国计划出版社，1992年版，第305页。
②《李富春选集》，中国计划出版社，1992年版，第305页。

◆ 为了消灭财政赤字，稳定市场，国家采取增产日用工业品，增加商品供应，减少财政开支，部分商品实行高价的政策。图为上海钟表厂工人生产大批提环闹钟供应市场。

长期计划，要从远处着眼、近处着手。二十年的奋斗目标，就是要基本上实现农业、工业、国防和科学技术的现代化，基本上建立全国统一的、独立完整的、现代化的国民经济体系。十年的奋斗目标，需要在计划编制过程中逐步明确起来。第三个五年的奋斗目标，应集中力量解决人民的吃穿用。领导小组同志一致赞同他的这个设想。会后，他将上述设想写成《关于编制长期计划工作的要点》报送中央。”[①]

中共中央同意李富春在上述《要点》中提出的设想。各规划委员会开始紧锣密鼓地展开工作。通过这一工作，各口对各部门的情况有了更清楚的了解，各部门对本部门和企业的情况也有了更清楚的了解。4月，国家计委领导小组多次听取工业交通、农业、国防工业各口编制长期计划的情况汇报。国家计委领导小组指出，各口还必须进一步摸底，工业交通应把现有的重要企业的生产产品、设备能力、生产产量、品种、职工人数和需要采取的措施都搞清楚，农业要把商品产粮区、高产区、主要经济作物区、常年成灾区和重点开垦区的情况摸清楚，再进行全面的综合研究。国家计委领导小组初步设想了“三五”计划的三个方案：

第一，贯彻执行以农业为基础，以工业为主导的方针，按农轻重次序进行安排，发展农业、化工，首先适当解决吃穿用，相应地安排其他各个

①薄一波著：《若干重大决策与事件的回顾》下卷，中共中央党校出版社，1991年版，第1193～1194页。

方面，特别是增加品种、提高质量、有重点地填平补齐，使工业转到以农业为基础的轨道上来，并适当地加强国防。但中心是解决吃穿用。

第二，以实行农业技术改造为中心，相应地安排其他各个方面，并适当地加强国防。但中心是农业技术改造。

第三，支援农业技术改造，加强国防，加强重工业内部的薄弱环节，照顾人民生活的改善以及文化教育事业的发展，即各方面都搞得好一点，多一点。

有关"三五"计划设想三种方案的意见，是李富春提出来的。在国家计委领导小组听取各规划委员会汇报之前，李富春就提议"三五"计划可以设想四个方案：一是按农、轻、重次序，首先发展农业和轻工业，解决吃、穿、用的问题，在此基础上再进行农业的技术改造、重工业的填平补齐和国防工业的建设。二是重点搞农业的技术改革，"四化"[①]，然后是其他。三是农业的技术改革、国防和工业的配套同时进行。四是重点搞国防。国家计委领导小组有关"三五"计划的三种方案，实际上就是根据李富春的意见提出的，只是原来的四种方案改为三种方案。李富春和国家计委党组都倾向于第一种方案。

国家计委领导小组特别指出："应该根据不同的方针、任务，摆不同的方案。也就是以同样的人力、物力、财力，如何进行安排，如何提出不同的方案，看哪个方案更合乎党的方针政策和更切合实际。现在还是用老方法，所提出的不同方案仅仅是数字上的差距，这只能说明数字的高低、多少，不能体现方针、任务。必须改变这种方法（当然在长期计划中指标数字有个幅度，是必须的），而应该根据一定历史时期的不同经济任务和技术政策，摆不同的方案，进行分析比较，看在大致相同的人力、物力、财力的条件下，能达到什么不同的经济效果，这样就看出了计划的特点，侧重点何在，也才能使中央有所选择。"

显然，国家计委领导小组提出的不仅是"三五"计划的三种设想，而且还有编制计划的方法。这在很大程度上反映了李富春对编制长期计划的思考，特别是对编制长期计划的方法论思考。李富春认为，搞长期规划纲要，不是弄数字，而是研究方针、政策、任务、建设重点和重要的比例关系（首先是工农业的比例关系）。只有对这些问题提高到一定的思想水平和政策水平来认识，才能搞具体方案。不然我们就陷于具体数字中拔不出来，还是墨守老方法。李富春话虽不多，却点明了在制定长期计划中基本方针和具体方案的关系：方针政策居第一位，具体方案是第二位的，方针政策是制定计划的基础，具体方案是方针政策的具体化。这有两层意义，一层是说明先确定基本方针，然后才能拟订具体计划；还有一层是说明方针政策正确，具体方案才可能避免大的失误。

不久以后，中共中央对"三五"计划有了新的考虑。据薄一波回忆："1963 年 7 月 30 日，小平同志在工业问题座谈会上传达了党中央的决定：'还要进行三年调整，重点是巩固、充实、提高，创造条件，为第三个五年计划做好准备。'"[②]

9 月召开的中共中央工作会议确定，把 1963、1964、1965 年作为"二五"计划到"三五"计划的过渡阶段，在这个阶段继续对国民经济进行调整、巩固、充实、提高，贯彻执行以农业为基础、以工业为主导的发展国民经济总方针，发扬自力

①这里所说的"四化"，指农业的机械化、电气化、水利化、化学化。

②薄一波著：《若干重大决策与事件的回顾》下卷，中共中央党校出版社，1991 年版，第 1194 页。

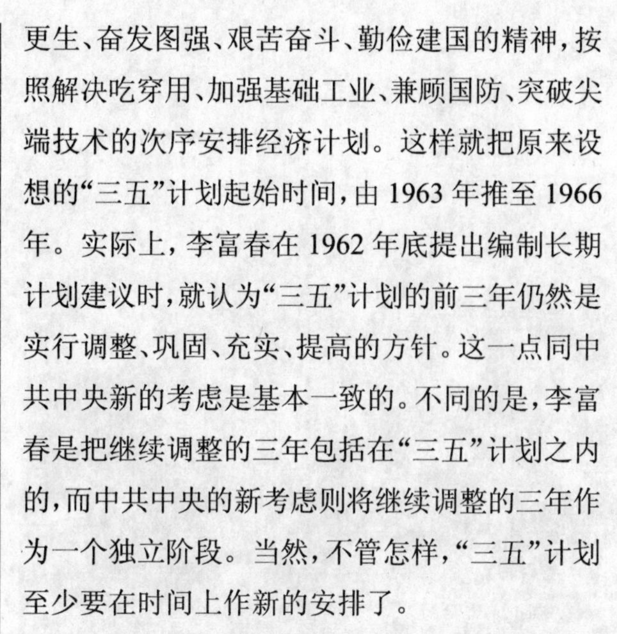

更生、奋发图强、艰苦奋斗、勤俭建国的精神，按照解决吃穿用、加强基础工业、兼顾国防、突破尖端技术的次序安排经济计划。这样就把原来设想的“三五”计划起始时间，由1963年推至1966年。实际上，李富春在1962年底提出编制长期计划建议时，就认为“三五”计划的前三年仍然是实行调整、巩固、充实、提高的方针。这一点同中共中央新的考虑是基本一致的。不同的是，李富春是把继续调整的三年包括在“三五”计划之内的，而中共中央的新考虑则将继续调整的三年作为一个独立阶段。当然，不管怎样，“三五”计划至少要在时间上作新的安排了。

1964年2月至4月，国务院先后召开农业、财贸、工交三个长期规划会议。农业规划会议主要是研究落实5亿亩旱涝保收、稳产高产农田的建设问题。这个主张是邓小平提出来的，他在1963年9月的中央工作会议上建议在“三五”计划内建设5亿亩稳产高产农田，以保证农业的稳产和高产。财贸会议主要讨论农产品收购政策问题。工交会议主要讨论编制长期计划的政策思想、计划方法和中心任务问题。三个会议都确定：按照不同的标准、把基本解决吃穿用作为“三五”计划的首要任务，同时兼顾国防建设，加强基础工业对农业和国防工业的支援。

经过紧张工作，4月底，国家计委提出了《第三个五年计划（1966～1970）的初步设想（汇报提纲）》。这个设想拟订的“三五”计划的基本任务是：第一，大力发展农业，基本上解决人民的吃穿用问题；第二，适当加强国防建设，努力突破尖端技术；第三，与支援农业和加强国防相适应，加强基础工业，继续提高产品质量，增加产品品种，增加产量，使我国国民经济建设进一步建立在自力更生的基础上。相应地发展交通运输业、商业、文化、教育、科学研究事业，使国民经济有重点、按比例地向前发展。这个设想还提出，同基本任务相适应，把计划工作也转到以农业为基础的轨道上来。这样，试安排的第三个五年计划各项指标，首先比较充分地考虑了农业的需要（如化肥、化纤、农业用电和排灌机械等），再兼顾国防的需要，然后从以上两个方面出发来安排重工业——基础工业。[①]由于这个《设想》是以基本解决人民的吃穿用为中心的，因此，人们把它简称为“吃穿用计划”。

国家计委首先向中共中央书记处作了汇报。周恩来、邓小平等听取汇报并作了指示。邓小平肯定了这个设想：“这次计划是按照新的方法搞的。还是以农业为基础，以工业为主导。工业搞不好，农业和国防也上不去。但是，工业还是首先为农业服务，为吃穿用服务，为兼顾国防服务。方针提得好。”[②]

三、“拳头”和“屁股”要摆好

向中共中央书记处汇报之后，国家计委党组正式将《第三个五年计划的初步设想》提交这年5月15日至6月17日举行的中共中央工作会议讨论。会前，5月10、11、12、13日连续四天，李富春、李先念、谭震林、薄一波、陈伯达等国家计委领导小组负责人，向毛泽东汇报了关于“三五”计划的初步设想。由李富春主讲，李先念、谭震林、薄一波、陈伯达补充。就在这次听取汇报过程中，毛泽东对“三五”计划提出另外的想法，从而改变了“三五”计划原来的指导思想。

①《党的文献》，1996年第3期。
②《党的文献》，1996年第3期。

◆ 金沙江畔的攀枝花钢铁公司。

毛泽东一边听汇报，一边插话。当汇报到第三个五年之内铁路交通只能搞那么多时，毛泽东说：酒泉和攀枝花钢铁厂还是要搞的，不搞我总是不放心，打起仗来怎么办？当汇报到基础工业、交通同各方面还不适应时，毛泽东说：没有坐稳，没有站稳，是要跌跤子的。两个拳头——农业、国防工业；一个屁股——基础工业，要摆好。要把基础工业适当搞上去；其他方面不能太多，要相适应。[①]谈到国防建设问题时，毛泽东说："我看还是小而全，可能还是小而不全，但小而不全比大而不全好，大而不全就要浪费，小了就可能比较全。"还说："打仗，我还是寄希望于步兵。原子弹要有，搞起来也不会多，但要搞起来，搞起来吓吓人。黄色炸药和大炮很顶事，帝国主义对这个很怕。"[②]

毛泽东几次提到打仗，说明他考虑"三五"计划的出发点同国家计委"三五"计划设想的出发点不同，后者是从解决人民的吃穿用出发，而前者是从准备战争出发。因此，毛泽东考虑的战略重点也与国家计委"三五"计划设想不同。"三五"计划设想把农业放在首位，而毛泽东则认为农业和国防工业是两个拳头，这样就把农业和国防工业摆在了一种平行的位置。"三五"计划设想将基础工业的位置摆在农业和国防工业之后，要求基础工业与支援农业和加强国防相适应，其任务主要是提高质量、增加品种、增加产量；而毛泽东则强调基础工业是"屁股"，"要把基础工业适当搞上去"，含蓄地批评了计委的设想"没有坐稳"基础工业这个"屁股"。特别是他关注酒泉和攀枝花钢铁厂的建设，实际已经提出建设三线的问题。

中共中央工作会议期间，毛泽东更加明确地

①《党的文献》，1996年第3期。

②《党的文献》，1996年第3期。

提出了三线建设的任务。5月27日，李富春向毛泽东等中央政治局常委汇报会议分组讨论情况时，毛泽东批评说，前一个时期，我们忽视利用原有的沿海基地，后来经过提醒，注意了，最近几年又忽视屁股和后方了。[①]他提出：在原子弹时期，没有后方不行。"三五"计划要考虑解决全国工业布局不平衡的问题，要搞一、二、三线的战略布局，加强三线建设，防备敌人的入侵。[②]毛泽东所说的"一、二、三线"，是按我国地理区域来划分的，东北及沿海地区为一线，云、贵、川、陕、甘、宁、青、晋、豫西、鄂西、湘西等地区为三线，一、三线之间的地区为二线。同前一次谈话不同，毛泽东这次特别强调应该在四川的攀枝花建立钢铁生产基地，他着重讲了攀枝花，酒泉也提到了，但不是摆在第一，第一是攀枝花。他还说要到西昌开会，或者到成都开会，甚至说要把工资拿来搞攀枝花。[③]

6月6日，毛泽东在中共中央工作会议上讲话。他首先批评说，过去制定计划的方法基本上是学苏联的，先定下多少钢，然后根据它来计算要多少煤炭、电力和运输力量，再计算要增加多少城镇人口、多少福利；钢的产量变小，别的跟着削减。这是摇计算机的办法，不符合实际，行不通。这样计算，把老天爷计算不进去，天灾来了，偏不给你那么多粮食，城市人口不增加那么多，别的就落空；打仗计划不进去，国际援助也计划不进去。他要求改变计划方法，并且说"这是一个革命"。毛泽东特别强调了备战，他说：只要帝国主义存在，就有战争的危险。我们不是帝国主义的参谋长，不晓得它什么时候要打仗。决定战争最后胜利的不是原子弹，而是常规武器。他明确提出，要搞三线工业基地的建设，一、二线也要搞点军事工业。各省都要有军事工业，要自己造步枪、冲锋枪、轻重机枪、迫击炮、子弹、炸药。有了这些东西，就放心了。攀枝花钢铁工业基地的建设要快，但不要潦草，攀枝花搞不起来，睡不着觉。他还说：你们不搞攀枝花，我就骑着毛驴去那里开会；没有钱，拿我的稿费去搞。[④]

毛泽东关注备战、提议建设三线，其理由是他认为战争危险依然存在。进入20世纪60年代，国际局势发生了一些新的变化，一个最突出的变化就是从缓和重新转向紧张，并且出现一些动荡。中国的周边环境也出现了紧张气氛。中苏两党之间的意识形态分歧进一步升级并公开化，导致两国关系紧张，1960年开始苏方在中国西北的新疆多次挑起武装冲突，以致1962年发生新疆伊犁、塔城事件。1959年8月起，印度军队多次侵入中国领土，引发多次边界冲突；1962年印军大规模进攻中国边境地区，中国军队胜利地进行了自卫反击。60年代初台湾海峡的形势也比较紧张，同时美国派遣军队进入毗邻中国的越南，使得那里面临战争升级。这种紧张的国际形势的出现，原因十分复杂；而这种紧张是短暂还是持续，其走向也扑朔迷离。按照毛泽东的判断，战争似乎已经是浓云密布、山雨欲来了，因此国内的建设必须以准备战争为出发点。

毛泽东5月27日讲话之后第二天，中共中央政治局常委、书记处书记和各中央局负责人开会，研究讨论"三五"计划问题。与会者一致拥护毛泽东的主张，认为应该在加强农业生产、解决人民的吃穿用的同时，迅速展开三线建设，加强战备。

①《党的文献》，1996年第3期。
②《周恩来传》（四），中央文献出版社，1998年版，第1768～1769页。
③《党的文献》，1996年第3期。
④薄一波著：《若干重大决策与事件的回顾》下卷，中共中央党校出版社，1991年版，第1200页。

按照毛泽东的想法，经过一年多时间研究拟订的"三五"计划，无疑需要作很大调整。其中基建规模、投资重点、资金缺口，成为调整的重点和难点。原先安排计划时，资金的矛盾就很突出。一开始编制计划，各方面提出的要求就比较高，按照各方面的要求，财政支出将达到4000亿元左右，基本建设投资将达到1350亿元以上，同实际距离很大。后来国家计委经过综合平衡提出的方案，也还存在一些矛盾。比如，基础工业同各方面的需要还不适应；交通运输同各方面的需要还有距离，有些重要线路（如张家口到白城子、北京到原平、湘黔、成昆）或者安排不上，或者修不通；农业方面，安排四亿五千万亩稳产高产农田和三河治理后，其他方面投资较少。改变"三五"计划指导思想后，又产生新的问题。李富春在5月28日的会上说："照现在的想法安排，要把成昆路、攀枝花搞上去，拿这个新的盘子来算，还差六七十亿投资。我们想，要从农业、工业、国防、文教等方面统筹考虑，反复平衡。"①统筹考虑，实际上就是从工业内部调整，从国防、农业、文教等部门中挤出资金来。

中共中央工作会议之后，国家计委根据毛泽东关于三线建设的指示，采取有力措施落实中共中央工作会议的精神。国家计委派出若干工作组到各大区考察，为三线建设和进一步研究"三五"计划作准备。考察的结果，对在攀枝花地区选择建厂地址发生了分歧。中共中央西南局和四川省委的有关人员认为攀枝花交通不便、人烟稀少、农业生产基础差，建议另选厂址；而中央有关部委的负责人和专家则倾向于攀枝花地区，认为攀枝花地区不仅有丰富的铁矿资源、较多的煤炭资源和金沙江水资源，又靠近林区，距离成昆铁路和贵州六盘水大型煤基地较近，地点比较隐蔽，又不占农田，是建钢厂的理想之地。由于西南局和四川省委仍持异议，因此论证工作迟迟不能定案。薄一波回忆说："消息传到北京，我和李富春同志都很赞成程子华同志的主张，在攀枝花建厂，并对迟迟不能确定厂址而着急，于是立即向周总理作了汇报。周总理考虑再三，说：既然西南局和四川省委有不同意见，程子华同志定不下来，就到毛主席那里定吧。周总理带着李富春和我向毛主席作了汇报。毛主席听后，大为不满，说：乐山地址虽宽，但无铁无煤，如何搞钢铁？攀枝花有铁有煤，为什么不在那里建厂？钉子就钉在攀枝花！"②

毛泽东对三线建设的进度很不满意。8月中旬，他问李富春三线建设为什么这么慢？李富春说，攀枝花地区地理条件复杂，勘探需要时间，我们缺乏资金，筹措三线建设的投资计划需要开会研究。毛泽东当即说道，没有钱用我的工资。他认为三线建设的步子太慢，责任在国家计委，并批评国家计委计划方法不当，工作不力；要求立即把三线建设好，把大工厂和科研机关搬进去。③

越南战争升级后，中共中央和国务院加快了三线建设的部署。8月12日，毛泽东对中共中央军委总参谋部作战部的一份报告作了批示。这份报告是总参谋部作战部4月25日上报副总参谋长杨成武的。报告提出了国家经济建设如何防备敌人突然袭击的问题，认为有些情况相当严重：（1）工业过于集中。全国14个百万人口以上的大城市，集中了约60%的主要民用机械工业、50%的化学工业和52%的国防工业。（2）大城市人口多。全国有14个百万人口以上

①《党的文献》，1996年第3期。
②薄一波著：《若干重大决策与事件的回顾》下卷，中共中央党校出版社，1991年版，第1204页。
③《李富春传》，中央文献出版社，2001年版，第636页。

和25个50万至100万人口的大城市，大都在沿海地区，易遭空袭。战时如何组织防空，疏散城市人口，保障坚持生产，消除空袭、特别是核袭击后果等问题尚无有效措施。(3) 主要铁路枢纽、桥梁和港口码头多在大、中城市及其附近，易遭破坏。这些交通要点，都还缺乏应付敌人突然袭击的措施。(4)所有水库，紧急泄水能力都很小。52个大型水库位于主要交通线附近，17个位于15个重要城市附近。战时来不及处置，就可能遭到破坏，酿成巨大灾害。报告建议由国务院组织一个专案小组，根据国家经济的可能情况，研究采取一些可行的措施。[①]毛泽东认为该报告很好，要求精心研究，逐步实施。

李富春马上同有关方面负责人开会研究，并于19日同薄一波、罗瑞卿联名给党中央、毛泽东写出报告。报告提出：一切新的建设项目，不在第一线、特别是15个100万人口以上的大城市建设；第一线特别是15个大城市的现有续建项目，除明后年即可完工投产见效的外，其余一律缩小规模，不再扩建；第一线的现有企业分一部分到三线、二线，能迁移的也应有计划地有步骤地搬迁；不再新建大中水库；一线的全国重点高等院校和科研、设计机构，应有计划地迁移到三线、二线去；一切新建项目都应按照分散、靠山、隐蔽的方针，不得集中在某几个城市或点。报告还建议在国务院成立专案小组，由李富春、李先念、谭震林、薄一波、罗瑞卿、谢富治、杨成武、张际春、赵尔陆、程子华、谷牧、韩光、周荣鑫等13人组成；李富春任组长，薄一波、罗瑞卿任副组长。对前述各项工作，确定由专案小组成员分工负责，用9月和10月两个月的时间进行研究，提出逐步施行的具体

◆ 缩短基本建设战线，压缩重工业生产，是调整国民经济的关键。图为沈阳重型机器厂的工人贯彻调整方针，正在加工矿山用的大型球磨机的部件——大牙轮。

①《建国以来重要文献选编》，第十九册，中央文献出版社，1998年版，第130～132页。

方案，经专案小组综合研究后，报中央批准，分别纳入1965年计划和“三五”计划。①

在此同时，中共中央书记处专门召开讨论三线建设问题的会议。毛泽东在会上进一步强调要准备帝国主义可能发动侵略战争，提出现在工厂可以一分为二，抢时间迁到内地去；各省都要搬家，建立自己的战略后方。会议决定，首先集中力量建设三线，在人力、物力、财力上给予保证；新建项目都要摆在三线；一线能搬的项目要搬迁，短期不能见效的续建项目一律缩小建设规模；在不妨碍生产的条件下，有计划有步骤地调整一线。这一决定标志着经济建设的战略重点，由以大力发展农业、提高人民生活为中心，转向战备轨道，以加速三线建设、增强国防实力为中心。

四、三线建设的开局

按照中共中央的决定，各有关部门和地区迅速展开西南、西北三线建设的具体部署：在三线建设新的工厂，扩建部分工厂，由国家计委负责组织；把一线的“独生子”（即全国仅此一家）和配合后方建设所必需的工厂搬迁到三线，由国家建委负责组织；组织好全国的工业生产，为三线建设提供设备和材料，由国家经委负责。同时，分别在西南、西北成立了三线建设指挥部，负责组织中央有关部门在三线地区新建、扩建、迁建项目的计划协调和物资供应工作。

1964年，中央和地方安排的总投资134亿元，三线建设投资为42亿元；初步安排大中型项目690个，三线占187个。这年下半年，有关方面对西南、西北和中南地区铁路、矿山、冶金和国防建设项目进行选点考察，初步选定一批厂址和铁路线路，拟定了三线建设项目的总体布局。据不完全统计，1964年下半年至1965年，在西南、西北三线部署的新建、扩建和续建大中型项目300多个，其中钢铁工业14个、有色金属工业18个、石油工业2个、化学工业14个、化肥工业10个、森林工业11个、建材工业10个、纺织工业12个、轻工业8个、铁道工程26个、交通工程11个、民航工程2个、水利工程2个，此外还有农业、商业、邮电、广播和教育等方面的项目。其中以四川攀枝花钢铁工业基地、甘肃酒泉钢铁厂、成昆路等铁路干线，以及重庆兵器工业基地、成都航空工业基地和西北航空航天工业基地及电子、光学仪器工业基地等为重点。从1965年初起，全国各地建设队伍陆续集中三线地区，各种物资也源源运进内地。

1964年10月，中共中央还批转了广东省委有关国防工业和三线备战工作的报告。这个报告对该省在本省后方兴建小型兵工厂、化肥厂以及将部分民用工厂和高等院校迁至“小三线”的规划作了汇报。中共中央批转这个报告后，一、二线地区各省、区纷纷仿效，在自己的后方部署了一批本省的“小三线”新建和迁建项目，包括军工、民用、支援农业的工厂及交通、电力、通讯、文教、卫生等事业的建设。

从1965年夏天起，三线建设进入实质性实施阶段，并在1965至1966年形成一个小高潮。这个阶段三线建设的主战场在西南大三线。国家大幅度增加了三线建设的投资。1965年国家计划（包括中央和地方）安排的基建总投资用于三线投资的接近三分之一；1966年计划安排用于大小三线及其他战备工程的投资占到总投资

①《建国以来重要文献选编》，第十九册，中央文献出版社，1998年版，第133～135页。

的一半。

为使三线建设能尽快形成生产能力，还对一、二线经济建设采取了“停”(停建一切新开工项目)、“缩”(压缩在建项目)、“搬”(部分企事业单位全部搬到三线)、“分”(部分企事业单位分出一块或二块迁往三线)、“帮”(从技术力量和设备方面对口帮助三线企业建设)等项措施。

1965年8月，召开全国搬迁工作会议，确定立足于战争，搬迁项目实行大分散、小集中原则，国防尖端项目的建设则实行靠山、分散、隐蔽，有的还要进洞，即“山、散、洞”原则，大规模搬迁和建设工作迅即展开。这实质上是国民经济布局的一次大调整。

起步阶段的三线建设发展迅速。1964年下半年至1965年上半年，由一线迁入内地的第一批工厂有49个。仅1965年就完成全部搬迁计划的40%。1965年建成和部分建成的项目，接近在建项目的40%。1966年除继续已上马重点项目外，贵、甘、川的一些大型项目开始上马。这一年还计划从一、二线续迁和新迁项目150多个。

在三线建设陆续展开的同时，以“战备”为中心编制和调整“三五”计划的工作，也在紧张地进行。由于毛泽东多次表示了对计划工作的不满，1965年初，成立了以余秋里为首的“小计委”，实际主持国家计委的工作。随后，在向毛泽东和中共中央政治局常委汇报的基础上，“小计委”初步提出“三五”计划的方针是：“立足于战争，准备打仗，把加强国防放在第一位，加快三线建设，改变工业布局，发展农业，大体解决吃穿用，加强基础工业和交通运输，把‘屁股’坐稳，发挥一、二线的生产潜力，有目标、有重点、积极地发展新技术。”此时中共中央对国防建设与经济建设的关系基本上保持着较为清醒的认识。1965年3月，周恩来在向中共中央书记处汇报“三五”计划问题时，明确指出第三个五年计划虽然要立足于打仗，抢时间，改变布局，加快三线建设，首先是国防建设，但仍然要重视发展农业，大体解决吃穿用，加快建设以钢铁和机械为中心的基础工业，猛攻科学技术关，有目标、有重点地掌握60年代的新技术。还提出三线建设“必须充分依靠一、二线现有的工业基础”，“一、二、三线要相互促进”，不同行业的布局要从具体情况出发，不能片面强调在三线的比重等重要思想。

6月，毛泽东在听取编制“三五”计划的汇报时，一方面从加强战备、加快三线建设的需要出发，提出农轻重的次序要违反一下，吃穿用每年略有增加就好；另一方面又强调对老百姓不能搞得太紧，这是一个原则问题，说第一是老百姓，不要丧失民心，第二是打仗，第三是灾荒，计划要考虑这三个因素。为此，毛泽东特别要求把《汇报提纲》中安排的五年基建投资1080亿元压缩到800至900亿元。

三线建设在“文化大革命”前只是开了个头，真正全面铺开还是在60年代后半期直至70年代。三线建设就改善我国工业布局、改变内地与沿海工业建设不平衡的状况、促进经济相对落后的地区的发展等方面来讲，积极意义是明显的。它所打下的基础，为后来这些地区的经济和文化、教育、科技的发展提供了良好的条件。

但是，也要看到，三线建设是中共中央、毛泽东对20世纪60年代国际形势观察和判断的直接结果。据当年参与组织领导三线建设的薄一波回顾，当年对战争爆发的可能性和紧迫性

作了过分的估计。因此，三线建设的规模过于庞大，战线拉得太长，国家投入了过多的力量，造成财力紧张，削弱了一、二线经济发展速度快的地区的发展力度。这是决策层面的问题。从实施层面看，薄一波也回顾说，过于片面强调“山、散、洞”的方针，许多协作性强的企业彼此距离太远，相互分隔，联系不便，有机联系的工序之间重复倒运，浪费大量人力物力。从结果看，投资效益差，影响了国民经济的发展。

MAOZEDONGSHIDAIDEZHONGGUO

第九章

“热风吹雨”和“冷眼向洋”

第九章 “热风吹雨”和“冷眼向洋”

一、从“蜜月”到分歧①

20世纪50年代至60年代的中国对外关系中，最重要的就是中国同苏联的关系。中苏关系的发展和变化，不仅直接影响了两国的内政，而且影响了两国各自同其他国家的关系。

斯大林在世时，中苏一方面结成了同盟，另一方面两国关系也一直笼罩在一种不平等的阴影之中。在中国革命的历史上，苏共、苏联政府和斯大林给予中国共产党大量支持和援助，但也以“老子党”的心理和态度对待中共，向中国党“发号施令”。苏联党和斯大林的指示、政策、方针，又常常以自身的现实利益为前提，或者并不适应中国革命的情势，使得中国革命的要求和利益受到挤压。这种关系使中国共产党人的心情很不平衡、很不舒畅。毛泽东后来说过，对斯大林“从感情上说就对他不怎么样”。中国革命的胜利，使斯大林不能不高看中国党和毛泽东一眼，对于中国的利益顾及得多一点了，两党的关系有些变化。但是，不平等的阴影并没有消除多少。

斯大林逝世以后，情形有了明显改变。1953年9月，尼基塔·赫鲁晓夫接任苏共中央第一书记。赫鲁晓夫上台后，一改以往斯大林在世时对待中国的不平等态度，很快开始调整苏联对华政策。在外交方面，苏共和苏联政府全力支持中国；在政治、经济方面，苏共和苏联政府进一步加强中苏关系。1954年9月到10月，赫鲁晓夫第一次率苏联政府代表团访问中国，参加中华人民共和国成立五周年庆祝活动。赫鲁晓夫这次访华，同中国签定了一系列文件，包括：苏军从旅顺海军基地撤退，将该基地归还中国，并将该地区的设备无偿移交中国；将四个中苏股份公司中的苏联股份移交给中国；为中国提供5.2亿（旧）卢布的长期贷款；帮助中国新建15项工业企业和扩大原有141项企业设备的供应范围等。第二年4月，中苏双方在1954年10月签署的科学技术合作协定的基础上，又签署了苏联在和平利用原子能方面给中国以帮助的协定。苏方还请中国参加莫斯科国际原子能研究机构，促成中国建立起第一个原子能反应堆和回旋加速器。与此同时，苏联方面自赫鲁晓夫上台后再没有按照1950年2月斯大林所签署的秘密补充协定，向中国提出东北和新疆两个势力范围的要求。

苏联对华政策的调整，使毛泽东等中共领导人感受到了与苏联交往中前所未有的平等氛围。中共和中国政府在对苏交往时也表现出充分的信任和精诚合作的态度。1954年和1955年的两年间，苏联与东欧七国政府缔结华沙条约，同德意志联邦共和国建立外交关系，与美国、英国和法国签定对奥和约，与西方举行裁军谈判，发表和平宣言，中国都予以全力支持。与苏联改善同南斯拉夫关系的行动相一致，中国也与南斯拉

①本节内容吸收了李丹慧女士的论文《中苏关系的演变（1954～1960）》的成果，谨表谢意。

夫正式建立外交关系。

这几年间的中苏关系渐入佳境，以至有人称这个时期的中苏关系是“蜜月”时期。然而，好景不长，从1956年开始中苏两党和两国的关系隐约出现了裂隙。

1956年2月14日至25日，苏联共产党召开第二十次代表大会。这次大会值得注意的，就是苏共长期奉行的意识形态和对外政策开始出现松动。大会认为，社会主义和资本主义两个体系的和平共处、现代防止战争的可能性和不同国家向社会主义过渡的形式问题，在目前具有特别重要的意义。大会肯定和平共处原则是具有不同社会制度各国的相互关系的最好形式，而且可以成为全球各国之间持久和平的基础；还指出苏联和美国以及苏联和英国、法国之间建立持久的友好关系，对巩固世界和平将有重大意义。关于各国向社会主义过渡的问题，大会强调今后各国向社会主义过渡的形式会越来越多样化，而且不一定在任何情况下都将要同内战连在一起。[①]苏共的这些新观点被概括为和平共处、和平竞赛、和平过渡，同以往关于帝国主义就是战争、社会主义的胜利必须通过暴力革命的手段来获得等等观念，有着明显差异。更具影响力的是，赫鲁晓夫在这次大会期间做了题为《关于个人崇拜及其后果》的报告。赫鲁晓夫是在大会的秘密会议上做这个报告的，没有邀请出席苏共二十大的其他共产党和工人党代表团参加，所以当时被称为“秘密报告”。报告的内容是揭露对于斯大林的个人崇拜发生和发展的过程、对斯大林的个人崇拜给苏共党的各项原则、党内民主和革命的法制秩序造成的危害以及造成这种现象的根源。[②]斯大林长期以来是列宁去世以后苏联和第三国际的政治领袖和精神领袖，在国际共产主义运动中被作为真理的化身和偶像。赫鲁晓夫的报告揭露了斯大林晚年的严重错误，在苏联党和国家、在国际共产主义运动阵营都造成了极强的震撼。

苏共二十大开幕后的第六天，2月19日，《人民日报》发表社论《具有重要意义的文件》，对赫鲁晓夫在苏共二十大代表苏共中央作的总结报告表示肯定。不过，细心的人会发现，《人民日报》社论在谈及赫鲁晓夫报告时，只提到了两种不同制度的竞赛和不同社会制度的国家可以和平共处的思想，没有涉及和平过渡问题。2月28日，《人民日报》再次发表社论《苏共二十次代表大会胜利闭幕》，也只是对大会通过的关于苏联第六个五年计划表示称赞。实际上，中国党并不完全赞同苏共的观点，对和平过渡问题“有不同的意见”[③]。但由于两党、两国的特殊关系，中共中央没有表露自己的异议，反而公开表示对苏共二十大的支持。不过，用毛泽东的话说，这是“笼统地表示对他们的支持”[④]。这恐怕是斯大林逝世后，中苏两党在意识形态方面最初的分歧。当然，这个分歧当时并没有表露出来。真正表露出分歧来的，是对赫鲁晓夫的秘密报告的反映。朱德为团长、邓小平为副团长的中国共产党代表团参加了苏共二十大，但是没有在会议上听到赫鲁晓夫的秘密报告。事后，邓小平在中共中央书记处会议上介绍了当时的情况：“我党代表团参加苏共‘二十大’，大会在25日闭幕。我们在会议期间没有听到反对斯大林的秘密报告。在会议闭幕的第二天下午，苏共中央联络部派人拿着报告到代表团住处，说受苏共中央委托，有重要文件给中共代表团通报。当时代表团商量，朱总司令年纪大，由我听通报。实际上不是什么通报，

①中国人民解放军国防大学党史党建政工教研室编：《中共党史教学参考资料》第二十一册，第257～259页。

②中国人民解放军国防大学党史党建政工教研室编：《中共党史教学参考资料》第二十一册，第265～295页。

③吴冷西：《十年论战——1956～1966年中苏关系回忆录》（上），中央文献出版社，1999年版，第5页。

④吴冷西：《十年论战》（上），中央文献出版社，1999年版，第5页。

而是由翻译念赫鲁晓夫的秘密报告。我们的翻译边看边口译，念完苏方就拿走，只念了一遍。当时感觉报告很乱，无条理，就听到了一大堆关于斯大林破坏法制、杀人、靠地球仪指挥战争、对战争毫无准备等等，还讲了一个南斯拉夫问题，其他政策性的错误无甚印象。当时我表示此事关系重大，要报告中央，没有表态。随后，我们就根据记得的电报中央了。"①

中共中央得到的赫鲁晓夫秘密报告的详细文本，是从西方报纸翻译过来的。②3月17日、19日、24日和4月3日，中共中央先后召开书记处会议和政治局扩大会议，讨论赫鲁晓夫的秘密报告。这些会议一个共同的感受，是认为赫鲁晓夫搞突然袭击，把斯大林骂得一塌糊涂，使各国党很被动。

毛泽东作了两个方面的评价，他认为，赫鲁晓夫反斯大林的秘密报告，一是揭了盖子，这是好的，二是捅了娄子，全世界都震动。揭开盖子，表明斯大林及苏联的种种做法不是没有错误的，各国党可根据自己的情况办事，不要再迷信了。捅了娄子，搞突然袭击，不仅各国党没有思想准备，苏联党也没有思想准备。这么大的事情，这么重要的国际人物，不同各国党商量是不对的。事实也证明，全世界的共产党都出现混乱。不过，毛泽东也对赫鲁晓夫表示了某种赞赏，他说赫鲁晓夫这个人不死板，较灵活，1954年访问中国时"给了我们一些东西"，赫鲁晓夫有点实用主义，他上台需要我们支持，所以把中苏关系搞得好一点，把斯大林的沙文主义的某些做法收敛了一些。③毛泽东认为斯大林的错误是明摆着的，问题是如何评价斯大林的一生。毛泽东后来形容自己对苏共二十大的心理反应，是一则以喜、一则以忧。喜的是赫鲁晓夫反斯大林"有好处"，"打破'紧箍咒'，破除迷信，帮助我们考虑问题。搞社会主义建设不一定完全按照苏联那一套公式，可以根据本国的具体情况，提出适合本国国情的方针、政策"；忧的是"现在全世界是否要来一个反共高潮"④。

1956年4月5日，《人民日报》发表文章《关于无产阶级专政的历史经验》。这篇文章是3月份召开的中共中央政治局扩大会议决定写的，并且经过政治局扩大会议讨论、修改和最后定稿。所以，《人民日报》发表时特别说明，这篇文章是根据中国共产党中央政治局扩大会议的讨论，由人民日报编辑部写成的。文章充分肯定苏共二十大揭露个人崇拜现象，对于自己的过错进行勇敢的自我批评，"表现了党内生活的高度原则性和马克思列宁主义的伟大生命力"；同时含蓄地批评了苏共二十大，指出"有些人认为斯大林完全错了，这是严重的误解。斯大林是一个伟大的马克思列宁主义者，但是也是一个犯了几个严重错误而不自觉其为错误的马克思列宁主义者。我们应当用历史的观点看斯大林，对于他的正确的地方和错误的地方作出全面的和适当的分析，从而吸取有益的教训。"⑤

《人民日报》文章发表的第二天，苏共中央主席团委员、苏联部长会议第一副主席阿·伊·米高扬率苏联政府代表团到达北京，对中国进行访问。在同米高扬会见时，毛泽东表示，面对西方国家的反共喧嚣，中苏应当加强团结，共同对敌。毛泽东说，中苏之间有些不同的看法，如对斯大林。我们认为斯大林功大于过，对他要做具体分

①吴冷西：《十年论战》(上)，中央文献出版社，1999年版，第4～5页。

②赫鲁晓夫做秘密报告后不久，3月10日，美国《纽约时报》详细发表了被泄露出去的秘密报告。新华社马上组织人翻译，并将翻译出来的文本呈送中共中央领导人。参见吴冷西：《十年论战》(上)，第4页。

③吴冷西：《十年论战》(上)，中央文献出版社，1999年版，第5、6页。

④吴冷西：《十年论战》(上)，中央文献出版社，1999年版，第14～15页。

⑤1956年4月5日《人民日报》。

析，要有全面的估计。[①]在此前后，毛泽东还在同苏联驻华大使尤金的谈话中，表明了中国党对斯大林的看法，指出斯大林不是在所有问题上而是在一些问题上都犯了错误。

不知是否考虑到中国共产党方面的意见，这年6月30日，苏共中央作出的《关于克服个人崇拜及其后果的决议》，其中对斯大林做了比赫鲁晓夫秘密报告更多的肯定："约·维·斯大林在长时期担任党中央委员会总书记，他同其他领导者们一起，为实现列宁遗训而积极斗争。他忠于马克思列宁主义，作为一个理论家和大组织家，他领导了党反对托洛茨基分子、右倾机会主义分子、资产阶级民族主义者的斗争，以及反对资本主义包围的阴谋的斗争。在这个政治和思想斗争中，斯大林获得了巨大的威信和声望。"针对西方国家的反苏和反共宣传，决议申明："党坚决反对个人崇拜及其后果，公开批评个人崇拜所产生的错误，这样就再次表明自己忠于马克思列宁主义的不朽原则，忠于人民的利益，关心创造最有利的条件来发展党内民主和苏维埃民主，以利于在我国顺利建设共产主义。""让资产阶级的思想家去编造共产主义的'危机'、共产党队伍'混乱'的神话吧。我们听惯了敌人的这类咒语。他们的预言最后总是化成泡影。这些倒霉的预言者出现了，又消失了，而共产主义运动，不朽的、生气勃勃的马克思列宁主义思想却不断取得胜利。"[②]不管效果如何，苏共中央试图将秘密报告所造成的震动和影响降到最低，这一点是显而易见的。

尽管中苏两党开始出现了意识形态方面的分歧，但是这种分歧毕竟还是有限的。中苏关系总的局面还是令人乐观的，用毛泽东的话说"一致的地方远远超过分歧"[③]。中苏两国政治、经济、文化往来没有受到影响，一仍其旧。4月份的米高扬访华，就是签定苏联援助中国再建55项重点工程（连同斯大林时期援助的141项，合计156项）的协定。再建的55项重点工程，包括冶金厂、机器制造厂和生产人造纤维及胶质材料的化学厂、生产人造液体燃料的工厂以及电气技术和无线电技术工业的企业、电力站和航空工业的科研机构。苏联方面为建立上述企业供应设备、提供设计和其他技术援助，总值约为25亿卢布。此外，还签定了修建从中国兰州到苏联土尔克斯坦——西伯利亚铁路阿克斗卡站的铁路以及从1960年开始组织这条铁路运营的协定。中国方面对苏联对外政策也给予了鲜明的道义支持。对苏联在裁军问题上做的努力，对苏联发展同英国、法国的关系，对苏联和苏共进一步改善同南斯拉夫和南共联盟的关系，中国都站在苏联一边表示了充分的赞赏。

二、波匈事件和莫斯科会议

1956年下半年发生的国际上的两起重大事件，使得中苏关系又出现了一些微妙的变化，这两起事件就是波兰事件和匈牙利事件。

波兰事件最早发生在这年6月份。苏共二十大以后，波兰以及其他一些东欧国家纷纷出现要求脱离苏联控制、要求社会改革的呼声。6月，波兰的波兹南市工人要求提高工资，政府不接受。工人要求派代表谈判，政府不愿意谈。结果，工人举行罢工，并走上街头游行示威。波兹南事件后，波兰许多地方都发生工人闹事。波兰统一工人党于7月召开全会，大家认为近几年经

①吴冷西：《十年论战》（上），中央文献出版社，1999年版，第31页。
②《新华半月刊》1956年第16期第164～165、164、168页。
③吴冷西：《十年论战》（上），中央文献出版社，1999年版，第31页。

济工作不好，不如被开除党籍并遭监禁的原党中央领导人哥穆尔卡时期。全会决定为哥穆尔卡恢复名誉，并在全国平反错案、冤案。哥穆尔卡重新参加了波兰统一工人党中央的工作。波兰党内批判斯大林的情绪高涨。斯大林长期对包括波兰在内的别国采取大国沙文主义政策，因此波兰对斯大林的批判不能不带有强烈的民族主义色彩。苏共中央认为波兰是在反苏，因而极不满意。到10月15日，波兰党中央决定于19日提前召开原准备在11月举行的中央全会。苏共中央得知消息后异常紧张，要求波兰党中央政治局委员到苏联去谈判。波兰党中央答复开完全会后再去。苏共中央又建议苏共派代表团去波兰，波方答复要开全会，无暇接待。赫鲁晓夫极为恼火，便不顾波方态度，强行率代表团于19日抵达波兰首都华沙。而在此之前，苏军已经开始向波兰交通要道集结，苏军指挥的三个坦克纵队也包围了华沙。迫于苏联压力，波党中央只得宣布休会，连夜同苏共代表团举行会谈。波兰局势处于异常严峻的时刻。

波兰局势同样引起中共中央的高度关注。19日和21日，苏共中央两次致电中共中央，认为波兰局势十分严重，要求中共中央派代表团去莫斯科商谈对策。中共中央于20日和21日连续召开政治局会议，讨论波兰局势和苏共中央要求。据参加会议的吴冷西回忆："在10月20日的政治局会议上，毛主席说，赫鲁晓夫是准备动用武力的，但是还没有下最后的决心。在这种情况下，我党政治局决定尽快向苏联提出警告，要尽力制止赫鲁晓夫动用军队干涉波兰内政。鉴于形势紧迫，政治局会议决定，由毛主席亲自出面，立即会见苏联驻华大使，明确向苏方宣布我党坚决反对苏联武装干涉波兰。"[①]

当天晚上，毛泽东会见苏联驻华大使尤金，通告他中共中央政治局会议的意见，并请他立即打电话给赫鲁晓夫：如果苏联出兵，我们将支持波兰反对苏联，并公开声明谴责苏联武装干涉波兰。中共中央政治局会议还决定，派刘少奇、邓小平、王稼祥、胡乔木等组成中共代表团去苏联。

23日，中共代表团抵达莫斯科。中苏双方领导人立即举行会谈。与此同时，中共代表团也同哥穆尔卡率领的波兰党代表团会谈。在同苏方领导人会谈时，中共代表团严厉批评苏联调动军队，指出战争虽然没有打起来，但也是一种大国沙文主义的表现；同时也表示努力做好波兰同志的工作，希望波苏友谊不断得到加强，并愿意为此尽最大努力。在同波方领导人会谈时，中共代表团介绍了中国党反对苏联干涉波兰事务的态度，同时也劝波兰领导人以大局为重，改善波苏关系。哥穆尔卡向中共代表团一再表示感谢，说忘不了中国党的支持，还表示将努力改善与苏联党的关系，加强波苏两党团结。苏、波、中三方轮流举行双边会谈，最后一致达成两点：第一，苏波两党尽快再举行一次正式会谈，协商解决分歧并达成协议；第二，苏联单独发表一个关于社会主义国家关系的宣言。这个宣言在10月30日发表了，苏联承认过去在处理社会主义国家之间关系方面有错误，不符合社会主义国家之间平等的原则，声明要改正这些错误，要根据互不干涉内政、相互平等的原则解决社会主义国家之间的关系问题。[②]

波兰事件得到平息之时，匈牙利又发生更大的动荡。苏共二十大以后，匈牙利一些知识分子组织裴多菲俱乐部，要求民主和自由。7月，苏

①吴冷西:《十年论战》(上),中央文献出版社,1999年版,第38～39页。
②吴冷西:《十年论战》(上),中央文献出版社,1999年版,第36～47页。

共中央派米高扬去匈牙利，认为匈牙利工人党领导人拉科西实行斯大林式的领导，要求他下台。匈牙利党中央改选格罗为党中央第一书记兼部长会议主席。此后，匈牙利开始大规模平反冤案、错案。被开除出党的前部长会议主席纳吉，也被恢复了党籍。随着大规模平反的进行，群众连续举行大规模游行示威，并要求纳吉上台。政府开始要求禁止示威游行。群众举行规模更大的游行，并同公安部队发生冲突。10月23日，冲突愈加严重。示威群众占领匈党中央和政府的机关大楼，造成流血事件。当晚，局势已经恶化，匈牙利党和政府逐渐失去控制。24日，米高扬和苏斯洛夫[①]飞抵匈牙利首都布达佩斯，参加匈党中央会议。会议选举卡达尔为党中央第一书记。但是，群众示威仍在继续，冲突越来越严重。25日，新任总理纳吉发表广播讲话，要求苏军撤出匈牙利，并宣布实现戒严。然而，示威、罢工仍在全国各地继续蔓延，甚至在布达佩斯已经听到枪声。

10月24日，应苏共中央邀请，刘少奇、邓小平等中共代表团成员参加苏共中央主席团紧急会议，讨论波匈局势。刘少奇发言指出了发生波匈事件的原因，批评苏联在斯大林时代对待社会主义国家犯了大国主义、大民族主义的错误，使社会主义国家相互之间的关系处于不正常的状态。但是刘少奇也表示，无论如何还是要拥护苏联做社会主义阵营的中心。[②]26日和30日，中共代表团又两次参加苏共中央主席团会议。中共代表团既尊重苏共中央的意见，也从维护社会主义阵营团结出发，提出自己的意见。这个期间，苏军基本上控制了布达佩斯。28日，匈牙利党中央举行会议，成立六人小组，以纳吉为首，把卡达尔排挤出中央领导层。会议要求所有各方停火，成立新的军队，要改变国徽、国庆日，要求苏军撤出布达佩斯。匈牙利各省宣布"解放"，整个局势非常混乱。29日，米高扬和苏斯洛夫再次飞抵布达佩斯，同匈牙利当局会谈，准备从匈牙利撤军。

中共代表团将这些情况电告中央。30日，毛泽东主持召开中共中央政治局会议，讨论匈牙利局势。毛泽东认为，苏联在波兰问题上决定派军队干涉波兰内政是错误的，而现在在匈牙利问题上又匆忙决定撤出驻匈苏军，置匈牙利人民政权垮台于不顾，同样也是错误的。会议一致认为，苏军应当继续留在匈牙利，帮助匈牙利党和政府平息叛乱，保卫社会主义成果。[③]中共代表团接到中央指示，于31日紧急约见苏共中央主席团，转达中共中央的意见。11月1日，中共代表团将要启程回国。在赴机场途中，赫鲁晓夫表示苏共中央开会决定苏军继续留在匈牙利。3日，米高扬和苏斯洛夫在布达佩斯同纳吉谈判，劝说纳吉放弃原来的决定，留在华约组织，苏联仍会支持他。纳吉表示拒绝接受，并要求联合国出面干涉，要求苏军立即撤兵。谈判中断。4日，苏军根据卡达尔工农革命政府的要求，重新进入匈牙利布达佩斯。卡达尔宣布解除纳吉一切职务。布达佩斯逐渐趋于平静，匈牙利事件也终于平息。

波匈事件平息之后，西方国家对苏联出兵匈牙利纷纷予以谴责，一些国家的共产党也发表谴责苏联的言论。而最引人关注的就是南斯拉夫的铁托普拉演说。11月11日，南共领导人铁托在南斯拉夫布里俄尼的普拉工厂发表演说，对斯大林主义提出严厉批评。铁托从近期发生的波匈事件谈到南斯拉夫同苏联的关系，反驳

①苏共中央主席团委员、书记处书记。

②《刘少奇传》下册，中央文献出版社，1998年版，第805页。

③吴冷西：《十年论战》（上），中央文献出版社，1999年版，第51～52页。

了把波匈事件的责任推到南斯拉夫肩上的舆论，认为“这种背信弃义的倾向起源于那些顽固的斯大林主义分子”，这些人“把这种斯大林主义的倾向强加在他们人民头上，甚至别国人民头上”。铁托演说的指向，显然是苏联现任领导人。尤其引起关注的是，铁托批评了苏共领导人对斯大林错误只是当作“一个个人崇拜问题”，“而个人崇拜，实际上，是一种制度的产物”。他说：“我们从一开始就说，这里不仅仅是一个个人崇拜问题，而是一种使个人崇拜得以产生的制度问题，根源就在这里，这就是需要不断地坚持根除的东西，而这也是最难以做到的事。”铁托还指出了“根源”在于官僚主义的组织机构、领导方法和所谓一长制以及忽视劳动群众的作用和愿望等等。[①]

所有这些，使毛泽东感到各国党新发表了许多意见，4月份的那篇文章“所谈的已经不够了，需要再写一篇”[②]。什么问题没有谈够呢？毛泽东在11月中旬召开的中共八届二中全会上再次谈到了苏共二十大：“关于苏共二十次代表大会，我想讲一点。我看有两把‘刀子’：一把是列宁，一把是斯大林。现在斯大林这把刀子，俄国人丢了。哥穆尔卡、匈牙利的一些人就拿起这把刀子杀苏联，反所谓斯大林主义。……这把刀子不是借出去的，是丢出去的。我们中国没有丢。我们第一条是保护斯大林，第二条也批评斯大林的错误，写了《关于无产阶级专政的历史经验》那篇文章。我们不像有些人那样，丑化斯大林，毁灭斯大林，而是按照实际情况办事。

“列宁这把刀子现在是不是也被苏联一些领导人丢掉一些呢？我看也丢掉相当多了。十月革命还灵不灵？还可不可以作为各国的模范？苏共二十次代表大会赫鲁晓夫的报告说，可以经过议会道路去取得政权，这就是说，各国可以不学十月革命了。这个门一开，列宁主义就基本上丢掉了。”[③]

毛泽东对苏共二十大的批评，比4月份的时候更尖锐，不仅说苏共、赫鲁晓夫丢掉了斯大林这把刀子，而且说丢掉了列宁这把刀子，同时明确批评苏共二十大关于“和平过渡”问题的看法。

11月下旬，中共中央政治局连续开会，讨论近期局势。12月29日，《人民日报》发表《再论无产阶级专政的历史经验》的文章，集中反映了中央政治局会议讨论的结果。文章充分肯定苏联革命和建设的经验，特别强调“从基本原理上说来，十月革命的道路却反映了人类社会发展长途中的一个特定阶段内关于革命和建设工作的普遍规律。这不但是苏联无产阶级的康庄大道，而且是各国无产阶级为了取得胜利都必须走的共同的康庄大道”[④]。话里有话，锣鼓听音。这里实际上表达了对苏共二十大“和平过渡”看法的批评，因为按照列宁主义、按照十月革命经验，取得革命胜利的普遍途径只能是暴力革命，而不是什么和平过渡。如果说这个批评还算含蓄的话，那么，文章对铁托、对赫鲁晓夫秘密报告的批评则跃然纸上。文章批评“有些人”想用社会主义国家政权对经济事业的管理来解释斯大林的错误，这“无法令人信服”；还说斯大林的错误“很少同管理经济的国家机关的缺点有关”。文章强调斯大林的错误“并不是由社会主义制度而来”，纠正这些错误“不需要去‘纠正’社会主义制度”。文章肯定斯大林尽管在后期犯了一些严重错误，但是“他的一生乃是伟大的马克思列宁主义革命家的一生”，他的错误同他的成绩比起来，“只居

①中国人民解放军国防大学党史党建政工教研室编：《中共党史教学参考资料》第二十一册，第588～589页。
②吴冷西：《十年论战》(上)，中央文献出版社，1999年版，第59页。
③《毛泽东选集》第五卷，人民出版社，1977年版，第321～322页。
④1956年12月29日《人民日报》。

于第二位的地位”。最值得注意的是，文章在分析斯大林错误的后果是教条主义的发展的同时，认为对斯大林采取否定一切的态度、提出反对“斯大林主义”的口号，“帮助了对于马克思列宁主义的修正主义思潮的发展”。因此，文章提出：“我们在坚决反对教条主义的时候，必须同时坚决反对修正主义。”这是中国共产党第一次提出“反对修正主义”的问题。

尽管有这些分歧，中苏两党、两国关系的发展还是比较顺利的，没有因为存在分歧而受到影响。1957年各国共产党、工人党准备利用纪念十月革命胜利40周年的机会，在莫斯科举行会议，全面讨论国际形势和国际共产主义运动问题。波兰和匈牙利事件的处理，使中国共产党在社会主义阵营中的声望进一步提高，到1957年中国的第一个五年计划也已超额完成。中国共产党在社会主义阵营中的地位已经与一年前大不相同，与斯大林时期相比更是不可同日而语。苏共中央和赫鲁晓夫感到中国党帮助他们渡过了波匈事件的危机，中国党对苏联的帮助是真诚的。这个期间，赫鲁晓夫主动提出增加对中国建设的援助项目，同时答应帮助中国建立一个试验性的核反应堆，还答应给中国一个小型原子弹样品。苏联方面还几次邀请毛泽东亲自出席莫斯科会议。

1957年11月2日，毛泽东率领中国党政代表团赴苏联，参加十月革命40周年纪念活动和莫斯科会议。毛泽东是代表团团长，副团长是宋庆龄，成员有邓小平、彭德怀、李先念、乌兰夫、郭沫若、茅盾、陆定一、陈伯达、杨尚昆、胡乔木等。在苏期间，毛泽东盛赞十月革命的胜利和苏联40年来的巨大成就，并且肯定“苏联的道路，十月革命的道路，从根本上说来，是全人类发展的共同的光明大道”[①]。

毛泽东访苏之行更重要的内容，是参加莫斯科会议，通过各国共产党、工人党宣言。这个会议是11月14日至16日召开的。会议宣言的草案在毛泽东动身之前，苏共中央已经电传到中共中央。据吴冷西回忆：“收到苏联起草的共同宣言的稿子后，中央政治局10月30日开会讨论这个问题。大家觉得苏联的草稿问题很多，我们和他们的观点有不小距离。于是政治局会议决定毛主席提前去莫斯科，到那里起草一个稿子，提交苏联讨论，并争取中苏两党在提交其他兄弟党之前有一个共同的、意见一致的草稿。”[②]

毛泽东在莫斯科期间同苏共中央和其他国家党的领导人广泛交换了看法。在对美帝国主义、战争与和平、共同规律和共同道路、反对修正主义和反对教条主义、和平过渡、辩证唯物论、苏共二十大以及以苏联为首等问题上，各国党存在分歧和争论。中国党特别强调的有几点：第一，战争与和平问题，不是说战争一定不可避免，而是存在两种可能性，一是可能爆发，一是可能制止或推迟。第二，共同规律和共同道路问题，如果认为要根据共同规律就是抄袭其他党的政策、策略，这是错误的；同时不能借口民族特点来背离马克思主义的普遍真理，背离共同规律。第三，和平过渡问题，从理论上、原则上讲，不通过暴力革命是不能夺取政权的，但在和平时期为争取群众、动员群众，可以作为一种策略口号。第四，辩证唯物论问题，值得各国党重视，现在讲唯心论、形而上学多了，讲辩证法、唯物论少了，应该引起普遍注意。第五，苏共二十大和其他党代表大会问题，不需要在宣言中讲，各个党代表大

①《新华半月刊》，1957年第23期第20页。
②吴冷西：《十年论战》(上)，中央文献出版社，1999年版，第96页。

会是各个党自己的事情，不需要国际会议批准。争论的结果，各方互相做了妥协，大会最后签署了《社会主义国家共产党和工人党代表会议宣言》，简称“莫斯科宣言”。

莫斯科会议的召开和“莫斯科宣言”的通过，说明各国共产党、工人党总的说来在一系列问题上达成了共识。在当时的条件下，这个成果的取得也算是不易了。毛泽东14日、16日、18日三次在会上发表讲话，不仅称赞会议通过的两个宣言[①]，而且强调“以苏联为首”，强调团结。但是，中苏两党之间在意识形态上的分歧，并没有完全弥和。特别是在和平过渡问题上，中苏两党互执己见。中国党代表团提出宣言中把这个问题搞得更明确一些，而苏共方面坚决反对，要求中国党照顾苏共二十大决议，不要变动。吴冷西回忆说：“最后，毛主席认为再讨论下去只能拖延时间，可以作适当的妥协。他在同赫鲁晓夫一起吃饭时明白告诉赫鲁晓夫说，关于和平过渡问题，我们的意见都说了，你们坚持不能接受。现在宣言中关于这个问题的写法不必再修改。但是我们保留意见，我们写一个备忘录给你们，把我们的意见说清楚，这样在会上就可以通过宣言。赫鲁晓夫很高兴表示同意。后来我们把意见写成一个《关于和平过渡问题的意见提纲》交给苏共，没有在会上宣布。一直到后来公开论战的时候，我们才公布了这个关于和平过渡的备忘录。”[②]

三、长波电台和共同舰队[③]

莫斯科会议之后，中苏两国在外交、经济、科技领域出现了全力相互合作和支持的局面。莫斯科会议之前，中苏双方就签定了《国防新技术协定》，苏联方面承诺在发展原子能工业和核武器方面向中国提供援助。这个协定的实现，将解决中国陆军和空军发展新式武器的问题。1958年1月，苏联就在亚洲建立一个无核区问题征求中国政府意见。周恩来当即表示这是一个好主意。2月1日，周恩来约见苏联驻华参赞克鲁季科夫，告知中共中央和中国政府完全赞成苏联的提议。同一天，周恩来还约见印度临时代办，表明中国政府立场。3月31日，苏联单方面宣布停止核试验，并于4月4日向美国和英国政府首脑提交了备忘录，强调苏联方面已单方面宣布终止核试验，并要求迅速达成协议。4月7日，中国《人民日报》刊登苏联的倡议，并发表社论予以支持。周恩来在一个外交场合称赞苏联举动是“造福于人类的伟大和平创议”。13日，周恩来代表中国政府正式致函苏联赫鲁晓夫，支持苏联政府带头停止核武器试验，并认为美国和英国负有不可推卸的义务，应当立即用行动支持苏联倡议。这年2月，赫鲁晓夫召见中国驻苏大使刘晓，提出在社会主义阵营里建立“卢布区”的设想。28日，毛泽东同苏联驻华大使尤金谈话，表示“中共中央完全支持苏联正确而有成绩的政策”，最近几个月，“我们在中国高兴地注视着苏共中央和苏联政府积极的对外政策行动，满意地看了你们相应的文件”。毛泽东说，中共中央非常高兴地看到了赫鲁晓夫同刘晓的会谈记录，“这是一次很好的会谈。我们同意会谈中提出的所有问题。”[④]3月9日，朱德在与尤金谈话中，表示“赫鲁晓夫关于建立‘卢

①一个是12个社会主义国家共产党、工人党会议通过的《社会主义国家共产党和工人党代表会议宣言》，一个是64个共产党、工人党代表会议通过的《和平宣言》。
②吴冷西：《十年论战》（上），中央文献出版社，1999年版，第138页。
③本节内容吸收了沈志华先生的论文《赫鲁晓夫、毛泽东与中苏未实现的军事合作》的成果，谨致谢意。
④ 1958年2月28日尤金与毛泽东会谈备忘录，沈志华：《赫鲁晓夫、毛泽东与中苏未实现的军事合作》（论文）。

布区'的思想使我们感到欣慰和高兴,它是与'美元区'对抗的一种形式。"[①]

这年四五月份,在对待南斯拉夫问题上,中国党更是全力支持了苏共。3 月南共联盟发出南共七大纲领草案征求各国党意见。鉴于南斯拉夫在匈牙利事件中的表现,特别是鉴于铁托拒绝出席莫斯科会议的行动,苏共决定不派代表参加南共联盟七大,并要对南共纲领进行批判。赫鲁晓夫首先征求了毛泽东的意见。4 月 5 日,毛泽东在武汉会见尤金,表示赞成苏共中央对南共所做的结论,并尤其赞成苏共拒绝出席南共七大的决定。为此,中共中央政治局还专门召开会议,讨论此事。4 月 8 日,中共中央复信苏共中央,对南共联盟提出严厉指责,批判南共联盟七大纲领草案是"一个有体系的、违背马克思列宁主义许多基本原理的纲领草案",同时表示同苏共中央采取"一致的步骤",不派代表出席南共联盟七大,只派观察员参加。[②] 5 月 6 日,《人民日报》公开发表文章《现代修正主义应该受到谴责》。

所有这些,显示出中苏关系在莫斯科会议之后又达到了一个高潮。然而,就在这样一种形势下,中苏两国在军事合作问题上却发生了严重分歧。

1958 年 4 月 18 日,苏联国防部长马利诺夫斯基致信中国国防部部长彭德怀,建议从 1958 年至 1962 年在中国华南地区由中苏共同建设 1000 千瓦大功率长波发信台和远程收信中心各一座,投资 1.1 亿卢布,所需费用由苏联出 7000 万卢布,中国出 4000 万卢布,建成以后中苏共同使用。苏方提出这个建议,是考虑苏联海军潜艇舰队远洋航行时同本土联络问题。如果在苏联本土建立大功率长波发射电台,既耗资巨大又难以保证通讯质量,所以设想同中国合作在中国建立长波电台。其实,中国方面也有类似想法。随着潜艇部队的发展和远航训练任务的增多,中国海军原有的中小功率的长波电台已经显得很不适应,迫切需要建设大功率长波电台。但是鉴于中国方面难以承担这样的工程,中国海军曾同苏联有关方面联系,希望他们给予帮助。

4 月 24 日,毛泽东指示有关部门作如下答复:同意在中国建设该项设施,但费用全部由中国负担,所有权是中国的。6 月 12 日,彭德怀正式复函马利诺夫斯基,说明中国的立场,提出一切费用由中国负担,电台请苏联帮助设计和装备,共同使用,并建议两国就此签订一项协定。6 月 28 日,苏联海军通讯部部长助理列特文斯基率领一个六人专家小组来华,带来一份协议草案。苏联方面仍然坚持由中苏两国共同建设长波电台,费用可以双方各自承担一半。随后,中苏双方又多次进行协商,始终未能达成一致意见。

7 月 21 日,彭德怀根据中共中央军委讨论的精神,又一次致函马利诺夫斯基,重申中国自行建设的原则:"欢迎苏联在设计和建筑等技术方面给予帮助和指导。有关工程的建筑费用、设备费用和其他方面的一切费用,由中国全部承担,这是我们责无旁贷的事情。"[③]就在这一天,苏联方面又提出了"共同舰队"的问题。苏联驻华大使尤金要求紧急会见毛泽东。受苏共中央委托,尤金向毛泽东报告了四个问题:中东事件、南斯拉夫问题、中国政府请求苏联帮助加强中国海军和海岸防御问题和苏联国内情况。谈到第三个问题时,尤金说:苏联舰队到大西洋、太平洋活

① 1958 年 2 月 28 日尤金与毛泽东会谈备忘录,沈志华:《赫鲁晓夫、毛泽东与中苏未实现的军事合作》(论文)。
②丛进:《曲折发展的岁月》,河南人民出版社,1989 年版,第 347 页。
③沈志华:《赫鲁晓夫、毛泽东与中苏未实现的军事合作》(论文)。

动很不方便，海上通道都控制在西方国家手里，中国海岸线长，可以四通八达。赫鲁晓夫希望中国考虑同苏联建立一支共同舰队。[1]他还表达了赫鲁晓夫希望建立一支共同原子潜艇舰队的问题。他说，赫鲁晓夫希望中国了解：苏联的自然条件不可能充分发挥原子潜艇舰队的作用，中国的海岸线很长，条件很好，因此希望同中国商量，建立一支联合舰队。

毛泽东问尤金：是不是又要搞"合作社"？接着说：我们原想叫你们帮助我们建设海军，没有想过要跟你们一起搞"合作社"，搞什么共同舰队。是不是只有搞"合作社"你们才干，不搞"合作社"你们就不干呢？毛泽东表示：首先要明确方针，是我们办，你们帮助？还是只能合办，不合办你们就不给帮助，就是你们强迫我们合作？尤金似乎也说不清楚，毛泽东提议第二天再谈。

第二天的谈话从上午11点一直进行到下午4点。整个谈话，毛泽东主要是表达他对斯大林时期不正常的中苏关系的愤怒和不满。然后，毛泽东谈到了"共同舰队"问题。他对尤金说：你们帮助我们建设海军嘛！你们可以作顾问。为什么要提出所有权各半的问题？这是一个政治问题。他明确告诉对方：要讲政治条件，连半个指头都不行。你可以告诉赫鲁晓夫同志，如果讲条件，我们双方都不必谈。如果他同意，他就来，不同意，就不要来，没有什么好谈的，有半个小指头的条件也不成。最后，毛泽东强调：建立潜艇舰队的问题，这是个方针问题：是我们搞你们帮助，还是搞"合作社"，这一定要在中国决定。[2]

尤金同毛泽东谈话后，迅速向莫斯科做了报告。7月31日，赫鲁晓夫到达北京。一到机场，他就直接被接到中南海，毛泽东马上同赫鲁晓夫进行了会谈。毛泽东逼问赫鲁晓夫什么叫"共同舰队"，赫鲁晓夫说他没有这样讲过。毛泽东说，尤金谈话有记录，尤金还说你建议搞共同舰队。你赫鲁晓夫1954年取消了这些"合作社"，怎么现在又提出这个问题，又要搞"合作社"？赫鲁晓夫赶紧再三解释，说尤金听错了他的话，误解了他的意思。毛泽东说，听尤金讲了三次，说的都是共同舰队。你赫鲁晓夫是不是再来搞斯大林那一套？赫鲁晓夫赶紧表示，他们从来没有提过，没有搞共同舰队的想法，永远也不会再提这个问题。

会谈中，赫鲁晓夫又提出长波电台问题。毛泽东说，长波电台的问题好办，就是我们建，我们有，你们可以用。马利诺夫斯基两次来电报，都说共同建、共同用。其实就是你们使用，我们现在还没有条件使用这个东西。赫鲁晓夫说他不知道马利诺夫斯基的电报，但是苏联可以出钱。毛泽东再次表示，不需要苏联出钱，中国自己搞，不要苏联出钱。如果你们要出钱，我们就不搞。赫鲁晓夫表示同意中国的这个决定。[3]

随后，8月3日，彭德怀和马利诺夫斯基分别代表中苏两国政府签署了《关于建设、维护和共同使用大功率长波无线电发信台和专用远距离无线电收信中心的协定》。根据协定规定，长波电台由中国建造，主权属于中国；苏联方面在设计和建筑等技术方面给予帮助和指导；苏联需要使用该电台的问题由双方另行谈判。赫鲁晓夫回国后，8月8日致电周恩来，同意向中国海军提供技术援助，并提议派代表团商谈。1959年2月4日，中苏双方签署《关于苏联政府给予中国海军制造舰艇方面新技术援助的协定》。根据协定，苏联将向中国出售629型导弹潜艇、633型

①吴冷西：《十年论战》（上），中央文献出版社，1999年版，第158页。
②《毛泽东外交文选》，中央文献出版社、世界知识出版社，1994年版，第330、332页。
③吴冷西：《十年论战》（上），中央文献出版社，1999年版，第163～167页。

◆ 1958 年 7 月 31 日至 8 月 3 日，苏共第一书记尼塔·赫鲁晓夫访问中国，同毛泽东等中共领导人讨论了国际形势和中苏关系等问题。在会谈中，中共中央严正拒绝了苏方要在中国建立联合舰队和长波电台的建议。图为毛泽东、赫鲁晓夫在联合公报上签字。

鱼雷潜艇、205 型导弹快艇、183 型导弹快艇、184 型水翼鱼雷快艇和P-11ФМ型弹道导弹 4 枚、П-15 型飞航式导弹 2 枚以及这些舰艇的动力装置、雷达、声纳、无线电、导航器材共 51 项设备的设计图纸资料，还有部分舰艇制造器材及导弹样品，并转让了这些项目的制造特许权。苏联的 60 名专家随即来华，协助开展设计和制造工作。①

长波电台和共同舰队的争端就这样过去了，似乎一切又归于平静。事实上，从此以后中苏之间的分歧越来越多。就在 1958 年，中国方面采取炮击金门、马祖岛屿的军事行动，没有像以前那样同自己的军事盟友、社会主义阵营的首领苏联通报。对于苏联方面召开中、苏、美、印度等国最高级会议，研究缓和台湾海峡紧张局势的提议，中国方面也予以拒绝。1959 年，赫鲁晓夫访美前夕，苏联政府于 6 月单方面撕毁了 1957 年 10 月中苏关于国防新技术的协定，拒绝再向中国提供核工业的技术援助。9 月，苏联迫不及待地授权塔斯社公开发表关于中印边境冲突有意偏袒印度的声明。赫鲁晓夫访美后，来华参加中国建国十周年庆祝活动。他在同毛泽东等会谈中，埋怨中国 1958 年炮击金门、马祖给苏联“造成了困难”，对中国在台湾问题上的政策表示不满。所有这些，既是原有矛盾的发展，又使原有矛盾进一步加深。

四、第二次台海危机和中美关系

在这十年里，中国同美国依然没有建立外交关系，也没有任何官方往来。美国在这十年里对中国仍然抱公开敌视的态度。其中有两个问题最尖锐：一是美国武装插足台湾，干涉中国内政；一是美国武装侵略越南，威胁中国安全。美国还多次侵入中国领空。

1955 年 8 月，由于周恩来声明而在日内瓦开始中美大使级会谈。会谈就双方平民回国问

①沈志华:《赫鲁晓夫、毛泽东与中苏未实现的军事合作》(论文)。

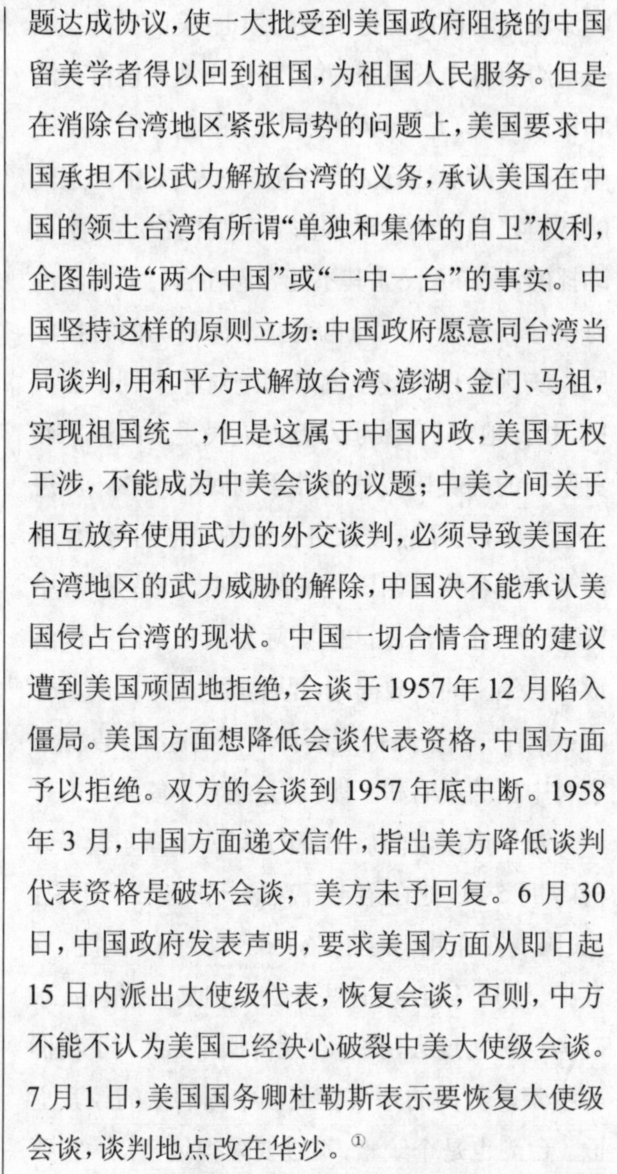

题达成协议，使一大批受到美国政府阻挠的中国留美学者得以回到祖国，为祖国人民服务。但是在消除台湾地区紧张局势的问题上，美国要求中国承担不以武力解放台湾的义务，承认美国在中国的领土台湾有所谓“单独和集体的自卫”权利，企图制造“两个中国”或“一中一台”的事实。中国坚持这样的原则立场：中国政府愿意同台湾当局谈判，用和平方式解放台湾、澎湖、金门、马祖，实现祖国统一，但是这属于中国内政，美国无权干涉，不能成为中美会谈的议题；中美之间关于相互放弃使用武力的外交谈判，必须导致美国在台湾地区的武力威胁的解除，中国决不能承认美国侵占台湾的现状。中国一切合情合理的建议遭到美国顽固地拒绝，会谈于1957年12月陷入僵局。美国方面想降低会谈代表资格，中国方面予以拒绝。双方的会谈到1957年底中断。1958年3月，中国方面递交信件，指出美方降低谈判代表资格是破坏会谈，美方未予回复。6月30日，中国政府发表声明，要求美国方面从即日起15日内派出大使级代表，恢复会谈，否则，中方不能不认为美国已经决心破裂中美大使级会谈。7月1日，美国国务卿杜勒斯表示要恢复大使级会谈，谈判地点改在华沙。[①]

美国方面其实一直在台湾海峡进行积极的军事活动。1957年11月，美国第七舰队在台湾海峡举行了大规模军事演习。1958年5月，美国在台湾的“军事援助顾问团”和“美国台湾协防司令部”等十几个机构统一合并成一个指挥系统，叫“美军驻台湾协防军援司令部”。与此同时，台湾当局把三分之一的地面部队配置于外岛，加强了以金门、马祖为基地的对中国大陆的袭扰活动。就在这个时候，中东发生伊拉克革命，7月14日伊拉克人民举行武装起义，推翻费萨尔王朝，宣布退出美英组织的巴格达条约组织，退出伊拉克——约旦联邦。7月15日美国调动地中海的第六舰队，运送美军在黎巴嫩登陆。7月17日，英国出兵约旦。中东局势顿时紧张。

中东紧张局势和台湾海峡的局势，都引起中共中央领导人的高度关注。8月份，中共中央在北戴河举行政治局扩大会议。会议期间，中共中央领导人讨论了这些问题。据参加会议的吴冷西回忆：“我到达北戴河后才知道，毛主席在几天前主持中央政治局常委会议上确定：要在金门、马祖地区给国民党反动派一个惩罚性的打击，炮轰金门和马祖。金门离海岸很近，在厦门就可以望得见；马祖在福州出海口外。这两地离大陆也比较近，蒋介石部队经常从那里出发骚扰大陆。炮轰金门、马祖的主要目的是警告国民党反动派，使它不敢再放肆地在沿海骚扰。同时还有一个附带的目的，炮轰金马，使美国人紧张一下，说不定可以分散美国人的注意力，对美国在中东的军事行动起一些牵制作用，对中东阿拉伯人民的斗争可能有所帮助。基于这两方面的设想，中央决定炮轰金门。”[②]

8月23日，中国人民解放军福建前线部队开始炮击金门，一天发射约2.6万余发炮弹。炮击持续了将近两周，取得预期效果。美国方面很快做出反应。9月4日，杜勒斯在美国总统艾森豪威尔的授权下发表声明，声称美国负有条约义务来帮助保卫台湾不受武装进攻，美国国会的联合决议授权总统使用美国的武装部队来确保和保护像金门和马祖等有关阵地。[③]实际上，美国是要把美国在台湾海峡地区的所谓“防御”范围

①丛进：《曲折发展的岁月》，河南人民出版社，1989年版，第355～356页。
②吴冷西：《十年论战》（上），中央文献出版社，1999年版，第175～176页。
③1958年9月7日《人民日报》。

扩大到金门、马祖等沿海岛屿。随后，杜勒斯又在备忘录中透露准备重新考虑对中国的政策：一、国民党可以自己同中共交战，美国将保护运输；二、希望中共不会认真打起来；三、美国不放弃和平谈判的希望。[①]

杜勒斯发表声明的当天，中共中央政治局召开常委会。会议的估计是：美国人还是怕打仗，不一定敢在金门、马祖同中国较量。这次炮击金门的根本目的也已经达到，不仅美国人紧张起来，全世界人民也动员起来了。会议认为，我们现在的方针并不是马上登陆金门，而是实行毛泽东提出的"绞索政策"，即把台湾当做拉住美国的绞索，一步步拉紧，进而对美国施加压力，然后相机行事。会议同意周恩来提出的采取宣布中国领海宽度为12海里的办法，迫使美国军舰不敢靠近属于中国领海的金门岛。[②]当天，中国政府发表《关于领海的声明》，宣布中华人民共和国的领海宽度为12海里，这项规定适用于中华人民共和国一切领土，包括中国大陆及其沿海岛屿，和同大陆及其沿海岛屿隔有公海的台湾及其周围各岛、澎湖列岛、东沙群岛、西沙群岛、中沙群岛、南沙群岛以及其他属于中国的岛屿。按照这个声明，大小金门、马祖列岛均属中国内海岛屿。声明表示，一切外国飞机和军用船舶，未经中华人民共和国政府的许可，不得进入中国的领海和领空。[③]

9月6日，周恩来又发表关于台湾海峡地区局势的声明。声明谴责杜勒斯的声明是公然威胁要在台湾海峡地区扩大对中华人民共和国的侵略范围，进行战争挑衅，从而加剧了美国在这个地区造成的紧张局势。周恩来再次宣布，台湾和澎湖列岛自古就是中国的领土；美国支持盘踞在台湾的蒋介石集团，并且直接用武力侵占台湾和澎湖列岛，是干涉中国内政、侵犯中国领土完整和主权的非法行为。声明严正表示：中国人民解放自己的领土台湾和澎湖列岛的决心是不可动摇的；中国人民尤其不能容忍在自己的大陆内海中存在像金门、马祖这些沿海岛屿的直接威胁；美国的任何战争挑衅都绝对吓不倒中国人民，相反地，只会激起六万万人民更大的愤怒和更坚强的同美国侵略者斗争到底的决心。周恩来也表示，为了再一次进行维护和平的努力，中国政府准备恢复两国大使级会谈。但是强调，中国和美国在台湾地区的国际争端和中国人民解放自己领土的内政问题，是性质完全不同的两件事；美国一贯企图把这两件事混淆起来，以掩盖它对中国的侵略和干涉，这是绝对不能允许的。[④]

对于炮击金门后出现的形势，毛泽东做了分析。9月5日，他在第十五次最高国务会议上说："美国现在在我们这里来了个'大包干'制度，索性把金门、马祖，还有些什么大担岛、二担岛、东碇岛一切包过去，我看它就舒服了。它上了我们的绞索，美国的颈吊在我们中国的铁的绞索上面。台湾也是个绞索，不过要隔得远一点。它要把金门这一套包括进去，那它的头就更接近我们。我们哪一天踢它一脚，它走不掉，因为它被一根索子绞住了。"[⑤]

三天后，毛泽东还是在这个会议上讲话，又谈到这个问题："关于绞索，上一次不是谈过了吗？现在我们要讲对杜勒斯、艾森豪威尔，对那些战争贩子使用绞索。……现在不讲别的，单讲两条绞索：一个黎巴嫩，一个台湾。台湾是老

①《周恩来传》(三)，中央文献出版社，1998年版，第1424～1425页。
②《周恩来传》(三)，中央文献出版社，1998年版，第1425页。
③ 1958年9月5日《人民日报》。
④ 1958年9月7日《人民日报》。
⑤《毛泽东外交文选》，中央文献出版社、世界知识出版社，1994年版，第341页。

绞索，美国已经占领几年了。它被什么人绞住了呢？被中华人民共和国绞住了。六亿人民手里拿着一根索子，这根索子是钢绳，把美国的脖子套住了。"[1]

根据形势，中共中央确定了新的方针，一边继续对金门实施炮击，一边恢复中美大使级会谈。[2] 9月15日，中美大使级会谈在华沙复会。会谈一开始，美国方面不拿出方案，而是一再提出先停火、再讨论各种具体措施的要求。针对美方的态度，中方提出要求美国从台湾、澎湖列岛和台湾海峡撤出它的一切武装力量，停止向中国领海、领空的一切军事挑衅和干涉中国内政的行为，以缓和和消除目前台湾海峡的紧张局势的反建议。[3]

局势的发展越来越对美国不利。国际舆论对美国军事挑衅的谴责呼声日高，美国国内也有越来越多的人反对，美国政府不得不进一步调整对台湾问题的政策。9月30日，杜勒斯在答记者问时表示，我们没有保卫沿海岛屿的任何法律义务，我们不想承担任何这种义务。今后我要说，如果美国认为放弃这些岛屿不会对可能的保卫福摩萨(即台湾——作者注)和条约地区的工作产生任何不利影响，我们就不会考虑在那里使用部队。美国的企图是用"让出"金门、马祖，换取中国同意对台湾和澎湖不使用武力，实际仍然是要搞"两个中国"。美国做法不但是中国政府决不能同意的，而且引起蒋介石集团的不满。美国放弃金门、马祖，势必影响国民党军队士气，也会影响国民党政权的稳固。美蒋之间由此产生矛盾。

面对形势出现的新变化，中共中央进一步考虑是收复金门、马祖有利，还是将它们留在蒋介石集团手里有利的问题。研究之后，毛泽东放弃了原来设想的先收沿海岛屿、再解放台湾的两步走方针。毛泽东后来说过：开始我们想打金、马，后来一看形势，金、马收回就执行了杜勒斯的政治路线，还是留在蒋介石手里好。要解决，台、澎、金、马一起解决。中国之大，何必急于搞金、马？[4] 10月上旬，中共中央政治局连续召开常委会，着重研究当前形势，一致认为：美国当前的政策是脱身金、马，霸占台湾，因此我们与此针锋相对，需要采取"联蒋抗美"的策略。[5]考虑到在反对美国搞"两个中国"这一点上，中国人民同国民党集团之间存在着某种共同点，中国政府决定让金门、马祖暂时留在台湾当局手中。

作为实施新的对策的第一个步骤，中共中央决定从10月6日起，停止炮击七天。这天，《人民日报》发表由毛泽东起草、以国防部部长彭德怀名义签署的《告台湾同胞书》，宣布在没有美国人护航的条件下，人民解放军福建前线停止炮击金门，暂以七天为期。10月25日，又以彭德怀名义发表《中华人民共和国国防部再告台湾同胞书》，宣布逢双日不打金门的机场、码头、海滩和船只，以利金门诸岛得到充分供应；逢单日也不一定打炮，但是台湾方面的船只、飞机不要来，以免受到可能的损失。文告劝告国民党当局不要过于寄人篱下，指出"中国人的事只能由我们中国人自己解决。一时难于解决，可以从长商议"[6]。从此以后，福建前线对金门的炮击逢单日打，双日不打，成为象征性行动：打是为了给蒋介石拒绝美国要它撤离金、马一个理由；不打是为了使金、马蒋军获得运输补给；而且炮击只打沙滩，不打民房、工

①《毛泽东外交文选》，中央文献出版社、世界知识出版社，1994年版，第348页。
②《周恩来传》(三)，中央文献出版社，1998年版，第1426页。
③《周恩来传》(三)，中央文献出版社，1998年版，第1429页。
④《周恩来传》(三)，中央文献出版社，1998年版，第1430～1431页。
⑤吴冷西：《十年论战》(上)，中央文献出版社，1999年版，第184～185页。
⑥ 1958年10月26日《人民日报》。

事。台湾海峡的第二次危机得到平息，保持了相当长时间的平静。中美之间在台湾问题上的僵局，一直延续多年。

进入60年代，中美之间敌对的僵局又转入紧张状况。转入紧张的原因，是从1964年起，美国不断扩大在越南南方的战争，越战的升级给中国国家安全造成了威胁。

印度支那半岛在1954年日内瓦协议后实现了停战，以北纬17度线为界，越南北方归越南民主共和国管辖。1955年法国军队撤出印度支那。美国乘机取代法国，用军事援助扶植亲美势力，特别是积极支持统治南越的吴庭艳集团，残酷迫害前抗战人员和其他爱国人士。1960年底，越南南方人民被迫拿起武器反抗美吴集团的统治。1961年，美国派遣"特种部队"进入南越，次年成立"美国驻越南军事援助司令部"，加强对越南南方人民的镇压，并且准备袭击越南北方。为支持越南人民抗击美国侵略，中国向越南民主共和国无偿提供大量军事装备。

1964年8月5日，美国借口北部湾事件，开始轰炸越南北方。1965年2月，美国开始对越南北方进行持续性轰炸。3月，美国海军陆战队在南越北部的岘港登陆，准备随时北犯。同时，美国飞机不断侵入中国云南、广西和海南岛上空。

中国南部边疆面临紧张局面，因为一旦美国出兵越南北方，很可能与中国军队发生军事对峙。在这种形势下，中共中央号召全国军民准备应付最严重的局面。在对外方面，中国主要是支持越南人民的抗美战争。北部湾事件发生后第二天，中国政府发表声明表示："侵略越南民主共和国的战火是美国点起的。美国既然这样做了，越南民主共和国就取得了反侵略的行动权利，一切维护日内瓦协议的国家也取得了支援越南民主共和国反侵略的行动权利。越南民主共和国是社会主义阵营中的一员，没有一个社会主义国家能够坐视越南民主共和国遭受侵略。越南民主共和国是中国唇齿相依的邻邦，越南人民是中国人民亲如手足的兄弟，美国对越南民主共和国的侵犯，就是对中国的侵犯，中国人民绝不会坐视不救。"[1]应越南民主共和国政府的要求，中国开始向越南派出地空导弹、高炮、工程、铁道、扫雷、后勤保障等支援部队，到1968年3月止总计达32万余人。中国援越部队同越南军民一道，用鲜血和生命保卫越南北方的领空和交通运输线。中国军队伤亡达5000多人，援越物资超过200亿美元。在中国和其他国家的支援下，越南人民艰苦奋战，使美国侵略军陷入毫无胜利希望的困境，不得不在1968年11月宣布停止对北越的轰炸和炮击，准备进行结束战争的谈判。

坚决抗击美国的霸权主义和侵略政策，表现了中国共产党领导的中国人民高度的民族自尊心和民族独立精神，赢得了世界人民的尊敬。

五、中印冲突和外交进展

中国和印度是亚洲两大文明古国，两国人民在争取独立的斗争中一直相互同情和支持。中华人民共和国成立后，两国在国际斗争中积极合作，并且共同提出著名的和平共处五项原则。中国希望维护和发展中印之间的友好关系。在1959年西藏反动分子发动的武装叛乱被迅速平息以后，印度当局一些人对中国西藏少数人的民族分裂活动采取或明或暗的支持态度，给中印关系投

[1] 1964年8月6日《人民日报》。

下阴影。中印边界纠纷渐趋尖锐。

中印之间过去从未正式划定边界，只存在一条根据双方行政管辖所及而形成的传统习惯线。印度政府主张的边界线大大超过它原来实际管辖的范围，把传统习惯线以北一直由中国管辖的大片领土划归印度。中国主张通过友好协商，全面解决边界分歧，在此以前，双方维持边界现状。印度政府拒绝谈判。1959年8月以后，印度方面一再挑起事端，制造边界冲突，使中印边界的局势日趋紧张。为了避免武装冲突，中国政府多次建议中印双方驻守边界的部队，全线停止巡逻，从实际控制线各自后撤20公里。但印方却置若罔闻，继续不断地使用武力。

为了谋求中印边界问题的和平解决，周恩来总理在1960年4月访问新德里，同尼赫鲁总理举行会谈，力求达成有助于解决边界问题的初步协议。由于印度无理要求中国无条件地接受它的全部领土要求，会谈毫无结果。从1961年开始，印度军队先后在中印边界西段和东段越过双方实际控制线，逐步向中国方面推进。中国政府曾多次抗议印度的侵略行径，但为避免冲突，始终保持最大的忍耐和克制，多次建议中印双方通过谈判解决争端，反复说明单方面强行改变边界现状这一作法的危险性。

然而印度政府不仅拒绝中国政府的多次建议，反而变本加厉地进行挑衅。从1962年9月起，印军在中印边界东段越过非法的所谓“麦克马洪线”，向中国边防部队发动进攻，多次制造流血事件。对此，中国政府向印方提出强烈抗议，要求印军立即停止进攻，从它所占的中国领土上撤出。否则，中国将采取必要的防御措施，如果印军继续进攻，中国边防部队将坚决自卫。

中国政府一贯认为，中印边界问题是历史遗留下来的悬而未决的复杂问题，是在中印两国人民无权的情况下英国实行扩张政策的结果，必须以中印友好为重，通过谈判求得公平合理的解决。本着这种一贯主张，中国政府于同年8月至10月接连三次向印度政府建议，就中印边界问题举行谈判。但是，三次建议都遭到印方拒绝。尤其令人震惊的是，印度政府竟然在10月12日下令印军“清除掉”中国边境上的中国军队。10月20日，印度陆军十多个旅的兵力在中印边界东段和西段发动了大规模的全面进攻。

在忍无可忍的情况下，中国边防部队被迫进行自卫反击。首先，在中印边界东段歼灭了侵入到非法的所谓“麦克马洪线”以北的印军部队；在西段清除了印军在中国领土上设立的侵略据点。接着，中国政府于10月24日发表声明，提出停止边境冲突，重开和平谈判、解决边界争端的建议。但是印度政府当即予以拒绝，并在边境上调集重兵，再次向中国一侧发起猛烈进攻。中国边防部队不得不再次进行自卫还击。自11月16日起，先后击溃各路进犯的印军，并拔除其设立的侵略据点，一直追击到传统习惯线附近。

中国进行自卫反击作战是被迫的，目的仍然是为了促进中印边界问题的和平解决，并不想依靠武力来解决边界问题。因此，在打退印军的大规模进攻以后，中国方面从11月22日起即在中印边界全线主动停火。接着，中国边防部队又从1959年11月7日中印双方实际控制线后撤20公里。随后，中国政府还主动把缴获印军的武器弹药和其他军用物资全部交还印方，并释放和遣返了全部被俘的印度军事人员。这些行动证明中国力求控制并平息边界冲突，以两国人民友好

的大局为重。但是在那以后的很长时间里，边界挑衅重起的威胁仍然存在。

从20世纪50年代后期到60年代，中国政府努力发展对外关系，特别是发展同亚洲、非洲和拉丁美洲国家的关系，取得了可观的进展。

亚非拉地区的民族解放运动，在50年代中期以后继续迅猛发展。1956年埃及人民维护苏伊士运河主权、反对英法侵略的斗争，阿尔及利亚人民反对法国殖民统治、取得民族独立的斗争，撒哈拉以南的非洲人民反对殖民主义和种族主义的斗争，古巴人民反对美国武装干涉的斗争，所有这些国家的民族解放斗争，中国都给予了热情的声援。从50年代后期到60年代中期的十年间，有大批亚非拉国家同中国建交，拉丁美洲的古巴也是这个时期同中国建交的。此外，中日之间通过民间渠道，在没有外交关系的情况下，发展了两国人民的交往和友谊。

中国根据和平共处、睦邻友好的原则，通过互谅互让的平等协商，从1960年1月到1963年3月，先后同缅甸、尼泊尔、蒙古、巴基斯坦和阿富汗等五国签订协定或条约，妥善地解决了历史遗留下来的边界问题。

1963年4月到5月，中国国家主席刘少奇先后访问印度尼西亚、缅甸、柬埔寨和越南，加强了中国同这些国家的友好合作关系。9月，刘少奇又访问了朝鲜，进一步加强了中朝两国人民的传统友谊和伟大团结。

为了进一步增进中国人民和非洲人民之间的友谊，支持非洲人民的革命斗争，中国国务院总理周恩来于1963年12月到1964年2月，访问了非洲十国，即阿拉伯联合共和国（今埃及）、阿尔及利亚、摩洛哥、突尼斯、加纳、马里、几内亚、

◆ 1960年10月1日，中国、缅甸在北京签订了中缅两国边界条约，解决了中缅之间悬而未定的边界问题。图为周恩来总理和缅甸总理吴努在签字仪式上。

◆ 1963年4月至5月，中华人民共和国主席刘少奇先后访问了印度尼西亚、缅甸、柬埔寨和越南。4月12日至20日，刘少奇在夫人王光美和外交部长陈毅及夫人张茜陪同下，访问印度尼西亚。图为刘少奇和夫人王光美同印尼总统苏加诺和夫人哈蒂妮交谈。

苏丹、埃塞俄比亚、索马里。接着，周恩来又访问了南亚的缅甸、巴基斯坦和锡兰(今斯里兰卡)。

在访问过程中，周恩来同亚非各国领导人就反对帝国主义、殖民主义、种族主义和以色列扩张主义，保卫世界和平，加强亚非国家的团结，促进中国同亚非国家的友好合作关系等问题，交换了意见，取得了广泛的一致。特别是周恩来亲自拟定了中国同非洲国家和阿拉伯国家相互关系的五项原则。这五项原则概括起来是：中国支持非洲和阿拉伯各国人民反对帝国主义和新老殖民主义，争取和维护民族独立的斗争，支持它们奉行和平中立的不结盟政策，支持它们用自己选择的方式实现统一和团结的愿望，通过和平协商解决彼此之间的争端，主张这些国家的主权应当得到一切其他国家的尊重，反对来自任何方面的侵犯和干涉。这些原则是和平共处五项原则的具体运用，也是万隆会议精神的发扬光大，受到非洲国家和阿拉伯国家的普遍欢迎。

在访问过程中，周恩来反复强调亚非国家在经济上的互相支援，是穷朋友间的同舟共济。他在马里提出了中国对外援助的八项原则，即：坚持平等互利；严格尊重受援国的主权，采取无息或低息贷款方式，尽量减少受援国的负担，帮助受援国逐步走上自力更生、经济上独立发展的道路，援建项目力求投资少，收效快，使受援国增加收入，积累资金；提供自己所能生产的质量最好的设备和物资，并根据国际市场价格议价；提供技术援助要保证受援国人员充分掌握这种技术，派出的援外专家同受援国专家享受同样的物质待遇，不允许特殊。这些原则，体现出援助、支持是相互的，双方是平等的精神，同大国沙文主义形成鲜明的对照，充分表现了中国同第三世界国家进行经济、文化合作的真诚愿望，在世界上产生了良好影响。周恩来出访亚非13国是一次重大而成功的外交活动，它增进了中国同亚非国家的友好合作关系，加强了中国人民同亚非人民之间的友谊和团结，是中国同亚非国家发展友好关

◆ 1963年12月至1964年2月，周恩来总理在陈毅外交部长陪同下，先后访问了亚非13个国家，增进了中国同亚非国家的友好合作关系，大大增强了中国在国际上的影响。12月14日至21日访问阿拉伯联合共和国(今名埃及)期间，周恩来在开罗宣布了中国同非洲国家和阿拉伯国家相互关系的五项原则。图为周恩来在开罗记者招待会上。

系的一个重要里程碑。

从1956年到1965的十年间，出现了中华人民共和国成立后的第二次建交高潮，共有27个国家先后同中国建交。在这些国家中，大部分都是亚非拉国家，主要是阿拉伯国家和非洲国家，古巴是当时唯一同中华人民共和国建交的拉丁美洲国家。对一些未建交的亚非拉国家，中国也大量增加了同它们的民间来往。

在这期间，中国也期望进一步开展同西欧国家的交往。1964年1月，毛泽东向来访的法国议员代表团指出：我们做个朋友，做个好朋友。你们不是共产党，我也不是你们的党；我们反对资本主义，你们也许反对共产主义。但是，还是可以合作。在我们之间有两个根本的共同点：第一，反对大国欺侮我们。就是说，不许世界上有哪个大国在我们头上拉屎拉尿，我讲得很粗。不管资本主义大国也好，社会主义大国也好，谁要控制我们，反对我们，我们是不允许的。第二，使

◆ 1963年12月21日至27日周恩来访问阿尔及利亚时，在烈士子弟之家和儿童合影。

◆ 1963年12月27日至30日周恩来访问摩洛哥时，参观茶糖公司。

两国间在商业上、文化上互相往来。[1]在这种方针的指导下，中国对发展同西欧国家的关系持积极态度，不但同早已建交的瑞士、瑞典、丹麦、挪威、芬兰等国增进了友谊，而且经过谈判同法国在1964年1月27日发表联合公报，宣布建立外交关系，在三个月内任命大使。法国成为西方大国中第一个同中国建立正式外交关系的国家。这对于中国加强与西欧的关系是一个重大的突破，对美国孤立中国的政策是一次沉重的打击。

中法建交后，西欧其他一些国家也想改善对华关系，但又不能完全顶住美国的压力。中国体谅它们的处境，采取了逐步前进的做法。经过双方谈判，1964年11月和12月，中国国际贸易促进委员会先后同意大利和奥地利达成了互设商务代表处的协议。

日本在中华人民共和国成立前的几十年间，曾多次对中国发动侵略战争，给中国人民带来深重的灾难。但中华人民共和国将广大日本人民同少数日本军国主义分子加以区别，中国把重建和发展中日睦邻关系放在对外政策的重要地位，

◆ 1964年1月9日至10日周恩来访问突尼斯时，参观牛奶加工厂。

①《毛泽东外交文选》，中央文献出版社、世界知识出版社，1994年版，第520页。

◆ 1964年1月16日至26日，周恩来访问马里，宣布了中国对外经济援助的八项原则。图为马里妇女向周恩来、陈毅献花。

一向认为中日关系正常化不仅有利于两国人民，而且有利于亚洲和世界的和平与稳定。然而，在中华人民共和国成立后相当一段时间内，日本某些领导人却采取了追随美国、敌视中国的政策，这就使中日关系的发展经历了一个相当曲折的过程。

同日本某些领导人对中国所采取的不友好态度相反，日本广大人民渴望同中国人民发展关系，日本朝野内外一些有识之士也要求中日两国和平共处，友好合作，日本经济界对开展中日贸易更有兴趣。为了恢复和发展中日贸易，经过双方的努力，1962年11月由廖承志代表中方、高碕达之助代表日本签订了备忘录及有关文件，规定从1963至1967年作为第一个五年安排。后来中日双方于1964年4月就互设贸易代表机构问题达成协议，在日本设立“廖承志办事处驻东京联络事务所”，在中国设立“高碕办事处驻北京联络事务所”。中国通过民间外交的渠道，使两国在没有外交关系的情况下，保持和增进了两国人民间的交往和友谊，为最终实现中日关系正常化奠定了基础。

◆ 1964年1月11日至16日，周恩来访问加纳。图为周恩来在机场观看专为送别他而提前6小时出版的加纳《新闻晚报》和《中加友谊特刊》。

◆ 1964年1月21日至26日周恩来访问几内亚时，同总统杜尔在拉贝市郊民族式住房前合影。

六、从分歧走向破裂

中苏两党和两国在20世纪50年代后期的分歧，由于当时的一系列事件越来越深了。

1959年9月，苏联领导人赫鲁晓夫来华，参加中华人民共和国十周年国庆活动。赫鲁晓夫来华前，刚刚结束在美国的访问。访美期间，赫鲁晓夫同美国总统艾森豪威尔先后在华盛顿和戴维营[①]举行会谈。根据会谈后双方发表的公报，赫鲁晓夫和艾森豪威尔主要讨论了全面裁军的问题，另外也讨论了德国问题、对德和约问题、柏林问题以及两国关系问题。从公报看，双方没有达成具体协议。但是从后来美国方面官员透露的情况分析，双方会谈涉及社会主义阵营中的其他国家，至少涉及中国。赫鲁晓夫在9月30日的中国国庆宴会上，即席讲话40多分钟，宣传"戴维营精神"，表现出愿意改变对西方的战略方针、缓和东西方关系的姿态。在谈到社会主义力量空前强大时，赫鲁晓夫说："这当然绝不是说，既然我们这么强大就应该用武力去试试资本主义制度的稳固性，这是不正确的。"[②]赫鲁晓夫话里有话，实际是批评中国1958年炮击金门、1959年8月中印边境冲突等事情。

两天后，10月2日，毛泽东等中共领导人同赫鲁晓夫正式会谈时，赫鲁晓夫在上述问题上直接表示了对中国的批评。而中共领导人则针锋相对，反驳了赫鲁晓夫的批评。会谈不欢而散。10月4日，赫鲁晓夫离开北京回国，6日在海参崴发表演讲，不指名地攻击中国像"好斗的公鸡"，热衷于战争。10月31日，赫鲁晓夫又在最高苏维埃会议上，不指名地指责中国是"冒险主义"、"不战不和的托洛茨基主义"[③]。

赫鲁晓夫回国后，中共中央政治局和政治局常委会多次讨论过赫鲁晓夫在会谈中对中国的指责。赫鲁晓夫所提出的问题，并不是两国之间的关系问题，而是对于国际形势以及社会主义国家的共产党如何估计形势和如何采取对策的问题了。这年12月4日至6日，中共中央召开政治局常委会，讨论国际形势和对策。毛泽东写了一个《关于国际形势的讲话提纲》。关于敌人的策略，毛泽东认为有两手，一是准备用战争方法消灭社会主义，一是准备用腐蚀、演变方法消灭社会主义。毛泽东提出了修正主义是否已经成了系统、是否就这样坚持干下去的问题，他做了几种估计：可能是这样，可能还改变，可能要坚持一个长时期(例如十年以上)，可能只坚持一个短时期(例如一、二、三、四年)。毛泽东还是认为，

①戴维营是第二次世界大战期间美国总统罗斯福的别墅。
②吴冷西：《十年论战》(上)，中央文献出版社，1999年版，第220页。
③吴冷西：《十年论战》(上)，中央文献出版社，1999年版，第227页。

中苏根本利益，决定这两个大国总是要团结的。某些不团结，只是暂时现象，仍然是九个指头与一个指头的关系。对赫鲁晓夫，毛泽东的分析是：他不懂马列主义，易受帝国主义的骗；他不懂中国达于极点，又不研究，相信一大堆不正确的情报，信口开河；他对中国极为恐慌，恐慌之至；他有两大怕，一怕帝国主义，二怕中国的共产主义；他怕东欧各国党和世界各共产党，不相信他们而相信我们；他的宇宙观是实用主义，这是一种极端的主观唯心主义，他缺乏章法，只要有利，随遇而变。谈到中国，毛泽东说："反动派大反华，有两件好处：一是暴露了反动派的面目，在人民面前丧失威信；二是激起世界大多数人民觉醒起来，他们会看到反动的帝国主义、民族主义、修正主义是敌人，是骗子，是黑货，而中国的大旗则是鲜红的。

"全世界极为光明。乌云越厚，光明越多。

"马克思主义、列宁主义大发展在中国，这是毫无疑义的。"

可以看出，到这个时候开始，中苏两党之间的争论越来越多地属于意识形态分歧。原本在苏共二十大就已经隐约存在的意识形态分歧，到这时不仅浮出表面，而且大为扩展了。中共中央政治局常委会提出，由中央宣传部组织起草文章，批评南斯拉夫党的观点，正面阐述与当前形势有关的若干马列主义的基本原理，在纪念列宁诞辰90周年时发表。

1960年4月列宁诞辰90周年的时候，《红旗》杂志编辑部发表《列宁主义万岁》的文章[①]；4月22日，《人民日报》编辑部发表《沿着伟大列宁的道路前进》的文章[②]，同一天，陆定一在列宁诞生90周年纪念大会上作了《在列宁的革命旗帜下团结起来》的报告。三篇文章合在一起，编成了《列宁主义万岁》的小册子出版。《列宁主义万岁》等三篇文章，大量引述列宁的论断，在马列主义学说是否过时、帝国主义本性是否改变、当今处于什么时代、战争与和平、和平共处等一系列问题上，批判所谓南斯拉夫"现代修正主义"，同时不指名地批评苏共领导人的某些观点。就在三篇文章发表前，3月22日，毛泽东在一个材料上批示，提出"国际共产主义运动中的修正主义分子半修正主义分子"的说法，实际上"半修正主义"就是指苏共。三篇文章的发表，表明中苏两党的分歧进一步扩大。

6月20日至25日，罗马尼亚工人党召开第三次代表大会。中共中央政治局委员、书记处书记彭真率中共代表团参加会议。会议期间，苏共代表团交给中共代表团一份《苏共致中共通知书》和苏方起草的会议公报草案。赫鲁晓夫发动几个国家的党代表团严厉批评中共。苏共领导人认为，在时代问题上重复列宁的论述是"教条主义"，说中共"拒绝和平共处"、"希望战争"、"制造紧张局势"，是"左倾冒险主义"；还说中共散发纪念列宁的三篇文章是"南斯拉夫式的分裂主义"。在25日和26日召开的51个共产党、工人党的代表会议上，中共代表团提交了一份声明，对苏联的批评予以反批评，认为"苏共中央代表团赫鲁晓夫同志在这次会谈中完全破坏了历来国际共产主义运动中兄弟党协商解决共同的问题的原则，完全破坏了在会谈以前关于这次会谈只限于交换意见、不作任何决定的协议，突然袭击地提出了会谈公报草案，对这个公报的内容没有预先征求兄弟党的意见，而且在会谈中不允许进行充分的正常的讨论。这

①《红旗》杂志，1960年第8期。
② 1960年4月22日《人民日报》。

是滥用苏联共产党从列宁以来长期形成的在国际共产主义运动中的威信，极粗暴地把自己的意志强加于人。这种态度同列宁的作风毫无共同之处，这种做法在国际共产主义运动中开了一个极端恶劣的先例"。声明还说，"赫鲁晓夫同志的这种态度和这种做法将会在国际共产主义运动中产生非常严重的后果"[①]。会议最后，赫鲁晓夫作总结性发言，再次对中共予以指责；彭真当场又做了反驳。

布加勒斯特会议后，中苏两党意识形态分歧又扩大到国家关系领域，两国关系进一步交恶。7月16日，苏联政府照会中国政府，片面决定召回在华苏联专家；而且不等中国政府答复，就在7月25日通知中国方面：自7月28日至9月1日期间内撤走全部在华专家1390人，并终止派遣专家900人。中国政府郑重表示，愿意挽留苏联专家继续在中国工作，希望苏联政府重新考虑和改变自己的决定。但苏联政府始终坚持。苏联专家撤回时，带走了所有的图纸、计划和资料。同时，苏联撕毁了343个专家合同和合同补充书，废除了257个科学技术合作项目，停止供应中国建设急需的重要设备，大量减少成套设备和各种设备中关键部件的供应。[②]苏联政府的举动，给中国建设造成极大损失，加重了当时中国的经济困难，引起中国共产党和中国人民的极大愤怒。

9月10日，中共中央致函苏共中央，答复《苏共致中共通知书》，提出解决双方分歧的五项建议，包括以马列主义基本原理和莫斯科宣言为基础，遵守平等、同志式的原则，通过同志式的讨论求得解决，应充分协商讨论、采取一致步骤等。17日至22日，邓小平率中共代表团赴莫斯科，同苏共中央举行会谈。11月5日，刘少奇率中国党政代表团赴莫斯科，参加十月革命43周年纪念活动；接着参加11月10日至12月1日举行的81个共产党、工人党代表会议。苏

◆ 1960年7月16日，苏联政府决定撤回合同，把两党关系的恶化扩大到两国关系的破裂。图为中共上海市委书记处书记陈丕显在送别苏联专家的宴会上同专家们亲切交谈。

①丛进:《曲折发展的岁月》,河南人民出版社,1989年版,第362～363页。
②丛进:《曲折发展的岁月》,河南人民出版社,1989年版,第362页。

共中央在会前向各国党代表团散发了一份6万字的指责中共的信件，会议气氛十分紧张。邓小平在会上作了两次长篇发言，系统阐述了中国共产党对国际形势和国际共产主义运动重大问题的基本看法，表示中国共产党愿意消除分歧、加强团结。在会议声明起草过程中，中共代表团根据中共中央指示，在一些非原则问题上做了必要的妥协。会议最后，通过了《各国共产党和工人党代表会议声明》(简称"莫斯科声明")和《告世界人民书》，中共代表团在这两个文件上签了字。

81国共产党和工人党代表会议的召开和莫斯科声明的通过，一度缓和了中苏之间的紧张关系，事情似乎出现了某种转机。然而，事态的发展却是，1961年苏共二十二大以后，两党之间意识形态的争论愈演愈烈。

1961年10月，苏共召开第二十二次代表大会。大会提出苏联20年基本建成共产主义的纲领，提出了"全民国家"、"全民党"的观点，进一步批评斯大林，同时指责阿尔巴尼亚劳动党。周恩来率中共代表团参加了会议，在同赫鲁晓夫会谈时谈到苏阿关系和斯大林问题，表示赫鲁晓夫的做法是错误的。赫鲁晓夫拒绝接受。会上，不断出现对中共的指责。周恩来决定提前回国。[1]此后，发生了一系列事件。1962年2月22日，苏共中央致信中共中央，指责中共的所谓"反列宁主义行为"。同年四五月间，在苏联驻中国新疆领事馆的活动下，新疆塔城、伊犁地区6万多居民跑到苏联境内，中国政府再三抗议和交涉，苏联政府仍然拒绝遣返，后又发生伊犁暴乱事件，使得两国关系更加恶化。10月份，印度军队向中国大规模进攻，苏联政府的态度出尔反尔，开始表示对中国的同情，后来又偏袒印度。

在苏共影响下，1962年11月至1963年1月，欧洲五个共产党召开代表大会，指责批评阿尔巴尼亚党和中国党。中共代表多次呼吁回到平等协商的轨道上来，消除分歧，加强团结，都没有得到应有的回应。从1962年12月到1963年3月，中国共产党陆续发表七篇文章:《全世界无产者联合起来反对我们的共同敌人》、《陶里亚蒂同志同我们的分歧》、《列宁主义和现代修正主义》、《在莫斯科宣言和莫斯科声明的基础上团结起来》、《分歧从何而来》、《再论陶里亚蒂同志同我们的分歧》、《评美国共产党的声明》，答复和批评受苏共影响而指责中国的几个党。

1963年2月，苏共中央致函中共中央，建议举行中苏两党会谈。3月9日，中共中央复信苏共中央，对苏共中央的建议表示欢迎，并表示为创造良好气氛，中国党暂时停止公开答辩。3月30日，苏共中央再次致函中共中央，提出中苏会谈讨论问题的范围，系统提出关于国际共产主义运动总路线问题，就时代、世界矛盾、国际共产主义运动战略策略等问题阐述了看法。4月4日，中共中央全文发表苏共中央的来信。6月14日，中共中央给苏共发出《关于国际共产主义运动总路线的建议》的复信，并于17日公开发表。这封复信阐述了一系列问题：当前时代和世界矛盾、怎样对待社会主义阵营、怎样认识帝国主义、怎样认识和对待亚非拉民族解放运动和民主革命运动、无产阶级革命和无产阶级专政、战争与和平、和平共处、反对个人崇拜、社会主义国家间关系、同机会主义斗争、国际共产主义运动中的分歧的解决等。复信还表示，中共中央将派出代表团去莫斯科进行会谈。

[1]丛进:《曲折发展的岁月》，河南人民出版社，1989年版，第581～583页。

◆ 1964年11月5日至13日，周恩来率领中国党政代表团到莫斯科参加十月革命47周年纪念活动。中共代表团同苏共新任第一书记勃列日涅夫就改善中苏关系进行了接触，但没有解决任何问题。图为周恩来回国后在机场受到毛泽东、刘少奇、朱德的欢迎。

7月6日至20日，中苏两党在莫斯科举行会谈。会谈之前，中苏两党就各自几次发表声明，唇枪舌剑。会谈之中，双方争论更加激烈。尤其是会谈期间，苏共中央发表《给苏联各级党组织和全体共产党员的公开信》，对中共中央6月14日的公开信进行答复，全面反驳中共中央公开信的观点。就苏共中央的公开信，中共代表团在会谈中对苏共中央作了尖锐批评。最后一天的会谈，讨论两党会谈公报。苏方表示响应中方停止公开论战的建议，双方修改和通过了会谈公报。

但是事情并没有平息。苏共中央公开信发表后，苏联报刊广播发表大量反华文章，从1963年7月15日至10月的三个多月时间里，共计发表1100多篇[①]。作为反击，中共中央从1963年9月起至1964年7月，以《人民日报》编辑部和《红旗》杂志编辑部的名义，相继发表九篇评论苏共中央公开信的文章，通称“九评”。这九篇文章是:《苏共领导同我们分歧的由来和发展》、《关于斯大林问题》、《南斯拉夫是社会主义国家吗？》、《新殖民主义的辩护士》、《在战争与和平问题上的两条路线》、《两种根本对立的和平共处政策》、《苏共领导是当代最大的分裂主义者》、《无产阶级革命和赫鲁晓夫修正主义》、《关于赫鲁晓夫的假共产主义及其在世界历史上的教训》。“九评”指名批判“赫鲁晓夫修正主义”，并且由此而论述

①丛进:《曲折发展的岁月》，河南人民出版社，1989年版，第592页。

了社会主义国家"和平演变"和"资本主义复辟"的世界历史教训。中苏两党之间这场空前规模的大论战，最终导致了国际共产主义运动阵营和许多国家共产党的分裂。

1964年10月14日，苏共中央撤消赫鲁晓夫的领导职务，由勃列日涅夫任苏共中央第一书记，科西金任苏联部长会议主席。中国共产党抱着改善关系的愿望，派周恩来率团赴苏参加十月革命47周年庆祝活动。但是苏共新领导却声称他们在对华政策上和赫鲁晓夫"甚至没有细微的差别"。1965年3月，勃列日涅夫强行召集以集体谴责中共为目标的各国共产党和工人党会议的筹备会，中国和其他六国党拒不参加。此后，苏联向中苏边境不断增兵，并且向蒙古派驻苏军。1966年3月，苏共召开二十三大，中共决定不派代表出席。中苏两党关系最后破裂。

中苏关系在这十年间的变化，从"蜜月"到分歧，从分歧到破裂，其中确有许多令人回味、发人深省的东西。20多年后，曾经亲历这段历史的邓小平作过这样的评价："多年来，存在一个对马克思主义、社会主义的理解问题。从1957年第一次莫斯科会谈，到60年代前半期，中苏两党展开了激烈的争论。我算是那场争论的当事人之一，扮演了不是无足轻重的角色。经过20多年的实践，回过头来看，双方都讲了许多空话。马克思去世以后100多年，究竟发生了什么变化，在变化的条件下，如何认识和发展马克思主义，没有搞清楚。"[①]

①《邓小平文选》第三卷，人民出版社，1993年版，第291页。

MAOZEDONGSHIDAIDEZHONGGUO

第十章

政治体制的演化

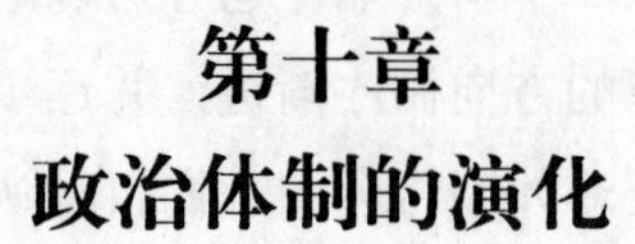

第十章 政治体制的演化

一、局部改进及其失误

中国的政治体制在经历生产资料私有制的社会主义改造的社会大变革时，创立共和国的领导人也察觉到了执政党内和国家机关内存在的某些缺点。从1956年春起，这些领导人逐步酝酿从两个方面消除这些缺点，一是实行以简政放权为内容的国家行政管理体制改革和经济体制改革，一是进行全党范围的整风运动。到1957年夏，中共中央经过一年的思想准备和工作准备，开始将这两方面的计划付诸实施。

良好的起点与不良后果：行政管理体制改革

1957年11月14日，全国人大常委会第84次会议原则批准国务院关于改进工业、商业和财政管理体制的三个规定。15日，国务院总理周恩来签署命令，发布了这三个规定。这标志着酝酿已久的行政管理体制改革的正式开始。

在政治体制所包含的各种体制里，行政管理体制同国家的经济和社会生活的关系最为直接。它通过计划、组织、用人、指挥和调控等手段，对经济和文化建设以及其他公共事务实施具体管理。也许是因为这个原因，人们对行政管理体制运行过程中出现的问题最敏感，并且把改革的注意力首先集中在某个领域。从整体上看，我们今天有理由把当时进行的行政管理体制改革看作是一次政治体制的局部改进。

行政管理体制改革的主要精神，是改变权力过多集中于中央而地方以及企业单位职权太少的状况，重新划分中央、地方和企业的权限，并下放一部分权力给地方和企业，以进一步发挥地方和企业的积极性和主动性。改革的具体内容，在工业方面，主要是调整企业的隶属关系，把由中央直接管理的一部分企业下放给省、市、自治区，作为地方企业；增加省、市、自治区人民委员会在物资分派方面的权限；划定中央和地方对企业利润分成的比例；增加地方的人事管理权限；适当扩大企业主管人员对企业内部的管理权限。在商业方面，主要是明确地方商业机构的设置权在省、市、自治区人民委员会；确定中央各商业部门和地方政府对商业企业的不同领导关系；下放一部分商业企业给地方；商品价格的管理，中央商业部门与地方实行分口；外汇和中央各商业部门的企业利润实行中央与地方分成。在财政方面，主要是划定地方财政收入和支出的种类；按照正常支出的需要，划分中央和地方收入的项目和分成的比例；地方预算的年终结余全部留给地方，工商税附加、农业税附加、城市公用事业税附加一律由地方实行管理；对民族自治区地方的财政，给予较一般省市为多的照顾。

除进行权力下放外，行政管理体制改革还包括精简机构的内容。建国以来，中央和地方的各级政府机关逐渐膨胀，管理机构臃肿，办事人员冗多，领导层次复杂，直接影响了工作效率。行政管理体制实行权力下放后，原有管理机关的业务相对减少，原有管理人员相对过剩，管理机构与所管业务量更加不成比例。1957年，中共中央和国务院就精简机构进行研究讨论，提出了改革方案，并从1958年开始实施。1958～1960年，国务院机关进行了较大幅度的精简，撤销、合并了一批职能部门和办事机构。比如，一机部、电机部和二机部合并为一机部；电力部和水利部合并为水电部；建工部、建材部和城建部合并为建工部；轻工部和食品工业部合并为轻工部；森林工业部和林业部合并为林业部；高等教育部和教育部合并为教育部；等等。到1960年底，国务院的机关比1957年共减少19个单位，部委机构由48个减至40个，直属机构由23个减至15个，办事机构由9个减至6个。与此同时，地方各级政府机关也进行了一定的精简。

对于在前一个时期集中较多、管理较死的行政体制，这样的改革无疑会给它注入一股活力，过去受到抑制的地方和企业的主动性和积极性将更多地调动起来。行政管理体制改革的意义还不仅仅局限于自身，它在政治体制的大系统中也将对其他子系统发生影响。行政管理体制的权力下放，势必在党的领导体制、政府体制、干部人事体制、意识形态管理体制等方面产生间接效应。当时人们就对这一点做出了某种程度的估计。1957年11月18日《人民日报》社论曾这样说："这一套做法（指权力下放——著者注）必将对我国的社会主义建设产生积极的良好的影响。我们党的、政府的和其他各方面的工作，都必须估计到这种影响，采取相应的改进步骤，以适应蓬勃发展的社会主义建设的需要。"行政管理体制的改革，是我国政治体制建设过程中的一个新开端。也许可以这样说，假若沿着改革的方向循序渐进，并逐步变革其他各体制，政治体制将会在人们自觉认识的条件下在不太长的时间内实现转轨换型，并不断完善起来。

然而，历史呈现的是另一种结局。

1958年开始，中国起初在国民经济领域继而在各行各业兴起"大跃进"运动，以高指标、高速度为主要特征的冒进情绪渗透到各个领域。中共中央、国务院最初本着谨慎稳妥精神部署的行政体制改革，被纳入高指标、高速度的轨道，因而改变了原来设想的规模和节奏。

第一，尚未经过工业、商业和财政等部门的改革摸索积累起足够的经验，就在几乎所有部门同时铺开权力下放的体制改革。除工业、商业和财政部门外，1958年间，国务院的计划、纺织、冶金、化工、铁路、交通、邮电、地质、水电、轻工、粮食、民航、教育、文化等各个部委都在缺乏充分准备的情况下，进行了企业下放、机构下放、人员下放的大变动。

第二，没有循序渐进的过程，在一个十分短促的时间里一哄而起。在高速度的冒进情绪左右下，行政体制的权力下放工作几乎是一夜之间完成的。比如，1958年6月2日，中共中央做出企业、事业单位和技术力量下放的规定，要求轻工、纺织、冶金、机械、化工、煤炭、水电、石油、建工各部部属的下放单位，在6月15日以前全部下放到地方。

第三，在短时间内，权力下放过多、过散。国务院9个工业部的1165个部属企、事业单位，下放了885个，占总数的76%。其中纺织工业部将201个部属单位全部下放，轻工业部部属单位下放96.2%，第一机械工业部民用部属单位下放81.7%，化工部部属单位下放91%。教育部部属高等院校经过两次大下放后，下放院校占高校总数的82.4%。

与中央权力大下放相对应，地方（不仅是省、市、自治区一级，而且包括地区一级）的权限陡增。由于强调建立地方独立的工业体系，中共中央还于1958年6月1日决定划分东北、华北、华东、华南、华中、西南、西北等七个协作区，并分别成立协作区委员会，作为协作区的领导机关。

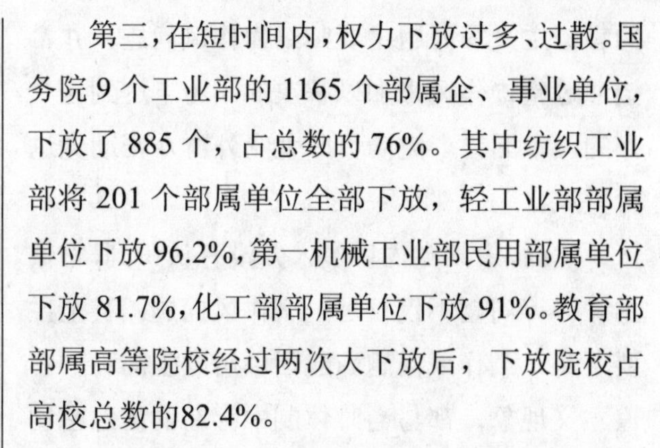

行政体制的权力大下放，与急躁冒进的情绪交织在一起，相互作用，使得"大跃进"的"左"倾错误更加膨胀。盲目冒进的权力下放，导致了中央政府对地方失控、地方上级政府对下级政府失控的严重局面。各地方、各部门随意提高经济计划指标，不断追加基本建设投资。把本来指标已经过高的国家各项计划也搅乱了。1958～1960年，国家计划外投资达217亿元，占投资总额的1/5还多。1958年权力下放后，全国新增职工2082万人；1959年国家要求精简职工800万人，实际上到年底反而增加29万人；1960年国家计划规定增加职工200万人，但实际增加了483万人。本位主义、个人主义在干部队伍中也滋长起来。

"大跃进"的狂潮，到1960年冬终于缓缓平息下来，可它已经造成了国民经济的严重困难：国民经济比例严重失调，人民生活水平急剧下降。伴随着"大跃进"运动的终止，国家行政管理体制的改革亦宣告结束。这项从良好起点出发的改革，产生的却是不良后果。

客观地说，简单否定1957～1960年的国家行政管理体制改革，未免失之偏颇。这次改革主要是在"大跃进"运动过程中进行的，后者打乱了改革原定的步骤和规模，使事情变得复杂起来。一方面，改革采用了体制变动最忌讳的方式——大轰大嗡，表现出冒进急躁的明显特征；另一方面，改革所选择的权力下放的方向，与我国社会发展的内在要求又是一致的。因此，在评价这次行政管理体制改革时，需要做些具体分析。

重新考察这次行政管理体制改革，我们发现它有另一个更值得注意的不足，即在进行纵向权力下放的同时，没有进行横向权力的划分。我国的行政管理体制除了权力过多集中于中央的弊病外，还存在党政不分、党企不分、政企不分的弊病，党的机关在很大程度上代替政府和企事业单位的行政机关，直接从事具体的行政管理活动，政府过多地用行政干预手段管理经济和社会事务，甚至将政府的行政管理与具体的经济活动揉在一起，党、政府、企事业单位之间的关系不顺。1957～1960年的行政管理体制改革，只注意解决中央与地方之间的矛盾，而没有注意解决政府与企事业单位之间的矛盾，许多应下放给企事业单位的权力却交给了地方各级政府，有些部门和行业在改革之后还发展了政企不分的积弊。比如，商业体制改革将地方商业行政机构和企业管理机构合并，把各商业机构改变为行政与企业管理合一的组织形式。政府的职能部门与企业经营管理机构的界限变得更加模糊了。特别是经过反右派斗争后，党

的“一元化”领导原则被异常突出出来。因此，党与政府、企事业单位的职能分开问题，人们当时不仅提不出来，相反还把党委包揽政府事务和企事业单位的具体业务看作天经地义（这一点，我们在下面还将详尽谈到）。行政管理体制改革虽然将过多集中于中央的权力放给了地方以至基层，但是这些权力却在各个层次上集中到了各级党委手中。至少可以这样说，这次行政管理体制改革还没有触及横向权力划分的问题。人们只是察觉了权力过分集中弊病的一半，而没有认识到它的另一半。这的确是这次改革的一个缺陷。遗憾的是，后来较长时期内人们并没有意识到这个缺陷，更没有逐步认清横向权力配置上的弊病，结果使这一弊病还得到进一步的发展。

反右派斗争的严重扩大化及其对政治体制的消极影响

比国家行政管理体制改革方案的正式出台稍早一些，中共中央按照原定设想部署了全党整风。1957年4月27日，中共中央发出关于整风运动的指示。指示中有这样一段话：“几年以来，在我们党内，脱离群众和脱离实际的官僚主义、宗派主义和主观主义，有了新的滋长。因此，中央认为有必要按照‘从团结的愿望出发，经过批评和自我批评，在新的基础上达到新的团结’的方针，在全党重新进行一次普遍的、深入的反官僚主义、反宗派主义、反主观主义的整风运动，提高全党的马克思主义的思想水平，改进作风，以适应社会主义改造和社会主义建设的需要。”[①]不难看出，中共中央是把党内和国家机关内存在的官僚主义等问题主要归结为作风问题，并希望通过整顿作风来加以解决的。为了达到这个目的，中国共产党动员广大党外群众帮助党进行整风。

然而，中共党内许多人并没有认识到，官僚主义等等问题不仅仅是一个作风问题，甚至主要不是一个作风问题。建国以后发生的种种官僚主义现象，都与当时体制中存在的问题密切相关，如果能够深入一步探究，就会发现体制中的弊病为它们的滋生提供了温床。党政不分的领导体制使各级党委的负责人直接发号施令，干预政务；过分集中的权力结构导致不少领导人高高在上，不察下情，臃肿冗杂的管理机关运转不灵，效率低下；尚不完备的监督系统难以对党和国家机关干部实行有效制约，等等。官僚主义等现象与体制的弊病有一种内在的深刻的逻辑联系，要真正消除官僚主义等现象，主要必须从体制的弊病上“开刀”。

当时，党内外一些有识之士已经在某种程度上接触到了问题的实质。整风一开始，他们就指出官僚主义、脱离群众等现象与党的领导方式有关，国家生活中的党政不分、以党代政，导致党的领导干部不尊重国家机关和党外人士的意见，使官僚主义、脱离群众的现象大量出现。他们强调制度建设的重要性。有人这样说：“整风固然需要，而建立法律制度同样是需要的，光是整风而不建立法律制度就无法永久保持整风的效果。”[②]在党与国家权力机关的关系、党与宪法和法律的关系、党与行政机关的关系、党与政协和民主党派的关系等问题上，他们提出了不少今天看来依然颇有价值的见解。

在反右派斗争中，对政治体制弊病的善意

①《建国以来重要文献选编》第十册，中央文献出版社，1994年版，第222～223页。
② 1957年5月19日《人民日报》。

批评被视作对社会主义根本制度的蓄意攻击。当时，绝大多数党员和群众还无法理解为什么共产党要改变它对国家的领导方式、为什么共产党不能直接指挥政府机关、为什么共产党应该主要管政策方针，而不是具体事务这样一些问题，他们怀疑提出这些问题的人的动机。于是，斗争的矛头错误地指向了一大批不是右派的"右派分子"。这一错误使中国政治生活趋向异常，给政治体制以后的发展带来了严重的消极影响。

第一，在一般的政治观念上，将社会主义政治体制与社会主义基本制度视为同一概念，因而体制问题无论在理论上还是在实践上都变成了一个"禁区"，长期妨碍人们去认识政治体制的弊端，更谈不上对它进行改革。尽管党和政府屡次进行各种形式的整风，但它无法消除由国家政治体制中生长出来的种种消极现象。

第二，反右派斗争中，毛泽东重提无产阶级和资产阶级的矛盾、社会主义道路和资本主义道路的矛盾是我国社会的主要矛盾，否定党的八大一次会议关于社会主要矛盾的结论，导致阶级斗争的不断扩大化。在日益紧张的阶级斗争氛围中，政治体制不仅未能实现由以统治职能为主向以社会管理职能为主的转换，相反愈加强化了前者而弱化了后者。与此同时，党对自己在国家政权中的领导地位作了脱离实际的估计，认为："右派分子的进攻证明，无产阶级对于国家政权的领导，就某些方面说来，还不是巩固的。无产阶级对于某些国家机关和某些文教组织还没有真正建立起自己的领导。"[①]根据这样一种估计，从国家权力机关到政府、司法机关、企事业单位和人民群众团体，各系统、各单位纷纷批判"脱离党的领导"的"错误"。与这一切相对应，党的"一元化"领导原则被不容置疑地摆到国家政治生活的首位，党政不分被当作党领导国家的正确方式，在认识上和工作实践中得到普遍肯定。

第三，社会主义民主和法制的新建设遭受第一次挫折。高度民主和法制完备本来是政治体制建设的两个基本目标，党的八大一次会议指出，我国进入社会主义建设时期以后，必须进一步扩大国家的民主生活，进一步加强人民民主的法制。但是，反右派斗争的严重扩大化事实上剥夺了一部分公民的议政权力，并使许多党内外群众失去参政的勇气和热情。严重的扩大化错误在民主化进程中带来长期的严重后果，人们余悸重重，公民参政意识畸变：一方面热情洋溢地投身接踵而至的各种政治运动，另一方面则很少独立思考，不敢发表自己的不同意见，谈不到实现监督的权力。不仅如此，刚刚起步的正规化法制建设也受到阻扼，一些司法、检察机构逐渐削弱，宪法和法律的严肃性和权威性开始受到破坏。

如果对反右派斗争严重扩大化错误在政治体制上的严重消极影响作一个总的归纳，那么可以这样说，自此以后，政治体制的高度集权化趋势得到了进一步的强化和发展。

国家权力机关职能的位移

从国家权力体制看，1957年夏季以后有一个最基本的变化，那就是国家权力机关的职能发生了转移。

1957年7月，中共中央在青岛召开省市委

① 1957年9月18日《人民日报》。

书记会议。会议期间，毛泽东写了一篇题为《一九五七年夏季的形势》的文章在会上印发。毛泽东在文章中提出："在不违背中央政策法令的条件下，地方政法文教部门受命于省市委、自治区党委和省、市、自治区人民委员会，不得违反。"在这里，毛泽东所提出的前提与结论是矛盾的。我国宪法规定，司法机关只能向国家权力机关负责，无论是最高司法机关还是地方各级司法机关，都须如此。只要地方政法部门（当然包含地方司法机关）受命于地方党委和地方政府成为事实，那么"不违背中央政策法令的条件"就无法成立。但是，当时对此谁都未提出怀疑，毛泽东的指示无所阻拦地得到了贯彻。

需要说明的是，对毛泽东上述指示的贯彻超出了毛泽东所说的"地方政法部门"，很快扩大到了中央政法部门。1957年11月30日，最高人民法院、司法部党组向中共中央的报告在谈到今后的工作时，第一条就提出要"坚决执行主席指示：'在不违背中央政策法令的条件下，地方政法文教部门受命于省、市委、自治区党委和省、市、自治区人民委员会，不得违反。'各级人民法院必须绝对置于党委的领导之，不仅在方针政策上，而且全部审判活动，都必须坚决服从党委的领导和监督，人民法院党组必须经常主动地向党委请示、报告工作。"[1]从此，中共中央与最高人民法院、地方各级党委与地方各级人民法院，确立了领导与被领导的关系。

本来，在战争年代和基本完成社会主义改造时期，司法机关就形成了经过司法机关党组向同级或上级党的机关请示汇报工作的制度。在大规模急风暴雨式阶级斗争的时期，在缺乏法制的情况下，这种制度有它暂时的合理性。当大规模的阶级斗争结束，法制建设开始走上正轨以后，这种制度就须相应改变，使司法机关直接受国家权力机关监督，并直接向它报告工作。可是，到这时，上述制度不仅没有改变，反而被进一步稳固和发展。

国家权力机关职能的转移，还表现在行政机关同党的系统的关系变化上。

1958年6月10日，中共中央发出《关于成立财经、政法、外事、科学、文教各小组的通知》。《通知》说到："大政方针在政治局，具体部署在书记处。只有一个'政治设计院'，没有两个'政治设计院'。大政方针和具体部署，都是一元化，党政不分。具体执行和细节决策属政府机构及其党组。"《通知》说得很清楚，中共中央决定大政方针并做出具体部署，政府（这里说的政府当然是中央政府，即国务院——引者注）负责"具体执行"中共中央的部署。这样就把中央政府作为中共中央的执行机关，从此，作为国家最高行政机关的国务院直接接受中共中央的领导。而宪法规定，中央政府是最高国家权力机关的执行机关，它对全国人民代表大会及其常务委员会负责并报告工作。

由于中央一级党与政府的关系演变成了直接的领导与被领导关系，地方各级的党政关系也相应发生了变化。省、县（市）以至乡的人民委员会，均直接受省、县（市）、乡的党委领导，并向它们报告工作。当然，因为1954年宪法未规定设立地方各级人民代表大会的常设机构，所以地方各级党与政府的关系以前已形成实际上的直接领导与被领导关系，这时只是得到了正式的承认和肯定。

国家权力体制的上述变化，首先使庄严的

[1]郑谦等著：《当代中国政治体制发展概要》，中共党史资料出版社，1988年版，第89页。

法律规范被随意超越，宪法作为国家根本大法的最高权威性受到忽视，各级人民代表大会的正常建设因此受到严重影响。人民代表大会不仅对于司法机关、行政机关的监督作用大大减弱，而且对其他权力的行使也逐渐流于形式。作为国家权力机关，各级人民代表大会的职权和功能由向健全起步转向日益缺损。仅以全国人大常委会每年召开的会议次数为例，1957年为39次，1958年为22次，1959年为28次，1960年为22次，1961年为14次。虽然会议次数多少不完全说明问题，但一定程度也反映出自1958年以后全国人大在国家生活中的地位和作用的下降趋势。

行政管理体制的横向权力集中趋势

历史常常表现出令人费解的矛盾，1957年以后我国行政管理体制的发展就是如此。一方面，如同前面所述，行政管理体制进行了权力下放的改革，另一方面，这一体制的各个横向层次上，又明显呈现权力集中的趋势。横向的权力集中与纵向的权力下放相交错，形成一种反向运动。

1958年6月10日，中共中央决定成立财经、政法、外事、科学、文教等五个小组，直接领导财经、政法、外事、科学、文教等五个大口的工作。“这些小组是党中央的，直隶中央政治局和书记处，向它们直接做报告。”由于中共中央各小组直接领导国家各大口的业务工作，因而党中央各工作部门的职能也随之扩展，由主要管理各大口的干部变为主要管理各大口的业务。中共中央工交部管工业、交通运输、基本建设，中共中央财贸部管财政、金融、税务，中共中央农村工作部管农业、林业、水利、气象，中共中央宣传部管文化、科学、教育、卫生、新闻、出版。

到这时，中共中央形成了一套几乎与国务院完全对应的行政性管理机构：中共中央财经小组与国务院财贸办公室和工交办公室相对应，中共中央政法小组与国务院政法办公室相对应，中共中央外事小组与国务院外事办公室相对应，中共中央文教小组与国务院文教办公室相对应。同样，中共中央各工作部门也与国务院所属各职能部门形成了对应关系。这样一来，行政管理体制上又增加了一个管理层次，管理环节进一步交叉，管理能耗增大。比如，一项决策的形成，往往要先经过政府部门内部的层层酝酿，然后再通过党的工作部门讨论，最后报请更高一级党的领导机关批准。

问题还不仅于此。中共中央在决定成立上述五个小组时，严格规定：“对大政方针和具体部署，政府机构及其党组有建议之权，但决定权在党中央。”本来，在社会主义建设时期，党与国家政权机关的职能应该分开：党制定大政方针；国家立法机关将党的大政方针变为国家意志，制定一系列法律规范和经济与社会发展的中长期计划，国家的行政机关则具体部署并组织实施立法机关决定的计划和颁布的决议。但是，中共中央的这个规定将本来属于政府的“具体部署”职权收归于党的系统。一方面，中共中央直接处理应属于国务院工作范围的许多事务；另一方面，中共中央又通过党的系统（中共中央各小组、中共中央各职能部门、国务院所属各部委党组）直接指挥国务院各职能部门的工作。由于国务院本身没有党组（中央国家机关设党委，

只管机关党的工作，与国务院的业务无关），因此事实上逾越了国务院这个层次。

在地方，各级党委虽然没有像中共中央那样建立小组，但是党委内分管政府各大口业务工作的书记（或常委），其作用也类似于中共中央各小组，两者的区别仅在于人数的多寡。随着中共中央各工作部门职能的扩大，地方各级党委工作部门的职能也由主要管理干部，转为不仅管理干部而且管理政府部门的业务，地方党委管理政府部门工作更细，以致不得不增设一些机构，如文教工作部、科技工作部等，有的地方党委甚至有大学工作部，可见管理之细密。

除了“党政不分”外，行政管理体制内“政企不分”的弊病也得到发展。所谓“政企不分”，确切些讲，是指政府与经济组织（比如企业）的职能不分。前面曾提到，即使是在进行国家行政管理体制改革期间，这种已经存在的弊病也未被认识到，而改革中的某些措施甚至助长了政企不分的弊病。

1958年，政府与经济组织职能不分的弊病由城市蔓延到了农村，7月中旬，中原大地上出现了一个新鲜事物，这就是河南省新乡县的七里营人民公社。所谓人民公社，就是农业生产合作社与农村乡政权合为一体的农村基层单位。这一事物立即得到了早有类似设想的毛泽东的肯定。8月上旬，他在视察山东农村时说：“还是办人民公社好，它的好处是，可以把工、农、商、学、兵合在一起，便于领导。”①这与其说是在总结人民公社的现实优点还不如说是从体制的特点上进一步勾画人民公社的基本轮廓。同年8月29日，中共中央做出决议，在农村普遍建立人民公社。决议指出，人民公社“要实行政社合一，乡党委就是社党委，乡人民委员会就是社务委员会”②。随后，农村人民公社化成为大规模运动，风靡全国。仅仅四个月时间，全国建起2.6万个人民公社，入社农户占全国总农户数的99%以上。这不仅是一次农村生产关系的大变动，而且是农村行政管理体制的一次大变动。

应该说，体制的变动并不是造成国民经济困难的主要原因，但是它对造成这次困难的作用是不可低估的。人民公社的建立，使农村经济组织与农村基层政权合为一体，两者不仅在职能上不分，而且在机构上也不分，比较城市的“政企不分”其程度更深。人民公社完全以行政手段指挥农业生产，完全根据纵向指令系统（从中央到省、地、县）由上至下的指示组织农村的经济活动。公社的社务委员会（后改为管理委员会）全权安排种植、养殖、水利、工具修置等等所有生产事务。过多的行政干预，使得农业生产发展难以遵循自身的规律和顾及各地的特点，使农村经济不能沿着一条正常的途径向前发展。1958年高指标、高速度的经济发展计划和生产关系上盲目过渡的方针，正是通过人民公社贯彻到农村基层的。在这里，政社合一的体制，给下达和贯彻执行粮食高产和兴办食堂等等硬性行政命令提供了最方便的条件。所以说，这种体制对造成国民经济困难无疑大有影响。值得进一步指出的是，即使遭受了国民经济的严重困难并克服困难后，政社合一的体制也没有改变过来。公社的行政管理机构，说它是经济组织，却要管属于政府范围的工作；说它是一级政府，却又无时不陷入大量具体的经济事务之中，结果既没有管理好政务，也没有管理好经济。这种体制从1958年开始整整延续了25年，成为

① 1958年8月13日《人民日报》。

②《建国以来重要文献选编》第十一册，中央文献出版社，1995年版，第447页。

中国农村经济与社会发展缓慢的原因之一。

在大刮“党政不分”、“政企不分”之风的同时，一些不可缺少的事物也被刮掉了，如国家的行政监察机构。国家行政监察机构是国家行政管理体制的一个重要组成部分，它对政府机关和国家工作人员的行政管理活动实行直接监督。建国以后，我国行政监察机构及其机制开始建立和健全，国务院建立了监察部，各省、直辖市、自治区建立了监察厅（局），各县（市）建立了监察局，在各级政府的所属职能部门和各企事业单位设立了监察派出机构，基本形成了一整套行政监察体系。同时，行政监察系统开始实行“垂直领导”的原则，并逐步推行“事先监督”的方式。上述一系列建设刚刚迈开了我国行政监察正规化、法制化建设的第一步，1958年的急风暴雨便中断了这一进程。

1958年，国家行政监察机关的工作受到严厉批评。实行“垂直领导”和推行“事先监督”被指责为“脱离党的领导”，理由是：监察机关由上至下布置工作，下达命令和由下至上请示汇报工作，脱离了同级行政领导；“事先监督”则干预了行政部门的工作，超越了职权范围。同年10月，国家监察部党组向中共中央做出报告，被迫检查了建国以来“脱离党的领导”的“错误”。报告提出，监察机关是各级党委、政府维护国家纪律的二个办事机关，党的监察机关和政府的监察机关的性质、任务、作法基本上是一致的，因此建议将监察部合并到中共中央监察委员会，采用一套机构、两个招牌的办法。中共中央批转了这个报告。

事实上，国家各级行政监察机关实行“垂直领导”和“事先监督”，都是行政监察机关为了更加有效地实现自己的工作目标所采取的工作方式，它只会有助于保证党的大政方针在行政管理系统的落实。但是，1957年以后，中国共产党对国家的整体领导被解释成党对国家机关各个部门的具体领导。按照这个观念，行政监察机关实行本系统的垂直领导，而未受同级党委的直接领导，当然要被指责为“脱离党的领导”了。

1959年4月，中共八届七中全会讨论了撤销国家监察部的问题。同月，第二届全国人民代表大会第一次会议做出决议，宣布撤销监察部。以后，监察部的业务及其人员归入中共中央监察委员会，各省、直辖市、自治区的监察厅（局）的业务及其人员则归入省、市、区党的监察委员会。监察部向国务院各部委及其一些部属重点企事业单位派出的行政监察组织，相应改为中共中央监委的派出机构。党的监察机关开始一并行使原国家行政监察机关的职能，即党的各级监委不仅对党的各级机关和党员个人实行监督，而且对各级国家行政机关和国家工作人员实行监督。

当然，行政监督并不仅仅是行政监察机关的监督，它也包括党的监察机关的监督，但前者是直接监督，后者是间接监督——也就是说，党的监察机关是通过对国家行政机关中的党组织（如党组、党委）和党员的监督，来实施对行政管理活动的监督的。一般说来，直接监督的功能和效应强于间接监督。由于历史的原因，我们国家党的监察机构和制度较为健全，而行政监察机构和制度则不够完备，因而必须重视后者的建设。但是，行政监察机关的撤销，使本来应该大力加强的直接监督反而大大削弱了。无论是理论上，还是实际工作中，党的监察机构和国

家行政监察机构的性质、任务和工作方式都有区别，前者不可能完全代替后者。因为党的监察机关面对党政两大系统多层次的组织机构和庞大的干部队伍，无法进行有效的监督。当时，一位在地方党委工作的同志专就此事向中央作了报告，认为国家监察机关撤销后国家纪律削弱了。他反映其所在地区行政监察机构撤销后，党的监委确感到担子太重，产生了包办代替，有些事情知道不该管的也管了，实际上是包不好，包不了。[①]这个地区行政监察的状况可以说是当时整个国家行政监察状况的缩影。

国家行政监察机构向党的监察机构的归并，实质上是行政监察权收归到党的系统，这是党政不分在行政监察方面的表现。它与党政不分在其他方面的表现以及政企不分的种种表现，都说明这个时期行政管理体制的横向权力集中的趋势有了很大发展。

司法体制的局部削弱

可以说，1957年7月中共中央关于地方司法机关向地方党委负责的规定，是司法体制削弱的开始。这不仅是因为国家宪法被逾越，也因为司法机关独立行使职权的原则被突破。然而，事情并没有到这里为止。不久以后，反右派斗争扩大到司法机关内部，司法体制被进一步削弱了。

1958年3月至8月，司法系统先后召开一系列会议，如全国省、市、自治区检察长会议，第四届全国司法工作会议，第四届全国检察工作会议，第九次全国公安工作会议等。这些会议的主题基本相同：检查“主要危险”，批判“右倾错误”。

第一，批判“忽视对敌斗争，片面强调保护人民民主权利”的“错误”。认为“阶级斗争有起有伏，时紧时松”，而司法机关“嗅觉迟钝，打击不力”。

第二，批判“忽视法制的阶级性和群众性”的“错误”。建国初期党和国家鉴于特殊环境和条件，实行了人民群众直接参与审判活动这样一些超常规的方式。在国家各项工作走入正轨之后，法制的正规化建设就提上了日程，原有方式就必须改变。但是以上会议指责这是“抱着资产阶级书呆子的习气，去看待群众的革命斗争”。

第三，批判所谓“资产阶级法的观点”和“照搬苏联经验”，否定“独立行使职权”、“只服从法律”、“一般监督”和检察机关实行的“垂直领导”等司法原则。这些原则本来符合司法活动的一般规律和特点，其中有些虽然是借鉴了国外的和历史上的经验，但总的说来是适用于我国的。然而，在当时却受到严厉指责。

第四，批判所谓“忽视党的领导”的“错误”。在司法机关建立并开始健全了正规化的司法制度之后，原有的一些工作方式自然要被淘汰。比如，国家宪法规定“人民法院独立进行审判，只服从法律”；还规定“地方各级人民检察院独立行使职权，不受地方国家机关的干涉”。这些规定必然否定过去地方行政机关的负责人参与审判活动方式，甚至否定地方各级党委直接参与审判活动、决定案件判决的方式。这是司法体制进行正规化建设的正常步骤。但是，司法机关在这方面做出的努力，被视为“忽视党委的绝对领导”，甚至被说成是“对党闹独立性”。

上述会议在进行了对“右倾错误”的系统批

①郑谦等著:《当代中国政治体制发展概要》,中共党史资料出版社,1988年版,第96页。

判之后，重新强调司法机关工作的原则，其中有两点对后来的司法工作发生了长时间的消极影响。第一，司法机关不仅服从中共中央的领导，而且服从地方党委的领导，不仅服从党的方针政策的领导，而且坚决服从党对审判具体案件以及其他一切方面的指示和监督。第二，司法机关在审判案件适用法律的时候，既有原则性，又有灵活性；因为法律的稳定性是相对的，法律条文本身也有一定的伸缩性。前者把中国共产党对司法工作的大政方针的指导，曲解为党委对于司法机关的直接领导，尤其是曲解为党委对具体案件审判的指示，因而比一般将司法机关隶属于党委领导之下更进一步地削弱了司法机关独立行使的职权。后者把法律解释成有弹性的规范，因而使"以法律为准绳"的司法原则日益被人忽视，司法活动开始失去具有权威性的法规标准。

尽管司法机关内部的这场批判没有形成运动，但却产生了类似运动的效应，它所带来的人们观念上的变化十分巨大。一时间，错误观点纷纷扬起。比如，司法机关是"党的驯服工具"的观点，"党法不分"的观点，"全党办公安"的观点，等等。各种观点的中心都是强调已经被作了片面解释的"党的领导"的原则。这些观点长时间在司法机关和司法工作人员的具体司法活动中占统治地位。

原则的批判和观念的变化之后，接踵而至的是司法体制的进一步变化。在领导关系上，人民检察院系统由原来实行"垂直领导"改行"双重领导"，即各级检察机关既受上级检察机关的领导，又受同级人民委员会的领导；在检察院内部则既有检察长的统一领导，又有检察委员会的集体领导，而最后服从于党组；在刑事案件的审判上，过去形成的党内审批制度并没有改变。1958 年以后死刑案件的审批权限作了一定下放，但下放后依然归于地方各级党委，而不是司法机关——各省、市、自治区高级人民法院判处或审核的死刑缓期执行案件，一律须经各省、市、自治区党委审查核准，而判处或审核的死刑立即执行案件，也须先经省、市、自治区党委审查核准后，再报最高人民法院党组复核；至于内部肃反的案件，其审批权一律由省、市、自治区党委掌握，判处死刑时必须报中共中央审批。

1957 年末，中共中央和毛泽东提出了生产战线上来一个大的跃进的思想。按照一般规律，经济建设的发展需要健全的法制作保证。正因为如此，在以后的两三年中，全国人大常委会通过了《中华人民共和国农业税条例》、《中华人民共和国地方经济建设公债条例》等经济方面的法规文件，并批准了国务院《民族自治地方财政管理暂行办法》、《关于改进税收管理体制的规定》等法规文件。

但是，1958 年的"大跃进"运动和人民公社化运动，是一场违反经济建设规律的群众运动，它所产生的脱离实际的高指标、高速度的急躁冒进情绪，从本质上讲与正常的工作秩序和社会生活秩序是相冲突的。同时，这是一场带有浓重主观主义色彩的群众运动，它的倾向是夸大人的主观能动性，忽视客观规律的制约作用，因此，人们只注重和强调人的精神作用，轻视以至否认制度的必要性和合理性。1958 年 8 月，毛泽东曾这样说：不能靠法律治多数人，多数人要靠养成习惯。他还说，我们每个决议案都是法，开会也是法，治安条例也靠养成习惯，成为

社会舆论，都自觉了，就可以搞共产主义了。[1]

重要的基本法立法工作严重受阻。到1957年止，我国一些重要的基本法如刑法、民法等已经拟出草案初稿或大部分初稿，并已多次征求中央和地方有关方面的意见；有的经由全国人民代表大会法案委员会审议修改后，已交给人大代表征求意见。但1958年以后，刑法、民法的制定工作搁浅。1958年中共中央政法小组在一份报告中说：“我们商定的原则是，凡是不适用的，一律不要用，可以冲破旧的，创造一些因地制宜、简便宜行的新制度；凡是还适用的，就应该继续适用。刑法、民法、诉讼法根据我国实际情况来看，已经没有必要制定了。”[2]从此，我国一些重要的基本法立法工作停顿下来。直到20多年后，才有了《刑法》、《刑事诉讼法》、《民事诉讼法(试行)》、《民法通则》等基本法规。

一些重要的司法制度及其机构被取消。第一届全国人大一次会议召开后，我国逐步建立起人民律师制度、公证制度、人民陪审员制度，并相应地建立了律师组织和公证机构等。在“大跃进”运动中，律师制度和公证制度基本上被废除，律师组织和公证机构大部分被取消，只是在某些大城市保留了少数机构和少量专职干部及兼职律师。由于当时强调“冲破旧的制度”，因而司法活动中的陪审、起诉、诉状等正常程序的规定，以及公安方面的治安管理处罚、户口登记、交通管理等条例，都受到不同程度的否定。与此同时，司法行政管理工作也受到波及。司法行政管理活动主要包括培训司法干部，宣传法制，领导律师、公证、人民调解工作等内容。我国的司法行政管理属于国家行政管理的一个组成部分，由国务院司法部，省、市、自治区司法厅(局)，县(市)司法局，构成一整套司法行政管理系统。但随着律师、公证等制度和机构的取消，司法行政工作亦被削弱。1959年4月，第二届全国人大第一次会议做出决议，撤销司法部。随即，地方各级司法行政机关也被撤销。司法行政机关撤销后，其业务由各级人民法院承担。实际上，各级人民法院没有足够的力量做好这项工作。

地方上本应各自相对独立的公、检、法机关被融为一体。农村普遍建立人民公社之后，公社成立政法公安部，将原有的基层人民法院派出的人民法庭并入其中。许多地方县一级的公安机关、检察院和法院实行了组织合并，成为政法公安部，地区和省(直辖市、自治区)两级的公、检、法机关虽然没有合并，但为适应基层组织已经合一的情况，也采取了联合办公的方式，由党的政法工作领导小组或政法党组实行统一领导。公安机关、人民检察院、人民法院虽然同是国家的司法机关，但是各有分工，各有其责，它们既有互相配合的关系，也有互相制约的关系。地方的公、检、法三机关合并后，其内部的互相制约机制自然就消失了，各机关对司法工作程序各个环节的检查、监督也名存实无，这样就难以有效地避免和纠正司法工作中的偏差甚至严重错误，难以维护法律的尊严。

1957年以后司法体制发生的上述变化，大体还只是在一定程度上削弱了这一体制。国家的司法活动有相当一部分仍按常规在进行，最高人民法院、最高人民检察院和公安部各自独立工作的格局尚未改变。只是作为国家政治体制运行的基本环节之一，司法工作较过去薄弱了。

①郑谦等著:《当代中国政治体制发展概要》,中共党史资料出版社,1988年版,第99页。
①郑谦等著:《当代中国政治体制发展概要》,中共党史资料出版社,1988年版,第96页。

“正确的个人崇拜”：党内个人决策的权力结构的形成

中国共产党作为执政党，处于中国政治体制的核心地位，它的建设对国家政治体制的发展起着至关重要的作用。在20世纪50年代后期的条件下，这种重要作用还可以从这样一种角度来说明：由于横向权力逐渐集中于党的各级机关，因而掌握各方面权力的中国共产党能否正确地做出决策和有效地管理事务就具有决定意义，而要正确决策和实施有效管理，又须以全党马克思主义理论水平的提高和党的队伍建设的加强为首要条件。

令人遗憾的是，中国共产党的建设从50年代后期开始走上了弯路。

弯路的发端之一，是不适当地强调党的领导者个人作用。比如，当时毛泽东多次说过这样一些话：

“我们这些人，我们的省、市、自治区党委书记，要抓财政，抓计划。”[①]

“书记要亲自管报纸，亲自写文章。”[②]

“省市委、自治区党委的第一书记（其他书记也是一样），在半年到一年内，要求亲身研究一个合作社，一个工厂，一个商店，一个学校，取得知识，取得发言权，以利指导全般工作。”[③]

“省市委、自治区党委的第一书记和整个党委，必须把这个伟大斗争掌握起来。必须把民主党派（政治界），教育界，新闻界（包括一切报纸和刊物），科技界，文艺界，卫生界，工商界的政治改造工作和思想改造工作完全掌握在自己手中。”[④]

“要坚持全面规划，加强领导，书记动手，全党办社。”[⑤]

不难看出，这些话的内容都特别强调书记的作用。在特定的环境和时期，这样的认识也许有其合理性，但是从国家政治生活和党的建设的根本目标看，片面强调领导者个人的作用却是一个不良征兆。可是人们对这个征兆缺乏敏感和警觉，尽管提出反对突出个人、反对个人崇拜的党的八大刚刚结束不久。相反，人们对此似乎习以为常，司空见惯了，他们把党的各级领导层不同的责任分工等同于权力的大小，进而把权力的大小等同于思想水平的高低、工作能力的强弱和决策正确与否的界标。在这个观念之下，党内许多人更习惯于个人拍板。

如果说1958年以前人们还只是夸大个人的作用的话，那么，从1958年开始，则逐渐转向了对个人的服从。

这年3月，中共中央在成都召开有中央有关部门负责人和各省、市、自治区党委第一书记参加的工作会议。毛泽东在会上指出，个人崇拜有两种，除了错误的个人崇拜外，还有一种正确的个人崇拜。人们接受了这种关于“正确的个人崇拜”的观点，而且多数人不自觉地对党的领导人产生了盲从，无形之中中共八大一次会议关于反对个人崇拜的思想被否定了。

众所周知，党内个人崇拜主要是对毛泽东个人的崇拜。因此，“正确的个人崇拜”观点的提出，实际上是为对毛泽东的个人崇拜大开了绿灯。在这种条件下，毛泽东个人专断的作风迅速发展。从1958年起，他开始超越中共中央

①《毛泽东选集》第五卷，人民出版社，1977年版，第316页。
②《毛泽东选集》第五卷，人民出版社，1977年版，第350页。
③《毛泽东选集》第五卷，人民出版社，1977年版，第460页。
④《毛泽东选集》第五卷，人民出版社，1977年版，第463页。
⑤《毛泽东选集》第五卷，人民出版社，1977年版，第468页。

政治局及其常委之上，集体领导被突破。个人专断的发展，势必同党内民主集中制的原则发生越来越尖锐的冲突。冲突的结果，党内民主集中制原则受到破坏。1959年七八月间的庐山会议，错误地批判了彭德怀等人，随后全党范围内开展了“反右倾”斗争。对彭德怀等人的错误批判和党内“反右倾”斗争，不单单是打断了纠“左”进程，而且严重损害了从中央到基层的党内民主生活。在中央领导层，毛泽东可以不与其他中央领导成员商量而做出重大决定。在地方，党委第一书记的意见可以代替党委集体的意见，甚至任何事情都必须经第一书记拍板。在基层，也形成了书记“一言堂”。

上述不正常的党内政治生活和组织生活，孕育出了一种有极大弊病的党内权力结构——以个人决策为特征的权力结构。这种结构的决策程序是：先由领导者个人做出决定，然后由领导集体去执行。这就把中共八大一次会议所规定的“集体领导，个人负责”的原则，变成了个人领导，集体负责。尤其要指出的是，这种个人决策的权力结构缺乏完善的监督机制。在党内，各级领导集体由于大多是被动地执行主要领导人的意志，所以难以对领导者个人实施检查、监督；即使是领导人的决策致使工作发生失误，领导集体也不能做到有效而果断地纠正偏差。1959年的庐山会议便是例证。

个人决策的权力结构，带有浓厚的“人治”色彩。当领导人头脑冷静、思维敏捷、作风深入、善于倾听不同意见时，制定政策就比较符合客观实际，决策也可能在实践中取得成功，反之，制定的政策就脱离了客观实际，决策也必然在实践中造成严重失误。这是一种缺乏制约的极不稳定的结构。这种以个人决策为特征的党内权力结构形成后，在我国的建设事业中导致了越来越严重的后果。

共产党与民主党派的关系：互相监督开始变成单向监督

反右派斗争的严重扩大化，虽然没有改变也不可能改变中国共产党领导下的多党合作的政治格局，但在客观上引起了共产党与各民主党派的关系的变化。如果用一句话来概括，那就是：共产党与各民主党派“长期共存，互相监督”的方针虽然没有改变，但实际上互相监督开始变成了单向监督，即共产党对各民主党派实施监督，各民主党派却难以对共产党进行监督。共产党与各民主党派关系的这种变化，反映了各民主党派经过严重扩大化的反右派斗争之后，在作用、任务、地位及政治参与意识和能力方面的变化。

第一，各民主党派的作用和任务趋于单一。生产资料私有制的社会主义改造完成以后，我国社会的阶级关系发生了重大变化，但是各民主党派依然存在，并且继续在建设社会主义的事业中发挥不可缺少的作用。它们通过政治协商会议的统一战线组织形式协商国家的一些重要问题，向国家机关和共产党的各级组织提出各种建议和意见，要求和帮助各自所代表和联系的群众参加国家的经济、文化等各项建设；同时，组织各界民主人士和工商业者学习政治和理论，以继续进行人的思想改造。反右派斗争中，由于对各民主党派的政治状况作了不合实际情况的判断，许多民主党派成员被错划为“右

派分子”，各民主党派的作用和任务因此而缩小。

1958年7月，中共中央统战部提出《改造民主党派的工作纲要》，同时召开了全国统战工作四级干部会议。《纲要》和会议认为，各民主党派“作为资产阶级政治代表的作用日渐削弱，作为自我教育，自我改造工具的作用日益加强”。会议《关于资产阶级分子、资产阶级知识分子和民主党派的根本改造问题的报告》指出：“民主党派的作用，现在归结起来有两个主要方面：一方面推动它们的成员和所联系的资产阶级分子和资产阶级知识分子拿出他们的知识、经验和力量来参与国家的各种建设，一方面帮助他们进行自我改造，成为自食其力的劳动者和工人阶级的知识分子。”[①]显然，各民主党派作为一种已经在为社会主义服务的政治力量，它们参与国家政治生活管理的积极作用被忽视了，而其自我改造任务却被过分地加以强调。在实际工作中，各民主党派的主要活动是政治学习和理论学习（当时政治学习和理论学习被作为自我改造的主要手段），即使进行一些参观活动，其目的也主要是接受社会主义教育，而不是对各级党政机关以及各方面工作进行检查监督。

第二，各民主党派在国家政治生活和社会生活中的地位比原来下降。1957年以前，各民主党派在国家政治生活和社会生活中居于它们应有的地位。它们不仅通过中国人民政治协商会议这一统一战线的组织形式参与国家政治、经济、文化、外交等重大问题的协商和讨论，而且其不少成员还直接在各级国家权力机关、行政机关、司法机关以及部分企事业单位中担负领导责任，参加国家各项事务的管理。第一届全国人大第一次会议召开后，全国人大常委会共79位委员，其中非共产党员39人，占总数的49%。一届全国人大一次会议任命的国务院35位部长、主任，其中非共产党员13人，占总数的37%；会议选出的国防委员会共79位委员，其中非共产党员29人，占总数的37%。经过严重扩大化的反右派斗争后，各民主党派的地位明显下降。1959年召开第二届全国人大第一次会议，会议任命的国务院38位部长、主任，其中非共产党员9人，比例下降为23.6%；会议选出的国防委员会共114位委员，其中非共产党员26人，比例下降为22.8%。地方各级政府机关、司法机关中民主党派成员的比例也有所下降。尤其是相当一批民主党派成员因为被划为“右派分子”，被撤销了全国和地方各级人民代表的资格。社会上不少人对民主党派的性质发生错误理解，以为它们只是“改造对象”。许多机关、学校、企业中程度不同地存在着排斥党外人士，不信任、不尊重民主党派成员的职权，甚至不给予必要的工作条件的现象。

第三，各民主党派的政治参与意识和能力减弱。1949年中国共产党执政后，各民主党派在中国共产党的领导下，为在一个满目疮痍的国度里恢复经济建设、稳定社会秩序、巩固新生政权尽心竭力，表现出极大热忱。进入社会主义改造的高潮后，各民主党派的多数成员或早或迟地跨过了艰难的精神障碍，程度不同地接受了社会主义。在反右派斗争的前夕，各民主党派的成员依然直言不讳地对共产党和政府机关的工作发表真实的意见和看法。

可是，反右派斗争扩大化的风暴骤然而至，一大批诚心实意帮助共产党整风的民主党派成员的政治热情也受到极大挫伤，其中不少人被

①郑谦等著：《当代中国政治体制发展概要》，中共党史资料出版社，1988年版，第104页。

错误地划为"右派"。从此，各民主党派的政治参与意识和能力明显减弱，许多人不再如同过去一样坦率地发表政见，而是"逢人只说三分话，未可全抛一片心"了；那些"头上戴帽子（右派），身后有影子（右倾）"的人更是小心翼翼。政治协商会议作为统一战线的组织，活动也明显减少。以全国政协常委会会议为例，1956年召开21次，1957年召开17次（其中一半以上是以政协内部的整风为内容，而不是协商国家事务），1958年召开2次，1959年召开10次，1960年召开5次。这从一个侧面说明，政治协商会议对国家大事的商议和讨论明显减少了。

各民主党派在作用、任务、地位和政治参与意识及能力方面的诸变化，限制了它们对共产党的有效监督。尽管毛泽东说过："所谓互相监督，当然不是单方面的，共产党可以监督民主党派，民主党派也可以监督共产党。"[①]但是各民主党派已经难以在一种平等、融洽的气氛中对共产党的工作提出建议和批评，无论是外界还是它自身，都无法给它对于共产党的监督予以保证。相反，共产党对各民主党派的监督却片面地得到强化。这样，双向监督实际上变成了单向监督，后来虽有某些调整，但是这种单向监督的关系并未发生大的改变。

"党的驯服工具"：社会群众团体性质的变异

我国进入大规模社会主义建设以后，社会群众团体作为一种政治参与的力量，它的活动内容和活动方式应不同于大规模阶级斗争时期。战争和革命年代单一的任务一完成，社会、经济、政治、文化、国防等各方面建设一铺开，在根本利益一致前提下的多样化社会利益就逐渐充分地表现出来。社会群众团体应该反映这些多样化的社会利益，积极和妥善地协助共产党和国家机关解决上述问题；同时将过去的单一执行功能转变为积极参与功能，提高自己在国家事务中的政治参与水平。

当然不能苛求人们在20世纪50年代中期就具备上述认识，事实上人们当时也没有这样一种思想准备。但是，有些人却从具体工作实践出发，有了一些接近于上述认识的思想。比如关于工会工作，提出工会必须接受党的领导，但这种领导主要应当是政治思想方面的领导，同时又必须积极地、灵活地开展各种活动。还提出工会同行政的奋斗目标都是为了办好企业、发展生产，这在根本上是一致的，但同时两者也有差别，一是观察和考虑问题的角度不同，二是工作方法不同。又比如关于共青团工作，提出要有共青团自己的特点，团组织要"群众化"等等。

1958年，社会群众团体展开了反右派斗争。由于严重扩大化的错误，上述那些观点和认识被认为是"反对党的领导"的"右倾机会主义错误"，受到不公正的批判。在这场批判中，工会和共青团首当其冲。

1958年7月1日，《工人日报》发表社论，指出工会组织不仅是在政治上思想上必须紧紧依靠党的领导，而且在组织上和业务上也必须紧紧地依靠党的领导。社论还批评说，"如果各级工会组织不依靠同级党委的领导，或在口头上接受党委的领导而在实际上强调'工会的组织独立性'，违背党的方针政策，脱离党的中心任务而搞'工会的独立活动'，那就不可避免地要

①《毛泽东著作选读》下册，人民出版社，1998年版，第790页。

脱离实际，脱离群众，要犯大错误，使社会主义事业受到损害”。社论把工会开展独立的活动当作“脱离党的领导”，又把党对工会的政治上思想上的领导扩大为组织上业务上的领导，实际就是否定了前面所述的那些思想。社论成为工会内部批判的一个信号。同年8月，全国总工会党组召开第三次扩大会议。会议批判了已故的原全国总工会主席赖若愚的“错误”，在工会工作中提出了一些“左”的东西。

首先，片面解释党对工会领导的含义，强调党的“绝对领导”，要求工会的各级组织从政治思想到组织和具体的业务一律服从同级党委的指示；同时规定在工会内部，一切重大问题都应在党组内充分酝酿和讨论后做出决定，然后分别执行。

其次，否认工会的群众性和组织的相对独立性，否认在根本一致前提下工会同国家机关、企业行政之间的差别，指责工会开展独立活动和维护职工的物质利益和民主权利是“工团主义”、“向政府争夺权力”。

再次，只要求工会各级组织自上而下地执行党和行政的指示，忽视它们自下而上地反映职工群众的意见与要求，甚至将后者视为“崇拜自发的工人运动”。总起来说，会议把工会各级组织定性为“党的工会工作部”，从而使工会的性质发生了变化。这次会议在思想上给各级工会组织和工会干部投下一道阴影，使人们在一种“左”的框框里行动，工会组织的作用发挥受到很大限制。

在“大跃进”运动和人民公社化运动中，工会在体制上也有两个变化。一是各级工会组织开始实行双重领导制度，即由上级工会领导为主、同时接受地方党委领导改为同级党委领导为主、同时接受上级工会领导。二是随着人民公社的建立，逐渐将县级工会工作转交人民公社负责，县一级工会也逐步取消。前者使工会组织系统的工作在管理上不易衔接和协调，上级工会不易有效地指导下级工会的工作，而下级工会也难以同业务上组织上对口的上级工会进行联系，同级党委或者是无暇顾及工会工作，或者是直接包揽工会工作；后者则削弱了地方工会组织，造成缺口，尤其是有些地方准备不足，方法简单，匆忙取消县级工会，造成了一些混乱。

在工会各级组织内部批判“右倾”的同时，共青团组织也展开了批判“右倾错误”的斗争。1958年，共青团召开三届三中全会。全会批判了团组织要“群众化”、“民主化”、“自治化”的观点，指责这些观点是“反对党的领导”。全会指出，“党的领导是团的生命线”，团的各级组织要成为“各级党委的青年工作部”，团的各级干部应当成为“党的驯服工具”。全会还提出，在共青团组织的双重领导中，应该坚持以同级党委领导为主的原则。

把工会和共青团组织作为“党委的群众工作部”和“党的驯服工具”，改变了工会和共青团的群众组织性质，使它们丧失了自己的相对独立性。在这种认识的指导下，各群众团体更加注重自上而下地单向贯彻执行各级党政机关的指示、命令，很少能够自下而上地充分反映所联系的那部分群众的利益和要求，从而减弱了自己的政治参与能力，愈益成为行政性机构。社会群众团体性质的变异，使得政治体制中的社会协商对话机制难以健全起来，政治民主化的进程越来越缓慢。

“大民主”与党对意识形态领域的直接管理

1957年，中国的政治生活还出现了另一种“新鲜事物”，即被简称为“四大”的“大鸣、大放、大字报、大辩论”。在反右派斗争中，“四大”被用作主要的斗争武器，虽然曾起到了驳斥真正的右派分子言论的作用，但同时又伤害了一大批被错划为“右派分子”的知识分子、爱国人士和党员干部，显然是得不偿失，然而，毛泽东欣然肯定了这一“新鲜事物”。他在中共八届三中全会上说：“今年这一年，群众创造了一种革命形式，群众斗争的形式，就是大鸣，大放，大辩论，大字报。现在我们革命的内容找到了它的很适合的形式。”毛泽东还说，这种形式“适合现在这个群众斗争的内容，适合现在阶级斗争的内容，适合正确处理人民内部矛盾的问题”[①]。从此，“四大”作为“大民主”的一种主要形式，沿用了一个相当长的时间。

问题在于，这个被毛泽东称赞为“充分发挥了社会主义民主”的形式，从它降临到政治生活的那天起，就从本质上扼制了社会主义民主的发扬。表面看来，“四大”是让人们充分发表意见，各抒己见，畅所欲言；实际上，它只是被当作一种一面倒的批判手段。例如在反右派斗争中，似乎人人都享有运用“四大”的权力和自由，但是那些被错划为“右派分子”的人根本不可能运用“四大”来表明自己的不同意见和进行申辩，而只能听任这种形式的批判。此后，随着阶级斗争扩大化错误理论和实践的发展，“四大”愈来愈成为整人的工具。事实表明，“四大”根本不是民主传统的发展，人民群众不可能用它来交流思想，讨论政事，表达愿望，反映意见；它不仅不利于发扬民主，而且有碍于政治民主化的进程。到“文化大革命”时，“四大”则成了大动乱的一种催化剂。

与“四大”的备受推崇相对照，在对发扬社会主义民主具有重要意义的意识形态领域加强了管理。毛泽东指出：“社会主义改造有两方面：一方面是制度的改造，一方面是人的改造。制度不单是所有制，而且有上层建筑，主要是政权机关、意识形态。”[②]并且认为：“我国社会主义和资本主义之间在意识形态方面的谁胜谁负的斗争，还需要一个相当长的时间才能解决。”[③]毛泽东希冀通过制度来解决意识形态领域里的所谓“资产阶级思想”和“资本主义观念”的问题。

毛泽东批评一些地方党委的负责人说：“每个省都有报纸，过去是不抓的，都有文艺刊物、文艺团体，过去也是不抓的，还有统一战线、民主党派，是不抓的，教育也是不抓的。”他认为“不抓”的结果是“这些方面造反”。[④]毛泽东所说的“造反”，用当时的话说就是“右派进攻”。所以毛泽东要求各省市自治区党委第一书记和整个党委“必须把民主党派（政治界），教育界，新闻界（包括一切报纸和刊物），科技界，文艺界，卫生界，工商界的政治改造工作和思想改造工作完全掌握在自己手中”[⑤]。结果，党对意识形态领域的管理更为直接和细密。

首先，扩大了对舆论工具的直接管理。1957年以后，一批民主党派的报纸相继改变了隶属关系和性质，或者改为中国共产党某一方面工

①《毛泽东选集》第五卷，人民出版社，1977年版，第467页。
②《毛泽东选集》第五卷，人民出版社，1977年版，第443页。
③《毛泽东著作选读》下册，人民出版社，1986年版，第785页。
④《毛泽东选集》第五卷，人民出版社，1977年版，第479页。
⑤《毛泽东选集》第五卷，人民出版社，1977年版，第463页。

作的机关报，如《大公报》改为中共在财经工作方面的公开报纸，或者改由中共中央有关部门或地方党委领导，如《光明日报》先由中共北京市委和市出版局领导，后由中共中央宣传部、中共中央统战部领导。

其次，扩大了对意识形态领域管理的范围。在新闻和出版方面，中共中央和地方党委除了管主要业务工作外，还增加了对纸张供应、书刊发行等具体行政工作的管理。1958年，意识形态领域进行了一定的权力下放，但是下放的权力仍旧集中于地方各级党委。如当年新华社驻各地记者站下放地方管理后，除行政、人事外，业务也被纳入地方党委的管理范围。当年4月中共中央批转中共中央宣传部的报告，对报纸、刊物的创办、停办与改办的审批手续作了新规定，决定将一部分由中共中央掌握的权限下放下去，但这些权限全部交给了中共中央宣传部和中共中央其他职能部门，而没有按照报刊的性质移交给政府、社会群众团体等系统。

从此，意识形态领域内的权力开始更多地集中于中国共产党的各级机关，使社会信息反馈的渠道减少，一些原属社会舆论机关性质的部门和单位逐步变成中国共产党的舆论机关，社会信息的内容开始变得单调，多侧面、多角度的丰富的社会舆论被一种统一口径的宣传所代替。社会信息渠道的减少，使舆论工具的社会覆盖面缩小，社会信息内容的单调，则使一些有价值的信息被掩盖起来，这样，作为决策部门的领导机关往往接受一些失真的信息，在判断和决策方面自然就容易发生失误。“大跃进”运动中，“浮夸风”盛行，各种脱离实际的产量、计划、指标比比皆是，而国民经济潜伏着危机的信息则被掩盖起来，致使领导层不能做出正确的估计，便是一个明证。

从1957年春夏到1960年国民经济困难最严重的时期，我国政治体制的发展呈现一种矛盾的状况：一方面政治体制进行局部改进，国家行政管理体制实行了纵向权力下放的改革；另一方面，政治体制产生并发展了权力集中的趋势，横向权力越来越多地集中于中国共产党的系统。从结果看，行政管理体制的改革最终是失误了，中共八大一次会议前后开始的我国政治体制的良好建设进程被打断。政治体制并没有随着社会主义改造的基本完成而进行总体改革，相反，原有的弊端没有很好消除，却又滋生了新的弊病，以个人决策为特征的权力结构开始形成，社会政治力量和人民群众的政治参与机制开始被破坏，政治体制的监督调节功能开始退化。这一切反过来又影响了全党工作重心转移的实现。

二、政治体制的某些调整

1959～1961年，中国发生了它有史以来的第一次国民经济的严重困难。人们当时怀着超常的热情投身于“大跃进”和人民公社化运动。但是，摆脱贫穷的渴望和实现富强的追求，没有与对我国国情的科学观察结合起来。于是，憧憬染上了空想色彩，热情变成了一味蛮干，人们在制造一个个“高指标”、“高速度”的“神话”时忘却了客观规律。然而，客观规律是冷峻而无情的，当人们违背了它的时候，它最终对人们做出了惩罚。从1959年开始，国民经济比例严重失调，人民的生活水平大幅度下降，全国经济形

势急剧恶化。

严酷的形势迫使人们从狂热中冷静下来。1960年下半年起，中共中央开始比较清醒地总结教训，纠正错误，以克服困难。从那时起，我国国民经济逐步实行大规模调整。由于国民经济的严重困难暴露了一些体制方面的问题，又由于反右派斗争的严重扩大化和党内"反右倾"斗争引起国内各方面关系的紧张，从而对调整国民经济极为不利，所以，在实行国民经济调整的同时，党和国家在政治体制方面也进行了某些调整，使国内政治生活一度向正常的方向转化。

大收权——国家行政管理体制的调整

政治体制调整的第一个步骤，就是调整国家行政管理体制。与1957年开始的那次行政管理体制变动不同，这次改进国家行政管理体制的中心内容是权力上收。从体制的角度看，权力下放过急、过散，是"大跃进"和人民公社化运动中"五风"盛行原因之一。中共中央认识并注意到了这个问题。1961年1月，中共八届九中全会召开。会议在讨论国民经济调整的方针和步骤的同时，研究了行政管理体制的改进问题，提出为了保证经济调整方针的贯彻执行，必须加强集中统一，将过去下放过多和放得偏下的权力重新收上来。以后，行政管理体制开始了大收权。

中共中央首先决定在全国范围内重新建立六个中央局，作为中共中央的派出机构，加强对各省、市、自治区党委的领导。其实，1960年9月，当国民经济调整的问题刚刚提出后，中共中央政治局就决定重新成立六个中央局。中共八届九中全会后，中共中央华东局、中南局、东北局、西南局、西北局、华北局相继成立，它们分别直接领导所辖省、市、自治区党委。

需要说明的是，重建六个中央局的决定，最初是在1960年9月的中共中央政治局会议上做出的，但当时做此决定并不是从调整国民经济的角度出发，而是认为1958年"大跃进"运动中建立的各大区经济协作区不能适应形势的需要，因而有必要派出中共中央的代表机关作为大区的统一领导核心。到中共八届九中全会批准1960年9月中央政治局关于成立各中央局的决定时，中共中央的考虑已经不再是至少主要不是加强对经济协作工作的领导，而是加强对国民经济调整工作的有效领导和监督了。各中央局的设立，使中国共产党的系统增设了一个领导层次。在当时情况下，这个层次的增设有利于集中统一的领导，使中共中央的决策落到实处。在大幅度调整国民经济的特殊时期，这不失为调整领导结构的一种有效措施。

如果说，各中央局的成立还只是体制调整的准备，那么，中共中央《关于调整管理体制的若干暂行规定》的发布，则是体制调整的正式开始。《规定》指出："1958年以来，各省（市、自治区）和中央各部下放给省、县、公社和企业的人权、财权、商权和工权，放得不适当的，一律收回。"《规定》要求："经济管理的大权应该集中到中央、中央局和省（市、自治区）委三级。最近两三年内，应该更多的集中到中央和中央局。地区计划应当在中央的统一领导下，以大区为单位，由中央局进行统一安排。"[①]《规定》突出强调了中共中央曾经提出的"大权独揽、小权分散"的原则。

①郑谦等著：《当代中国政治体制发展概要》，中共党史资料出版社，1988年版，第114页。

根据这个规定，国务院各部委直属企业的行政管理、生产指挥、物资调度、干部安排等方面的权力，重新收归国务院各部委。有些下放企业和事业单位也由其原先所属的部、委收回。此外，原先在物资、财政、货币发行、劳动计划等方面下放的权力，有些全部收归中共中央或国务院有关部委，有些则大部收归中央，地方和企业只留有少量机动权。除地方的权力向中央集中外，地方各级行政管理权力也实行了层层回收，特别是县、公社和企业的权力有许多集中到了专署和省、市、自治区一级。总之，在生产、基建、收购、财务、文教、劳动等方面，当时执行了“全国一盘棋，上下一本账”的方针。

国民经济调整逐步深入以后，中共中央不仅进一步总结了前段权力下放过多、过散的教训，而且注意到了中国共产党和国家机关内存在的分散主义倾向对经济调整产生的消极作用。1962年1月，刘少奇在扩大的中共中央工作会议上指出：“当我们纠正了高指标、‘共产风’、瞎指挥等错误以后，这类分散主义就成为我们前进道路上的主要障碍。如果对分散主义熟视无睹，不把它迅速克服，就会使我们很难前进。”[①]于是，党内从上至下普遍批判了分散主义倾向，给权力上收的行政管理体制改进工作提供了大气候。

行政管理体制改进工作除了权力上收的主要内容外，还包括精简机构的辅助内容。这一次的精简机构工作，与1958年那次已经不大相同。

第一，1958年主要是减少一级机构——在中央政府减少部、委机关，在地方各级政府减少厅、局机关。这次则主要是减少二、三级机构——在中央政府减少各部、委所属的司局机关，在地方各级政府减少处、科机关。1960年9月至1961年6月仅九个月时间，中央各部委共撤销、合并了89个司局级机构，精简了15%。同期，中央各部委的直属事业机构合并了111个，精简了16%。

第二，1958年的精简机构内容比较单一，主要是减少机构。这次在减少机构的同时，特别进行了人员的减少。在1960年9月至1961年6月的不长时间内，中央各部门在京单位减少了8万余人，占原有总人数的33%，其中行政部门减少1.5万余人，占原有人数的24%。60年代初期的精兵简政，减少了国家的财政负担，充实了工农业生产第一线，对克服国民经济的严重困难起了重要作用。

以权力上收为中心的行政管理体制改进工作成效卓著。权力上收之后，行政管理工作形成了纵向权力集中的指挥系统，从体制上控制了分散主义的发展，有效扼制了脱离甚至违背国家计划现象的产生，保证了国家政令的畅达和准确执行。

毫无疑问，大规模的国民经济调整，需要权力相对集中的体制。但是，这种集中只是对“大跃进”运动中那种权力下放过快、过散的偏向的纠正，它本身并不反映政治体制所应该遵循的正常发展规律，因而只能是暂时的。

“七千人大会”：中国共产党党内关系的某种调整

国民经济调整开始以后，中共中央逐渐察觉了“大跃进”运动以来党内生活普遍不正常的情况，并且认识到产生这种不正常情况的原因是民主集中制原则受到了损害。因此，几乎从

①《刘少奇选集》下卷，人民出版社，1985年版，第377页。

◆ 1962年1月11日至2月7日，中共中央在北京举行扩大的工作会议。参加会议的有各中央局、中央各部门、省、自治区、市、地、县、重要厂矿企业和部队的负责干部7000多人(因此又称“七千人大会”)。毛泽东在大会上作了讲话，对几年来工作中发生的缺点和错误承担责任。

国民经济调整一开始，中共中央就着手解决党内生活不正常的问题，逐步健全被损害的民主集中制。

1961年6月15日，中共中央发出讨论并试行《农村人民公社工作条例(修正草案)》的指示。这个条例规定:“人民公社中的党组织，必须严格遵守民主集中制，实行集体领导和分工负责相结合的原则。一切重大问题，都必须开会讨论，不能由书记个人决定。在讨论中间，要使到会的人都能够充分发表意见；在决定问题的时候，要认真遵守少数服从多数的原则，集体决定。”①

1961年7月19日，中共中央批转的国家科委党组、中国科学院党组《关于自然科学研究机构当前工作的十四条意见(草案)》规定:“研究所党组织必须严格遵守民主集中制，实行集体领导和分工负责相结合的原则。一切重大问题不得由个人决定。”②

1961年9月15日，中共中央发出讨论并试行《教育部直属高等学校暂行工作条例(草案)》

◆ 在大会上，刘少奇代表中共中央提出一个书面报告并作了讲话。

①《建国以来重要文献选编》第十四册，中央文献出版社，1997年版，第410～411页。
②《建国以来重要文献选编》第十四册，中央文献出版社，1997年版，第569页。

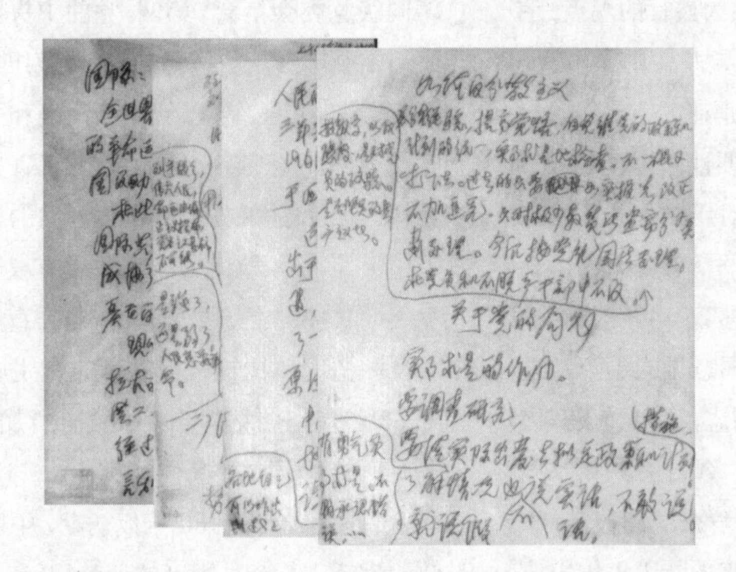

◆ 刘少奇写的讲话提纲的手稿。

的指示。这个条例规定:“高等学校中的党组织,必须严格遵守民主集中制,实行集体领导和分工负责相结合的原则。一切重大问题,都必须开会讨论,不能由书记个人决定。”①

1961年9月16日,中共中央发出讨论和试行《国营工业企业工作条例(草案)》的指示。这个条例同样规定:“企业中党的各级委员会,应当定期开会,不应当以‘一揽子会’‘碰头会’代替。党委会在开会的时候,应当使每个人自由发表意见,不允许压制不同意见。党委会在决定问题的时候,必须严格遵守少数服从多数的原则,不能由个人决定。”②

显然,上述条例在中国共产党民主集中制建设方面最核心的问题,是反对个人凌驾于集体之上。这些规定并不是对党章条文的简单重申,它们具有鲜明的针对性。“大跃进”运动中,党内严重滋长个人专断的工作作风,而这种作风对“浮夸风”、“共产风”等的盛行又起到推波助澜的作用。个人专断虽大量表现为作风问题,但实质却是制度问题,它与党的组织制度的被破坏相辅相成。因此,中共中央在领导国民经济调整工作时,也开始努力纠正党的组织建设上的偏向。

如果说,1961年中国共产党民主集中制健全的重点在企事业基层党组织,那么,1962年的重点则是在中央和地方的高层机关清理组织建设方面的失误,并努力健全民主生活。1962年1月中共中央在北京举行的扩大的工作会议,可以说是这种努力的高潮。在这个从中央到地方的五级领导干部共7000余人参加的大会上,恢复和健全民主集中制的问题受到了特别的关注。

第一,强调集体领导,反对个人专断。刘少奇在代表中共中央所作的报告中严肃指出:“有些地方、有些部门、有些单位的党委,在一个时期内,实际上把毛泽东同志关于正确处理党委会内部关系的原则否定了。有些同志,把政治挂帅误解为第一书记决定一切,或者某一书记在某一方面决定一切,什么事情都是个人说了算,什么事情都要找他。这样,党的民主集中制的原则受到损害,党委的集体领导受到损害,党委书记也很难办事。”③尽管报告并没有明确批评“书记挂帅”,但实质上却

①《建国以来重要文献选编》第十四册,中央文献出版社,1997年版,第606页。
②《建国以来重要文献选编》第十四册,中央文献出版社,1997年版,第677页。
③《刘少奇选集》下卷,人民出版社,1985年版,第408页。

否定了这个“大跃进”运动中极为盛行的观点。毛泽东、周恩来，邓小平等中央领导人在讲话中都反复批评了个人专断现象，并分别在大会上作了自我批评，阐明了集体领导的必要性。

第二，强调党内民主，反对压制不同意见。毛泽东、刘少奇、周恩来、邓小平等领导人在讲话或报告中，一致批评了“大跃进”运动特别是“反右倾”斗争以来党内压制不同意见的不正常现象。毛泽东指出：“现在有些同志，很怕群众开展讨论，怕他们提出同领导机关、领导者意见不同的意见。一讨论问题，就压抑群众的积极性，不许人家讲话。这种态度非常恶劣。民主集中制是上了我们的党章的，上了我们的宪法的，他们就是不实行。”[①]七千人大会在倡导党内民主的同时，以充分民主的精神总结了“大跃进”和人民公社化运动的经验教训。尽管这种总结今天看来不够深刻，但是会上的民主空气却是十分浓厚的，与会者发表了许多意见，其中不乏与领导机关或主要领导人看法不同的意见，用当时的话形容叫做“白天出气，晚上看戏”。

七千人大会后，中国共产党的民主集中制较之三年“大跃进”时期有所恢复和加强。以个人决策为特征的党内权力结构有所松动，在地方和基层，这种结构还发生了某些变化。与此同时，党还注意加强党内监督工作，加强了自身监察机关的建设。第一，增加中央和地方各级监察委员会的委员名额，并规定党的各级监察委员会成员多数应为专职委员。第二，健全中央和地方各级监察委员会的办事机构，使监察工作的日常事务得到及时办理。第三，扩大中央和地方各级监委委员的权力，规定中央监委委员和候补委员可以列席中央委员会全会，地方各级监委委员可以列席同级党委会全会。第四，党的中央监委派出监察组常驻国务院所属各部门，监察组成员相当于部长、司局长职级，以便监督同级和下级机关的党员干部。监察组长列席所在部门党组（党委）会议。第五，驻国务院所属各部门的监察组直接受中央监委领导，地方各级监委有权不通过同级党委而直接向上级党委、上级监委直至中央委员会反映情况。比较八大党章的有关规定，20世纪60年代初期党的监察机关有所加强，其职权既有所扩大又更加具体。

总之，20世纪60年代初期，中国共产党内政治生活进行某种程度的调整，既有利于党的各级决策机构正确进行决策，又能保证党和国家的政策、计划的顺利执行。对于国民经济的大调整，中国共产党内政治生活的某种调整无疑起到了积极作用。但是，应该特别指出，以个人决策为特征的权力结构并没有根本改变，因此当时党内生活的正常化不能不带有很大局限性，而且个人崇拜的现象也没有被根本认识和消除，这就留下了个人专断在党内重新滋长的病根。党内生活的比较正常只是在一定范围内维持了一个不长的时间。

党政关系的重新调整

在察觉党内生活不正常的同时，中共中央也注意到了党政关系上的问题。1962年1月，刘少奇在扩大的中共中央工作会议上指出：“这几年来，党建立和加强了对各方面工作的领导，取得了成绩。党委领导一切是必须坚持的原则。但是，有些党委，也发生了包办代替行政系统的日常工作的缺点。为了应付这些日常工作，党委

①《毛泽东著作选读》下册，人民出版社，1986年版，第818页。

就过多地增设书记。党委包揽的事务越来越多，使行政系统不能发挥应有的作用，同时，也使党委自己不能集中精力好好地研究党中央的方针、政策，进行调查研究，总结群众经验，加强思想政治工作，加强对各方面工作的督促检查，把领导工作切实做好。"[①]

从1957年反右派斗争开始到"大跃进"运动中又得到发展的以党代政的领导方式，在国民经济严重困难的条件下暴露了严重弊病。党和国家在不改变党政关系大格局的情况下，对地方、基层和企事业单位的党组织和行政管理机构作了分工调整，同时改变了某些机构。

理顺党政关系的关键是划分好党与政权机关的职能，也就是正确处理党管什么、政权机关管什么的问题。国民经济调整期间，中国共产党从这个方面提出了一些较好的思想，并采取了相应措施。周恩来指出："我们说党领导一切，是说党要管大政方针、政策、计划，是说党对各部门都可以领导，不是说一切事情都要党去管。至于具体业务，党不要干涉。""小权过多，大权旁落，党委势必成为官僚主义、事务主义的机构。"[②]显然，周恩来将党政职能作了明确区分：党管大政方针、政策和计划的制定，政府管具体业务，同时严肃告诫各级党委不要干涉行政机关的具体业务。可以说，这是当时党的主流认识，这种认识在实际工作中得到了体现。企事业单位是生产、教学或科研的第一线，处于行政管理系统的基层。在这里，中共党组织与行政管理机构的关系以最为直接的形式表现出来，两者之间哪怕是一时的不协调都会波及主要业务工作的正常进行。因此，党政分工首先是从企事单位开始的。

在科研机构，1961年6月国家科委党组和中国科学院党组做出规定：研究所一级的党组（或党委）的主要任务是贯彻执行党的方针政策和上级指示，研究、决定本单位各方面工作的重大问题，进行整个单位的思想政治工作，各研究室（组）一级的党组织，其任务是做好思想政治工作，保证党的方针政策的正确贯彻，保证研究任务的顺利进行，应当充分发挥研究所各级行政组织作用，建立和健全所务委员会（或所务会议），研究所内的重大行政、业务问题，应该经过所务委员会的讨论，做出相应的决议，交给有关机构执行；对于经常性的行政领导和业务组织工作，应当在所长领导下由各级行政业务组织和行政负责人处理。[③]

在高等院校，提出要建立党委领导下的以校长为首的校务委员会负责制，党委的任务主要是领导校务委员会，贯彻执行党的教育方针和其他各项方针政策，完成上级党委和行政领导机关布置的任务，做好思想政治工作，进行党的建设工作，讨论学校中的人事问题并向上级和校务委员会提出建议，领导学校的工、青、妇、学等群众组织；系的党总支主要任务是做好思想政治工作和党的建设工作，团结和教育全系人员，贯彻执行党委、校委的决议，保证和监督系委会的决议的执行和本系各项工作的完成。校务委员会作为高校行政工作的集体领导组织，由校长主持，讨论并决定学校工作中的重大问题；校务委员会做出决定后，由校长负责组织执行，校长对外代表学校，对内主持校务委员会和学校的经常工作，在校委会闭会期间，校长负责召集行政会议，讨论和处理学校的日常行政工作，系务委员会作为全系教学行政工作的集体

①《刘少奇选集》下卷，人民出版社，1985年版，第408～409页。
②《周恩来选集》下卷，人民出版社，1984年版，第365页。
③《建国以来重要文献选编》第十四册，中央文献出版社，1997年版，第568～569页。

领导组织，由系主任主持，讨论并决定系里重大问题，系主任在系委会闭会期间，负责召集行政会议，讨论和处理本系的日常工作。①

在工矿企业，提出要继续实行党委领导下的厂长负责制。党委负责贯彻执行党的路线、方针、政策，保证完成国家计划和上级行政机关布置的任务，讨论和决定企业工作中的各项重大问题，检查督促各级行政领导人员对国家计划、上级指示、企业党委决定的执行。企业生产行政工作的指挥，由厂长负责，在党委领导下，企业应建立起由厂长负责的生产行政指挥系统，企业党委应支持这个系统行使自己的职权。②

在人民公社，党组织应根据党的方针政策，定期讨论各级社员代表大会或社员大会、管理委员会和监察委员会的工作，做好思想政治工作，领导共青团、妇代会和民兵工作。作为行政机关的公社管理委员会，应负责处理社、队的日常业务工作。③

严格说来，这些分工并不是党政职能的区分。但是，尽管如此，在当时的历史条件下，对企事业单位实行上述分工，在一定程度上还是扭转了党政不分的偏向。在工厂、公社、学校、科研所等基层单位，行政管理机构的作用得到了较好的发挥，行政负责人对生产、经营或教学、科研等主要业务工作的指挥也比较得心应手。党组织由于减少了对行政的干预，也能从繁杂的事务性工作中得到一定解脱，腾出精力抓党的组织建设和思想政治工作。党组织与行政组织的关系保持了一定程度的和谐。

党政不分、以党代政当然不只是存在于行政管理系统的基层，这个系统的中层、高层以至最高层都无一例外地存在着同类问题。因此，对其他层次的党政关系也要做出调整。当时，中共中央主要采取了两个措施。

其一，在省委、地委、县委和公社党委不再设立分管政府工作的书记，改变党委对政府工作“分兵把口”的现象。1962 年 7 月，中共中央向各级党委批转了华东局《关于取消党委分管书记名义的意见》。这个意见要求地方各级党委（从公社党委到省委）取消工业书记、农业书记、财贸书记、文教书记等名义，并提出“把应由党委各部门办的业务工作交给党委各部门去办，把应由政府办的工作交给政府去办，不要包办代替，并取消分管书记的名义”④。

其二，重新设置地区和县两级党委内部的职能机构。地委不设书记处，地委的工作部门只设组织部、宣传部、统战部、监察委员会和办公室。县委不设书记处，县委的工作部门只设组织部、宣传部、监察委员会和办公室等机构，在少数民族较多，归侨、侨眷较多，知识分子较多，阶级关系和宗教问题比较复杂的县，县委可设统战部。原来党委内设的与政府部门对口的工交、财贸、农村工作等部门实际上取消了，从而在一个时期内减少了地方党委对于政府业务工作的直接干预。

当然，无论是在范围上，还是在程度上，这一时期党政关系的理顺都是有限的。一般地说，对于基层和中层的党政关系问题比较注重，也着手进行解决，而对高层以至最高层的问题则缺乏认识（或者是认识了但没有触及）。虽然党政作了一定分工，但对两者的职能并没有作认真而科学的划分，党委对企事业单位仍实行直接领导制度，业务和行政的重大问题一般还是由党委讨论决定。因此，在一度强调党政分工、反对以党代

①《建国以来重要文献选编》第十四册，中央文献出版社，1997 年版，第 601 ~ 603 页。
②《建国以来重要文献选编》第十四册，中央文献出版社，1997 年版，第 672 ~ 674 页。
③《建国以来重要文献选编》第十四册，中央文献出版社，1997 年版，第 409 ~ 411 页。
④郑谦等著：《当代中国政治体制发展概要》，中共党史资料出版社，1988 年版，第 121 页。

政的气候下，地方和基层的党政关系一般能够较为妥当地处理，一旦气候改变，这个问题被忽视，党政不分的弊病又会滋长起来。

社会主义民主政治的制度建设

自20世纪50年代后期开始，接二连三的“阶级斗争”（反右派斗争的扩大化、批“白专道路”、党内“反右倾”斗争等），使国内政治生活的民主空气大受压抑，国内各方面关系比较紧张。而大规模的国民经济的调整，需要公民充分发挥其积极性，需要调动国内各方面的力量。沉闷的政治空气和紧张的政治关系，显然与经济调整的客观要求很不适应。

为缓解这个矛盾，中国共产党和政府开始从两方面着手，改变国家政治生活的状况，一方面制定一系列协调政治关系的政策，一方面注意进行民主政治的制度建设。人民代表大会制度是民主政治各项制度的核心内容。但是，50年代后期以来，它的工作越来越薄弱，它作为权力机关的地位很大程度被各级党的机关所代替。针对这种情况，刘少奇在1962年1月的七千人大会上特别指出：“我们党是国家的领导党，但是，不论何时何地，都不应该用党的组织代替人民代表大会和群众组织，使它们徒有其名，而无其实。”①

1962年3月，第二届全国人大召开第三次会议，周恩来在政府工作报告中把“国家的政治生活”作为专门内容加以论述，特别阐述了实行民主集中制问题，他说：“我们的民主集中制，表现在国家政治生活方面，首先就是全国各族人民，经过人民代表大会制，统一和集中地行使国

◆ 1962年3月27日周恩来在全国人大二届三次会议上作《政府工作报告》。

①《刘少奇选集》下卷，人民出版社，1985年版，第403～404页。

中央批轉中央統战部
关于全国統战工作会議的报告

各中央局，各省、市、自治区党委，西藏工委，中央各部委，国家机关和人民团体各党組，軍委总政：

现在把中央統战部关于全国統战工作会議的报告发給你們，望对其中有关的規定貫彻执行。

目前国内政治形勢是好的。无产阶級領导的，以工农联盟为基础的，全国各民族、各民主阶級、各民主党派和其他一切爱国人士的团結是巩固的。这是对党外人士进行長期改造教育的結果，是对他們实行又团結又斗爭的方針政策的結果，是党的政治路綫、統一战綫政策的重大胜利，是战胜困难、实现国民經济調整計划的重要保証。近几年来，在一部分同志中有一种忽視統战工作的傾向，忘

◆ 1962年4月23日至5月21日，中共中央统战部召开全国统战工作会议，讨论统一战线的形势、任务和主要工作。6月14日，中共中央批转中央统战部《关于全国统战工作会议的报告》，指出，几年来统一战线工作上的错误和“左”的思想倾向必须坚决纠正，必须确认统一战线在社会主义时期仍然是革命的重要法宝之一。

家的权力。全国人民代表大会和它的常设机关以及各级人民代表大会，充分发挥它们在国家生活中的作用，对于发扬人民民主和推进社会主义建设事业，具有重大的意义。”①

遵循这些认识，各级党的机关开始注意发挥各级人民代表大会的作用，减少对各级人民代表大会工作的干预。为此，中共中央还采取了相应措施。比如，规定省、市、自治区的人民代表大会代表中，共产党员最多不能超过50%；县(市)、区的人民代表大会代表中，共产党员最多不能超过60%。

各级人民代表大会的立法、一般监督等工作也有所进展。比如，一度停顿的刑法、民法、诉讼法的起草工作，从1962年开始恢复，到1963年拟出第33稿，并经中共中央政治局审查通过(但后来又停顿下来，未能提交全国人民代表大会讨论)。

各级人大代表还增加了视察活动，向各级政府及其他机关提出了许多建议和方案。

共产党与各民主党派关系的改善，是这个时期政治生活在一定程度上转向民主的重要表现之一。这方面的措施主要有以下几项：

第一，清理自1958年以来统一战线工作的缺点，总结教训。1962年四五月间，中共中央统战部召开全国统战工作会议。会议检讨了前几年同各民主党派关系方面存在的严重缺点，并指出：“对民主党派和有关团体的工作，多是把持包办，只强调学习和改造的一面，忽视它们代表合法利益和互相监督的作用。所有这些，使不少党外人士不敢说真心话，使民主集中制的原则受到损害。”②

第二，为一批受到错误批判和斗争的民主党派成员和无党派民主人士甄别平反，同时为一批被划为“右派分子”的民主党派成员和无党派民主人士摘帽。

第三，继续安排各民主党派人士在省、市、自治区政府机关中担任厅、局一级领导职务，发挥民主党派在管理国家事务方面的积极作用。

第四，运用多种形式，采取多种方法，为各民主党派的参政议政提供条件。

①《建国以来重要文献选编》第十四册，中央文献出版社，1997年版，第305页。
②《建国以来重要文献选编》第十四册，中央文献出版社，1997年版，第495页。

值得注意的是，60年代初期，中共中央特别注意强调各民主党派的监督作用，而不是只强调其自我改造和自我教育的作用。1962年4月第三届全国政协常委会召开第三次会议，周恩来在会上诚恳提出："今后要把事情搞得更好，大家要共同负责，长期共存，互相监督，民主党派要负起监督的责任。我们把事情报告出来，也作了初步的经验总结，今后根据大家同意的方针和任务去执行。在执行过程中，民主党派要进行监督、提意见。"[①]共产党倡导各民主党派对共产党的监督，实质是对1957年以后共产党与各民主党派关系上的反常现象的严肃自我批评，使得单向监督的关系开始有所改变。

随后，各民主党派的参政议政意识有所加强。作为各民主党派、人民团体和爱国民主人士的统一战线组织，全国政协的活动明显增多。1960年全国政协常委会只召开过5次会议，1961年召开了12次，1962年召开了15次。不仅会议次数逐年增加，会议内容也由主要是学习和改造转向讨论和商议国家的内政外交以及其他大事。

进入国民经济调整时期后，社会群众团体也加强了自身建设，尤其是工会组织的建设最为突出。1961年5月，全国总工会党组在《关于改进基层工会工作的报告》中指出：近几年工会组织没有发挥或没有很好发挥应有的作用，不大关心群众的生活，不注意倾听群众的意见，常常是只抓中心而放松或放弃了经常性业务工作，有的基层甚至放弃了工会工作。工会组织还总结了取消县镇工会和忽视上级工会对基层工会的领导的教训。在这个基础上，工会组织特别抓了基层工会的组织建设。在隶属关系上，在保证基层工会以同级党委领导为主的同时，加强了基层以上的工会组织对基层工会的领导。在工作上，经常抓工会的主要业务工作，突出工会组织的特点。

此外，与基层工会加强组织建设相适应，进一步确立和健全企业的职工代表大会制度，"工人参加管理"成为较普遍的观念。在1961年9月中共中央决定讨论和试行的《国营工业企业工作条例(草案)》中，"工会和职工代表大会"专门作为一章列入。与50年代前期的职工代表会议相比，这时的职工代表大会制度主要有两点进步：第一，职工代表大会采取常任制，每年改选1次，每年至少开全体大会4次。第二，职工代表大会的权限扩大了，不仅参与企业管理，而且可以监督企业行政，还要参与讨论和解决企业管理、职工生活福利等重大问题。基层工会和职代会的建设，使工人群众实施民主管理的权力得到一定保证。

一系列社会主义民主政治的制度建设，使自1957年下半年以来国家政治生活的沉闷空气有了较大缓解，受到不同程度削弱的各种行使民主权力的机关、组织、团体都重新得到加强，人民群众可以通过不同渠道发表意见，国内各方面的积极性又调动起来，为国民经济调整的顺利实现提供了良好的条件。

意识形态领域的活跃

1961年，当自然界的春天到来时，中国的意识形态领域也开始透出春天的气息。国民经济的大调整，需要造成一个既有民主又有集中、既有统一意志又生动活泼的政治局面。意识形

①《周恩来选集》下卷，人民出版社，1984年版，第395页。

态领域的"解冻"是这个局面得以形成的一个重要因素。

意识形态领域的"解冻"是从报纸开始的。1961 年 1 月 30 日，中共中央对《文汇报的学术版很受上海学术界欢迎》一文做出批示，指出："在实行知识分子劳动化的政策的时候，必须同时坚持学术上文艺上百花齐放百家争鸣的政策，对文化遗产必须实行'学习，批判，再学习，再批判'，在学习时要不忘批判，批判时要注意学习，经过长期反复，以便恰如其分地吸取其精华，剔除其糟粕。"并特别指出："现在的倾向是，百花齐放百家争鸣说得少了，对文化遗产的学习说得少了，在学术和文艺领域中，简单粗暴、片面性的现象有所增长，必须坚决克服，并为此采取一系列具体措施。"①这个批示的主要意义不在于继续强调坚持"双百"方针，而在于明确指出当时意识形态领域的主要倾向是"简单粗暴、片面性"和忽视"百花齐放，百家争鸣"。这个估计虽然难说是建立在一种深刻认识的基础之上的，但却比较准确地概括了当时意识形态领域的状况。这就为进一步清理错误、总结教训作了铺垫。

1961 年 6 月，中共中央宣传部召开全国文艺工作座谈会，讨论《关于当前文学艺术工作的意见（草案）》。会后，这个草案印发各地征求意见。1962 年 4 月，中共中央宣传部正式将这个

◆ 1961 年 6 月 19 日，周恩来在北京召开的全国电影故事片创作会议上讲话，批评了当时文艺工作中"左"的倾向，阐明了中共中央的文艺工作方针。图为周恩来和与会的文艺工作者在一起交谈。

①郑谦等著：《当代中国政治体制发展概要》，中共党史资料出版社，1988 年版，第 125 ~ 126 页。

草案定稿，由文化部党组，全国文联党组下发全国各地文学艺术单位执行。这个文件除了用很大篇幅阐述进一步贯彻“百花齐放，百家争鸣”方针、努力提高创作质量、批判地继承民族遗产和吸收外国文化，正确地开展文艺批评等问题以外，专门提出了改进领导方法和领导作风的问题。文件指出：各级党的机关和文艺团体中的党组织对文艺工作的领导，主要是贯彻执行党的文艺方针政策，做好思想政治工作，党组织不应当不适当地干涉学术性质和艺术性质的问题；要充分发挥文联和各协会等文艺团体的作用。[①]对于党的领导的内容作如此明确的阐释，有利于纠正和避免重新出现党对意识形态领域过分细密和直接的管理的倾向，改变意识形态领域那种单向灌输和单一内容的宣传。

这个文件的颁行，对于改变过去的管理体制起到了积极作用。比如，文化部党组曾起草《剧院（团）工作条例（十条）》，条例规定：剧团可以根据本身的特点、主要演员的专长，确定以演什么为主，上级部门不得规定上演剧目的比例，在创作上应当允许作者在选择剧本题材、形式、体裁方面有“广泛的自由”。

1962年3月，国家科委召开的科技工作会议和文化部、剧协召开的戏剧创作会议共同集会，周恩来在会上作《论知识分子问题》的报告，进一步论述了党如何领导意识形态领域的问题。周恩来先说明党的领导主要是管大政方针、政策和计划，而不是具体业务，“如果什么都管，连发戏票、导演戏都去管，结果忙得很，反而把大事丢掉了”。他还指出，在领导作用问题上党的上下级组织有区别，基层党组织（比如党支部）“只是起保证监督作用，不是指挥，下命令还得要行政首长才行”，“行政上的事由行政决定，书记也无必要去干涉。”周恩来还说：“以前我们讲过外行能领导内行，这是讲的政治上思想上组织上的领导。党委书记、委员有些不懂专业，但可以超脱专业，看到全局，通过党委集体研究做出贯彻党的方针政策的决定或贯彻上级指示的决议。我们说外行能够领导内行，不是要外行去干涉业务，对业务确实不懂嘛。”[②]周恩来直接批评了党的组织或党组织负责人干预业务、直接指挥的领导方式，并就如何改变这种大包大揽的现象提出了原则意见。

正是这一系列对过去教训的总结，使党的领导人产生了一些新认识。在这些认识的指导下，意识形态领域里党组织与行政部门的关系较之过去协调一些了，过分集中和管理过死的体制有所松动。意识形态领域出现了民主、和谐、活跃的新气氛，文学、艺术、出版、新闻等各界产生了一大批为人民群众喜闻乐见的作品，人民群众也通过这些媒介发表意见和提出建议，反映自己的要求和愿望。

干部管理体制的改进

干部管理体制自1956年以后一直没有发生大的变化。国民经济调整开始之后，中共中央对干部管理体制也未做改变，但做了一些改进，建立起了定期交流党政主要领导干部的制度。

建国以后，共产党掌握全国政权，各级党政主要领导干部保持了相对稳定，干部队伍的稳定对于各地方各部门的工作是必要的，但是相对稳定不等于长期固定，在实际工作中，一些地方和部门的主要领导干部由于长期固定，结果个人主

①《建国以来重要文献选编》第十五册，中央文献出版社，1997年版，第380～381页。
②《周恩来选集》下卷，人民出版社，1984年版，第365～366页。

义、宗派主义思想滋长，任人唯亲，编织以“我”为中心的关系网。另外，长期固定在一地一处，也不利于领导干部的培养锻炼，不利于提高干部的思想和业务素质。

1962年9月，中共八届十中全会作出《关于有计划有步骤地交流各级党政主要领导干部的决定》。《决定》宣布：在全国范围内，在中央与地方之间，上下之间、地区之间和部门之间，要有计划有步骤地交流党政主要领导干部，干部交流的范围和对象，主要是县以上各级党委和国家机关中担任主要领导职务的党员干部，即：中央一级机关的委、部、司、局的正副领导者，中央局书记处的第一书记、书记和部长、副部长，省、市、自治区党委书记处的第一书记、书记、常委、部长、省长（市长、主席）、副省长（副市长，副主席）和厅局长，省级以上主要人民团体的党组书记、副书记和党组成员，地、市（州）委的书记、副书记和专员（市长、州长），县委书记和县长，等等。

中共中央规定：中央一级机关的干部，在全国范围内交流，中央局和省、市、自治区一级机关的领导干部，大部分在大区和省、市、自治区范围内进行交流，一部分在全国范围内交流，县级机关的领导干部，大部分在省、市、自治区范围内进行交流，一部分在大区或全国范围内进行交流。

为了稳妥地实施这一决定，中共中央要求认真制定计划，做好细致工作，要避免在一个短时间内从一个单位调出过多的干部，同时要通过交流来充实干部比较薄弱的地区和部门的领导力量。

中共中央还决定：把定期交流干部作为干部管理工作的一项根本制度加以确立，以后每一二年都要制定一次干部交流计划。

此后，交流干部的工作逐渐进行起来。在当时的历史条件下，建立干部交流制度，应该说是干部管理体制的一个进步，一般说来，它从干部制度上为民主集中制和集体领导制度的执行提供了一个方面的保证，因为它能在很大程度上消除因主要领导干部在一个地方或一个部门工作过长而导致对个人盲从或宗派主义等现象滋长的隐患。同时，它也为培养干部、提高干部素质创造了条件，使领导干部可以通过不同地区、不同部门的领导工作实践，积累经验，扩大视野，增强能力。当然，主要领导干部的交流只是从一个方面改进干部管理体制，并不说明整个干部体制都发生了变化。

从1960年下半年到1962年底，与国民经济的全面调整相适应，我国的政治体制也进行了某些调整。首先是在行政管理体制方面，把“大跃进”运动中下放的权力重新收上来，以扼制由权力分散带来的国民经济比例失调的趋势。同时，在中国共产党与立法机关、行政机关、各民主党派、社会群众团体、企事业单位之间，纠正了“大跃进”运动期间产生的一些关系不顺的偏向，主要是在地方和基层明确规定党主要管方针政策和思想政治工作，而不应干预行政并直接指挥甚至代替它们的工作。这个时期，党内民主集中制和社会主义民主政治的制度建设有所加强，党和国家的政治生活一度转向正常。尽管就整个政治体制而言，根本性的弊端并未消除，但是政治体制的某些调整，毕竟滞缓了前一个时期产生并发展起来的权力高度集中的趋势。这就为国民经济调整的顺利铺开，起了重要的保证作用。

三、高度集中的体制结构的强化

历史总是那样复杂。20世纪60年代初期，国家政治体制进行了某些调整，这些调整滞缓了权力高度集中的发展趋势。然而，这只是事情的一个方面。事情的另一个方面——正像上一节某些地方所提到的那样，是这种调整带有明显的局限性，甚至存在着严重缺陷。调整措施中，政策的松动多于结构的改变和机制的更新，因此，政治体制的基本框架依然如故。在这个框架里，体制的严重弊病及其产生的根源没有也不可能消除，一旦指导思想发生错误以及由此而来的政策出现偏差，那么体制的弊病将重新发展起来。

恰恰就在国民经济调整全面铺开之后，在阶级斗争问题上，中国共产党在指导思想上的错误进一步发展了。60年代初期，国际和国内出现了一些错综复杂的情况。国际上，中苏关系恶化，中印边界发生冲突。国内方面，台湾海峡形势紧张，社会上犯罪现象也有所增加。对于这些在一定范围内出现的紧张形势和矛盾激化的暂时现象，毛泽东作了扩大化和绝对化的估计。尤其严重的是，当时中国共产党内对经济形势和应当采取的政策措施的认识分歧，以及由于“大跃进”运动和人民公社化运动带来的干群关系不正常的问题，也统统被毛泽东当作阶级斗争的反映。

1962年9月，毛泽东在中共八届十中全会上断言：整个社会主义历史阶段资产阶级都将存在并企图复辟，它成为党内产生修正主义的根

◆ 中共八届十中全会上，毛泽东提出“阶级斗争要年年讲、月月讲”。

源；并强调阶级斗争问题要“年年讲，月月讲”。中共八届十中全会接受了毛泽东的这些错误论断和主张。从此，中国共产党在阶级斗争理论和实践上的错误，日趋严重地发展起来。

阶级斗争绝对化、扩大化错误的发展，不仅使政治体制的继续调整受到很大限制，而且使权力高度集中的体制结构又日益强化起来。

纵向和横向权力向党的系统集中

事物往往容易发展到它的反面。20 世纪 50 年代后期，纵向放权的行政管理体制改革发生较大失误，但是，这些失误主要是放权步骤的偏差，并不意味权力下放这个方向错了。60 年代初，国家行政管理体制再次改进时，本来只应收回一些下放过早、过快、过散的权力，可是实际上的收权却超过了这个限度。不加分析地批判“分散主义”，使放权的方向与放权的步骤偏差一起被否定，“婴儿”连同“洗澡水”一块被泼掉。于是，50 年代后期进行纵向放权，60 年代却变成纵向收权。

1961 年 1 月，中共中央在《关于调整管理体制的若干暂行规定》中明确指出：“经济管理的人权应该集中到中央、中央局和省（市、自治区）委三级。最近两三年内，应该更多的集中到中央和中央局。”事实上，除了经济管理权，其他如政治、文化等方面的权力无一不实行了纵向集中。

比较 20 世纪 50 年代，这个时期纵向集权的程度更高。中共中央各大局的设立，将 50 年代各省、市、自治区拥有的部分权力收归到了中央。比如，地区计划不再由省、市、自治区安排，而是在中央统一领导下，由中央局进行安排。至于地方上的地（市）、县（区）、公社（镇）的权限，比较 50 年代更是大大缩小了。

由于不加分析地批判“分散主义”和片面强调集中，人们普遍形成了集中得越多越好的观念，因而在实际工作中，许多本来属于下级权限范围的事情往往推到了上级，导致了权力上交的趋向。权力配置形成了一种层次越高集中权力越多、层次越低拥有权力越少的布局。

值得注意的是，50 年代后期的纵向放权是将一部分属于中央政府及其所辖部门的权力下放给地方，而 60 年代的纵向收权则不是将权力收归中央政府及其所属部门，而是收归党的系统，中共中央明确规定权力应主要集中在“中央、中央局和省（市、自治区）委三级”，于是原属国务院及其所属职能部门和省、市、自治区人民政府的管理权力转向了同级党的领导机关。至于各大区，在各中共中央局设立之后，并未相应设立同级政府派出机构（如 50 年代初各大区的行政委员会），因此，各大区的中共中央局直接包揽了各大区的政治、经济、文化等各项事务，同时直接领导本大区所辖省、市、自治区的党、政、群各机关的工作。在这个层次上，无论是机构设置还是职能配属，都是典型的党政一体化。

可见，尽管 60 年代初在地方（主要是地、县和基层，以及企事业单位）一定程度上调整了党政关系，但是在中央、大区、省（市、自治区）三个高层次上，以党代政、党政不分的状况并未改变，而且有所发展。

在管理范围上，政府的所有事务几乎全由党的机关包办。在国民经济方面，中共中央不仅管五年计划，还管年度计划甚至季度计划；中共中央不仅管国民经济的总计划，还管工业、农业、商

业、财政等各大口的计划，甚至管到粮食调拨、牲畜饲养等具体事务。在文化教育科学方面，中共中央除了制定政策之外，还决定发展计划、机构设置、人员安排等问题，甚至高等院校的招生计划也须中共中央审批。

在管理程序上，除中央一级的政府事务仍由各政府部门党组直接向中共中央报告并由中共中央决定外，各省、市、自治区的政府事务要先报各中央局然后转中共中央决定，各大区的行政事务则直接报中共中央决定。因此，进入60年代后，行政决策权和行政事务管理权几乎都归入党的系统，政府范围的工作绝大部分由中共中央下达文件做出指示和决定，只有少数是由中共中央和国务院联合下文。在中央、大区和省、市、自治区三个层次，权力横向集中的趋势比50年代后期又发展了。

1962年中共八届十中全会以后，毛泽东愈来愈强调党内出修正主义的危险，同时愈来愈夸大社会上的阶级斗争敌情。他甚至估计：在城市和农村，大约有三分之一的政权掌握在敌人或者是敌人的同情者手里，我们只是“三分天下有其二”。党内许多人毫无疑问地接受了这种今天看来显然是严重夸大了敌情的估计，有些地方甚至还根据这种估计判断领导权不在共产党手里的单位已经不止三分之一。对敌情估计愈来愈玄，“阶级斗争”之弦愈绷愈紧，在政治体制上产生的结果是，横向集权的程度愈来愈深。因为按照一般的道理，有如此大比例的政权不在共产党手中，所以更加必须加强党的领导。而在当时，中国共产党的领导又通常被理解为中国共产党的直接管理，所以从60年代中期开始，一度做过适当调整的地方（主要是地、县、公社）和企事业单位的党政关系，又回到原来党政不分的状况，并且越来越不正常。

1964年，毛泽东提出：“在一切部门中，都必须实行党委领导的制度。”[①]从此，各政府部门和企事业单位的行政事务管理权，均由本部门本单位的党组或党委统揽。党委领导下的行政首长负责制，60年代初期只是在国营工业企业、教育部直属高等院校实行，到60年代中期则推行到地方各级政府部门和所有企事业单位。党委（党组）领导下的行政首长负责制规定，各部门、各单位在行政事务、生产经营、教学科研等业务上的一切重大问题，由党委（党组）讨论并做出决定，然后交由行政负责人具体执行。在实际工作中，“一切重大问题”往往可以解释成“一切问题”，结果党委（党组）不分巨细包揽了所有事务的决定权。

还应该指出，虽然20世纪60年代初也实行了党委领导下的行政首长负责制，但当时由于强调要减少党委对行政的干预，因而行政负责人以及行政指挥系统仍有一定的决策权。到60年代中期，这种情况就发生了变化。以国营工业企业为例，1961年9月曾试行《国营工业企业工作条例（草案）》，1965年7月通过了该条例的修正草案。修正草案与草案相比，更侧重于强调企业党委对于企业各项工作的领导。比如，草案规定，“企业党委应当积极支持以厂长为首的全厂统一的行政指挥系统行使职权，应当认真维护各级的和各方面的负责制。”在修正草案中，“党委”变成了“党委书记”，无形之中取消了党委集体对行政指挥系统予以积极支持的责任。又如，修正草案专门增加了一条，规定企业党的委员会中，担任生产、技术工作的党员干部应当占半数左右，以

① 1964年7月14日《人民日报》。

加强党对生产、技术工作的领导。这个规定在实行过程中往往导致这样一些情形：或者由于生产和技术方面现有的管理干部不是党员，而选拔组织能力平平和技术业务一般的党员担任生产和技术负责人；或者在原党委成员中做分工生产和技术的党委成员专门负责生产行政工作。这样一些情形无疑只会给企业的生产行政工作带来消极影响。

总之，由于实行党委领导下的行政首长负责制，党委处在了行政管理系统的核心地位，而本来应该处在这一地位的行政指挥系统不仅失去了这一位置，甚至难以建立起来。行政会议或行政组织的职权一概由党委所取代，纯粹成为党委的执行机构，不再拥有决策功能，而只有执行功能。本来责权统一的行政管理分离成两个部分：党的机关有行政决策权，却不负行政管理之责，政府部门和企事业单位的行政机构负行政管理之责，却无行政决策权。责权分离机制只能造成无人负责或无权负责的后果。

历史的线索是清楚的：20世纪50年代后期，权力横向集中和纵向放权形成一种反向运动，60年代初，横向权力分布作了适当调整，而纵向权力则实行集中，形成又一次反向运动；而到60年代中期，权力横向集中和纵向收权则是一种同向运动。60年代中期，横向权力集中到党的系统，纵向权力集中到中央，中央权力集中于最高领导人个人，构成了一种金字塔式的权力配置结构。本来只应对同级或下级一切政府工作进行宏观指导的中共中央，却要作中观以至微观决策，而它又不可能对纷繁芜杂的各项事务一一做出科学的研究和有效的处理。这样，决策的失误就在所难免了。

行政管理机构的重新膨胀
和行政管理系统
某种程度的准军事化

20世纪60年代中期，行政管理体制的突出变化之一，就是政府机构的逐年膨胀。让我们先看看下面的统计数字：

1961年12月，国务院所辖机构共62个，其中职能机构（部、委）39个，直属机构16个，办事机构（办公室、秘书厅）7个。

1962年12月，国务院所辖机构共64个，其中职能机构和办事机构不变，直属机构增至18个。

1963年12月，国务院所辖机构共73个，其中职能机构增至42个，直属机构增至23个，办事机构增至8个。

1964年12月，国务院所辖机构共77个，其中职能机构增至45个，直属机构增至24个，办事机构不变。

1965年12月，国务院所辖机构共79个，其中职能机构增至49个，直属机构22个，办事机构不变。

除国务院外，各省、市、自治区人民政府的所属部门也在逐年增加。

政府机构的重新膨胀，与行政管理体制精简机构的调整形成鲜明的矛盾：一方面政府职能部门的二级机构（如国务院部、委所属的司、局，省、市、自治区厅、局所属的处、室）在减少，另一方面政府职能部门的一级机构（如国务院的部、委，省、市、自治区人民委员会的厅、局）却在增加。

这种矛盾主要是由行政管理体制的大收权

所引起，60年代初，一大批在“大跃进”运动中放下去的企、事业单位重新上收，大部分仍归国务院管理，小部分由省、市、自治区人民委员会管理或代管。于是，由中央政府和省、市、自治区政府管理的企、事业单位数量倍增，原有的政府机构无力应接，只能通过增设职能机构解决这一大批企、事业单位的管理问题。比如，建筑材料企业上收之后，从建筑工程部划分出管理建筑材料的这一部分机构，重建建筑材料工业部对其实行管理。又比如，高等院校上收之后，教育部所管单位骤增，所以又重建高等教育部以领导高等院校。类似这种情况的，还有第二轻工业部、外文出版发行事业局等机构的建立或升格。

假如进一步探究政府机构膨胀的原因，人们就会发现，政府职能的不合理是更为深刻的根源。无论是“大跃进”运动时的简政放权，还是60年代初的行政管理体制调整，均未触及政府职能问题。从50年代开始，政府对经济、文化和其他社会生活的领导都是实行直接具体的管理，而不是运用宏观指导的手段。比如对经济生活的领导，政府不是通过税收、信贷等经济杠杆和一系列法规、政策来实行宏观调控，而是运用行政手段进行干预。从产品的品种、规格、数量到产品的价格、销售等各项细节，均由政府有关部门决定。政府职能一直没有改变，到60年代国民经济调整时反而强化了原有职能，大量日常具体的生产、流通和文教、科研事务伴随企、事业单位的上收而涌入政府各有关部门，从客观上迫使政府通过增设机构来处理具体事务。不难看出，只要政府职能不进行转变，那么，政府机构膨胀的趋势就难以扼制。当然，60年代中期，国家曾一度设想改变政府以行政手段管理经济的现状，在全国试办了少量工业、交通业托拉斯，使行政机构与企业实行分离。但这一尝试为时不长，很快就因“文化大革命”的发生而停顿。

60年代初期，为适应国民经济调整的需要，中央和地方（主要是省、市、自治区）政府还建立了一些临时机构。这些临时机构对政府有关部门的工作曾起到较好的协调作用。但是，也有相当一部分临时机构的职能、业务与政府的相关部门交叉重复，增加了处理政务的周转程序和领导层次。此后，设立临时机构成为一种惯例，而且临时机构往往变成常设机构。这不能不是政府机构膨胀的一个辅助原因。

60年代中期，行政管理体制的另一个突出变化，是行政管理系统开始出现某种程度的准军事化，主要表现为政治工作机构的大量建立。1960年军委召开扩大会议，林彪强调突出政治。毛泽东号召全国学习军队政治工作经验。60年代初，铁路系统、交通部直属水运企业、煤炭部直属企业等相继重新建立政治工作部门。这时，政治工作机构的建立尚不普遍。

中共八届十中全会以后，由于强调抓阶级斗争和树立阶级斗争观念，思想政治工作被摆到了突出位置，政治工作机关的设立开始普及于政府各部门及其所辖系统。从1963年起，机械工业、国防工业、冶金工业、化学工业、水利电力、基本建设以及科学研究、体育、新闻等部门和系统先后建立起政治工作部门。其中石油部还按照人民解放军的政治工作经验，在设立政治部（处）的同时，配备了政治教导（指导）员。1963年12月，毛泽东肯定了石油部以及水电部、冶金部和化工部的做

法，倡导在政府机关和企业单位实行部队的"四个第一"、"三八作风"，并建议从军队中分批抽调干部去工业部门做政治工作。毛泽东还主张将这一套办法推广到商业部门和农业部门。从此，政治工作部门的设立开始面向更大的范围。

1965年5月11日，中共中央做出《关于在全国工业交通系统建立政治工作机关的决定》，宣布设立中央工交政治部，委托国家经委党组领导，同时，国务院工业交通各部设立政治部，受中央工交政治部和各部党委双重领导，各中央局设立工交政治部，受中央局和中央工交政治部双重领导，各省、市、自治区党委和大、中工业城市党委设立工交政治部，各工业交通企业设立政治部、处和政治指导员。①

与上世纪50年代前期相比较，60年代中期的企事业单位政治工作机关已经有很大不同。

第一，50年代，政治工作机关只是在基建、交通、铁路、邮电、地质等少数分布较广、流动性较大、相对独立性较强的部门和企业设立。60年代，政治工作机关则遍及工交、财贸、文教等各个部门和企事业单位。

第二，50年代前期的政治工作机关是在企业党组织尚未建立或尚不健全的情况下设立的，只是一种带临时性的机构，随着党组织的建立和健全，这些机关也就相继撤销了。60年代，政治工作机关从一开始设立就不是临时性的机构，而是各级党委派出的行政性的常设机构。

第三，50年代前期，政治工作机关设置比较简单，主要是做党的政治工作和组织工作。60年代，政治工作机关的设置十分严密，从中央到地方，到基层，形成一套完整的工作系统，其工作内容不仅包括思想政治工作，还包括管理宣传、干部人事、民兵、治安保卫、工会、共青团等事务，而且在企事业单位的内部基层单位(如企业的车间、商店、学校的系，等等)设置政治指导员。

第四，50年代前期，政治工作机关的地位与其他机构大体相同，60年代的企事业政治工作机关的地位十分特殊，它的负责干部的配备往往高于同级的其他业务部门。如：政治部（处）的主任一律参加党委或党组，设有党委常委会的部门或单位，政治部（处）主任则一律参加党委常委会，政治部(处)直接受命于同级党委(党组)，等等。1965年7月通过的《国营工业企业工作条例(修正草案)》规定："企业党委决定的问题，属于生产行政工作方面的，由厂长负责组织实施。日常政治工作，由政治机关负责进行。"可见，企业政治工作机关是党委领导下的与生产行政指挥系统相并列的机构。总之，60年代，政府机关、企业、学校和科研单位按照军队经验和办法设置政治工作机关，使自身或多或少地带上了军队组织的色彩。

行政管理系统的准军事化，实际上是使行政管理体制适应当时那种大抓阶级斗争的工作内容，而不能进行本来意义上的有效的行政管理。企事业政治工作机关的设置使思想政治工作变成了一种日常行政工作。这种机关的设置增加了行政管理系统的机构，并影响了行政管理机器的正常运转。

司法体制的削弱

与其他体制不同，司法体制即使在国民经济调整初期也没有恢复正常建设，相反，却进一步削弱。

①《建国以来重要文献选编》第二十册，中央文献出版社，1998年版，第187～193页。

20世纪60年代初，政法机关进行大精简，在最高一级的司法体制管理层次上改变了原有结构。1960年11月，中共中央对中央政法小组关于中央政法机关精简机构和改变管理体制的报告作出批复。从此，最高人民法院、最高人民检察院和国务院公安部实行合署办公，由公安部党组统一领导，最高人民法院和最高人民检察院各出一人参加公安部党组。公、检、法合署办公之后，最高人民法院和最高人民检察院的名义不改变，最高人民法院留下约50人，最高人民检察院留下20～30人，各自设立一个办公室处理本院的业务工作。国务院政法办公室随之撤销。中共中央还规定由中共中央政法小组专管政策和指导研究工作。

在中央一级实行公、检、法合署办公，实际上是对人民公社化运动中地方和基层实行公、检、法合署办公做法的继续肯定，它使我国的司法体制在最高层次上受到了一次大削弱。首先，最高人民法院和最高人民检察院内部的一整套相对完备的机构被取消，如最高人民法院的各审判庭随着合署办公而不复存在。

其次，公、检、法各机关相对独立工作的原则被否定。公、检、法三机关在性质、任务上本来是不同的，公安机关是国家的治安机关，在刑事诉讼中有侦查、拘留、预审和执行逮捕的权力，法院是国家的审判机关，行使审判权，检察院是国家的法律监督机关，对国务院所属各部门、地方各级国家机关、国家机关工作人员和公民是否遵守法律，行使检察权，同时对于侦查机关的活动是否合法、对于人民法院的审判活动是否合法、对于刑事案件判决的执行和劳动改造机关是否合法，实行监督。三者之间既互相配合，又互相制约。合署办公之后，公、检、法三机关由公安部党组统一领导，而且实际是以公安部为主，这就使上述互相制约的关系不复存在。

再次，正常的工作程序被打乱。公、检、法机关的司法工作程序本来是：公安机关立案、侦查，检察机关对公安机关侦查的案件进行审查，决定起诉或免予起诉，审判机关（法院）对起诉案件予以审判。合署办公之后，这一程序的正常运行受到影响，并逐渐变得含混不清。

阶级斗争扩大化错误的逐步发展，使国家的司法体制在原本就不健全的情况下，进一步走向不正常。党的各级机关和负责人的指示或意见，成为具体司法活动的最高依据。在社会主义教育运动中，甚至社教工作团都有一定的捕人权力。到60年代中期，司法系统各方面的权力在很大程度上转向了党的各级机关，从捕人到审判均须由党委或政法党组作出决定方能执行，司法机关实际上成为党委的执行机关。

在这种状况下，各项立法工作只能处于停滞状态。60年代前期，国家曾恢复刑法、民法、诉讼法的制订工作，其中有些法律的制订已经有了相当充分的准备，如刑法草案已改出第33稿。而到60年代中期，制定法律的工作被严重忽视了，一度有了基础的几个重要的基本法的起草工作相继停顿下来，而且一停顿就是十余年，致使刑法、刑事诉讼法等重要法律在70年代末、80年代初才陆续问世。

可以说，60年代中期，我国的司法体制大伤元气。50年代中期所进行的一系列正规化建设，曾使我国的司法体制健康发展，这些成果到这时所剩无几，司法体制成为整个政治体制的薄弱环节之一。

个人决策结构的强化和

民主政治制度建设的停顿

在国民经济调整刚刚铺开时，中国共产党内民主生活比以往加强了。在严重困难面前党的许多领导人比较清醒地发现了个人专断的发展在政治和经济生活中的恶劣作用，因而强调反对个人专断，强调集体领导。

不能不指出，尽管20世纪60年代初党内部分形成了反对个人专断的空气，但却是原则重申多，具体制度少，防止和纠正个人专断的具体措施并没有制定出来。尤其应该指出的是，对毛泽东的个人崇拜并没有减弱，毛泽东本人也没有对日益发展的个人专断作风作出自我批评。可以说，在党的最高层，个人决策的结构根本未曾松动。恰恰相反，在党内强调民主集中制的同时，怀有个人野心的林彪等人却开始了神化毛泽东的"造神运动"。

第一个不和谐音恰恰是从民主空气较浓的1962年七千人大会上发出的。林彪在大会讲话中说：国民经济出现的这些困难恰恰是由于我们有许多事情没有按毛主席的指示去做而造成的，如果按毛主席的指示去做，如果都听毛主席的话，那么困难会小得多。他还说，过去的工作搞得好的时候，都是毛主席的思想不受干扰的时候，凡是毛主席的思想不受尊重受到干扰时，就会出毛病。这番话当然不仅是为推卸领导者个人对国民经济严重困难应负的责任而发，它更深的含义还在于对继续维持并加深对毛泽东的个人迷信。

1962年八届十中全会以后，林彪等人制造的"造神运动"逐步升级，"顶峰"论、"句句是真理"等货色接连抛出。这无疑使本来就没有松动的个人决策结构愈加强化了。

20世纪60年代中期，毛泽东的个人专断作风更加滋长。他个人的意见往往成为中共中央政治局和中央委员会的意见，使中央最高领导层的集体讨论徒有形式。在党的中、下层组织中握有重大权力的也往往不是集体，而是个人。

与个人决策结构强化形成鲜明对照，民主政治的制度建设到60年代中期却处于停顿状态。各民主党派、社会群众团体等在一度活跃之后又渐渐被忽视，作用的发挥又转入"低谷"。以全国政协常委会举行会议的次数为例：1961年举行会议12次，1962年为15次，从1963至1965年每年都只有4次，1966年只有2次。这不能不从一个侧面说明各民主党派在商议国家事务方面较之前两年又有退步。

社会群众团体在阶级斗争扩大化理论影响下，活动也不正常，在工作内容上转向以阶级斗争为中心，在组织建设上普遍进行所谓以阶级队伍划线的整顿。比如工会系统用所谓"革命工人协会"一类的组织代替工会，实行"预备会员制"。一些基层工会并入企业的政治部(处)，工会业务只剩下进行思想政治工作的内容，等等。这样，在阶级斗争扩大化的氛围中，各民主党派、各社会群众团体的参政议政功能进一步退化，其社会监督功能更加微弱。

从根本上说，个人决策的权力结构与民主政治的制度建设是互不相容的，前者的强化必然导致后者的弱化，后者的弱化又促使前者更加强化。

意识形态领域的“批判”运动与党对意识形态领域的严密管理

在民主政治的制度建设遭到削弱的大气候下，60年代初期意识形态领域（主要是文艺界和学术界）出现的活跃气氛如同昙花一现，只维持了一个短暂时期，就又被政治大批判斗争所代替。

1963年5月6、7日，《文汇报》发表《“有鬼无害”论》的文章，批判孟超的剧本《李慧娘》和繁星的文章《有鬼无害论》。后来接踵而至的批判斗争表明，《文汇报》的文章是一系列政治大批判的公开信号。从此，文艺界对一大批小说、电影、戏剧等文艺作品进行了批判，学术界则接连进行了对杨献珍的“合二而一”论、孙冶方的经济思想、翦伯赞的“非阶级观点”的错误批判。

意识形态领域里的一系列政治的批判和斗争，虽然还谈不上是意识形态管理体制的变化，但却为这种变化直接提供了条件：

第一，加强了中国共产党对意识形态领域一系列具体活动的行政干预。1963年3月29日，中共中央批转文化部党组《关于停演“鬼戏”的请示报告》，该报告提出：全国各地，不论城乡，应一律停止演出“鬼戏”。1963年7月25日，中共中央在转发陕西省委宣传部报告时指出：“当前国内严重的尖锐的阶级斗争，在思想战线上，在教育、理论、科学、文艺、报纸、刊物、广播、出版、卫生、体育等方面，都有很值得注意的表现。”[①] 1963年12月，毛泽东在一个批示中认为：“各种艺术形式——戏剧、曲艺、音乐、美术、舞蹈、电影、诗和文学等等，问题不少，人数很多，社会主义改造在许多部门中，至今收效甚微。许多部门至今还是‘死人’统治着”。“许多共产党人热心提倡封建主义和资本主义的艺术，却不热心提倡社会主义的艺术，岂非咄咄怪事。”[②]当然，不能说文艺界当时丝毫不存在上述问题，然而，这些问题远未达到上述估计的程度。由于基本否定了文艺界和学术界的创作和研究，因而限制了文艺作品题材、形式的选择自由和学术观点的争鸣自由。从此，文艺界和学术界只能按照上级意图或政治框框进行创作活动和学术研究。这表明中国共产党在“文艺八条”中所肯定的选择和处理题材的自由实际上取消了。中国共产党更多地对具体的创作、研究活动实施了行政干预。

中央批轉文化部党組
“关于停演‘鬼戏’的請示报告”

各中央局，各省、市、自治区党委，西藏工委，文化部党組，軍委总政治部，全国总工会，全国文联和各协会党組，人民日报，新华社，紅旗杂志：

中央同意文化部党組“关于停演‘鬼戏’的請示报告”，現发給你們，請通知有关的文化部門和艺术团体照此执行。执行中有什么問題和意見，請直接告訴文化部。

在停演“鬼戏”和“迷信戏”后，中央和省、市、自治区文化部門，还应大抓戏曲改革工作，这样，才能在戏曲中认真实行“文艺为社会主义服务、为工农兵服务”和“百花齐放，推陈出新”的方針。

中　央

（发至县委）　　一九六三年三月二十九日

◆ 1963年3月29日，中共中央批转文化部党组3月16日《关于停演“鬼戏”的请示报告》。上海《文汇报》连续发表批判“鬼戏”的文章，从此在报刊上开始了对文艺界代表人物的错误批判。

第二，使意识形态领域的审查制度更为严

①《中共党史大事年表》，人民出版社，1987年版，第327页。
②1967年5月28日《人民日报》。

格。在国民经济调整初期，舆论系统就与文艺界和学术界的情况明显不同，它实行高度集中统一的管理，在报纸、期刊、新闻、广播等方面建立起更为集中的审查制度。比如，某些专题新闻的审查权完全收归中共中央，并成立了专门的中央一级审查机构。又比如，出版工作方面，中国共产党的各级宣传部门掌握了越来越多的审查权。1963年4月，中共中央宣传部召开出版工作座谈会，拟定了《关于一些政治书籍的出版权限和控制办法的规定（草案）》。随即，中共中央批准了这个草案，要求各地出版机构试行。该草案规定：中共党史、中国现代革命史、中华人民共和国史方面的著作，需经各省市委宣传部、中央局宣传部或中央有关部门和学术机关推荐，经中共中央有关领导部门批准才能出版，革命战争史、军事史方面的著作需经解放军总政治部批准才能出版。草案还对革命回忆录、烈士传记和文集、各国共产党和工人党的文件及文章、国际共运史、各国党史和现代革命史、中外关系史等方面书籍的出版提出了要求，规定这些书籍均需由中央和地方（一般是省、直辖市、自治区）党的宣传部门审查批准，然后由各级党的宣传部门指定的出版社出版，某些书籍的出版还须经中共中央有关领导机关的批准。①

严格的过分集中的审查制度，使新闻舆论不能真正多方面地反映不同的声音，不能充分表达和传播社会各方面的意见和建议。而且由于受到的限制太多，它作为信息反馈渠道的作用很不完备，在实际生活中往往将一些失真的信息反馈到决策核心，造成失误。20世纪60年代中期，文艺作品的审查制度也变得严密起来，电影、戏剧、小说等作品均须由相当一级的文化管理部门审查，有些还须送交党的宣传部门审查。过分集中的审查制度与过多的行政干预相结合，使重新萌发出生机的意识形态领域再次沉闷下来。当然，这种沉闷是指百花齐放、百家争鸣局面的消失，至于接二连三的批判运动，则是愈演愈烈的。

20世纪60年代初进行的政治体制的某些调整，虽然具有积极意义，但也存在着明显的局限性和缺陷。这些局限和缺陷与60年代中期日益发展起来的阶级斗争扩大化错误相交织，促使受到抑制的体制的原有弊端重新得到发展。行政管理体制的纵向收权，不仅将权力收归于较高层次或最高层次，而且使权力主要集中于这些层次的党的系统，党政不分的程度更为加深。行政管理体制本身由于政府职能不变而企事业单位上收，出现了1949年以来的第二次机构大膨胀。伴随阶级斗争扩大化错误的发展，社会主义民主和法制不断被削弱，意识形态领域由活跃转为消沉。相反，个人专断的现象却日益严重。这样，就形成了一个横向权力集中于党的系统，纵向权力集中于中央，党内权力集中于个人的权力结构，强化了权力高度集中的政治体制。

我国的政治体制自1957年春至1966年春近十年的发展，呈现出曲折的轨迹。这里说的曲折，不是指政治体制由不健全不完善到比较健全比较完善；而是说它既进行过某些局部的改进和调整，然而又不断积累起那些不适应社会主义建设的消极因素。体制自身原有的弊病非但没有革除，相反却滋长起来。政治体制在这十年中的发展，以改革国家行政管理体制的良好起点开始，却以高度集权体制结构的强化而告一段落。这种政治体制结构，显然不利于经济和社会的健康稳定发展，也无法避免和制止政治动乱的发生。

①郑谦等著：《当代中国政治体制发展概要》，中共党史资料出版社，1988年版，第143～144页。

第一，政治体制没有实现转轨换型，相反，逐渐强化了统治职能，并且强固了集权型体制模式。

反右派斗争严重扩大化的错误，中断了政治体制刚刚开始的转轨换型进程。此后，阶级斗争扩大化的理论和实践不断发展，国家由统治职能为主向社会管理职能为主、由集权型体制模式向相对分权型体制模式的转换无法实现，相反，恰好走向反面。另外，当时实行计划经济，国家对经济和社会生活的细枝末节无所不包。这种高度统一的计划经济也必然要求高度集权的政治体制与之适应。可见，阶级斗争扩大化的错误和高度统一的计划经济，是政治体制高度集权化的主要根源。

政治体制的统治职能和集权型模式的强化，同大力发展社会生产力的客观要求和社会经济、文化生活的多样化状况产生了深刻矛盾。这个矛盾的发展有两种可能性：一是通过政治体制的转轨换型来顺应并推动社会主义建设的发展，一是政治体制继续强化其统治职能和集权型模式而导致经济、文化建设的大破坏。“文化大革命”十年动乱正是后一种发展方向的结果。

第二，纵向放权与横向分权总是异步进行，而最终的结果竟是纵向权力与横向权力的同步集中。

纵向权力一般分布于中央、地方（省、地、县）和基层等各个层次，横向权力则涉及中国共产党、国家权力机关、司法机关、行政机关、各民主党派和各社会群众团体、企事业单位等各方面的关系。纵向权力与横向权力是相互联系的，在纵向权力结构的每一个层次上都有横向权力结构所涉及的那些关系，反过来，每一层次的横向权力结构都是纵向权力结构的一个横截面。因此，科学地划分权力，本身就应该包括纵向和横向两个方面，而不是一个方面。

在这十年中，我国先是进行了纵向放权的行政体制改革，但是却并没有同时划分横向权力（比如党政分开，政企分开，党法分开，等等），继而在国民经济调整初期在地方和基层适当调整横向权力的分布时，却又进行了纵向大收权。因此，权力集中的状况未曾根本改变。而到60年代中期，纵向权力和横向权力都朝高度集中的方向发展，最终形成了金字塔式的权力配置结构。

第三，政治体制的内部制约、平衡机制日益削弱。

一般说来，正常发展的政治体制应当具有制约和平衡机制，这种机制是通过中国共产党的党内监督、国家权力机关的一般监督、法律监督、行政监督、党派互相监督、社会监督、舆论监督等一系列手段和政治体制内部的相对分权来实现的。但是，在这十年中，几乎所有监督手段都失去了应有的作用，而政治体制内部处于高度集权的状况，因此，整个政治体制的运行，如决策、执行等等，缺乏强有力的制约和平衡，引起动乱的因素不断积累起来。

当然，在这个十年期间，社会毕竟没有出现大动乱，这是因为权力高度集中的体制还能够进行调节。这种调节主要是通过党的系统来实现的。各项权力集中于党的系统以后，党的组织机构比较其他体制范畴的机构远为复杂，其他体制范畴的功能也为它所取代。由于党的系统具有这样的地位，因此，它对政治体制的运行能做一定调整。但是，这种调节功能并不是正常的，因为它的全部前提条件是党的系统要能正常运转，一旦这种前提条件被破坏，政治体制就将立遭厄运而陷于瘫痪。

第四，固有观念既是权力高度集中体制强化的动力，又是这种体制结构运行的润滑剂。

尽管观念本身并不是构成政治体制的基本要素，但是观念却在政治体制的运行和发展过程中起着不可忽视的作用。人们在分析一种政治体制时，不能不去注意这种作用。这个时期的历史也是如此。生产资料私有制的社会主义改造基本完成之后，不仅政治体制面临转轨换型的客观任务，而且政治文化观念也存在更新的问题，有关政治体制的正确认识有待于深化和完善。这两者之间是相互影响的，在一定条件下政治观念对政治体制会有较大的影响。然而，这一时期许多政治观念并没有逐步更新，人们的许多认识并没有深化，相反，原有的一些基本观念却被固定化了。比如，对制度和体制，人们一直没有从认识上区分开来，总是把基本政治制度与政治体制等同起来，因而不能认识政治体制的可变性。此类的观念、认识、传统构成了一股精神力量，将本来已经是权力集中的体制推向了一个更高的集权状况。人们凭着固有的观念，认识和传统，去处理政治体制中各种范畴之间的关系，而政治体制在许多时候、许多方面也正是靠这些观念、认识和传统来运转。因此，即使某些时候中共中央一些领导人能提出一些正确原则，但所起到的作用也是微弱的。这说明，政治体制要实现转轨换型并正常发展，必须逐步变革过时的固有政治观念，完善以往的正确认识。令人痛心的是，随后一段时期的历史不仅没有这样发展，相反，固有的观念却发展到了极端，并成为政治体制发生畸变的重要原因之一。

第十一章

“正是神都有事时”

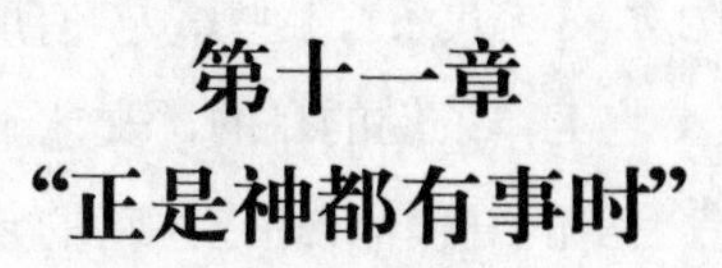

第十一章 “正是神都有事时”

一、浮出水面的分歧

从1960年秋冬开始的经济调整，在最初的一年多时间里，除农业开始有所转机外，其他方面成效不大。其主要原因在于中共党内中高层对调整的看法并不一致，除了积极赞成的意见外，也有一些人心存疑虑，还有一些人甚至心存抵触，认为国民经济仍然应该跃进。意见不一，调整的决心就不大，作决策和实施决策也就步履蹒跚。1962年年初举行扩大的中共中央工作会议（即七千人大会），党内上下对调整有了进一步的认识。不过真正发现局势的严峻和意识到问题的紧迫，还是七千人大会以后。

七千人大会以后，毛泽东去外地，中共中央领导层一线由刘少奇主持工作。2月刘少奇主持举行中共中央政治局常委扩大会议（即西楼会议），5月主持举行中共中央工作会议（即五月会议），观察和判断形势，提出和制定政策措施，才更加合乎实际。这年上半年各个方面的调整取得了大刀阔斧的进展。基本建设规模和工业生产的高指标大幅度降低，城镇人口进一步减少，通货膨胀得以抑制。尤其是为了尽快恢复农业生产，政府加大了投入，动员各方面力量支援农业；此外，为了尽快度过困难，一些地方的农民自发搞起了各种形式的包产到户，当地的党委和政府也逐步对各种生产责任制予以支持，有力促进了农业的恢复。与经济调整相配合，政治和思想文化领域的调整也有较大进展。

对于这年上半年各方面调整的进展，中共党内分歧又逐渐显露。这时的分歧来自中央最高层，主要是毛泽东跟中央一线领导人在一些问题上的看法不同。

首先是对于经济形势的估计有差异。还在上年9月，中共中央在庐山召开工作会议，下定切实调整工业的决心，又通过了“工业七十条”、“高教六十条”。毛泽东认为问题已经暴露，形势是退到山谷，到今天是一天天向上升了。中共中央最高领导层对这个估计没有不同看法。1962年年初开七千人大会，对形势仍然持这个估计。七千人大会之后，中央一线领导人从财政部等部门的报告中，了解到当年有四五十个亿的财政赤字，经济形势不是到了谷底，而是在继续下滑，原来对困难的估计远远不够。中共中央发出的指示说：我们现在在经济上是处在一种很不平常的时期，即非常时期。“非常时期”实际上就是最困难的时期，也就是说，经济形势还不是一天天往上升的局面，七千人大会及会前对形势的估计，显然是过于乐观了。

但是，西楼会议后，刘少奇、周恩来、邓小平去武汉向毛泽东汇报时，毛泽东却说不能把形势看得“一片黑暗”，并认为赤字是假的，要求再议。这表明，毛泽东依旧坚持他的看法，不同意中央一线领导人的分析。

其次是对采取的政策措施有不同看法。农业方面最为突出。在强调把农业摆在首位、增加对农业的投入方面，应该说党内意见是一致的。但是对农村生产关系的调整，思路就不一样了。毛泽东认为农村生产关系从公社、大队为核算单位退回到生产小队为核算单位就可以了，再不能往后退。1961年春天，安徽省委主要负责人向毛泽东请示试行"包产到户"时，毛泽东虽然同意试验，但态度十分勉强。在毛泽东看来，"三级所有，队为基础"还是"包产到户"，已经不是农村生产管理体制的问题，而是维护不维护集体所有制，坚持不坚持集体化方向的问题。1961年11月，中共中央下发的文件颇能反映毛泽东的上述看法。这个文件明确指出，必须坚持农业集体化，不许任何形式的分田单干。1962年年初的七千人大会上，安徽省委主要负责人甚至因此还受到批判。

如果说在中央高层1961年还维持了毛泽东定下的这条界限，那么到1962年情形就变化了。随着许多地方悄然推开各种形式的生产责任制，中央一线领导人逐渐赞同在农村实行"包产到户"，刘少奇、陈云、邓小平在内部讲话都积极支持，刘少奇还在内部提出要起草让"包产到户"合法化的文件。中共中央农村工作部部长邓子恢更是在一些场合力主实行。刘少奇、陈云、邓子恢都向毛泽东面陈了主张"包产到户"的意见，却遭到毛泽东严厉批评。毛泽东甚至当面责问刘少奇为什么没有顶住"分地"？[①]

除了经济领域的调整，对于政治、文化和社会关系及其政策的调整，中共党内高层和基层实际上也并不完全一致而存在分歧。比如，"科学十四条"发出后，做党政工作的干部就一面欢迎，一面又不放心，认为是不是有些矫枉过正，甚至怕知识分子"翘尾巴"、"走老路"。教育部到北京大学等三所高校征求意见，一部分党员干部虽表示拥护，但是内心却有或大或小的抵触。[②]还比如，"文艺十条"修改成"文艺八条"，某些规定"有所后退"[③]。关于制定文艺工作条例的目的，"文艺十条"说是为了"创造更多的好作品，通过生动的艺术形象、优美的艺术形式，反映人民的生活和斗争，以社会主义、共产主义精神教育人民，鼓舞人民的劳动热情和革命热情，丰富人民的文化生活，满足人民多方面的需要"；而"文艺八条"改成了"为了使我国社会主义文学艺术更好地发挥战斗作用，更有效地'团结人民、教育人民、打击敌人、消灭敌人'"。"文艺十条"提出"加强文艺评论"，规定了如何正确地细致地划分政治问题和思想问题、艺术问题的界限；但是"文艺八条"压缩了这个内容，却增加了"文艺批评应该鼓励香花、反对毒草"的内容，强调"凡是违背毛泽东同志在《关于正确处理人民内部矛盾的问题》中提出的六项政治标准的作品和论文，就是毒草，必须给以严格的批评和驳斥"。"文艺十条"提出"加强团结，调动一切积极因素"，"文艺八条"则改成了"加强团结，继续改造"。[④]这样一些修改，突出了阶级斗争色彩，却淡化了文艺调整的本来目的，削弱了缓和过分紧张的政治空气的意思。这多少反映出调整政策制定过程中人们的心理顾忌。

对周恩来、陈毅在广州会议上的讲话，特别是对于其中有关知识分子阶级属性问题的观点，某些部门和地方的负责人持不同意见，甚至明确反对。中共中央政治局委员、中共中央华东局第一书记、中共上海市委第一书记柯庆施就不准在上海市传达周恩来、陈毅的讲话。中共中央宣传

①王光美、刘源等著：《你所不知道的刘少奇》，河南人民出版社，2000年版，第90页。
②薄一波：《若干重大决策与事件的回顾》下卷，中共中央党校出版社，1991年版，第1006页。
③薄一波：《若干重大决策与事件的回顾》下卷，中共中央党校出版社，1991年版，第1004页。
④薄一波：《若干重大决策与事件的回顾》下卷，中共中央党校出版社，1991年版，第1004～1005页。

部主要领导人也有异议。更重要的是，到1962年上半年，中共中央主要领导人毛泽东对调整的方针和政策越来越不满意。一个明显的事实是，当周恩来要求毛泽东对他有关知识分子问题的讲话表示态度时，毛泽东竟没有说话。[①]没有说话，也是一种表态，是一种不肯定、不满意的态度。这种不满意的态度，很快就公开显示出来了。

60年代初中国所处的国际环境呈现紧张态势。首先是中苏关系日趋紧张并逐渐恶化。1960年苏联终止合同，中断援建项目，召回专家；1961年10月，苏共召开二十二大，在和平共处、和平竞赛、和平过渡主张的基础上，提出“全民国家”、“全民的党”；1962年四五月间，苏联驻中国新疆伊犁领事馆插手，制造了伊犁地区数万中国公民跑到苏联境内的伊犁事件。两国关系的恶化尤其是两党意识形态领域的争论，使中共领导人认为苏联出了修正主义，毛泽东越来越关注“反修防修”的问题。同时台湾海峡两岸的局势也很紧张，蒋介石集团声称要“反攻大陆”，还派出小股特务骚扰大陆沿海。

在毛泽东看来，紧张的国际环境反映出国际阶级斗争形势的严峻。反过来，他又从国际形势的角度，来观察国内出现的各种问题，特别是党内存在的种种分歧。这样一来，调整中认识和主张的分歧，同当时的国际背景联系起来，就被认作是阶级斗争在党内、在国内的反映。到了这年夏天，分歧终于在中共党内高层浮现出来。

二、“要搞一万年阶级斗争”

1962年7月25日，中共中央在北戴河举行工作会议（即北戴河会议）。会议开了一个月，至8月24日结束。

北戴河会议的议题，原定是讨论农业、粮食、商业和国家支援农业等问题，通过几个相关文件。开了十多天后，8月6日，毛泽东在大会上讲话，主要讲阶级、形势、矛盾问题。

关于阶级，毛泽东说，究竟有没有阶级？社会主义国家是否还有阶级？有些社会主义国家有人说没有阶级了，党是全民的党了，不是无产阶级的党了，无产阶级专政也不存在了，国内无专政对象了，就叫全民国家了。国内也有些说法，我同各大区的同志说有阶级存在，听说传达下去有人大为吃惊。毛泽东所指显然是苏共，不过落脚点还是在国内。在他看来，国内有人像苏共一样，否认阶级的存在，而这是更须警惕的。

关于形势，毛泽东谈了国际和国内两个方面。国际方面，他说有修正主义、反动民族主义、帝国主义，也有广大群众和革命的民族资产阶级。所谈实质上仍然是国际阶级斗争。国内方面，他谈的却是对经济形势的估计。毛泽东说，这两年工作如何？有些人过去说的是一片光明，没有黑暗，现在走向反面，一片黑暗，没有光明。毛泽东明确表示不赞成“一片黑暗，没有光明”的观点，并说现在“一片光明，没有黑暗”的问题已经不存在了，而是有些同志思想混乱，丧失信心，看不见光明的问题。

关于矛盾，毛泽东说有两种矛盾，一种是敌我矛盾；一种是阶级矛盾也可以说是人民内部矛盾，这种矛盾本质上是敌对性质的，资本主义与社会主义的矛盾，当作人民内部矛盾来处理。这样阐述问题，目的还是强调阶级斗争。毛泽东说，如果承认有阶级存在，就有资产阶级与无产阶级的矛盾，而且是长期存在的，几百年阶级残

①胡绳主编：《中国共产党的七十年》，中共党史出版社，1991年版，第421页。

余还存在。由此毛泽东批评了“包产到户”：现在有一部分农民闹单干，分田到户，包产到户。最近最突出的是究竟搞资本主义还是搞社会主义？农村合作化还要不要？走哪条路？是包产到户、分田到户，还是合作化？他还特别点了一句：“这股风越到上层越大。”

如果说前一段调整中的分歧还是潜在的，那么毛泽东的讲话则使分歧浮出了水面。毛泽东不是不赞成调整，不是不赞成纠正“大跃进”中的错误。但是，在毛泽东那里，实际上有条不能突破的“底线”，这就是总路线、大跃进、人民公社“三面红旗”不能从根本上否定，“三面红旗”所代表的社会主义方向不能否定。在毛泽东看来，1962年上半年的调整已经触及甚至突破了这条“底线”，中央一线领导人对形势的估计是把形势看得“一片黑暗”，“包产到户”是背离社会主义方向，甄别平反、给知识分子重新定性是“非阶级观点”。

接着，毛泽东在9、11、13、15、17、20日的会议中心组会上多次讲话和插话，还是6日大会讲话的那些内容，阶级斗争仍然是主题。在9日第一次中心组会上，毛泽东对会议讨论的情况不满意，认为不抓大量的普遍的问题，只抓具体问题，没有展开，注意观点和分析不够，有点沉闷。毛泽东所说的“普遍的问题”，就是阶级斗争问题，至于调整，那是具体问题。他要求务虚，要认真注意阶级分析。

毛泽东讲话后，会议讨论的重点变了，阶级斗争问题成为主题。与会者联系各地农村出现的“包产到户”、前一段对形势的估计以及彭德怀的申述，讨论阶级斗争问题。讨论的基调都是按照毛泽东的讲话定下的，总的意思是由于农村出现分田单干，由于对形势估计一片黑暗，由于有一股平反之风，国内已经出现比较严重的阶级斗争。前一段调整采取的政策措施，有许多遭到了严厉批判。中央农村工作部部长邓子恢，更是受到毛泽东的点名批判。中央一线领导人刘少奇、周恩来等，处在一种压力之下，不得不作某种程度的检查，承认前一段对困难估计多一些，看得严重一些。后来转入讨论业务问题时，会场竟出现冷场，会议的气氛紧张，于此可见一斑。

鉴于毛泽东所提出的问题是关乎全局的重大问题，中共中央决定在北戴河会议之后紧接着举行中共八届十中全会。

与以往的全会不同，中共八届十中全会先举行了近一个月的预备会议，然后才用四天时间举行正式会议。全会继续展开了对所谓“单干风”、“黑暗风”和“翻案风”的批判。

对所谓“单干风”的批判，把对“包产到户”的责难同对国内阶级斗争形势的严重估计挂起钩来，上纲到两个阶级、两条道路斗争的高度去分析，认为搞“包产到户”就是搞资本主义单干，农村就会出现阶级大分化，并认定“包产到户”反映了富裕农民甚至地富残余的利益和思想，严厉批评支持“包产到户”的邓子恢是“资本主义农业专家”。全会之后，以邓子恢为部长的中共中央农村工作部被指责为成立“十年没有办一件好事”而予以撤销，“包产到户”等生产责任制的改革试验也被迫中断。

与批判“单干风”相联系，全会还批判了所谓“黑暗风”。认为西楼会议和五月会议对形势的实事求是的估计，要求把困难估计够，是鼓黑暗之劲，鼓讲缺点错误之劲，是刮“黑暗风”。毛泽

东严厉批评说：现在有些人把形势看成一片黑暗了，没有好多光明了，引得一些同志思想混乱，丧失前途，丧失信心了。他甚至认为从1960年以来就不讲一片光明了，只讲一片黑暗，或者大部分黑暗。对西楼会议提出的“争取快，准备慢”的方针，毛泽东也批评说争取快，准备慢，哪一方面也适用。快了，头一句灵；慢了，后一句灵。他还批评对农业的全面恢复要五年、八年的估计，说讲得这么长，就没有希望。有人发言说，现在是越低越好，越少越好，越慢越好，越黑暗越好，把大跃进说得越不像话越好，越松劲、越单干越好。毛泽东批评说这是在困难面前动摇，不坚定，丧失信心，是不懂马列主义。

对所谓“翻案风”的批判，是以讨论彭德怀给中央的两封申诉信为内容展开的。事情是由刘少奇在七千人大会上的讲话引起的。刘少奇在那次讲话中肯定1959年对彭德怀的批判是完全正确的，并以彭德怀在党内有个小集团且有国际背景，阴谋篡党，背着中央在党内进行派别活动为理由。彭德怀得知这个情况后，于这年6月和8月两次致信中共中央和毛泽东，申述自己不存在“阴谋篡党”的问题，也不存在“国际背景”、同外国人在中国搞颠覆活动的问题，请求中央全面审查。彭德怀的申诉，本来完全符合党的章程和党的组织原则，但当时却把彭德怀的申诉视作“翻案”活动，并作为阶级斗争的严重动向提了出来。会议对彭德怀的缺席批判，除重复1959年庐山会议的所有指责外，又毫无根据地认为彭德怀是配合国际上帝修反的反华、利用国内暂时困难，向党发起的新进攻。

纯属巧合，当时某些报刊正在连载小说《刘志丹》，有人提出质疑。康生知悉后硬说小说是“为高岗翻案”，是利用小说反党。毛泽东上纲到：凡是要推翻一个政权，总要先造成舆论，总要先做意识形态方面的工作。不论革命、反革命，都是如此。毛泽东还批评说，近来有股平反之风，无论什么都要平反；1959年反右倾不能一风吹。庐山会议和北戴河会议都把彭德怀同高岗联系起来批判，因此全会批判“翻案风”的对象，又增加了曾支持和关心过《刘志丹》小说写作的习仲勋、贾拓夫等人，并把彭、高、习联系在一起批判。习仲勋、贾拓夫和刘景范（小说作者的丈夫，刘志丹之弟）等人被打成“反党集团”。由于党内的甄别平反，主要是解决1959年“反右倾”斗争中的问题，因而被同彭德怀的申述联系起来，看作是刮“平反之风”。毛泽东在中共八届十中全会上说：近来有股平反之风，无论什么都要平反，那也是不对的。我们的方针是：真正搞错了的，要平反；部分搞错了，部分平反；没有搞错，搞对了的，不能平反。[①]此后，党内甄别平反工作不得不停下来。

事情还牵涉到对知识分子属性问题的判定。北戴河会议期间，有人提出“摘掉资产阶级知识分子的帽子是否合适”的问题，毛泽东说：“资产阶级知识分子有些阳魂过来了，但是阴魂未散，有的连阳魂也没有过来。”有的与会者认为资产阶级知识分子还是有的，不能说资产阶级还存在，就没有资产阶级知识分子了。毛泽东插话说：“从意识形态来说，资产阶级知识分子还存在。”[②]毛泽东的这个判断，实际上推翻了周恩来、陈毅在广州会议讲话的结论，也推翻了周恩来在这年二届全国人大三次会议上作的政府工作报告的结论。尽管中共八届十中全会后，邓小平在关于知识分子阶级属性问题上支持了

①薄一波：《若干重大决策与事件的回顾》下卷，中共中央党校出版社，1991年版，第1092、1093页。
②薄一波：《若干重大决策与事件的回顾》下卷，中共中央党校出版社，1991年版，第1006页。

周恩来的意见，明确肯定关于知识分子问题还是按照周恩来所作政府工作报告的结论为准，因为那是中央批准的党的正式语言，中央书记处正式作了决定；但是，这个问题并没有从根本上解决。

毛泽东作了关于阶级、形势、矛盾和党内团结问题的讲话，并在会议进行的过程中作了多次插话。讲话的中心，还是他在北戴河会议上就反复强调的阶级、矛盾和阶级斗争问题。他说，在社会主义国家究竟还存在不存在阶级、阶级斗争？我看还有。地主、富农、反革命残余都还存在。既然阶级存在，就要出反革命，他们总是想复辟。只要有阶级、阶级斗争，一万年也要搞，哪有有阶级不进行阶级斗争的？还说：我们要搞一万年阶级斗争，不然，我们岂不变成国民党、修正主义分子了？在毛泽东看来，苏联出现的问题就是前车之鉴。他说，苏联两条道路的问题几十年没有解决，又出了赫鲁晓夫。现在看起来，需要几十年、甚至几百年才能解决这个问题。我经常这样想，要经过反复。他提出：对阶级斗争，我们从现在起，必须年年讲，月月讲，开一次中央全会就讲，开一次大会就讲，使我们对这个问题，有比较清醒的认识，有一条马克思列宁主义的路线。毛泽东还特别指出党内搞阶级斗争的有两类人：一是单干，中央有，省、地、县、公社都有；二是反党集团的成员。邓子恢被认为是"单干"，彭德怀则被认为是"集团"。

毛泽东上述关于社会主义社会阶级斗争的思想，被写进了中共八届十中全会的公报里："八届十中全会指出，在无产阶级革命和无产阶级专政的整个历史时期，在由资本主义过渡到共产主义的整个历史时期（这个时期需要几十年，甚至更多的时间）存在着无产阶级和资产阶级之间的阶级斗争，存在着社会主义和资本主义这两条道路的斗争。被推翻的反动统治阶级不甘心于灭亡，他们总是企图复辟。同时，社会上还存在着资产阶级的影响和旧社会的习惯势力，存在着一部分小生产者的自发的资本主义倾向，因此，在人民中，还有一些没有受到社会主义改造的人，他们人数不多，只占人口的百分之几，但一有机会，就企图离开社会主义道路，走资本主义道路。在这些情况下，阶级斗争是不可避免的。这是马克思列宁主义早就阐明了的一条历史规律，我们千万不要忘记。这种阶级斗争是错综复杂的、曲折的、时起时伏的，有时甚至是很激烈的。这种阶级斗争，不可避免地要反映到党内来。国外帝国主义的压力和国内资产阶级影响的存在，是党内产生修正主义思想的社会根源。在对国内外阶级敌人进行斗争的同时，我们必须及时警惕和坚决反对党内各种机会主义的思想倾向。"①

前一段时间在中央一线主持工作的刘少奇、周恩来等人，在会上做了带有检讨性质的发言。周恩来批评了包产到户的主张，刘少奇也在大会上讲了话，表示赞成毛泽东的意见。在谈到经济困难时，刘少奇说："一九五九年到一九六〇年所遇到的困难是革命胜利后头一次考验我们。我们在困难面前有三种态度：第一种是克服困难，坚持社会主义道路，继续前进；第二种是被困难吓倒，放弃社会主义道路，往后倒退；第三种是利用我们的困难，向党发起进攻，企图推翻党的马列主义的领导。第一种态度是正确的，而第二、第三种态度是错误的和反动的。我们要坚持第一种态度，反对第二、第三种态度。现在，最困难的时候已经过去，形势已有好转，我

① 《建国以来重要文献选编》第十五册，中央文献出版社，1997年版，第652～654页。

们更应该坚定。但是，在宣传上还要说有困难，要继续克服。”①

他承认“今年五月对困难估计得多了一些”。鉴于1959年庐山会议后全党批判“右倾机会主义”妨碍了在实际工作中本来应该继续进行的纠“左”的教训，刘少奇认为对全党干部进行教育是必要的，但要划个范围，“不要都卷入这个斗争中，受它干扰，妨碍工作”。这次全会批判彭德怀、习仲勋、邓子恢的情况，只传达到党的中上层干部，不向下传达。中共中央接受了他的提议。周恩来也表达了这个意思，他提醒大家：1959年庐山会议有一个缺点，就是把反右斗争搞到群众中去了，这回要吸取这个教训，反右防“左”，不搞运动。要深刻认识社会主义建设的总方针，把国民经济调整工作做好。毛泽东说：“决不可以因为阶级斗争妨碍我们的工作”，“要把工作放到第一，阶级斗争跟它平行，不要放在很严重的地位，不要让阶级斗争妨碍了我们的工作。”②全会规定会议精神只传达到党内17级以上的领导干部，不向下级传达，也不开展全党讨论。

全会还讨论了农业、商业、工业和计划等问题，通过了一系列相关文件。

三、两股道上跑车

中共八届十中全会实际是一次转向的会议。与其他转向的会议不同，这次转向不是180度。一方面，阶级斗争成为主题；另一方面，经济工作还能与阶级斗争暂时保持平行状态。这样，中共八届十中全会以后全党全国的工作就出现这样一种复杂情况：一方面，政治上和意识形态上的“左”倾错误一步步严重发展；另一方面，维护了调整的若干具体部署，经济上调整和恢复工作大体上还能够按原定计划继续进行。

当然，中共八届十中全会后阶级斗争和经济工作的平行运作，潜藏着根本性的矛盾。这不仅是因为从理论上说，党和国家工作的大局不可能有两个中心，而且更因为中共八届十中全会所强调的阶级斗争，恰恰是针对经济调整的诸项政策措施来展开的。所以，在会后的实际工作中，想要两者完全互不干扰，也是不可能的。

事实上，阶级斗争很快就直接影响到经济调整。最突出的例子，就是不许各地再试行和推广“包产到户”等各种形式的生产责任制。本来各种形式的生产责任制，农村社员试行之后取得了明显效果，有利于克服农村面临的严重困难。同“三级所有，队为基础”的人民公社管理方式比较起来，“包产到户”是比较适合我国农村生产力水平的经营管理方式，受到农民的广泛欢迎。自农业合作化运动后期以来，“包产到户”等形式的生产责任制已经两度沉浮，这也说明了适合生产力水平的管理方式总是具有顽强的生命力。然而，由于把以家庭经营为特点的管理方式，同资本主义单干等同起来，同社会主义、集体主义对立起来，因此，“包产到户”等形式的生产责任制硬是被人为遏止，对适合我国农村生产力水平的管理方式的探索被迫中断。仅从这个问题看，阶级斗争对经济工作的冲击和影响也实在不能低估。

经过北戴河会议和中共八届十中全会，阶级斗争扩大化理论得到进一步发展。阶级斗争扩大化的理论是1957年反右派斗争中开始提出来的。它改变了中共八大一次会议关于我国社会主要矛盾和阶级斗争现状的结论和分析，对我国社会主要矛盾和阶级斗争问题作了脱离实际的

①《刘少奇传》下册，中央文献出版社，1998年版，第918页。

②董边、镡德山、曾自编：《毛泽东和他的秘书田家英》，中央文献出版社，1989年版，第70页。

观察和判断。

第一，毛泽东断定，无产阶级和资产阶级的矛盾，社会主义道路和资本主义道路的矛盾，是当前我国社会的主要矛盾。

第二，毛泽东认为，经济战线上的社会主义革命完成以后，还需要继续进行政治战线上和思想战线上的社会主义革命。

第三，毛泽东宣布，社会主义改造完成后，我国还存在两个剥削阶级和两个劳动阶级，被打倒了的地主买办阶级和其他反动派以及右派是一个剥削阶级，民族资产阶级和它的知识分子是另一个剥削阶级，工人和农民是两个劳动阶级。

经过1959年庐山会议，毛泽东认定："庐山出现的这一场斗争，是一场阶级斗争，是过去十年社会主义革命过程中资产阶级与无产阶级两大对抗阶级的生死斗争的继续。在中国，在我党，这一类斗争，看来还得斗下去，至少还要斗二十年，可能要斗半个世纪，总之要到阶级完全灭亡，斗争才会止息。"与1957年相比，这时毛泽东更看重党内的阶级斗争，认为党内斗争是阶级斗争的反映，把观察的注意力由社会上的阶级斗争转移到党内的阶级斗争，这就发展了他在1957年反右派斗争展开以后提出的阶级斗争扩大化理论。

毛泽东在北戴河会议和中共八届十中全会，又发展了阶级斗争扩大化理论。

第一，根据当时对党内、国内和国际形势的分析，断言以阶级斗争为主要矛盾的过渡时期应该延伸到共产主义的高级阶段到来以前，并说这个时期比几十年要更长，可能是一百年或几百年。两个阶级、两条道路的斗争，被贯穿于整个社会主义历史阶段，扩及到社会主义建设的全过程。

第二，强调阶级斗争是错综复杂的、曲折的、时起时伏的，有时甚至是很激烈的。这样就把虽然一定范围内长期存在、但总趋向是越来越弱化的阶级斗争态势普遍化、绝对化了。

第三，认为国际帝国主义和国内资产阶级影响的存在，是党内产生修正主义思想的社会根源。这样，党内斗争就不仅被看作是社会上阶级斗争的反映，而且被视为与国际上的阶级斗争有彼此呼应的联系。

在阶级斗争存续的时间上，在阶级斗争表现的特征上，以及在党内斗争与国内外阶级斗争的关系上，阶级斗争扩大化理论都有了新的内涵。中共八届十中全会有关阶级斗争的上述论点，后来被称作党的"基本理论和基本实践"。"文化大革命"中所确定的"党在整个社会主义历史阶段的基本路线"，也是对中共八届十中全会上述论点的概括，它的基本点甚至包括语言都来自中共八届十中全会。这表明，中共八届十中全会作为一个中间链条，既与1957、1959年的阶级斗争扩大化理论和政策相衔接，使阶级斗争问题上的"左"的观点进一步系统化，又为后来中国共产党在这个问题上"左"倾错误的再度发展，特别是为后来"文化大革命"的发动，作了理论准备，提供了理论根据。

中共八届十中全会后，阶级斗争扩大化的实践也有新的发展。首先是中共党内甄别平反工作受挫，同时还影响到党外关系及其政策的调整。

在前一段的"右派分子"摘帽工作中，中共中央统战部曾经几次提出对"右派分子"及其家属要求甄别的，应当加以甄别。甄别平反当然比摘

掉帽子更进一步，党内对此分歧很大。这年7月，中共中央统战部向中共中央提交了报告，提出在党外人士中进行甄别平反工作的意见，确定凡是在1958年"向党交心"运动中受了处分或者被划为"右派分子"的人一律平反；在"拔白旗"、"反右倾"运动中受到批判、斗争、处分或者戴了帽子的，凡是批判错了或者基本错了的都予以平反；凡是平反的，都摘掉帽子，恢复原来的工作或者安排其他相当的职务；对一般非党人士，采取召开会议宣布平反的简便办法；对中层人士，则逐个甄别，逐个处理；对于1958年以来在其他运动中受过重点批判、处分或者戴了帽子的党外人士，经过甄别，凡是完全错了或者基本错了的，也坚决予以平反，不留尾巴。[①]

但是，8月17日，中共中央在《关于右派分子工作的几个问题的复示》中，虽然同意对于个别确实完全搞错了的（即确实不曾有过右派言论、行动的），才作为个别人的问题，实事求是地予以改正，却明确表示"对右派分子不应当一般地提出甄别平反问题"，认为统战部报告所说如果右派分子本人及其家属要求甄别的应该进行甄别的意见是不妥当的，"这样做起来，实际上会搞成一种对资产阶级右派分子普遍的甄别，或者对很多右派分子进行甄别。这是没有必要的，也是对党和人民不利的。"[②]中央国家机关曾经进行对"右派分子"甄别的工作试点，毛泽东从中共中央宣传部《宣教动态》上了解到这个情况后，作出批示："请刘、周、邓三同志阅。请邓查一下此事是谁布置的？是组织部，中直党委，还是国家机关党委自己？此事出在中央机关内部，右派分子本人不要求甄别，而上级硬要试点，以便取得经验，加以推广。事件出在六七月。其性质可谓猖狂之至。阅后复还。查后告我。"[③]毛泽东的批示疾言厉色，且要求向他报告结果，"右派分子"甄别工作当然不可能再进行下去。

从1962年下半年开始，尽管国内政治、文化、社会关系及其政策的调整没有戛然而止，在一些纯粹技术和业务层面上的调整还在进行，并且取得了一定成果；但是，总体上说，从北戴河会议开始，调整便出现了严重的曲折，一些重要的方针政策无法再继续执行，某些方面甚至往相反的方向倒退。

更重要的是，全会之后不久，中共中央就发动了"以阶级斗争为纲"的社会主义教育运动，同时在意识形态领域、在政治领域特别是在党内，展开了一系列错误批判。耐人寻味的是，中共八届十中全会前后阶级斗争扩大化的实践，确实有不同特点。此前的阶级斗争带有工具性质，是服务于某个目标的手段。"大跃进"中的"插红旗，拔白旗"、批判右倾保守、"反右倾"斗争，都是扫除"大跃进"障碍的手段。此后的阶级斗争则带有目标性质，它本身成了主题。60年代前期进行意识形态领域和政治领域的批判，更像是后来大规模阶级斗争的前奏和预演。从这个角度讲，中共八届十中全会的确是"文化大革命"前历史的一个界标。

四、"阶级斗争，一抓就灵"

毛泽东在中共八届十中全会上关于社会主义时期阶级和阶级斗争的错误论断，对中国共产党和国家的历史发展，产生了很大的消极影响。1963年至1965年间，在部分农村和少数城市基层开展了社会主义教育运动。

①李维汉：《回忆与研究》（下），中共党史出版社，1986年版，第870页。

②薄一波：《若干重大决策与事件的回顾》下卷，中共中央党校出版社，1991年版，第1008页。

③薄一波：《若干重大决策与事件的回顾》下卷，中共中央党校出版社，1991年版，第1008页。

在国民经济严重困难期间，由于复杂的历史和社会原因，在基层单位的经营管理方面和干部作风方面，确实出现了不少问题。许多农村管理制度不健全，长期以来账目混乱，财物不清。在干部中，相当普遍地存在着公私不分、多吃多占以及瞎指挥、强迫命令等不良作风。少数干部依仗权势欺压群众，贪污盗窃等违法乱纪的现象也确有发展。在社会上，投机倒把、封建迷信活动有所抬头。对于这些问题，在经济形势日益好转的形势下，分别不同情况，采取适当方式加以清理和整顿，是完全必要的。但是，在“左”的思想指导下，这些许多不同性质的问题，都被看作是阶级斗争或者是阶级斗争在党内的反映，因而企图通过开展社会主义教育运动，采取大规模的阶级斗争方式来解决。

中共八届十中全会以后，各地在传达贯彻全会精神中，着重用阶级斗争观点教育干部。这时，毛泽东先后到十个省找干部谈话，发现只有湖南、河北两个省的负责人讲如何进行社会主义教育。湖南结合贯彻八届十中全会精神，进行整风整社和社会主义教育，强调揭发阶级斗争的各种表现。河北保定地区进行社会主义教育以后，结合当年的分配，进行了以清账目、清工分、清财物、清仓库（简称“四清”）为主要内容的整风整社，清查干部中存在的问题。1963年2月在北京召开的中共中央工作会议上，毛泽东推荐了湖南和河北保定地区的经验，提出“阶级斗争，一抓就灵”，督促各地注意抓阶级斗争和社会主义教育问题。会议确定，在城市开展“五反”运动，在农村进行社会主义教育运动。

3月1日，中共中央发出《关于厉行增产节约和反对贪污盗窃、反对投机倒把、反对铺张浪费、反对分散主义、反对官僚主义运动的指示》。这个《指示》断定，最近几年一部分干部中的资产阶级思想作风确实有所滋长，贪污盗窃国家财产、投机倒把、长途贩运、私设地下工厂、牟取暴利等破坏社会主义计划经济的资本主义的活动猖狂起来了。《指示》认为，有必要在全国范围内展开一次增产节约和反对贪污盗窃、反对投机倒把、反对铺张浪费、反对分散主义、反对官僚主义的运动。《指示》指出，“五反”运动就是社会主义反对资本主义的激烈的两条道路斗争，“目前我们要开展的‘五反’运动，是又一次大规模地打击和粉碎资本主义势力猖狂进攻的社会主义革命斗争。这次运动的胜利，必将大大促进我国经济情况的好转，把我国的社会主义建设事业大大地推进一步。”《指示》规定，这次运动在县以上机关企事业单位进行，要求有领导有步骤地分期分批地逐步展开。[①]从此，城市“五反”运动和农村社会主义教育运动开始训练干部，进行试点工作。

但是，当时大多数干部思想上对搞运动还有顾虑，怕影响生产，怕打击面过宽、再来甄别平反。因此，多数地区对运动抓得不紧。

毛泽东非常关心农村运动的进展情况，把自己的主要精力放在了这一方面。5月2日至12日，毛泽东在杭州召开有部分中共中央政治局委员和大区中央局书记参加的小型会议，主要讨论社会主义教育运动问题。会议期间，5月9日，他批转了浙江七个关于干部参加劳动的材料，批语写到：“阶级斗争、生产斗争和科学实验，是建设社会主义强大国家的三项伟大革命运动，是使共产党人免除官僚主义、避免修正主义和教条主义，永远立于不败之地的确实保证，

①《建国以来重要文献选编》第十六册，中央文献出版社，1997年版，第171～174页。

中共中央关于厉行增产节约和反对贪污盗窃、反对投机倒把、反对铺张浪费、反对分散主义、反对官僚主义运动的指示

一九六三年三月一日

目前国内政治、经济和其他各方面的情况，都是好的。为了保证一九六三年的国民经济计划和国家财政预算的充分实现，争取经济情况进一步的全面的好转，使第三个五年计划期间国民经济得到更好的发展，为了健全制度，改进思想作风，克服和防止资本主义、修正主义的腐蚀，保证我国社会主义建设事业的顺利发展，中央认为，有必要在全国范围内，有领导、有步骤地开展一次增产节约和反对贪污盗窃、反对投机倒把、反对铺张浪费、反对分散主

◆ 1963年3月1日，中共中央发布了《关于厉行增产节约和反对贪污盗窃、反对投机倒把、反对铺张浪费、反对分散主义、反对官僚主义运动的指示》，要求在县以上机关和企事业单位，有领导、有步骤地开展"五反"运动。

是使无产阶级能够和广大劳动群众联合起来，实行民主专政的可靠保证。不然的话，让地、富、反、坏、牛鬼蛇神一起跑了出来，而我们的干部则不闻不问，有许多人甚至敌我不分，互相勾结，被敌人腐蚀侵袭，分化瓦解，拉出去，打进来，许多工人、农民和知识分子也被敌人软硬兼施，照此办理，那就不要很多时间，少则几年、十几年，多则几十年，就不可避免地要出现全国性的反革命复辟，马列主义的党就一定会变成修正主义的党，变成法西斯党，整个中国就要改变颜色了。请同志们想一想，这是一种多么危险的情景啊！"

毛泽东在批语最后强调了社会主义教育运动的意义："这一场斗争是重新教育人的斗争，是重新组织革命的阶级队伍，向着正在对我们猖狂进攻的资本主义势力和封建势力作尖锐的针锋相对的斗争，把他们的反革命气焰压下去，把这些势力中间的绝大多数人改造成为新人的伟大的运动，又是干部和群众一道参加生产劳动和科学实验，使我们的党进一步成为既懂政治、又懂业务、又红又专，不是浮在上面、做官当老爷、脱离群众，而是同群众打成一片、受群众拥护的真正好干部。这一次教育运动完成以后，全国将会出现一种欣欣向荣的气象。差不多占地球四分之一的人类出现了这样的气象，我们的国际主义的贡献也就会更大了。"

次日，毛泽东又为中共中央起草了《关于抓紧进行农村社会主义教育的批示》，向各中央局和各省、市、区党委转发东北局和河南省委关于农村社会主义教育的两个报告。批示强调"社会主义教育是一件大事"，要求各地检查一下自己在这方面的认识和工作，检查一下是不是抓住了要点和采取的方法是否适当，查一查是否还有很多的地、县、社没有抓住这方面的工作。毛泽东

一而再、再而三地强调抓紧社会主义教育，一是说明他对抓农村阶级斗争的异常重视，二是说明各地还没有形成抓农村阶级斗争的局面，因而必须竭力推动。

会上，毛泽东主持制定了《关于目前农村工作中若干问题的决定（草案）》（简称"前十条"）。"前十条"按照毛泽东的观察，认为"当前中国社会中出现了严重的尖锐的阶级斗争情况"，并把国内阶级斗争的事实归纳为九个方面：（1）被推翻的剥削阶级，地主富农，总是企图复辟，伺机反攻倒算，进行阶级报复，打击贫农、下中农；（2）被推翻的地主富农分子，千方百计地腐蚀干部，篡夺领导权，有些社、队的领导权实际落在他们手里，其他机关的有些环节也有他们的代理人；（3）有些地方，地主富农分子进行恢复封建的宗族统治活动，进行反革命宣传，发展反革命组织；（4）地主富农分子和反革命分子，利用宗教和反动会道门，欺骗群众，进行罪恶活动；（5）反动分子的各种破坏活动，例如，破坏公共财产，盗窃情报，甚至杀人放火，多处发现；（6）在商业上，投机倒把活动很严重，有些地方这种活动是很猖狂的；（7）雇工剥削、放高利贷、买卖土地的现象，也发生了；（8）在社会上，除了那些继续搞投机倒把的旧的资产阶级分子以外，还出现了新的资产阶级分子，靠投机、剥削大发其财；（9）在机关中和集体经济中出现了一批贪污盗窃分子，投机倒把分子，蜕化变质分子，同地主富农分子勾结一起，为非作歹，这些分子是新的资产阶级分子的一部分，或者是他们的同盟军。①

"前十条"严厉批评中共党内一些人"对于这些现象，并没有认真考察，认真思索，甚至熟视无睹，放任自流"，提出要在干部和党员中，通过社会主义教育，端正无产阶级的立场，克服这种违背无产阶级立场的错误，以便正确地领导绝大多数人民群众，进行阶级斗争，进行两条道路的斗争，并强调"这是决定社会主义事业成败的根本问题"。这就提出了一条社会主义教育运动的"左"的指导方针。

党内文件
注意保存

中共中央关于目前农村
工作中若干問題的决定（草案）

中央国家机关党委秘书处翻印
一九六三年十月

◆ 1963 年 5 月 2 日至 12 日，毛泽东在杭州召集有部分中央政治局委员和大区书记参加的小型会议，讨论农村社会主义教育问题。会议制定了《关于目前农村工作中若干问题的决定（草案）》（简称"前十条"）。

当然，"前十条"规定的一些具体政策还比较慎重。如提出运动的方针是说服教育，洗手洗澡，轻装上阵，团结对敌；要求团结 95%以上的群众和干部，对运动中揭发出来的坏人坏事要有分析，要区别情况，分别对待；要以教育为主，以

①《建国以来重要文献选编》第十六册，中央文献出版社，1997 年版，第 314 ～ 315 页。

惩办为辅；对于犯有一般缺点和错误的同志，要好好帮助他们洗手洗澡，下楼过关，努力工作。中共中央要求各地定出计划，全面部署，抓紧时机，在不误生产、密切结合生产的条件下，分期分批地有步骤地推行，争取在两三年内全部办到，并力求办好。

“前十条”发出后，各地根据中共中央的指示，调整了运动的部署，重新训练干部，选定个别县或社、队进行试点。根据各地在试点中提出的问题，9月6日至27日，中共中央在北京召开工作会议，又制定了《关于农村社会主义教育运动中一些具体政策的规定（草案）》（简称“后十条”）。“后十条”的指导思想仍然是“左”的，它规定：“按照毛泽东同志的指示，这次运动应当抓住五个要点，即是：阶级斗争，社会主义教育，组织贫、下中农阶级队伍，‘四清’，干部参加集体劳动。”更重要的是，“后十条”提出了“阶级斗争为纲”的方针：“以阶级斗争为纲，抓住五个要点，放手发动群众，有步骤地、有领导地开展群众运动，团结95%以上的干部和群众，打退资本主义势力和封建势力的进攻，提高干部和群众的社会主义觉悟和阶级觉悟，整顿农村的基层组织，健全和巩固集体经济，发展农业生产——这就是这次社会主义教育运动的基本方针。”①这是第一次提出“以阶级斗争为纲”。

针对前一阶段运动中出现的急躁情绪和过火斗争、打人抓人等违法乱纪现象，“后十条”同时也规定运动要依靠基层组织和基层干部，上级派出的工作队的主要任务是给基层干部当参谋；提出不能限制正当的集市贸易活动，不能侵犯社员的家庭副业；要正确对待地主富农的子女；运动同生产紧密结合，不能耽误生产等。这些规

中共中央关于
农村社会主义教育运动中
一些具体政策的规定（草案）

（一九六三年九月）

今年五月中央发出的“关于目前农村工作中若干问题的决定（草案）”，是一个伟大的具有纲领性的文件，是关于我们党在思想上、政治上、组织上和经济上各个方面的基本建设的重要文件。这个文件中提出的十项问题，极大地丰富了八届十中全会以后已经在各地农村进行的社会主义教育运动的内容。从今年六月以来，各中央局，各省、市、自治区党委，都为开展大规模的农村社会主义教育运动进行了准备工作：一方面，召开了各种干部会议，训练了干部；一方面，进行试点。现在，各地的试点，一部分已经结束，大部分即将结束。各地试点的经验，充分地证明，毛泽东同志对于社会主义社会中的阶级、阶级矛盾、阶级斗争问题的分析和指示，具有伟大的革命意义和历史意义；充分地证明，根据毛泽东同志的指示开展的农村社会主义教育运动，对于打退曾经嚣张一时的资本主义势力和封建势力的猖狂进攻，对于巩固农村社会主义阵地和无产阶

◆ 1963年9月6日至27日，中共中央在北京召开工作会议，制定了《关于农村社会主义教育运动中一些具体政策的规定（草案）》（简称“后十条”）。11月14日，中共中央决定将两个“十条”印发全国农村每个支部。此后社教运动在部分县、社开始进行。

定，对于收敛运动中的过火行为、维持生产工作的正常进行起了一定作用。

11月14日，中共中央发出通知，决定社会主义教育运动实行点面结合，把上述“前十条”和“后十条”两个文件发至全国农村每个党支部，由县委、区委、公社党委领导干部负责向全体党员和全体农民宣读，同时向城市工厂、机关、学校、街道的一切党支部发出两个文件，向一切人宣读，以至“要使全国人家喻户晓，做一次伟大的宣传运动”②。

此后，中央和地方派出大批工作队，农村社会主义教育运动在更大范围内开展起来。1963

①《建国以来重要文献选编》第十七册，中央文献出版社，1997年版，第386～387页。

②《建国以来重要文献选编》第十七册，中央文献出版社，1997年版，第384～385页。

年到1964年春，华北地区在1.1万多个大队，约占全区农业人口六分之一的范围进行；中南地区开展运动的大队占全区大队总数的五分之一多；其他大区的情况也大体如此。在此期间，农村运动的矛头主要是指向地、富、反、坏，许多地区以建立健全贫下中农组织、进行经济上的“四清”、解决干部参加劳动等问题作为重点。城市“五反”运动比较注意纠正某些过“左”的倾向。据1963年冬已结束“五反”运动的1800多个单位的统计，在参加运动的41万人中有贪污盗窃、投机倒把行为1.51万人，其中真正需要处理的只有2300人，占参加运动总人数的0.56%。

但是，在阶级斗争扩大化的思想指导下，也有少数地方和单位夸大了敌情，严重地混淆了两类不同性质的矛盾。甘肃白银有色金属公司，在运动中把干部作风和经营管理方面的问题看作是蜕化变质，被认为是“和平演变”的典型；天津小站公社的三个中共支部被打成“反革命集团”，认为是阶级敌人篡夺领导权的典型；等等。

五、“根子在上面”

1964年5月15日至6月17日，中共中央在北京召开工作会议，对干部状况作出了十分严重的估计。会议期间，6月8日，毛泽东主持召开部分中共中央政治局委员和各中央局第一书记参加的会议，他说：“总之，我看我们这个国家有三分之一的权力不掌握在我们手里，掌握在敌人手里。”[①]刘少奇接受了毛泽东的判断，甚至认为“三分之一还打不住”[②]。这次会议强调要放手发动群众，彻底革命；对“烂掉了”的单位要夺权，不仅要追“四不清”干部在下面的根子，还要追他们在上面的根子，把运动搞深搞透，这是铲除修正主义的社会基础，防止资本主义复辟的根本大计。

据《刘少奇传》介绍，“追根子”的想法，是刘少奇在这年春节期间同他的夫人、当时的“四清”工作队队员王光美谈话时提出来的。王光美春节回京休假，向刘少奇汇报，提到群众反映一些农村基层“四不清”干部同公社、县和地区的某些干部有牵连。刘少奇表示：“应该切实查一下上面的根子”，“犯严重‘四不清’错误的基层干部，在公社、区、县和地委都有根子，要切实追查一下，要切实整一下。”[③]

刘少奇提出这个问题也受到毛泽东影响。据王光美回忆：“我参加‘四清’每次回北京，主席都问我很多情况，也不是专门的汇报，是在跳舞时谈的。记得第一次回来是12月(1963年)，大约在中旬。在一次跳舞时见到主席。主席就问我，桃园是一类队，为什么群众有那么多意见呢？我说可能是上面有人支持，还举了干部吃吃喝喝的例子。公社干部带着下面的干部吃，群众都说干部‘吃懒了’。讲到这里，主席就说，根子在上面。回来后，我把同主席谈话的内容向少奇汇报了。”[④]

会议之后，经毛泽东同意，中共中央决定成立“四清”、“五反”运动指挥部。8月5日，中共中央书记处正式决定：“四清”、“五反”运动指挥部由刘少奇挂帅。[⑤]

5月至6月的中共中央工作会议，已经决定对“后十条”进行修改。这个修改的工作，也由刘少奇主持。根据这次会议的精神，刘少奇主持对“后十条”作了重要修改，并于8月29日至9月

①《刘少奇传》下册，中央文献出版社，1998年版，第952页。
②《刘少奇传》下册，中央文献出版社，1998年版，第953页。
③《刘少奇传》下册，中央文献出版社，1998年版，第954页。
④《刘少奇传》下册，中央文献出版社，1998年版，第955页。
⑤《刘少奇传》下册，中央文献出版社，1998年版，第955页。

1日主持召开各中央局第一书记会议，讨论稿子。随后，毛泽东批改同意修改稿。9月18日，中共中央正式发出《农村社会主义教育运动中一些具体政策的规定（修正草案）》，这个文件被简称为第二个“后十条”。

第二个“后十条”提出：“当前的农村革命斗争，是一场新的革命，一场内容十分丰富、具有许多新的特点的革命。现在，敌人反对无产阶级专政和社会主义的方法，更加狡猾了。他们对干部拉拢腐蚀，实行和平演变，建立反革命两面政权，还利用我们文件中的某些条文同我们进行合法斗争。这是敌人反对我们的主要形式。”第二个“后十条”强调：“这次运动，是一次比土地改革运动更为广泛、更为复杂、更为深刻的大规模的群众运动，只有放手发动群众，才能使这次运动取得彻底胜利。”[1]第二个“后十条”要求放手发动群众，首先解决干部问题；并且规定整个运动由工作队领导；规定有些地区要认真进行民主革命补课；提出运动大约需要五六年或者需要更长时间完成。

按照中共中央工作会议的精神和第二个“后十条”的规定，各省、自治区、直辖市检查了前一段运动的情况，重新调整部署，确定以地区为单位，集中搞一个县，采取大兵团作战的方法，上下左右同时清理。1964年冬，全国抽调100多万干部组成工作队，投入农村社会主义教育运动，造成大兵压境的阵势。同时，在城市也加强试点，并在一些单位试划阶级成分。在开展运动的地区和单位，工作队完全撇开基层组织和基层干部，采取秘密工作方式，在少数人中搞扎根串连。第二个“后十条”的贯彻执行，使社会主义教育运动的“左”倾错误更加严重地发展起来，造成对基层干部打击面过宽、打击过重，混淆敌我界限的严重“左”倾错误。

对于这些做法，县以下广大干部是不同意的，有的甚至公开抵触，一些地委的负责干部也不积极。针对这种情况，中共中央认为，“当前的主要危险是右倾危险”，要求“根据各地干部的思想情况，及时地要地委书记和县委书记提出反对右倾的问题，怕左不怕右，宁右勿左的问题，进行认真的讨论，以便为当前的社会主义革命打好思想基础”。[2]在此期间，中共中央先后批转了甘肃省委和冶金部党组《关于夺回白银有色金属公司的领导权的报告》、天津市委《关于小站地区夺权斗争的报告》和河北省抚宁县桃园大队社教运动的经验总结等材料，并作出关于进行夺权斗争的指示，要求“凡是被敌人操纵或篡夺了领导权的地方，被蜕化变质分子把持了领导权的地方，都必须进行夺权的斗争。”[3]中共中央还强调广大群众和“四不清”干部的矛盾是当前的主要矛盾，斗争的锋芒只能对准“四不清”干部。并且规定开展运动的“县的党和政府各级组织交由工作团领导”。由于贯彻这些指示，各地普遍出现了批斗基层干部的高潮，运动主要由清经济变为清政治、清组织、清思想。大搞夺权斗争成为这一时期运动的主要内容。

阶级斗争扩大化、人为化的实践，使“左”的思想在中央和地方的许多领导人中进一步发展起来。他们认为大量城乡干部正在“和平演变”中，农村出现了以基层干部为代表的新的特权阶层，城市出现了官僚主义者阶级和走资本主义道路的领导人，这些人已经或正在变成“吸工人血的资产阶级分子”，他们是“斗争对象，革命对象”。毛泽东在农业机械部负责人关于社教蹲点

①《建国以来重要文献选编》第十九册，中央文献出版社，1998年版，第234、228～229页。
②《农业集体化文件汇编》下卷，中共中央党校出版社，1981年版，第773页。
③《建国以来重要文献选编》第十九册，中央文献出版社，1998年版，第307页。

情况报告的批示中说："官僚主义者阶级与工人阶级和贫下中农是两个尖锐对立的阶级。

"这些人是已经变成或正在变成吸工人血的资产阶级分子，他们怎么会认识足呢？这些人是斗争对象，革命对象，社教运动绝对不能依靠他们。我们能依靠的，只有那些同工人没有仇恨，而又有革命精神的干部。"

这样，就把矛头集中指向了中国共产党的各级领导人，从而使阶级斗争扩大化的"左"倾思想发展到任意地有系统地制造阶级斗争的阶段。

总之，从1964年5月以后，对形势的估计越来越严重，"左"的错误也越来越发展。许多只犯有一般性错误、甚至没有错误的干部都被当作是正在向中国共产党和社会主义猖狂进攻的资本主义势力，严重地混淆了敌我界限，使很多基层干部受到不应有的打击，从而使部分地区和单位一度出现了混乱、动荡和紧张的局面。在山东，烟台地委提出退赔要达到"双十指标"，即干部退赔的东西，要达到每个社员平均分到10斤粮食、10元钱。为了达到这个指标，乳山县在1964年12月连续开了18天三级干部会，并限三天退完。县委在动员时说："如果不立即退赔，就要考虑地主、富农、反革命分子、坏分子和资产阶级分子这五顶帽子，哪一顶给你戴！"不少干部为了不戴帽子，不得不卖掉基本口粮、房子、衣服、被褥等来退赔。

1964年12月15日至1965年1月14日，中共中央政治局在北京召开全国工作会议。按照原定计划，会议主要是总结前一段社会主义教育运动的经验，部署下一阶段的工作。然而，在会议进行过程中，关于社教运动的性质和主要矛盾以及运动的做法等问题上，毛泽东与刘少奇发生了分歧。

据中共中央文献研究室编写的《刘少奇传》叙述："12月20日，中共中央召开政治局常委扩大会议，讨论运动的有关问题，并为起草文件做准备。会议首先讨论了社会主义教育运动的性质和当前的主要矛盾问题。在这个问题上，毛泽东和刘少奇的分歧开始显露出来。刘少奇提出，当前农村的主要矛盾是'四清与四不清的矛盾'，运动的性质就是'人民内部矛盾跟敌我矛盾交织在一起'。对刘少奇的意见，毛泽东在会上没有反对，但在言谈中却表示出强烈的不满。在会议开始时，刘少奇说要议论一下主要矛盾的提法，毛泽东立刻说：'不管怎么样提，主要是整当权派。'刘少奇在发言中讲道：陶铸同志提出，当前农村的主要矛盾是富裕农民阶层跟广大群众、贫下中农的矛盾，是这样提，还是说原来的地富反坏跟蜕化变质的有严重错误的坏干部结合起来跟群众的矛盾？毛泽东说：地富反坏是后台老板，四不清干部是当权派。地富反坏那些人已经搞臭过一次了，所以不要管下层，就是要发动群众整我们这个党，先搞豺狼，后搞狐狸，这就抓到了问题。当刘少奇讲到运动的性质是人民内部矛盾跟敌我矛盾交织在一起时，毛泽东很不高兴地说：'什么性质？反社会主义就行了，还有什么性质？'"①

1965年1月5日，当有的与会者谈到形势的新特点时，毛泽东又说："从七届二中全会以来，一直是讲国内主要矛盾是资产阶级同无产阶级、资本主义同社会主义的矛盾，从杭州会议以来整个运动是搞社会主义教育，'怎么来了个四清与四不清的矛盾，敌我矛盾与人民内部矛盾的交叉？哪有那么多交叉？什么内外交叉？这是

①《刘少奇传》下册，中央文献出版社，1998年版，第966～967页。

一种形式，性质是反社会主义嘛！重点是整党内走资本主义道路的当权派。’[①]”

根据毛泽东的意见，会议通过了《农村社会主义教育运动中目前提出的一些问题》的会议纪要（简称“二十三条”）。“二十三条”部分地纠正了1964年下半年以来运动中某些过左的作法，要求一分为二地看待干部，尽快解放大多数，逐步实行群众、干部、工作队三结合；工作方法要走群众路线，不要神秘化，不要束手束脚，不要大轰大嗡，也不要靠人海战术等。

但是，“二十三条”并没有改变“左”的错误指导方针。它不仅依旧对国内城市和农村阶级斗争形势作了异常严重的估计，严厉指责把“四清”运动性质看作是“四清”和“四不清”或者党内外矛盾的交叉、敌我矛盾的交叉、人民内部矛盾的交叉的判断，断定运动的性质是社会主义和资本主义的矛盾，而且强调这是十几年来中国共产党的“一条基本理论和基本实践”。尤其严重的是，“二十三条”首次明确提出“运动的重点，是整党内那些走资本主义道路的当权派”，并且说：“那些走资本主义道路的当权派，有在幕前的，有在幕后的。支持这些当权派的人，有的在下面，有的在上面。在下面的，有已经划了的地主、富农、反革命分子和其他坏分子，也有漏划了的地主、富农、反革命分子和其他坏分子。”这个文件还规定，城乡社会主义教育运动今后一律简称“四清”，即清政治、清经济、清组织、清思想。“二十三条”在指导思想上进一步发展了在阶级斗争问题上“左”的错误理论，它提出的关于国内“反修防修”的斗争矛头，不但集中指向中国共产党和政府的各级干部，而且已经隐隐指向中央高层领导人。据刘少奇的女儿后来说：“参加讨论‘二十三条’文件的不少同志，都感到毛泽东、刘少奇这两位党和国家的最高领导人，出现了深深的思想分歧，并为这种情况担忧。周恩来、贺龙二位找父亲谈心，劝他主动找毛泽东致歉，消除一些不应有的误解，以维护党的团结和领袖的威望。父亲接受了他们的意见，找机会向毛泽东作了自我批评。”[②]

“二十三条”下达后，各地又调整运动规划，对工作队进行整训，解脱大批基层干部，在一定程度上纠正了打击面过宽的偏向，使部分地区一度出现的紧张局面有所缓和。此后，运动在更大

农村社会主义教育运动中
目前提出的一些問題

（中共中央政治局召集的全国工作会议讨论纪要，
一九六五年一月十四日）

通　知

各中央局，各省、市、自治区党委，中央各部委党組，軍委总政治部：

中央政治局召集全国工作会議，討論了农村社会主义教育运动中目前提出的一些問題，并写出了討論紀要。現在把这个文件发給你們。中央过去发出的关于社会主义教育运动的文件，如有同这个文件抵触的，一律以这个文件

◆ 1964年12月15日至1965年1月14日，中共中央政治局召开全国工作会议，主要讨论农村社教运动问题。会议制定了《农村社会主义教育运动中目前提出的一些问题》（简称“二十三条”），提出“这次运动的重点，是整党内那些走资本主义道路的当权派”。

①薄一波：《若干重大决策与事件的回顾》下卷，中共中央党校出版社，1991年版，第1130页。
②王光美、刘源等著：《你所不知道的刘少奇》，河南人民出版社，2000年版，第156页。

◆ 河北邯郸县户村公社常赦大队工作队队员在地头宣讲“二十三条”。

的范围内继续展开。到1966年春，全国约有三分之一的县、社进行了社会主义教育运动。在城市，据1965年7月统计，国营工业交通系统开展运动的单位约占总数的3.9%；其他如财贸、文教卫生、街道企业和居民中，只在少数单位进行了试点。

历时三年的城乡社会主义教育运动，对于解决干部作风和经济管理等方面的问题起了一定作用。但是，由于整个运动是在阶级斗争扩大化的理论指导下进行的，把大量不属于阶级斗争的问题简单地看成了阶级斗争，以致造成越来越严重的“左”的偏差。

在经济体制和经济政策方面，不仅把包产到户等适合农业生产发展的责任制形式看作是“单干”、“走资本主义道路”而强行制止，而且把自留地、自由市场、自负盈亏与包产到户合称“三自一包”，作为“修正主义的国内纲领”加以批判。在商业方面，对大、中城市集市贸易采取缩小范围、逐步代替的方针，把个体商贩作为资本主义加以排挤；对长途贩运不加区别地一概当作投机倒把加以打击。在工业交通部门，企业搞经济核算，注重物质利益和经济效果，被认为是“利润挂帅”、物质刺激，搞“资本主义经营管理”，遭到错误批判。更主要的是，在政治上“左”的东西有了很大的发展。在阶级斗争形势估计上，运动一开始就认为阶级斗争和资本主义复辟的危险已经达到十分危险的程度；接着，又认为全国有三分之一的基层单位的领导权在敌人手里，并提出“中央出了修正主义怎么办”的问题。由于对阶级斗争形势估计错误，在做法上“左”的错误也越来越严重，运动的矛头逐步由对准所谓社会上的地、富、反、坏转向对准基层组织和基层干部，再转向对准各级领导机关。

在理论上，不仅提出“以阶级斗争为纲”，而且提出运动的重点是“整党内走资本主义道路的当权派”，使阶级斗争扩大化的理论进一步升级，从而为“文化大革命”的发动准备了理论根据。

但是，由于这次社会主义教育运动是在局部地区进行的，而且是通过各级组织有领导地逐步展开的，在运动中，对于一些具体政策的规定（除

1964年下半年外)还比较慎重,对一度出现的某些过左做法和现象也作过一些纠正,并且始终强调运动要和生产密切结合,许多工作队还比较注意按实事求是原则办事,因此,使社会主义教育运动没有造成更大的危害。总的说,当时的错误还是局部性质的。

六、"党内出了修正主义"

随着社会主义教育运动中"左"倾错误的严重发展和1963年中苏两党争论的日渐激烈,毛泽东认为中国共产党内部已经出现了修正主义。他把国际防修与国内"防修反修"联系起来,把中国共产党内在调整过程中或更早一些时候提出的一些主张和建议,视为"修正主义路线"、"修正主义思想",并在1963年、1964年与外国党的领导人的谈话中,点名批评原中共中央农村工作部部长邓子恢、中共中央对外联络部部长王稼祥、中共中央统战部部长李维汉。

1963、1964年前后不到一年的时间,毛泽东两次与新西兰共产党总书记谈话。他说:我们党内有些人主张"三和一少",这实质上是修正主义的路线。中联部里就有少数这样的人。另一个是统战部,它是同国内资产阶级打交道的,但是里面却有人不讲阶级斗争,要把资产阶级政党变成社会主义的政党。每个部都找得出这样的人。例如农村工作部里面就有一个邓子恢,他是中央委员,还是副总理,却主张单干。这一股风,即"三和一少"、"单干风"等等,在前年上半年刮得很厉害。[1]

1964年2月,在与朝鲜劳动党领导人的谈话中,毛泽东更进一步表达了这一想法。他指出:"动摇分子总是会有的。1962年上半年我们党内有人主张三和一少。什么是三和一少呢?就是对帝国主义要和,对修正主义要和,对反动的民族资产阶级要和……一少是,对支持民族解放运动要少一点,要少支持世界革命。这是修正主义的路线。这些人在国内也主张三自一包。三自是:自留地、自由市场、自负盈亏;一包是包产到户。目的是要解散社会主义的农村集体经济,要搞垮社会主义制度。三和一少是他们的国际纲领,三自一包是国内纲领。这些人中有中央委员、书记处书记,还有副总理。"[2]

以后,毛泽东又多次表示对这些人及其主张的不满,并提出严厉批评。

1962年春,中共中央对外联络部部长王稼祥向中共中央提出争取对外关系相对缓和一些的建议。这时,这些建议被曲解为"三和一少",即:对帝国主义、现代修正主义、各国反动派要和,对各国人民革命的支持要少,并称之为"修正主义的国际纲领"。中共八届十中全会后,康生以抓"反修斗争"为名,插手以至于把持中共中央联络部,竭力排挤和打击王稼祥。所谓"三和一少"的"修正主义思想"在一些公开场合受到批判。1966年3月,王稼祥被免去中联部部长职务。

1962年10月,中共中央统战部在贯彻中共八届十中全会精神时,就开始对李维汉在1956年以来在研究统一战线政策过程中提出的关于社会主义时期统一战线和民主党派的性质、民族和宗教政策,以及争取从1956年起五年内或者更多一点时间内使资产阶级分子的改造达到消灭阶级的水平等政策性意见,进行不点名批判。1964年五六月中共中央工作会议后,中共中央

①丛进著:《曲折发展的岁月》,河南人民出版社,1989年版,第576～577页。
②丛进著:《曲折发展的岁月》,河南人民出版社,1989年版,第577页。

统战部从8月开始对李维汉进行再次批判，把他那些基本正确的意见说成是“阶级斗争熄灭论”和“投降主义”。李维汉也因此被撤销中共中央统战部部长职务。

1962年，在一些地区出现的适合我国生产力发展水平的以“包产到户”为主的生产责任制形式，刘少奇、陈云、邓小平等都给予了支持。时任中共中央农村工作部部长职务的邓子恢，针对农业集体经济中存在的平均主义弊端，在一些单位宣传了实行有利于巩固集体经济的一些严格的生产责任制形式的主张。但是毛泽东却不同意这些意见，认为是刮“单干风”。他在北戴河会议上说：任务是从分析形势提出来的，既然认为一片黑暗，任务的提法就不同；既然是一片黑暗，就证明社会主义不行，因而就全部或者大部单干。他反复指出，现在有一部分农民闹单干，分田到户，包产到户。这股风越到上层就越大。他认为，最根本的问题是究竟搞资本主义还是搞社会主义？农业合作化还要不要？走哪条路？是包产到户、分田到户，还是合作化？他批评邓子恢说：你这次搞包产到户，马克思主义又飞走了。这就把有利于集体经济发展的包产到户等形式，看成发展资本主义了。

薄一波回忆说：“9月25日，董必武同志在八届十中全会讲话谈到‘单干风’时，毛主席又插话说：邓子恢同志曾当面和我谈过保荐责任田，我跟他谈了一个半钟头的话，我就受了一个半钟头的训，不是什么谈话，是受他的训。接着，毛主席问道：邓子恢同志还跟别的同志谈了没有？少奇、恩来同志不得不进行解释。毛主席多次说到建议可以，但不能采纳。话中隐含着批评少奇等同志没有抵制包产到户的意见。他在会上还多次批评田家英同志60%的包产到户、40%搞集体的主张；批评中央农村工作部搞资本主义，邓子恢同志是‘资本主义农业专家’。”[1]

中共八届十中全会之后，中共中央撤销了邓子恢任部长的中共中央农村工作部，邓子恢调任国家计委副主任。在此后一段时间内，毛泽东在与国外领导人谈话中，又多次提出对邓子恢和“三自一包”问题的批评，说这是“修正主义在国内的纲领”。

1965年8月，毛泽东更明确提出，修正主义是一种瘟疫。1962年在国际上、外交上，主张三和一少的是王稼祥，在国内主张三自一包的是陈云，而且对我们讲，不仅要包产到户，还要分田到户。说这样四年才会恢复，解放军也会拥护。邓子恢到处乱窜，刮单干风。陈云还守纪律，但是最厉害。[2]在这种气氛下，被涉及的人受到极大压力，都不得不作检讨。总之，毛泽东对“三和一少”、“三自一包”的严厉批判，推动着中国共产党内思想的日益“左”倾，加剧了国际国内防修反修的斗争。

与国内“防修反修”斗争相联系，毛泽东还提出培养革命事业接班人的问题，把它作为“防修反修”和防止“和平演变”的一项重要措施。毛泽东对西方敌对势力对社会主义国家实施“和平演变”战略，始终保持着高度警惕。在1964年五六月的中央工作会议上，毛泽东提出了培养接班人的五项条件。他说：“如何防修，我看有几条：第一，要观察干部，教育干部懂得些马列主义，懂一些，不要搞修正主义，要搞马列主义。第二，教育人民大多数，要靠大多数，要为大多数人服务，中国的大多数人、世界的大多数人。第三，要能团结多数人，包括反对过自己反对错了的人，不管

①薄一波著：《若干重大决策与事件的回顾》下卷，中共中央党校出版社，1991年版，第1088～1089页。

②丛进著：《曲折发展的岁月》，河南人民出版社，1989年版，第580页。

他是哪个山头的，不要结仇。第四，民主作风。总要跟同志商量，总要听各种意见，反对的意见让他讲出来，不要“一言堂”。不是要团结两个95%吗？要讲民主。第五，自己有了错误，要自己批评。[①]

7月5日，毛泽东在一次谈话中，对这五项条件作了具体解释，说它们是互相联系不可分割的。第一条是理论也是方向；第二条是目的，到底是为谁服务，这是主要的；三、四、五条是方法问题。对第一条，他说学习马列主义就是学习阶级斗争，最重要的是到实际中去学，这是一门主课。

不久，这五项条件写进公开发表的“九评”即《关于赫鲁晓夫的假共产主义及其在世界历史上的教训》一文。文章说“培养无产阶级革命事业接班人的问题，从根本上来说，就是老一代无产阶级革命家所开创的马克思列宁主义的革命事业是不是后继有人的问题，就是将来我们党和国家的领导能不能继续掌握在无产阶级革命家手中的问题，就是我们的子孙后代能不能沿着马克思列宁主义的正确道路继续前进的问题，也就是我们能不能胜利地防止赫鲁晓夫修正主义在中国重演的问题。总之，这是关系我们党和国家命运的生死存亡的极其重大的问题。这是无产阶级革命事业的百年大计，千年大计，万年大计。帝国主义的预言家们根据苏联发生的变化，也把‘和平演变’的希望，寄托在中国党的第三代或者第四代身上。我们一定要使帝国主义的这种预言彻底破产。我们一定要从上到下地、普遍地、经常不断地注意培养和造就革命事业接班人。”文章还提出“要特别警惕像赫鲁晓夫那样的个人野心家和阴谋家，防止这样的坏人篡夺党和国家的各级领导”[②]。

文章发表以后，抓紧培养革命接班人问题成为当时全党的普遍共识。由于这是在“左”倾思想指导下提出的，又与当时的“反修防修”斗争相联系，因此，受到阶级斗争扩大化、人为化错误理论的影响，染上浓烈的“左”倾错误色彩。

七、“跌到了修正主义边缘”

中共八届十中全会以后，在阶级斗争扩大化的理论指导下，在国际反修斗争的影响下，“左”倾错误在思想文化领域也逐步发展了起来。

中共八届十中全会认为当前严重的阶级斗争，必然要反映到思想文化战线上。经过康生的策动，这次全会批判了小说《刘志丹》，把它说成是替高岗翻案、向党进攻，并借此把习仲勋、贾拓夫、刘景范等打成“反党集团”。毛泽东根据康生提供的材料说：利用小说进行反党活动，是一大发明。凡是要想推翻一个政权，首先是制造舆论，搞意识形态，搞上层建筑。革命如此，反革命也如此。此后，对思想文化战线上形势作出了越来越背离实际的估计，“左”倾错误也就逐步地发展起来。

中共八届十中全会以后，文艺界根据全会的精神开始检查工作。1963年3月，中共中央批转文化部党组的请示报告，决定停演“鬼戏”。4月，中共中央宣传部在北京召开文艺工作会议，着重讨论了文艺界开展整风问题。会议虽然批驳了张春桥大肆宣扬柯庆施在1月间提出的只有写社会主义时期的生活才是社会主义文艺的错误论调，但也同时认为文艺界出现了资产阶级思想的泛滥和修正主义影响抬头的状况，当前文艺界的主要任务是克服右倾。

①薄一波著：《若干重大决策与事件的回顾》下卷，中共中央党校出版社，1991年版，第1159～1160页。
②《建国以来重要文献选编》第十九册，中央文献出版社，1998年版，第71、72页。

5月，在江青的支持下，《文汇报》发表署名文章，发起对孟超改编的昆曲《李慧娘》和繁星（即廖沫沙）的《有鬼无害论》一文的批判。在批判中，毫无根据地诬陷该剧影射攻击共产党，要向共产党复仇，是意识形态领域阶级斗争的重要表现，是资本主义、封建主义占领戏剧舞台的重要表现。从此，开始了报刊上一系列的公开点名批判。

在一个较长的时期中，毛泽东对一些旧的戏剧并没有一概否定，诸如《西厢记》、《白蛇传》、《十五贯》等剧目，他还曾加以肯定和表扬。但是到1962年以后，随着对形势估计出现严重错误，他对文艺界的公开批评多了起来。1962年12月21日，在与华东地区省、市委书记的谈话中，开始批评戏剧“帝王将相、才子佳人多起来，有点西风压倒东风”，但当时他还没有全部否定旧戏，还是认为“有害的戏少”，《杨门女将》、《罢宴》等还是好的。

随着国际国内反修防修和对“三风”批判的加剧，特别是城乡社会主义教育运动的深入开展，毛泽东对文艺界的问题看得越来越严重。1963年9月27日，在中共中央工作会议上他明确提出：反对修正主义要包括意识形态方面，除了文学之外，还有艺术，比如歌舞、戏剧、电影等等，都应该抓一下。要“推陈出新”，“陈”就是封建主义、资本主义，要把封建主义、资本主义推出去，出社会主义。1963年12月12日，毛泽东在中共中央宣传部文艺处编印的《文艺情况汇报》上批示：“各种艺术形式——戏剧、曲艺、音乐、美术、舞蹈、电影、诗和文学等等，问题不少，人数很多，社会主义改造在许多部门中，至今收效甚微。许多部门至今还是‘死人’统治着。不能低估电影、新诗、民歌、美术、小说的成绩，但其中的问题也不少。至于戏剧等部门，问题就更大了。社会经济基础已经改变了，为这个基础服务的上层建筑之一的艺术部门，至今还是大问题。

“许多共产党人热心提倡封建主义和资本主义的艺术，却不热心提倡社会主义的艺术，岂非咄咄怪事。”

1964年1月，刘少奇召集中共中央宣传部和文化艺术界30余人举行座谈会，由周扬传达和阐述了毛泽东的上述文艺指示，邓小平、彭真等人参加会议并讲话。大家都认同了毛泽东对文艺界的看法，认为见事迟、抓得慢了。刘少奇指出，《李慧娘》是有反党动机的，不只是一个演鬼戏的问题。他还评价京剧《谢瑶环》说：我在昆明看了那个戏，恐怕也是影射反对我们的。武三思的儿子瞎胡闹，替武则天修别墅，也是影射的。

根据毛泽东的这个批示，文化部党组立即检查最近几年的工作，并于3月份作出决定，在全国文联和各协会全体干部中进行整风。5月8日，中共中央宣传部写出《关于全国文联和各协会整风情况的报告》。这个报告还未定稿，江青就把它送给了毛泽东。1964年6月27日，毛泽东在看了中共中央宣传部文艺处起草的《全国文联和各协会整风情况的报告（草稿）》以后，又作了如下批示：“这些协会和他们所掌握的刊物的大多数（据说有少数几个好的）十五年来，基本上（不是一切人）不执行党的政策，做官当老爷，不去接近工农兵，不去反映社会主义的革命和建设。最近几年，竟然跌到了修正主义的边缘。如不认真改造，势必在将来的某一天，要变成像匈牙利裴多菲俱乐部那样的团体。”

在此前后，他还多次批评文化部是“帝王将相部”、“才子佳人部”、“外国死人部”。这些批评和指责，不是在深入调查研究的基础上提出的，不符合文艺界的实际。

◆从1963年12月至1965年，一大批电影、戏剧先后在报刊上受到公开的批判。图为电影《舞台姐妹》剧照。

在毛泽东的严厉指责下，文艺界又开始第二次整风。7月初，根据毛泽东的提名，中共中央书记处决定成立五人小组，负责文学艺术和哲学社会科学方面的工作。文艺界的整风，从7月开始，持续到1965年4月，先后对文化部副部长齐燕铭、夏衍、徐光霄、徐平羽、陈荒煤，作协党组书记邵荃麟，全国文联副主席阳翰笙，全国剧协主席田汉等一大批文艺界领导人进行了错误的政治批判，并改组了文化部党组和文联各协会的领导班子。

在文艺界整风的同时，从8月份开始，在全国各大报刊上对一大批文艺作品，如《北国江南》、《早春二月》、《林家铺子》、《舞台姐妹》、《谢瑶环》、《怒潮》、《红日》、《不夜城》、《兵临城下》、《抓壮丁》、《逆风千里》等进行公开的政治批判。这些电影、戏剧和小说多是这一时期产生的比较优秀的作品。少数作品中在思想内容和艺术手法上存在的缺点，也完全可以通过正常的文艺评论加以解决。但在当时气氛下，却错误地认为这些作品都是文艺界尖锐的阶级斗争和两条道路斗争的表现，把它们当作资产阶级、修正主义的毒草加以批判，扣上各种各样的政治帽子。

在文艺理论、文艺思想方面，还批判了所谓“写中间人物”论、“现实主义深化”论、“写真实”论和“时代精神汇合”论等观点。这些本来属于学术性质的问题，完全可以通过自由讨论来解决，但都被当作资产阶级或修正主义的文艺思想来加以反对。后来，周扬在1979年11月召开的第四次全国文代会谈到这一段历史时曾说：“(由于那时)未能正确地实事求是地估计文艺战线阶级斗争的形势，正确处理文艺和政治的关系，把阶级斗争扩大化，混淆了人民内部矛盾和敌我之间两类不同性质的矛盾，导致在进行思想批判和文艺批判时不适当地采取政治运动和群众斗争的方式去对待精神世界的问题，以致伤害了一些同志。”

◆ 电影《革命家庭》剧照。

◆ 电影《北国江南》剧照。

◆ 戏剧《李慧娘》剧照。

◆ 电影《不夜城》剧照。

◆ 电影《林家铺子》剧照。

从1964年夏季开始，文艺领域的政治批判和过火斗争又逐步扩大到哲学、经济学、历史学等各个学术领域。

哲学界批判了杨献珍的“合二而一”论。1963年底和1964年初，杨献珍在中共中央高级党校讲课时，提出“合二而一”是表达对立统一规律的概念。对这种观点持有不同意见，进行正常的讨论是必要的。但是，毛泽东在听了康生的介绍后，说：“一分为二”是辩证法，“合二而一”恐怕是修正主义，就是讲阶级调和吧。此后，即把“合二而一”作为一个重大的反党事件，在全国范围内进行大规模的政治批判。当时的批判武断地说“合二而一”论的提出，是在国内外阶级斗争尖锐化的时候，有意识地适应“现代修正主义”和“国内资产阶级、封建残余势力”的需要，宣传“阶级和平和阶级合作”，宣传“矛盾调和论”。杨献珍因此被打成反党分子，并被撤销中共中央高级党校副校长的职务。一大批持有和他相同观点的理论工作者和干部，也被看作是修正主义者，受到不应有的打击。

经济学界批判了孙冶方的经济思想。孙冶方在50年代末和60年代初，就对中国社会主义建设中的重大理论问题和实际问题进行了深入思考和研究，提出一系列具有真知灼见的观点。他认为，提高经济效果是发展社会主义经济建设的关键，在计划经济中要重视价值规律的作用；要正确运用经济杠杆，提高利润指标在经济管理中的地位；要扩大并适当规定企业经营管理的权限，正确处理国家集中领导和企业独立经营的关系；要提高固定资产折旧率，加强对现有企业的技术改造。这些观点和主张，实际上为中国社会

◆ 1964年8月出版的《学术讨论资料丛刊》，汇编了各报刊发表的有关各个学术领域、各种学术观点的批判文章。

主义经济管理体制的改革，提出了正确的方向。但是，在1964年对杨献珍进行政治围攻的同时，孙冶方的正确观点和主张也遭到了错误的批判，被戴上资产阶级、修正主义的帽子，硬说他是在宣传"利润挂帅"，提倡资本主义。

历史学界批判了历史学家、北京大学教授翦伯赞的"非阶级观点"和"让步政策论"。60年代初，翦伯赞针对过去几年来历史学研究和教学中的一些片面观点，提出既要重视阶级观点，又要注意历史主义的意见。他主张从历史的实际出发，在研究大量史料的基础上，得出合乎规律的马克思主义的结论，反对片面强调"以论带史"的提法，反对狭隘地理解历史学要为政治服务的提法。但是，在批判中却把他的这些学术界观点都当作史学领域中尖锐的阶级斗争的表现，说他是美化帝王将相，鼓吹阶级调和，宣扬唯心史观，甚至说他是以历史学家的面貌，积极地参加了反马克思主义、反社会主义的大合唱。

在意识形态领域开展错误批判的同时，在对待知识分子问题、教育科学文化问题上，也发生了越来越严重的"左"的错误。中共八届十中全会以后，再次给知识分子戴上"资产阶级"的帽子，否定了中国知识分子的绝大多数属于劳动人民知识分子的正确估计。在教育科学文化部门，开展了对所谓"专家路线"、"技术挂帅"、"白专道路"的批判，给学习专业和技术知识造成强大的压力；强调贯彻所谓"阶级路线"，使唯成分论的倾向严重地滋长起来。在教育工作方面，认为中国的学校仍然是由资产阶级知识分子统治着，资产阶级专家正在同我们争夺青年。1964年开展的教育革命，虽然在使教育接触社会实际减轻学生负担等方面起了一定作用，但是强调阶级斗争是学校的"一门主课"，不仅使轻视知识传授、忽视教师作用的倾向再度发展起来，而且造成了师生关系的紧张局面。从1964年起，组织高等院校、科研单位和文化部门进行社会主义教育运动的试点单位，许多为社会主义建设事业做出贡献的教育工作者、科学技术人员和文化工作者受到错误的政治批判，被扣上了种种的政治罪名。

思想文化领域"左"倾错误的发展，把学术观点问题、世界观问题完全等同于政治问题，混淆了是非界限以至敌我界限，破坏了国家的知识分子政策和"百花齐放，百家争鸣"的方针，严重地挫伤了广大知识分子的积极性，阻碍了社会主义教育、科学、文化事业的健康发展。

对这一时期出现的某些过左的错误，中共中央的一部分领导人也有所察觉，并试图作一些纠正。1965年3月，在中共中央书记处会议上，邓小平曾对文化方面的某些"左"的错误提出批评，他指出：现在有人不敢写文章了，新华社每天只收到两篇稿子，戏台上只演兵，只演打仗的，电影哪有那么完善？这个不让演，那个不让演。那些"革命派"想靠批判别人出名，踩着别人肩膀上台。他指示要赶快刹车。但是邓小平的意见并未得到很好的执行。由于中共八届十中全会以后阶级斗争扩大化、人为化的"左"倾思想已经迅速地发展起来，并且与城乡社会主义教育运动，与国际反修斗争紧密地结合在一起，特别是由于毛泽东的个人专断作风损害了中共中央领导层的民主集中制，个人崇拜现象逐步发展，同时，林彪、江青、康生等人又别有用心地利用和助长了这些错误。所以，"左"的错误不仅没有能够被制止，而且愈加严重地发展起来，最终导致了"文化大革命"的十年动乱。

MAOZEDONGSHIDAIDEZHONGGUO

MAOZEDONGSHIDAIDEZHONGGUO

བོད་ལྗོངས་རྒྱལ་སྤྱིའི་གསོལ་མགྲོན་ཁང་།

西藏国际大酒店

TIBET INTERNATIONAL GRAND HOTEL

TIBET CHINA

TIBET INTERNATIONAL GRAND HOTEL

At the foot of the Great Potala Palace and nearby the Lhasa River of holy sunlight city, the Tibet International Grand Hotel towers above it. The hotel is a four star hotel invested and built by Telecommunication Company of Tibet Autonomous Region. It is managed by well known Shanghai Jinjiang Hotel.

The Tibet International Grand Hotel has Tibetan style suite, luxury standard rooms, commercial suites and large—size conference rooms. Besides these, there are also in —door gardens and bars, American style cigar bar, tea house and all kinds of recreational and fitness facilities. In addition, the hotel offers the most delicious variety of regional and international cuisines, shanghai cuisine specializes intypicalHaipai cooking, Sichuan cuisine provides unique taste of Sichuan flavor, western restaurant offers authentic, French cuisine and Brazail barbecue.

The magic and mystery of far—off land with national culture is the best place for your business and tourism.

ADD: No.1 Nation Road of Lhasa,Tibet
TEL: 86-891-6832888

酒店简介

西藏国际大酒店是由西藏自治区电信公司独资兴建、采用上海锦江饭店先进管理模式的准四星级涉外商务酒店。

西藏国际大酒店座落于拉萨市民族南路一号，宛若碧玉翡翠镶嵌在美丽的拉萨河畔，与青、川藏公路纪念碑两两相对，毗邻西藏博物馆，离“宝贝花园”罗布林卡仅200米，距闻名遐尔的布达拉宫2公里，地处进出拉萨的门户要道，可谓占尽天时地利。

酒店主楼高49.8米，共十一层，成为“世界屋脊”雪域高原的标志性建筑之一。赢得了“世界海拔最高的四星级酒店”美誉。凭栏远眺，圣城美景尽收眼底。酒店融商务、旅游、餐饮、娱乐、购物为一体，按四星级标准设计装修，尽显豪华、气派、典雅。酒店设有豪华套房、藏式套房、豪华标准间、中、西餐厅、宴会厅、大型会议室、商务中心及精品廊等，现代设施一应俱全，另有2400平方米写字间供商务使用，是商务人士把握商机、立足西藏的首选。酒店设有多个特色室内花园、茶艺园、酒吧、美式雪茄吧。宁静优雅的氛围，浓郁的文化气息，每一细微之处都透露出匠心独具，使您在享受高原阳光的同时品味另一份清新隽永的惬意。餐厅还特别推出了精美的“海派”江南佳肴、火辣炙人的川菜美味、浪漫雅致正宗法式大餐、洋溢拉美风情的巴西烧烤等多种菜

唐金海：党委书记
院　　长

桑爱民：
党委副书记
常务副院长

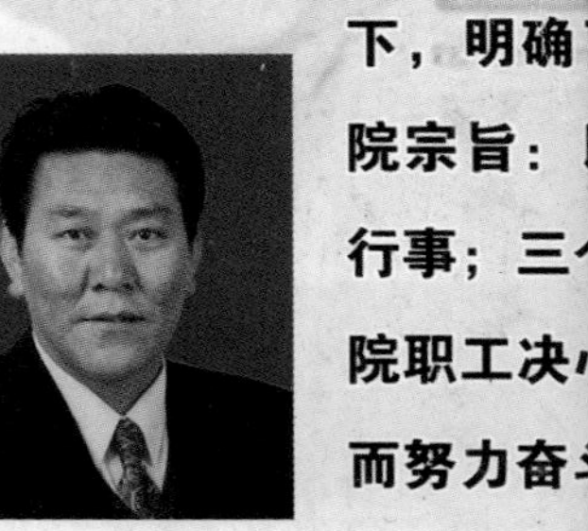

加永登巴：
党委副书记
副　院　长

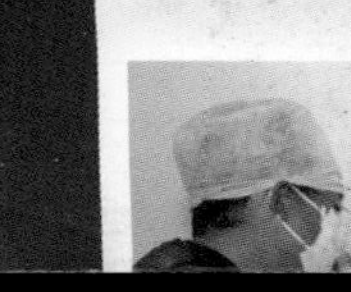

色多普勒
全自动生
在全区率先
络化管理
在院
单位的全面
下，明确
院宗旨：
行事；三
院职工决
而努力奋